La saga des Stanislaski

NORA ROBERTS

La saga des Stanislaski

Jade

Titre original :
THE STANISLASKIS

Première partie : *Taming Natasha*
Traduction française de LIONEL ÉVRARD

Deuxième partie : *Falling for Rachel*
Traduction française de JEANNE DESCHAMP

Photo de couverture
Chaussons de danse : © DAVID MUIR / MASTERFILE

83-85, boulevard Vincent-Auriol 75646 PARIS CEDEX 13.

ISBN 2-280-09362-6

PREMIÈRE PARTIE

Secrets de famille

1

— Pourquoi faut-il toujours que les hommes les plus séduisants soient déjà mariés ?

Natasha Stanislaski prit le temps de déposer délicatement une poupée habillée de velours rouge et de dentelles dans un rocking-chair miniature et se tourna vers sa vendeuse.

— Tu penses à quelqu'un de particulier en disant cela, Annie, ou c'est juste une question en l'air ? demanda-t-elle.

Les yeux perdus dans le vague, la jeune fille mit une boule de chewing-gum dans sa bouche. Tout en la mâchant vigoureusement, elle reprit :

— Je pense au grand blond qui est en train de regarder la vitrine en compagnie de sa femme et de sa fille.

Elle poussa un soupir à fendre l'âme et murmura comme pour elle-même :

— Ils sont si beaux tous les trois ! On dirait une pub pour la famille idéale.

Habituée aux coups de foudre à répétition de son employée, Natasha sourit avec indulgence.

— Dans ce cas, prions pour qu'ils se décident à acheter le jouet idéal…

Reculant d'un pas pour examiner un groupe de poupées victoriennes prenant le thé dans une dînette d'époque, Natasha hocha la tête d'un air satisfait. L'ensemble était ravissant et produisait exactement l'effet qu'elle souhaitait.

Chaque article vendu dans sa boutique, du simple hochet au gros ours en peluche, était choisi et présenté avec la même attention. Avant de devenir son gagne-pain, le commerce des jouets avait toujours été un plaisir pour elle.

En trois ans, Natasha avait su faire de son magasin, baptisé *Funny House*, l'un des commerces les plus florissants de Shepherdstown, petite ville universitaire à la frontière de la Virginie-Occidentale. Il lui avait fallu de l'énergie et de la patience pour parvenir à ce résultat, mais elle était persuadée que sa compréhension intuitive du monde de l'enfance était la véritable raison de ce succès. Son but n'était pas que chaque enfant reparte de chez elle avec *un* jouet, mais avec *son* jouet…

Délaissant l'étalage de poupées, Natasha rejoignit le présentoir des voitures miniatures, qui avait besoin d'un peu de rangement.

— Je crois qu'ils vont se décider à entrer, lança Annie en vérifiant l'arrangement de ses boucles auburn dans une vitrine. La petite fille est pratiquement suspendue à la manche de son père. Veux-tu que j'aille leur ouvrir ?

Natasha consulta l'horloge à face de clown pendue au mur et fit la grimace.

— On ferme dans cinq minutes…

— Qu'est-ce que ça peut faire ! s'écria Annie. Nat, je t'assure que ce type vaut vraiment le détour…

Pour le regarder de plus près, elle descendit l'allée principale et fit semblant de s'activer dans le rayon des jeux de société.

— Environ un mètre quatre-vingt-cinq, murmura-t-elle rêveusement. Quatre-vingts kilos, un bronzage de rêve, des cheveux décolorés par le soleil… Des épaules larges dans un veston en tweed de bonne coupe… Si on m'avait dit qu'un jour un homme en tweed ferait battre mon cœur !

A l'autre bout du magasin, Natasha éclata de rire.

— Telle que je te connais, même un homme en haillons ferait battre ton cœur…

Annie fit la grimace et marmonna d'un ton ironique :

— Le problème, c'est que la plupart des hommes que je fréquente *sont* en haillons… Ce qui n'est pas du tout le cas de ce gentleman. Seigneur ! Le voilà qui sourit à sa fille, à présent… Je crois que je suis en train de tomber amoureuse.

Avec un soin maniaque, Natasha acheva de mettre en scène un savant carambolage de petites voitures et haussa les épaules.

— C'est au moins la troisième fois que ça t'arrive cette semaine.

Levant les yeux au ciel, Annie soupira.

— Je sais… Mais celui-là ressemble *vraiment* à l'homme de ma vie. Si seulement je pouvais voir la couleur de ses yeux… Pour avoir un visage aussi expressif, je suis sûre qu'il est très intelligent, et qu'il a dû beaucoup souffrir.

Natasha lança un coup d'œil attendri à sa vendeuse par-dessus son épaule. Sous ses dehors de grande fille un peu réservée, Annie cachait un cœur aussi tendre qu'un marshmallow…

— Et moi, reprit-elle, je suis persuadée que sa femme serait ravie de l'intérêt que tu lui portes.

L'air sincèrement choqué, Annie protesta dignement :

— Pour une femme, c'est un *devoir* de remarquer et d'apprécier un homme tel que lui…

Bien qu'elle fût loin d'être convaincue par cet argument, Natasha hocha la tête et dit en haussant les épaules :

— Va donc leur ouvrir, puisque tu en meurs d'envie.

Une fois de plus, Spencer Kimball était en train de céder à sa fille.

— D'accord pour une poupée, dit-il en lui ébouriffant les cheveux. Mais une seule, O.K. ? Si j'avais su qu'il y avait un magasin de jouets dans le voisinage, j'aurais réfléchi à deux fois avant d'acheter cette maison…

— Tu veux dire, intervint la femme debout derrière lui, que tu lui aurais acheté le magasin plutôt que la maison !

Se redressant d'un bloc, Spencer la fusilla du regard.

— Nina… Tu ne vas pas recommencer ?

Ignorant la remarque du père, Nina sourit affectueusement à la fillette.

— Je trouve que ton papa te gâte beaucoup trop, lui expliqua-t-elle gentiment. Mais, pour te faire oublier cet horrible déménagement, j'imagine qu'une poupée s'impose…

Avec une moue boudeuse, Frederica glissa résolument sa main dans celle de son père et répliqua, le menton fièrement levé :

— J'adore ma nouvelle maison. Maintenant, j'ai un jardin et une balançoire pour moi toute seule…

Nina hocha la tête d'un air sceptique et les considéra quelques instants en silence. Spencer était aussi grand et fort que sa fille paraissait petite et fragile, mais ils avaient tous deux le même regard direct et franc et le même air têtu.

— Je suppose que je suis la seule ici à apprécier encore New York, conclut-elle d'un air morose. Enfin… Tout ce qui compte, c'est que vous soyez heureux !

— Et nous le sommes ! conclut Spencer en se penchant pour prendre sa fille dans ses bras. N'est-ce pas, petit clown ?

Nina reporta son attention vers l'entrée du magasin.

— Regarde, dit-elle en lui posant la main sur l'avant-bras. Ils ouvrent la porte.

Une jeune femme souriante les accueillit sur le seuil et s'effaça pour les laisser entrer, tout en dévisageant Spencer avec intensité. Surpris d'être l'objet d'une telle attention, ce dernier déposa sur le sol sa fille dont les yeux brillaient de joie à la vue des merveilles qui l'attendaient dans la boutique.

— Je m'appelle Annie, dit la jeune femme avec amabilité. En quoi puis-je vous être utile ?

— Ma fille désirerait choisir une poupée, répondit Spencer.

Après lui avoir adressé un sourire timide, la vendeuse reporta son attention sur la fillette et s'accroupit près d'elle.

— Je suis sûre que nous allons trouver ce qu'il te faut, dit-elle. Quel genre de poupée désires-tu ?

— Une gentille, répondit-elle sans hésitation. Avec des cheveux rouges et des yeux bleus.

En regardant Freddie se diriger vers le fond du magasin, Spencer sentit son cœur se serrer. Lorsque sa femme était morte, trois ans auparavant, leur fille ne parlait pas encore. Se pouvait-il que le souvenir de sa mère fût encore gravé dans sa mémoire ? Comme la poupée idéale que Freddie venait de décrire, Angela avait une chevelure d'un roux flamboyant, et de magnifiques yeux bleu pervenche. Pourtant, même le plus libéral des pédagogues n'aurait jamais pu la qualifier de « gentille ».

Spencer saisit machinalement sur une étagère une poupée de porcelaine aux grands yeux vides et au teint de lait. Angela avait cette beauté-là — à peine humaine, irréelle, et glaciale. Il l'avait aimée pourtant, comme un homme peut aimer une œuvre d'art, se contentant d'admirer sa beauté sans jamais trouver derrière ce masque parfait la moindre profondeur. Tout bien réfléchi, c'était un miracle qu'ils aient eu une enfant aussi sensible que Freddie. Un miracle d'autant plus grand qu'elle avait traversé les premières années de son existence dans une solitude affective presque totale.

Assailli par un regain de culpabilité, Spencer remit la poupée en place et haussa furtivement les épaules. C'était de l'histoire ancienne ! Il avait fait tout son possible pour racheter ses erreurs. Même ce déménagement loin de New York n'était destiné qu'à assurer le bonheur de sa fille. Plus que jamais, il était décidé à lui donner l'amour et l'attention qu'elle méritait.

Il s'en voulait beaucoup d'avoir délaissé Freddie durant sa prime jeunesse. Mais, à présent, sa fille le comblait jour après jour de preuves d'amour qui apaisaient ses remords.

A l'autre bout du magasin son rire insouciant s'éleva soudain. Spencer sentit aussitôt toute angoisse le quitter. Il n'y avait pas plus douce musique à ses oreilles que ce rire enfantin. Une symphonie entière aurait pu être écrite autour de ces harmonies…

Résistant à l'envie de rejoindre sa fille, afin de ne pas troubler son bonheur, Spencer se mit à déambuler dans les allées du magasin.

Bien que petit, celui-ci était rempli, du sol au plafond, de tout ce dont un enfant pouvait avoir envie. Le savant désordre dans lequel se mêlaient trains électriques et peluches, poupées rétro et navettes spatiales lui donnait véritablement l'allure d'une caverne d'Ali Baba débordant de trésors. Manifestement, l'endroit était conçu pour faire briller les yeux des enfants et pour les faire rire de joie, tout comme sa fille le faisait à l'instant. Avec amusement, Spencer songea qu'il serait difficile à l'avenir d'empêcher Freddie d'y revenir souvent…

Mais, après tout, n'était-ce pas précisément pour cela qu'il avait choisi de venir habiter à Shepherdstown ? Après des années passées dans la jungle urbaine de New York, il avait décidé de déménager avec sa fille dans une ville où elle pourrait se promener tout à son aise, où tous les commerçants l'appelleraient par son prénom, où il n'y aurait à redouter ni agressions, ni enlèvements, ni drogues. Et, en ce qui le concernait, le changement de rythme et d'atmosphère lui permettrait peut-être enfin de faire la paix avec lui-même.

Au bas d'une étagère, une curieuse boîte à musique en porcelaine attira soudain son attention. La figurine d'une gitane échevelée, vêtue d'une robe rouge à volants, ornait le couvercle. Le travail en était si délicat que l'on distinguait nettement les gros anneaux d'or à ses oreilles et les rubans multicolores accrochés à son tambourin. Etonné de trouver pareil bibelot dans un magasin de jouets, Spencer s'en saisit et ne put s'empêcher de tourner la petite clé dorée. En rythme avec la musique — un air de Tchaïkovski, qu'il reconnut aussitôt —, la gitane se mit à danser autour d'un petit feu de camp en porcelaine.

C'est alors que Spencer leva les yeux et qu'il la vit. Debout à quelques pas de lui, la tête penchée sur le côté, une femme l'observait. Elle ressemblait étrangement à la gitane de la boîte à musique. Ses cheveux longs et bouclés, noirs comme ceux de la danseuse, encadraient son visage aux pommettes hautes et au menton pointu. La couleur de sa peau, d'une belle nuance dorée, était mise en valeur par la simple robe rouge qu'elle portait.

Mais, contrairement à la danseuse de porcelaine, l'apparition n'avait rien de fragile. Bien qu'elle fût de taille moyenne, il se dégageait d'elle une impression de puissance et de détermination, peut-être due à son visage aux traits énergiques, ou à sa bouche pleine à la lippe frondeuse. Ses yeux, aux longs cils fournis, étaient presque aussi noirs que ses cheveux. Une aura de sensualité profonde et mystérieuse émanait de l'inconnue. Pour la première fois depuis des années, Spencer sentit la morsure d'un désir trop vif pour être ignoré.

Dès que Natasha sentit le regard de l'inconnu peser sur elle, elle en reconnut la nature et fulmina de colère. Quel genre d'homme était-il pour oser déshabiller ainsi du regard la première femme venue, sans se soucier de la proximité immédiate de sa femme et de sa fille ? Certainement pas le genre d'homme qui risquait de lui plaire !

Résolue à ignorer ce regard, comme les autres, identiques, qu'elle sentait souvent s'attarder sur elle, Natasha s'avança vers lui.

— Puis-je vous aider ? demanda-t-elle d'un ton poli mais froid.

Charmé par les inflexions musicales de sa voix d'alto, Spencer eut du mal à se concentrer sur ce qu'elle disait. Comme en écho aux accords de Tchaïkovski, qui s'élevaient toujours de la boîte à musique, la jeune femme avait un léger accent slave.

— Vous avez un accent charmant…, murmura-t-il. Vous êtes d'origine russe ?

L'impatience de Natasha grimpa d'un cran. Si la situation avait été différente, elle aurait pu se sentir flattée d'éveiller la curiosité d'un aussi bel homme. Mais, dans les circonstances présentes, elle avait plutôt envie de lui rappeler que sa femme l'attendait près de la porte, manifestement impatiente de quitter le magasin, tandis que sa petite fille, à deux pas de là, choisissait une poupée.

— Ukrainienne, répondit-elle sèchement.

L'inconnu hocha la tête d'un air songeur.

— Il y a longtemps que vous êtes arrivée aux Etats-Unis ?

— J'avais à peu près l'âge de votre fille. A présent, si vous voulez bien m'excuser…

— Attendez !

Spontanément, Spencer avait posé la main sur l'avant-bras de la jeune femme pour la retenir. Surpris du regard qu'elle lui lança, il la lâcha aussitôt.

— En fait, dit-il avec un sourire contrit, j'aurais voulu en savoir plus sur cette boîte à musique.

— C'est l'un de nos plus beaux articles, expliqua Natasha d'une voix neutre. Entièrement fabriqué aux Etats-Unis. Vous désirez l'acheter ?

— Je ne sais pas encore. Mais dites-moi… Pourquoi la laissez-vous à portée de main des enfants ? Ils pourraient la briser.

A présent tout à fait exaspérée, Natasha lui prit des mains la boîte à musique pour la déposer exactement à l'endroit où il l'avait trouvée.

— S'ils la cassent, dit-elle, je la remplacerai. Je pense qu'il n'est jamais trop tôt pour initier les enfants à la bonne musique. Pas vous ?

— Je suis entièrement de cet avis.

Pour la première fois, Natasha vit un sourire flotter sur les lèvres de l'inconnu. Force lui était de constater qu'Annie n'avait rien exagéré lorsqu'elle avait parlé de son charme et de sa séduction. En dépit de ses réticences à son égard, il lui fallait bien reconnaître qu'elle n'y était pas insensible, et qu'une certaine attirance la poussait même vers lui.

— Peut-être pourrions-nous en discuter autour d'un bon dîner ? reprit-il avec un sourire désarmant.

Natasha dut se retenir pour ne pas le gifler. Ravalant à grand-peine les insultes qui lui brûlaient la langue, elle le toisa d'un regard ouvertement méprisant.

— Non, dit-elle simplement. Certainement pas.

Sans plus s'occuper de lui, elle lui tourna le dos et s'éloigna d'un pas très digne. Spencer se serait élancé derrière elle si Freddie, déboulant à cet instant dans l'allée, ne s'était précipitée à sa rencontre, une poupée de chiffon aux longs cheveux de laine coincée sous le bras.

— Regarde, papa ! lança-t-elle, tout excitée, en tendant le jouet à bout de bras. Elle est belle, hein ?

Les yeux brillants, elle lui mit la poupée dans les mains. Feignant un vif intérêt, Spencer s'en saisit et l'étudia attentivement. Avec soulagement, il constata que la poupée avait bien les cheveux rouges, mais que sa ressemblance avec Angela s'arrêtait là.

— Elle est magnifique !

Freddie était suspendue à ses lèvres.

— Vraiment ?

Spencer s'accroupit pour la prendre par les épaules et la regarda dans les yeux.

— Vraiment ! Tu as très bon goût, mon poussin…

Sans prévenir, Freddie lui sauta au cou, coinçant la poupée entre eux.

— Alors je peux la garder ? s'écria-t-elle.

— Tu veux dire qu'elle n'est pas pour moi ? dit-il, l'air faussement désolé.

Voyant le père se redresser souplement, sa fille pendue à son cou, Natasha ne put s'empêcher de sourire. Même s'il n'était qu'un malotru, son amour pour son enfant était indéniable.

— Veux-tu que je l'emballe ? demanda-t-elle à la fillette.

D'un geste possessif, celle-ci glissa la poupée de chiffon sous son coude.

— Je préfère la garder avec moi.

— Je comprends ça, approuva Natasha. Dans ce cas, je pourrais peut-être te donner un ruban pour ses cheveux, qu'en penses-tu ?

— Un bleu !

En riant, Natasha les précéda vers la caisse.

— Va pour le bleu !

Tout en cherchant le ruban dans un tiroir, elle observa discrètement la mère de la fillette, qui était toujours sur le seuil du magasin et paraissait aussi tendue qu'une corde de piano. « Inutile de lui chercher des excuses, se dit-elle en refermant un peu nerveusement le tiroir… Même si sa femme lui donne du fil à retordre, cela ne l'autorise pas à se conduire comme un satyre dans un magasin de jouets ! »

Après avoir rendu la monnaie au père, elle coupa au dévidoir un morceau de ruban bleu et le tendit à la petite fille, qui n'avait pas quitté ses bras.

— Je suis sûre que ta poupée va apprécier sa nouvelle maison, dit-elle avec un clin d'œil complice.

Freddie noua avec application le ruban de soie dans les cheveux de laine et dit avec le plus grand sérieux :

— Je promets de bien m'en occuper. Est-ce que les enfants peuvent venir regarder les jouets dans ton magasin, même quand ils n'en achètent pas ?

Conquise par sa candeur, Natasha coupa un nouveau bout de ruban, rose cette fois, et le lui tendit.

— Tu pourras venir ici aussi souvent que tu en auras envie, dit-elle en la fixant droit dans les yeux.

Depuis l'entrée du magasin, la mère de l'enfant s'éclaircit la voix ostensiblement et consulta sa montre d'un œil inquiet.

— Il faut vraiment y aller à présent ! lança-t-elle d'un ton impatient.

Spencer hésita un instant, puis, saluant d'un hochement de tête la marchande de jouets, il se dirigea vers la sortie. De toute façon, tôt ou tard, leurs routes finiraient bien par se croiser de nouveau. Et, si ce n'était pas le cas, il était bien décidé, tout comme sa fille, à renouveler sa visite au magasin de jouets…

Lorsque la porte se fut refermée, Natasha s'attarda quelques instants derrière la vitre et suivit des yeux le trio qui remontait la rue.

— Qu'est-ce qu'elle est mignonne ! s'exclama Annie en suivant la direction de son regard. Elle m'a raconté qu'elle venait d'arriver à Shepherdstown, et qu'avant elle vivait à New York. La poupée va être sa première amie ici…

Natasha, qui savait d'expérience ce que peut ressentir une petite fille brutalement transplantée dans un nouvel univers, sentit son cœur se serrer de compassion.

— A mon avis, dit-elle, Jo-Beth Riley doit avoir à peu près le même âge qu'elle.

Sans hésiter, elle décrocha son téléphone et composa le numéro des Riley… Après tout, même si le père ne méritait pas qu'on s'intéresse à lui, sa fille, elle, avait bien droit à un petit coup de pouce du destin.

Debout devant la fenêtre du salon de musique, Spencer était en train de contempler son jardin. Avoir des fleurs sous sa fenêtre et un carré de pelouse qui demanderait tôt ou tard à être tondu était une expérience neuve pour lui. Un grand érable aux feuilles vert foncé projetait sur l'allée son ombre dense. Il lui tardait de le voir se parer des couleurs de l'automne, avant de perdre une à une ses feuilles dans l'air du soir.

A New York, il aimait observer le passage des saisons sur Central Park, depuis les fenêtres de son appartement. Mais le fait que les fleurs, l'herbe et les arbres soient à lui changeait bien des choses. Ici, s'il voulait profiter de la nature, il allait devoir en prendre soin. Quel bonheur également de savoir qu'il allait pouvoir laisser Freddie jouer dehors avec ses poupées sans craindre de la perdre de vue ! Ainsi tous deux, à Shepherdstown, allaient mener une douce vie de famille, développer des relations de voisinage, se faire des amis, avoir des racines et un avenir.

Lorsqu'il était venu discuter des détails de son poste avec le doyen, il avait découvert la ville et avait su tout de suite que cet endroit leur conviendrait. Une impression qui s'était encore renforcée quand il avait visité la maison qui était à présent la leur. L'employée de l'agence immobilière n'avait pas eu besoin de lui faire l'article. Avant même d'en avoir franchi le seuil, il avait déjà adopté la vieille demeure…

N'en déplaise à Nina, qui ne voyait dans ce déménagement, selon ses propres termes, qu'un « petit flirt avec la vie à la campagne »...

Il ne pouvait pas en vouloir à sa sœur de penser de la sorte, car elle était sans aucun doute possible la personne qui le connaissait le mieux. D'ailleurs, il devait bien admettre qu'il avait adoré vivre à New York... Pendant des années, pour rien au monde il n'aurait manqué une de ces brillantes soirées mondaines qui se terminent à l'aube, ou un de ces élégants soupers dans un restaurant en vogue où on se retrouve après un concert ou un ballet...

Dans le monde où il avait vu le jour, la fortune et le prestige étaient choses acquises dès la naissance. Il avait été élevé dans la conviction qu'un Kimball ne pouvait se satisfaire que du meilleur... Et en avait bien profité, passant ses vacances d'été à Monte-Carlo ou à Cannes, skiant l'hiver à Gstaad ou à Saint-Moritz, sans parler des week-ends impromptus à Cancún ou Rio.

Il ne regrettait pas sa vie passée, mais il devait bien reconnaître qu'elle l'avait empêché d'assumer plus tôt ses responsabilités. Ce qu'il faisait à présent, sans le moindre regret, avec un bonheur et une fierté qui ne manquaient pas d'intriguer ceux qui le connaissaient. Mais il savait bien, lui, ce qui avait bouleversé sa vie : c'était le fait de sentir à ses côtés la présence de sa fille, petit être fragile et fort à la fois, enfant assoiffée de tendresse, qui ne demandait qu'à aimer et à être aimée. Et, même si ça n'avait l'air de rien, c'était suffisant pour faire la différence.

Comme si l'évocation de sa fille avait suffi à la faire apparaître sous ses yeux, Freddie déboula à cet instant dans le jardin. Sa nouvelle poupée sous le bras, elle courut s'installer sur la balançoire flambant neuve. Elle posa le jouet sur ses genoux, poussa du bout du pied pour prendre de l'élan et renversa la tête en arrière, perdue dans la contemplation du ciel, en murmurant pour elle-même une comptine muette.

Spencer sentit aussitôt son cœur battre pour elle d'un amour paternel aussi fort que doux. Jamais, de toute sa vie, il n'avait connu d'émotions comparables à celles que sa fille faisait naître en lui.

Durant toute la matinée, elle n'avait cessé de parler de leur visite au magasin de jouets. Nul doute qu'elle l'amènerait à y retourner sous peu. Elle n'aurait même pas besoin de le lui demander, il lui suffirait d'un regard et d'un sourire. Freddie avait beau n'avoir que cinq ans, elle était déjà passée maîtresse dans l'art d'utiliser les armes typiquement féminines.

Lui-même avait eu bien du mal à ne pas laisser ses pensées s'égarer du côté de la boutique, ou plutôt de sa propriétaire. Même si c'était avec d'autres armes — la colère et le mépris — que celle-ci l'avait accueilli. Natasha Stanislaski n'avait pas pris la peine de se présenter, mais une rapide consultation du Bottin avait permis à Spencer de réparer cet oubli. Depuis, ce nom aux sonorités aussi remarquables que celle qui le portait ne cessait de le troubler. Ce qui le rendait plus furieux encore quand il se remémorait l'attitude parfaitement stupide qui avait été la sienne lors de leur première rencontre.

Sa seule excuse était l'état d'égarement dans lequel il s'était trouvé brusquement plongé. Jamais la simple vision d'une femme n'avait suscité en lui un désir aussi puissant, aussi immédiat… Pourtant, sa maladresse n'expliquait en rien la réaction violente de la jeune femme. Après tout, il n'avait fait que l'inviter à dîner. Ce n'était pas comme s'il lui avait proposé sans préambule de le suivre au lit. Même s'il en avait eu furieusement envie…

Dès l'instant où il l'avait aperçue, les rêves les plus fous s'étaient emparés de lui. Il s'était imaginé en train de l'entraîner au plus profond d'un bois sombre, là où la mousse est tendre et la voûte végétale opaque, pour cueillir sur sa bouche les baisers brûlants que ses lèvres promettaient, pour plonger avec elle dans un océan de passions torrides et déraisonnables.

Atterré par le tour que ses pensées étaient en train de prendre, Spencer passa une main sur son visage. Il eut un sourire d'autodérision en songeant qu'il avait depuis longtemps passé l'âge de réagir aussi violemment au charme d'une belle inconnue… Mais le sourire mourut bientôt sur ses lèvres et il serra les poings. En fait, c'était tout simplement l'attitude d'un homme qui n'avait pas tenu une femme entre ses bras depuis plus de trois ans. Devait-il être reconnaissant à Natasha Stanislaski d'avoir réveillé ces appétits en lui ? Il n'en était pas sûr, mais ce qu'il savait avec certitude, c'est que tôt ou tard il chercherait à la revoir.

— Ça y est, je suis prête !

Comme Spencer ne répondait pas, Nina se figea sur le seuil du salon de musique et poussa un petit soupir. Une fois encore, il était tellement absorbé dans ses pensées que rien ne semblait pouvoir l'atteindre.

— Spence ? reprit-elle en élevant la voix. Je ne vais pas tarder à partir. Tu ne veux pas me dire au revoir ?

Le visage adouci par un sourire espiègle, Spencer se retourna et traversa la pièce pour la rejoindre.

— Tu sais bien que tu vas nous manquer, Nina…

Se hissant sur la pointe des pieds, elle déposa sur sa joue un rapide baiser.

— Tu veux dire que tu vas pousser un soupir de soulagement dès que j'aurai tourné les talons, corrigea-t-elle.

— Ne dis pas de bêtises, protesta Spencer en la fixant de ses yeux gris clair, sévères et un peu rêveurs. J'apprécie beaucoup le fait que tu aies pris sur ton temps pour nous aider à nous installer. Je sais à quel point tu es occupée.

— Je n'allais pas laisser mon frère chéri s'enterrer dans ce trou perdu sans réagir…

Laissant libre cours à un de ses rares élans de tendresse, Nina prit les mains de Spencer dans les siennes.

— Tu es sûr que tu n'es pas en train de faire une bêtise ? demanda-t-elle d'un ton inquiet. Comment diable vas-tu pouvoir tuer le temps dans cet endroit sinistre ?

Il sourit malicieusement et murmura d'un ton rêveur :

— Je vais tondre la pelouse… Peut-être aussi me remettre à écrire.

Agacée, Nina haussa les épaules.

— Rien ne t'empêchait de le faire à New York.

— Tu parles ! En quatre ans, là-bas, je n'ai pas réussi à écrire plus de deux portées intéressantes.

Marchant vers le Steinway noir et lustré comme un miroir qui occupait un coin de la pièce, Nina balaya l'argument d'un geste de la main.

— Si tu voulais changer d'air, tu pouvais aussi bien le faire à Long Island ou dans le Connecticut.

— J'aime cet endroit, Nina. Fais-moi confiance. Je suis persuadé que ce déménagement est ce qui pouvait nous arriver de mieux, à Freddie et à moi.

Nina poussa un petit soupir résigné.

— Dieu t'entende... Mais, quand tu rentreras à New York dans six mois, ne viens pas dire que je ne t'avais pas prévenu. En attendant, promets-moi de me donner de tes nouvelles. Et tiens-moi au courant des progrès de Freddie en classe. Je te rappelle que je suis sa tante et que sa scolarité m'intéresse. Même si l'idée de la voir fréquenter une école publique...

Les yeux levés vers le plafond, Spencer soupira bruyamment.

— Nina..., protesta-t-il d'une voix lasse.

Elle eut un geste d'apaisement de la main.

— D'accord, d'accord, dit-elle sur un ton conciliant. Inutile de nous disputer encore à ce sujet. De toute façon je n'ai pas le temps, j'ai un avion à prendre. Mais je t'en supplie : arrête de te ronger les sangs à cause de ce qui s'est passé avec Angela... Et cesse de croire que tu es obligé de t'imposer toutes sortes de choses pour réparer des prétendues erreurs...

Spencer fronça les sourcils et pâlit légèrement.

— Cela n'a rien à voir...

Il se tourna vers la fenêtre. Du menton, il désigna Freddie.

— Regarde-la..., murmura-t-il avec un sourire attendri. Elle est heureuse ici. Et son bonheur suffit au mien.

2

— J'ai même pas peur !

Dans le miroir devant lequel il était en train de lui natter les cheveux, Spencer sourit à sa fille.

— Bien sûr que non, dit-il d'un ton rassurant. D'ailleurs, il n'y a aucune raison d'avoir peur.

Il n'avait pas eu besoin de percevoir le soupçon de panique dans le ton de sa voix pour comprendre à quel point elle était terrifiée. Lui-même n'en menait pas large, d'ailleurs. Depuis son réveil, il avait l'impression qu'une pierre de la taille d'un ballon de football s'était logée dans son estomac.

— Je suis sûre qu'il y a des enfants qui vont pleurer, dit bravement Freddie, la voix vibrante de larmes contenues. Mais, moi, je ne pleurerai pas…

— Et moi, je suis certain que tu vas bien t'amuser !

Comme il était difficile de devoir en permanence donner l'impression d'être sûr de tout, songeait Spencer, le cœur serré. Le rôle de père décidément n'était pas toujours facile !

— Le premier jour d'école, tout le monde est un peu effrayé, poursuivit-il. C'est tout à fait normal. Mais, dès que tu auras fait la connaissance de tes nouveaux camarades, cela ira beaucoup mieux. D'ailleurs, tu connais déjà Jo-Beth…

Ce disant, Spencer bénit mentalement la petite brunette au nez en trompette qui avait eu la bonne idée de venir frapper à leur porte, en compagnie de sa mère, quelques jours auparavant.

— Jo-Beth est gentille, reconnut-elle en hochant la tête d'un air songeur. Mais…

Freddie baissa les yeux, puis lâcha dans un souffle :

— Je pourrais peut-être attendre demain pour mon premier jour d'école ?

Spencer s'accroupit derrière elle et posa le menton sur son épaule. Dans le miroir, leurs yeux se rencontrèrent. Sa peau embaumait ce savon en forme de dinosaure que sa tante lui avait offert, et dont elle ne pouvait plus se passer. Son visage, si semblable au sien mais tellement plus émouvant, était d'une pâleur extrême.

— Tu pourrais, bien sûr, reconnut-il avec une grimace comique. Mais, demain, ce serait quand même ton premier jour d'école. Et les papillons seraient toujours là…

— Les papillons ?

Doucement, Spencer lui passa la main sur le ventre.

— Ceux qui sont ici, répondit-il sans la quitter des yeux. Tu n'as pas l'impression que des milliers de papillons sont en train de voler comme des fous là-dedans ?

Freddie pouffa de rire, au grand soulagement de son père.

— Tu sais, conclut-il, moi aussi, j'ai des papillons dans le ventre ce matin.

Freddie tira machinalement sur les rubans que son père venait de nouer au bout de ses couettes. Il avait beau dire, elle savait bien que ce n'était pas la même chose. Pourtant, pour rien au monde elle ne le lui aurait fait remarquer. Il ne fallait pas qu'il pense que tante Nina avait raison quand elle disait qu'ils ne s'habitueraient jamais à vivre ici. Elle aimait leur nouvelle maison et sa grande chambre dont les fenêtres donnaient sur le jardin et sa balançoire. Elle aimait aussi l'idée que le travail de son père était si proche qu'il pourrait être à la maison tous les soirs bien avant l'heure du dîner.

Un peu rasséréné par cette perspective, elle demanda, pleine d'espoir :

— Tu seras là, quand je rentrerai ?

— J'espère bien. Mais, si tu dois m'attendre un peu, c'est Vera qui s'occupera de toi.

Le prénom de sa nounou suffit à ramener un sourire sur les lèvres de Freddie. Dans le miroir, Spencer le lui rendit puis embrassa ses cheveux et la fit doucement pivoter vers lui. La détermination qu'il pouvait lire dans les grands yeux gris de sa fille était démentie par le tremblement de sa lèvre inférieure. Luttant contre l'envie pressante de la serrer dans ses bras, Spencer se redressa et l'entraîna par la main.

— Allez, viens, dit-il. Allons voir ce que Vera t'a préparé pour le goûter.

Vingt minutes plus tard, Spencer se tenait debout au coin de la rue, la main de Freddie serrée dans la sienne. Avec appréhension, il vit le car jaune du ramassage scolaire déboucher au bout de la rue.

Saisi par un brusque remords, il songea qu'il aurait pu pour ce premier jour amener lui-même sa fille à l'école. Mais il s'était dit que la laisser prendre le bus était le meilleur moyen de la familiariser avec son nouvel environnement. Soudain le doute l'assaillit. Et s'il s'était trompé ? Si le chauffeur avait un accident ? Si Freddie oubliait de reprendre le bus ce soir en sortant de l'école ?

Alors qu'il était presque décidé à faire demi-tour, Spencer vit soudain les portières de l'autocar s'ouvrir sous ses yeux. Il s'avança timidement, Freddie sur ses talons.

— Bonjour, bonjour !

Le chauffeur, une femme entre deux âges aux larges épaules et au sourire débonnaire, le dévisagea de ses petits yeux vifs. Derrière elle, ses passagers poussaient des cris de sauvages et sautaient comme des diables sur leurs sièges.

— Vous devez être le professeur Kimball…

Spencer, occupé à imaginer l'excuse qu'il allait fournir pour ne pas lui confier sa fille, se contenta de hocher la tête.

— Je suis Dorothy Mansfield, reprit-elle. Miss D pour les enfants. Et toi, si je ne me trompe, tu dois être Frederica…

Luttant visiblement contre une irrésistible envie de se réfugier dans les jambes de son père, Freddie se mordit la lèvre et soutint le regard de l'inconnue.

— Oui, madame. Mais on m'appelle Freddie.

— Ravie de l'apprendre ! rugit Miss D avec un grand rire. Bienvenue à bord, petite Freddie. Aujourd'hui c'est le grand jour…

Hésitante, Freddie réussit à grimper la première marche, mais la deuxième semblait tout à fait hors de sa portée. La voyant lancer à son père un regard de détresse, Miss D l'encouragea :

— Viens donc, n'aie pas peur… Et si tu allais t'asseoir juste là, derrière moi, entre Jo-Beth et Lisa ?

Dans un dernier sursaut de volonté, Freddie parvint à gagner la place qu'elle lui indiquait. D'un geste de la main, Miss D demanda à Spencer de s'écarter et lui fit un clin d'œil appuyé.

— Ne vous inquiétez surtout de rien, professeur. Nous prendrons bien soin d'elle.

Avec un soupir, les portières grincèrent en se refermant sous son nez. Immobile au bord du trottoir, Spencer regarda s'éloigner le bus qui emportait pour une nouvelle vie, loin de lui, sa petite fille chérie.

Heureusement pour lui, la première journée de travail de Spencer fut bien remplie. Le programme de sa journée était particulièrement chargé. Il fallait organiser son emploi du temps, rencontrer ses nouveaux collègues, vérifier l'état du matériel mis à sa disposition, passer les commandes de livres et de papier à musique… Ensuite il devrait se pencher sur tous les mémos, formulaires et dossiers à compléter ou à étudier dans les plus brefs délais. Mais, tout compte fait, c'était une routine qui ne lui déplaisait pas. Il y était rodé depuis qu'il avait accepté, trois ans auparavant, un poste d'enseignant à la Juilliard School.

Ce n'est qu'à l'heure du déjeuner, dans la cafétéria de l'université, que le rattrapèrent ses angoisses concernant Freddie. Tout en essayant d'avaler son repas, il l'imagina seule à une table de cantine ou dans la cour de récréation, pendant que ses camarades s'amusaient autour d'elle comme des petits fous. Avec consternation, il se dit que c'était lui le responsable de tout cela et qu'il aurait pu l'éviter s'il avait eu la présence d'esprit de l'empêcher de grimper dans ce satané bus jaune. Il aurait de la chance si cette expérience traumatisante ne la marquait pas à vie…

Avant la fin de la journée, il se sentait aussi coupable et honteux qu'un bourreau d'enfants, convaincu que Freddie rentrerait à la maison en pleurs et déterminée à ne plus jamais retourner en classe. Aussi, quand l'heure de la sortie sonna enfin, il ne s'attarda pas et, son veston jeté sur l'épaule, son attaché-case à bout de bras, il s'attaqua d'un pas alerte aux deux kilomètres qui séparaient le campus de sa maison. Bien déterminé à mener désormais une vie plus saine, il avait décidé de se passer de voiture tant que la météo resterait clémente.

Il était déjà tombé sous le charme de la petite ville aux boutiques vieillottes et aux grandes maisons de styles différents qui se dressaient le long des rues bordées d'arbres. Les habitants de Shepherdstown semblaient aussi fiers de leur université que de leur ville. Les routes épousaient les replis du terrain et l'asphalte des trottoirs se soulevait par endroits sous la poussée des racines. Même à cette heure de pointe, le bruit du trafic automobile ne parvenait pas à masquer l'aboiement obstiné d'un chien dans une cour ou le ronron d'une radio venu d'une fenêtre ouverte.

Dans un jardin, une femme occupée à biner un parterre de soucis se redressa au passage de Spencer et lui sourit en hochant la tête. Aussi ravi que surpris, il lui rendit son sourire et la salua à son tour. Il n'en revenait pas… Dire que cette femme qui ne le connaissait ni d'Eve ni d'Adam le saluait déjà comme un voisin de longue date ! Il l'imagina en train de balayer la neige de son perron en hiver, ou cueillant ses tulipes au printemps… A cette perspective, un regain d'optimisme se fit jour en lui. Nul doute que, dans quelque temps,

Freddie et lui auraient oublié qu'ils avaient pu vivre un jour ailleurs qu'ici.

Il s'arrêta pour laisser passer une voiture à un carrefour, juste avant d'arriver chez lui. Levant les yeux, il remarqua alors, sur le trottoir d'en face, l'enseigne colorée du magasin de jouets : *Funny House*... Décidément c'était le nom idéal pour ce genre de boutique. Il était parfait ! Tout comme sa propriétaire, d'ailleurs...

Pris d'un besoin pressant d'offrir à Freddie un petit quelque chose pour ramener le sourire sur son visage, Spencer se dirigea vers l'entrée. Ce matin-là, sa petite fille avait marché vers ce bus aussi bravement qu'un soldat vers le champ de bataille. N'en déplaise à Nina, elle avait bien mérité une petite récompense...

Un carillon joyeux salua son entrée. Dès qu'il eut passé le seuil, il fut assailli par une odeur de menthe aussi vivifiante que le son des clochettes. De l'arrière-boutique montaient les accents naïfs d'une comptine.

— Une petite minute et je suis à vous ! cria une voix de femme.

Un sourire de contentement passa sur les lèvres de Spencer. Il avait oublié à quel point cette voix était mélodieuse, avec son charmant accent slave... Pas question cette fois de commettre la même erreur ! D'ailleurs, l'effet de surprise ne jouerait plus et il était préparé maintenant à affronter l'exotique beauté de Natasha Stanislaski. De toute façon — c'est du moins ce dont il était en train de tenter de se persuader —, il était entré pour acheter un jouet à sa fille, pas pour flirter avec la propriétaire. Même si l'un n'empêchait pas l'autre...

Précédant sa cliente, une vieille dame très digne en chapeau à voilette et manteau noir, Natasha fit son entrée dans la pièce, les bras chargés d'un carrousel miniature.

— Je suis sûre que Bonnie va l'aimer, dit-elle. C'est un magnifique cadeau d'anniversaire.

Celle qui devait être la grand-mère de Bonnie se tordit le cou pour lire le prix sur l'étiquette, fit une brève grimace et ouvrit son sac pour y prendre son porte-monnaie.

— Depuis qu'elle l'a vu, il y a quelques semaines, elle ne parle plus que de cela, dit-elle en comptant ses billets. Elle est assez grande à présent pour en prendre soin, qu'en penses-tu ?

Natasha hocha la tête en se glissant derrière le comptoir.

— Bonnie est une petite fille très soigneuse.

Puis elle aperçut Spencer debout près de la porte d'entrée. Aussitôt son expression changea.

— J'ai bientôt terminé, dit-elle d'une voix glaciale.

— Je vous en prie, prenez votre temps, grommela-t-il.

Spencer n'arrivait pas à savoir ce qui le perturbait le plus chez cette femme… Etait-ce le désir irrationnel qu'elle éveillait en lui par sa simple présence ou bien son attitude distante et presque hostile à son égard ? Pour quelque raison qui lui échappait, Natasha Stanislaski semblait l'avoir pris en grippe. Il la regarda d'un air pensif tandis qu'elle emballait le cadeau de ses longues mains habiles. Plus tard, il chercherait à comprendre pourquoi elle semblait lui en vouloir autant et tenterait de la faire changer d'avis…

Après avoir tendu le paquet à sa cliente, Natasha fit tinter son tiroir-caisse.

— Cela fera cinquante-cinq dollars et vingt-cinq cents, madame Mortimer.

— Tu es sûre ? s'étonna la vieille dame. Il me semblait avoir lu soixante-sept dollars sur l'étiquette…

Spencer admira la conviction avec laquelle Natasha feignait l'étonnement. Manifestement, la grand-mère de Bonnie ne roulait pas sur l'or et la jeune femme par ce geste faisait preuve de générosité.

— Je ne vous l'avais pas dit ? Cet article est en solde aujourd'hui.

Avec un petit sourire, Mme Mortimer récupéra sa monnaie.

— Alors, dit-elle, ce doit être mon jour de chance.

— Et celui de Bonnie ! renchérit Natasha. Surtout, souhaitez-lui bon anniversaire de ma part.

Portant fièrement son paquet, la vieille dame se dirigea vers la porte.

— Je n'y manquerai pas ! Si tu savais comme j'ai hâte de voir son visage quand elle ouvrira le paquet… Au revoir, Nat.

Natasha attendit que la porte soit refermée et se tourna vers son nouveau client.

— En quoi puis-je vous être utile ?

S'approchant d'elle lentement, Spencer lui sourit.

— C'était très gentil de votre part…

Natasha fronça les sourcils.

— Que voulez-vous dire ?

— Vous le savez parfaitement.

Il était maintenant si près d'elle que, en tendant le bras, il aurait pu la toucher et il dut se retenir pour ne pas s'emparer de ses mains afin de les porter à ses lèvres. L'effet que cette femme produisait sur lui était stupéfiant. A trente-cinq ans, il trouvait presque humiliant de se sentir aussi impatient qu'un *teenager* à son premier flirt.

— J'aurais dû revenir plus tôt, murmura-t-il presque malgré lui.

— Pourquoi ? rétorqua Natasha. Freddie n'est pas contente de sa poupée ?

— Au contraire ! s'écria-t-il. Elle l'adore. C'est juste que…

Il se tut, agacé par sa propre confusion. Voilà qu'il se mettait à bafouiller, maintenant ! Comme si ça pouvait arranger les choses… S'il ne voulait pas se ridiculiser définitivement aux yeux de la marchande de jouets, il avait tout intérêt à se reprendre.

— J'ai l'impression de m'être conduit comme un imbécile l'autre jour, reprit-il en cherchant délibérément son regard. Puis-je vous demander de m'en excuser ?

Imperturbable, Natasha le considéra un long moment en silence. Il avait l'air sincère. Il était même touchant dans son repentir, mais elle n'était pas décidée pour autant à lui faciliter la tâche. Comme un couperet, sa réponse tomba enfin.

— Si cela peut vous faire plaisir… Vous êtes venu uniquement pour cela ?

— Non.

Il n'avait pas manifesté la moindre réaction, mais ses yeux gris s'étaient assombris l'espace d'un instant. Natasha, qui l'avait noté avec intérêt, comprit qu'elle allait sans doute devoir réviser son jugement à son égard. Après tout, peut-être n'était-il pas aussi inoffensif qu'il en avait l'air. Son regard dénotait une force indéniable, une certaine puissance, d'autant plus dangereuse pour elle qu'elle n'y demeurait pas insensible.

Déstabilisée par le tour que prenaient ses pensées, Natasha tenta de se ressaisir. Qu'elle fût sensible ou non à son charme n'avait aucune importance. Elle se trouvait en présence d'un homme marié et c'est tout ce qui devait compter à ses yeux.

— Je vous écoute, dit-elle avec un sourire poli et strictement commercial. Vous désirez autre chose ?

— Un cadeau pour ma fille, répondit-il sur le même ton. C'était aujourd'hui son premier jour d'école et elle a fait preuve de beaucoup de courage ce matin… Je me suis donc dit que cela méritait une récompense.

Spencer vit Natasha contourner son comptoir pour le rejoindre. Cette fois, son sourire paraissait naturel et spontané.

— Il ne faut pas vous en faire, assura-t-elle. Ce soir, elle aura des milliers de choses à vous raconter. En fait, le premier jour est souvent plus difficile pour les parents que pour les enfants.

En guise d'assentiment, Spencer fit la grimace.

— Vous ne croyez pas si bien dire… Je viens de passer le jour le plus long de toute mon existence.

Natasha se mit à rire et ce rire cueillit Spencer de plein fouet. C'était un rire voilé, un peu rauque, d'un érotisme qui paraissait déplacé dans un magasin rempli de clowns hilares et d'ours en peluche.

— Il me semble, dit-elle, que vous méritez un cadeau autant qu'elle. Vous vous intéressiez à une boîte à musique, l'autre jour. Je vais vous en montrer une autre qui devrait vous plaire également.

Sans attendre, elle l'entraîna vers le fond de la boutique. Dans son dos, Spencer fit de son mieux pour ignorer le balancement hypnotique de ses hanches sous le mince tissu de sa robe. En revanche, il lui était difficile de rester insensible aux fragrances subtiles de parfum et de peau fraîchement lavée qu'elle laissait dans son sillage.

La boîte à musique qu'elle lui glissa dans les mains était de bois sculpté, son piédestal couronné d'un chat, d'un violon, d'une vache et d'un quartier de lune. Vivement colorées, les figurines virevoltaient au son d'une berceuse de Mozart.

— C'est charmant, murmura Spencer. Freddie va l'adorer…

— C'est une de mes préférées.

Radoucie, Natasha le regarda inspecter la boîte à musique sous toutes les coutures. Un homme capable d'aimer les belles choses et sa fille à ce point ne pouvait pas être foncièrement mauvais…

— A mon avis, expliqua-t-elle avec un sourire rêveur, elle gardera un bon souvenir de ce grand jour avec un cadeau comme celui-ci. Et elle le conservera longtemps. Peut-être même écoutera-t-elle cette mélodie, le jour de son entrée à l'université, en pensant à son papa qui s'en faisait tant pour elle…

— Si jamais elle survit à ce premier jour d'école !

Avec un sourire conquis, l'homme tendit le bras pour lui rendre le bibelot.

— Je la prends, dit-il. Elle est parfaite. Merci de vos conseils.

Incapable de lui répondre, Natasha le dévisagea longuement. Leurs doigts s'étaient à peine effleurés, mais cela avait suffi à la faire frissonner de la tête aux pieds. L'espace d'un instant, elle oublia le client, le père, le mari qu'il était, pour ne plus voir en lui que l'homme capable de réveiller ses sens endormis. Ses yeux étaient de la couleur de la rivière au crépuscule. Ses lèvres, sur lesquelles flottait un léger sourire, semblaient irrésistiblement attirantes. Soudain, elle ne put s'empêcher d'imaginer ce que ce serait de se laisser embrasser par cet homme et de voir son visage se refléter dans ses yeux.

Stupéfaite d'avoir pu se livrer à de telles rêveries, Natasha fit un pas de côté et dit, d'une voix plus glaciale que jamais :

— Je vais l'emballer.

Intrigué par ce soudain revirement d'humeur, Spencer prit son temps pour la rejoindre à la caisse. Avait-il vu passer *quelque chose* dans ses yeux fabuleux ou était-ce le fruit de son imagination ? Quoi que cela ait pu être, cela n'avait été que très fugace, et la glace avait aussitôt recouvert le feu. Il n'avait aucune idée de ce qu'il avait pu faire pour mériter l'une ou l'autre, mais il était bien décidé à le découvrir.

Alors qu'elle commençait à emballer la boîte à musique, Natasha vit l'homme tendre le bras pour poser une main sur les siennes. Se maudissant d'avoir eu le temps de remarquer à quel point cette main à la paume large et aux longs doigts fins était belle, elle leva lentement les yeux vers son visage.

— Natasha…

Il avait murmuré son nom avec une ferveur qui acheva de mettre à mal ses nerfs déjà bien éprouvés. Souhaitant que rien ne transparaisse du trouble qui l'agitait, Natasha soutint tranquillement son regard et dit à voix haute et claire :

— Vous avez changé d'avis ?

Pour toute réponse, l'homme secoua la tête, un sourire énigmatique au coin des lèvres.

— Pourquoi ai-je toujours l'impression que vous aimeriez me faire frire dans de l'huile bouillante ? demanda-t-il enfin. J'ai beau y réfléchir, je ne vois pas ce que j'ai bien pu faire pour mériter une telle hargne.

D'une secousse, Natasha libéra ses mains et se remit à l'ouvrage.

— Si vous ne le voyez pas, répondit-elle en poussant vers lui son paquet et sa note, je vous suggère d'y réfléchir encore. Vous payez comment ?

Spencer sentit toute patience le quitter. Il n'appréciait pas plus qu'un autre de se voir ainsi rejeté et n'avait pas le masochisme pour vocation. Aussi troublante que fût la belle princesse ukrainienne, il n'avait pas l'intention de continuer à la laisser le malmener ainsi sans réagir.

— Cash…, répondit-il sourdement.

Alors qu'il prenait son portefeuille dans son veston, le carillon de la porte d'entrée retentit, et trois garçons d'une dizaine d'années se précipitèrent, tout essoufflés, vers la caisse. Le plus jeune, aux cheveux roux emmêlés et au visage mangé par les taches de rousseur, s'agrippa au comptoir et se hissa sur la pointe des pieds.

— J'ai trois dollars ! annonça-t-il fièrement.

— Vraiment ? Vous me paraissez bien riche aujourd'hui, monsieur Jensen, dit Natasha qui, visiblement, luttait pour garder son sérieux.

Le gamin la gratifia d'un sourire radieux, révélant le trou béant laissé par la chute de sa dernière dent.

— C'est toutes mes économies, expliqua-t-il en hâte. Je veux la voiture de course. La nouvelle.

Cherchant dans son tiroir-caisse la monnaie qu'elle devait rendre, Natasha s'étonna :

— Ah oui ? Et ta mère est au courant que tu comptes tout dépenser aujourd'hui ?

Baissant les yeux, le jeune garçon se cantonna dans un silence prudent.

— Scott ?

— Elle a pas dit que je pouvais pas…

— Mais elle n'a pas dit non plus que tu pouvais.

Accoudée à son comptoir, Natasha tendit le bras pour passer la main dans les cheveux du jeune Jensen.

— Alors ce que je te propose, conclut-elle gentiment, c'est d'aller lui demander l'autorisation. En attendant, je te mets la voiture de côté…

Les yeux du gamin étincelèrent de reconnaissance.

— Promis ? demanda-t-il.

Solennellement, Natasha posa la main droite sur son cœur.

— Juré !

Sans s'attarder davantage, Spencer gagna la porte et sortit de la boutique, furieux contre lui-même. A son âge, à quoi pouvait bien rimer d'être jaloux d'un petit garçon d'une dizaine d'années, avec des rêves de voiture de course ?

*
* *

Lorsque Natasha ferma son magasin à 18 heures, le soleil était encore chaud dans le ciel et il régnait dans les rues une touffeur estivale. Aussitôt, l'envie lui vint d'un pique-nique en famille, à l'ombre d'un grand arbre, à des années-lumière du plat préparé qui l'attendait dans son réfrigérateur.

Refusant de se laisser aller à la mélancolie qu'elle sentait poindre en elle, Natasha se mit en marche vers son domicile. Trois années passées à Shepherdstown n'avaient pas réussi à la lasser du charme de cette ville, si différente — et d'une certaine manière si proche — du New York où elle avait grandi.

En chemin, une voiture ralentit à son niveau. Une main s'agita à la portière pour lui dire bonjour et elle sourit en retour au visage connu tourné vers elle. En fait, se dit-elle en rendant le salut, elle aurait pu sans difficulté trouver au pub local une connaissance avec qui partager sa soirée, si elle l'avait voulu. Mais ce n'était pas ce dont elle avait envie. Ce soir, elle ne se sentait pas d'humeur à apprécier la compagnie de qui que ce soit. Pas même la sienne !

Elle ne supportait pas la canicule qui pesait sur la ville depuis le début de l'été et ne semblait nullement décidée, avec l'automne, à céder du terrain. La chaleur la rendait toujours nerveuse… Elle ravivait des souvenirs qu'elle aurait préféré oublier. Les souvenirs d'un lointain été, autrefois, qui avait vu sa vie basculer.

Même à présent, après toutes ces années, elle continuait à se sentir assaillie par une peine lancinante dès que les abeilles butinaient les premières roses écloses. La mort dans l'âme, elle se demandait alors ce que sa vie serait devenue si… Elle secoua la tête et tenta de chasser les idées sombres qui la hantaient. Elle se détestait de se laisser aller à ce jeu morbide. Mais elle ne pouvait pas s'en empêcher.

En traversant son jardinet, elle passa près du petit rosier qu'elle avait planté sous ses fenêtres et qu'elle soignait comme la prunelle de ses yeux. S'occuper de cet arbuste l'emplissait d'un mélange de bonheur et de peine. Elle caressa du bout du doigt les minuscules fleurs roses, qui survivaient en dépit de la canicule… Il faudrait qu'elle pense à les arroser. Mais elle savait qu'elle n'oublierait pas. Elle n'oubliait jamais.

Après avoir déverrouillé sa porte, elle fut surprise et presque déçue du calme parfait qui régnait dans son appartement. Elle avait pensé un moment adopter un chat ou un petit chien. Quelqu'un pour l'accueillir à son retour du travail et rendre sa solitude moins pesante. Mais l'idée de devoir le laisser seul chez elle pendant ses heures de travail l'avait fait renoncer à son projet.

Par habitude, elle poussa le bouton de la chaîne stéréo avant même d'avoir ôté ses chaussures. Dès les premiers accords, elle reconnut le morceau. Tchaïkovski, *Roméo et Juliette*. Même la station de radio locale semblait avoir décidé de la replonger dans le passé. Un bref instant, elle se revit, virevoltant sur scène, aux accents de la musique romantique…

Elle s'immobilisa, le regard perdu dans le vague, puis se reprit et commença à se changer rapidement. Le passé était le passé… Et elle avait suffisamment de force en elle pour lutter contre les regrets et les remords.

Dans la cuisine, après s'être servi un grand verre de thé glacé, Natasha ouvrit un de ces repas prêts à l'emploi qu'elle détestait tant mais dont elle se nourrissait largement. Ensuite, tout en réglant la minuterie du four à micro-ondes, elle se dit dans un accès d'autodérision qu'elle avait intérêt à faire attention si elle ne voulait pas devenir une de ces vieilles filles aigries que tout agace. Après la chaleur étouffante et le plateau-repas, qu'allait-elle se mettre à détester à présent ?

Natasha prit place à table et regarda par la fenêtre d'un air absent. Avec un regain de colère, elle songea que le père de Freddie, aussi, était pour quelque chose dans sa mauvaise humeur. Tout à l'heure, dans la boutique, elle en était presque arrivée à le trouver sympathique. Elle devait bien se l'avouer, elle avait été touchée de le voir se faire un sang d'encre pour sa petite fille. Elle avait aimé le son de sa voix, le sourire qui illuminait ses yeux, et le contact furtif de ses doigts contre les siens. Pendant un bref moment, elle s'était même imaginée en train de rire et de passer avec lui de bons moments.

Puis tout avait changé. Elle avait eu peur et s'était ressaisie. Mais elle lui en voulait d'avoir déclenché chez elle ce frisson d'excitation, cette pointe d'envie. Tout ce contre quoi elle luttait depuis tant d'années… Elle était honteuse d'elle-même, et furieuse contre lui.

Elle retira le plat fumant du four et plongea sa fourchette dedans avec nervosité. Le moins qu'on puisse dire, c'est qu'il ne manquait pas de culot… Flirter avec elle au grand jour, avant d'aller retrouver sa femme et sa fille, comme si de rien n'était… Dire qu'il avait eu le toupet de l'inviter à dîner ! Pour rien au monde elle ne s'y serait risquée… A n'en pas douter, c'était le genre d'homme à attendre une récompense en nature pour un souper fin, quelques chandelles et des flots de paroles hypocrites. Exactement comme Anthony…

Cette fois elle avait réussi définitivement à se couper l'appétit ! Elle repoussa avec impatience la barquette et prit son verre couvert de buée, qu'elle posa contre sa joue pour se rafraîchir. Heureusement, songea-t-elle pour se rassurer, elle n'était plus la jeune fille innocente et naïve qu'elle était à dix-huit ans. Elle était aujourd'hui beaucoup plus avisée, beaucoup plus forte, prête à résister au charme et aux mots doux d'un séducteur de cet acabit.

Comment avait-elle fait pour ne pas se rendre compte de la ressemblance troublante qui existait entre cet homme et son premier amant ? Etait-elle donc aveugle pour ne pas avoir remarqué qu'ils avaient la même haute taille, la même blondeur, et cette mâle assurance typiquement américaine qui masquait si bien un cœur vide et une totale absence de moralité…

Un raclement de chaise au-dessus de sa tête lui fit lever les yeux vers le plafond et lui arracha un sourire. Manifestement, les Jorgenson étaient rentrés et s'apprêtaient à dîner eux aussi… Elle imagina Don en train de s'activer avec prévenance autour de Marilyn, enceinte de six mois de leur premier enfant. Natasha aimait savoir qu'ils étaient là, au-dessus d'elle, heureux, amoureux, pleins d'espoir. Ils lui rappelaient la famille aimante et unie au sein de laquelle elle avait grandi, et dont le souvenir la rendait si nostalgique.

C'était elle l'aînée et elle se rappelait parfaitement les gestes d'attention et de tendresse de son père pour sa mère lorsque celle-ci attendait ses deux frères et sa sœur. Elle se souvenait de ses larmes de joie, à chaque naissance, et de son soulagement de savoir sa femme et son bébé hors de danger. Il s'appelait Yuri et elle, Nadia. Chaque soir, en rentrant chez lui après une journée épuisante sur les chantiers, Yuri embrassait sa femme avec une passion qui ne s'était jamais démentie. Aujourd'hui encore, il continuait à lui offrir des fleurs chaque semaine. Après plus de trente ans de mariage, son père aimait toujours avec passion la mère de ses enfants.

C'est grâce à lui que Natasha avait réussi à ne pas mettre tous les hommes dans le même panier après sa mésaventure avec Anthony. L'exemple de ses parents entretenait en elle le secret espoir que, un jour, elle tomberait amoureuse et serait aimée en retour. « Un jour..., se dit-elle en haussant les épaules, mais sûrement pas aujourd'hui ! » Elle avait fini par panser ses plaies, mais il était encore trop tôt pour que celles-ci soient complètement cicatrisées. Et aucun homme, aussi troublant pût-il être, ne pourrait rien y changer.

— Encore une histoire, papa ! La dernière...

Les yeux aussi brillants que ses joues fraîchement lavées, Freddie adressa à son père son sourire le plus irrésistible. Adossée à la tête de son grand lit blanc, elle était confortablement nichée contre lui.

— Tu tombes de fatigue..., protesta-t-il.

— Pas du tout !

Pour mieux le lui prouver, elle leva le visage vers lui, luttant pour maintenir grandes ouvertes ses paupières déjà lourdes. Elle venait de passer la plus belle journée de toute sa vie, et elle tenait à en profiter jusqu'à la dernière minute.

— Je t'ai dit que le chat de Jo-Beth avait eu des petits ? Il y en a six...

— Oui, ma puce… Tu me l'as déjà dit deux fois.

Spencer, qui savait deviner tous les désirs de sa fille, caressa son nez du bout du doigt et dit d'un ton évasif qui ressemblait fort à une capitulation :

— Nous verrons…

Freddie, qui avait compris au ton de sa voix que son père était sur le point de céder, sourit et se pelotonna affectueusement contre lui.

— Mlle Patterson est vraiment gentille, tu sais ! Avec elle, on va faire du théâtre tous les jeudis…

Spencer, qui avait entendu chanter les louanges de l'institutrice durant toute la soirée, caressa tendrement les cheveux de sa fille. Et dire qu'il s'était fait un sang d'encre pour elle toute la journée…

— En somme, dit-il, tu as l'air d'apprécier vraiment l'école.

Freddie hocha la tête avec conviction, avant de se mettre à bâiller. Soudain, elle se redressa, l'air inquiet.

— Tu as rempli les papiers ? Mlle Patterson a dit qu'on devait les rendre demain…

— Je vais m'en occuper dès que tu dormiras, répondit Spencer en songeant à l'épaisse liasse qui l'attendait sur son bureau. Ne t'en fais pas pour ça. Maintenant, il est l'heure de reprendre des forces.

— Encore une histoire ! supplia Freddie. Une histoire inventée…

De nouveau, elle se laissa aller à bâiller longuement, assoupie contre le coton rêche de la chemise de son père, rassurée par l'odeur familière de son eau de toilette.

Sachant qu'elle serait endormie bien avant la fin, Spencer improvisa l'histoire d'une belle princesse aux cheveux noirs, venue d'un lointain pays, qu'un vaillant chevalier tentait de sauver de sa tour d'ivoire. Même en y ajoutant une méchante sorcière et un dragon à deux têtes, il comprit que ses pensées, une fois de plus, l'avaient ramené vers Natasha Stanislaski. Mais, si elle ressemblait par la beauté à la princesse de l'histoire, il n'avait jamais rencontré de femme qui eût moins besoin qu'elle d'être sauvée…

Spencer sentit le corps de sa fille peser un peu plus lourd au creux de son bras. Laissant la princesse aux prises avec le dragon, il poussa un petit soupir et se tut. Si seulement il n'avait pas été obligé de passer devant le magasin de jouets deux fois par jour… il serait peut-être arrivé, au prix d'un gros effort, à ne plus penser à elle. En tout cas, une chose était sûre, c'est qu'elle avait réveillé en lui des appétits qu'il pensait à jamais rassasiés.

Dès qu'il se sentirait un peu mieux intégré dans son nouvel univers, il serait temps pour lui de sortir de sa réclusion. Il ne manquait pas à l'université de femmes belles et disponibles… Pourtant, l'idée d'engager avec certaines d'entre elles des manœuvres de séduction ne l'enthousiasmait guère. Quelques images fugitives traversèrent son esprit : mains baladeuses dans l'obscurité des salles de cinéma, moiteur des corps enlacés dans des slows langoureux… Il rit doucement. Ce temps était révolu. Et il n'avait pas besoin de replonger dans les affres de l'adolescence. Il était un homme adulte, avec des besoins d'homme adulte. Et il était plus que temps pour lui de retrouver la compagnie des femmes.

Doucement, il fit glisser sa fille de sa poitrine jusqu'à son oreiller. Après avoir installé sa poupée de chiffon entre ses bras, il déposa un dernier baiser sur son front et remonta la couverture sous son menton. Puis, une main sur le bois de lit, il resta un moment à contempler la chambre, déjà marquée du sceau de Freddie. Les poupées se mêlaient aux livres le long des étagères. Dans un coin, un coffre débordait de peluches. Bien qu'habitée depuis peu, la pièce était imprégnée de l'odeur si caractéristique de sa fille…

Après avoir éteint le plafonnier et allumé la veilleuse, il laissa la porte entrebâillée et descendit l'escalier. Dans le hall, il croisa Vera, chargée d'un plateau sur lequel étaient posées une bouteille Thermos et une tasse à café. La gouvernante mexicaine était une petite femme replète, aussi large d'épaules que de hanches, qui donnait l'impression de glisser de pièce en pièce avec l'allant d'un petit train fonceur.

Depuis la naissance de Freddie, Vera lui était devenue indispensable et Spencer savait que rien ne pourrait jamais la payer de l'amour qu'elle donnait à Freddie sans compter.

— Vera…, protesta-t-il en la suivant dans son bureau. C'est très gentil de votre part, mais j'aurais pu m'en occuper.

Avec mille précautions, Vera déposa le plateau puis haussa les épaules et le fixa de son regard perçant.

— Depuis que mon bébé va à l'école et que la maison est vide toute la journée, j'ai plus de temps qu'il n'en faut pour faire mon travail. Je pouvais bien vous préparer un peu de café, avant de monter me planter devant ma télé… Vous ne vous coucherez pas trop tard, n'est-ce pas, professeur Kimball ?

— Je vous le promets.

C'était un pieux mensonge, dont elle n'était sans doute pas dupe. Spencer avait du pain sur la planche avant d'aller au lit, et il se sentait de toute façon bien peu disposé à dormir.

— Merci, Vera.

— *De nada !*

S'attardant sur le seuil de la pièce, Vera remit en place du plat de la main sa permanente argentée avant d'ajouter :

— Je voulais vous dire, Monsieur… J'aime beaucoup cet endroit. J'avais un peu peur quand vous avez décidé de quitter New York, mais maintenant je suis heureuse d'être ici.

— Vera… Je me demande bien ce que je ferais sans vous.

— Je sais !

Vera accepta le compliment avec simplicité. Cela faisait sept ans maintenant qu'elle travaillait pour le *señor*, et elle était très fière d'être au service d'un homme si important, compositeur réputé, docteur en musique, professeur respecté. Mais, depuis la naissance de celle qui était devenue pour elle *son bébé*, elle aurait pu travailler pour lui quelles qu'aient pu être sa fortune ou sa condition.

Bien sûr, elle n'avait pas beaucoup apprécié, dans un premier temps, de quitter le magnifique appartement de New York pour cette vieille maison d'une petite ville lointaine. Mais, lorsqu'elle avait vu

Freddie rentrer de l'école, tout excitée de sa première journée et la bouche pleine du nom de ses nouveaux amis, toutes ses réticences s'étaient envolées.

A présent, elle comprenait que c'était pour elle, pour que sa fille grandisse dans de bonnes conditions, que le Pr Kimball avait voulu déménager. Et, si Freddie était heureuse, Vera l'était aussi !

— Vous êtes un bon père, professeur Kimball.

Spencer lui lança un regard étonné avant de s'asseoir à son bureau. Le compliment le touchait d'autant plus qu'il était bien conscient qu'à une certaine époque tel n'avait pas été l'avis de son employée.

— Merci, Vera ! En tout cas j'essaie…

— *Sí.*

Avant de quitter la pièce, elle avisa un livre dérangé dans la bibliothèque et s'empressa d'aller le remettre en place.

— Dans cette grande maison, reprit-elle, vous n'avez pas à craindre de réveiller Freddie en jouant du piano la nuit…

Sachant que la brave femme l'encourageait ainsi à se remettre à composer, Spencer lui adressa un nouveau sourire reconnaissant.

— Vous avez raison… Cela ne la dérangerait pas. Bonne nuit, Vera…

Avec un dernier regard critique pour s'assurer que la pièce était en ordre, Vera se dirigea vers la porte.

— Bonne nuit, professeur Kimball.

Après son départ, Spencer se servit une tasse du café corsé qu'elle lui préparait lorsqu'il avait à travailler la nuit. D'un œil perplexe, il contempla les deux piles de formulaires à remplir sur son bureau. A droite ceux qu'avait ramenés Freddie de l'école ; à gauche, trois fois plus nombreux, ceux qu'il avait ramenés de l'université.

Avant que ne commencent véritablement ses cours la semaine suivante, il allait avoir un gros travail de préparation. Cela ne lui faisait pas peur. D'une certaine manière, il aspirait même à s'immerger dans le travail. Il lui serait sans doute plus facile ainsi d'oublier que le flot de musique qui coulait autrefois sous son crâne s'était tari.

3

En espérant qu'elle n'allait pas la perdre au bout de quelques minutes, Natasha glissa une barrette dans ses cheveux. Après avoir étudié son reflet dans le miroir étroit du lavabo de son arrière-boutique, elle mit une légère touche de fard sur ses pommettes et un peu de rouge sur ses lèvres. La journée avait été rude et elle était fourbue, mais ce n'était pas une raison pour ne pas faire un petit effort d'élégance.

Elle attendait cette soirée depuis longtemps, et c'était pour elle un plaisir particulier, comme une récompense personnelle après l'effort. Chaque semestre, elle prenait plaisir à suivre l'un des cours du soir dispensé par l'université. Elle choisissait de préférence des matières inconnues d'elle et avait déjà étudié précédemment l'astronomie et la poésie élisabéthaine. Cette fois, elle s'était inscrite, deux soirs par semaine, au cours d'histoire de la musique.

Les connaissances que Natasha engrangeait n'avaient pas d'utilité particulière. La jeune femme aimait simplement à penser qu'elle les collectionnait comme d'autres femmes collectionnent les bijoux. Selon elle, une rivière de diamants n'était pas plus précieuse qu'une cantate de Bach et n'apportait certainement pas autant de satisfaction.

Pour cette rentrée des classes, elle avait préparé son bloc-notes et ses stylos et se sentait armée d'une bonne dose d'enthousiasme. Au cours des deux semaines écoulées, elle avait potassé à la bibliothèque de la ville tout ce qui se rapportait au sujet qui allait être abordé par crainte de débarquer complètement ignare dans l'amphithéâtre.

Avec curiosité, Natasha se demandait si le très réputé Spencer B. Kimball saurait mettre un peu de passion dans son enseignement, car cette matière était pour le moins rébarbative. Qu'un musicien avec sa réputation accepte de venir enseigner dans une aussi petite université était pour elle un autre motif d'étonnement et d'excitation.

Pour avoir dansé autrefois sur son *Prélude en sol mineur* avec le corps de ballet de New York, elle connaissait son œuvre et l'appréciait... En débouchant dans la rue par la porte de service du magasin, elle songea que cette expérience remontait à au moins un million d'années. Jamais à l'époque elle n'aurait imaginé pouvoir un jour rencontrer le maître en personne, et surtout pas dans une petite ville de Virginie-Occidentale !

Interrompant quelques minutes le cours de ses pensées, elle se hâta vers le campus, ravie de pouvoir se dégourdir les jambes et prendre un peu l'air avant le cours. Puis les questions affluèrent de nouveau à son esprit. Spencer B. Kimball était-il un illuminé ? Faisait-il partie de ces artistes excentriques, maniérés, affublés d'une boucle d'oreille ? Au fond, peu lui importait... Tout ce qu'elle attendait de lui c'est qu'il lui transmette une partie de son savoir au cours des six mois à venir.

Chaque nouveau cours qu'elle suivait lui donnait l'impression de gravir un échelon pour sortir de l'ignorance. Elle avait encore un peu honte d'être parvenue à l'âge adulte avec un niveau d'instruction aussi faible. Jusqu'à l'âge de dix-huit ans, rien d'autre n'avait compté pour elle que la danse. A cette déesse exigeante elle avait sacrifié sa jeunesse et sa soif d'apprendre. Au point de se retrouver aussi seule et démunie qu'un enfant abandonné en plein océan, lorsqu'elle avait dû interrompre sa carrière.

Depuis, elle avait mis les bouchées doubles pour reprendre contact avec la réalité et tracer son chemin dans la vie. A l'exemple de sa famille qui, avant de débarquer un jour dans la jungle urbaine de

Manhattan, avait su tailler sa route à travers les vastes étendues d'Ukraine. Apprendre lui avait aussi permis de reprendre confiance en elle et de panser les blessures infligées à son amour-propre. Elle aimait la jeune Américaine indépendante et ambitieuse qu'elle était devenue. Et c'est la tête haute qu'elle pouvait gravir, comme n'importe quel autre étudiant, l'escalier de pierre qui menait au vieil amphithéâtre.

A l'intérieur régnait un silence d'un genre particulier, qui incitait au respect et au chuchotement. On se serait cru dans une église… Et en un sens, songeait Natasha en remontant les travées, c'était bien à une sorte de célébration religieuse — le culte de l'Harmonie et de la Beauté — qu'elle allait assister.

De nombreux auditeurs, des deux sexes et de tous les âges, avaient déjà gagné leurs places. Des bancs s'élevait un murmure feutré, dans lequel perçait l'excitation des premiers cours. En jetant un coup d'œil à la grande horloge suspendue au-dessus de la chaire, Natasha se rendit compte qu'il ne restait plus que deux minutes avant le début du cours et s'étonna de ne pas découvrir le Pr Kimball déjà installé à son poste, farfouillant nerveusement parmi des liasses de feuillets froissés, ou jaugeant d'un air sombre par-dessus ses lunettes ses futurs étudiants.

Parvenue à mi-hauteur de la salle, elle répondit au sourire d'un jeune homme porteur de lunettes à monture d'écaille, qui ne la quittait pas des yeux. Décidant qu'il ferait un parfait voisin de banc, Natasha posa son sac sur le pupitre et s'assit à côté de lui.

— Hello ! lança-t-elle en guise de salut.

Comme si elle venait de lui assener une claque, son voisin sursauta et remonta nerveusement ses lunettes sur son nez.

— Hello…, répondit-il timidement. Je… Hum… Mon nom est Terry. Terry Maynard.

Spontanément, Natasha lui tendit la main. Le jeune homme la prit gauchement et la serra en rougissant jusqu'à la racine des cheveux.

— Ravie de faire votre connaissance, dit-elle sans cesser de lui sourire. Je m'appelle Natasha Stanislaski.

Terry Maynard, qui, selon Natasha, ne devait guère avoir plus de vingt-cinq ans, semblait aussi gentil que timide. D'un geste machinal, il remonta une nouvelle fois ses lunettes sur l'arête de son nez et bredouilla :

— Je... Hum... Je ne vous avais pas encore vue sur le campus.

— Je ne suis pas étudiante, répondit Natasha, ravie qu'en dépit de ses vingt-sept ans il ait pu la prendre pour une de ses congénères. Je me suis juste inscrite à ce cours du soir. Pour me distraire...

Terry, qui apparemment prenait la musique très au sérieux, la dévisagea quelques instants comme si elle venait de blasphémer.

— Pour vous distraire..., répéta-t-il d'un air ahuri. Savez-vous *qui* est le Pr Kimball ?

— J'ai entendu parler de lui, répondit Natasha, de plus en plus amusée. Vous êtes étudiant en musicologie ?

— En effet. Si tout va bien, j'espère, un jour, intégrer le New York Symphony Orchestra...

Rougissant d'avoir osé avouer une ambition aussi démesurée, Terry ajouta dans un murmure :

— Je suis violoniste. Et vous ? De quoi jouez-vous ?

— Du tiroir-caisse !

Devant son air abasourdi, Natasha se mit à rire et eut pitié de lui.

— Je plaisantais..., précisa-t-elle. En fait, je ne joue d'aucun instrument. Mais j'adore la musique. Et je suis sûre que les lumières du Pr Kimball sur le sujet me seront d'un grand enseignement.

Levant les yeux, elle consulta de nouveau l'horloge murale.

— Si toutefois il veut bien se décider à arriver...

Comme s'il avait suffi qu'elle en exprime le souhait, un grand blond élégamment vêtu d'un costume de tweed pénétra dans l'amphi en toute hâte et grimpa sur l'estrade.

— Bonsoir, lança-t-il, tout essoufflé. Je suis le Pr Kimball et je vous prie de m'excuser pour ce retard.

A la fois trop ébahie et consternée pour émettre le moindre son, Natacha joignit son silence à celui, quasi religieux, qui s'était immédiatement établi dans la salle. Elle sentit monter en elle une sourde colère. Elle n'en croyait pas ses yeux. Assurément, elle était victime d'une mauvaise blague… Cet homme, cet illustre compositeur qui avait à l'âge de vingt ans enflammé le public du Carnegie Hall avec sa première composition, celui qu'on célébrait comme un génie de la musique contemporaine, n'était autre que le malotru qui avait tenté de la draguer dans son magasin, en présence de sa femme et de sa fille !

Tandis qu'elle essayait vainement de se remettre de sa surprise, Spencer Kimball parcourait rapidement des yeux les visages tournés vers lui. Brusquement, il la vit. Un bref instant leurs regards se croisèrent et Natasha, avant de détourner les yeux, eut juste le temps de voir passer sur son visage l'expression d'une joie intense, qui confinait à la jubilation.

— Je suis sûr, reprit Spencer qui avait terminé son tour d'exploration, que nous tirerons les uns et les autres de grandes satisfactions des quelques mois que nous allons passer ensemble…

Abîmée dans la contemplation des graffitis dont elle était en train de couvrir avec frénésie son bloc-notes, Natasha se garda bien de relever les yeux. Pourquoi ne s'était-elle pas inscrite plutôt au cours de physique, comme elle en avait eu d'abord l'intention ? Au moins aurait-elle pu comprendre enfin en quoi consistait cette fameuse loi de la gravitation universelle… A n'en pas douter, Newton aurait été dix fois plus intéressant à étudier que ces obscurs compositeurs bourguignons du xve siècle, dont Kimball commençait, sans même consulter la moindre note, à expliquer l'importance dans l'évolution de la musique occidentale.

Retrouvant toute sa lucidité, elle se dit que, dès le lendemain, elle ferait le nécessaire pour modifier son inscription. En fait, si elle s'était écoutée, elle se serait levée sur-le-champ pour quitter l'amphi. La seule chose qui la retenait était l'esclandre qu'elle risquait de provoquer. C'était faire trop d'honneur à ce rustre ! Croisant les jambes sous son pupitre, les yeux perdus dans le vague, elle fit rouler son stylo entre ses doigts, bien décidée à ne rien écouter.

Malheureusement pour elle, Kimball avait une voix forte et bien timbrée, le genre de voix qui savait captiver son auditoire contre son gré… Avec un soupir excédé, Natasha consulta l'horloge. Il lui restait trois quarts d'heure à tenir. Luttant pour chasser de son esprit la voix qui s'animait au fur et à mesure que l'orateur se passionnait pour son sujet, elle reprit sur son bloc-notes ses griffonnages sans queue ni tête.

Peu à peu, sans qu'elle s'en rende compte, ses petits dessins prirent forme et elle se retrouva, malgré elle, en train de prendre des notes claires et précises. Lorsqu'elle comprit qu'elle était suspendue aux lèvres de Spencer Kimball et buvait la moindre de ses paroles, il était trop tard pour faire machine arrière. Il avait le don de rendre vivantes et essentielles l'histoire des compositeurs du XVe siècle et leur musique. Subjuguée et ravie, elle avait l'impression de se retrouver plongée dans ce temps où l'Eglise et l'Etat rivalisaient, utilisant la musique comme arme dans leurs luttes de pouvoir.

— Jeudi prochain, conclut soudain Kimball, nous étudierons l'école franco-flamande. Et, cette fois, j'essaierai d'être à l'heure… Je vous remercie de votre attention.

Surprise de constater à quel point les trois quarts d'heure avaient passé vite, Natasha, une fois de plus, leva les yeux vers la pendule. Sur les gradins, les étudiants étaient en train de se lever, dans un brouhaha de voix et d'applaudissements. A côté d'elle, Terry Maynard tentait d'attirer son attention.

— Il est incroyable, n'est-ce pas ?

Sonnée, Natasha tourna la tête vers lui. Derrière ses lunettes, ses yeux brillaient de joie et d'excitation.

— Oui.

Il lui en coûtait de l'admettre, mais c'était pourtant l'exacte vérité.

— En classe de composition, s'enthousiasma Terry, il est encore plus extraordinaire ! On se revoit jeudi ?

— Pardon ? Oh, oui… Bonne nuit, Terry.

Sans l'attendre, Natasha ramassa son sac et se fondit dans la foule qui refluait vers la sortie. Se faufilant derrière le groupe d'étudiants qui était en train d'assaillir Kimball, elle essaya d'atteindre la porte sans se faire remarquer. Mais, dès qu'elle fut à sa portée, il allongea le bras et posa sa main sur son épaule.

— J'aimerais parler un moment avec vous, Natasha.

— Désolée, répondit-elle sèchement en essayant vainement de se dégager. Je suis pressée.

Comme par miracle, le noyau d'admirateurs qui entourait Spencer s'était dissous autour d'eux aussi soudainement qu'il s'était constitué.

— Cela ne prendra pas longtemps, insista-t-il en l'entraînant à l'écart de la foule. J'aurais dû examiner plus attentivement la liste de mes étudiants, mais ma distraction m'a valu une bonne surprise…

— Je ne peux pas dire qu'elle soit partagée, professeur Kimball.

— Appelez-moi Spence. Le cours est terminé.

— Je ne vous le fais pas dire.

Avec un petit hochement de tête hautain, que n'aurait pas renié Catherine de Russie, Natasha tourna sur elle-même et se dirigea vers la sortie. Dans l'amphithéâtre, la voix de Spencer résonna comme un coup de feu.

— Natasha !

A son grand étonnement, elle fit volte-face et le toisa, ses yeux lançant des éclairs. Les bras croisés, le dos calé contre le mur, il soutint son regard quelques instants en silence.

— Avec vos origines slaves, lança-t-il enfin, vous ne pouvez que croire en la destinée…

— Pardon ?

Un sourire suffisant au coin des lèvres, Spencer expliqua calmement :

— Dire que de toutes les matières qui sont enseignées ici c'est précisément la mienne que vous avez choisie… Comment ne pas y voir un signe du destin ?

Elle était bien décidée à ne pas rire. Pour rien au monde, quoi qu'il dise. Mais elle ne put s'empêcher d'ébaucher un sourire en marmonnant :

— J'y verrais plutôt quant à moi un signe de malchance.

— Pourquoi avoir choisi l'histoire de la musique ?

Impatiemment, Natasha rajusta la bandoulière de son sac sur son épaule.

— C'était cela ou l'astrophysique.

— La musique a gagné ce que les astres ont perdu… Pourquoi n'irions-nous pas discuter de tout cela ailleurs, en dégustant un bon café par exemple ?

Fasciné, Spencer vit les yeux de Natasha passer en un instant de la douceur du velours à la dureté de l'acier.

— Mais pourquoi donc une proposition aussi innocente vous met-elle dans cet état ? s'étonna-t-il à mi-voix.

— Vous le savez mieux que moi, professeur Kimball !

Natasha se retourna pour tenter une nouvelle fois de gagner la porte, mais il l'atteignit avant elle et la claqua sous son nez avec suffisamment de violence pour la faire sursauter. « Cette fois, j'ai réussi au moins à te faire sortir de tes gonds », pensa-t-elle avec un soupçon de crainte. Elle leva les yeux vers lui et songea que la colère rendait son visage encore plus séduisant. Ses traits s'étaient durcis et semblaient à présent sculptés dans la pierre.

— J'exige une explication ! dit-il sèchement.

— Laissez-moi sortir ! rétorqua-t-elle sur le même ton.

— Avec plaisir. Dès que vous aurez répondu à ma question.

Spencer se sentait revivre. Il y avait des années qu'il n'avait pas eu l'occasion de s'emporter ainsi et il avait oublié à quel point il était bon de sentir des torrents d'adrénaline passer dans ses veines.

— Je ne vous demande pas d'être attirée par moi comme je le suis par vous, reprit-il d'une voix ferme.

Sous l'effet de la colère, les yeux de Spencer avaient pris la couleur d'un ciel d'orage. Le menton relevé et les bras croisés en une attitude de défi, Natasha lui décocha un regard chargé d'un mépris qu'elle était loin, hélas, de ressentir.

— Rassurez-vous, répondit-elle d'un ton dédaigneux, cela ne risque pas de se produire.

— Libre à vous ! N'empêche que je voudrais bien savoir pourquoi vous vous hérissez comme un chat prêt à me sauter à la gorge chaque fois que je m'approche de vous…

— Parce que c'est tout ce que méritent les hommes dans votre genre.

— Les hommes dans mon genre…, répéta Spencer en secouant la tête d'un air de totale incompréhension. Et de quel genre parlez-vous donc ?

Dans un accès de panique, Natasha se rendit compte soudain qu'il s'était rapproché d'elle. Comme lors de son dernier passage dans son magasin, cette trop grande proximité suffit à éveiller en elle une poussée de désir qui la rendit plus furieuse encore.

— Vous vous imaginez peut-être qu'il suffit d'avoir un visage avenant et un sourire charmeur pour obtenir tout ce que vous voulez ? demanda-t-elle d'une voix blanche en martelant chaque mot.

Sans lui laisser le temps de répondre, elle frappa violemment la porte du plat de la main et poursuivit :

— Vous croyez qu'il suffit de claquer des doigts pour que toutes les femmes vous tombent dans les bras ? Eh bien, vous vous trompez, professeur Kimball. Vous êtes peut-être ce genre d'homme, mais je ne suis pas, moi, ce genre de femme !

Stupéfait par cette sortie, Spencer remarqua que son accent devenait plus marqué lorsqu'elle se mettait en colère, et que cela la rendait plus irrésistible encore.

— Je ne me rappelle pas avoir claqué des doigts, répondit-il d'une voix tranquille.

A mi-voix, Natasha laissa échapper un mot bref et sonore, dans une langue inconnue de Spencer — de l'ukrainien sans doute —, dont il se garda bien de demander la signification.

— Vous voulez prendre un café ? demanda-t-elle en posant la main sur la poignée. Eh bien, allons-y ! Mais d'abord nous allons appeler votre femme pour lui demander de se joindre à nous…

Pour l'empêcher d'ouvrir la porte, Spencer posa sa main sur la sienne.

— Ma femme ? s'étonna-t-il. Quelle femme ?

Comme si le simple fait qu'il la touche avait suffi à la dégoûter, Natasha libéra sa main d'une brusque secousse et éclata d'un rire grinçant.

— A présent, lança-t-elle sur un ton de défi, vous allez sans doute essayer de me faire croire que c'était votre sœur qui vous accompagnait la première fois que vous êtes venu chez moi…

Complètement dépassé par les événements, Spencer hocha la tête sans même s'en rendre compte. Si c'était une plaisanterie, il aurait bien aimé pouvoir en rire avec elle.

— Nina ? murmura-t-il. Bien sûr que c'est ma sœur ! Je ne…

Sans lui laisser le temps d'achever sa phrase, Natasha poussa un rugissement indigné et pesa de tout son poids sur la poignée, ouvrant brutalement la porte qui alla percuter le mur. Elle s'immobilisa avant de sortir et le considéra longuement de la tête aux pieds. Sans avoir à se forcer cette fois, elle murmura d'un ton de profond mépris :

— Vous êtes pitoyable…

Indignée, Natasha se rua à travers halls et couloirs jusqu'à la sortie. Elle était en train de dévaler les marches du perron quatre à quatre, lorsque Spencer la rattrapa par le bras et la fit violemment pivoter vers lui.

— Vous ne manquez pas de toupet ! lança-t-il.

Il se tenait une marche au-dessus de la sienne et la dominait de toute sa masse imposante. Dans son visage à peine éclairé, ses yeux brillaient d'un éclat dangereux. Sa voix grondait, menaçante.

— Vous vous croyez très maligne, n'est-ce pas ? Vous pensez m'avoir percé à jour…

— Ce n'était pas très difficile…, répondit-elle d'une voix moqueuse. Comme tous les hommes de votre espèce, vous êtes plutôt prévisible.

Les doigts de Spencer agrippés à ses bras pénétraient douloureusement sa chair. Furieuse d'être ainsi maintenue de force, Natasha l'était plus encore du frisson que ce contact faisait courir dans sa nuque. Un frisson qui ne devait rien à la peur…

— Je suppose que votre opinion à mon sujet peut difficilement être pire, reprit Spencer.

Dans ses yeux, le désir le disputait à la fureur.

— En effet…

— Dans ce cas, conclut-il en l'attirant brusquement dans ses bras, autant me montrer à la hauteur de ma réputation…

Incapable de la moindre réaction, Natasha sentit son sac glisser le long de son épaule et chuter lourdement sur la marche de pierre. Puis, les lèvres de Spencer se posèrent sur les siennes pour les conquérir sans douceur. Epouvantée, elle se sentit écartelée entre la nécessité de le repousser et le besoin de se livrer corps et âme à lui dans ce baiser. Elle aurait voulu mobiliser toutes ses forces pour se dégager de son emprise, mais comment aurait-elle pu y parvenir alors qu'elle se sentait fondre de l'intérieur ? Elle tenta de se convaincre que c'était par surprise qu'il l'avait vaincue. Ce qui ne faisait que le rendre plus détestable encore…

Quand Spencer mit fin au baiser, avec la même soudaineté qu'il le lui avait imposé, il s'écarta pour la dévisager, une lueur de triomphe dans les yeux.

— Maintenant, dit-il, vous avez une bonne raison de m'en vouloir. Reste à savoir si vous allez continuer à me détester parce que je vous ai embrassée, ou parce que vous avez aimé ça !

Spencer vit la gifle partir, mais il ne fit rien pour retenir la main de Natasha. Après tout, elle avait bien mérité une petite revanche. Ils étaient quittes, à présent…

— Ne vous approchez plus jamais de moi ! lança-t-elle, les yeux étincelants de colère et le souffle court. Sinon, je vous garantis que même la présence de votre fille ne m'empêchera pas de…

Laissant sa menace en suspens, Natasha se dégagea de son emprise et se pencha pour récupérer son sac.

— Pauvre enfant ! conclut-elle en se redressant. En fait, vous ne la méritez pas…

Les doigts de Spencer se refermèrent de nouveau sur les bras de Natasha. Cette fois, l'expression qu'elle découvrit sur son visage lui fit peur.

— Vous avez raison, dit-il d'une voix étrangement calme. Je n'ai jamais mérité Freddie et je ne la mériterai sans doute jamais. Mais je suis tout ce qui lui reste. Sa mère — ma femme — est morte, il y a trois ans.

Il lâcha si brusquement Natasha qu'elle faillit dégringoler jusqu'au bas du perron. Incapable de la moindre réaction, elle le vit se fondre dans l'obscurité après avoir traversé le rond de lumière d'un réverbère. Comprenant que ses jambes étaient sur le point de la lâcher, elle se laissa glisser sur la dernière marche et s'y assit, se demandant avec consternation ce qu'elle allait bien pouvoir faire à présent.

Natasha n'avait pas le choix. Quoi qu'il pût lui en coûter, il n'y avait pas d'autre solution. Avant de se résoudre à gravir les marches fraîchement repeintes du porche de Spencer Kimball, elle essuya ses paumes moites sur son pantalon et prit une profonde inspiration. Puis, rassemblant tout son courage, elle s'avança jusqu'à la porte, à laquelle elle frappa fermement.

La petite femme boulotte qui vint lui ouvrir avait le visage aussi brun et ridé qu'un raisin sec. Instantanément, Natasha se sentit scrutée, jaugée, soupesée, par les petits yeux noirs qui y brillaient d'un éclat vif.

— Puis-je vous aider ? demanda la femme en s'essuyant les mains sur son tablier blanc.

— Je voudrais parler au Pr Kimball, répondit Natasha. S'il est là… Je suis Natasha Stanislaski.

Ce nom éveilla dans l'esprit de Vera un écho qui l'empêcha de renvoyer poliment la jeune femme, comme elle en avait eu l'intention en la prenant pour une étudiante venue solliciter quelque avis du docteur.

— Vous êtes la propriétaire du magasin de jouets, dit-elle sobrement.

Soulagée d'être reconnue, Natasha lui adressa un grand sourire.

— C'est exact.

Sans la moindre hésitation, Vera s'effaça sur le seuil.

— Entrez…, dit-elle en la précédant dans le hall. Ma petite Freddie n'arrête pas de parler de vous. Elle m'a fait promettre de l'accompagner un de ces jours au magasin.

Du fond du hall parvenaient quelques notes malhabiles. A travers une double porte vitrée Natasha devina les silhouettes du père et de la fille assis ensemble devant un grand piano à queue. En captant son reflet dans un miroir ovale accroché au mur, elle fut surprise de constater que ce spectacle avait suffi à accrocher à ses lèvres un sourire attendri.

Doucement, la gouvernante poussa la porte et elles pénétrèrent dans le salon de musique sans faire de bruit. Freddie était assise sur les genoux de son père, qui surveillait par-dessus sa tête son exécution hésitante de *Mon beau sapin*. Le soleil pénétrait à flots par une fenêtre derrière eux, les illuminant comme un projecteur. Natasha aurait voulu être peintre, pour capter la magie de l'instant.

La lumière, les ombres, les couleurs pastel de la pièce composaient une toile de fond idéale. La petite fille était habillée de rose et de blanc. Le lacet d'une de ses tennis était délié et se balançait sous le piano au même rythme que son pied. Son père avait ôté son veston et sa cravate pour rouler sur ses bras ses manches de chemise.

Un sourire ravi illuminait le visage de Freddie tandis que ses doigts arrachaient au prestigieux Steinway le simple chant de Noël. Les mains posées sur le jean de sa fille, Spencer marquait la mesure du bout des doigts. L'expression de son visage était éloquente. Si Natasha avait pu peindre cette toile, elle en aurait fait une parfaite allégorie de la patience, de la fierté et de l'amour paternels.

Voyant la gouvernante s'avancer pour annoncer sa visite, Natasha l'interrompit d'un geste.

— S'il vous plaît…, murmura-t-elle. Ne les dérangez pas.

Après avoir salué d'un rire joyeux les dernières notes, Freddie s'exclama :

— A ton tour, papa. Joue-moi quelque chose de joli.

Sans se faire prier, Spencer délia ses doigts et les laissa courir sur le clavier. Dès les premières notes, Natasha reconnut *La Lettre à Elise*. La mélodie, romantique et un peu mélancolique, prenait des accents poignants sous ses doigts. A quoi songeait-il donc en jouant ? A quelque peine secrète, enfouie au fond de son cœur, et qui ne pouvait s'exprimer autrement ?

Accord après accord, le morceau se déroulait, indiciblement triste, incroyablement beau. Le soleil avait beau illuminer la pièce, un sourire ravi éclairer le visage de Freddie, il y avait dans cette interprétation tant d'émotion et de douleur contenues que Natasha dut lutter contre l'envie de courir à lui, et de poser ses mains sur ses épaules pour tenter de le réconforter.

Puis la musique cessa, et la dernière note resta suspendue en l'air, comme un soupir.

— J'adore ce morceau ! s'exclama aussitôt Freddie. C'est toi qui l'as écrit ?

— Non, ma chérie.

Comme s'ils appartenaient à un autre, Spencer contempla ses doigts un instant, avant de reposer ses mains sur celles de sa fille.

— C'est Beethoven qui l'a composé, précisa-t-il. Il y a très longtemps.

Le sourire était revenu sur ses lèvres. Soulevant les cheveux de Freddie, il déposa un baiser dans son cou.

— Ça suffit pour aujourd'hui, petit clown…

Pleine d'espoir, la fillette se retourna vers lui.

— Je peux jouer dehors jusqu'au dîner ?

— Ça dépend… Qu'est-ce que tu me donnes si je dis oui ?

A la complicité du regard qu'ils échangèrent, Natasha comprit qu'il s'agissait d'un jeu entre eux. Comme un diable sorti de sa boîte, Freddie se dressa sur les genoux de son père, entoura sa tête de ses petits bras, et lui donna un énorme baiser. Puis, elle se redressa, et ils éclatèrent tous deux de rire tout en reprenant leur souffle.

C'est alors que Freddie nota la présence de Natasha à l'entrée de la pièce.

— Bonjour ! lança-t-elle gaiement.

Voyant son employeur se tourner vers elles, le sourire soudain figé sur ses lèvres, Vera s'empressa de remplir son office.

— Mlle Stanislaski souhaiterait vous parler, professeur Kimball.

Spencer hocha la tête et elle s'éclipsa discrètement, fermant la porte derrière elle.

— Bonjour ! lança Natasha d'une voix hésitante. J'espère que je ne vous dérange pas trop.

— Pas du tout.

Après un dernier baiser dans ses cheveux, Spencer déposa Freddie sur le sol. Aussitôt, celle-ci se précipita au-devant de leur visiteuse.

— On vient juste de finir ma leçon, dit-elle tout excitée. Tu es venue jouer avec moi ?

— Non… Pas aujourd'hui, peut-être une autre fois.

Pour se mettre à son niveau, Natasha s'accroupit et lui effleura doucement la joue.

— En fait, précisa-t-elle, je suis venue pour parler à ton papa. Comment ça va à l'école ? C'est Mlle Patterson qui te fait la classe, n'est-ce pas ?

Avec le plus grand sérieux, Freddie hocha la tête.

— Elle est trop gentille ! Elle n'a même pas crié le jour où l'élevage de fourmis de Mikey Tower s'est échappé et qu'il y en avait partout dans la classe…

Elles en rirent toutes deux, puis Natasha noua sans même y penser le lacet défait de la chaussure de Freddie.

— Tu viendras bientôt me voir au magasin ? demanda-t-elle ce faisant.

— O.K…

L'appel du jardin devenant trop pressant, Freddie détala jusqu'à la porte, qu'elle ouvrit en se haussant sur la pointe des pieds. Avant de sortir de la pièce, elle se retourna.

— Au revoir, mademoiselle Stanif… Stanos…

— Tu n'as qu'à m'appeler Nat, l'interrompit Natasha avec un clin d'œil complice. C'est plus facile et c'est comme ça que m'appellent tous les enfants de la ville.

Natasha regarda Freddie sortir de la pièce et écouta à regret le bruit de ses pas décroître dans le hall. Ensuite, n'ayant plus d'autre choix, elle pivota pour faire face à son père.

— Je suis désolée de venir vous déranger chez vous, dit-elle en s'efforçant de soutenir son regard.

— Vous ne me dérangez pas…

Elle tressaillit. Son regard semblait si insensible, si détaché, qu'on pouvait se demander si c'était bien le même homme qui venait de jouer du piano avec autant de passion.

Avec une froideur polie, il lui désigna un des fauteuils et demanda :

— Voulez-vous vous asseoir ?

— Non !

Comprenant qu'il lui faudrait elle aussi y mettre les formes si elle voulait parvenir à ses fins, elle s'empressa d'ajouter :

— Ce ne sera pas nécessaire. Je ne vais pas vous retenir très longtemps. Je voulais juste m'excuser.

— Ah bon ? dit-il d'un air étonné. Mais de quoi donc ?

Les yeux de Natasha se mirent à lancer des éclairs. Maigre vengeance, songeait Spencer. Surtout pour un homme qui avait passé une bonne partie de la nuit à la maudire…

De son côté, Natasha luttait contre la tentation de tourner les talons et de quitter la maison sans un mot d'explication. Elle ne savait quelle attitude adopter, hésitant entre la fierté et le remords. Comprenant enfin que, si elle parvenait à s'excuser, elle sortirait victorieuse du combat auquel Spencer et elle étaient en train de se livrer, elle prit une profonde inspiration et attaqua.

— Je ne pensais pas ce que j'ai dit à propos de vous et de votre fille. Même lorsque je me faisais une idée fausse de vous… Je suis vraiment désolée de vous avoir dit toutes ces horreurs.

— Je vois, répondit Spencer en hochant la tête. N'en parlons plus.

Il jeta un coup d'œil par la fenêtre et regarda Freddie s'installer sur la balançoire. Natasha poussa un soupir de soulagement et alla se poster près de lui. Se pouvait-il qu'il la laisse s'en tirer à si bon compte ?

— Freddie est vraiment une enfant adorable, dit-elle en suivant son regard. J'espère la voir souvent au magasin.

Quelque chose de particulier dans le ton de sa voix attira l'attention de Spencer. Etait-ce de la nostalgie, du regret ?

— Vous semblez aimer beaucoup les enfants…

Natasha se raidit.

— Dans mon métier, répondit-elle d'une voix neutre, c'est plus que nécessaire. Je ne vous dérangerai pas plus longtemps, monsieur Kimball…

Spencer accepta la main qu'elle lui tendait et la garda fermement dans la sienne.

— Spence…, corrigea-t-il avec un sourire crispé. Etes-vous sûre de n'avoir rien oublié concernant les excuses que vous deviez me faire ?

Ainsi, songea Natasha, il avait décidé de s'amuser avec elle comme un chat avec une souris. Mais, après tout, elle lui devait bien ce petit plaisir…

— Je pensais que vous étiez marié, répondit-elle. Voilà pourquoi je me suis sentie insultée et me suis mise en colère quand vous m'avez invitée à dîner.

— Et vous m'avez cru sur parole quand je vous ai dit que je ne l'étais pas ? insista Spencer.

— Pas vraiment, avoua-t-elle en baissant les yeux. Je suis allée le vérifier dans le *Who's Who*, à la bibliothèque.

Les yeux ronds, il la dévisagea un moment sans paraître comprendre, avant de partir d'un grand rire libérateur.

— Seigneur ! lança-t-il quand il eut repris son sérieux. On peut dire que la confiance règne… En avez-vous appris plus à mon sujet ?

— Je préfère me taire de peur de mettre à mal votre modestie naturelle… Je vous signale que vous tenez toujours ma main dans la vôtre.

— Je sais. Dites-moi, Natasha… Si vous n'aviez pas conclu par erreur que j'étais un homme marié, m'auriez-vous laissé flirter avec vous ?

— Flirter ! s'écria-t-elle en tentant sans succès de récupérer sa main. Il n'y avait rien de si innocent dans vos yeux ! Vous me regardiez comme si…

— Comme si ?

Les yeux rivés aux siens, Natasha sentit ses joues s'empourprer et s'en voulut. La première fois qu'il avait posé les yeux sur elle, Spencer l'avait regardée comme s'ils avaient été amants de longue date. Et, à l'instant même, c'était la même impression qui la troublait et lui faisait battre le cœur.

— Aucune importance ! conclut-elle sèchement. Vous me regardiez d'une façon qui ne me convenait pas.

Avec conviction, Spencer feignit l'étonnement.

— Vraiment ? Dans ce cas, de quelle manière dois-je vous regarder pour vous plaire ?

— Il n'est pas nécessaire que vous me regardiez. Et vous n'avez pas à me plaire non plus.

Voir Natasha se troubler ainsi renforçait la certitude de Spencer qu'il ne lui était pas aussi indifférent qu'elle voulait le lui faire croire. Pour quelque raison qu'il lui tardait de découvrir, cette femme née pour la passion et l'amour semblait avoir décidé d'enfermer ses sens et ses sentiments à double tour.

— Il va m'être difficile de ne pas vous regarder, reprit-il d'une voix enjôleuse, comme s'il s'agissait d'apprivoiser un petit animal craintif. Vous oubliez que nous sommes appelés à nous voir deux fois par semaine…

— Je vais m'inscrire au cours d'astrophysique.

— Non, vous ne le ferez pas.

De sa main libre, il lui caressa le lobe de l'oreille, s'amusant avec le petit anneau d'or qui y pendait.

— Vous ne le ferez pas, reprit-il, sûr de lui, parce que mon cours vous a passionnée. Et si vous le faisiez, soyez sûre que je saurais devenir le client le plus insupportable de votre magasin…

— Pourquoi ?

— Parce que vous êtes la première femme pour qui j'éprouve un désir semblable.

A ces mots, Natasha sentit un frisson d'excitation lui remonter la colonne vertébrale, mais très vite elle s'efforça de retrouver son calme. Il n'avait parlé que de désir. Et elle était bien placée pour savoir où ce genre de désir pouvait mener.

— Vous êtes direct ! dit-elle d'une voix sèche.

Fasciné de voir les émotions les plus diverses glisser sur le visage de Natasha comme des nuages dans un ciel d'orage, Spencer ne pouvait se résoudre à la quitter du regard.

— Je suis sincère…, murmura-t-il. Etant donné les débuts difficiles qu'a connus notre relation, je pense que cela vaut mieux. Puisque vous avez fini par admettre que je ne suis pas un homme marié, savoir que je vous désire ne peut plus vous offenser.

— Peut-être, admit-elle prudemment. Mais cela ne peut pas non plus m'intéresser.

— Vous embrassez toujours les hommes qui ne vous intéressent pas ?

Sous le coup de la colère, Natasha parvint enfin à libérer sa main.

— Je ne vous ai pas embrassé ! C'est vous qui l'avez fait…

— Nous pouvons arranger ça… C'est vous qui allez m'embrasser cette fois.

Sans lui laisser le temps de réagir, Spencer referma ses bras autour d'elle et l'attira contre lui. Si elle l'avait voulu, Natasha aurait pu lui échapper. Ses bras ne l'emprisonnaient pas comme ils l'avaient fait la veille. Ils formaient autour d'elle un cocon sûr, protecteur, et infiniment tentateur… Ses lèvres, de même, étaient cette fois douces sur les siennes, patientes, persuasives. Incapable d'y résister, elle sentit le désir se déverser à flots dans ses veines, comme une drogue. D'elles-mêmes, ses mains s'élevèrent pour se refermer autour de la nuque de Spencer.

Grisé par ce premier succès, Spencer sentit contre lui le corps de Natasha peu à peu se détendre, s'amollir, pour se couler dans l'étreinte et accepter le baiser. Mais, même dans cet abandon, il restait en elle quelque noyau incorruptible, quelque part secrète d'elle-même, soigneusement défendue, qui refusait ce qu'il avait à lui offrir. En fait, ce que Natasha lui concédait dans ce baiser ne faisait qu'aiguiser ses appétits. Il comprit alors que le combat serait rude pour la conquérir. Loin de le décourager, cette prise de conscience ne fit que le galvaniser.

Lorsque les lèvres de Spencer quittèrent les siennes et que ses bras se dénouèrent, il fallut quelques secondes à Natasha pour reprendre ses esprits et son souffle. Mais, une fois redevenue maîtresse d'elle-même et de ses sens, ce fut d'une voix parfaitement maîtrisée qu'elle lui dit, en le regardant droit dans les yeux :

— Je ne veux pas m'engager.

— Avec moi ? demanda-t-il. Ou avec qui que ce soit ?

— Avec qui que ce soit.

— Bien… Dans ce cas, je vais me faire un plaisir de vous faire changer d'avis.

Comme si ce geste n'avait rien que de très naturel, il lui passa la main dans les cheveux.

— Je suis très têtue…, murmura-t-elle en se soustrayant à sa caresse.

— C'est ce que j'avais cru remarquer. Voulez-vous rester dîner ici ce soir ? Freddie en serait ravie. Et moi aussi…

— Non.

— Tant pis. Dans ce cas, je vous invite samedi soir à dîner.

— Non.

— 19 h 30. Je passe vous prendre.

— Non.

— Vous ne voudriez tout de même pas me voir débarquer dans votre magasin pour vous embrasser devant tous vos clients…

A bout de patience, Natasha tourna les talons, gagna la porte et lança depuis le seuil :

— J'ai du mal à comprendre comment un rustre comme vous peut écrire une musique aussi sensible.

Dans son dos, la porte claqua lourdement. Après son départ, Spencer se surprit à siffloter un air joyeux, ce qui ne lui était plus arrivé depuis bien longtemps.

4

De tous les jours de la semaine, c'était le samedi que *Funny House* méritait le mieux son nom. Pour un enfant, le mot samedi lui-même était magique. Reléguée à la fin du week-end, l'école n'était plus qu'un lointain problème. Durant deux longues et magnifiques journées, il n'y avait plus que bicyclettes à enfourcher, jeux à découvrir, courses à gagner. Et, depuis qu'elle avait ouvert ses portes à sa clientèle enfantine, Natasha adorait, elle aussi, cette journée. Aussi en voulait-elle beaucoup à Spencer Kimball d'être parvenu à lui gâcher sa joie en ce jour particulier.

Tout en enregistrant la vente d'un polichinelle, de trois dinosaures et d'une boîte de chewing-gums, elle remâchait ses griefs, à n'en plus finir. N'avait-elle pas décliné, le plus clairement du monde, la possibilité d'une liaison entre eux aussi bien que son invitation à dîner ? La rose rouge qu'elle essayait depuis le matin d'ignorer constituait une preuve flagrante que cet homme obtus ne l'avait pas comprise — ou, plus exactement, qu'il avait décidé de faire la sourde oreille.

A n'en pas douter, c'était cela qu'était chargée de lui signifier cette fleur unique qu'il avait fait livrer au magasin. L'enthousiasme romantique d'Annie, lorsqu'elle l'avait découverte, avait été impossible à contenir. Non contente de s'être ruée de l'autre côté de la rue pour acheter un vase, elle l'avait posée bien en évidence sur le comptoir. Ainsi, chaque fois que Natasha actionnait le tiroir-caisse, il lui était impossible de ne pas la regarder et d'ignorer le délicat parfum qui lui chatouillait les narines.

Pourquoi les hommes s'imaginent-ils toujours pouvoir adoucir le cœur d'une femme avec une rose ? se demanda-t-elle soudain avec colère. La réponse vint spontanément : parce qu'il n'existe pas de meilleur moyen. Natasha soupira. Comme il était difficile de résister à l'envie d'effleurer du bout des doigts la douceur veloutée des pétales carmin, étroitement serrés !

Elle compta la pile de piécettes que le jeune Hampson venait de lui remettre et repoussa nerveusement une mèche qui tombait dans ses yeux. N'empêche que si Spencer s'imaginait la faire ainsi changer d'avis, il allait être déçu…

Elle regarda le gamin se ruer hors du magasin, son illustré sous le bras, pressé de dévorer la dernière livraison des aventures du Commandeur Zark.

Pourquoi sa vie ne pouvait-elle pas être aussi simple que celle de Curtis Hampson ? Avec un soupir d'exaspération, elle rejeta ses cheveux par-dessus son épaule et contourna le comptoir d'un pas décidé. Elle n'allait certainement pas laisser le Pr Kimball continuer à lui compliquer ainsi l'existence… Pour bien le lui prouver, elle allait commencer par rentrer ce soir chez elle, comme si de rien n'était. Ensuite, après avoir paressé longuement dans un bon bain, elle passerait la soirée étendue sur son sofa, à manger du pop-corn et à regarder une vieille série B à la télé…

Dans une allée, les frères Freedmont se disputaient pour savoir comment utiliser leurs maigres ressources mises en commun. Tout en les aidant à résoudre leur différend, Natasha se demanda si Spencer Kimball envisageait leur relation — ou plutôt leur absence de relation — comme une partie d'échecs. Elle était quant à elle trop impulsive pour exceller à ce jeu, mais elle imaginait bien le distingué professeur en joueur patient et habile. Quoi qu'il en soit, s'il espérait la mettre échec et mat grâce à ses habiles manœuvres, il allait en être pour ses frais.

Le jeudi précédent, Spencer s'était brillamment acquitté de son deuxième cours. A aucun moment son regard ne s'était attardé sur elle plus longuement que sur n'importe lequel de ses étudiants.

Lorsqu'elle avait posé une question, il y avait répondu avec la même concision que pour toutes les autres. En somme, il avait endormi sa méfiance pour mieux contre-attaquer en lui faisant livrer cette fleur. Elle devait bien le reconnaître, c'était finement joué. D'autant plus qu'elle n'avait pas eu la présence d'esprit de refuser la livraison, et que des rumeurs ne tarderaient pas à courir en ville sur une liaison supposée entre le nouveau professeur et la marchande de jouets…

Revenant à de plus urgentes préoccupations, Natasha emprisonna sous chacun de ses bras les têtes déchaînées des deux frères Freedmont.

— Assez ! cria-t-elle avec suffisamment de force pour les faire taire. Si vous n'arrêtez pas de vous disputer, je demande à votre mère de vous empêcher de mettre les pieds ici pendant deux semaines.

Unis pour une fois dans la même indignation, les deux frères gémirent de concert :

— Nat… Pas ça !

Bien décidée à profiter de son avantage, Natasha ajouta :

— Et vous serez les derniers en ville à découvrir toutes ces choses horribles et merveilleuses que j'ai commandées pour Halloween…

Après avoir laissé planer cette menace quelques instants, elle conclut :

— Maintenant j'ai une suggestion à vous faire. Tirez à pile ou face le jouet que vous achetez aujourd'hui. L'autre, vous pourrez toujours le commander pour Noël… Bonne idée, non ?

Après s'être dévisagés d'un air méfiant, les gamins lui signifièrent leur reddition d'une grimace résignée.

— Tu as manqué ta vocation, dit Annie, cinq minutes plus tard, en les regardant sortir avec la boîte de magie désignée par le sort.

— Comment ça ?

— Tu aurais dû travailler pour les « casques bleus ». Il n'y a pas pires têtes brûlées que les frères Freedmont…

— Il suffit de savoir les prendre, répliqua Natasha.

— C'est bien ce que je disais, répliqua Annie en hochant la tête d'un air convaincu.

Avec un rire gêné, Natasha ne put empêcher son regard de dériver une fois encore en direction de la rose, toujours aussi magnifique et donc insupportable à ses yeux.

— Les problèmes des autres, murmura-t-elle, sont toujours plus faciles à résoudre que les siens…

Après le déjeuner, Natasha eut la surprise de voir Freddie accourir vers elle, souriante, au détour d'une allée.

— Freddie ! s'exclama-t-elle avec un plaisir non dissimulé. Que tu es jolie aujourd'hui !

Avec plaisir, Natasha remarqua que les cheveux blonds de la fillette étaient retenus en arrière grâce au bout de ruban bleu qu'elle lui avait donné à sa première visite. Freddie, ravie, pirouetta sur elle-même.

— Tu aimes ma nouvelle tenue ? demanda-t-elle avec un soupçon d'inquiétude.

Avec tout le sérieux nécessaire, Natasha examina la salopette en jean visiblement neuve qu'elle portait.

— Je l'aime beaucoup. Figure-toi que j'ai acheté exactement la même !

Manifestement, aucun autre compliment n'aurait pu faire plus plaisir à Freddie.

— C'est mon papa qui me l'a offerte, expliqua-t-elle fièrement.

Sans pouvoir s'en empêcher, Natasha lança autour d'elles quelques regards discrets mais néanmoins curieux.

— Est-ce que… c'est lui qui t'a accompagnée jusqu'ici ?

— Non, c'est Vera. Tu disais qu'on pouvait regarder sans acheter.

— Bien sûr… Et je suis contente que tu sois venue.

Natasha eut un pincement au cœur. Cela n'avait rien d'une parole en l'air… Elle était aussi heureuse de la visite de la fille de Spencer que stupidement désappointée que celui-ci n'ait pas cru bon de l'accompagner.

— Papa m'a dit qu'il t'emmenait dîner au restaurant ce soir, poursuivit Freddie avec le plus grand sérieux.

— Eh bien, je…

— Moi, j'aime pas beaucoup les restaurants. Sauf pour les pizzas. Alors je reste à la maison avec Vera. Elle va préparer des tortillas pour moi et pour Jo-Beth. Même qu'on va les manger devant la télé…

— Je vois que vous allez bien vous amuser.

— Si t'aimes pas les restaurants, tu peux venir avec nous. Vera fait toujours des tas de tortillas…

Réprimant un soupir de découragement, Natasha se baissa pour nouer, une fois de plus, un des lacets défaits de Freddie. Sans hésiter, celle-ci en profita pour plonger son visage dans sa chevelure.

— Tes cheveux sentent bon.

Définitivement conquise, Natasha se pencha pour lui rendre la pareille.

— Les tiens aussi…

Fascinée par l'enchevêtrement de boucles brunes, Freddie y plongea les doigts.

— J'aimerais tant avoir des cheveux comme les tiens, dit-elle avec une grimace de dépit. Les miens sont raides comme des spaghettis…

D'une main légère, Natasha remit en place les mèches rebelles qui retombaient sur le front de la fillette.

— Quand j'avais ton âge, expliqua-t-elle, ma mère accrochait un ange, en haut de l'arbre de Noël. Je me rappelle qu'il avait de très beaux cheveux, longs et blonds, comme les tiens.

Les joues de Freddie rougirent de bonheur, mais, avant qu'elle ait pu répondre, une voix forte teintée d'accent mexicain retentit dans son dos.

— Ah ! Te voilà !

Un grand cabas de paille tressée sous le bras, Vera vint à leur rencontre à petits pas pressés.

— Viens vite ! dit-elle avec impatience en tendant la main à Freddie. Nous devons rentrer à la maison avant que ton père s'imagine que nous sommes perdues.

Pour saluer Natasha, la gouvernante se contenta d'un hochement de tête. En le lui rendant, elle comprit qu'elle était de nouveau passée au crible de ses petits yeux fureteurs, mais que cette inspection était loin, cette fois, de lui être favorable.

— J'espère, dit-elle avec un sourire aimable, que vous permettrez à Freddie de revenir très prochainement.

— Nous verrons, répondit Vera sans s'encombrer de politesse. Il est aussi difficile à une enfant de résister aux charmes d'un magasin de jouets qu'à un homme de résister à ceux d'une belle femme…

Sans plus attendre, Vera entraîna Freddie par la main vers la sortie. Annie, qui n'avait rien perdu de cette scène, rejoignit Natasha lorsqu'elles furent seules.

— Eh bien ! lança-t-elle vivement. Tu peux m'expliquer ce qui vient de se passer ?

Natasha lui répondit d'un haussement d'épaules.

— A mon avis, dit-elle, la brave femme s'imagine que j'ai des vues sur son employeur.

Annie émit un bruit de bouche très expressif.

— Ce serait plutôt son employeur qui a des vues sur toi. Pourquoi n'ai-je pas cette chance ?

Le soupir qui ponctua cette phrase était juste un tout petit peu envieux.

— Maintenant que nous savons qu'il n'est pas marié, reprit-elle avec entrain, tout est pour le mieux dans le meilleur des mondes. Petite cachottière ! Tu ne m'avais pas dit que tu sortais avec lui ce soir.

— Je ne sors pas avec lui ce soir.

— Mais, protesta Annie, les yeux ronds, j'ai entendu Freddie dire que…

A deux doigts de perdre patience, Natasha précisa :

— Son père m'a invitée, c'est vrai. Mais c'est moi qui ai refusé.

— Je vois…

Durant quelques secondes, les sourcils froncés, Annie étudia sa patronne d'un œil inquiet.

— Quand as-tu eu cet accident ? demanda-t-elle enfin.

— Quel accident ?

— Celui qui t'a fait perdre la raison…

Plutôt que de s'offusquer, Natasha partit d'un grand rire joyeux. Puis, voyant une nouvelle vague de jeunes clients excités passer le seuil de la boutique, elle s'empressa d'aller à leur rencontre.

— Je ne plaisantais pas, insista Annie dès qu'elles eurent cinq minutes à elles. C'est peu de dire que le Pr Kimball est beau, distingué, libre et…

Accoudée au comptoir, elle se pencha pour se pâmer au parfum de la rose.

— … tout à fait charmant. Pourquoi ne partirais-tu pas plus tôt pour te consacrer à ce qui importe vraiment. Par exemple, décider de ce que tu vas porter ce soir.

— Je sais parfaitement ce que je vais porter ce soir, répliqua Natasha. Ma robe de chambre…

A son grand soulagement, un nouveau flot de visiteurs les empêcha de poursuivre cette conversation qui lui mettait les nerfs à fleur de peau. Mais, à la première occasion, Annie se fit un devoir de revenir à la charge.

— Franchement, dit-elle, qu'est-ce qui te fait peur ?

— Le fisc ! répondit Natasha, décidée à couper court.

Secouant la tête d'un air peiné, Annie protesta :

— Nat… Je suis sérieuse !

— Moi aussi. Je ne connais pas un commerçant de ce pays qui ne tremble à l'idée d'un contrôle fiscal…

— Nous ne parlions pas du fisc. Nous parlions du Pr Kimball.

— Erreur. C'est *toi* qui en parlais !

Sans que Natasha s'en rende compte, le ton avait monté entre elles et elle regretta aussitôt cette parole malheureuse.

— Je te donnais juste un conseil d'amie…

Surprise par la peine qu'elle avait perçue dans la voix de son assistante, Natasha abandonna le rangement du rayon des peluches qu'elle avait entrepris et s'approcha d'elle.

— Excuse-moi ! dit-elle. Je sais que tu ne pensais pas à mal.

— Des amies se parlent, murmura Annie, se confient des choses…

Avec un soupir résigné, elle plongea les mains au fond de ses poches et détourna le regard vers la pendule. Sans doute pour se donner une contenance, elle marcha jusqu'à la porte, qu'elle verrouilla après avoir retourné vers l'extérieur le panneau signalant la fermeture. Dans le magasin vide, tout paraissait étrangement calme et silencieux après la cohue du samedi.

— Tu te rappelles, reprit-elle, quand tu m'as laissée pleurer sur ton épaule parce que Don Newman m'avait larguée ?

Les lèvres de Natasha esquissèrent un sourire.

— Il ne valait certainement pas toutes les larmes que tu as versées sur lui…

— Sans doute, admit Annie en souriant à son tour. Mais, après ce qu'il m'avait fait, j'avais besoin de pleurer, de crier, de gémir, et même de boire plus que de raison… Tu as été parfaite avec moi.

Jamais je n'oublierai toutes ces choses affreuses que tu as dites sur lui !

— Ce n'était pas très difficile, constata Natasha d'un air modeste. Ce type était un vrai vaurien.

Les yeux dans le vague, Annie se laissa aller à un soupir nostalgique.

— Peut-être, fit-elle. Mais c'était un vaurien magnifique. En tout cas, ce que je voulais dire, c'est que je n'ai jamais pu te rendre le service que tu m'as rendu à l'époque. Tout simplement parce que tu te protèges derrière ceci…

Du bout de ses bras tendus, Annie dessina un cercle imaginaire autour d'elle. Amusée par son manège, Natasha la regarda faire en souriant puis demanda :

— Qu'est-ce que c'est ?

— Le Superrempart Antimâles Stanislaski. Certifié pour repousser tous les hommes de vingt à cinquante ans…

Cette fois, Natasha n'était plus sûre de goûter la plaisanterie.

— Je ne sais pas si je dois prendre cela pour un compliment…

— Ne le prends pas mal ! s'empressa de préciser Annie. Peux-tu simplement m'écouter une toute petite minute ?

Voyant Natasha hocher la tête et s'appuyer de l'épaule contre une vitrine, Annie prit une longue inspiration avant de se lancer.

— Depuis que nous nous connaissons, je t'ai vue repousser les avances de nombreux hommes aussi facilement qu'on écarte d'un revers de main un moustique. Et avec autant d'insouciance, d'ailleurs.

Interprétant son silence comme une invitation à poursuivre, Annie précisa :

— Je ne t'ai jamais vue accorder à un homme une seconde chance après lui avoir montré la porte. Je t'admire, pour cela. Je t'envie d'être aussi sûre de toi. Au point de n'avoir même pas besoin de perdre une soirée avec un homme pour te rendre compte qu'il n'est pas celui qu'il te faut.

— Ce qui te donne l'impression que je suis sûre de moi, grommela Natasha, c'est que je n'ai tout simplement pas besoin d'une relation avec un homme.

D'un hochement de tête empressé, Annie accepta l'argument.

— Si tu veux, admit-elle. Mais cela n'enlève rien au fait que, cette fois, c'est différent.

— Qu'est-ce qui est différent ?

Quittant son poste, Natasha se glissa derrière le comptoir pour comptabiliser ses ventes de la journée.

— Tu vois ! s'exclama Annie, triomphante. Je n'ai pas encore prononcé son nom que tu es déjà nerveuse !

— Je ne suis pas nerveuse.

Avec agacement, Natasha souligna ce mensonge d'un haussement d'épaules.

— Tu es nerveuse, distraite et emportée depuis que Kimball a fait son apparition dans ce magasin. En plus de trois ans, je ne t'ai jamais vue accorder à un homme autant d'énergie et de pensées.

— Ce doit être parce que celui-ci est plus obstiné que les autres…

En butte au regard sceptique que lui valut cette réplique, Natasha soupira bruyamment et se rendit.

— D'accord, d'accord. J'admets qu'il y a entre nous… quelque chose. Quelque chose qui ne m'intéresse pas.

— Quelque chose, répéta Annie d'un air pensif, qui te fait tellement peur que tu ne veux surtout pas t'y intéresser.

Bien plus que tout ce qui venait d'être dit, c'était cette conclusion que Natasha n'était pas prête à entendre.

— C'est la même chose…

— Tu te trompes, insista Annie. Ce n'est pas la même chose.

S'approchant de Natasha, elle lui posa la main sur l'épaule et lui donna une secousse amicale.

— Crois-moi, dit-elle avec un sourire bienveillant. Je ne suis pas en train de te pousser coûte que coûte dans les bras de cet homme. Pour ce que j'en sais, il pourrait aussi bien avoir assassiné sa première épouse et l'avoir découpée en morceaux pour la jeter dans l'Hudson… Ce que je veux te faire comprendre, c'est que tu ne seras pas en paix avec toi-même tant que tu n'auras pas cessé d'avoir peur de ce qui peut se passer entre vous.

Natasha n'eut pas à réfléchir longtemps pour finir par reconnaître qu'Annie avait vu juste. Une fois rentrée chez elle, assise sur son lit, les coudes posés sur ses genoux et le menton enfoui dans ses mains, elle eut tout le temps nécessaire pour se livrer à un examen de conscience.

Oui, elle était distraite, nerveuse et emportée depuis qu'elle avait fait la connaissance de Spencer. Oui, elle avait peur. Non pas de lui, mais des émotions qu'il avait su réveiller en elle. Cela revenait-il à admettre pour autant qu'elle n'était plus capable de se maîtriser ? Sûrement pas… Allait-elle se terrer chez elle simplement parce qu'un homme séduisant lui faisait la cour ? Pour rien au monde !

Mais si elle était si nerveuse, se disait-elle pour tenter de se rassurer en se dirigeant d'un pas décidé vers sa penderie, c'était uniquement parce qu'elle manquait d'expérience en ce domaine. Il lui suffirait ce soir d'accepter l'invitation de l'obstiné Pr Kimball, et de résister à l'attirance qu'il exerçait sur elle — si grande fût-elle — pour retrouver son équilibre.

Fouillant rapidement parmi ses vêtements, Natasha se décida pour une robe de soirée d'un bleu profond, à l'encolure garnie de brillants. Ce n'était bien évidemment pas pour faire honneur à son cavalier qu'elle choisissait une tenue aussi habillée. Tout simplement, elle aimait cette robe et n'avait que trop peu l'occasion de la porter.

Lorsqu'elle entendit frapper à sa porte, il était 19 h 28, à la seconde près. Elle s'en voulait d'avoir surveillé sa montre avec autant d'anxiété en attendant Spencer. Mécontente de son maquillage, elle avait eu le temps de le rectifier deux fois. Pour être sûre de ne rien oublier, elle avait vérifié et revérifié le contenu de son sac.

En somme, se disait-elle en se dirigeant vers la porte pour lui ouvrir, elle s'était conduite en midinette énamourée à son premier flirt. Ce qui était à ses yeux parfaitement ridicule. Après tout, ce ne serait qu'un dîner. Le premier et le dernier qu'elle partagerait avec lui. Et lui n'était qu'un homme…

Mais, en le découvrant debout sur le seuil de son appartement, il lui fallut bien reconnaître que cet homme-là était différent des autres. Les cheveux ramenés vers l'arrière, un sourire flottant sur ses lèvres, une lueur joyeuse dans ses beaux yeux clairs, il était tout simplement parfait. Jamais elle n'aurait imaginé qu'un homme en costume gris et cravate bordeaux pût être aussi outrageusement sexy.

— Hello ! lança-t-il en lui tendant une autre rose rouge.

Natasha retint un soupir et accepta la fleur.

— C'est gentil, dit-elle, mais ce n'était pas nécessaire. Vous savez, ce n'est pas la rose de ce matin qui m'a fait changer d'avis.

Sans cesser de sourire, il lui adressa un regard surpris.

— Vous avez changé d'avis ? s'étonna-t-il. A quel propos ?

— A propos de votre invitation à dîner.

Comprenant qu'elle n'avait d'autre choix que de le laisser entrer quelques instants pendant qu'elle mettait la fleur dans l'eau, Natasha recula d'un pas. Son sourire aussi exaspérant que charmeur toujours scotché à ses lèvres, Spencer la suivit et referma la porte derrière lui.

— Qu'est-ce qui vous a fait changer d'avis, dans ce cas ?

Après avoir posé sa veste en velours sur l'accoudoir du sofa, Natasha se dirigea vers la cuisine.

— J'avais faim, répondit-elle de manière laconique.

Depuis l'autre pièce, Spencer l'entendit ajouter :

— Juste le temps de mettre cette rose dans un vase et je suis à vous. Vous pouvez vous asseoir si vous voulez.

Spencer promena autour de lui un regard circulaire… A en juger par les rideaux, les tapis et les coussins qui décoraient son intérieur, Natasha aimait les couleurs vives. Ce qui n'avait rien d'étonnant d'ailleurs. Elle aimait aussi la lumière douce et les parfums suaves, car de nombreuses bougies aromatiques, de toutes formes et de toutes couleurs, exhalaient même éteintes leur odeur de vanille, de jasmin ou de gardénia.

Une grande bibliothèque tapissait tout un mur, pleine d'ouvrages qui témoignaient des centres d'intérêt multiples de la jeune femme. Les romans populaires et les œuvres de grands auteurs russes ou américains côtoyaient les livres d'art et les manuels de bricolage. Toutes les surfaces libres étaient couvertes d'un bric-à-brac de souvenirs, de bibelots, de cadres dorés, de bouquets de fleurs séchées, de minuscules statuettes inspirées des contes pour enfants.

Fasciné, Spencer observa une fillette habillée en Chaperon rouge, un petit cochon craintif regardant par la fenêtre d'une maison de paille, une jolie jeune fille en haillons passant à son pied une minuscule pantoufle.

— Ces figurines sont magnifiques ! s'écria-t-il avec enthousiasme en découvrant que Natasha l'avait rejoint. Freddie serait folle si elle les voyait…

— Merci. C'est mon frère qui les sculpte.

Spencer approcha de ses yeux la maisonnette en friandises d'Hansel et Gretel. Chaque gâteau, chaque bonbon taillé dans le bois et minutieusement peint semblait si réaliste qu'on aurait pu le manger.

— Votre frère a bien du talent, commenta Spencer. C'est rare de voir un travail d'une telle qualité.

Toutes réticences à son égard oubliées, Natasha traversa la pièce pour le rejoindre.

— Il taille et sculpte le bois depuis son plus jeune âge, expliqua-t-elle. S'il persévère, un jour ou l'autre son travail entrera dans les musées.

— Il devrait déjà y être…

La sincérité évidente de ces paroles atteignit Natasha en plein cœur. Sans même s'en douter, il avait su toucher son point faible — l'amour de sa famille.

— Ce n'est pas si facile pour lui, reprit-elle en effleurant du bout des doigts la collection de statuettes. Mikhail est jeune, têtu, et il n'est pas homme à se compromettre pour réussir. Il a sculpté toutes ces miniatures pour moi en souvenir du livre de contes dans lequel j'ai appris à lire l'anglais. Quand nous avons débarqué à New York sans un sou, ce recueil se trouvait dans un colis offert à notre famille par une œuvre caritative. Les dessins étaient tellement fascinants à mes yeux de gamine que je n'ai eu de cesse que je puisse lire les histoires qu'elles illustraient.

Spencer osait à peine respirer de peur de l'interrompre. Depuis qu'ils se connaissaient, c'était la première fois qu'il la voyait se livrer avec autant de franchise et de spontanéité. Natasha, comme si elle avait pu suivre le cours de ses pensées, sembla se reprendre et marcha d'un pas raide vers la sortie.

— Et si nous y allions ? suggéra-t-elle dans un souffle.

Spencer se contenta de hocher la tête et d'aller ramasser sur le sofa sa jaquette de velours.

— N'oubliez pas votre vêtement, dit-il en le lui déposant sur les épaules. Le temps s'est rafraîchi…

Il était bien décidé quant à lui à se montrer suffisamment habile, au cours de la soirée, pour l'inciter à lui en dire un peu plus.

Le restaurant dans lequel Spencer avait réservé se situait un peu en dehors de la ville, sur une colline boisée surplombant le Potomac. L'endroit ne manquait ni de charme ni de classe, mais Natasha, si on lui avait demandé son avis, aurait préféré un établissement moins luxueux au service plus rapide.

Décidée cependant à ne pas gâcher leur soirée, elle lui sourit par-dessus la table et leva dans sa direction son premier verre de vin, avant de dire gaiement :

— Freddie est venue me voir au magasin, cet après-midi.

Amusé, Spencer trinqua à sa santé.

— C'est ce que j'ai entendu dire. En rentrant, elle ne parlait plus que de se faire friser les cheveux ! Et moi qui viens juste d'apprendre à lui faire des couettes…

A sa grande surprise, Natasha n'eut aucun mal à imaginer le réputé professeur d'université occupé à natter les cheveux de sa fille.

— Freddie est une enfant adorable, fit-elle avec un sourire attendri. Elle a vos yeux.

Spencer, qui avait failli s'étouffer, se pencha sur la table pour lui murmurer en aparté :

— Ne le dites à personne, mais j'ai l'impression que vous venez de me faire un compliment.

Embarrassée, Natasha se réfugia dans la consultation du menu qu'un serveur guindé venait de leur présenter.

— Je n'ai pas déjeuné ce midi et je meurs de faim ! s'exclama-t-elle. Tant pis pour votre carte bleue…

Et, quand le serveur revint à leur table, elle tint parole et commanda largement. Confusément, dans l'esprit de Natasha, tout irait bien aussi longtemps qu'il ne s'agirait entre eux que d'échanger des banalités autour d'un bon repas. En grignotant de délicieux amuse-gueules, elle s'arrangea donc pour orienter la conversation vers des sujets abordés par Spencer durant ses précédents cours.

Avec un plaisir réciproque, ils discutèrent longuement de compositeurs européens du XVe siècle et de leur influence sur leurs successeurs. Spencer appréciait la vive intelligence de Natasha et sa curiosité sans bornes, mais il n'avait pas renoncé à son projet d'aborder avec elle des sujets plus personnels.

— Parlez-moi un peu de votre famille, suggéra-t-il, profitant d'un temps mort dans la conversation.

Avant de répondre, Natasha glissa dans sa bouche un morceau de homard chaud, appréciant longuement la saveur subtile et presque décadente à ses yeux de ce mets délicat.

— Je suis l'aînée d'une famille de quatre enfants, répondit-elle avec une réticence manifeste. J'ai deux frères et une sœur. Mes parents vivent toujours à Brooklyn.

Puis, s'apercevant que Spencer avait profité de son inattention pour mêler ses doigts aux siens sur la table, elle retira sa main et la mit vivement à l'abri sur ses genoux. Portant son verre à ses lèvres pour masquer un sourire, Spencer demanda :

— Pourquoi avez-vous choisi de vous installer ici ?

Tout occupée à savourer son homard, Natasha haussa les épaules.

— Je voulais changer d'air. Et vous ?

— Moi aussi.

Spencer semblait bien plus concerné par elle que par le contenu de son assiette. Natasha vit sur son front se former une ride de concentration qui rajoutait encore à son charme et tenta en vain de l'ignorer.

— Vous m'avez dit que vous étiez arrivée aux Etats-Unis à l'âge de Freddie, reprit-il. Gardez-vous des souvenirs de votre prime enfance, avant votre arrivée ici ?

— Bien sûr !

Sans trop savoir pourquoi, Natasha eut la sensation qu'il se souciait bien plus de Freddie que d'elle-même en posant cette question.

— Je suis persuadée que ces souvenirs sont ceux sur lesquels se fonde notre vie, poursuivit-elle. Bons ou mauvais, ils colorent le reste de notre existence. Fermez les yeux et imaginez-vous à l'âge de cinq ans. Que voyez-vous ?

— Je suis assis devant un piano trop grand pour moi, répondit-il spontanément. Je fais des gammes.

Spencer n'avait pas eu besoin de fermer les yeux. La réponse lui était montée aux lèvres si spontanément qu'il se mit à rire. Se prêtant au jeu, il poursuivit :

— Près de moi, il y a un bouquet de roses. Je regarde la neige tomber par la fenêtre. Je suis partagé entre le besoin de finir ma leçon et l'envie d'aller au parc jeter des boules de neige sur ma nounou…

A présent bien plus intéressée par son vis-à-vis que par son homard, Natasha reposa sa fourchette et appuya son menton sur ses deux mains jointes, les coudes sur la table.

— Comment avez-vous résolu le conflit ?

— Avant d'aller au parc, j'ai fini ma leçon…

— Quel enfant sérieux et responsable !

La prenant par surprise, Spencer sourit et tendit le bras pour laisser courir son index de son poignet à son coude. Avant qu'elle ait eu le temps de réagir, un frisson lui avait parcouru l'échine et son cœur s'était mis à battre à coups redoublés.

— Et vous ? s'enquit-il. De quoi vous rappelez-vous à l'âge de cinq ans ?

Bien plus irritée par sa réaction incontrôlée à sa caresse furtive que par la question qu'il venait de poser, Natasha haussa les épaules et dit d'un air bougon :

— Mon père rentre du bois dans la maison pour allumer le feu. Son manteau et ses cheveux sont saupoudrés de neige. Mon plus jeune frère pleure dans son berceau. La pièce est emplie de l'odeur du pain que ma mère est en train de cuire. Je fais semblant d'être endormie pendant qu'ils chuchotent et font des plans d'évasion.

— Avez-vous peur ?

— Oui.

Ses yeux s'embuèrent à ce simple aveu. Natasha ne regardait pas souvent en arrière, n'en éprouvant pas le besoin. Mais, lorsqu'elle se risquait à le faire, ses souvenirs ne se fondaient pas dans une vague brume sépia. Ils s'imposaient à elle avec une force et une clarté redoutables.

Saisissant son verre pour masquer son trouble, elle hocha la tête et but une gorgée avant de répéter :

— Oui, j'ai eu très peur. Je crois que je ne pourrai plus jamais avoir aussi peur de ma vie.

Le visage grave de Spencer ne reflétait plus qu'une sympathie profonde, sans réserve. Ses yeux fixes posés sur elle, habituellement si pâles, semblaient s'être obscurcis.

— Vous voulez bien m'en parler ? demanda-t-il doucement.

— Pourquoi ?

— Parce que cela vous ferait du bien. Et parce que j'aimerais vous comprendre…

Natasha s'apprêtait à refuser, elle avait déjà présents à l'esprit les mots pour le faire, mais les souvenirs qui brusquement lui étaient revenus semblaient trop vivaces pour être tus. Ce fut presque malgré elle qu'elle s'entendit murmurer :

— Nous avons attendu jusqu'au printemps suivant. Mes parents n'avaient entassé dans la charrette que ce que nous pouvions porter. Papa avait expliqué aux voisins que nous partions rendre visite à une sœur de ma mère, dans l'ouest du pays. Certains de ceux qui nous regardèrent partir ce jour-là, le visage las et les yeux envieux, devaient se douter qu'ils ne nous reverraient plus. Papa avait réussi à se procurer de douteux faux papiers. Mais il avait une carte et espérait éviter les gardes-frontières.

— Et vous n'aviez que cinq ans ? intervint Spencer, ébahi.

— Presque six à l'époque, répondit-elle avec un sourire triste.

Songeuse, elle laissa son doigt courir sur le bord de son verre. Les yeux perdus dans le vin couleur rubis, elle reprit son récit.

— Mikhail avait entre quatre et cinq ans, Alex tout juste deux. Ma sœur Rachel était bien à l'abri dans le ventre de ma mère, mais nous autres enfants n'en savions rien. La nuit, lorsque nous pouvions courir le risque de faire un feu, nous nous installions tous autour, et papa nous racontait des histoires. En dépit des circonstances, nous étions heureux. Nous nous endormions, bercés par la voix de notre père, environnés d'une douce chaleur et d'une bonne odeur de feu de bois.

Spencer n'avait qu'à regarder dans ses yeux pour savoir à quel point ces souvenirs étaient véridiques. Pourtant, il avait du mal à y croire. La voix de Natasha était basse, tendue. Impossibles à contenir, les émotions se bousculaient sur son visage. Songeant, le cœur serré, à la petite fille apeurée qu'elle avait été, il posa la main sur la sienne sans qu'elle la retire. Patiemment, il attendit qu'elle sorte de ses pensées pour reprendre le fil de son récit.

— Nous avons franchi de hautes montagnes, dit-elle enfin après avoir poussé un long soupir. Après avoir marché pendant quatre-vingt-treize jours, nous sommes passés en Hongrie. Mon père, qui rêvait de s'enfuir depuis des années, avait dans ce pays des contacts prêts à nous aider. C'était la guerre à l'époque. La guerre froide. J'étais trop petite pour comprendre de quoi il s'agissait, mais assez grande pour sentir la peur qui hantait mes parents et tous ces gens inconnus qui nous hébergeaient. Grâce à eux, nous avons pu passer sans encombre en Autriche, où une œuvre religieuse nous a pris sous son aile et nous a permis d'émigrer en Amérique. J'ai mis très longtemps avant de chasser de mon esprit la crainte de voir mon père emmené par la police politique.

Le récit achevé, un long silence s'installa entre eux, que Spencer se garda bien de briser. Peu à peu Natasha semblait sortir d'un rêve éveillé. Les yeux hagards, les pommettes un peu rouges, elle fixa leurs mains, apparemment surprise de les découvrir intimement jointes sur la nappe.

— Ce sont des souvenirs lourds à porter, dit-il enfin.

Un sourire forcé au coin des lèvres, Natasha s'empara de son verre, qu'elle vida d'un trait.

— Il y en a aussi de plus gais ! s'exclama-t-elle. Comme le premier hot dog que j'ai mangé ! Ou le jour où mon père a ramené une télévision chez nous… Vous savez, aucune enfance, si dorée soit-elle, n'est exempte de traumatismes. Nous nous servons de nos blessures pour devenir adultes. La petite émigrante est devenue une commerçante honnête et prospère. Et le petit garçon coincé derrière son piano un compositeur réputé.

Voyant Spencer hocher la tête d'un air pensif, Natasha se décida à poser la question qui lui brûlait depuis un moment le bout de la langue.

— A ce propos, pourquoi ne composez-vous plus ?

Elle sentit les doigts de Spencer se crisper brusquement sur les siens.

— Je suis désolée, murmura-t-elle. Je n'aurais pas dû poser cette question.

— Cela ne fait rien, dit-il en soutenant son regard sans ciller. C'est tout simple : je n'écris plus parce que mon inspiration s'est tarie.

Natasha hésita une seconde à s'engager sur un terrain si personnel, puis elle céda à son impulsion.

— Je connais votre musique, Spence. Quelque chose d'aussi intense ne peut s'évanouir ainsi.

— En fait, reconnut-il, je ne m'en suis pas beaucoup préoccupé, ces dernières années. Peut-être qu'avec le temps…

— Ne soyez pas patient.

Le voyant sourire de son conseil, Natasha secoua la tête d'un air peiné.

— Ne riez pas. Je le pense vraiment. Les gens ont coutume de dire qu'il faut attendre le bon moment, la bonne occasion, le bon endroit. Des années se perdent ainsi irrémédiablement. Si mon père avait attendu que nous grandissions pour partir d'Ukraine, afin de nous rendre le voyage moins pénible, nous y serions sans doute encore à l'heure qu'il est. Il est des choses qu'il faut saisir à pleines mains sans attendre. La vie peut être très, très courte…

Lorsqu'aux alentours de minuit Spencer la raccompagna jusqu'au pas de sa porte, Natasha était aussi détendue que surprise d'avoir pu, en définitive, passer en sa compagnie une excellente soirée. Dans la voiture, sur le chemin du retour, il l'avait fait rire en racontant les manœuvres de Freddie pour le convaincre d'adopter un des chatons de son amie Jo-Beth.

Mais, alors qu'elle se retournait vers lui pour le remercier et lui souhaiter une bonne nuit, elle comprit tout de suite à l'éclat intense qui brillait au fond de ses yeux que l'heure n'était plus au rire.

— Natasha, murmura-t-il en approchant dangereusement son visage du sien, vous n'avez pas l'intention de m'inviter à entrer, n'est-ce pas ?

— Non.

— Très bien, dans ce cas…

D'un bras possessif, il lui entoura la taille.

— Spence…

— Je ne fais que suivre vos conseils.

Déjà, sa bouche courait le long de sa joue.

— Vous avez dit qu'il ne fallait pas être patient…

Ses lèvres se refermèrent sur le lobe de son oreille.

— Qu'on devait prendre à pleines mains…

Du bout des dents, il lui mordilla la lèvre inférieure.

— … sans perdre de temps.

Enfin leurs lèvres s'unirent et Spencer sentit toute sagesse le quitter. La passion que Natasha éveillait en lui était si puissante qu'elle semblait se répandre dans la fraîche nuit d'automne autour d'eux. Sentir son corps alangui se couler dans son étreinte lui fit perdre toute mesure. En lui couvrant le visage de baisers pour en revenir, toujours, à ses lèvres brûlantes, il bredouillait des choses incohérentes et folles.

Entre ses bras, Natasha se sentit sombrer lentement. Toute volonté de résistance l'avait désertée. La tête lui tournait. Elle aurait voulu se persuader que c'était à cause du vin, mais c'était lui, uniquement lui, qui l'enivrait. Désespérément, elle voulait être touchée, caressée, embrassée par lui. Mais, quand ses lèvres affamées dévalèrent le long de sa gorge, elle rejeta la tête en arrière et poussa un petit gémissement de protestation. Sentir les mains de Spencer emprisonner ses hanches avait suffi à réveiller en elle les vieilles peurs, les doutes lancinants.

Instantanément dégrisée, elle parvint à le repousser.

— Spencer…, protesta-t-elle avec suffisamment de force pour le faire cesser. S'il vous plaît !

Il semblait tellement secoué par ce qui venait de se passer qu'il lui fallut un moment pour reprendre son souffle avant de murmurer d'une voix basse et rauque :

— Je ne sais pas ce qui m'arrive. Chaque fois que je suis près de vous, j'ai l'impression de perdre la tête.

Il y avait dans sa voix une telle détresse que Natasha dut résister à l'envie de refermer ses bras autour de lui pour le consoler. Au prix d'un gros effort, elle parvint à les garder le long de son corps.

— Il ne faut pas, dit-elle.

Spencer se recula d'un pas pour prendre le visage de Natasha entre ses mains.

— Même si je voulais m'en empêcher, répondit-il en plongeant ses yeux dans les siens, je ne le pourrais pas.

Vaillamment, Natasha parvint à soutenir son regard sans ciller. Redevenue maîtresse d'elle-même, c'est sur un ton provocateur qu'elle parvint à lancer :

— Ainsi, tout ce que vous voulez, c'est coucher avec moi !

Sur le coup, Spencer ne sut s'il avait envie de rire, de pleurer ou de la maudire pour oser rabaisser ainsi ce qui les unissait.

— On peut voir les choses comme ça, dit-il. Mais ce n'est pas aussi simple.

— Vous croyez ? Les choses du sexe le sont, pourtant.

Regrettant déjà ses paroles, Natasha vit une lueur de colère flamboyer dans ses yeux.

— Croyez-moi…, dit-il d'un ton sourd. Le jour où nous ferons l'amour, que vous le vouliez ou non, ce sera de manière très, très romantique.

Spencer avait déjà disparu depuis longtemps que Natasha avait encore le cœur battant de cette promesse.

5

— Natasha ! Hé, Natasha !

Tirée de ses pensées alors qu'elle s'apprêtait à gravir le perron de l'amphithéâtre, Natasha releva la tête et vit Terry Maynard accourir vers elle. Pour se protéger de la vague de froid qui s'était abattue sur Shepherdstown, il portait une longue écharpe rayée jaune et blanc, qui battait au vent derrière lui.

Lorsque enfin il la rejoignit, tout essoufflé, ses lunettes avaient glissé de manière comique au bas de son nez rougi par le froid.

— Bonjour, Terry.

— Bonjour. Je t'ai vue devant moi, et je me suis dit que…

Comme une mère aurait pu le faire pour un enfant négligent, Natasha rajusta l'écharpe autour de son cou et redressa ses lunettes. Submergé par l'émotion, Terry tenta de parler, sans parvenir à émettre autre chose qu'un bruit étranglé.

— Tu devrais te couvrir mieux que ça, lui dit-elle en l'entraînant à sa suite sur le perron. Tu tiens vraiment à attraper un rhume ?

— Oui, marmonna-t-il. Je veux dire… non.

En haut des marches, elle fit une halte pour pêcher au fond de son sac un mouchoir en papier qu'elle lui tendit. Avec reconnaissance, Terry le prit et s'éclaircit la gorge longuement.

— Je me demandais… Si ce soir… bredouilla-t-il, le visage cramoisi. Après le cours… Si tu n'as pas autre chose à faire. Bien sûr, j'imagine que tu as probablement d'autres projets, mais si ce n'est pas le cas… nous pourrions peut-être prendre un café. Tous les deux. Enfin deux cafés. Je veux dire : un chacun…

Après avoir tant bien que mal achevé de formuler sa requête, Terry se tut dans l'attente angoissée d'une réponse. Tandis qu'ils remontaient de concert halls et couloirs, une pâleur inquiétante apparut sur son visage.

— Bien sûr, Terry, dit Natasha avec un sourire réconfortant.

Il était clair que le pauvre garçon n'était pas à l'aise en société, et qu'il devait se sentir bien seul, songeait-elle en pénétrant devant lui dans l'amphi. Il ne lui coûterait rien de lui tenir un moment compagnie. Cela lui éviterait peut-être de trop penser à…

A l'homme qui se tenait nonchalamment appuyé contre son bureau, conclut-elle avec un soudain accès de hargne en passant devant lui. L'homme qui l'avait assaillie sur le pas de sa porte, à peine deux semaines auparavant, et qui semblait pour l'heure en fort plaisante conversation avec une petite blonde à la beauté tapageuse, qui aurait presque pu être sa fille !

Furieuse mais décidée à faire comme si de rien n'était, Natasha se laissa tomber sur son siège et se réfugia dans la consultation d'un livre jusqu'au début du cours. Lorsque enfin Spencer entama la séance par une discussion à bâtons rompus sur la distinction à faire entre musique sacrée et musique profane durant la période baroque, elle décida de ne pas s'y intéresser.

Bien évidemment, Spencer dut s'en rendre compte. Sinon, pour quelle autre raison aurait-il délibérément sollicité son intervention, à deux reprises, durant la discussion ? Aussi habile qu'à son habitude, ce fut avec une parfaite neutralité qu'il s'adressa à elle. Pas la moindre intonation particulière, pas le moindre regard pour laisser supposer qu'il pût exister entre eux autre chose qu'une relation de maître à élève… Qui aurait pu imaginer, sur les bancs autour d'elle, que le respecté Pr Kimball l'avait embrassée follement non pas une, ni deux, mais trois fois ?

Dans son costume anthracite, discourant savamment de la musique d'opéra et de ses développements dans la première moitié du XVIIe siècle, Spencer était ce soir-là particulièrement à l'aise, en forme et élégant. Et, bien évidemment, comme à son habitude, il tenait son auditoire dans le creux de sa main, cette belle main de pianiste, qu'il brandissait de temps à autre pour faire valoir son point de vue.

Lorsqu'il répondit d'un sourire amusé à la remarque d'un étudiant, Natasha entendit la nymphette blonde soupirer deux bancs derrière elle, et se maudit d'avoir été elle-même sur le point de l'imiter. Elle se redressa sur son siège. Heureusement qu'il y avait bien longtemps qu'elle avait cessé de croire aux promesses des beaux parleurs. Car celui-là semblait bien être le pire de tous. Il avait probablement tout un harem de prétendantes à ses trousses. Un homme tel que lui, qui parlait comme lui, souriait comme lui, embrassait comme lui, ne pouvait qu'être du genre à promettre la lune à une femme sur le pas de sa porte à minuit, et la même chose au petit matin à une autre dans son lit…

Comme alerté par un sixième sens, Spencer sut tout de suite que Natasha venait de pénétrer dans l'amphi. Et, lorsqu'elle le découvrit en grande discussion avec Maureen, ce fut avec une certaine satisfaction qu'il capta le regard de jalousie farouche qu'elle n'eut pas le temps de masquer en passant devant lui pour gagner son banc.

Apparemment, le sort ne lui avait pas été trop funeste en le gardant totalement absorbé dans ses problèmes personnels et professionnels au cours des deux semaines écoulées. Entre une panne de chaudière, des réunions de parents d'élèves, une conférence de tous les professeurs et la préparation des premières évaluations trimestrielles, il n'avait pas eu une seconde à lui. A présent que les choses rentraient dans l'ordre et que la plus précieuse de ses étudiantes se rappelait à son attention, il était bien décidé à rattraper le temps perdu…

Quelque chose devait la tracasser, songeait-il tout en développant presque sans y penser les différents points de son exposé. Par moments, Natasha paraissait suspendue à ses lèvres comme s'il avait pu lui révéler tous les mystères de l'univers. La minute suivante, elle se tenait raide comme un piquet sur son banc, l'air ennuyé et le nez en l'air, comme si elle avait souhaité se trouver à un tout autre endroit.

Sans trop savoir pourquoi, il aurait juré qu'elle était en colère, et que ce courroux le concernait personnellement. Savoir pour quelle raison elle lui en voulait était une autre affaire… Chaque fois qu'il avait tenté de l'aborder après le cours, ces derniers temps, elle s'était arrangée pour lui échapper. Pour en avoir le cœur net, il essaierait ce soir de la prendre de vitesse.

Au moment où il achevait son cours, Spencer vit Natasha se lever et sourire au jeune homme qui se trouvait à côté d'elle. D'un geste malencontreux, celui-ci laissa choir sur le sol ses livres et ses crayons, qu'elle s'empressa de ramasser pour lui. Intrigué, Spencer fouilla dans sa mémoire pour trouver le nom du maladroit. Maynard, se rappela-t-il sans effort. Terry Maynard, un étudiant qui s'appliquait avec tant de soin à passer inaperçu qu'il était difficile de l'ignorer…

Quand il parvint à leur hauteur dans les gradins, Natasha remontait affectueusement les lunettes sur le nez de celui avec qui elle semblait être très intime.

— Je crois que tu as tout, disait-elle. N'oublie pas ton écharpe, il fait froid.

La main de Spencer se posa sur son avant-bras, l'empêchant de poursuivre.

— Natasha… J'aimerais vous parler.

Les yeux de Natasha fixèrent sa main, avant de remonter lentement jusqu'à son visage.

— Cela devra attendre, lui dit-elle d'une voix neutre. Je ne peux pas ce soir. J'ai un rendez-vous.

Stupéfait, Spencer crut voir passer une lueur de triomphe dans ses yeux. L'entendre parler d'un rendez-vous avait suffi à susciter dans son esprit l'image du grand brun au sourire conquérant, qui l'attendait sans doute à l'extérieur en consultant sa montre à tout instant.

— Un rendez-vous ? murmura-t-il stupidement.

— Exactement ! dit-elle en se débarrassant sans ménagement de sa main toujours posée sur son bras.

Puis, se tournant vers le jeune homme qui se tenait à côté d'elle, figé comme une statue de sel, elle glissa résolument son bras sous le sien et demanda :

— Tu es prêt, Terry ?

Avec une sorte d'effroi mêlé de respect, celui-ci regardait Spencer comme s'il se fût trouvé en présence de Dieu lui-même.

— Bien… bien sûr ! balbutia-t-il. Mais, si tu dois parler au Pr Kimball, je peux…

— Inutile, l'interrompit-elle brusquement.

Sans autre forme de procès, elle l'entraîna derrière elle vers la sortie. Avec la sensation de nager en plein rêve, Spencer se laissa choir sur le banc qu'ils venaient de quitter et les regarda sortir de l'amphithéâtre. Il avait depuis bien longtemps décidé qu'il ne parviendrait jamais à comprendre les femmes. Ce ne serait sans doute pas Natasha Stanislaski qui l'aiderait à changer d'avis…

Natasha conduisit Terry dans un petit café, pratiquement vide à cette heure, où elle avait ses habitudes. Fermement accrochés au bar antédiluvien, deux hommes marmonnaient au-dessus de leurs bières. Dans un coin, deux amoureux semblaient bien plus occupés à s'embrasser tout leur soûl qu'à vider les verres posés devant eux.

Natasha aimait l'atmosphère de l'endroit, avec son éclairage chiche et ses posters noir et blanc de James Dean et de Marilyn Monroe. Cela sentait la cigarette et la bière bon marché. Sur une étagère, une stéréo crachait à plein volume un vieux tube de Chuck Berry.

En s'asseyant à une table, Natasha sourit à l'homme débonnaire qui essuyait machinalement des verres derrière le comptoir.

— Salut, Joe ! Deux cafés, s'il te plaît…

Puis, reportant son attention sur son vis-à-vis, elle croisa les bras devant elle et se pencha vers lui.

— Alors, Terry. Comment va ?

— Je vais bien…

Terry aurait voulu être plus éloquent, comme un homme doit l'être en présence d'une jolie femme, mais plus il se creusait la cervelle, moins il trouvait de choses intéressantes à dire. Il avait encore du mal à croire en sa bonne fortune. Il était assis là, face à celle qui le faisait rêver depuis des semaines, pour ce qu'elle-même avait appelé un *rendez-vous*…

Comprenant à l'air emprunté de Terry qu'il lui faudrait assurer une bonne partie de la conversation, Natasha lui sourit gentiment et entreprit de se débarrasser de son manteau. Il régnait une telle chaleur dans la pièce surchauffée qu'il lui fallut déboutonner son blazer et remonter ses manches. Terry, la voyant faire, entreprit gauchement de l'imiter.

— Je sais que tu n'es pas originaire de la région, reprit-elle, mais je ne pense pas que tu m'aies dit d'où tu venais…

— J'étudiais à l'université du Michigan.

A travers ses verres embués, Terry distinguait Natasha comme une sorte d'apparition céleste. Repêchant au fond de sa poche le mouchoir qu'elle lui avait donné, il se mit avec un soin maniaque à essuyer ses lunettes, tout en parlant.

— Quand j'ai su que le Pr Kimball enseignerait ici, expliqua-t-il en s'animant peu à peu, je n'ai pas hésité à venir y terminer mes études. J'avais fait le voyage jusqu'à New York, l'année dernière, pour l'entendre donner une conférence à la Juilliard School. Il est fantastique, n'est-ce pas ?

Déçue de voir resurgir dans la conversation l'homme auquel elle voulait absolument éviter de penser, Natasha hocha la tête d'un air résigné. Joe, qui venait leur apporter leurs cafés, lui offrit une diversion bienvenue.

— Où étais-tu passée ? s'exclama-t-il en posant sur son épaule une main affectueuse. Cela fait des semaines que je ne t'ai pas vue…

Natasha lui rendit son sourire.

— Les affaires sont bonnes, expliqua-t-elle. Comment va Darla ?

— Aucune importance, plaisanta Joe avec un clin d'œil complice. Tu sais bien que je suis tout à toi !

— Je m'en souviendrai ! promit-elle avec un grand rire, avant de se retourner vers Terry.

Celui-ci avait brusquement pâli et paraissait au comble de la confusion.

— Quelque chose ne va pas ? s'inquiéta-t-elle.

— Non, rien, assura-t-il en détournant le regard pour suivre des yeux le barman qui s'éloignait. C'est juste que… C'est ton petit ami ?

— Mon…

Pour éviter de lui éclater de rire au nez, Natasha s'empressa de porter la tasse à ses lèvres et sirota en grimaçant quelques gorgées d'un café à peine tiède.

— Non, répondit-elle enfin. Joe n'est pas mon petit ami. C'est un copain, tout simplement.

Terry parut soulagé, mais Natasha devina au fond de ses yeux un reste d'inquiétude.

— Joe aime plaisanter, reprit-elle en serrant machinalement sa main sur la table pour le rassurer. Et toi ? Y a-t-il une fille qui attend ton retour, dans le Michigan ?

— Non, répondit Terry en rougissant. Il n'y a personne. Absolument personne…

A présent, c'était lui qui agrippait sa main sur la table. Il n'en fallut pas plus à Natasha pour comprendre ce qui était en train de se passer et se maudire d'avoir été si aveugle et stupide. Il lui aurait suffi d'ouvrir les yeux pour discerner dans le regard myope de Terry cette lueur d'adoration qu'elle y découvrait à présent. Mais elle avait été tellement absorbée dans ses propres problèmes qu'elle n'avait rien vu venir. Pour ne pas le blesser, il allait lui falloir faire preuve de la plus extrême prudence.

— Terry, commença-t-elle en s'arrangeant pour retirer sa main. Tu es un très gentil garçon, mais…

A ces mots, la main de Terry fut prise de tels tremblements qu'il renversa sur sa chemise le contenu de la tasse qu'il était en train de porter à ses lèvres pour se donner une contenance. Rapide comme l'éclair, Natasha se leva pour tenter d'éponger la tache avec des serviettes en papier.

— C'est une chance que Joe n'ait jamais été capable de servir un café chaud, murmura-t-elle en frottant énergiquement la chemise. Si tu la mets vite à tremper dans l'eau froide, cela devrait partir.

Submergé par l'émotion, Terry s'agrippa aux mains de Natasha, décidé à ne plus jamais les lâcher. Elle était si proche de lui que l'odeur de ses cheveux lui faisait tourner la tête.

— Je t'aime, murmura-t-il.

Désolé d'avoir lâché si vite un aveu qu'il aurait aimé lui susurrer de manière plus romantique, Terry sentit le sang affluer à ses joues et se mordit la lèvre. Pourtant, à présent qu'il lui avait déclaré sa flamme, il n'était plus question de faire machine arrière.

Natasha sentit les lèvres de Terry, froides et tremblantes, se poser maladroitement sur sa joue et décida qu'il était trop tard pour la diplomatie. La fermeté, en l'occurrence, semblait bien plus appropriée.

— Bien sûr que non, tu ne m'aimes pas ! lança-t-elle en se redressant pour regagner sa chaise.

— Ah bon ?

La réponse de Natasha plongeait Terry dans le désarroi. La scène ne ressemblait en rien à ce qu'il avait maintes fois imaginé. Dans un de ses rêves, il la sauvait in extremis d'un camion fou. Dans un autre, elle lui tombait dans les bras au moment où il lui chantait la chanson qu'il avait composée pour elle. Il s'était préparé à chacune de ces éventualités, mais pas à s'entendre répondre qu'il ne l'aimait pas, après s'être ridiculisé en renversant son café sur sa chemise.

— Natasha…

Penché sur la table, Terry essaya une nouvelle fois de s'emparer de ses mains, mais en vain.

— Je suis sûr que je t'aime ! dit-il, étonné de sa propre audace.

— C'est ridicule, assura-t-elle tranquillement, les bras croisés sur sa poitrine. Tu m'aimes bien, c'est vrai. Et moi aussi. Mais c'est tout.

— Non, s'entêta Terry. Il y a plus que cela. Je…

— Très bien, l'interrompit Natasha. Pour quelle raison m'aimes-tu ?

— Mais parce que tu es belle. Tu es la plus belle femme que j'aie jamais rencontrée !

— Et c'est tout ?

A cela, Terry fut bien incapable de répondre. Profitant de son avantage, Natasha posa les coudes sur la table et croisa les doigts.

— Et si j'étais une voleuse ? reprit-elle. Et si je te disais qu'en voiture j'aime écraser les petits animaux sur la route, m'aimerais-tu ?

— Nat…

Avisant sa mine déconfite, Natasha se mit à rire, mais se garda bien de lui caresser la joue, comme l'envie lui en était venue.

— Ce que j'essaie de te faire comprendre, poursuivit-elle, c'est que tu ne me connais pas assez pour m'aimer. Si c'était le cas, ce à quoi je ressemble importerait peu à tes yeux.

— Mais je n'arrête pas de penser à toi !

— Parce que tu as réussi à te convaincre que ce serait fantastique de m'aimer. Ou parce que tu avais besoin de tomber amoureux de quelqu'un.

Pâle et défait, les yeux embués et les lèvres tremblantes, Terry baissa la tête. Il paraissait tellement désemparé que Natasha sentit une chape de culpabilité s'abattre sur elle.

— Terry, murmura-t-elle en se penchant vers lui, je suis très flattée, mais je suis bien trop vieille pour être pour toi autre chose qu'une amie…

Après l'incompréhension et le désenchantement, Terry subit la honte d'une humiliation telle qu'il n'en avait jamais connu.

— Tu dois me prendre pour un idiot, n'est-ce pas ?

— Certainement pas !

Bouleversée par sa détresse, Natasha tendit le bras pour le retenir, mais déjà Terry s'était levé et gagnait la sortie.

— Terry, attends !

— Je dois y aller, lança-t-il par-dessus son épaule.

Natasha le regarda s'enfuir sans chercher à le rattraper. Rien de ce qu'elle aurait pu lui dire n'aurait été de nature à atténuer sa peine. Elle avait déjà fait suffisamment de dégâts comme cela. Terry avait besoin d'un peu de temps pour se ressaisir. Et elle, songea-t-elle en déposant un peu de monnaie sur la table, d'un bon bol d'air pour se requinquer…

— Eh bien, c'est pas trop tôt, marmonna Spencer.

Au bout de la rue, Natasha venait d'apparaître, remontant le trottoir d'un pas pressé, les yeux fixés vers le sol. Manifestement, elle semblait perdue dans ses pensées. Si l'homme qu'elle venait de quitter lui occupait encore l'esprit, songea-t-il en essayant de ne pas grincer des dents, il allait faire en sorte de lui donner d'ici peu d'autres sujets de préoccupation…

— Il n'a pas pris la peine de vous raccompagner ? lança-t-il dès qu'elle fut à portée de voix.

Figée sur place, Natasha leva les yeux. Assis dans la pénombre, sur la plus haute marche du porche devant chez elle, Spencer semblait avoir attendu son retour. Songeant que cette soirée n'en finirait jamais, elle serra les poings au fond de ses poches et s'approcha. Après avoir repoussé les assauts de l'inoffensif Terry, voilà qu'elle allait devoir faire face à un prétendant autrement plus déterminé et dangereux.

— Que faites-vous là ? lança-t-elle d'un ton peu amène.

— Je me gèle en vous attendant, marmonna-t-il.

Les bras frileusement croisés sur sa poitrine, le col de sa veste relevé, de longs panaches de buée s'échappant de sa bouche, Spencer avait tout l'air, en effet, d'être transi. Natasha, trop malheureuse pour savourer cette petite vengeance, n'eut pourtant pas le cœur à s'en amuser.

Alors qu'il se levait pour la laisser passer, elle fut surprise de le voir la dominer de toute sa haute taille. Comment avait-elle pu oublier à quel point il était grand ?

— Vous n'avez pas invité votre ami à prendre un dernier verre ? demanda-t-il d'une voix grinçante.

Pesant résolument sur la poignée, Natasha ouvrit sa porte. Comme pratiquement tout le monde à Shepherdstown, elle prenait rarement la peine de fermer à clé son appartement.

— Heureusement que je ne l'ai pas fait, rétorqua-t-elle. Sans quoi, vous auriez été bien embarrassé.

— Si j'avais pu imaginer que la porte était ouverte, grogna Spencer, c'est vous qui l'auriez été en me découvrant à l'intérieur.

— Bonne nuit, professeur Kimball…

Décidée à couper court, Natasha tenta de refermer promptement le battant derrière elle, mais Spencer la prit de vitesse.

— Attendez une petite minute ! s'écria-t-il en retenant la porte d'une main de fer. Je veux vous parler et je n'ai pas risqué la pneumonie pour que vous me claquiez la porte au nez. Si vous ne voulez pas m'écouter, je vous garantis que ce sont vos voisins qui vont le faire !

Avec un soupir résigné, Natasha s'effaça sur le seuil et gagna la cuisine.

— Cinq minutes ! lança-t-elle par-dessus son épaule. Pas une de plus. Je vous offre un brandy, puis je vous mets à la porte.

Lorsqu'elle revint quelques instants plus tard, un petit verre dans chaque main, Spencer l'attendait de pied ferme. Planté sur ses jambes au beau milieu de la pièce, les bras croisés et l'air outragé, ce fut bille en tête qu'il attaqua, sans lui laisser le temps de souffler.

— Vous pouvez m'expliquer à quoi vous jouez ?

Décidée à ne pas se laisser impressionner, Natasha déposa le verre qu'il ne paraissait pas disposé à accepter sur une table basse et sirota le sien à petites gorgées.

— Je ne vois pas de quoi vous voulez parler.

— Vous voulez un dessin ?

Comme un fauve en cage, il se mit à faire les cent pas sur le tapis, les bras croisés dans le dos.

— Ce gosse est à peine sorti des jupes de sa mère ! lança-t-il sur un ton accusateur. On pourrait presque vous arrêter pour détournement de mineur…

En dépit de ses bonnes résolutions, Natasha rétorqua sèchement :

— Le choix de mes relations ne vous regarde en rien.

— Vous vous trompez ! s'emporta-t-il. A présent, il me regarde.

— Absolument pas ! D'ailleurs Terry est un jeune homme bien plus charmant que vous…

La tête rejetée en arrière, Spencer laissa fuser un rire sarcastique.

— Jeune ! s'exclama-t-il. Vous avez trouvé le mot juste. Tellement jeune qu'on se demande bien ce qu'il peut vous trouver…

Voyant les yeux de Natasha se rétrécir et son visage se crisper, Spencer comprit qu'il avait visé juste.

— Cela, murmura-t-elle, je pense que c'est à lui de le dire.

En silence, comme deux adversaires qui se jaugent avant l'assaut, ils se dévisagèrent quelques secondes. Spencer, autrefois considéré comme l'un des hommes les plus galants de la bonne société new-yorkaise, hésita encore un instant avant de se résoudre à lâcher les mots qui lui chatouillaient le bout de la langue.

— En fait, dit-il en la fixant droit dans les yeux, j'aurais dû dire que vous êtes bien trop vieille pour lui…

En dépit de la colère qui bouillonnait en elle, Natasha commençait à percevoir le comique de la situation. Bien peu de ses étudiants auraient pu à cet instant reconnaître en cet homme écumant d'une rage froide le prestigieux Pr Kimball…

— Félicitations, dit-elle en soutenant calmement son regard. Vous faites des progrès. Dites-moi, votre brandy, vous préférez le boire ou le recevoir en pleine figure ?

Saisissant son verre sur la table basse, Spencer l'avala d'un trait, avant de le reposer sèchement. C'est alors qu'il comprit que, non content d'être jaloux d'un de ses étudiants, il était en train de se ridiculiser aux yeux de la femme qu'il espérait conquérir.

— Répondez-moi franchement ! lança-t-il, déterminé à clore le débat. Etes-vous intéressée par ce garçon, oui ou non ?

Natasha prit le temps de finir son brandy avant de répondre, d'un air de défi :

— Bien sûr que je le suis. Terry est un jeune homme sensible, doué et très intelligent.

Puis, le voyant se décomposer sous ses yeux, elle se maudit de sa couardise. N'avait-elle pas déjà fait suffisamment de mal à Terry, sans l'utiliser en plus pour se protéger de Spencer ?

— Tellement sensible, reprit-elle d'une voix voilée par l'émotion, que je viens de lui briser le cœur. Il pensait être amoureux de moi J'ai dû lui faire comprendre que ce n'était qu'une illusion.

Découragée, Natasha se laissa tomber pesamment sur le sofa.

— Oh ! allez-vous-en ! gémit-elle. Laissez-moi tranquille… Je ne sais pas pourquoi je vous raconte cela.

Résistant à l'envie de laisser éclater sa joie, Spencer vint prendre place auprès d'elle.

— Je suppose, dit-il, que c'est parce que je suis le seul ici à pouvoir vous écouter et que vous avez besoin d'en parler.

Les yeux dans le vague, les mains glissées entre ses genoux, tout le malheur du monde reposant sur ses épaules, Natasha hocha lentement la tête.

— Si j'avais fait attention, reprit-elle, si j'avais pu me douter de ce qui était en train de se passer, j'aurais réagi plus tôt. Il n'y a rien de pire que d'aimer quelqu'un qui vous rejette.

Cela, Spencer pouvait parfaitement le comprendre. Tout comme il comprenait, aux ombres qui étaient passées sur le visage de Natasha au moment de prononcer ces mots, qu'elle en avait fait elle-même l'amère expérience.

— Pourtant, intervint-il doucement, vous ne le croyez pas quand il dit être amoureux de vous.

— Qu'importe ce que je pense, puisque lui en est persuadé ! s'emporta-t-elle. Mais comment pourrait-il être amoureux de moi alors qu'il me connaît à peine ? J'aurais voulu le secouer jusqu'à lui faire entendre raison, mais il me regardait avec de grands yeux tellement tristes…

— Vous n'avez en revanche aucun problème de conscience pour vous acharner sur moi.

— Vous n'avez pas de grands yeux tristes, et vous n'êtes pas un jeune homme qui croit être amoureux.

— Je ne suis pas un jeune homme, reconnut Spencer en entourant d'un bras ses épaules. Mais il n'y a pas d'âge pour être amoureux.

Agacée, Natasha se tortilla pour se dégager de son emprise. Sans succès.

— Cessez de flirter avec moi.

— Je ne flirte pas avec vous, Natasha. Il y a bien longtemps que je n'en suis plus là.

— Taisez-vous. Vous ne savez rien de moi, vous non plus.

— J'en sais beaucoup plus que vous ne l'imaginez. Je sais que vous avez traversé toute petite de dures épreuves, qui vous ont marquée. Je sais que rien ne compte plus à vos yeux que votre famille, et qu'elle vous manque. Je sais que vous comprenez les enfants et que vous avez pour eux une affection sincère et naturelle. Je sais que vous êtes organisée, fonceuse, têtue et passionnée.

Pour capter son regard fuyant, Spencer saisit Natasha aux épaules et la fit doucement pivoter vers lui.

— Je sais que vous avez connu autrefois une expérience amoureuse qui vous a déçue, reprit-il d'une voix plus douce, et que vous n'êtes pas prête à en parler. Je sais que vous avez une intelligence vive et un cœur en or. Je sais que vous êtes attirée par moi, mais que cela vous fait si peur que vous aimeriez vous convaincre du contraire…

Impressionnée par la vérité de ces paroles et incapable de soutenir plus longtemps son regard, Natasha baissa les yeux.

— Alors, dit-elle à mi-voix, vous en savez plus sur mon compte que je n'en sais sur le vôtre.

— Il ne tient qu'à vous de combler ce manque…

— Je ne sais pas si j'en ai envie. Pourquoi devrais-je le faire ?

Rapidement, les lèvres de Spencer effleurèrent les siennes, avant qu'elle ait pu l'en empêcher. Aussitôt, Natasha sentit son cœur bondir dans sa poitrine.

— Voilà la réponse, murmura-t-il. Que vous faut-il de plus ?

Avant qu'il ait pu l'embrasser de nouveau, Natasha détourna la tête.

— N'insistez pas… La soirée a été suffisamment difficile.

Natasha sentit Spencer s'éloigner d'elle sur le sofa et son bras quitter ses épaules. Sous le coup d'une subite impulsion, elle proposa :

— Voulez-vous que je vous invite à dîner ?

— Maintenant ?

— Demain soir, précisa-t-elle, regrettant déjà l'invitation. 19 heures. Si vous amenez Freddie avec vous…

— Elle en sera ravie. Tout comme moi.

Manifestement enchanté, Spencer se leva et marcha d'un pas décidé vers la sortie. Incapable de savoir si elle était soulagée ou déçue de le voir partir, Natasha le suivit.

— Je vous laisse, dit-il sur le pas de la porte. Mais avant de vous souhaiter une bonne nuit, une dernière chose…

En réponse à son regard interrogateur, il l'enlaça pour un long et fougueux baiser. Lorsqu'il eut desserré l'étreinte de ses bras, il eut la satisfaction de la voir chanceler et prendre appui contre le chambranle de la porte.

— Bonne nuit, dit-il.

Tant qu'il lui restait encore un peu de courage pour le faire, Spencer plongea ses mains au fond de ses poches et fonça sans se retourner hors de chez elle. En marchant d'un pas vif sur le trottoir, il respira à pleins poumons. Jamais l'air glacé de la nuit ne lui avait semblé si rafraîchissant !

C'était la première fois que Freddie était invitée à participer à un dîner d'adultes. Elle n'en était pas peu fière et il lui tardait, en regardant son père se raser, d'y aller enfin. Habituellement, elle aimait l'observer passer la lame brillante du rasoir dans le savon à barbe. Parfois, elle en arrivait même à regretter de n'être pas un garçon, pour pouvoir s'initier un jour à ce rite fascinant. Mais ce soir, alors qu'elle-même était déjà prête depuis trois bons quarts d'heure, elle ne pouvait s'empêcher de le trouver affreusement lent…

— Alors, on y va ?

Encore vêtu de son peignoir, Spencer s'aspergea le visage pour rincer les dernières traces de mousse.

— Pour faire honneur à notre hôtesse, répondit-il, ce serait peut-être une bonne idée que je passe un pantalon, tu ne crois pas ?

Avec des airs de grande dame exaspérée, Freddie soupira et leva les yeux vers le plafond.

— Papa… Quand est-ce que tu seras prêt ?

Spencer s'essuya rapidement et la souleva de terre pour déposer un baiser sur son front.

— Le temps que tu comptes jusqu'à cent !

Décidée à le prendre au mot, Freddie dévala l'escalier et s'installa pour l'attendre sur la dernière marche. Elle n'avait pas encore atteint le chiffre trente que déjà son esprit vagabondait bien loin du compte à tenir. Dans sa tête, elle avait déjà tout arrangé. Un jour ou l'autre, son père finirait par se marier avec Nat, ou avec Mlle Patterson, son institutrice, parce qu'elles étaient toutes les deux jolies et avaient de beaux sourires.

Après cela, celle qu'il aurait épousée viendrait vivre avec eux, dans leur nouvelle maison. Il ne faudrait pas attendre longtemps, selon elle, pour que naisse un bébé. Une petite sœur, de préférence. Ensuite, tout le monde serait heureux, parce que tout le monde s'aimerait vraiment beaucoup. Alors, elle en était sûre, son père pourrait se remettre à jouer de la musique tard dans la nuit…

Alertée par le bruit de ses pas dans l'escalier, Freddie se redressa et fit volte-face.

— Ah ! Quand même !

Spencer se baissa pour tendre à sa fille sa joue fraîchement rasée.

— Je te signale, dit-il en allant ouvrir la porte, que nous sommes en avance et que cela ne se fait pas.

Sans attendre, Freddie se rua à l'extérieur.

— C'est pas grave ! cria-t-elle par-dessus son épaule. Je suis sûre que Nat s'en fiche…

Heureusement, songea Natasha en jetant un coup d'œil rapide à sa montre, il lui restait encore une bonne demi-heure. Dès le réveil, elle s'était demandé ce qui lui avait pris, la veille, d'inviter à dîner un homme que son instinct lui dictait d'éviter. Toute la journée, elle avait été distraite au magasin, s'inquiétant de savoir si Freddie apprécierait le menu, ou si son père trouverait le vin qu'elle avait choisi approprié.

Et comme si cela ne suffisait pas, voilà qu'elle se changeait pour la troisième fois ! En inspectant son reflet dans la psyché de sa chambre, elle décida qu'il n'y en aurait pas de quatrième. Ce pull jersey bleu foncé et ce pantalon à pinces assorti feraient l'affaire. Après avoir accroché à ses oreilles ses pendentifs en argent préférés et donné un coup de brosse à ses cheveux, elle gagna la cuisine où tout restait encore à faire.

Elle mettait la dernière main à sa sauce quand elle entendit quelques coups timides frappés à sa porte. Tout en se débarrassant en hâte de son tablier pour aller ouvrir à ses invités, Natasha prit une profonde inspiration, autant pour se donner du courage que pour se calmer. Ce n'était pas parce qu'ils étaient en avance qu'elle devait mal les accueillir…

Puis elle ouvrit la porte et toute agitation cessa en elle dès qu'elle les aperçut. Côte à côte sur le seuil, la main de la petite fille glissée dans celle de son père, ils formaient le tableau le plus charmant qu'il lui eût été donné de voir depuis longtemps.

Spontanément, Natasha se pencha pour embrasser Freddie sur les deux joues.

— Merci de m'avoir invitée, récita celle-ci, avant de lever les yeux pour guetter l'approbation de son père.

Natasha s'écarta pour les laisser pénétrer dans le hall et répondit :

— Merci à toi d'être venue !

— Tu n'embrasses pas aussi mon papa ? s'étonna Freddie.

Prise au dépourvu, Natasha n'hésita qu'un court instant lorsqu'elle découvrit le sourire moqueur qui avait fleuri sur les lèvres de Spencer. Se hissant sur la pointe des pieds, elle déposa sur sa bouche un rapide baiser avant d'expliquer, une lueur de défi dans les yeux :

— Baiser traditionnel russe de bienvenue…

Cérémonieusement, Spencer lui prit la main et s'inclina pour un baisemain en bonne et due forme.

— Parfois, dit-il, je trouve que la tradition a du bon.

Freddie, qui n'avait pas raté une miette du spectacle, demanda avec le plus grand sérieux :

— Est-ce qu'on va manger du bortsch ?

En l'aidant à se débarrasser de son manteau, Natasha fronça les sourcils.

— Du bortsch ?

— Quand j'ai dit à Vera que tu nous invitais, expliqua la fillette, elle m'a répondu qu'on allait sans doute manger du bortsch…

Jugeant préférable d'en rire, Natasha les précéda dans le salon.

— Désolée, répondit-elle, mais je ne suis pas très douée pour le bortsch. A la place, j'ai préparé un autre plat traditionnel — des spaghettis bolognaise. Tu crois que ça ira ?

Le sourire radieux que Freddie lui adressa en guise de réponse ne fut que le premier d'une longue série. Contrairement aux craintes de Natasha, la soirée se déroula dans une ambiance familiale et bon enfant. Ils mangèrent sur la vieille table ronde, près de la fenêtre de la cuisine. La conversation tourna autour de sujets aussi divers que les difficultés en arithmétique de Freddie et l'opéra napolitain. Au dessert, Natasha se surprit à parler sans réticence de sa famille. Aussitôt très intéressée, Freddie voulut tout savoir de ce que cela faisait d'être l'aînée.

— Nous ne nous disputions pas souvent, raconta la jeune femme lorsqu'ils en furent au café. Mais, lorsque ça arrivait, c'était toujours moi qui gagnais. Parce que j'étais la plus vieille. Et aussi la plus méchante…

Freddie, confortablement installée sur ses genoux, s'insurgea :

— Tu n'es pas méchante !

— Parfois cela m'arrive. Quand je suis très en colère.

Par-dessus la table, elle capta le regard attentif de Spencer. Sans avoir à le préciser, il était clair, pour lui comme pour elle, qu'elle regrettait de lui avoir un jour reproché de ne pas mériter sa fille.

— Dans ces cas-là, conclut-elle en soutenant son regard, je n'ai plus qu'à m'excuser.

— Quand les gens se disputent, murmura Spencer, cela ne signifie pas toujours qu'ils ne s'aiment pas.

Depuis que sa fille avait grimpé sur les genoux de Natasha, il faisait de son mieux pour ne pas remarquer ce que cette scène avait à ses yeux de touchant et de parfaitement naturel. Tout allait trop vite, se disait-il pour se mettre en garde. Trop vite et trop loin, pour tout le monde…

Freddie n'était pas sûre de bien comprendre les paroles que les adultes échangeaient par-dessus sa tête. Parfois, elle sentait qu'il y avait derrière les mots qu'ils prononçaient un autre sens, qui lui restait caché. Cela n'enlevait rien au fait qu'il lui paraissait à présent évident que Mlle Patterson resterait son institutrice, et que ce serait Natasha qui épouserait son papa.

Se redressant pour se pendre à son cou, elle plongea son regard dans le sien et annonça fièrement :

— Bientôt j'aurai six ans et je ferai une fête d'anniversaire !

— Vraiment ! Quand cela ?

— Dans deux semaines. Tu viendras ?

— J'en serai ravie et honorée…

Pendant que Freddie récitait par le menu toutes les réjouissances qui étaient au programme, Natasha soutint avec appréhension le regard indéchiffrable que Spencer posait sur elle. A n'en pas douter, songea-t-elle, il n'était ni très sage ni très prudent de s'attacher aussi vite et aussi fort à une petite fille dont le père réveillait en elle tant de sentiments indésirables. Puis Spencer lui sourit, et ce fut comme une éclaircie dans un ciel d'orage.

Non, ce n'était vraiment pas raisonnable de s'attacher à eux, songea-t-elle de nouveau. Mais elle ne voyait pas comment elle aurait pu faire autrement.

6

— Varicelle, murmura Spencer, surveillant le sommeil de Freddie depuis la porte de sa chambre. Drôle de cadeau pour un anniversaire, mon ange…

Dans deux jours, sa fille aurait six ans. Et, dans le même temps, selon le médecin qu'il venait de raccompagner à la porte, elle serait couverte de ces plaques de boutons qui se cantonnaient pour l'heure à son ventre et à sa poitrine. « Rien de grave », avait bougonné le praticien en recommandant un long repos assorti d'une courte liste de médicaments. Mais en voyant Freddie s'agiter dans son sommeil, le front moite d'une fièvre de cheval qui ne voulait pas passer, Spencer avait du mal à y croire.

Le coup de fil affolé de Nina n'avait rien arrangé. Il lui avait fallu déployer des trésors de patience pour l'empêcher de sauter dans le premier avion. Sa sœur s'était vengée en décrétant que jamais sa nièce n'aurait attrapé *ça* dans une bonne école privée, ce qui n'avait fait que nourrir en lui une sourde culpabilité. Il avait beau se dire que la varicelle était un passage obligé de l'enfance, son cœur de père restait persuadé qu'il aurait dû faire en sorte de l'épargner à Freddie.

C'était dans ce genre de circonstances que Spencer réalisait à quel point il aurait eu besoin de quelqu'un à ses côtés. Pas forcément pour partager les responsabilités parentales, mais juste pour être là, et comprendre ce que cela fait de ne rien pouvoir contre la détresse d'un enfant malade ou malheureux. Quelqu'un à qui parler, au beau milieu de la nuit, quand la crainte de ne pas être à la hauteur le tenaillait et l'empêchait de dormir.

Bien évidemment, lorsqu'il lui arrivait de songer à ce *quelqu'un*, le visage de Natasha s'imposait à lui. Même si elle semblait décidée à le repousser. Même s'il ne se sentait pas encore prêt à refaire ce grand saut dans l'inconnu qu'était le mariage et qui, une fois déjà, lui avait si mal réussi.

Réprimant un soupir, Spencer rejoignit le chevet de sa fille et déposa sur son front le linge humide que Vera venait de lui remettre. Après avoir papillonné quelques instants des paupières, Freddie ouvrit des yeux brillants de fièvre.

— Papa…

En entendant ce mince filet de voix, Spencer sentit son cœur se serrer.

— Oui, petit clown. Je suis là.

— J'ai soif, gémit-elle en remuant difficilement ses lèvres desséchées.

— Je vais te chercher à boire.

Il était à peine sur le pas de la porte que déjà elle le rappelait.

— Papa… Je peux avoir de la limonade ?

Malade ou pas, songea-t-il avec un sourire attendri, Freddie restait Freddie !

— Bien sûr. Laquelle veux-tu ?

— La bleue…

— C'est comme si c'était fait.

Il descendait l'escalier quatre à quatre quand le téléphone se mit à sonner, pratiquement en même temps que retentissait la sonnette de la porte d'entrée. Songeant que rien, décidément, ne lui serait épargné, Spencer cria à Vera d'aller décrocher et ouvrit, à bout de patience, la porte à la volée.

Dès que Natasha le vit ainsi, en face d'elle, pâle et échevelé, son sourire se figea sur ses lèvres.

— Excusez-moi, marmonna-t-elle. Manifestement, j'ai mal choisi mon moment.

Sans prendre la peine de lui répondre, Spencer l'attira dans le hall, se retournant dans le même temps pour crier :

— Vera ! Freddie voudrait de la limonade. De la bleue…

La gouvernante fit son apparition sur le seuil du salon, adressant en guise de salut un petit hochement de tête à Natasha.

— Je m'en occupe, assura-t-elle. Mlle Nina est au téléphone. Elle voudrait vous parler.

Excédé, Spencer se passa une main nerveuse dans les cheveux.

— Dites-lui que je…

Mais sachant que Vera détestait parler à sa sœur, il se ravisa.

— Ne lui dites rien. J'y vais.

Se sentant manifestement de trop, Natasha amorça un mouvement de repli vers la sortie.

— Je m'en vais, dit-elle. J'étais juste passée voir si tout allait bien car j'avais appris que votre cours de ce soir était annulé.

— C'est à cause de Freddie, expliqua Spencer. Elle a attrapé la varicelle.

— La pauvre !

Les yeux levés vers le sommet de l'escalier, Natasha dut résister à l'envie de s'y précipiter pour aller elle-même la réconforter. Mais ce n'était pas son rôle. Il ne s'agissait ni de sa maison ni de son enfant…

— Je vous laisse, reprit-elle en appuyant résolument sur la poignée.

— Je suis désolé, s'excusa Spencer, écartelé entre l'envie de la retenir et la nécessité de faire face à ses obligations. Les choses sont un peu compliquées…

Natasha le rassura d'un sourire.

— Je comprends très bien, assura-t-elle. J'espère qu'elle se remettra vite. Embrassez-la de ma part et n'hésitez pas à m'appeler si vous avez besoin d'une aide quelconque.

Interrompue par Freddie qui depuis sa chambre appelait d'une voix d'outre-tombe, Natasha décida d'oublier ses scrupules en voyant Spencer lancer en direction du palier un regard catastrophé.

— Voulez-vous que je monte une minute ? proposa-t-elle. Je la ferai patienter jusqu'à ce que vous ayez terminé avec votre sœur.

— Vous me rendriez un grand service, répondit Spencer avec un soupir de soulagement.

Laissant Natasha gagner seule la chambre de Freddie, il se rua dans le salon et s'empara du combiné, regrettant de ne pouvoir étrangler Nina avec le fil du téléphone.

Pour dénicher la chambre de Freddie, Natasha n'eut qu'à se laisser guider par la lueur d'opaline déversée dans le couloir par sa veilleuse en forme de licorne. Elle la trouva assise contre ses oreillers, entourée d'une foule de poupées, le visage luisant de sueur et les joues sillonnées de deux grosses larmes.

— Je veux mon papa, gémit la fillette d'un ton larmoyant en la découvrant sur le seuil.

Le cœur chaviré, Natasha alla s'asseoir au bord de son lit.

— Il sera bientôt là, la rassura-t-elle. Veux-tu que je te tienne compagnie, en l'attendant ?

La bouche tordue en un sourire grimaçant, Freddie renifla et vint se pelotonner entre ses bras.

— Je me sens pas bien.

Natasha tira un mouchoir de sa poche et le lui donna.

— Je sais, ma puce. Tiens, mouche-toi.

Freddie s'exécuta, puis posa sa joue contre la poitrine de Natasha, avec un soupir de contentement. Bien sûr ce n'était pas comme un câlin contre la poitrine dure et musclée de son père, ni contre celle toute molle de Vera, mais c'était presque mieux…

— J'ai la varicelle, annonça-t-elle, partagée entre la fierté et la tristesse. J'ai de la fièvre, et des tas de boutons qui grattent. Jo-

Beth l'a eue la semaine dernière. Mikey aussi. A cause de ça, ma fête d'anniversaire est fichue…

Tout en lui caressant doucement les cheveux, Natasha tenta de la réconforter.

— Tu en feras une plus tard. Quand tout le monde sera en forme.

— C'est ce que papa a dit, bougonna Freddie. Mais c'est pas pareil.

— Parfois, reprit Natasha, c'est encore mieux quand les choses se déroulent de manière imprévue.

Avisant un grand rocking-chair blanc, dans un coin près de la fenêtre, Natasha enroula la petite malade dans une couverture et la souleva dans ses bras. Avant de s'y asseoir, il lui fallut en déloger un certain nombre de peluches, piochant au passage un lapin gris pour le caler contre la joue de Freddie.

— Quand j'étais petite, commença-t-elle à raconter tout en se balançant, ma mère s'asseyait toujours dans un grand rocking-chair grinçant, pour me bercer dans ses bras. Tout doucement, elle me chantait des chansons de son pays, et cela suffisait pour que je me sente mieux.

— Ma maman à moi, elle me berçait jamais.

Freddie avait mal à la tête et une curieuse sensation au creux de son ventre. Elle aurait désespérément voulu sucer son pouce, mais, depuis qu'elle allait avoir six ans, elle savait qu'elle était trop grande pour ça.

— Je crois, reprit-elle dans un murmure, que c'est parce qu'elle m'aimait pas.

Instinctivement, Natasha resserra autour d'elle l'emprise de ses bras.

— Tu ne peux pas dire ça, protesta-t-elle. Je suis sûre que ta maman t'aimait beaucoup.

— Elle aurait voulu que mon papa m'envoie très loin, insista Freddie. Pour se débarrasser de moi.

Le cœur brisé, Natasha embrassa les cheveux blonds de la petite fille et posa tendrement sa joue sur sa tête. Qu'était-elle censée répondre à cela ? Ces paroles étaient trop précises — et trop terribles — pour être écartées d'un revers de main comme une fantaisie d'enfant.

— Parfois, dit-elle dans un souffle, les gens disent des choses qu'ils regrettent ensuite. Est-ce que ton papa t'a envoyée très loin ?

— Non.

— Alors tu vois…

— Et toi, est-ce que tu m'aimes ?

— Bien sûr que je t'aime !

D'un coup de talon, Natasha relança le rocking-chair.

— Je t'aime vraiment beaucoup, renchérit-elle.

Réconfortée, Freddie se laissa bercer par le mouvement de balancier du fauteuil. Dans son esprit embrumé, la voix chantante de Natasha se mêlait à son parfum si doux pour l'entraîner vers le pays des rêves.

— Pourquoi tu n'as pas de petite fille ? demanda-t-elle dans un demi-sommeil.

Une douleur familière, fulgurante et imparable, poignarda le cœur de Natasha. Pour résister aux larmes qui montaient à ses paupières, elle posa la tête contre le dossier et ferma les yeux.

— J'en aurai peut-être une… un jour, répondit-elle d'une voix tremblante.

Les yeux clos, Freddie leva la main pour jouer avec les boucles de Natasha dans son cou.

— Tu veux bien me chanter une chanson, comme ta maman faisait.

— D'accord. Et toi, tu veux bien dormir un peu ?

— Ne pars pas…

— Non. Je reste là.

— Promis ?

— Juré…

Figé sur le seuil, Spencer les contempla un long moment en silence. Dans la lumière atténuée de la veilleuse, elles formaient toutes deux un tableau d'une beauté irréelle. Le rocking-chair grinçait sur le parquet, accompagnant la berceuse que Natasha chantonnait. Voir cette femme aussi belle qu'une madone bercer tendrement sa fille endormie le bouleversait tant qu'il aurait voulu rester là, immobile, à les regarder toute la nuit.

Mais Natasha sembla soudain prendre conscience de son regard posé sur elle et lui sourit. A mi-voix, elle chuchota :

— Elle s'est endormie…

Comme un somnambule, Spencer marcha jusqu'au lit de sa fille et s'y assit. Si ses jambes avaient du mal à le porter, tenta-t-il de se convaincre, c'était uniquement parce qu'il avait passé sa journée à monter et descendre l'escalier. Avec un regain d'inquiétude, il étudia le visage de Freddie. Le trouvant un peu rouge et gonflé, il se demanda s'il fallait y voir les signes annonciateurs d'une aggravation de la maladie.

— D'après le médecin, expliqua-t-il à voix basse, son état devrait empirer, avant qu'elle ne commence à aller mieux.

Natasha ne put s'empêcher de sourire en le voyant prendre les choses tellement à cœur.

— Vous savez, dit-elle sans cesser de caresser les cheveux de la petite fille endormie, nous sommes tous passés par là. Et nous avons survécu.

Après lui avoir adressé un sourire mi-figue mi-raisin, Spencer se passa sur le visage une main qui tremblait légèrement.

— Je sais. Vous devez me prendre pour un imbécile.

Tout en continuant à se balancer, Natasha le dévisagea quelques instants en silence, songeant à quel point il avait dû être difficile pour lui d'élever sa fille sans l'amour d'une mère pour le seconder. Après tout, au diable les belles résolutions ! Il avait bien mérité quelques compliments.

— Je ne vous prends pas pour un imbécile, assura-t-elle, mais pour un très bon père. Dans ma famille, quand l'un de nous était malade, mon père commençait par appeler le médecin. Ensuite, il allait brûler un cierge à l'église. Enfin, pour mettre toutes les chances de guérison de notre côté, il entonnait les vieux chants gitans que sa grand-mère lui avait appris.

Amusé par l'anecdote, Spencer consentit à sourire.

— Le médecin est déjà venu, expliqua-t-il. L'église, Vera pourrait y aller demain… Vous rappelez-vous ces vieux chants gitans, pour me les apprendre ?

Natasha lui rendit son sourire.

— Je les chanterai pour vous.

Puis, prenant garde à ne pas éveiller Freddie, elle se leva du rocking-chair et vint la déposer sur son lit.

— Merci beaucoup, dit-il en l'aidant à border sa fille.

— Ce n'est rien.

Quelques instants, ils contemplèrent l'enfant endormie avec le même attendrissement. Mais, à présent qu'elle n'avait plus de raison valable pour rester là, Natasha commençait à se sentir nerveuse.

— Je vais vous laisser, dit-elle en se redressant. Les parents d'enfants malades ont besoin de répit pour souffler un peu.

— Laissez-moi au moins vous offrir quelque chose ! dit-il en tendant vers elle le verre qu'il avait déposé en arrivant sur la table de chevet. Que diriez-vous d'un peu de limonade ? De la bleue.. La préférée de ma fille.

— Non, merci ! répondit-elle en contournant le lit pour rejoindre la porte. Vous pouvez la boire.

Spencer la suivit, et, lorsqu'ils s'engagèrent dans l'escalier, il lui prit la main comme si de rien n'était. Natasha n'eut ni le courage ni l'envie de l'en dissuader.

— Quand elle ira mieux, dit-elle pour masquer son trouble, elle risque de s'ennuyer. C'est à ce moment-là que les choses vont devenir compliquées pour vous…

— Vous avez un tuyau à me donner, pour l'occuper ?

— Offrez-lui un bloc de papier et de nouveaux crayons de couleur, répondit Natasha sans hésiter. Rien de tel que le dessin pour occuper les enfants alités.

— Merci, docteur… N'oubliez pas de m'envoyer votre note d'honoraires.

Natasha retira sa main de celle de Spencer, et alla décrocher son anorak au portemanteau, avec un certain soulagement.

— Vous pouvez y compter.

Sans lui laisser le temps d'enfiler le vêtement, Spencer alla le lui prendre des mains et le raccrocha à la patère.

— A défaut de limonade bleue, dit-il, vous prendrez bien un peu de thé.

La voyant prête à refuser, il s'empressa d'ajouter :

— Si vous ne le faites pas pour vous, faites-le pour moi. Après une journée pareille, j'avoue qu'un moment de détente en votre compagnie me ferait le plus grand bien.

Consciente que rester seule avec lui n'était sûrement pas une bonne idée, Natasha s'entendit répondre néanmoins :

— Puisque vous insistez…

Alors qu'il l'entraînait par la main vers la cuisine, Vera apparut dans l'encadrement de la porte. Preuve qu'elle avait entendu une partie de leur conversation, elle annonça dignement :

— Je me charge du thé, monsieur.

Son visage était demeuré impassible, mais le regard qu'elle avait furtivement lancé à leurs mains jointes, puis à Natasha, était on ne peut plus éloquent.

— Votre gouvernante pense que j'ai des vues sur vous, dit la jeune femme d'un ton léger, tandis qu'il la conduisait dans le salon de musique.

— Puissiez-vous lui donner raison !

— Hélas, répondit Natasha sur le même ton, j'ai bien peur de devoir vous décevoir tous les deux.

Avec une insouciance qui la surprit elle-même, elle se mit à rire et alla s'asseoir au piano.

— De toute façon, reprit-elle, vous devez être déjà fort pris. Sur le campus, rares sont les jeunes femmes à ne pas se pâmer devant le beau Pr Kimball. J'imagine que le capitaine de l'équipe de foot, l'ex-chéri de ces dames, ne doit pas vous porter dans son cœur.

— Très drôle.

— Je ne plaisante pas. Mais c'est vrai qu'il est amusant de vous mettre dans l'embarras.

D'un doigt distrait, Natasha pianota quelques notes au hasard du clavier.

— Est-ce ici que vous composez ?

— Vous savez bien que je ne compose plus.

S'installant plus confortablement, Natasha s'essaya à une série d'accords hésitants.

— Vous devriez avoir honte, reprit-elle. Quand on a la chance d'avoir un talent comme le vôtre, c'est un devoir que de s'en servir.

A la recherche d'une mélodie réticente à se laisser apprivoiser, Natasha s'obstina quelques instants sur les touches, puis renonça avec un claquement de langue agacé.

— Je suis incapable de jouer trois notes, dit-elle d'un ton désolé. J'étais trop vieille quand je me suis mis en tête de prendre des leçons.

Appuyé de la hanche contre le Steinway, les bras croisés, Spencer la regardait avec un plaisir évident caresser le piano du bout des doigts. Les cheveux retombant en rideau autour de son visage, une moue boudeuse sur les lèvres, elle ressemblait à cet instant à la petite fille qu'elle avait dû être autrefois.

— Si vous voulez, proposa-t-il, je pourrais vous apprendre à jouer.

— Je préférerais que vous me composiez une chanson, rétorqua-t-elle avec un regard de défi.

Natasha n'aurait su dire d'où cette idée avait surgi. Peut-être du fait qu'il paraissait si seul, si vulnérable, et en quête d'un peu d'amitié. Après tout, décida-t-elle, s'il avait besoin ce soir de chaleur humaine, elle pouvait sans grand risque être une amie pour lui.

Souriante, elle tendit la main dans sa direction.

— Allons, venez, dit-elle pour l'encourager. Asseyez-vous près de moi.

Ce fut cet instant précis que choisit Vera pour pénétrer dans la pièce, chargée du plateau portant les tasses et la théière.

— Posez ça là, ordonna Spencer en désignant une petite console.

— Vous aurez besoin d'autre chose ?

— Non. Merci, Vera. Bonne nuit…

Spencer attendit que la gouvernante ait refermé la porte et se tourna vers Natasha :

— Pourquoi faites-vous cela ? demanda-t-il.

— Parce que rire vous fera le plus grand bien. Allons, venez et oubliez votre réputation. Ce n'est qu'un jeu. Cette chanson n'a pas besoin d'être un chef-d'œuvre.

Sa remarque le fit rire.

— Même si je le voulais, je serais bien incapable d'en écrire un.

Mais, pris au jeu et tenté de s'asseoir près d'elle, Spencer contourna le piano pour la rejoindre.

— Vous devez me promettre qu'aucun de mes étudiants n'en saura jamais rien, dit-il en la fixant avec sévérité.

Se redressant sur le banc, Natasha leva solennellement la main droite.

— Croix de bois, croix de fer…

Satisfait, Spencer commença à laisser vagabonder ses doigts sur les touches, avec un peu d'appréhension tout d'abord, puis avec une aisance de plus en plus manifeste. De temps à autre, Natasha prenait la liberté de l'interrompre pour ajouter deux ou trois notes de son inspiration.

Lorsqu'ils eurent terminé, Spencer rejoua l'ensemble d'un trait. Après tout, ce n'était pas si lamentable… Pas de quoi crier au génie, bien sûr, mais la pièce avait un charme naïf, une certaine fantaisie qui convenaient bien à leur humeur du moment.

— Laissez-moi essayer…

Pleine d'allant, Natasha rejeta ses cheveux par-dessus son épaule et se fit un devoir de répéter la mélodie. La voyant hésiter, Spencer posa ses mains sur les siennes, pour les guider, comme il le faisait parfois avec sa fille. Il eut aussitôt conscience que ce contact était d'une tout autre nature que le zèle qu'il mettait à rectifier les erreurs de Freddie.

— Détendez-vous, lui murmura-t-il à l'oreille.

Natasha soupira et tenta de se concentrer sur la musique. Il en avait de bonnes ! Avec ces longues mains recouvrant les siennes, si troublantes et tentatrices, comment voulait-il qu'elle se détende ?

— Je déteste ne pas arriver à mes fins ! dit-elle en guise d'excuse.

La joue chatouillée par une mèche de ses somptueux cheveux de gitane, Spencer dut se retenir pour ne pas y enfouir son visage.

— Vous vous débrouillez très bien, assura-t-il avec un léger sourire. En fait, nous devrions peut-être le jouer à quatre mains.

Renonçant à poursuivre, Natasha plaqua sur le clavier un dernier accord dissonant et secoua la tête d'un air têtu.

— En fait, bougonna-t-elle, vous vous débrouillez bien mieux sans moi.

— Je ne suis pas d'accord…

Sur les lèvres de Spencer, le sourire qui s'était attardé disparut brusquement. Dans un soudain accès de panique, Natasha le vit prendre son menton et tourner son visage vers lui.

— Croyez-moi, insista-t-il. Je ne suis absolument pas d'accord !

Se sentant fondre sous son regard de braise, Natasha tenta en vain de se ressaisir. Les choses ne se déroulaient pas du tout comme elle l'avait prévu. Il ne s'agissait dans son esprit que de lui changer les idées, d'être pour lui une amie, le temps d'une tasse de thé… Sûrement pas de réveiller en eux ces sensations qu'ils auraient été plus avisés d'ignorer. Mais, qu'elle le veuille ou non, la tentation était déjà là, troublante, délicieuse. Le simple contact de ses doigts contre son visage suffisait à la faire languir, frémir, espérer.

— Spence… Le thé refroidit.

Son ultime sursaut de résistance sonna faux à ses propres oreilles. Lorsqu'elle vit, avec une lenteur hypnotique, son visage approcher du sien, elle ne fit rien pour se dérober. Et, quand ses lèvres effleurèrent les siennes, comme pour les goûter, elle se contenta de fermer les yeux.

— Spence, murmura-t-elle de nouveau. Cela ne peut nous mener nulle part.

— Vous vous trompez, répondit-il en couvrant son visage et sa bouche de petits baisers. Cela nous a déjà menés où nous devions aller.

Natasha sentit la main de Spencer remonter le long de son dos, aussi forte et possessive que ses lèvres étaient douces et tendres.

— Je pense à vous sans arrêt, reprit-il avec ferveur. Chaque minute qui passe, je voudrais la passer en votre compagnie. Je n'ai jamais désiré aucune femme comme je vous désire.

Avec une lenteur délicieuse, Spencer laissa glisser ses doigts le long de la gorge de Natasha, contre l'arrondi de son épaule, et jusqu'au bas de son bras, où ils se nouèrent aux siens sur le clavier.

— Et quand je vous sens près de moi ainsi, conclut-il dans un murmure, je sais qu'il en va de même pour vous.

Natasha aurait voulu pouvoir le détromper, mais rien pour l'heure ne lui semblait plus essentiel que d'être serrée, embrassée, désirée par lui. Au cours des quelques années écoulées, il lui avait été facile de croire sincèrement que ces désirs étaient morts en elle. Mais depuis que Spencer était apparu dans sa vie, plus rien de ce qu'elle avait pris pour acquis n'était vrai.

Soudain, comme une porte s'ouvre sur le grand jour dans une pièce obscure, tout fut clair et lumineux dans son esprit. Savoir qu'il la désirait suffisait à faire courir le sang plus vite dans ses veines. Même si ce ne pouvait être vrai, il fallait qu'il soit le premier pour elle. Même si c'était impossible, il fallait qu'il soit le seul. Même pour un seul instant sans lendemain, il fallait que Spencer soit tout à elle. Elle mêla ses doigts à ses cheveux et, en se donnant tout entière dans ce baiser, souhaita désespérément que sa vie commence à ce moment précis, avec lui.

Quand Natasha noua ses bras autour de son cou pour répondre avec fougue à son baiser, Spencer fut submergé par un flot d'émotions. Il le sentait, elle était animée par des sentiments plus complexes que le simple désir. Il y avait dans cette étreinte inespérée une sorte de désespoir, de peur viscérale mêlée à une générosité sans bornes qui le déstabilisait.

Il comprit alors que, à partir de cet instant, plus rien ne pourrait être entre eux comme auparavant. Le savoir l'emplissait d'une ivresse affolante, presque effrayante. Avant que les choses n'aillent trop loin, sans doute aurait-il été plus avisé de leur laisser à tous deux le temps de la réflexion. Mais comment aurait-il pu y parvenir alors que la troublante proximité de ce corps prêt à se livrer lui semblait aussi vitale que l'air qu'il respirait ?

Comme si elle avait pu deviner le combat qui l'agitait, Natasha le repoussa faiblement et laissa reposer sa joue contre son épaule.

— Attendez, murmura-t-elle. Tout va trop vite. Je ne sais pas où j'en suis et je déteste ça !

— Je sais parfaitement où nous en sommes, répondit Spencer. Si vous voulez, je vais vous l'expliquer…

Mais alors qu'il se penchait pour l'embrasser de nouveau, Natasha se releva brusquement et se mit à arpenter la pièce.

— C'est plus simple pour vous que pour moi ! s'écria-t-elle. Les hommes se laissent aller à leurs désirs beaucoup plus librement que les femmes.

S'efforçant de rester calme, Spencer se leva et quitta le piano pour marcher vers elle, avec une lenteur délibérée.

— Il va falloir que vous m'expliquiez ça…

Pour éviter de se laisser rejoindre, Natasha fit un détour et reprit de plus belle sa déambulation. Les bras croisés dans le dos, Spencer l'imita, conscient du ridicule de la situation. A les voir tourner ainsi l'un autour de l'autre, on aurait pu les prendre pour deux lutteurs prêts à engager le combat.

— Il n'y a rien à expliquer ! s'écria-t-elle. Le fait est que les hommes n'ont aucun mal à justifier de tels débordements…

Stupéfait, Spencer ne sut s'il devait rire ou se fâcher. Comment pouvait-elle, après l'avoir mené si près des portes du paradis, le replonger aussi vite au plus profond de l'enfer ?

— A vous entendre, rétorqua-t-il, on dirait que nous venons de commettre un crime !

Agacée, Natacha rassembla dans ses mains ses cheveux pour les rejeter dans son dos.

— Je n'emploie pas toujours les mots qu'il faudrait… Je ne suis pas professeur d'université et je n'ai commencé à apprendre l'anglais qu'à l'âge de six ans.

Spencer la dévisagea attentivement et sentit retomber en lui toute trace de colère. A cet instant, il flottait dans ses yeux sombres une sorte de peur panique qui lui serra le cœur. Ramassée sur elle-même, prête à mordre autant qu'à s'enfuir sans demander son reste, Natasha ressemblait à quelque animal sauvage surpris au beau milieu de la route par les phares d'une voiture. Quant à lui, il se sentait bien plus d'envie de l'apprivoiser que de la conquérir.

— Natasha, protesta-t-il d'une voix douce, je ne vois pas ce que tout ceci a à voir avec nous.

— Cela a tout à voir ! lança-t-elle avec force en se précipitant vers le hall pour récupérer son manteau. Je déteste passer pour une idiote. Et je déteste *l'être* plus encore… Je n'ai rien à faire ici avec vous. Jamais je n'aurais dû venir.

Après l'avoir rejointe, Spencer parvint à la saisir par les épaules, faisant chuter lourdement l'anorak sur le sol.

— Mais pourtant vous l'avez fait, dit-il en la fixant intensément. Pourquoi ? Pourquoi êtes-vous passée ce soir, Natasha ?

Soudain très pâle, elle détourna le regard.

— Je n'en sais rien, reconnut-elle. De toute façon, cela importe peu.

Avant qu'elle ait pu de nouveau lui échapper, Spencer laissa libre cours à l'impatience qu'il sentait monter en lui et l'étreignit pour un nouveau baiser. De toute la force de ses bras, de tout son corps pressé contre elle, de ses lèvres exigeantes dévorant les siennes avec passion, il s'efforça d'atteindre cette part d'elle-même qui ne se laissait jamais toucher. Sans succès…

— Pourquoi résistez-vous ainsi ? murmura-t-il enfin contre ses lèvres.

Comme si elle avait voulu enregistrer du bout des doigts le moindre de ses traits, Natasha lui caressa longuement le visage, avant de se reprendre et de laisser ses mains retomber.

— J'ai mes raisons…

— Vous voulez bien me les dire ?

Le visage sombre, Natasha secoua la tête. Cette fois, lorsqu'elle le repoussa pour récupérer son vêtement tombé à ses pieds, Spencer ne fit rien pour la retenir.

— Une dernière question, reprit-il. Votre réaction s'explique-t-elle par cette différence fondamentale qui sépare les hommes des femmes, selon vous ?

— Oui.

Sa réponse le fit sourire, mais ce fut d'un sourire sans joie. Déjà prête à sortir, Natasha se retourna, comme à regret.

— Si cela ne vous dérange pas, dit-elle, je repasserai ces prochains jours prendre des nouvelles de Freddie.

— Vous serez toujours la bienvenue, assura-t-il en la rejoignant sur le seuil. Bonne nuit, Natasha.

— Bonne nuit…

Debout sous le porche, Spencer la regarda tant qu'il le put remonter la rue en direction de chez elle. L'homme qui lui avait un jour brisé le cœur, songea-t-il avec amertume en la voyant disparaître, n'avait manifestement pas fait les choses à moitié…

Natasha tint très largement sa promesse. Le lendemain, alors qu'elle n'avait eu l'intention de rendre à Freddie qu'une courte visite, elle passa dans la grande maison la majeure partie de la soirée, essayant d'adoucir le sort de la pauvre enfant couverte de boutons et celui de son père surmené et désemparé. Tant et si bien que, pendant les dix jours que dura la varicelle de Freddie, elle se fit un devoir de passer chaque soir, pour la plus grande joie de la fillette et de son père, mais sous l'œil toujours aussi soupçonneux de Vera.

Elle s'amusait à présent de l'attitude distante et froidement polie de la gouvernante à son égard. Comment la brave femme aurait-elle pu se douter que tous ses efforts tendaient en fait à éviter de tomber dans les bras de son patron ? Pourtant, même si le fait d'avoir à jouer la garde-malade n'était pas précisément propice aux sentiments, Natasha sentit son attirance pour Spencer grandir à mesure que se fortifiait en elle l'amour qu'elle portait à sa fille.

Le jour de l'anniversaire de Freddie — qui fut aussi celui où culmina sa varicelle —, elle fut touchée des efforts qu'il fit pour égayer la soirée de la petite malade. Quand l'enfant fut lasse de jouer avec ses deux chatons, elle l'aida à organiser la cohabitation avec les deux boules de poils qui ne représentaient pour lui que des fléaux lâchés en liberté sous son toit. Enfin, lorsque l'ennui vint supplanter l'inconfort de la maladie, sa capacité à inventer de nouvelles histoires vint efficacement soulager l'imagination parfois défaillante de Spencer.

— Encore une histoire ! demanda Freddie, levant vers elle deux grands yeux fatigués mais suppliants. La dernière, promis…

Déterminée à être ferme, Natasha se redressa et remonta le drap sous son menton.

— Tu m'avais promis la même chose tout à l'heure…

— Je sais, marmonna Freddie, l'air vaguement coupable. Mais tes histoires sont tellement meilleures que celles de papa !

— La flatterie ne vous mènera nulle part, jeune fille. Il est temps pour moi aussi d'aller au lit.

Dans l'espoir de relancer la conversation, Freddie s'empressa de demander :

— Tu sais que je suis presque guérie ? Le docteur a dit que je pourrai retourner à l'école lundi. Tu viendras encore me voir quand je ne serai plus malade ?

D'une brusque détente, Natasha lança le bras pour saisir au vol le chaton qui venait d'émerger de dessous le lit.

— Maintenant que l'habitude est prise, répondit-elle, je ne vois pas comment je pourrais faire autrement. Ne serait-ce que pour voir Lucy et Daisy.

— Oui, approuva Freddie. Et puis aussi pour voir papa…

Prudente, Natasha se contenta de hocher vaguement la tête et se mit à caresser derrière les oreilles le petit animal ronronnant.

Décidée à ne pas se contenter de si peu, Freddie insista.

— Tu l'aimes bien, mon papa, n'est-ce pas ?

— Oui. C'est un bon professeur.

— Lui aussi t'aime beaucoup.

Freddie ne crut pas utile de mentionner qu'elle les avait surpris tous deux, la veille, en train de s'embrasser au pied de son lit quand ils la pensaient endormie. D'abord, cela lui avait fait une drôle d'impression dans le ventre. Mais, très vite, elle avait compris que c'était parce qu'elle était contente. Cela signifiait-il pour autant qu'ils allaient se décider à concrétiser son rêve le plus merveilleux ? Il fallait qu'elle sache… Prenant son courage à deux mains, Freddie se décida à poser *la* question qui lui brûlait les lèvres depuis des jours et des jours.

— Dis… Tu crois que tu vas te marier avec lui et venir vivre ici ?

Le premier instant de stupeur passé, Natasha parvint à lui sourire.

— Cela me fait chaud au cœur, dit-elle, que tu en aies envie. Mais tu dois savoir que ton papa et moi sommes seulement de bons amis. Comme nous deux.

— Si tu venais vivre avec nous, insista la fillette avec un sourire rusé, cela ne vous empêcherait pas de rester amis.

Songeant qu'elle tenait décidément beaucoup de son père, Natasha répondit par une pirouette.

— Sans doute. Mais si je ne le fais pas, nous pouvons le rester aussi.

— C'est vrai, reconnut la fillette avec une moue boudeuse. Mais moi je préférerais quand même que tu viennes vivre avec nous. Comme la maman de Jo-Beth, qui lui fait des cookies…

Natasha approcha son visage de celui de Freddie, jusqu'à se retrouver nez à nez avec elle.

— Ainsi, lança-t-elle sur un ton accusateur, c'est à mes cookies que tu en veux…

Dans un brusque élan de tendresse, la petite fille se jeta à son cou, murmurant tout contre son oreille :

— Je t'aime ! Je te promets d'être une gentille petite fille pour toi si tu viens habiter avec nous.

Bouleversée, Natasha lâcha le petit chat et serra Freddie contre sa poitrine pour mieux la bercer contre elle.

— Oh ! Ma douce… Je t'aime aussi, tu sais.

— Alors tu vas nous épouser !

Ne sachant si elle devait rire ou pleurer d'une telle proposition, Natasha secoua la tête d'un air désolé.

— Je ne crois pas que le mariage soit une bonne solution en ce qui nous concerne. Mais cela ne m'empêche pas de rester ton amie et de venir te voir souvent pour te raconter des histoires.

Freddie poussa un long soupir. Elle était assez grande pour savoir quand un adulte refusait de discuter sérieusement et quand il valait mieux ne pas insister. Cela ne l'empêcherait pas de revenir tôt ou tard à la charge. Natasha était exactement la mère dont elle avait envie. De plus, elle était la seule — à part elle — à avoir su faire rire son papa depuis des mois. En ce qui la concernait, sa décision était prise. Noël approchait et son vœu le plus cher et le plus secret était que Natasha épouse son père et qu'une petite sœur naisse bientôt…

Tout en la reposant doucement dans son lit, Natasha lui donna sur chaque joue un gros baiser, comme elle le faisait à présent chaque soir.

— Tu dois dormir maintenant.

Les lèvres retroussées en un sourire rêveur et mystérieux, Freddie ferma les yeux.

En descendant lentement l'escalier, un chaton dans chaque main, Natasha se dit qu'il lui faudrait à l'avenir faire preuve de plus de prudence avec Freddie. S'il en était encore temps… Peut-être avait-elle commis une erreur en aimant la fillette et en se faisant aimer d'elle au point qu'elle finisse par vouloir d'elle pour mère. Comment faire comprendre à une enfant de six ans qu'il n'est pas toujours facile pour deux adultes encombrés par leur passé de suivre la même route ?

Après avoir libéré les chatons, qui se précipitèrent vers la cuisine sans demander leur reste, Natasha se dirigea vers le salon de musique, dont la porte entrouverte laissait filtrer un rai de lumière dans le hall obscurci. Elle trouva Spencer allongé en chien de fusil sur le sofa, profondément endormi. Qui aurait pu reconnaître dans cet homme au visage creusé par la fatigue, habillé d'un jogging défraîchi, les cheveux trop longs emmêlés et les joues ombrées d'une barbe de deux jours, le compositeur réputé et le brillant professeur d'université ?

Natasha savait par Vera que Spencer avait passé nombre de nuits blanches durant la maladie de sa fille. Non content d'être aux petits soins avec elle, il avait aménagé son emploi du temps de manière à pouvoir satisfaire à ses principales obligations professionnelles. Plus d'une fois, au cours de ses visites, elle l'avait trouvé dans son bureau, immergé dans de fastidieux travaux administratifs.

Elle regrettait à présent de n'avoir vu en lui, aux débuts de leur relation, que le représentant d'un monde de luxe et de privilèges. Si Spencer Kimball était né comblé par la fortune et le talent, il n'en était pas moins travailleur, exigeant envers lui-même et dévoué corps et âme à sa fille. Aux yeux de Natasha, il n'y avait rien de plus admirable chez un homme.

Elle poussa un soupir résigné et songea qu'il fallait bien se rendre à l'évidence : elle était en train de tomber amoureuse de lui. Même s'il semblait plus facile de l'admettre alors qu'il était endormi. Et même si ce constat continuait à la remplir d'une sourde angoisse. Peut-être, après tout, était-il temps pour eux de passer à une autre étape de leurs relations. Peut-être pourraient-ils, très progressivement, sans trop se lier et sans rien promettre, se donner l'un l'autre un peu de bonheur…

A pas feutrés, pour ne pas le réveiller, Natasha s'approcha du sofa et rabattit sur lui le plaid écossais posé sur le dossier. Puis, lentement, elle se pencha et déposa sur sa joue un baiser léger. Cela faisait trop longtemps qu'elle se protégeait, trop longtemps qu'elle n'avait pas pris le moindre risque. Le temps était venu pour elle de sortir de sa réserve… Elle éteignit la lumière et quitta la pièce.

7

Un long miaulement plaintif s'éleva. Une porte grinça, bientôt couverte par les hurlements d'un vent furieux. Un craquement sinistre retentit, immédiatement suivi d'un rire machiavélique. Quelque part une litanie angoissante se fit entendre, accompagnée d'un bruit terrible de chaînes raclant le pavé. Il y eut un cri perçant, suivi d'un interminable râle d'agonie…

— On s'y croirait ! s'exclama Annie, après avoir expédié habilement une boule de chewing-gum au fond de sa bouche.

Occupée à transformer un innocent ours en peluche en monstre démoniaque, à l'aide d'une perruque orange et d'un faux nez, Natasha hocha la tête.

— J'aurais dû commander une plus grande quantité de disques comme celui-ci. C'est le seul qui nous reste.

Annie redressa son chapeau pointu de sorcière et sourit à son amie, révélant quelques dents noircies.

— Bah ! fit-elle. Dès demain, Halloween sera de l'histoire ancienne et c'est aux commandes de Noël qu'il nous faudra penser.

Alertée par un mouvement près de la porte, Annie emmêla ses faux doigts crochus aux ongles interminables et s'essaya à un rire grinçant.

— Attention ! lança-t-elle avec un sourire mauvais. Voilà les frères Freedmont. Si ce costume vaut vraiment quelque chose, je devrais être en mesure de les transformer en crapauds…

A défaut d'y parvenir, Annie dut se résoudre à leur vendre la simili-hémoglobine et les fausses balafres en latex qu'ils étaient venus acheter.

— Je voudrais bien savoir ce que ces chers petits anges ont derrière la tête, dit Natasha à mi-voix en les regardant sortir.

— Si tu veux mon avis, répondit Annie sur le même ton, rien de bon pour le voisinage… En parlant de voisinage, tu devrais peut-être y aller. Je te rappelle que tu as promis à Spencer de l'aider à décorer sa maison.

Tout en fourrant dans un sac une série de masques, de faux nez et d'ornements en tout genre — sa contribution personnelle à la fête d'Halloween organisée par Freddie —, Natasha évita soigneusement le regard de son amie.

— C'est la moindre des choses, dit-elle en se maudissant de sa nervosité, puisque j'ai eu moi-même l'idée de compenser la fête d'anniversaire ratée par une grande fête d'Halloween.

— Bien sûr, murmura Annie d'un air entendu. Je me demande comment sera déguisé le Pr Kimball… En prince charmant ? En grand méchant loup ?

En butte au regard noir que lui valut sa petite plaisanterie, Annie se mit à rire gaiement.

— Désolée, s'excusa-t-elle, levant la main devant elle en gage d'apaisement. Pas pu m'en empêcher ! Si tu veux, tu n'as qu'à filer maintenant. Je me charge de fermer le magasin.

— Merci, Annie. Juste le temps de…

Le carillon venait de retentir. Natasha se retourna pour voir qui entrait et se figea en reconnaissant Terry.

— Hello, parvint-elle à murmurer.

Les yeux ronds derrière ses lunettes à verres épais, pas tout à fait sûr de la reconnaître sous son déguisement, le jeune homme paraissait tout aussi étonné qu'elle de cette rencontre.

— Nat ?

Espérant qu'il avait eu le temps de lui pardonner, elle se risqua à lui sourire et à marcher vers lui. Aussitôt après leur désastreux rendez-vous, Terry avait changé de place dans l'amphi et s'était arrangé pour l'éviter chaque fois qu'elle avait essayé de lui parler. A présent, figé sur place, il semblait aussi incertain qu'embarrassé.

— Je ne..., balbutia-t-il enfin. Je ne m'attendais pas à te voir ici.

— Ah non ? s'étonna-t-elle. Pourtant ce magasin est à moi.

A ces mots, l'étonnement fit place à la confusion dans les yeux de Terry. En le regardant avec amusement lancer autour de lui des regards impressionnés, Natasha se demanda s'il comprenait maintenant à quel point il la connaissait mal.

— Es-tu venu dans un but précis ? s'enquit-elle. Ou juste pour regarder ?

Instantanément, Terry devint rouge brique. Songeant qu'il n'avait décidément pas changé, Natasha vola à son secours.

— Tu cherches peut-être un déguisement pour Halloween ? suggéra-t-elle. Je suppose qu'il doit y avoir quelques fêtes prévues sur le campus.

Manifestement soulagé, Terry hocha la tête avec empressement.

— Oui, reconnut-il. Je sais que c'est assez enfantin, mais...

— A *Funny House*, reprit-elle gravement, nous prenons Halloween très au sérieux.

A peine avait-elle parlé qu'un nouveau cri strident retentit dans les haut-parleurs.

— ... comme tu peux t'en rendre compte par toi-même.

Embarrassé d'avoir sursauté, Terry parvint à lui sourire faiblement.

— En effet, murmura-t-il. Je me disais que peut-être je trouverais un masque ou quelque chose...

Ses longues mains osseuses dessinèrent une vague forme dans l'espace, avant de se réfugier bien vite au fond de ses poches.

— Enfin tu vois...

Natasha voyait, en effet. Et, une fois de plus, elle dut lutter contre l'impulsion de lui ébouriffer affectueusement les cheveux.

S'il ne pouvait rien pour la séduire, ce garçon avait le chic pour réveiller ses instincts maternels.

— Je dois m'en aller, expliqua-t-elle, mais mon assistante va te montrer ce que nous avons. Cela devrait te donner des idées.

Se tournant vers la caisse, Natasha fit rapidement les présentations.

— Annie, je te présente mon ami Terry Maynard. Il est violoniste et assiste au cours du Pr Kimball avec moi.

Rajustant une nouvelle fois son chapeau de sorcière, Annie vint à sa rencontre.

— Bonjour, dit-elle avec entrain en lui serrant la main. Vous désirez plutôt faire rire ou plutôt faire peur ?

Terry, plus rougissant que jamais, secoua la tête d'un air perplexe.

— Je… Euh… Je ne sais pas, avoua-t-il. Je n'y ai pas réfléchi.

Ses lunettes glissèrent le long de son nez, et Annie lui adressa un sourire engageant, découvrant une double rangée de fausses dents cariées.

— Cela ne fait rien, assura-t-elle. Suivez-moi, nous allons y réfléchir tous les deux.

En gravissant les marches du porche de la maison des Kimball, Natasha constata avec satisfaction que Spencer avait déjà bien travaillé. Deux énormes citrouilles creusées trônaient de part et d'autre de la porte d'entrée. Comme les masques de la comédie et de la tragédie, l'une grimaçait tandis que l'autre souriait. Aux gouttières pendaient de convaincantes chauves-souris en carton et de vieux draps flottant au vent tels des fantômes. Dans un rocking-chair, un monstre hideux attendait les visiteurs, la tête posée sur les genoux. Sur la porte était collée l'effigie grandeur nature d'une sorcière touillant une mixture de sa façon dans un chaudron fumant.

Se sentant d'humeur facétieuse, Natasha dédaigna la sonnette pour frapper du doigt contre le battant, juste sous le long nez crochu. Elle se campa sur ses jambes, le regard fier et les mains sur les hanches, et lança d'une voix provocante tandis que la porte s'ouvrait :

— La bonne aventure, monsieur ?

Spencer fut bien en peine de lui répondre. Pendant un instant, il eut l'impression d'avoir glissé dans un autre monde, où la gitane de la boîte à musique se serait animée pour venir frapper à sa porte. De lourds anneaux d'or pendaient aux oreilles de Natasha et ornaient ses poignets et ses chevilles. Un long foulard de soie turquoise mêlé à ses cheveux cascadait jusqu'à sa taille, elle-même ceinte de foulards multicolores.

Sa robe écarlate, ajustée sur le buste et flottante autour des jambes, semblait conçue pour le flamenco. Par quelque sortilège que seules connaissent les femmes, elle avait réussi à rendre ses grands yeux sombres plus mystérieux que d'habitude. Quant à sa bouche, c'était un fruit rouge et charnu, qu'on ne pouvait qu'avoir envie de cueillir avec les dents.

Sortant de sa poche un petit globe transparent rempli d'eau, dans lequel une tempête de neige se déchaînait autour d'un chalet suisse, Natasha le tendit vers Spencer.

— J'ai une boule de cristal, reprit-elle. Si vous vous montrez généreux, je peux y lire votre avenir.

Toujours sous le coup de l'émotion, Spencer fit machinalement un pas de côté pour la laisser pénétrer dans le hall.

— Dieu, que vous êtes belle ! parvint-il enfin à murmurer. A moins que ce ne soit le diable qui vous envoie…

Natasha laissa fuser vers le plafond un rire rauque et provocant.

— C'est tout le mystère d'Halloween, mon cher. Peut-être, demain, découvrirez-vous qui m'envoie… A moins que je ne vous aie transformé en affreux crapaud d'ici là !

Tout en rempochant la boule de verre, Natasha lança autour d'elle quelques regards étonnés.

— Freddie n'est pas là ?

— Elle est chez Jo-Beth. Pour lui faire la surprise, j'ai pensé qu'il valait mieux l'éloigner, le temps d'achever nos préparatifs.

— Bonne idée…

D'un œil critique, Natasha détailla le sweat-shirt et le jean poussiéreux qu'il portait.

— C'est votre costume ?

— Non, je ne l'ai pas encore mis, répondit-il en s'approchant lentement. J'étais occupé à pendre quelques toiles d'araignées quand vous êtes arrivée.

Natasha tendit à bout de bras les deux sacs qu'elle avait apportés.

— J'arrive à temps pour vous aider ! lança-t-elle gaiement. J'ai dans celui-ci quelques trucs et dans celui-là quelques astuces. Lequel préférez-vous ?

— A votre avis ?

Sans qu'elle ait rien vu venir, il avait réussi à emprisonner sa taille et à l'attirer fermement contre lui. La bouche déjà pleine de protestations, les yeux emplis d'une fureur noire, Natasha rejeta la tête en arrière. Mais, avant qu'elle ait eu le temps de laisser libre cours à son indignation, les lèvres de Spencer s'emparèrent des siennes et elle se sentit fondre entre ses bras. Les sacs glissèrent de ses doigts dénoués. Libérées, ses mains s'envolèrent pour se perdre dans ses cheveux. Spontanément, sa bouche s'entrouvrit pour approfondir le baiser. Ce n'était pas ce dont elle avait envie, mais il lui fallait reconnaître que c'était ce dont elle avait besoin…

Jamais Spencer ne s'était senti aussi fort, aussi serein, aussi sûr de lui. En dépit du costume coloré, Natasha n'avait entre ses bras rien d'une chimère. Aucune illusion dans ce corps alangui qui épousait les reliefs de son propre corps. Aucun faux-semblant dans cette bouche qui se donnait sans réserve. Elle était réelle, elle était entre ses bras, et elle était à lui. Avant que la nuit s'achève, il était bien décidé à faire de cette certitude une évidence absolue, pour elle comme pour lui.

Quand leurs lèvres se séparèrent, il ne put résister à la tentation de laisser courir sa bouche le long de sa gorge offerte.

— Vous entendez les violons ? murmura-t-il dans un souffle.

Natasha n'entendait pas les violons. Tout ce qu'elle entendait, c'était le tambour de son pouls battant follement à ses oreilles, et cette petite voix intérieure qui lui commandait de réagir tant qu'il en était encore temps.

— Spence, protesta-t-elle en le repoussant faiblement. Arrêtez ça tout de suite. J'étais venue vous aider à organiser la fête de Freddie…

Au prix d'un gros effort de volonté, Spencer parvint à s'arracher au piège tentateur de sa peau douce et parfumée. Avec un soupir de frustration, il alla fermer la porte, contre laquelle il s'adossa pour dévorer Natasha des yeux, faute de mieux.

— J'apprécie votre aide, dit-il en la fixant d'un regard intense. Mais vous ne pourrez pas m'empêcher d'apprécier aussi tout le reste de votre personne.

Comment faisait-il, se demandait Natasha en s'efforçant de ne pas ciller, pour la bouleverser à ce point avec un simple regard ? Et pourquoi fallait-il qu'elle parvienne à lire dans ce regard l'avenir qui pouvait être le leur, de manière bien plus sûre et limpide que dans n'importe quelle boule de cristal ?

— Le moment est plutôt mal choisi, vous ne croyez pas ?

Spencer ne put s'empêcher de sourire. Même lorsqu'elle prenait avec lui ce petit ton cassant de princesse s'adressant à un subalterne, il la trouvait plus irrésistible encore…

— Dans ce cas, répondit-il, nous en trouverons un plus approprié.

A bout de patience, Natasha se baissa pour ramasser ses sacs et se dirigea d'un pas décidé vers le living-room.

— Je ne vous aiderai à accrocher vos toiles d'araignées que si vous me promettez de rester pendant ce temps le père de Freddie — et uniquement le père de Freddie, lança-t-elle sans se retourner.

Avec fatalisme, Spencer haussa les épaules.

— D'accord…

De toute façon, songea-t-il en lui emboîtant le pas, cette fête ne durerait certainement pas toute la nuit.

Il leur fallut deux bonnes heures pour transformer l'élégant living-room en lugubre donjon hanté par les rats et les cris des suppliciés. Des lambeaux de papier crépon orange et noir pendaient aux murs et au plafond. D'impressionnantes toiles d'araignées occupaient le moindre recoin. Une momie, bras croisés sur la poitrine, montait la garde près de la porte. Une sorcière en cape noire, chevauchant son balai, semblait suspendue dans les airs. Plus vrai que nature, un Dracula aux yeux rougeoyants se tenait tapi à côté de la cheminée, prêt à vider de son sang le premier imprudent passant à portée de dents.

Parcourant d'un œil perplexe le résultat de leurs efforts, Spencer hocha la tête et s'inquiéta :

— Vous ne croyez pas que nous y sommes allés un peu fort ? Après tout, ce ne sont que des gamins…

Avec un sourire rêveur, Natasha fit osciller au bout de son élastique une tarentule en plastique au réalisme saisissant.

— Vous voulez rire ? s'offusqua-t-elle. Cela n'est rien à côté de la maison hantée qu'avaient installée mes frères dans notre salon, quand nous étions encore en âge de fêter Halloween. Pour y pénétrer, ma sœur Rachel et moi avions les yeux bandés. Mikhail m'a plongé la main dans un bol de grains de raisin gluants, en me faisant croire qu'il était plein d'yeux de pendus…

— Répugnant, dit Spencer avec une grimace éloquente.

Natasha eut un sourire de ravissement rétrospectif.

— N'est-ce pas ? renchérit-elle. Il y eut aussi ce plat de spaghettis froids qui..

— Inutile ! protesta-t-il en toute hâte. Je vois très bien le tableau.

Rajustant ses boucles d'oreilles et les foulards qui amincissaient sa taille, Natasha se mit à déambuler en riant dans la pièce.

— Croyez-moi, poursuivit-elle en vérifiant une dernière fois d'un œil critique le moindre détail, les invités de Freddie seraient fort désappointés de ne pas être accueillis par quelque monstre tapi dans la pénombre. Quand ils auront eu bien peur — ce qu'ils désirent par-dessus tout — vous n'aurez qu'à rallumer les lumières et ils seront aussi déçus que rassurés de constater que tout cela n'était qu'illusion.

— Quel dommage que nous soyons à court de raisin !

— Quand Freddie sera plus grande, expliqua Natasha, je vous apprendrai à transformer un innocent gant de caoutchouc en main coupée, à l'aide d'un peu de ketchup.

— J'ai hâte de voir ça !

Mais plus que le ton badin de leur conversation, c'était la promesse cachée dans cette innocente phrase qui ravissait Spencer et le faisait sourire béatement. Sans même y penser, Natasha venait de souligner le fait qu'il y aurait à l'avenir d'autres fêtes d'Halloween à préparer, et qu'elle serait à ses côtés dans ces moments-là.

— J'ai dit une bêtise ? demanda-t-elle, inquiète.

— Pas du tout ! s'empressa-t-il de la rassurer. Je me demandais simplement ce que j'aurais fait sans vous.

— Je me le demande, en effet. D'autant plus que les enfants ne vont pas tarder à arriver et que vous n'êtes toujours pas déguisé. Attendez ! Je dois avoir quelque chose là-dedans…

D'un des sacs abandonnés près de la porte, Natasha tira un masque de squelette grimaçant, qu'elle exhiba fièrement.

— Magnifique, n'est-ce pas ? C'est l'un de mes préférés. Vous n'avez qu'à vous habiller tout en noir et le tour sera joué.

Spencer, se prêtant au jeu, prit le masque à face de crâne, et le fixa intensément d'un air ténébreux.

— « Etre ou ne pas être, murmura-t-il. Telle est la question ! »

Natasha se mit à rire et prit le masque, qu'elle lui mit d'autorité sur le visage.

— N'essayez pas de vous défiler, protesta-t-elle. C'est comme cela que ça se porte !

Pour toute réponse, Spencer profita de leur proximité pour l'enlacer. D'une voix déformée par le masque, il suggéra :

— A présent que la préparation de la fête est terminée, il n'y a plus de promesse qui tienne. Embrassez-moi !

En détournant le visage d'un air dégoûté, Natasha fit la grimace et se faufila hors de ses bras.

— Certainement pas ! protesta-t-elle. Vous êtes trop laid.

Obligeamment, Spencer releva le masque sur ses cheveux.

— Et comme ceci ?

— C'est pire encore…

— Femme cruelle !

Avec un nouveau rire facétieux, Natasha vint passer son bras sous le sien et l'entraîna vers le hall. Sur le seuil de la pièce, ils se retournèrent pour contempler leur œuvre une dernière fois.

— Je crois que Freddie va adorer !

— J'en suis persuadé, dit Spencer.

Le bruit d'une porte s'ouvrant à la volée, aussitôt suivi de petits cris d'excitation, le fit se retourner.

— Quand on parle du loup !

Les invités arrivèrent d'abord au compte-gouttes, puis un flot continu d'enfants costumés investit les lieux. L'horloge du salon n'avait pas encore frappé six coups que la maison était déjà pleine de pirates, de ballerines, de monstres, de fantômes et de super-héros. Comme prévu, le donjon hanté suscita moult cris de frayeur et frissons d'épouvante ravie.

Personne ne fut suffisamment téméraire pour faire la visite seul, mais nombreux furent ceux et celles à tenter l'aventure deux fois. Quelques rares inconscients se risquèrent même à toucher du doigt la momie ou la cape du vampire, suscitant l'admiration générale. Et quand les lumières se rallumèrent pour l'ouverture des cadeaux de Freddie, il y eut autant de murmures déçus que de soupirs de soulagement.

En regardant la petite fille, réplique vivante de sa poupée de chiffon favorite, couvrir le sol de papier cadeau déchiré avec un sourire de pur ravissement, Natasha murmura :

— Vous êtes un bon père.

Sans même s'en rendre compte, Spencer lui prit la main.

— Pourquoi ? s'étonna-t-il. Parce que je la couvre de cadeaux ?

— Pas du tout. Parce que vous n'avez pas encore réclamé d'aspirine et que vous n'avez même pas bronché quand Mikey a renversé son verre de jus d'orange sur votre beau tapis.

— Je préfère économiser mon énergie pour le moment où Vera constatera les dégâts…

Pour éviter d'entrer en collision avec une princesse poursuivie par un farfadet hilare, Spencer fit un pas de côté. Des cris et des rires s'élevaient de tous les coins de la pièce, couvrant sans peine la dernière rengaine à la mode, diffusée en boucle par la stéréo.

— A propos d'aspirine, demanda-t-il d'un ton inquiet, combien de temps peuvent-ils soutenir ce rythme d'enfer sans se fatiguer, selon vous ?

— Bien plus longtemps que nous ne pouvons le supporter…

— Merci de me remonter le moral.

— Pour canaliser toute cette énergie, suggéra Natasha en riant, nous pourrions peut-être passer au goûter. Ensuite, il sera temps d'organiser des jeux et des concours.

Avisant sa mine déconfite, elle rit de plus belle et pressa ses doigts entre les siens.

— Rassurez-vous, le pire est passé, dit-elle pour l'encourager. Vous serez surpris de constater à quel point deux heures passent vite en compagnie de vingt petits monstres déchaînés.

Au grand étonnement de Spencer, ce fut effectivement ainsi que les choses se déroulèrent. Une fois pillé le buffet soigneusement préparé par Vera, ils eurent à peine le temps d'organiser quelques concours — dont celui du plus beau déguisement et de la plus vilaine grimace — que déjà les premiers parents venus récupérer leur progéniture se présentaient à la porte. Ce qui ne marqua pas pour autant la fin des réjouissances…

En petits groupes colorés et bruyants, les bambins se répandirent dans le voisinage pour réclamer, sous peine de représailles, leur dû de friandises et de gâteaux. Comme pour se prêter à leur macabre défilé, un vent frais balayait sur les trottoirs les feuilles mortes, chassant dans le ciel illuminé par la pleine lune des troupeaux de nuages noirs. A n'en pas douter, des souvenirs émerveillés de cette nuit s'attarderaient encore dans l'esprit de tous bien longtemps après que le dernier cookie aurait été digéré…

Il était presque 22 heures quand Spencer parvint enfin à glisser une Freddie épuisée mais radieuse au fond de son lit.

— C'est le meilleur anniversaire de ma vie ! parvint-elle encore à articuler dans un bâillement. Finalement, je suis contente d'avoir eu la varicelle…

Du bout du doigt, Spencer essuya au coin des lèvres de sa fille une trace de dentifrice oubliée.

— Je n'irais pas jusque-là, dit-il, mais je suis heureux que tu te sois bien amusée.

— Est-ce que je peux avoir encore un bonbon ?

— Pas question ! s'écria-t-il en déposant un baiser sur son nez. Tu t'es brossé les dents et, de toute façon, tu ne pourrais plus rien avaler sans risquer de vomir…

Trop fatiguée pour tenter de nouvelles stratégies, Freddie se pelotonna en riant contre son oreiller et ferma les yeux.

— L'année prochaine, annonça-t-elle d'une voix déjà lointaine, je veux me déguiser en gitane. Comme Nat…

Après l'avoir soigneusement bordée dans son lit, Spencer chassa du front de sa fille quelques mèches emmêlées pour y déposer un baiser.

— Cela t'ira très bien, assura-t-il en allumant la veilleuse. Maintenant, il faut dormir. Je vais reconduire Natasha chez elle, mais Vera est là pour veiller sur toi.

— Est-ce que tu vas bientôt te marier avec Nat, pour qu'elle puisse venir vivre avec nous ?

Sous le choc, Spencer ouvrit la bouche, puis la referma, trop estomaqué pour parler.

— Pourquoi demandes-tu cela ? parvint-il enfin à murmurer.

Déjà en route vers le pays des rêves, sa fille lui répondit par une autre question, qu'elle acheva de formuler à grand-peine.

— Combien de temps il faut… pour avoir… une petite sœur ?

A peine le dernier mot fut-il prononcé que Freddie dormait à poings fermés, vaincue par le sommeil. Soulagé d'être ainsi dispensé de lui répondre, Spencer se passa une main sur le visage et quitta la chambre sans faire de bruit.

Au rez-de-chaussée, Natasha était occupée à ranger le champ de bataille dévasté qu'était devenu le living-room.

— En général, s'exclama-t-elle gaiement en voyant arriver Spencer, plus il y a de pagaille, plus c'est signe que la fête était réussie.

Alertée par sa mine soucieuse, elle fronça les sourcils et demanda :

— Un problème ?

— Non, non, murmura-t-il distraitement. Aucun. C'est juste Freddie… Cette enfant ne cessera jamais de me surprendre.

D'un haussement d'épaules, Spencer évacua le sujet et rejoignit Natasha pour lui prendre des mains un sac poubelle à demi rempli des lambeaux de la fête.

— Laissez cela, dit-il. Vous en avez déjà assez fait.

— Cela ne me dérange pas, vous savez…

— Je sais.

Anticipant le geste esquissé par Spencer pour lui prendre la main, Natasha croisa les bras derrière le dos.

— Je crois que je vais rentrer, annonça-t-elle d'une voix résolue. Demain c'est samedi — notre plus gros jour.

Incapable de masquer sa déception, Spencer hocha vaguement la tête, regrettant de ne pouvoir gravir avec elle l'escalier, main dans la main, pour rejoindre en sa compagnie sa chambre et son lit.

— Je vais vous reconduire.

— Inutile ! protesta-t-elle aussitôt. Je peux rentrer seule.

La parenthèse de la fête refermée, la tension était revenue entre eux. Leurs regards se croisèrent, et Spencer comprit que Natasha en était consciente et le regrettait autant que lui.

— Je n'en doute pas, répondit-il calmement. Mais vous me feriez plaisir en acceptant. Vous êtes vraiment fatiguée ?

— Non.

Passant outre ses réticences, Natasha avait répondu spontanément. Spencer avait jusque-là tenu parole en gardant ses distances avec elle et elle avait envie autant que lui de prolonger la soirée. La fête était terminée, mais la nuit ne faisait que commencer.

Sans attendre, ils quittèrent la maison et cheminèrent côte à côte sur les trottoirs, appréciant l'avant-goût d'hiver qui flottait dans l'air vif de la nuit automnale. Au-dessus de leur tête, la lune ronde et brillante continuait de jouer à cache-cache avec les nuages. Au coin de la rue, ils sourirent de voir un chêne centenaire emmailloté de papier toilette par des adolescents irrespectueux de son âge canonique.

Dans la rue principale, les enfants les plus âgés mêlés aux étudiants festoyaient encore. Un loup-garou plus vrai que nature pourchassait de porte en porte une escouade de jeunes filles hystériques, sous le regard de Frankenstein et de sa fiancée, impressionnants d'impassibilité. Une voiture emplie de goules menaçantes penchées aux portières ralentit à leur hauteur pour déverser sur eux un torrent d'imprécations sifflantes.

Tout en regardant le véhicule disparaître au virage suivant, Spencer hocha la tête d'un air perplexe.

— C'est bien la première fois que je vois Halloween fêté avec autant d'ardeur et de conviction ! lança-t-il. C'est tous les ans comme cela ?

— Vous n'avez encore rien vu, répondit Natasha. Cette année je les trouve plutôt sages…

Lorsqu'ils arrivèrent devant chez elle, au terme de leur promenade, Spencer sourit en découvrant la citrouille d'Halloween posée devant sa porte. Illuminée de l'intérieur, elle semblait cligner de l'œil avec un sourire bien plus coquin que maléfique. A côté, un saladier à demi rempli de friandises était surmonté d'un écriteau en lettres sanglantes qui disait : « Un seul à la fois. Sinon, gare aux représailles ! »

— Ils respectent la consigne ? demanda-t-il en se penchant pour piocher un caramel.

Sortant sa clé de sa poche, Natasha déverrouilla la porte qu'elle avait exceptionnellement fermée, en ce soir de folie, pour se protéger d'éventuelles plaisanteries d'un goût douteux.

— En général, répondit-elle. La plupart des enfants de cette ville me connaissent et savent quand je plaisante ou pas.

— Et moi ? demanda Spencer en cherchant son regard dans la pénombre. N'ai-je pas mérité un petit verre, pour avoir tenu parole ?

Debout sur le seuil, Natasha n'hésita qu'un court instant. Si elle le laissait entrer, elle le savait, ils ne pourraient que reprendre les choses là où ils les avaient laissées, quelques heures plus tôt, dans le hall de la grande maison. Cela faisait deux mois qu'ils se connaissaient. Deux mois qu'ils s'observaient, se jaugeaient, se frôlaient pour mieux s'éviter… Ils savaient tous deux que cela ne pourrait durer éternellement. Et elle était elle-même assez honnête pour savoir que l'heure n'était plus aux atermoiements.

— Bien sûr, répondit-elle en s'effaçant sur le seuil. Entrez…

D'un pas raide, la gorge nouée, elle marcha jusqu'à la cuisine pour servir deux verres de brandy. A présent, songeait-elle en versant d'une main tremblante le liquide ambré, il était trop tard pour reculer. Elle avait beau y être préparée et aspirer comme lui à ce qui allait sans doute se passer, elle ne pouvait se départir d'une certaine angoisse. Quel genre d'amant Spencer serait-il pour elle ? Comment réagirait-elle entre ses bras ? Et lorsqu'ils se connaîtraient de la manière la plus intime qui soit, comment pourrait-elle continuer à prétendre qu'elle n'attendait pas plus de lui ?

En la regardant revenir dans le salon chargée d'un plateau, un sourire incertain plaqué sur les lèvres, Spencer s'efforça de masquer le trouble qui l'agitait. Depuis qu'à sa grande surprise elle l'avait invité à entrer, ses sentiments étaient complexes et mélangés. Que voulait-il, exactement, en ce soir où ses vœux semblaient sur le point de se réaliser ? Elle, sans l'ombre d'un doute… Mais jusqu'à quel point serait-elle prête à se livrer ? Et lui ? Quel compromis serait-il prêt à accepter ?

— Merci, dit-il doucement en saisissant le verre qu'elle lui tendait.

D'un air songeur, il la regarda s'asseoir face à lui et siroter son brandy à petites gorgées.

— La première fois que j'ai dû affronter un amphi plein à craquer, reprit-il, je suis resté une longue minute en chaire, l'esprit aussi vide qu'une page blanche, persuadé que je n'arriverais jamais à me rappeler l'exposé que j'avais si soigneusement préparé. C'est exactement la sensation que j'éprouve ce soir…

Posant son verre sur la table basse, il se pencha pour s'emparer de la main libre de Natasha, surpris de la découvrir tremblante et glacée entre les siennes. D'une certaine manière, la savoir aussi nerveuse qu'il l'était lui-même le rassura et l'aida à poursuivre.

— Cela n'est pas aussi facile que je me l'étais imaginé, avoua-t-il. Je ne voudrais pas vous effrayer.

— Je *suis* effrayée, reconnut-elle avec un pauvre sourire. Vous n'y êtes pour rien, et vous ne pourrez rien y changer. Les gens disent parfois que je réfléchis trop. C'est peut-être vrai. Mais si ça l'est, c'est pour m'éviter de souffrir. Il y a longtemps…

Comprenant qu'il lui fallait livrer cet aveu sans y être aidée par le contact rassurant de la main de Spencer, Natasha retira la sienne.

— Il y a longtemps, répéta-t-elle, j'ai laissé mes sentiments décider pour moi. J'en souffre encore aujourd'hui. Il est certaines erreurs dont on continue à payer le prix toute sa vie… Et je veux être sûre de ne pas commettre une nouvelle erreur. Je ne veux ni serment, ni promesse, Spence. Car je préfère m'en passer plutôt que d'y croire à tort. De même, épargnez-moi les mots doux, ils sont trop facilement prononcés. J'ai besoin de respect. Pas de poésie.

Spencer, qui ne l'avait pas quittée du regard durant toute cette tirade, lui lança un regard interrogateur.

— Vous avez terminé ?

— J'en aurai terminé, insista-t-elle, quand je serai sûre que vous m'avez bien comprise.

— Je crois que je commence à comprendre. Vous l'avez beaucoup aimé, n'est-ce pas ?

Natasha sursauta. Sous l'effet de la surprise, elle avait failli renverser son verre. Autant pour ne plus prendre ce risque que pour se donner du courage, elle le vida d'un trait avant de le reposer sèchement sur la table.

— C'est vrai, dit-elle avec un regard de défi. Je n'ai jamais aimé personne autant que lui.

Spencer demeura un long moment figé sur place, tétanisé par la douleur fulgurante que lui avait infligée sa réponse. Comment pouvait-il se sentir menacé par une ombre surgie du passé ? Pourquoi fallait-il qu'il soit jaloux d'un inconnu qu'elle avait depuis si longtemps perdu de vue ? Après tout, lui aussi avait un passé encombré de zones d'ombre douloureuses…

— Je me fiche de savoir qui il est, lança-t-il enfin. Tout comme je ne veux rien savoir de ce qui s'est passé entre vous.

C'était un pieux mensonge et il en était parfaitement conscient, mais au moins était-il parvenu à le proférer avec suffisamment d'assurance pour le faire passer pour une vérité.

— Ce que je ne supporterais pas, poursuivit-il d'une voix grondante de colère contenue, c'est que vous pensiez à lui alors que je suis avec vous.

Piquée au vif par son ton vindicatif, Natasha se redressa d'un bloc, aussitôt imitée par Spencer. Le menton relevé, les mains posées sur les hanches en une attitude de défi, elle le toisa fièrement.

— Ah oui ? répondit-elle. Dans ce cas, comment comptez-vous vous y prendre pour contrôler mes pensées ?

— Comme ceci !

Fondant sur elle comme un aigle sur sa proie, Spencer l'emprisonna dans ses bras, sans lui laisser la moindre chance de lui échapper. Mues par une jalousie féroce, ses lèvres se soudèrent à celles de Natasha. Il y avait dans ce baiser toute sa colère de n'être pas pour elle le premier, toute sa frustration de ne pas l'avoir connue plus tôt, et toute la violence du désir que depuis des mois elle éveillait en lui. Et lorsque, après être passé par tous les stades de la passion, il parvint à lui exprimer dans cette étreinte toute la tendresse qu'elle lui inspirait, la joie de la savoir à lui le submergea de bonheur.

8

Oubliant toute méfiance et toute crainte, Natasha noua ses bras autour du cou de Spencer. Cette nuit, il n'y avait plus pour eux ni avenir ni passé. Juste un moment unique, pur et parfait comme un diamant, qu'il leur fallait chérir et apprécier.

Elle avait l'impression de nager en plein rêve, mais tout était vrai, merveilleusement vrai. La passion qu'il lui témoignait ne pouvait être mise en doute, pas plus que sa tendresse. Ce baiser faisait vibrer en elle un désir qu'elle ne pouvait plus ignorer. A cet instant, dans les bras de cet homme, il lui semblait s'éveiller à une autre vie.

Lorsque Spencer mit fin au baiser pour la soulever dans ses bras, Natasha émit un petit gémissement de protestation, avant de se laisser aller à nicher son visage contre son cou. Tandis qu'il la portait vers son lit, elle se pelotonna contre lui et ferma les yeux, appréciant la sensation toute nouvelle de s'abandonner dans une confiance absolue.

Dans la chambre, la lune les attendait. Elle s'était glissée dans la pièce par la fenêtre et répandait sur le parquet de grands carrés de lumière argentée. En l'asseyant avec un luxe de précautions sur le lit, Spencer ne dit rien, se contenta de la dévorer des yeux. Elle lui avait dit refuser les mots doux, mais elle n'aurait jamais imaginé qu'un seul de ses regards vaudrait tous les discours. Troublée et émue, Natasha baissa les yeux, glissant ses mains jointes entre ses jambes.

Durant ces longs mois où il n'avait pu que rêver d'elle, Spencer l'avait souvent imaginée ainsi. Cela paraissait irréel, mais pourtant c'était vrai. L'image l'avait visité régulièrement, aussi claire et limpide que celle qu'il avait sous les yeux. Il avait vu le fleuve tumultueux de sa chevelure noire comme la nuit s'écoulant de part et d'autre de son visage. Il avait vu cette nuance dorée qu'avait sa peau au clair de lune, ses mains timidement jointes, ses yeux baissés comme pour mieux protéger le mystère qui les habitait. En imagination, il avait vu tout cela mais aussi tellement, tellement plus…

Doucement, comme pour ne pas l'effaroucher, Spencer entreprit de défaire le long foulard noué dans ses cheveux. Sans réagir, Natasha le regarda flotter lentement jusqu'au sol, où le rejoignirent bientôt tous les autres foulards qui lui ceignaient la taille. Les voyant s'amonceler à ses pieds, comme une offrande de saphir, d'ambre et d'émeraude, Natasha sourit rêveusement.

Puis, du bout des doigts, avec une lenteur éprouvante, Spencer entreprit de faire glisser sa robe le long de ses épaules. Impatientes, ses lèvres se posaient sur chaque centimètre carré de peau exposé, arrachant à Natasha frissons et soupirs. Soudain, n'y tenant plus, elle laissa ses mains s'envoler vers lui.

Le souffle court, les doigts malhabiles, elle lutta pour le débarrasser de sa chemise. Enfin, il n'y eut plus sous ses paumes que sa peau ferme et douce, ses muscles qu'elle sentait frémir. Et dans ses yeux gris rivés aux siens montait comme une marée de plaisir, qui les assombrissait.

Spencer devait lutter contre l'envie pressante d'arracher sans douceur les derniers obstacles qui le séparaient d'elle, pour prendre sans attendre ce qu'elle avait à lui donner. Il le lisait au fond de ses yeux, Natasha ne l'en aurait pas empêché. Mais il lui avait promis quelque chose au tout début de leur relation. Il tenait d'autant plus à honorer cette promesse qu'elle avait déclaré ne pas vouloir de serments. Qu'elle le veuille ou non, il était décidé à rendre leur première nuit d'amour aussi romantique que possible.

Avec une patience qui l'étonna, il parvint à déboutonner chacun des trop nombreux boutons qui fermaient sa robe dans le dos. Natasha en profita pour laisser courir ses lèvres le long de son torse, tandis que ses doigts nerveux dégrafaient son pantalon, qui ne tarda pas à rejoindre la robe à leurs pieds. Mais lorsqu'elle eut terminé en toute hâte de le débarrasser de son dernier vêtement, il ne put résister au besoin de la serrer contre lui pour un long et voluptueux baiser.

Parce qu'il leur fallait bien respirer, Spencer dut à regret mettre fin à cette étreinte qui avait achevé d'enflammer ses sens. Aussi chancelant et à bout de souffle qu'elle l'était elle-même, il s'écarta pour mieux l'admirer. Dans ses rêves les plus audacieux, il n'avait jamais espéré qu'elle serait aussi belle. Mais à cet instant précis, nue sous une fine combinaison de soie rouge, éclairée par un simple rayon de lune qui accrochait des reflets à ses bijoux et à ses cheveux, Natasha était d'une beauté presque difficile à supporter.

Lentement, les bras de Natasha se croisèrent sur sa poitrine, ses mains s'élevèrent vers ses épaules, pour y faire glisser les deux fines bretelles. Le mince voile de soie sembla hésiter un instant au niveau de ses seins, avant de choir tout à fait. Elle n'avait plus pour parure que l'or de ses colliers, de ses boucles et de ses bracelets. Fasciné, Spencer les regarda briller sur sa peau nue.

De nouveau, elle tendit les bras — vers lui cette fois. Ensemble ils roulèrent sur le lit, où leurs membres se mêlèrent, leur arrachant un même soupir de soulagement. Avec une voracité impossible à rassasier, leurs bouches se soudèrent, leurs mains partirent à la rencontre du corps de l'autre, faisant culminer en eux le désir fou de se fondre en un seul être.

Toute idée de patience avait déserté Spencer. Trop longtemps réprimé en lui, le désir que Natasha lui inspirait jaillissait, irrépressible, tel un ressort détendu. Il voulait tout d'elle. Tout de suite. Tout ce qu'elle était. Tout ce qu'elle avait à lui offrir. Le goût de ses lèvres était aussi enivrant qu'un mélange de miel et de whisky. Sa peau était douce et fraîche comme un pétale de rose dans la rosée du matin. Son parfum, aussi ensorcelant et vital qu'une drogue qui coulait déjà dans ses veines.

En réponse à sa propre frénésie, Natasha arquait son corps contre le sien, gémissant de bonheur chaque fois qu'il arrivait à en percer un nouveau secret. Il se rendit compte soudain qu'avant elle il n'avait jamais connu une telle intimité, une telle communion, avec qui que ce soit. Pour la première fois de son existence, il découvrait ce que c'est que de faire l'amour avec son cœur et avec son âme autant qu'avec son corps.

Paume contre paume, leurs mains s'agrippèrent. Et quand Natasha s'ouvrit à lui, leurs regards demeurèrent rivés l'un à l'autre. Dans ces yeux grands ouverts au moment de s'unir au plus intime de leur être, il y avait comme une promesse que tous deux acceptèrent. Ensuite, plus rien n'eut d'importance que la danse par laquelle ils se donnèrent l'un à l'autre.

— Avant, murmura Spencer, je croyais savoir comment cela serait de faire l'amour avec toi…

Le corps nu de Natasha alangui contre le sien, sa tête reposant contre son épaule, il laissait ses doigts courir le long de son flanc.

— Maintenant, conclut-il, je me rends compte à quel point je me trompais.

— Moi, renchérit-elle d'une voix ensommeillée, je pensais que je ne ferais jamais l'amour avec toi. Et je me trompais encore plus.

— Dieu merci ! Natasha, je…

Plus rapide que lui, elle posa son index sur ses lèvres pour le faire taire.

— Surtout ne dis rien. Il est facile de divaguer au clair de lune.

« Et encore plus facile de croire à ces divagations », ajouta-t-elle pour elle-même.

Vaillamment, Spencer ravala les mots tendres qui lui brûlaient les lèvres. Après tout, peut-être avait-elle raison. Il avait commis une fois déjà l'erreur de vouloir trop de choses, trop vite. Il ne tenait pas à reproduire la même erreur avec elle.

— Puis-je au moins te dire que je ne regarderai plus jamais un bijou en or de la même façon ?

Avec un petit rire facétieux, Natasha déposa un baiser sur son épaule.

— Oui, répondit-elle. Cela, tu peux me le dire.

Distraitement, Spencer se mit à jouer avec ses bracelets.

— Ai-je aussi le droit de dire que je suis heureux ?

— Oui.

— Et toi ? L'es-tu ?

Se redressant sur un coude, Natasha plongea son regard dans le sien pour lui répondre.

— Oui. Beaucoup plus que j'imaginais pouvoir l'être un jour. Entre tes bras je me sens…

Indécise, elle retint un instant le mot qui lui était spontanément venu à l'esprit, avant de le livrer avec un haussement d'épaules et un sourire timide.

— … comme une déesse !

Bien loin de se moquer d'elle, Spencer hocha la tête.

— Rien de plus normal, puisque tu en es une à mes yeux.

Après avoir ri et déposé sur ses lèvres un baiser, Natasha reprit sa place au creux de son épaule.

— Je dois avouer que j'avais peur, reprit-elle à mi-voix. De moi. De toi. De ce qui allait se passer entre nous. Cela faisait tellement longtemps…

— Moi aussi, l'interrompit-il. Il n'y a eu personne dans ma vie depuis que ma femme est morte.

— Tu l'aimais beaucoup ?

Soudain consciente de s'engager sur un terrain trop intime, Natasha se reprit aussitôt.

— Je suis désolée ! s'excusa-t-elle. Je n'ai aucun droit de te demander cela.

Spencer saisit sa main et la porta à ses lèvres.

— Tu as parfaitement le droit de le savoir, affirma-t-il. J'étais très amoureux d'elle, au début de notre mariage. Ou, plus exactement, j'étais amoureux de l'image que je me faisais d'elle. Lorsqu'elle est morte, il y avait bien longtemps déjà que cette image s'était évanouie.

— Tais-toi, s'il te plaît, insista-t-elle en secouant la tête. Ce n'est pas le bon moment pour parler du passé.

Natasha se redressa pour s'asseoir au bord du lit et Spencer l'imita pour venir se couler contre son dos. Refermant ses bras autour d'elle pour l'empêcher de se lever, il déposa un baiser dans le creux de son cou.

— Tu as sans doute raison, murmura-t-il. Mais il est certaines choses du passé dont nous avons besoin de parler tous les deux.

— Le passé est le passé, murmura Natasha. A quoi bon y revenir ?

Il y avait dans sa voix un soupçon d'exaspération dont Spencer aurait bien aimé deviner la cause. Sans trop savoir pourquoi il se risqua à insister.

— Le passé n'est pas sans influencer le présent. Et le présent détermine l'avenir.

Contre lui, il la sentit se raidir.

— Toi qui ne veux pas que je pense à un autre quand je suis avec toi, lança-t-elle sèchement, tu devrais comprendre que je n'apprécie pas de parler d'une autre dans mon lit, entre tes bras…

Peu désireux de se lancer dans une nouvelle polémique alors qu'il avait encore le goût de ses lèvres sur les siennes, Spencer se mit à rire et l'entraîna avec lui sur le lit.

— Tu as raison, reconnut-il avec un baiser en gage de paix. Cette nuit, il ne faut penser qu'à nous.

Ces quelques mots, accompagnés de caresses précises, suffirent à ramener le sourire sur les lèvres de Natasha.

— J'aimerais passer la nuit avec toi, murmura-t-elle, les yeux clos. Toute la nuit. Mais je suppose que tu dois t'en aller ?

Avec un long soupir, Spencer se laissa retomber de tout son long sur le lit.

— Si je ne suis pas là demain au petit déjeuner, Freddie risque de ne plus me lâcher avant de m'avoir fait avouer où j'ai passé la nuit.

Amusée, Natasha se redressa sur un coude et laissa courir sa main sur sa poitrine couverte d'un fin duvet blond.

— Je peux me montrer compréhensive…

Du bout des doigts, elle s'aventura plus bas, le long du ventre frémissant de Spencer, jusqu'à rencontrer sa virilité renaissante.

— Du moins, conclut-elle, tant que ma rivale n'a que six ans.

Incapable de résister à la tentation, Natasha roula sur lui et se retrouva à califourchon sur son ventre.

— Encore une fois avant que tu ne t'en ailles, gémit-elle en portant ses lèvres à la rencontre des siennes. Juste une dernière fois…

Assise dans l'arrière-boutique à la table qui lui servait de bureau, Natasha se redressa et s'étira consciencieusement. Elle était venue tôt ce matin-là pour s'acquitter des aspects les moins gratifiants de son activité et avait à présent le sentiment du devoir accompli. Sa comptabilité était à jour, de même que ses factures. De plus, avec la perspective de Noël dans deux mois à peine, elle avait épluché les nouveaux catalogues et passé la plupart de ses commandes.

En fait, elle avait déjà commencé à constituer son stock de jouets. Les cartons s'empilaient jusqu'au plafond autour d'elle, et elle aimait savoir qu'elle détenait en secret les cadeaux qui arracheraient des cris de joie aux enfants le matin de Noël. Mais tout n'était pas réglé pour autant et il lui restait du pain sur la planche. Elle avait en tête une complète réorganisation de la boutique en prévision du rush à venir, et il lui faudrait se pencher sans tarder sur la décoration.

Mais pour l'heure, avec Annie en charge du magasin où les clients ne se bousculaient pas, elle pouvait bien se permettre de replonger le nez dans ses livres et ses notes de cours avant la pause-déjeuner. Le soir même, Spencer avait prévu de tester par écrit les connaissances de ses étudiants sur la période baroque dont ils venaient d'achever l'étude. Elle était bien déterminée à montrer à son distingué professeur et néanmoins amant de quoi elle était capable. Car elle éprouvait un besoin irraisonné d'être admirée par Spencer autant pour son intelligence que pour sa beauté, d'être à ses yeux une égale et non uniquement l'objet de son désir…

Avec un soupir, Natasha leva les yeux de ses notes pour contempler la dernière des roses rouges qu'il lui avait fait parvenir, posée à la place d'honneur sur son bureau. Elle le savait, sa crainte que Spencer finisse un jour par se comporter comme Anthony n'était ni fondée ni juste. On ne pouvait trouver deux hommes plus dissemblables. Certes, ils étaient tous deux des artistes célèbres, l'un dans le monde de la musique, l'autre dans celui de la danse. Mais à part cela, leur ressemblance physique était leur seul autre point commun.

Anthony s'était révélé égoïste, malhonnête, et finalement lâche et cynique. Or, elle n'avait jamais rencontré d'homme plus généreux et aimable, plus attentionné et honnête, que Spencer Kimball. Elle devait bien se l'avouer, chaque jour qui passait la rendait plus amoureuse de lui. Tellement amoureuse, songeait-elle en humant la rose avec délice, qu'il lui arrivait parfois d'avoir envie de le lui avouer. Pourtant, au dernier moment, le souvenir du calvaire qu'elle avait enduré suffisait à l'en dissuader.

Elle avait autrefois offert en toute confiance son cœur à un homme, un cœur pur et fragile, et c'est en lambeaux que celui-ci le lui avait rendu. Comment aurait-elle pu prendre ce risque de nouveau ? Même en sachant que ce qu'elle ressentait aujourd'hui pour Spencer n'avait rien à voir avec l'illusion qu'avait entretenue la jeune fille de dix-sept ans qui était tombée amoureuse d'Anthony, comment aurait-elle pu prendre le risque de subir de nouveau une telle souffrance, une telle humiliation ?

Les choses, décida-t-elle en replongeant le nez dans ses livres, étaient bien mieux ainsi. Spencer et elle étaient deux adultes qui goûtaient tous les avantages d'une relation intime mutuellement satisfaisante sans avoir à en subir les inconvénients. Ils s'appréciaient et se respectaient en tant qu'êtres humains et ils étaient amis. Que demander de plus ?

Seule ombre au tableau : rares étaient les moments où ils pouvaient profiter pleinement l'un de l'autre. Mais au cours des heures rares et précieuses qu'ils parvenaient à passer ensemble, Natasha avait l'impression de nager en plein bonheur.

Elle s'était remise à étudier depuis un bon quart d'heure quand le téléphone sonna. Décrochant sans quitter des yeux le mémo qu'elle était en train d'apprendre, Natasha répondit de manière automatique :

— *Funny House*, bonjour…

A l'autre bout du fil un rire retentit et une voix qu'elle reconnut immédiatement s'exclama gaiement :

— *Funny Girl*, bonjour !

— Maman !

— Es-tu trop occupée par tes affaires ou as-tu quelques minutes à consacrer à ta vieille mère ?

Avec un sourire attendri, Natasha protesta non sans conviction.

— Maman ! Tu sais bien que pour toi j'ai tout mon temps.

— C'est pour cela que tu ne m'as pas appelée depuis quinze jours ?

— Excuse-moi !

Durant ces quinze derniers jours, Natasha avait été trop occupée par Spencer pour penser à autre chose, mais elle se voyait mal fournir ce genre d'explication à sa mère…

— Comment vas-tu ? reprit-elle pour faire diversion. Et papa ? Et la famille ?

— Tout le monde va bien. Ton père est aux anges, il vient d'obtenir une augmentation.

— Merveilleux.

— Mikhail a enfin laissé tomber sa belle Italienne.

A mi-voix, Nadia rendit grâce à Dieu en ukrainien, ce qui fit rire sa fille.

— Alex continue à fréquenter toutes les filles du monde, reprit-elle aussitôt. Quant à Rachel, elle est bien trop occupée par ses études pour penser à autre chose. Et qu'en est-il de Natasha ?

— Natasha se porte comme un charme. Elle mange bien et dort suffisamment, ajouta-t-elle avant que sa mère ait pu poser la question rituelle.

— Tant mieux. Et tes affaires ?

— Nous sommes en pleins préparatifs de Noël, et je pense que cette année sera encore meilleure que la précédente.

— A ce propos, je veux que tu arrêtes de nous envoyer de l'argent.

— A ce propos, je veux que tu arrêtes de t'en faire pour tes enfants.

Le soupir retentissant de sa mère fit sourire Natasha. C'était entre elles une discussion aussi vieille que le monde.

— Tu es têtue comme une bourrique ! bougonna Nadia.

— C'est vrai, reconnut-elle de bonne grâce. J'ai de qui tenir !

— Ah oui ? Dans ce cas, nous en reparlerons à Thanksgiving.

Coinçant le combiné contre son épaule, Natasha s'empara de son agenda pour le feuilleter en toute hâte. Il ne restait plus que deux semaines à peine… Comment avait-elle pu oublier ?

— C'est ce que nous verrons, répondit-elle enfin. J'arriverai tard dans la soirée du mercredi. Et comme d'habitude j'apporte le vin.

Sans attendre, Natasha griffonna une note pour ne pas oublier d'en acheter. Ce n'était jamais très facile pour elle de s'absenter à cette période de l'année, mais pour rien au monde elle n'aurait manqué ce rassemblement traditionnel de toute la famille.

— Peut-être viendras-tu avec un ami ? demanda sa mère d'un ton innocent.

C'était une autre de leurs discussions habituelles. Mais aujourd'hui, pour la première fois, Natasha hésita à répondre par la négative. Elle ne voyait pas ce qui pourrait donner à Spencer l'envie de fêter Thanksgiving à Brooklyn chez les Stanislaski, mais il lui était difficile d'en écarter d'emblée la possibilité.

Il n'en fallut pas plus à Nadia, dont l'instinct maternel était aguerri par des décennies d'expérience, pour remarquer son hésitation.

— Natasha ? fit-elle d'une voix soupçonneuse. Aurais-tu un ami ?

Son rire gêné sonna faux à ses propres oreilles.

— Un ami ? Bien sûr que j'ai un ami ! J'en ai même des tas…

— Ne joue pas la fine mouche avec moi. Dis-moi qui c'est.

Avec un soupir résigné, Natasha comprit qu'il était vain de résister à la curiosité maternelle.

— Spencer Kimball, répondit-elle à contrecœur. Il est professeur de musique à l'université. Il est veuf et élève seul sa fille de six ans…

A l'autre bout du fil, il y eut un long silence. Quand sa mère reprit la parole, elle fit des efforts pour parler d'une voix égale, mais Natasha perçut sans peine sa joie et son émotion.

— Depuis quand le connais-tu ?

— Ils sont arrivés ici à la rentrée, expliqua-t-elle d'un ton bourru. Je me suis inscrite à l'un de ses cours et Freddie, sa petite fille, vient de temps à autre au magasin. C'est ainsi que nous avons sympathisé. Il n'y a rien de plus à dire…

Ce n'était pas tout à fait la vérité, songeait-elle avec un vague sentiment de culpabilité, mais cela s'en approchait. Déjà, sa mère faisait à haute voix des plans pour caser tout ce petit monde chez elle.

— La petite fille pourrait dormir avec toi dans la chambre de Rachel. Quant à ton professeur…

— Maman ! protesta Natasha, affolée. Je ne sais pas si…

— Il pourrait prendre la chambre d'Alex, poursuivit Nadia sans se démonter. Qui dormirait lui-même sur le divan du salon.

— Spence a peut-être déjà d'autres plans !

— Demande-lui.

— D'accord, d'accord, répondit-elle. Si l'occasion se présente.

— Invite-le ! insista Nadia d'une voix sans réplique. A présent je te laisse travailler.

— Au revoir, maman. A bientôt !

Après avoir raccroché, Natasha observa la rose d'un œil songeur. Avait-elle gaffé en révélant si vite à ses parents la présence de Spencer dans sa vie ? Le célibat prolongé de leur fille aînée ne manquait pas de les inquiéter vivement — elle le savait même s'ils ne lui en parlaient jamais. Sans peine, elle imaginait sa mère, dans sa cuisine de Brooklyn, se frottant les mains et s'apprêtant à téléphoner la bonne nouvelle à tout son entourage.

A la perspective encore floue de ce voyage, d'autres questions se présentaient à son esprit. Que penserait Spencer des membres de sa famille ? Et eux de lui ? Apprécierait-il de passer Thanksgiving en compagnie d'une tablée nombreuse et bruyante ? Et que penserait-il de l'abondance de nourriture que sa mère préparait à cette occasion ? De ce point de vue, le souvenir de leur premier repas dans ce restaurant tellement chic, au service discret et élégant, n'était pas pour la rassurer. De toute façon, décida-t-elle en se remettant au travail, il avait sans doute déjà prévu autre chose et il ne servait à rien de se mettre martel en tête.

Il était dit qu'elle ne pourrait pas travailler en paix ce jour-là car, vingt minutes plus tard, la sonnerie du téléphone retentit de nouveau.

— *Funny House*, bonjour…

— Nat…

— Spence ?

D'un geste automatique, elle consulta sa montre.

— Que se passe-t-il ? demanda-t-elle, inquiète. Tu ne devrais pas être à l'université à cette heure-ci ? Tu es malade ?

— Non, non, pas du tout. J'ai juste fait un saut à la maison entre deux cours. J'ai une heure devant moi, à peu près. Et j'ai besoin que tu viennes.

— Chez toi ? demanda-t-elle. Pourquoi ? Que se passe-t-il ?

Tout en parlant, Natasha réfléchissait à toute allure. Il y avait dans la voix de Spencer une urgence qui dénotait bien plus une grande excitation que la survenue d'une catastrophe.

— Je ne peux pas t'en dire plus, répondit-il avec impatience. Tu dois me faire confiance et venir tout de suite. S'il te plaît !

Comment aurait-elle pu résister à cette nuance de supplication dans le ton de sa voix ?

— Bon, d'accord, dit-elle. Mais tu es sûr que tu te sens bien ?

Elle l'entendit rire gaiement à l'autre bout du fil et cela suffit à la rassurer.

— Certain ! s'exclama-t-il. En fait, il y a bien longtemps que je ne me suis pas senti aussi bien… Dépêche-toi, veux-tu ?

— Dans dix minutes je suis chez toi, répondit-elle avant de raccrocher.

Après avoir pris son manteau et ses gants au portemanteau, Natasha se précipita dans la boutique en criant :

— Annie… Je dois absolument y aller !

En découvrant son assistante dans les bras de Terry Maynard, en train de l'embrasser passionnément, Natasha eut un mouvement de recul.

— Oh, je suis désolée ! balbutia-t-elle.

Luttant pour reprendre contenance, Annie respira profondément et lui adressa un sourire radieux en remettant en place sa chevelure.

— Oh, Nat ! s'exclama-t-elle. Terry était sur le point de… Tu dois t'absenter ?

Vaillamment, Natasha réprima une soudaine envie de rire et passa devant les amoureux pour gagner la sortie.

— Oui, répondit-elle en se retournant sur le seuil. J'ai quelqu'un à voir. Tu crois que tu pourras te débrouiller sans moi ? J'en ai pour une petite heure.

— Bien sûr ! assura Annie avec aplomb. Il n'y a pas foule ce matin. Prends ton temps…

Réfugié derrière elle, les cheveux en bataille et les lunettes au bas du nez, Terry passait pendant ce temps par toutes les nuances du rouge. Après leur avoir adressé un dernier sourire, Natasha referma la porte derrière elle. Selon toute vraisemblance, se disait-elle en remontant la rue à vive allure, le monde semblait avoir décidé ce matin-là de basculer dans la folie…

Quand Spencer ouvrit la porte à la volée avant même qu'elle ait eu le temps de s'annoncer, Natasha fut certaine qu'il avait perdu l'esprit. Ses yeux brillaient d'un éclat fiévreux. Ses joues étaient écarlates. Ses vêtements étaient en désordre et sa cravate desserrée pendait autour de son cou. Sans lui laisser le temps de prononcer la moindre parole, il l'attira par le bras dans le hall et l'emprisonna contre lui en lui donnant un baiser passionné.

— Enfin tu es là, murmura-t-il sans la lâcher. J'ai cru que tu n'arriverais jamais.

— Je suis venue aussi vite que possible.

Après l'avoir longuement dévisagé, Natasha comprit que ce n'était pas la fièvre qui rendait son regard si brillant.

— Spence, dit-elle d'une voix menaçante, si tu m'as fait venir jusqu'ici uniquement pour ce que je pense, je crois que je vais être très fâchée.

— Pour ce que tu…

Comprenant soudain où elle voulait en venir, Spencer partit d'un rire joyeux.

— Non, reprit-il. Ce n'est pas pour cela que je t'ai demandé de venir. Encore que ce ne serait pas une mauvaise idée…

Se souvenant brusquement que la porte était restée ouverte, il la referma d'un coup de pied et l'entraîna par la main jusqu'au salon de musique.

— Assieds-toi ! dit-il en s'installant au piano. Ne dis rien et écoute.

Résolue à ne plus s'étonner, Natasha prit place sur le sofa et ouvrit grand les oreilles, commençant à comprendre où il voulait en venir. Aux premières mesures, elle sut que personne avant elle n'avait jamais entendu la musique que Spencer était en train de jouer. Saisie par un frisson, elle glissa ses mains jointes entre ses jambes serrées et sentit les larmes lui monter aux yeux.

Chaque note regorgeait de passion et se plantait directement au plus profond de son cœur. Comment s'y était-il pris, se demandait-elle en le regardant se démener sur le clavier, pour mettre en musique ses émotions les plus secrètes, les plus cachées ?

Alors que le tempo s'accélérait, Natasha sentit son pouls s'emballer à l'unisson. Puis la musique culmina en une mélodie puissante et triste, et elle la sentit se déverser sur elle comme une vague irrésistible. Le souffle coupé, à peine consciente des larmes qui coulaient sur ses joues, Natasha ferma les yeux et se laissa emporter.

Quand la dernière note ne fut plus qu'un souvenir, elle rouvrit les paupières et vit Spencer qui la dévisageait avec un sourire radieux.

— Pas la peine de te demander si tu aimes, murmura-t-il. Je le vois dans tes yeux.

Incapable de la moindre parole, Natasha secoua la tête. Elle n'avait pas les mots qu'il fallait pour lui expliquer ce qu'elle avait ressenti. Sans doute, même, n'existait-il pas de mots assez beaux.

— Quand t'en es-tu rendu compte ? demanda-t-elle simplement.

— La nuit dernière…

Mû par un élan irrépressible, Spencer se leva pour la rejoindre près du sofa et s'empara de ses mains, qu'il porta à ses lèvres. Dans ses yeux, la fièvre d'une excitation trop intense pour être contenue brillait de nouveau.

— Au début, expliqua-t-il, j'ai cru devenir fou. La musique coulait de nouveau, sous mon crâne, comme elle ne l'avait plus fait depuis des années.

Machinalement, ses yeux se portèrent sur le Steinway.

— Quand je me suis installé au piano, je me suis dit que c'était trop beau, que la source allait de nouveau se tarir. Mais non… Les notes ont continué à affluer !

Spencer rejeta la tête en arrière et laissa fuser un rire libérateur vers le plafond.

— Seigneur ! s'exclama-t-il. Tu ne peux pas savoir comme je me sens soulagé. J'imagine que c'est comme de retrouver subitement la vue pour un aveugle…

— Ton don ne t'a jamais quitté, répondit Natasha en plaçant ses mains en coupe contre ses joues. Il était juste au repos.

Spencer ferma les yeux et secoua la tête d'un air têtu.

— Non ! insista-t-il. C'est toi qui me l'as rendu. Je t'ai déjà dit une fois que tu avais changé ma vie. Mais je ne m'imaginais pas à quel point c'était vrai…

Précipitamment, Natasha posa un doigt sur ses lèvres et lui sourit tristement.

— Je t'en prie, ne dis rien… Tu es encore sous le coup de l'émotion et tes paroles pourraient dépasser ta pensée.

— Je sais parfaitement ce que je ressens ! s'exclama Spencer. Le problème, c'est que tu ne veux pas m'entendre dire que je t'aime.

— Non !

Sous l'effet de la panique, Natasha sentit se hérisser la peau de ses avant-bras et baissa les yeux.

— Si tu tiens un peu à moi, supplia-t-elle, surtout ne le dis pas.

— C'est une drôle de position dans laquelle tu me places.

— Alors, j'en suis désolée pour toi. Mais je veux être heureuse. Et aussi longtemps que les choses iront entre nous comme cela…

— Combien de temps ? l'interrompit-il sèchement. A ton avis combien de temps pourrons-nous continuer ainsi ?

— Je n'en sais rien. Mais je ne peux pas te répéter les mots que tu voudrais me dire. Même si je les partage, je ne le peux pas.

Levant de nouveau les yeux, elle capta son regard et conclut :

— J'aimerais pouvoir le faire…

Un doute lancinant se réveilla dans le cœur de Spencer.

— Cela signifie-t-il que je suis toujours en compétition avec un autre ?

Vivement, Natasha prit ses mains dans les siennes.

— Non ! s'écria-t-elle pour le rassurer. Ce que j'ai cru ressentir autrefois pour cet homme n'était qu'une illusion, un rêve de jeune fille naïve et inexpérimentée. Ce que j'éprouve pour toi est réel. Simplement, je ne suis pas assez forte pour l'assumer.

Spencer eut un sourire amer. Peut-être au contraire était-elle trop forte pour se laisser aller à l'aimer…

— Alors, conclut-il avec fatalisme, je ne te dirai pas que je t'aime…

Lentement, il se pencha pour lui embrasser le front.

— Ni que j'ai besoin de toi dans ma vie…

Subrepticement, ses lèvres effleurèrent les siennes.

— Du moins pas encore.

Fermement, ses doigts se refermèrent autour de ceux de Natasha et son regard se riva au sien.

— Mais quand le temps sera venu, conclut-il, rien ne pourra m'empêcher de te le dire. Alors, tu seras bien obligée de m'écouter. Et de me répondre…

— C'est une menace ?

Avec un rire moqueur, Spencer l'embrassa sur les deux joues et se redressa.

— Pas du tout, répondit-il gaiement. Juste une de ces promesses dont tu ne veux pas.

Après avoir gagné le seuil de la pièce, il se retourna vers elle et soupira.

— Hélas, je dois retourner travailler !

Natasha ramassa ses gants et le rejoignit.

— Moi aussi, dit-elle en se haussant sur la pointe des pieds pour l'embrasser.

Dans les bras l'un de l'autre, ils se dévisagèrent quelques instants sans mot dire.

— Spence, murmura enfin Natasha. Cela représente beaucoup à mes yeux que tu aies voulu partager ce cadeau avec moi. Je suis très fière de toi et j'aimerais que nous fêtions cela ensemble.

— Alors invite-moi à dîner ce soir, suggéra-t-il avec une lueur de défi dans les yeux. Nous célébrerons dignement l'événement.

Le cœur emballé par cette promesse voilée, Natasha lui rendit son sourire.

— Marché conclu, murmura-t-elle.

9

Avec un sentiment de plénitude, Natasha regardait danser le long des murs les ombres portées des bougies qu'elle venait d'allumer. Tout était tranquille dans la chambre. Spencer dormait près d'elle. Poussant un petit soupir de bien-être, elle s'étira contre lui et posa la main sur son cœur.

Après l'amour, un silence complice s'était établi entre eux, troublé seulement par le vent qui s'était levé avec la nuit et rabattait contre les vitres une petite pluie glacée. L'hiver, précoce, se déchaînait, descendu des collines qui entouraient Shepherdstown, mais elle avait chaud, merveilleusement chaud, entre les bras de son amant.

Lovés l'un contre l'autre, ils savouraient le bonheur de laisser filer les heures, tout en sachant que, au matin, ils ne se réveilleraient pas seuls.

La veille au soir, Spencer était arrivé chez elle, une bouteille de champagne à la main, tout heureux de lui apprendre que Freddie passait la soirée et la nuit chez son amie Jo-Beth. Natasha avait encore en mémoire les échos de la musique qu'il lui avait jouée le matin même. Elle savait qu'elle se rappellerait chaque note, chaque accord, jusqu'à la fin de sa vie et que, chaque fois qu'elle entendrait une de ses œuvres, elle se remémorerait avec émotion ce merveilleux cadeau qu'il lui avait fait.

C'était un moment important dans la vie de Spencer. Comme un nouveau départ. Mais cette idée, dont elle se réjouissait pour lui, l'emplissait également d'une indéfinissable tristesse. Car un jour ou l'autre, sans aucun doute possible, la musique l'emporterait loin d'elle et de cette ville trop petite pour lui…

— Je suppose que tu comptes retourner à New York ?

Spencer redressa la tête pour déposer un baiser dans ses cheveux.

— Pourquoi demandes-tu cela ?

— L'inspiration est revenue. Tu composes de nouveau…

Sans peine, elle l'imaginait en smoking, au centre de tous les regards, dans une salle bruissante d'excitation, attendant les premières notes de sa première symphonie.

— Je n'ai pas besoin d'être à New York pour composer, répondit-il avec une moue assombrie. Et, même si c'était le cas, des raisons plus impératives me retiennent ici.

— Freddie ?

En lui caressant distraitement la hanche, Spencer hocha la tête.

— Oui, dit-il. Il y a Freddie. Et puis à présent il y a toi…

Dans un mouvement d'impatience, Natasha tira le drap sur leurs corps nus. Sans qu'elle pût rien faire pour l'en empêcher, son esprit continuait à vagabonder. Après le triomphe remporté par sa symphonie, elle imaginait sans peine Spencer, dans quelque club privé, dansant dans les bras d'une femme très belle et très sophistiquée.

— Le New York que tu as connu est sans doute fort différent de celui dans lequel j'ai grandi…

— J'imagine, en effet, répondit-il vaguement. Et toi ? Tu n'as jamais envie de retourner là-bas ?

— Pour y vivre, certainement pas ! s'exclama Natasha. Mais j'y retourne régulièrement pour voir ma famille.

Pourquoi fallait-il qu'elle se sente aussi nerveuse et intimidée alors que c'était le moment idéal pour aborder le sujet qui lui tenait tant à cœur ?

— Ma mère m'a appelée, ce matin.

— Ah oui ? dit Spencer. Les nouvelles sont bonnes ?

— Oui. Elle voulait simplement me rappeler que Thanksgiving approchait. Je n'y pensais plus… Tous les ans, nous nous retrouvons avec mes frères et sœur chez mes parents, pour un de ces repas de fête dont ma famille raffole. Je me demandais… Est-ce que tu comptes retourner chez toi, pour les vacances ?

— Chez moi ? Mais… c'est ici, chez moi ! protesta Spencer en riant.

— Ce n'est pas ce que je voulais dire… Pas de réunion de famille en vue ?

— En guise de famille, je n'ai que Freddie. Nina a pris l'habitude de délaisser New York pour la côte Ouest dès les premiers frimas.

Intriguée, Natasha se redressa sur un coude pour l'observer. Son visage demeurait impassible, mais il y avait dans son regard comme une détresse enfouie qui lui fendit le cœur.

— Et tes parents ? insista-t-elle. Tu ne m'en parles jamais. Je ne sais même pas s'ils sont encore en vie ni où ils habitent.

— Mes parents vivent dans un palace à Cannes.

En prononçant ces mots, Spencer se demanda si ce n'était pas plutôt à Monte-Carlo. Ou à Nice… Son indécision montrait à quel point ses parents étaient devenus des étrangers à ses yeux. Ce qui, finalement, semblait les arranger autant que lui…

Natasha, manifestement perplexe, secouait la tête sans paraître comprendre.

— Ils ne rentrent même pas pour les vacances ?

— Ils ne mettent jamais les pieds à New York en hiver.

— Oh, je vois…

En réalité, elle avait bien du mal à concevoir une telle indifférence. Chez les Stanislaski, l'idée de passer une année sans se voir était tout simplement inconcevable.

— Autrefois, poursuivit Spencer d'une voix égale, nous ne passions jamais Thanksgiving en famille. Ni aucune autre fête d'ailleurs… C'était pour mes parents l'occasion de rendre visite à des amis lointains, de partir en voyage.

La voyant de plus en plus perplexe, Spencer ne put s'empêcher de sourire. Comment aurait-elle réagi s'il lui avait avoué qu'il partageait plus de souvenirs d'enfance avec ses nounous qu'avec ses parents ?

— Quand j'ai épousé Angela, reprit-il, nous avons continué à vivre ainsi, nous aussi. A la moindre occasion, nous retrouvions des amis au restaurant, avant de nous rendre au spectacle.

— Mais…

— Mais quoi ? dit-il, l'encourageant ainsi à poursuivre.

— Lorsque Freddie est née…

— Rien n'a changé, murmura-t-il, le visage soudain rembruni.

Spencer se redressa contre les oreillers, croisa ses mains derrière sa nuque et s'abîma dans la contemplation du plafond. Plusieurs fois, il avait failli parler à Natasha de sa vie antérieure, de l'homme qu'il avait été, sans jamais parvenir à se décider. A présent, s'il voulait vraiment approfondir leur relation, il paraissait difficile de reculer encore.

— Il est temps que je te parle d'Angela…

A son tour, Natasha se redressa et le dévisagea longuement.

— Ce n'est pas nécessaire, répondit-elle en lui caressant la joue.

Elle l'avait invité à célébrer une renaissance, pas à évoquer pour elle de vieux fantômes…

Spencer secoua la tête avec un sourire lointain. D'un air décidé, il s'assit au bord du lit pour remplir leurs verres à la bouteille qu'ils avaient emportée avec eux dans la chambre.

— Tu te trompes, dit-il en lui tendant la flûte à champagne. Pour moi ça l'est…

— Je n'ai pas besoin d'explications, Spence.

— Mais si je te les donne quand même, tu les écouteras ?

— Oui, puisque cela semble important pour toi.

Après avoir pris le temps de rassembler ses idées, Spencer commença son récit d'un ton morne :

— J'avais vingt-cinq ans lorsque j'ai rencontré Angela. Ma carrière de compositeur était déjà bien lancée, et, pour être honnête, rien d'autre ne comptait pour moi à l'époque. J'avais passé ma jeunesse à voyager, à faire ce qui me plaisait, sans contrainte, à accumuler les succès sans le moindre effort. Je crois que personne ne m'a jamais dit : « Non, tu ne peux pas avoir ceci… tu ne peux pas faire cela… » Et, dès que j'ai aperçu Angela, j'ai tout de suite compris qu'elle serait ma femme.

Il fit une pause, pour siroter son verre à petites gorgées, le regard perdu dans ce lointain passé. A côté de lui, Natasha l'écoutait en regardant les fines bulles remonter à la surface.

— Je suppose que cette attirance était réciproque ?

Spencer hocha la tête avec un petit rire.

— Le problème, répondit-il, c'est qu'elle était attirée par moi de manière aussi superficielle que je l'étais par elle. J'aimais le luxe, la beauté, et elle était aussi magnifique et délicate qu'une poupée de porcelaine. Elle était assoiffée de prestige, de reconnaissance, et ma réputation l'intéressait bien plus que mon âme… Nous vivions dans les mêmes cercles, fréquentions les mêmes amis, aimions les mêmes livres, les mêmes musiques…

Mal à l'aise, Natasha fit passer son verre d'une main dans l'autre.

— C'est important, dans un couple, d'avoir des choses en commun.

— Mais cela ne suffit pas. Angela était aussi gâtée par la vie, aussi égocentrique et aussi ambitieuse que je l'étais moi-même. Mais à part cela, je ne pense pas que nous ayons jamais partagé grand-chose.

— Tu es trop dur avec toi-même.

— On voit que tu ne me connaissais pas à l'époque…

Et dans une certaine mesure, songea-t-il, il ne pouvait qu'en être soulagé.

— J'étais un insupportable jeune snob, précisa-t-il. Un richard écervelé, imbu de sa personne et persuadé que tout lui était dû.

— Arrête ! lança-t-elle vivement. Il n'y a que les riches pour se plaindre de l'être…

Surpris par la nuance d'agacement qu'il avait perçue dans le ton de sa voix, Spencer releva les yeux. Assise en tailleur sous le drap, les deux mains serrées autour de son verre, Natasha le considérait de ce regard fier et direct qui l'avait séduit dès leur première rencontre.

— Tu as raison, reconnut-il. Parfois, je me demande ce que ma vie serait devenue si j'avais eu la chance de faire ta connaissance avant de rencontrer Angela…

Avec un sourire songeur, il tendit la main pour enfouir quelques instants ses doigts dans ses cheveux et poursuivit :

— Quoi qu'il en soit, nous nous sommes mariés dans l'année qui a suivi notre rencontre, et lassés l'un de l'autre au bout de quelques mois.

— Pourquoi ?

— Parce que nous étions bien trop semblables, à l'époque, pour que ce mariage réussisse. Quand nos relations ont commencé à se détériorer, j'ai fait de mon mieux pour recoller les morceaux. Non pas parce que je tenais à Angela, mais parce que j'avais toujours tout réussi dans la vie, et que l'idée de l'échec m'était insupportable. En fait, ce n'était pas d'elle que j'étais amoureux, mais de son image, et de l'image que nous offrions au regard des autres tous les deux. A peine avais-je commencé à m'en apercevoir qu'il y avait d'autres considérations à prendre en compte.

— Freddie…

A présent totalement immergé dans la tristesse sans fond de cette période de sa vie, Spencer hocha machinalement la tête.

— Oui…, murmura-t-il. Freddie. Un soir, Angela est rentrée furieuse, livide. Je me rappelle parfaitement comment elle a traversé la pièce, jusqu'au bar, en laissant traîner son vison sur le sol derrière elle. Elle s'est servi un verre, l'a avalé d'un trait, avant de le lancer violemment contre le mur et de m'annoncer froidement qu'elle était enceinte.

La gorge soudain sèche, Natasha but une gorgée de champagne avant de demander :

— Comment as-tu réagi ?

— J'étais stupéfait. Anéanti. Sans même avoir besoin d'en parler, nous n'avions jamais envisagé la possibilité d'avoir un enfant. Nous étions nous-mêmes bien trop immatures pour cela. Mais Angela, à sa manière, avait déjà résolu le problème. Elle voulait aller au plus vite en Europe, dans une clinique privée, pour se faire avorter.

A ce simple mot, Natasha sentit son cœur se serrer.

— C'est ce que tu voulais, toi aussi ?

Ne sachant que dire, Spencer fit la grimace. Comme il aurait aimé pouvoir répondre par la négative !

— Au début, dit-il prudemment, je n'ai rien trouvé à y redire. Notre mariage allait à vau-l'eau, nous ne voulions pas d'enfant. Cela paraissait sensé. Mais bientôt, je ne sais trop pourquoi, j'ai changé d'avis. Peut-être parce que j'avais conscience qu'il s'agissait, une fois encore, d'une solution de facilité…

Se rendant compte qu'elle avait les poings serrés si fort que les jointures en étaient blanches, Natasha s'efforça de se détendre. Le récit de Spencer éveillait dans sa mémoire des échos douloureux. Le silence retomba entre eux quelques secondes, avant qu'elle ne demande d'une voix blanche :

— Finalement, qu'avez-vous fait ?

— J'ai posé un ultimatum à Angela. Soit elle acceptait de mettre l'enfant au monde et nous faisions tous deux les efforts nécessaires pour sauver notre mariage, soit elle se faisait avorter et je demandais le divorce, en m'arrangeant pour qu'elle n'ait jamais ce qu'elle considérait comme sa part de notre fortune.

Plongée dans ses propres souvenirs, Natasha garda le silence un long moment.

— Parfois, dit-elle enfin, les gens s'imaginent que l'arrivée d'un enfant suffit à résoudre tous les problèmes.

— Oui, approuva Spencer d'une voix amère. Et ils se trompent, comme je me trompais à l'époque. Quand Freddie est née, j'avais déjà pratiquement cessé de composer. A peine rentrée de la maternité, Angela s'est débarrassée du bébé en le fourrant dans les bras de Vera. Quant à moi, je ne valais guère mieux…

— Non ! s'indigna Natasha en se penchant pour lui saisir le poignet. Tu n'as pas le droit de dire cela. Je t'ai vu avec ta fille. Je sais à quel point tu l'aimes…

— Aujourd'hui, oui…

Spencer eut un petit sourire triste.

— Quand tu m'as accusé de ne pas mériter Freddie, reprit-il en cherchant son regard, tu ne pouvais viser plus juste…

Voyant qu'elle s'apprêtait à protester, il s'empressa de poursuivre :

— J'avais conclu un pacte avec Angela, et pendant plus d'une année je me suis efforcé de le respecter. Durant toute cette période, j'ai à peine vu ma fille. J'étais bien trop occupé à accompagner sa mère au théâtre ou au ballet, et à faire semblant devant tous nos amis d'être heureux avec elle… J'avais complètement cessé de travailler, mais je ne faisais rien d'autre. Jamais je n'ai donné son bain à Freddie quand elle était bébé, ni son biberon. Jamais je ne me suis relevé la nuit pour la consoler. Parfois, je me demandais ce qu'était ce bruit agaçant venu de la pièce voisine, avant de me rappeler, vaguement honteux, qu'il s'agissait des pleurs de notre fille.

Avec un long soupir, Spencer se pencha pour saisir la bouteille et remplit leurs verres.

— Il m'a fallu presque trois ans pour me ressaisir, reprit-il, les traits tirés. C'est un peu avant le troisième anniversaire de Freddie que je me suis rendu compte de ce que nous étions en train de faire, ma femme et moi. Et cela m'a rendu malade… Le bilan était catastrophique. Je n'avais plus de carrière, plus de mariage, plus de musique dans la tête. Mais j'avais un enfant, et je me suis dit qu'il était temps d'en assumer la responsabilité.

D'un trait, Spencer vida son verre, puis le contempla d'un air absent.

— Voilà tout ce qu'elle représentait pour moi, à l'époque : une responsabilité. Je suppose que c'était déjà mieux que de l'ignorer totalement… Jusqu'à ce qu'un jour j'arrive enfin à me laisser toucher par le regard de ma fille, à la voir comme un être humain, une petite personne à part entière. C'est là que je suis tombé définitivement sous le charme de cette enfant magnifique, sans parvenir à comprendre ce qui m'avait empêché si longtemps d'assumer mon rôle de père. La première fois que je me suis penché sur son lit pour la prendre dans mes bras, elle s'est mise à pleurer en appelant Vera…

Sans doute pour ne pas pleurer lui-même, Spencer salua d'un rire sans joie ce souvenir.

— Il a fallu plusieurs mois avant qu'elle se sente tout à fait à l'aise avec moi. Entre-temps, j'avais annoncé à Angela mon intention de divorcer et de garder l'enfant. Elle a accueilli la nouvelle sans broncher, elle a rassemblé ses affaires, et elle est partie en me souhaitant bonne chance. Pendant les quelques mois durant lesquels nos avocats se sont battus autour de la procédure de divorce, pas une fois elle n'est venue rendre visite à Freddie. Je ne savais même pas où la joindre… Puis la nouvelle de sa mort m'est parvenue, par la police — un accident de bateau en Méditerranée…

Spencer se tut. Il se sentit empli d'un sentiment de soulagement mêlé de honte et d'une profonde tristesse. Longtemps, par peur de relever les yeux et d'avoir à affronter le regard de Natasha, il s'absorba dans la contemplation du verre de cristal qu'il faisait rouler entre ses doigts.

— Parfois, conclut-il enfin, je tremble à l'idée que Freddie puisse se rappeler comment sa mère s'est comportée avec elle. Ou, pire encore, qu'elle puisse se rappeler comment *moi* je me suis conduit…

Natasha se rapprocha de Spencer et saisit son verre pour le poser près du sien sur la table de chevet. Puis, tendrement, elle prit son visage entre ses mains et l'obligea à la regarder.

— Les enfants pardonnent tout à leurs parents, dit-elle doucement. C'est d'autant plus facile pour eux quand ils sont aimés. Ce sera plus dur, beaucoup plus dur pour toi, de te pardonner. Pourtant tu dois le faire…

A ces mots, la certitude d'avoir été écouté, compris, aimé malgré tout emplit Spencer d'un sentiment de gratitude et de soulagement.

— Je crois que j'ai commencé à le faire…

— Laisse-moi te consoler, répondit-elle simplement.

Les mains entremêlées, ils s'agenouillèrent l'un en face de l'autre sur le lit. A présent que l'urgence de la passion s'était apaisée entre eux, leurs étreintes étaient plus lentes, plus douces, plus riches. Rêveusement, leurs lèvres se rencontrèrent pour un long baiser. Natasha s'étonnait d'être toujours aussi bouleversée par ce cocktail de saveurs subtiles qu'elle redécouvrait chaque fois sur les lèvres de Spencer. Elle avait tout le reste de la nuit pour lui montrer, de tout son cœur, avec toute sa tendresse, avec tout son désir, combien il était important pour elle, et à quel point l'homme qu'il était aujourd'hui était étranger à celui qu'il lui avait décrit.

L'enveloppant de ses bras, elle roula avec lui sur le lit.

Ce fut une odeur de café et de savon qui réveilla Natasha ce matin-là, ainsi que la douce sensation d'être embrassée dans le cou.

— Si tu ne te réveilles pas, murmura Spencer contre son oreille, je vais être obligé de venir te rejoindre dans le lit…

Poussant un gémissement de protestation, Natasha se pelotonna plus confortablement dans la tiédeur des oreillers. Avec un soupir dépité, Spencer jeta un long regard d'envie à ses épaules rondes et à ses seins fermes, que le drap en glissant venait de révéler.

— C'est très tentant, dit-il en les recouvrant de nouveau, mais je dois absolument être dans une heure à la maison…

— Mais pourquoi ? demanda Natasha d'une voix ensommeillée. Il est encore tôt.

— Il est 9 heures, dit-il en riant. Tu appelles cela tôt ?

Cette fois tout à fait réveillée, Natasha ouvrit des yeux ronds et se dressa sur son séant.

— 9 heures ? lança-t-elle, affolée. 9 heures du matin ? Comment est-ce possible ?

— Généralement, cela arrive une minute après 8 h 59…

D'un geste machinal, Natasha repoussa les cheveux qui lui encombraient les yeux et consulta la pendulette posée sur la table de chevet.

— Je crois que je n'ai jamais dormi aussi tard de ma vie, gémit-elle en s'asseyant au bord du lit.

Levant les yeux vers Spencer, qui l'observait avec une lueur de désir dans le regard, elle s'étonna :

— Tu es déjà habillé ?

— Hélas…, répondit-il avec un soupir. Je vais devoir y aller. Freddie rentre de chez Jo-Beth vers 10 heures. J'ai pris une douche en attendant que tu te réveilles.

Penché sur elle, il passa les doigts dans ses cheveux.

— J'ai failli te réveiller pour te demander si tu voulais la prendre avec moi, mais en te voyant dormir si paisiblement, je n'en ai pas eu le courage…

Lentement, ses lèvres s'approchèrent des siennes, pour un baiser léger qui avait le goût du café. Puis, avec un sourire rêveur, il précisa :

— C'est la première fois que je peux t'admirer dans ton sommeil.

A cette idée, Natasha sentit son pouls s'accélérer et la pointe de ses seins se dresser.

— N'empêche que tu aurais dû me réveiller, dit-elle en s'étirant.

Sans la quitter des yeux, Spencer tendit le bras pour récupérer sur la table de chevet la tasse fumante qu'il y avait posée et la lui offrit. Avant qu'elle ait eu le temps de porter la tasse à ses lèvres, il s'empressa de préciser :

— Méfiance, avec le café ! C'est la première fois que je me risque à en faire.

Du bout des lèvres, Natasha goûta le breuvage et grimaça.

— Tu aurais *vraiment* dû me réveiller…

Puis, songeant que son effort méritait d'être récompensé, elle but une autre gorgée.

— Tu as quand même le temps de déjeuner ? demanda-t-elle. Je vais te préparer quelque chose à manger… avec un peu de vrai café !

Dix minutes plus tard, dans une courte robe rouge qui lui seyait à ravir, Natasha faisait frire du bacon et des œufs. Spencer, attablé dans la cuisine à son côté, ne la lâchait pas du regard. Il aimait l'observer ainsi, les cheveux emmêlés, les yeux encore gonflés de sommeil. Avec la rapidité et la compétence d'une ménagère accomplie, elle s'activait entre la gazinière et le réfrigérateur, l'air concentré et le geste précis.

A l'extérieur, le ciel de novembre était lourd et une pluie fine frappait sans discontinuer les carreaux. Au-dessus de leurs têtes se faisaient entendre de temps à autre les pas des voisins, ainsi que le murmure assourdi de leur radio. Dans la poêle, le bacon grésillait. Près de l'évier, la cafetière électrique n'en finissait pas de gargouiller. Sous la fenêtre, le radiateur glougloutait par moments.

Amusé, Spencer songea qu'il lui faudrait un jour mettre en musique cette partition matinale. Une musique simple et rassurante. La musique du bonheur.

— Je crois que je pourrais facilement y prendre goût…

— A quoi ? demanda innocemment Natasha en glissant deux tranches de pain dans le toasteur.

— A me réveiller dans ton lit. Et à prendre mon petit déjeuner chaque matin avec toi.

Surpris, Spencer vit Natasha se renfrogner.

— J'ai encore dit ce qu'il ne fallait pas… n'est-ce pas ? maugréa-t-il.

Gardant le silence, la démarche raide et le visage neutre, elle vint lui servir une tasse de café. Mais, avant qu'elle ait eu le temps d'en revenir à ses fourneaux, il l'attrapa par le poignet.

Ignorant les battements précipités de son cœur, Natasha releva les yeux et s'efforça de soutenir l'intensité du regard que Spencer dardait sur elle.

— On ne commande pas à l'amour, Natasha. Je sais que tu voudrais éviter que l'inévitable se produise entre nous. Mais en réalité, ni toi ni moi n'avons le choix.

— On a toujours le choix, répondit-elle sèchement. Il est difficile parfois de distinguer les bons choix des mauvais, mais on a toujours le choix.

— En tout cas, en ce qui me concerne, j'ai choisi. Je t'aime, Natasha.

Spencer vit son visage s'adoucir. Quelque chose comme une espérance folle passa dans son regard, avant de disparaître aussitôt.

— Les œufs vont brûler…

Interloqué, il la regarda se hâter vers la cuisinière et serra les poings sur la table.

— Je t'annonce que je t'aime, dit-il d'un ton amer, et tout ce que tu trouves à répondre c'est que tes œufs sont en train de brûler…

Tout en remuant énergiquement le contenu de la poêle du bout de sa spatule, Natasha lança par-dessus son épaule :

— Je suis quelqu'un de très terre à terre, Spence. C'est comme ça que j'ai réussi à trouver ma voie dans l'existence.

Mais comment garder la tête sur les épaules, songeait-elle, quand quelques mots de lui suffisaient à ébranler toutes ses résolutions, à mettre son cœur sens dessus dessous ? Pour se donner le temps de se reprendre, elle prépara soigneusement leurs deux assiettes. Finalement, lorsqu'elle les déposa sur la table et vint s'asseoir en face de lui, elle avait retrouvé son aplomb et put soutenir son regard sans ciller.

— Spence, dit-elle d'une voix radoucie, comment peux-tu parler ainsi alors que nous nous connaissons à peine ?

Spencer parut sur le point de lui répondre, puis, se ravisant, il secoua la tête d'un air découragé, saisit sa fourchette et commença à manger sans un mot.

Natasha sentit son cœur se serrer. Ce qu'elle avait découvert dans ses yeux, avant qu'il ne les détourne, ressemblait bien plus à de la peine qu'à de la colère. Et pour rien au monde elle n'aurait voulu heurter ses sentiments.

— Il y a certaines choses…, murmura-t-elle à grand-peine, certaines choses à mon sujet que tu ignores, et que je ne me sens pas prête à te révéler.

— Cela n'a aucune importance ! lança Spencer. Rien ne pourra changer mes sentiments pour toi.

— Si, c'est important !

Avec un soupir, Natasha saisit sa fourchette et se mit à chipoter la nourriture dans son assiette.

— Il est évident… qu'il existe entre nous des liens très forts, reconnut-elle de mauvaise grâce. Mais l'amour… Il n'y a pas de sentiment plus beau. Si nous nous risquons à échanger ce mot… plus rien ne sera comme avant.

— Et alors ?

— Alors, je n'ai pas envie que ma vie soit bouleversée. Je t'ai dit dès le début qu'il ne pouvait y avoir entre nous ni promesses, ni plans d'avenir, ni serments. Je ne peux pas prendre ce risque, et je ne t'en voudrai pas… si tu préfères que nous en restions là.

Partagé entre la stupéfaction, la souffrance et la colère, Spencer reposa bruyamment sa fourchette et se leva pour aller se poster près de la fenêtre. La pluie continuait à tomber, avec acharnement, sur les dernières roses fanées du jardin. Avec une profonde tristesse, il comprit que Natasha ne lui faisait pas confiance — du moins pas encore suffisamment — malgré tout ce qu'ils avaient partagé. Là se situait le cœur du problème, et rien de ce qu'il pourrait dire ou faire ne pourrait y remédier.

— Tu sais bien que je ne pourrai plus vivre sans te voir, lança-t-il en se retournant vers elle. Tout comme je ne peux pas cesser de t'aimer.

Pour toute réponse, Natasha haussa les épaules et se leva pour commencer à débarrasser la table. Appuyé contre la fenêtre, Spencer la regarda faire en silence. De toute évidence, elle avait peur. Peur de lui, peur d'elle, peur de ce qui pourrait se passer entre eux. Parce qu'un idiot lui avait autrefois brisé le cœur, elle n'était plus prête à prendre le moindre risque. Puisqu'il en était ainsi, décida-t-il soudain, il attendrait. Un peu de temps, de patience et d'habileté suffirait sans doute à résoudre le problème. Du moins l'espérait-il…

Durant toute la première partie de sa vie, rien d'autre n'avait compté à ses yeux que sa musique. Au cours des dernières années, il avait fini par comprendre que le bonheur d'une enfant était infiniment plus important et précieux. Et pendant ces trois derniers mois, l'amour d'une femme — de cette femme-là — lui était apparu tout aussi essentiel. Puisque Freddie avait su l'attendre durant trois ans, il pouvait bien attendre Natasha quelques années encore, s'il le fallait…

— Ça te dirait d'aller au cinéma ?

Natasha, occupée à remplir le lave-vaisselle, se redressa et lui lança un regard étonné. Elle s'était attendue à tout — de la colère, des reproches, des cris —, mais certainement pas à cela.

— Pardon ?

Un sourire indulgent aux lèvres, les yeux brillants de malice et les bras croisés, Spencer la rejoignit près de l'évier.

— Je te demandais si tu aimerais aller voir un film. J'ai promis à Freddie de l'emmener au cinéma, cet après-midi. Elle serait folle de joie si tu nous accompagnais. Et moi aussi…

— Euh… Oui. J'aimerais beaucoup.

Natasha regarda Spencer attentivement, un sourire intrigué sur les lèvres.

— Tu n'es pas fâché contre moi ?

— Bien sûr que si ! répondit-il d'un air sévère. Je suis très fâché contre toi…

Mais le sourire qu'il lui rendit démentit aussitôt ses paroles.

— Tellement fâché, renchérit-il, que pour ta peine c'est toi qui paieras le pop-corn. Le modèle géant…

Soulagée de voir que toute tension semblait dissipée entre eux, Natasha fronça exagérément les sourcils.

— Je commence à voir clair dans ton jeu, Spencer Kimball, dit-elle d'un ton indigné. Tu veux me culpabiliser pour mieux me dépouiller…

— Tu as tout compris ! Comme cela, quand tu seras sur la paille, tu n'auras pas d'autre choix que de m'épouser…

Saisissant sur le plan de travail l'assiette à laquelle elle n'avait pratiquement pas touché, Spencer en désigna le contenu et s'étonna :

— Tu n'as pas mangé tes œufs ? Ils étaient fameux pourtant ! Juste grillés comme il faut, mais pas brûlés…

Avec un rugissement d'indignation, Natasha lui donna une tape sur l'avant-bras et lui prit l'assiette des mains.

— Puisque tu me lances une invitation, dit-elle d'une voix neutre, j'en ai une pour toi également. En fait, je voulais t'en parler hier soir, avant de… me laisser distraire.

— Cela t'arrive assez souvent…

Trouvant soudain très urgent d'achever le chargement du lave-vaisselle, Natasha se pencha pour se remettre à la tâche et poursuivit :

— Quand ma mère m'a téléphoné hier à propos de Thanksgiving, elle m'a demandé, comme elle le fait tous les ans, si je viendrais avec un ami.

Sans cesser de s'activer, Natasha marqua une pause. Mais devant l'absence de réaction de Spencer, elle reprit :

— J'ai pensé que tu pourrais peut-être m'accompagner… avec Freddie. Mais tu as sans doute prévu autre chose.

Un sourire de satisfaction s'épanouit sur les lèvres de Spencer. Songeant que l'attente serait peut-être moins longue qu'il ne l'avait craint, il dit d'une voix moqueuse :

— En somme, tu m'invites chez tes parents pour me présenter à ta famille à l'occasion de Thanksgiving…

— C'est ma mère qui t'invite, dit-elle sèchement. Elle prépare toujours beaucoup trop de nourriture. De plus, mon père et elle adorent recevoir. Alors, quand elle m'en a parlé, j'ai tout de suite pensé à vous deux…

— Ravi de constater que tu penses à nous !

— Ce n'est rien…

Agacée, Natasha se détourna et prit une éponge. Pourquoi diable fallait-il qu'il lui rende les choses si difficiles ? Après tout, ce n'était rien de plus qu'une invitation…

— J'avais l'intention de prendre le train mercredi soir après le travail, expliqua-t-elle pour masquer son trouble. Je me disais que vous pourriez être du voyage, tous les deux.

Avec une innocence feinte, Spencer leva le doigt et demanda :

— Est-ce que nous aurons du bortsch au menu ?

Malgré elle, Natasha sourit.

— Je pourrais en faire la demande.

Puis, avisant le sourire narquois qui ne quittait plus les lèvres de Spencer, elle s'approcha de lui et plongea son regard dans le sien.

— Spence, dit-elle en fronçant les sourcils, je ne voudrais pas que tu te fasses des idées fausses. Il s'agit juste d'une invitation… amicale.

Sur un ton de vertueuse indignation, il s'écria :

— Mais bien sûr !

Peu convaincue, Natasha crut bon d'insister.

— Le fait que je t'invite à m'accompagner chez mes parents ne signifie pas que…

Elle fronça les sourcils, faisant un effort visible pour trouver le mot exact.

— … que je veux te présenter à eux… ni que je recherche leur approbation.

— Tu veux dire, intervint Spencer avec un sourire amusé, que ton père ne va pas me prendre à part dans son bureau pour me demander d'un air sévère quelles sont mes intentions à ton égard ?

— Il n'a pas de bureau.

Puis, se laissant gagner par l'ironie de la situation, Natasha entoura de ses bras la taille de Spencer et ajouta :

— Mais je ne peux pas te garantir qu'il ne va pas t'examiner sous toutes les coutures, l'air de rien…

— Je promets de bien me tenir !

— Ce qui veut dire que tu acceptes ?

Spencer prit entre ses mains le visage de Natasha et déposa solennellement un baiser sur son front.

— Evidemment ! Pour rien au monde je ne voudrais rater ça…

10

Pelotonnée à l'arrière de la voiture, sa couverture fétiche remontée jusqu'au menton et sa poupée de chiffon bien serrée dans ses bras, Freddie gardait les yeux fermés. Depuis un bon moment déjà, elle faisait semblant de dormir, plongée dans ses rêves éveillés. Pour entretenir l'illusion, il lui arrivait même, de temps à autre, de ronfler… La route était longue de la Virginie-Occidentale à New York. Pourtant, elle était bien trop excitée pour avoir le temps de s'ennuyer.

Une musique douce emplissait l'habitacle. En digne fille de son père, Freddie avait tout de suite reconnu Mozart. Elle aimait bien cette mélodie, mais elle préférait tout de même les chansons. Ils avaient déjà fait une halte à Manhattan, pour déposer Vera qui allait passer quelques jours chez sa sœur. A présent, son père conduisait en silence, dans un flot de voitures pressées, en direction de Brooklyn.

Freddie était encore un peu déçue de ne pas avoir pris le train pour venir, mais elle se consolait en appréciant le confort douillet de la grande et puissante voiture de son père. Elle avait l'impression d'être dans un cocon protecteur… Bercée par la conversation décousue des deux adultes à l'avant, elle se laissait emporter en toute confiance. Elle ne prêtait aucune attention à ce qui se disait. Le bruit seul de leur voix suffisait à son bonheur.

L'idée de rencontrer les parents de Nat, ainsi que tous ses frères et sœur, de partager avec eux un dîner où l'on mangerait une énorme dinde, la rendait folle de joie. Freddie n'aimait pas trop la dinde, mais Natasha lui avait assuré qu'il y aurait beaucoup d'autres choses qui lui plairaient. De toute façon, même si ce n'était pas le cas, elle était fermement décidée à être polie et à terminer son assiette. Jo-Beth lui avait expliqué que sa grand-mère était fâchée quand elle ne finissait pas ses légumes. Aussi ne voulait-elle prendre aucun risque de ce genre avec la maman de Nat…

Freddie regardait danser les lumières sur ses paupières closes. Elle sourit en entendant Natasha rire gaiement à l'une des plaisanteries de son père. Dans sa tête à elle, ils formaient déjà une vraie famille… Et son imagination avait depuis longtemps déjà transformé sa poupée de chiffon en une petite sœur bien vivante qu'elle serrait avec amour dans ses bras tandis qu'ils roulaient vers la maison de ceux qu'elle appelait déjà en secret ses grands-parents.

Le bébé s'appelait Katie. C'est elle qui avait choisi son prénom… Katie avait des cheveux noirs, épais et bouclés, comme ceux de Nat. Chaque fois que le nourrisson pleurait, Freddie était la seule à pouvoir le consoler. A tel point que ses parents avaient installé son beau berceau tout blanc dans la chambre de sa grande sœur… Parfois, elle se relevait la nuit pour vérifier que le bébé était bien recouvert de sa couverture rose. Elle savait qu'à cet âge on attrapait rapidement froid.

Toute à son rêve, Freddie sourit aux anges et serra plus fort sa poupée dans ses bras. « Nous serons bientôt chez grand-mère… », lui murmura-t-elle à l'oreille. L'ennui, réalisa-t-elle avec une soudaine inquiétude, c'est qu'elle n'était pas sûre que ceux qu'elle appelait ses grands-parents allaient l'aimer.

Elle savait depuis longtemps que tous les adultes n'aimaient pas les enfants. Peut-être les parents de Natasha auraient-ils préféré qu'elle ne vienne pas ? Peut-être l'obligeraient-ils à rester tout le temps assise sur sa chaise, les mains posées sur la table ? Tante Nina disait que les jeunes filles sages devaient se comporter ainsi. Freddie détestait être une jeune fille sage… Mais, s'il le fallait, elle était prête à rester assise pendant des heures, sans parler trop fort et sans interrompre personne, et surtout sans courir partout dans la maison.

Si par malheur elle cassait quelque chose, ils risquaient même de crier sur elle… Comme quand le frère de Jo-Beth avait pris un des clubs de golf de son père et l'avait envoyé sans le faire exprès dans le carreau de la cuisine. Si elle ne se comportait pas comme une jeune fille sage et qu'elle cassait quelque chose, Natasha n'épouserait pas son papa et ne viendrait pas vivre avec eux. Alors, il n'y aurait plus d'espoir d'avoir un jour une mère et une petite sœur, et son père cesserait de jouer du piano la nuit, comme il avait recommencé à le faire…

— Tourne à droite au carrefour…

Chaque fois qu'elle venait en visite, c'était la même chose. Il suffisait à Natasha de reconnaître les lieux où elle avait grandi pour sentir ses yeux s'embuer et une masse de souvenirs la submerger.

— C'est un peu plus loin à gauche, dit-elle à Spencer. Tu devrais pouvoir trouver à te garer là…

Toutes les places de parking étaient prises, sauf une, derrière l'antique pick-up de son père. Apparemment, il avait suffi que les Stanislaski disent aux voisins que leur fille arrivait avec des amis pour que ces derniers se montrent coopératifs.

Dans la rue, il en allait ainsi, depuis toujours. Les Poffenberger, d'un côté de la maison de ses parents, les Anderson, de l'autre, avaient toujours été leurs voisins. La solidarité régnait dans toute la rue. Quand un problème de garde se posait, on pouvait toujours compter sur l'un ou l'autre. Les enfants partageaient tout, joies et peines aussi bien que bagarres et amourettes. Et, bien entendu, d'une maison à l'autre les commérages allaient bon train…

Mikhail était sorti quelque temps avec l'aînée des Anderson, avant de devenir témoin à son mariage. Les parents de Natasha étaient parrain et marraine d'un des enfants Poffenberger. Peut-être était-ce pour cette raison que Natasha avait choisi, quand il lui avait fallu trouver l'endroit propice à un nouveau départ, une petite ville qui lui faisait penser à son quartier d'origine. Non par l'apparence ou le style de vie, mais par l'ambiance et les liens qui pouvaient s'y nouer.

— A quoi penses-tu ? demanda Spencer en serrant le frein à main à côté d'elle.

Natasha tourna la tête pour lui sourire.

— Au bon vieux temps… Cela fait du bien de retrouver la maison.

Elle ouvrit la portière et descendit sur le trottoir. A New York, il semblait faire plus froid encore qu'à Shepherdstown et la température hivernale la fit frissonner. Pendant que Spencer s'occupait des bagages, elle ouvrit la portière de Freddie et se pencha sur elle.

— Tu dors ? murmura-t-elle contre son oreille.

— Non, répondit la fillette en ouvrant immédiatement les yeux.

— Nous y sommes. Il est temps de descendre…

Freddie déglutit péniblement et serra sa poupée contre elle.

— Nat, gémit-elle en ouvrant de grands yeux apeurés, et si tes parents ne m'aimaient pas ?

Natasha sentit son cœur se serrer et entreprit de remettre un peu d'ordre dans les cheveux de la fillette. Avec le passé qui était le sien, sans doute Freddie se poserait-elle longtemps encore ce genre de questions…

— Et si c'était l'inverse ? suggéra-t-elle. Si c'était toi qui ne les aimais pas ?

Songeuse, Freddie sembla y réfléchir et s'essuya le nez d'un revers de main, avant que Natasha ait eu le temps de lui tendre un mouchoir.

— Est-ce qu'ils sont gentils ?

Natasha hocha la tête d'un air convaincu.

— A mon avis, ils le sont. Mais le meilleur moyen de te faire ta propre opinion, c'est encore d'aller les voir, tu ne crois pas ?

Après y avoir réfléchi un court instant, Freddie opina du chef et se décida à descendre. Pendant que Natasha l'aidait à enfiler son manteau, Spencer, lourdement chargé de bagages derrière elles, s'impatienta :

— Vous ne croyez pas que le moment est plutôt mal choisi pour papoter ? Quel est le problème ?

Avec un clin d'œil appuyé à Freddie, Natasha lui prit la main et devança Spencer sur le perron.

— Tu ne peux pas comprendre, répondit-elle, l'air mystérieux. Secrets de filles…

Ce qui fit immédiatement glousser Freddie de joie.

— Génial, maugréa Spencer en leur emboîtant le pas. J'adore poireauter dans le froid avec cinquante kilos de bagages sur les bras… Qu'est-ce que tu as mis là-dedans ? Des briques ?

— Juste quelques-unes… Mais, à part ça, le strict nécessaire.

Amusée, Natasha se retourna pour le faire taire d'un baiser. A cet instant précis, la porte d'entrée s'ouvrit.

— Eh bien, eh bien ! lança sur un ton enjoué Nadia Stanislaski qui venait d'apparaître sur le seuil. Je vois que j'arrive au bon moment !

— Maman !

Lâchant la main de Freddie, Natasha grimpa en toute hâte les dernières marches pour se jeter dans les bras de sa mère. Elle reconnut avec délice la douce odeur de talc et de muscade qui émanait d'elle, et trouva infiniment réconfortant le contact de son corps robuste contre le sien. A ses yeux, son visage conservait la beauté sensuelle qu'elle lui avait toujours connue, même si le temps, le rire et les soucis y laissaient leurs traces indélébiles année après année.

Après avoir murmuré quelques paroles tendres en ukrainien, Nadia rompit leur étreinte pour l'embrasser vigoureusement sur les deux joues.

— Entre donc, dit-elle en l'entraînant à l'intérieur. Ne laissons pas nos invités dans le froid.

Ce fut alors que le père de Natasha déboucha dans le hall. Avec un rire tonitruant, il la prit dans ses bras et la fit tournoyer autour de lui, comme il le faisait déjà quand elle avait dix ans, et comme il continuerait sans doute à le faire tant qu'il en aurait la force. Yuri Stanislaski n'était pas très grand, mais les manches relevées de sa chemise de travailleur révélaient les bras étonnamment musclés et bronzés d'un homme qui avait passé la majeure partie de sa vie sur les chantiers.

Après l'avoir reposée sur le sol, il prit son visage entre ses mains et déposa sans façon sur ses lèvres un solide baiser « à la russe ».

— Aucune éducation, soupira Nadia en refermant la porte. Yuri, au cas où tu l'aurais oublié, nous avons des invités…

Se tournant vers Spencer, le père de Natasha lui saisit la main et la serra longuement dans la sienne.

— Hello ! lança-t-il gaiement. Bienvenue chez nous…

En faisant les présentations, Natasha nota que Freddie, intimidée, avait glissé sa main dans celle de son père.

— Maman, papa, je vous présente Spencer et Freddie Kimball.

Nadia, parce que c'était dans sa nature, mais aussi sans doute parce qu'elle avait noté la nervosité de la petite fille, les embrassa tous deux chaleureusement sur les joues.

— Nous sommes ravis de faire votre connaissance, dit-elle. Et encore plus de vous recevoir chez nous. Je vais prendre vos manteaux, et vous allez entrer et vous asseoir. Vous devez être fatigués par ce long voyage…

— Nous apprécions beaucoup votre hospitalité, dit Spencer en se déshabillant et en aidant sa fille à le faire.

Puis, voyant que la timidité de Freddie persistait, il la prit par la main et l'entraîna dans le living-room.

Il régnait chez les Stanislaski une ambiance familiale et chaleureuse. Des napperons de dentelle ornaient les dossiers des chaises et des fauteuils. Des coussins brodés, manifestement faits maison, s'empilaient sur le divan. Dans la chaude lumière des lampadaires, le bois sculpté brillait d'avoir été vigoureusement poli. Des photos de famille encadrées voisinaient sur tous les meubles avec des plantes en pots et d'innombrables bibelots.

Soudain, le bruit d'une respiration sifflante attira l'attention de Spencer vers un coin de la pièce. Dans un panier garni d'une couverture, un vieux chien gris se mit à battre de la queue dès qu'il aperçut Natasha. Avec un effort manifeste pour se redresser, il vint vers eux en poussant de petits gémissements de joie.

— Sacha !

Natasha s'accroupit près de l'animal et enfouit affectueusement son visage dans sa fourrure. Lorsqu'il se fit un devoir de lui lécher le nez, elle le repoussa doucement et se mit à rire.

— Sacha est un très vieux chien, expliqua-t-elle en levant les yeux vers Freddie. Tout ce qui l'intéresse à présent, c'est de faire des câlins, de manger et de dormir.

— A l'occasion, intervint Yuri, il aime aussi boire de la vodka. D'ailleurs, pour fêter votre arrivée, nous allons tous en boire un peu.

Du bout de l'index, le père de Natasha caressa le nez de Freddie et ajouta :

— Sauf toi, bien sûr... Toi, tu boiras bien un peu de champagne, pas vrai ?

Freddie pouffa de rire derrière sa main, avant de se reprendre en se mordant les lèvres.

Yuri Stanislaski ne ressemblait pas vraiment à l'image qu'elle s'était faite d'un grand-père. Contrairement à ce qu'elle avait imaginé, il n'avait ni cheveux blancs ni gros ventre. En fait, ses cheveux étaient noirs et blancs en même temps, et il n'avait pas de ventre du tout. Il parlait drôlement, avec une voix grave qui roulait et faisait un peu peur. Mais il sentait bon la cerise, et son sourire était gentil.

Levant les yeux vers lui d'un air intrigué, elle demanda :

— C'est quoi, la vodka ?

— Une tradition russe ! répondit-il dans un grand rire. C'est une boisson — comme le whisky — que nous fabriquons à base de grains…

Freddie fronça le nez.

— Ça n'a pas l'air très bon…

De nouveau, elle se mordit la lèvre inférieure. Puis, voyant Yuri se mettre à rire de plus belle, elle se risqua à un sourire timide.

— Ne fais pas attention à lui ! lança Nadia en assenant à son mari un coup de coude dans les côtes. Natasha t'expliquera que son papa ne peut pas résister au plaisir de taquiner les petites filles.

Avec un clin d'œil complice, elle vint s'accroupir face à elle et chuchota :

— Je crois que c'est parce qu'il est resté un petit garçon au fond de son cœur. Dis-moi… tu ne préférerais pas plutôt un bon chocolat chaud ?

Freddie se sentait tiraillée entre la sécurité de la main de son père et l'attrait d'une de ses gourmandises favorites. Nadia lui souriait. Pas avec ce sourire hypocrite que les adultes ont parfois quand ils parlent aux enfants, mais avec un beau sourire sincère et joyeux. De ceux qui donnent confiance… Tout à fait comme celui de Nat.

— Si, madame, répondit-elle poliment. Merci…

Avec un hochement de tête approbateur, Nadia se redressa et lui tendit la main.

— Tu veux venir avec moi dans la cuisine ? Je vais t'apprendre à faire un bon chocolat, crémeux et sucré, avec des marshmallows gros comme des icebergs…

Toute timidité oubliée, Freddie lâcha la main de Spencer pour saisir celle qu'elle lui tendait.

— J'ai deux chats, dit-elle fièrement en la suivant. Et, pour mon anniversaire, j'ai eu la varicelle…

Lorsqu'elles eurent toutes deux disparu dans le couloir, Yuri désigna le divan à ses invités.

— Asseyez-vous… Je vais nous servir à boire.

Natasha se laissa glisser dans l'empilement de coussins brodés et poussa un soupir de contentement.

— Où sont Rachel et Alex ? demanda-t-elle, tandis que Spencer prenait place à son côté.

— Alex a invité sa nouvelle petite amie au cinéma.

Sortant un mystérieux flacon et trois petits verres d'un meuble bas, Yuri fit rouler ses yeux bruns et brillants et ajouta :

— Très jolie, sa petite amie… Quant à Rachel, elle est à une conférence donnée à son université par un grand avocat de Washington.

— Et comment va Mikhail ?

— Mikhail est très occupé. Depuis qu'il a rompu avec Gina, il sculpte à tour de bras…

Après avoir achevé de remplir les verres sur la table basse, Yuri s'installa dans un fauteuil, posa les coudes sur ses genoux et se tourna vers Spencer.

— Ainsi, dit-il d'un air curieux, vous enseignez la musique…

— Exactement. D'ailleurs, Natasha est une de mes meilleures étudiantes.

Sans le quitter des yeux, Yuri prit son verre, se cala dans son fauteuil, et avala sa vodka d'un trait, avec une satisfaction évidente.

— Ça ne m'étonne pas, reprit-il avec un regard empli de fierté. Très intelligente, ma Natasha…

Pendant que Spencer, imitant son hôte, vidait à son tour son verre cul sec, Yuri le soumit à un examen attentif et bien plus indiscret que ce que Natasha avait espéré. Les yeux pétillant de malice, il agita une de ses larges mains devant lui et conclut :

— Et vous êtes… bons amis.

— Oui, répondit Natasha en prenant les devants. Nous sommes bons amis. Depuis peu… Spence vivait avec Freddie à New York avant de venir s'installer à Shepherdstown à la fin de l'été.

— Voyez-vous ça ! s'exclama Yuri. Quand le destin s'en mêle…

Sous l'œil réprobateur de Natasha, qui commençait à bouillir, Spencer semblait beaucoup s'amuser.

— Vous avez mille fois raison ! approuva-t-il vigoureusement. J'aime penser que le destin n'est pas pour rien dans notre rencontre. Justement j'avais une petite fille, et Nat, un très beau et très tentant magasin de jouets. Et comme si cela ne suffisait pas, il a fallu en plus qu'elle s'inscrive sans le savoir à l'un de mes cours… Il lui devenait ainsi très difficile de m'éviter. Même si elle est particulièrement têtue.

— Elle *est* têtue, reconnut Yuri d'un air faussement peiné. Ma femme l'est aussi. Moi, je suis d'un tempérament très arrangeant…

Natasha émit un grognement indigné, ce qui n'empêcha nullement son père de conclure :

— Il n'y a que des femmes têtues et indisciplinées dans ma famille. C'est ma croix…

Se penchant vers lui, Spencer lui adressa un sourire réconfortant.

— Un de ces jours, dit-il, j'espère être suffisamment chanceux pour pouvoir dire la même chose… Lorsque j'aurai réussi à convaincre votre fille de m'épouser.

Ignorant le sourire triomphant de ces deux hommes qui s'entendaient déjà comme larrons en foire, Natasha se redressa d'un bond et marcha d'un pas très digne vers la cuisine.

— Puisque la vodka vous monte si vite à la tête, lança-t-elle par-dessus son épaule, je vais voir si maman a encore du chocolat chaud pour moi…

Dès qu'elle eut disparu, Yuri tapota amicalement le genou de Spencer. Puis, saisissant la fiole de vodka sur la table, il les resservit généreusement.

— Laissons le chocolat à ces dames…

*
* *

Natasha s'éveilla aux premières lueurs de l'aube. Freddie était paisiblement endormie entre ses bras, dans le lit de son enfance. Encore ensommeillée, elle laissa son regard errer à travers la pièce. Dans cette chambre, sa sœur et elle avaient passé d'innombrables heures à rire, à parler, à jouer ou à se disputer. Le papier peint, à motif de roses depuis longtemps fanées, était toujours resté le même. Chaque fois que leur mère avait affiché des velléités de le changer, les deux sœurs s'y étaient opposées. A leurs yeux, il n'y avait rien de plus réconfortant que de s'éveiller entre les murs qui les avaient abritées de l'enfance à l'âge adulte.

Tournant la tête sur le côté, Natasha aperçut les cheveux noirs de sa sœur répandus sur l'oreiller du lit voisin. La veille, elle était rentrée un peu après minuit, enthousiasmée par sa conférence, riant et posant mille questions. Natasha eut un sourire attendri. Comme à son habitude, Rachel avait repoussé son drap et ses couvertures pendant son sommeil. Depuis toujours, elle déployait plus d'énergie en dormant que n'en fournissent bien des gens au cours d'une journée.

Avant de repousser Freddie hors de ses bras avec un luxe de précautions, Natasha lui embrassa les cheveux. Sans s'éveiller, la petite fille se retourna et se nicha dans l'oreiller avec un petit bruit de bouche. Prise d'un soudain vertige en se redressant, Natasha s'assit prudemment au bord du lit avant de se lever pour prendre ses vêtements. Assurément, quatre heures de sommeil auraient suffi à saper l'équilibre de n'importe qui…

Au rez-de-chaussée, l'arôme et le bruit du café en train de passer l'accueillirent, sans éveiller en elle autre chose qu'une vague nausée. S'efforçant de ne pas y penser, Natasha gagna la cuisine, où elle trouva sa mère déjà fort affairée à rouler une pâte à tarte.

— Maman ! protesta-t-elle d'une voix ensommeillée. Il est bien trop tôt pour cuisiner…

Nadia tendit sa joue vers elle pour un baiser.

— Le jour de Thanksgiving, répondit-elle, il n'est jamais trop tôt pour cuisiner. Tu veux du café ?

Avec une grimace, Natasha porta la main à son estomac.

— Non, merci. Je suppose que ce tas de couvertures sur le divan doit être Alex…

— Il est rentré très tard.

Nadia fronça les sourcils en signe de réprobation, puis haussa les épaules avec fatalisme.

— Bah ! C'est un homme, à présent…

— Il va falloir t'y faire, maman. Tes enfants sont devenus grands… Et tu peux être fière de les avoir si bien élevés.

— Pas si bien que ça, grogna-t-elle. Sinon Alex ne laisserait pas traîner ses chaussettes !

Mais bien plus attendrie que fâchée, Nadia se prit à sourire, espérant secrètement que son plus jeune fils ne la priverait pas de sitôt de ce dernier vestige de responsabilité maternelle…

— Est-ce que papa et Spence ont veillé tard ? s'enquit Natasha.

Tout en fronçant dans une tourtière un cercle de pâte, Nadia hocha la tête.

— Ton père aime bien parler avec ton ami. C'est quelqu'un de bien. Et il est très séduisant…

— C'est vrai.

— Il a un bon travail, renchérit Nadia en guettant à la dérobée les réactions de sa fille aînée. Il a le sens des responsabilités. Et, visiblement, il adore Freddie…

— Oui.

— Alors pourquoi ne veux-tu pas l'épouser, puisqu'il ne demande que ça ?

Natasha avait eu beau s'y attendre, elle ne put réprimer un soupir.

— Maman… Il y a un tas d'hommes intelligents, séduisants et responsables sur cette terre. Dois-je pour autant tous les épouser ?

— Il n'y en a pas tant que tu le crois…

Avec un sourire rusé, Nadia posa la question qui lui brûlait les lèvres.

— Tu ne l'aimes pas ?

Seul le silence lui répondit. Son sourire s'élargit.

— Ah, tu vois ! dit-elle simplement.

— Maman, je t'en prie, ne commence pas ! s'impatienta Natasha. Spence et moi ne nous connaissons que depuis quelques mois. Il y a un tas de choses qu'il ignore.

— Eh bien, dis-lui ces choses…

— Je ne m'en sens pas capable. Pas encore.

Nadia posa son rouleau sur la table, prit entre ses mains enfarinées le visage de sa fille et plongea son regard dans le sien.

— Il n'est pas comme l'autre ! dit-elle en détachant soigneusement chaque syllabe.

— Je sais, mais…

Nadia émit un claquement de langue agacé et la fit taire en lui posant l'index sur les lèvres.

— T'accrocher au passé ne servira qu'à te rendre malade. Crois-en ta vieille maman : cet homme est incapable de la moindre méchanceté. Tu dois lui faire confiance…

— Je le voudrais bien !

Affectueusement, Natasha attira sa mère dans ses bras et posa la joue contre son épaule.

— Je sais que je l'aime, maman. Mais cela me fait encore peur. Et le passé me fait toujours mal…

Avec un long soupir, elle se redressa et annonça :

— Je dois emprunter le pick-up de papa.

Nadia hocha la tête, sans lui demander ce qu'elle comptait en faire. Elle ne le savait que trop.

— Veux-tu que je vienne avec toi ?

Natasha secoua la tête, déposa un baiser sur le front de sa mère, puis s'éloigna d'un pas traînant.

***

Après avoir descendu l'escalier au radar, Spencer échangea dans le living-room un regard de sympathie avec le vieux chien gris. La veille, le maître de maison s'était montré particulièrement généreux avec sa vodka. Et le brave animal en avait eu sa part…

Depuis qu'il s'était risqué à ouvrir un œil, Spencer avait l'impression qu'une escouade de marteaux-piqueurs sévissait sous son crâne. A l'odeur, il se laissa guider jusqu'à la cuisine, d'où s'échappaient d'alléchants effluves de pâtisserie et — Dieu merci — de café.

En le voyant entrer, Nadia éclata de rire et interrompit sa tâche en cours.

— Asseyez-vous là, lui ordonna-t-elle en désignant la table. Je vais m'occuper de votre petit déjeuner.

Comme un naufragé s'accroche à sa bouée, Spencer agrippa le bol de café fumant qu'elle lui tendait.

— Merci…

Sans plus s'occuper de lui, la mère de Natasha alla mettre une poêle à chauffer et lança par-dessus son épaule :

— Je sais reconnaître un homme qui a trop bu… C'est la faute de Yuri, n'est-ce pas ?

— Pas du tout, assura-t-il. Je me rappelle que, sur la fin, il me laissait me servir tout seul. Oh, Seigneur !

Grimaçant de douleur, Spencer ouvrit d'une main tremblante le flacon d'aspirine qu'elle avait posé sur la table à côté de lui et avala deux cachets avec une gorgée de café.

— Merci mille fois, madame Stanislaski…

— Nadia. Les hommes qui se soûlent sous mon toit m'appellent Nadia…

— Je ne me rappelle pas m'être senti aussi mal depuis que j'étais étudiant. Ce que je ne comprends pas, c'est comment j'ai pu un jour trouver ça drôle. D'où vient cette bonne odeur ?

Avec un sourire entendu, Nadia posa dans la poêle grésillante deux énormes saucisses.

— Je crois que vous allez aimer ma pâtisserie. Vous avez fait la connaissance d'Alex, cette nuit ?

— Oui.

Elle remplit de nouveau son bol, et Spencer ne fit rien pour l'en empêcher.

— Merci, dit-il. On en a même profité pour boire encore un peu plus… Vous avez une belle famille, Nadia.

— J'en suis très fière, dit-elle en se reculant pour remuer la poêle. Mais ils me rendent folle… Vous savez ce que c'est. Vous avez une fille.

Songeur, Spencer hocha la tête. En silence, il la regarda travailler quelques minutes, certain de savoir à quoi ressemblerait Natasha trente ans plus tard.

— Natasha est celle qui s'est le plus éloignée de nous, reprit Nadia comme si elle avait pu suivre le cours de ses pensées. Alors c'est pour elle que je m'inquiète le plus.

— Votre fille est très forte.

Occupée à casser des œufs dans la poêle, elle hocha la tête et demanda :

— Etes-vous patient, Spence ?

— Je le pense.

— Parfois, ce peut être un défaut. Ne soyez pas trop patient…

Sous le regard intrigué de Nadia, il faillit s'étrangler avec son café.

— Qu'est-ce qui vous fait rire ?

— Ce que vous venez de dire, expliqua-t-il en s'essuyant la bouche. Savez-vous que votre fille m'a donné exactement le même conseil il y a quelque temps…

Amusée, Nadia enclencha le toasteur, dans lequel elle venait de déposer deux tartines. Au bruit de la porte qui s'ouvrait lentement, Spencer et elle se retournèrent pour découvrir sur le seuil Alex, à demi nu, pâle et défait :

— Café…, gémit-il. Où est le café ?

*
* *

La première neige de l'hiver était en train de tomber. Elle se répandait dans l'air glacé en fines volutes blanches, dispersées par le vent, fondues bien avant de toucher le sol. Natasha leva le nez vers le ciel, songeant qu'il était bien dommage que, sur cette terre, les choses les plus belles ne soient pas faites pour durer.

Elle se tenait debout, seule, luttant contre un vent glacial dont elle ne sentait pas la morsure. C'est à l'intérieur d'elle-même qu'elle avait froid… Elle ne savait plus depuis combien de temps elle était là. Quelques minutes ou quelques heures… La lumière du jour était chiche, le ciel semblait un océan gris pâle qui avait perdu cependant son aspect lugubre, depuis que s'y démenaient les flocons de neige. Elle n'avait pas apporté de fleurs. Elle ne le faisait jamais. Elles auraient semblé trop tristes sur une tombe aussi petite.

Rose… Les yeux fermés, Natasha s'autorisa pour une fois à laisser monter en elle les sensations enfouies que lui procurait le souvenir émouvant de son bébé, si petit au creux de son bras… L'ineffable bonheur qui l'emplissait lorsqu'elle sentait cette vie fragile, et pourtant si robuste, lovée contre elle. Rose… Sa petite fille aux yeux bleus, aux mains potelées… Elle était aussi fraîche et jolie que la fleur qui lui avait donné son nom. Et, comme les roses, elle n'avait vécu qu'un temps trop bref. Beaucoup trop bref.

Natasha la voyait encore, petite, rouge et fripée, lorsque l'infirmière la lui avait montrée, la première fois. Elle avait l'impression de sentir encore sa présence chérie quand elle avait cherché son sein, l'avait trouvé, et s'y était accrochée de sa vorace petite bouche assoiffée de vie. Elle se rappelait parfaitement l'odeur toute particulière, la douceur incroyable de sa peau. Elle se rappelait les moments exquis qu'elle passait dans le rocking-chair, parfois tard la nuit, berçant inlassablement son bébé endormi contre son épaule.

Si vite arrivée, si vite repartie… Rose. Quelques précieuses semaines de bonheur, pour une éternité de douleur. Natasha le savait, le temps ne changerait rien à l'affaire. Ni les prières. Peut-être, un jour, pourrait-elle accepter cette mort. Mais la comprendre, jamais. Il n'y avait rien à comprendre à une telle injustice.

— Je t'aime, Rose. Je t'aimerai toujours…

Natasha s'accroupit pour poser la main à plat sur l'herbe glacée, surmontée d'une petite croix de pierre. Puis elle se redressa et fit demi-tour, parmi les volutes de neige qui semblaient danser autour d'elle.

Où diable Natasha avait-elle bien pu disparaître ? Spencer tentait de se convaincre qu'il était inutile de s'inquiéter, mais il ne pouvait s'en empêcher. Une sorte d'instinct lui disait qu'elle n'était pas sortie pour une simple promenade de santé. Il avait également l'impression que les membres de sa famille savaient parfaitement où elle se trouvait, mais ne le lui diraient pas.

La maison était déjà pleine de bruits, de rires et d'odeurs qui préfiguraient le repas de fête à venir. Insensible à la bonne humeur ambiante, Spencer tentait de lutter contre la certitude que Natasha, où qu'elle pût être, avait besoin de lui. Il y avait tant de choses qu'elle ne lui avait pas dites… Il en était sûr à présent qu'il parcourait des yeux les nombreuses photographies du living-room.

Son regard s'arrêta sur deux clichés posés côte à côte au milieu d'un guéridon. Natasha en tutu et ballerines, souriante, un peu émue, faisant des exercices à la barre. Natasha, saisie au milieu d'un impeccable saut de biche, ses cheveux flottant autour de sa tête comme une couronne… Il ignorait qu'elle avait été danseuse professionnelle. Pourquoi ne lui en avait-elle jamais parlé et quelles raisons l'avaient poussée à abandonner sa carrière ?

— Belle photo, n'est-ce pas ?

Surpris en pleine rêverie, Spencer se retourna et découvrit Rachel sur le seuil. Plus grande et élancée que sa sœur aînée, elle avait les cheveux plus courts, et le visage plus allongé. Ses yeux, bien plus dorés que marron, brillaient d'intelligence.

— Quel âge avait-elle alors ? demanda-t-il.

Rachel plongea les mains au fond de ses poches et traversa la pièce pour le rejoindre.

— Seize ans, je pense… A cette époque, elle faisait déjà partie du corps de ballet.

Rachel se tut et regarda Spencer, qui semblait fasciné par la photo. Elle fut tentée de lui parler de cette jeune fille douée et dévouée à son art que Natasha avait été. Comme sa mère, elle était conquise par cet homme chez qui l'on devinait tant de force et de gentillesse. C'était exactement ce dont sa sœur avait besoin… Pourtant, elle ne se sentait pas autorisée à lui fournir les réponses aux questions qu'il n'allait pas manquer de lui poser.

— Où est Freddie ? demanda-t-elle.

Spencer leva les yeux vers elle et reposa le cadre doré. Si Rachel avait voulu lui signifier qu'il était inutile de l'interroger plus longuement, elle ne s'y serait pas prise autrement.

— Là-haut, répondit-il. Elle regarde la parade à la télévision, avec Yuri.

Rachel leva les yeux en direction de l'escalier et eut un petit rire joyeux.

— Pour rien au monde il ne raterait ce spectacle, expliqua-t-elle. Quand nous avons été trop grandes pour la regarder avec lui, assises sur ses genoux, il a eu du mal à s'en remettre…

Un cri suivi de rires effarouchés se fit alors entendre au premier. Magnifique dans son ensemble rose froufroutant, Freddie dévala les marches de l'escalier et vint se jeter dans les jambes de son père.

— Papa ! Papa ! Papydou fait des bruits d'ours. De *gros* ours !

— Est-ce qu'il frotte aussi sa barbe contre ta joue ? demanda Rachel.

La petite fille s'exclama, avec une expression de pur ravissement :

— Oui, et ça gratte !

Puis, pressée et anxieuse de se frotter de nouveau au gros ours effrayant, elle s'éclipsa aussi vite qu'elle était venue.

— Voilà longtemps qu'elle ne s'était pas amusée autant, dit Spencer en la regardant s'enfuir.

— Je peux en dire autant de mon père…

Dans la rue, le bruit de moteur caractéristique du pick-up de Yuri se fit entendre, attirant leurs deux regards vers la fenêtre.

— Je vais voir si maman a besoin d'aide, lança Rachel en se dirigeant vers la cuisine.

Spencer se rua vers la porte d'entrée pour attendre Natasha sur le seuil. Elle paraissait pâle et fatiguée, et lui adressa un sourire un peu las dès qu'elle l'aperçut.

— Bonjour, professeur…

Parce qu'elle en avait envie autant que besoin, elle entoura de ses bras la taille de Spencer et se serra contre lui.

— Est-ce que tu vas bien ? demanda-t-il en lui caressant les cheveux.

— Oui.

Ce n'était pas un mensonge. Elle s'en rendit compte aussitôt. A présent qu'elle avait fait ce qu'elle avait à faire et retrouvé l'abri sûr de ses bras, tout allait pour le mieux…

— Je pensais que tu ferais la grasse matinée…

— Où étais-tu ? demanda-t-il sans lui répondre.

L'entraînant par la main, Natasha entra dans le hall et ôta son manteau.

— J'avais une visite à rendre. Où sont les autres ?

— Ta mère et Rachel sont dans la cuisine. La dernière fois que je l'ai vu, Alex était pendu au téléphone…

— Occupé à roucouler avec sa belle…, compléta Natasha, avec un vrai sourire cette fois.

— J'imagine. Quant à Freddie, elle est au premier avec ton père…

— … en train de regarder la parade à la télé et de lui donner sa plus grande joie de l'année.

De nouveau, Natasha s'approcha de Spencer et lui caressa la joue de ses doigts glacés.

— Tu n'aurais pas envie de m'embrasser par hasard ?

Devinant l'anxiété qui perçait derrière son ton ironique, Spencer la prit dans ses bras. Ce baiser, il s'en rendait compte, était pour elle une nécessité, un remède pour se rassurer et conjurer quelque souffrance personnelle dont elle ne lui parlerait pas. Il était prêt à l'accepter. S'il pouvait déjà lui donner cela, il était le plus heureux des hommes…

Quand leurs lèvres se séparèrent, il la sentit chanceler entre ses bras et dut resserrer son emprise pour la retenir. Leurs regards se mêlèrent et Spencer découvrit que celui de Natasha était embué, très triste, et incroyablement beau. Bouleversé de la découvrir soudain si fragile, il la prit par la taille.

— Viens t'asseoir, proposa-t-il. Tu as l'air épuisée… Est-ce que tu as mangé quelque chose ?

Natasha se mit à rire et l'enlaça de nouveau.

— Ne t'inquiète pas, dit-elle. Dès que j'aurai passé le seuil de la cuisine, maman se chargera de me gaver…

Alors qu'ils s'embrassaient de nouveau, la porte d'entrée s'ouvrit et Spencer vit le visage de Natasha s'illuminer.

— Mikhail !

Déjà, elle avait bondi vers lui pour se précipiter dans ses bras.

Mikhail Stanislaski avait hérité de cette sombre beauté exotique qui caractérisait toute la famille. C'était le plus grand des quatre et il dut se pencher pour embrasser sa sœur. Ses cheveux bouclés couvraient ses oreilles et son cou. Il portait un manteau, un jean et des bottes usées qui lui donnaient un petit air bohème. Mais ses mains, qui pour l'heure caressaient tendrement les cheveux de Natasha, étaient sans conteste ce qui frappait le plus chez lui. Des mains magnifiques, fortes et déliées. Des mains de travailleur manuel ou d'artiste.

A l'évidence, comprit Spencer avec un brin de jalousie qu'il s'efforça de combattre aussitôt, même si elle aimait profondément Alex et Rachel, c'était avec Mikhail que Natasha partageait le lien le plus fort.

— Tu m'as manqué ! s'écria-t-elle en s'éloignant de lui un instant pour l'embrasser sur les deux joues. Oh, Mikhail, comme tu m'as manqué !

— C'est ta faute, dit son frère. Tu n'as qu'à venir plus souvent.

L'œil soupçonneux, il s'éloigna un peu de sa sœur pour la soumettre à un examen attentif. Après l'avoir dévisagée un instant, le visage empreint de sollicitude, il tenta de réchauffer ses mains glacées entre les siennes, et l'abreuva d'un flot de paroles douces et réconfortantes, en ukrainien.

Tout de suite, il fut évident pour Spencer que Mikhail venait de deviner où sa sœur avait passé la matinée. Amèrement, il regretta de ne pas connaître la langue maternelle des Stanislaski. Pour couper court aux effusions de son frère, Natasha se tourna vers Spencer et lui fit signe de s'approcher d'eux.

— Mikhail, dit-elle avec un sourire radieux, je suis heureuse de te présenter Spencer Kimball.

Mikhail retira son manteau en lançant à Spencer un long regard méfiant. Ce dernier ne dit rien, se prêtant de bonne grâce à cet examen. Assurément, si Rachel et Alex l'avaient tout de suite adopté, leur frère aîné en revanche ne se priverait pas d'exprimer sa désapprobation si le nouvel ami de sa sœur lui déplaisait.

Enfin, le visage indéchiffrable, il s'approcha pour lui serrer la main.

— Je connais votre œuvre, dit-il en le fixant droit dans les yeux. Et je l'aime beaucoup.

Spencer prit garde à soutenir son regard sans ciller et à rendre sa poignée de main aussi ferme que possible.

— Merci, répondit-il. Je peux vous retourner le compliment…

Le voyant manifester sa surprise d'un haussement de sourcils, il précisa :

— J'ai pu admirer chez Natasha les figurines que vous avez sculptées pour elle, et j'ai hâte d'en voir plus.

Ils furent interrompus par une cascade de rires enfantins venus du premier étage. En réponse au regard interrogateur de son frère, Natasha précisa :

— C'est Freddie, la fille de Spencer. Elle est en train de regarder la parade avec papa, à la télé…

Mikhail hocha la tête d'un air amusé et passa un pouce dans le passant de sa ceinture.

— Ainsi, reprit-il, vous êtes veuf.

— C'est exact.

— Et vous enseignez à l'université de Shepherdstown, c'est cela ?

— Oui.

— Mikhail ! intervint Natasha. Cesse de jouer les grands frères… Ça ne te va pas du tout et de toute façon je suis plus vieille que toi.

— Peut-être, admit-il. Mais c'est moi le plus fort…

Puis, avec un sourire ravageur, il vint la prendre par les épaules et lança gaiement :

— Alors… Qu'est-ce qu'on mange ?

D'un œil perplexe, Spencer contempla la profusion de nourriture posée sur la grande table des Stanislaski. Allaient-ils réellement devoir avaler tout cela ? L'énorme dinde rôtie qui trônait à la place d'honneur sur la nappe brodée de motifs colorés aurait suffi à elle seule à rassasier les appétits. Mais, fidèle à son pays d'adoption, Nadia avait tenu à composer un menu de fête typiquement américain, ajoutant à l'énorme volaille un copieux accompagnement de châtaignes et quelques tartes à la citrouille.

Assise près de son père, les yeux grands comme des soucoupes, Freddie ne perdait pas une miette du spectacle. La pièce était pleine de bruit et tout le monde parlait en même temps, les uns et les autres ne se gênant pas pour se couper la parole. Pour sa plus grande joie, elle pouvait de temps à autre, en glissant la main sous la table, caresser discrètement le vieux Sacha, à qui elle avait déjà promis à l'oreille quelques bons morceaux.

Sans qu'elle ait eu besoin de rien demander, Mamyna lui avait concocté un menu rien que pour elle. Pour la mettre à hauteur des adultes, Papydou avait glissé quelques annuaires sur sa chaise. Sur ses genoux, Katie était de la fête, elle aussi. D'aussi loin qu'elle se rappelait, Freddie n'avait jamais été aussi heureuse. Elle aurait voulu que ce moment dure toute sa vie…

Dès le début du repas, Alex et Rachel entamèrent une discussion houleuse sur leurs responsabilités respectives dans une sombre histoire issue de leur enfance agitée. Sans se faire prier, Mikhail intervint dans le débat pour les renvoyer dos à dos. Sommée de prendre partie, Natasha se réfugia dans une stricte neutralité et se pencha pour murmurer à l'oreille de Spencer quelque chose qui le fit rire. Les joues roses de plaisir de voir sa famille réunie, Nadia regardait ses enfants avec un sourire bienveillant.

Alors qu'elle cherchait sur la table la main de son mari, celui-ci leva son verre devant lui.

— Silence ! cria-t-il, faisant taire instantanément tous les convives. Vous déciderez plus tard qui de vous deux a lâché cette pauvre souris dans la cuisine de maman. A présent, il est temps de porter quelques toasts.

Avec un profond respect et une grande tendresse, il porta la main de Nadia à ses lèvres.

— Avant tout, je remercie Nadia et mes filles pour toutes les bonnes choses qu'elles ont préparées pour nous, dit-il d'une voix étranglée par l'émotion. Je veux également exprimer ma joie de nous voir une fois encore tous réunis autour de cette table. Et je tiens, comme je l'ai fait lors du premier Thanksgiving passé dans notre pays, à lever mon verre pour porter un toast à la liberté !

— A la liberté ! approuva Mikhail en levant son verre à son tour.

Les yeux embués, Yuri hocha la tête et renchérit :

— Et à la famille…

11

Ce soir-là, tenant dans ses bras Freddie à moitié assoupie qui dodelinait de la tête contre sa poitrine, Spencer écouta Yuri raconter de vieilles histoires de son pays natal. Après le repas bruyant et animé, il appréciait l'atmosphère calme et reposante de cette heure de détente.

Penchés sur un échiquier, Rachel et Alex semblaient bien trop concentrés pour se livrer à une de leurs éternelles disputes. Blottis l'un contre l'autre dans le divan, Natasha et Mikhail discutaient à mi-voix. Dans son fauteuil, fatiguée mais heureuse, Nadia s'occupait les mains à des travaux d'aiguille. De temps à autre, elle interrompait son mari pour souligner ses exagérations ou ajouter quelque commentaire de son cru.

— Silence, femme ! s'exclama Yuri en pointant vers elle le tuyau de sa pipe. Je m'en souviens comme si c'était hier…

— Tu te souviens de ce dont tu veux bien te souvenir ! dit Nadia sans lever les yeux de sa broderie.

Très dignement, Yuri remit sa pipe en bouche et la suçota quelques instants.

— Peut-être, reconnut-il. Mais c'est comme ça qu'on raconte les meilleures histoires.

Quand Freddie, n'y tenant plus, bâilla à s'en décrocher la mâchoire, Spencer se redressa en la portant dans ses bras.

— Je ferais mieux de te mettre au lit.

— Laissez, intervint Nadia en se levant à son tour. Je vais m'en occuper.

Sans la moindre hésitation, Freddie accepta de se laisser emporter dans les bras de la mère de Natasha, nichant aussitôt son visage dans son cou.

— Est-ce que tu vas me bercer ? demanda-t-elle dans un demi-sommeil.

Touchée, Nadia lui embrassa les cheveux et se dirigea vers l'escalier.

— Si tu veux…

— Tu chanteras aussi ?

Nadia parut réfléchir un instant.

— Je pourrais te chanter les chansons que me chantait ma maman, suggéra-t-elle enfin. Ça te plairait ?

Pour toute réponse, les yeux déjà clos, Freddie parvint à hocher la tête.

— Vous avez une enfant adorable, dit Yuri en les regardant disparaître au détour du palier. Il faudra nous l'amener souvent.

— A présent qu'elle a goûté à votre hospitalité, dit Spencer, je vais avoir du mal à la retenir loin d'ici…

— Elle sera toujours la bienvenue. Vous aussi d'ailleurs.

Les yeux brillant de malice, il tira quelques bouffées de sa pipe avant d'ajouter :

— Même si ma fille commettait l'erreur de ne pas vous épouser…

A ces mots, tous relevèrent la tête. Après quelques secondes d'un silence stupéfait, Rachel et Alex retournèrent à leur partie en échangeant des sourires entendus. Quant à Spencer, même s'il l'avait voulu, il aurait été bien en peine de masquer son bonheur…

— Bien ! lança Natasha en se redressant d'un bond. Je crois qu'il n'y a plus assez de lait pour demain. Spence, ça te dirait d'aller en chercher avec moi ?

Quelques instants plus tard, bien emmitouflés, ils remontaient de concert l'avenue. Les yeux levés vers le ciel piqueté d'étoiles, Natasha emplissait avec plaisir ses poumons d'air vif et mordant.

— Je suis sûr qu'il ne voulait pas te mettre mal à l'aise, dit Spencer.

— Tu plaisantes ? répliqua-t-elle vivement. Moi je suis sûre du contraire...

Spencer se rapprocha et entoura de son bras les épaules de Natasha.

— Bon, d'accord, admit-il. N'empêche que tu as une famille formidable.

— Je le pense aussi. La plupart du temps...

— Tu as de la chance de les avoir. En voyant Freddie tellement heureuse parmi vous, j'ai compris à quel point une vie familiale riche est importante pour un enfant. Je regrette d'autant plus de n'avoir jamais fait d'efforts pour me rapprocher de Nina ou de mes parents.

— C'est peut-être parce que nous étions seuls en arrivant ici que nous sommes si proches les uns des autres...

— Il est vrai que ma famille n'a pas eu la chance de traverser les montagnes en charrette pour gagner la Hongrie...

La plaisanterie était un peu amère, mais elle réussit à faire rire Natasha.

— Rachel n'a jamais supporté l'idée qu'elle n'était pas née quand mes parents ont émigré. Quand elle était petite, elle se rattrapait en disant que, étant née à New York, elle était la seule vraie Américaine de la famille... Il n'empêche que lorsque l'un de ses professeurs lui a suggéré de raccourcir son nom pour réussir dans la carrière d'avocat, elle ne s'est pas gênée pour lui dire ce qu'il pouvait faire de sa suggestion, en termes explicites... et en ukrainien !

L'anecdote les fit rire et acheva d'effacer toute tension entre eux.

— Ce professeur était un imbécile, conclut Spencer. Stanislaski est un très beau nom. Tu voudras sans doute le conserver, quand nous serons mariés ?

— Tais-toi...

— Désolé. Cela m'a échappé. Ce doit être l'influence de ton père.

Sans s'en apercevoir, ils étaient arrivés devant l'épicerie du quartier, obscure, vide et fermée, comme l'annonçait un panonceau accroché à la porte.

— Nous arrivons trop tard, murmura Spencer.

— Ça dépend pour quoi, dit Natasha en se pendant à son cou. Je savais que nous trouverions porte close. Mais au moins ici personne ne nous verra nous embrasser..

Malgré tous ses efforts pour garder les yeux ouverts, Natasha sombra à de nombreuses reprises dans le sommeil durant le trajet du retour. Quand par un ultime sursaut de volonté elle parvint à s'éveiller tout à fait, ils atteignaient la frontière du Maryland et de la Virginie-Occidentale.

— Déjà ? s'étonna-t-elle en lançant à Spencer un regard coupable. Je ne t'ai pas beaucoup relayé au volant.

— Aucun problème, dit-il sans quitter la route des yeux. Tu avais besoin de te reposer.

— Trop mangé, pas assez dormi…

Par-dessus son épaule, Natasha jeta un coup d'œil à Freddie qui dormait, pelotonnée comme un chat sur la banquette arrière.

— On ne peut pas dire que nous ayons été d'une compagnie très agréable…

— Il ne tient qu'à toi de réparer ça, insinua Spencer avec un petit sourire.

— Comment ?

— En acceptant de passer la soirée avec moi.

Natasha accepta l'invitation sans hésiter. L'aider à mettre Freddie au lit et leur préparer un repas léger était le moins qu'elle pût faire en l'absence de Vera.

Parvenus à destination, ils se partagèrent les tâches pour plus d'efficacité. Après avoir ouvert la maison et déchargé les bagages,

Spencer se chargea de mettre sa fille au lit pendant que Natasha gagnait la cuisine. En préparant le thé et quelques sandwichs, elle constata avec étonnement qu'elle se sentait en fait aussi affamée qu'épuisée. Ce qui, en raison des quantités de nourriture avalées à New York, relevait presque du miracle…

Natasha achevait d'ôter le tablier qu'elle avait emprunté à Vera quand Spencer la rejoignit.

— Freddie s'est rendormie dès qu'elle a été dans son lit, dit-il. Elle n'a même pas voulu que je lui raconte d'histoire, c'est dire…

Prenant place à table, il contempla le contenu de son assiette d'un air gourmand.

— Ça a l'air délicieux… Qu'est-ce que c'est ?

— Une vieille recette ukrainienne, dit Natasha en le rejoignant. Des sandwichs au thon !

Spencer, qui était en train de mastiquer avec soin la première bouchée, leva les yeux au plafond.

— Ça n'a pas seulement l'air délicieux. Ça l'est !

Disant cela, il se rendit compte qu'il ne pensait pas uniquement au sandwich. Le fait que Natasha ait accepté de préparer et de partager avec lui un repas frugal dans sa cuisine, alors que la maison était endormie autour d'eux, était la conclusion rêvée de ce week-end au cours duquel ils avaient rarement été seuls.

— Finies les vacances ! dit-il d'un ton nostalgique. Je suppose que tu dois être à *Funny House* demain à la première heure ?

— Tu supposes bien. Jusqu'à Noël, cela va être de la folie. J'ai été obligée d'engager à mi-temps un étudiant de l'université pour nous seconder.

Ménageant ses effets, Natasha sirota posément son thé avant d'ajouter :

— Tu ne devineras jamais qui c'est…

— Brandon Traynor ! répondit Spencer, nommant l'un des play-boys les plus réputés de tout le campus.

— Sûrement pas ! protesta-t-elle. Il passerait tout son temps à draguer mes clientes… Ce qui ne risque pas d'être le cas avec Terry.

— Maynard ! Tu as embauché Terry Maynard ?

— Exactement. Il a besoin d'argent pour faire réparer sa voiture, et en plus…

Prenant des airs de conspiratrice, Natasha se pencha par-dessus la table pour murmurer :

— Annie et lui sont amoureux…

— Sans blague ! s'exclama Spencer avec un sourire ravi. Tu en es sûre ?

Natasha hocha gravement la tête.

— Ils passent presque toutes leurs soirées ensemble depuis trois semaines.

— Ça paraît sérieux…

— Ça l'est. La seule crainte d'Annie, c'est d'être trop âgée pour lui.

— Elle est beaucoup plus vieille ?

— Oh oui ! Presque un an !

Ils rirent de bon cœur, avant que Natasha ne poursuive :

— Ils sont mignons tous les deux… Je suis vraiment heureuse pour eux. Annie désespérait de trouver un jour l'homme de sa vie. Quant à Terry, il avait vraiment besoin de quelqu'un comme elle pour l'aider à surmonter sa timidité. J'espère seulement qu'ils ne seront pas absorbés l'un par l'autre au point d'en oublier leur travail… Nous allons avoir du pain sur la planche, à partir de demain.

— Tu risques d'être épuisée, à la fin de la journée. Pourquoi ne viendrais-tu pas dîner ici ?

Etonnée, Natasha releva les yeux de son assiette.

— Tu sais cuisiner ?

Spencer partit d'un grand éclat de rire.

— Il ne vaut mieux pas que j'essaie ! Mais nous pourrions faire livrer des hamburgers ou des pizzas. Freddie serait aux anges.

— Va pour les pizzas… J'apporterai le dessert.

Décidée à débarrasser la table, Natasha se leva, mais Spencer la retint par la main. Se levant à son tour, il la prit dans ses bras et caressa ses cheveux.

— Natasha…, murmura-t-il en la fixant droit dans les yeux. Je te remercie d'avoir partagé ces deux jours avec moi. Cela représente beaucoup pour moi.

Lentement, son visage s'abaissa à la rencontre de celui de Natasha et leurs lèvres s'unirent. Quand elles se séparèrent, Spencer la serra fort contre lui, comme pour ne pas la laisser partir.

— Reste ici, dit-il, le souffle court. Montons dans ma chambre. Je voudrais tant faire l'amour avec toi dans mon lit, sous mon toit.

Natasha ne répondit pas. Elle n'hésita pas un seul instant. Entourant de son bras la taille de Spencer, elle l'entraîna vers l'escalier.

— Je voudrais que tu passes toute la nuit ici…

Pour empêcher Natasha de quitter son lit, Spencer avait une fois de plus refermé ses bras autour d'elle. Ils avaient fait l'amour. Deux fois. La première fois avait ressemblé à une joute amoureuse sans merci, tant était grande leur impatience. Puis, ils avaient pris le temps de s'aimer tout en douceur. Enfin, ils avaient dû s'assoupir un peu, à en juger par l'heure matinale affichée sur le cadran luminescent du réveille-matin.

Tendrement, Natasha déposa un baiser dans le cou de Spencer, à l'endroit précis où battait son pouls.

— Ce n'est pas possible, répondit-elle à regret. Demain, Freddie me poserait des questions auxquelles je ne saurais pas répondre…

— J'y répondrai à ta place, si tu veux. De manière fort simple. En lui expliquant que je t'aime…

— Ce n'est pas si simple.

— C'est pourtant la vérité.

Afin de pouvoir mieux observer son visage, Spencer se redressa sur un coude. Dans la lumière tamisée de la lampe de chevet, il découvrit dans son regard une tristesse qui lui serra le cœur.

— Je t'aime, Natasha.

— Spence…

— Non ! s'écria-t-il d'une voix ferme. Je t'en prie, ne t'excuse pas… Nous n'en sommes plus là. Dis-moi juste si tu me crois.

Au prix d'un gros effort de volonté, Natasha releva les yeux pour soutenir son regard, dans lequel elle trouva la confirmation de ce qu'elle savait déjà.

— Oui, je te crois.

— Alors dis-moi ce que tu ressens pour moi, insista-t-il. J'ai besoin de le savoir.

Aussitôt, il fut clair pour Natasha qu'elle ne pouvait plus se dérober. Il avait le droit de connaître la réalité de ses sentiments. Même si les mots qu'elle s'apprêtait à prononcer lui emplissaient déjà la bouche d'une amertume ancienne.

— Je t'aime, lâcha-t-elle enfin dans un souffle. Mais cela me fait encore très peur.

Spencer lui prit la main pour la porter à ses lèvres et y déposer un baiser.

— Pourquoi ?

— Parce que cela m'est déjà arrivé. Et parce que cela s'est très, très mal terminé…

Agacé, Spencer découvrit dans son regard une ombre qu'il avait appris à connaître. Une ombre issue du passé de Natasha, qui les séparait depuis qu'ils se connaissaient, et contre laquelle il ne pouvait lutter.

— Nat, dit-il avec un soupir de découragement. Nous avons tous les deux un passé chargé. Nous avons pris des coups avant d'avoir la chance de nous rencontrer. Mais, pour l'amour du ciel, ne gaspillons pas cette chance inespérée qui nous est offerte pour de mauvaises raisons. Quelque chose de neuf est en train de naître entre nous. Quelque chose d'important. Pour toi comme pour moi…

Il avait raison. Natasha le savait, le sentait, mais ne pouvait pourtant se résoudre à l'admettre encore.

— J'aimerais en être aussi sûre que toi, répondit-elle en détournant les yeux. Mais il y a des choses que tu ignores à mon sujet.

— Par exemple, que tu étais ballerine autrefois ?

Natasha sursauta et s'en voulut aussitôt. Vivement, elle se redressa contre les oreillers et tira le drap sur ses seins nus.

— Par exemple, reconnut-elle de mauvaise grâce.

— Pourquoi ne m'en as-tu jamais parlé ?

— C'est de l'histoire ancienne…

Se redressant à son tour contre le bois de lit, Spencer tendit le bras pour remettre en place sur le front de Natasha quelques mèches de cheveux. Enfin, d'une voix radoucie, il demanda :

— Pourquoi avoir renoncé à la danse ?

— J'avais un choix à faire.

Vaillamment, Natasha se força à lui faire face et lui adressa un pauvre sourire.

— J'étais douée, reprit-elle, mais sans plus. Oh, bien sûr, avec du temps et de la volonté, j'aurais pu devenir danseuse étoile. Peut-être… A un certain moment de mon existence, rien n'avait plus d'importance à mes yeux. Mais il ne suffit pas de vouloir quelque chose pour le voir se réaliser.

— Tu veux m'en dire plus ?

Natasha hésita à peine. Ce n'était qu'un début, mais elle était surprise de la facilité avec laquelle cette confession lui était venue.

— Cela n'est pas très intéressant, dit-elle en lissant le drap devant elle. J'ai commencé tard, après notre arrivée à New York. Mes parents ont rencontré Martina Latovia. A l'époque, c'était une étoile de la danse, dont la fuite à l'Ouest avait fait grand bruit. Ma mère et elle sont devenues très amies, et c'est elle qui a proposé de me donner des leçons. C'était pour moi une opportunité rêvée.

Je parlais très mal l'anglais et j'avais du mal à me faire des amis. Ici, tout était tellement différent de ce que j'avais toujours connu dans mon pays…

— Oui, je l'imagine sans peine. Quel âge avais-tu à l'époque ?

— Huit ans. Il était presque trop tard pour habituer mon corps et mes articulations à se plier aux contraintes de la danse. Mais j'ai travaillé dur. *Madame* était très gentille avec moi. Et mes parents étaient si fiers…

Les yeux perdus dans ce lointain passé, Natasha eut un petit rire nostalgique.

— Papa était convaincu que je danserais un jour au Bolchoï… La première fois que j'ai réussi à monter sur les pointes, maman s'est mise à pleurer. Je ne vivais plus que pour la danse. A force de travail et de sacrifices, j'ai réussi à intégrer le corps de ballet à seize ans. C'était merveilleux. Aujourd'hui, je regrette de n'avoir pas compris alors qu'il y avait d'autres mondes, d'autres centres d'intérêt, mais à l'époque j'étais aux anges.

— Qu'est-ce qui t'a poussée à y renoncer ?

Natasha ferma les yeux un instant pour être sûre de ne pas faiblir. Elle arrivait à l'instant critique de son récit, et il importait de l'aborder avec prudence.

— J'ai fait la connaissance d'un danseur. Tu dois le connaître, j'imagine… Il s'agit d'Anthony Marshall.

Ce nom éveilla aussitôt dans la mémoire de Spencer l'image d'un homme grand et blond, doté d'un corps d'adonis. A présent, l'ombre encombrante avait un nom…

— En effet, reconnut-il. Je l'ai vu danser plusieurs fois.

— C'était un magnifique danseur, reprit Natasha. Nous sommes rapidement devenus amants. J'étais jeune. Beaucoup plus que lui Trop jeune… Notre liaison a été une tragique erreur.

— Tu étais amoureuse de lui…

— Evidemment. Avec naïveté et idéalisme. Comme une jeune fille de dix-sept ans. Pour ne rien arranger, j'étais persuadée qu'il m'aimait aussi. Il me l'avait dit. Il était charmant, romantique, attentionné… et je ne demandais pas mieux que de le croire. Il m'avait promis le mariage, une vie de rêve, une carrière commune, enfin, bref, tout ce que j'avais envie d'entendre. Evidemment, il s'est empressé de briser toutes ces promesses, et mon cœur par la même occasion.

— C'est pourquoi tu ne veux ni de mes promesses ni de mes serments…

— Tu n'es pas Anthony, protesta Natasha en lui caressant la joue. J'ai fini par le comprendre, il y a bien longtemps déjà. Et je n'ai pas besoin de te comparer à lui pour savoir que je t'aime. Je ne suis plus la jeune écervelée qui se faisait tout un monde de quelques paroles sans importance.

— Celles que je t'ai dites ne sont pas sans importance !

— C'est vrai…

Natasha pencha la tête pour poser tendrement la joue contre la sienne.

— Au cours de ces dernières semaines, poursuivit-elle, j'ai eu tout le temps nécessaire pour m'en convaincre. Et pour comprendre que ce que je ressens pour toi ne ressemble à rien de ce que j'ai ressenti par le passé.

Elle avait encore beaucoup à lui dire, mais elle sentit soudain tout courage l'abandonner.

— S'il te plaît, implora-t-elle à mi-voix, restons-en là pour l'instant.

Spencer déposa un baiser sur son front et se pencha pour capter son regard.

— D'accord, répondit-il. Mais promets-moi de ne plus attendre aussi longtemps pour m'en dire plus.

Pour toute réponse, Natasha passa la main derrière sa nuque et attira son visage contre le sien.

*
* *

En prenant connaissance du résultat du test, Natasha sentit un frisson lui remonter le long de la colonne vertébrale. Comment cela pouvait-il être possible ? Pourquoi fallait-il que, à l'instant précis où elle commençait de nouveau à suivre les élans de son cœur, un tel événement survienne et la ramène aux heures les plus sombres de son existence ?

Pesamment, elle se rassit sur son lit, indifférente aux nécessités du moment — faire sa toilette, s'habiller, déjeuner, entamer une nouvelle journée de travail. A quoi bon puisque plus rien, désormais, ne pourrait être comme avant ?

Elle tenait toujours la petite lamelle de plastique devant elle. Il ne pouvait pas y avoir d'erreur. Elle avait suivi les instructions à la lettre. Par simple précaution… Du moins était-ce ce dont elle avait tenté de se convaincre en achetant le test de grossesse au drugstore. Mais depuis le voyage chez ses parents, quinze jours auparavant, elle s'en doutait intuitivement.

Ce n'était pas la grippe qui rendait ses réveils nauséeux. Ce n'était ni le stress ni l'excès de travail qui la fatiguait tant. La cause en était bien plus simple, et le test lui avait donné une réponse qu'en fait elle connaissait déjà, et qu'elle redoutait. Elle était enceinte. De nouveau, elle abritait dans son ventre l'embryon d'un être humain… L'accès de joie émerveillée qu'elle avait ressenti avait bien vite été éclipsé par la morsure de la peur, qui la glaçait jusqu'au sang.

La chose était aussi certaine qu'incompréhensible. Elle n'était plus une jeune fille innocente… Quand les choses avaient commencé à devenir sérieuses entre Spencer et elle, elle avait pris ses précautions et s'était montrée suffisamment responsable pour rendre visite à son médecin. Depuis, elle prenait scrupuleusement les pilules qu'il lui avait prescrites. A moins qu'un matin ou un autre…

Le premier effet de surprise passé, une pensée hantait l'esprit en déroute de Natasha — comment allait-elle pouvoir l'annoncer à Spencer ? Cachant son visage entre ses mains, elle se mit à se balancer d'avant en arrière au bord du lit pour tenter de se réconforter. Comment allait-elle de nouveau faire face à cette situation, alors que le souvenir cuisant de sa première grossesse était encore tellement présent à son esprit ?

Lorsqu'elle s'était retrouvée enceinte à dix-sept ans, elle commençait à douter de l'amour d'Anthony. Mais, en apprenant qu'elle portait son enfant, un fol espoir lui avait gonflé le cœur. Un espoir qu'il s'était empressé de réduire à néant…

Lorsqu'elle avait sonné à sa porte, ce soir-là, c'est avec la plus grande réticence qu'il l'avait laissée entrer chez lui. Bravement, elle avait continué à sourire en apercevant derrière lui la table dressée, les deux couverts, les bougies, le seau à champagne. Une mise en scène romantique qu'elle connaissait bien. Mais ce soir-là, ce n'était pas elle qui était prévue dans le grand rôle féminin…

Cette découverte pourtant n'avait pas suffi à la décourager. Avec naïveté, elle tentait de se persuader que, en apprenant la bonne nouvelle, Anthony lui reviendrait, et que tout changerait.

Effectivement, tout avait changé…

Natasha se remémorait parfaitement la fureur qu'elle avait vue luire dans ses yeux après qu'elle lui eut annoncé la « bonne nouvelle ».

— Je suis allée chez le médecin cet après-midi, avait-elle expliqué sans se laisser troubler. Je suis enceinte. De deux mois déjà.

Dans l'espoir de renouer le contact, elle s'était avancée vers lui, mais Anthony s'était dérobé en contournant la table pour se servir une coupe de champagne.

— C'est une vieille ruse, Nat. Tu n'es pas la première à me faire le coup.

— Mais… ce n'est pas une ruse !

Revenant vers elle, il l'avait attrapée par le bras et l'avait secouée sans ménagement.

— Ah non ? Alors comment as-tu pu te montrer aussi imprudente ? En tout cas, si tu t'es mise dans le pétrin, ne compte pas sur moi pour t'en tirer…

Anéantie, Natasha avait longuement frotté son bras, où les doigts d'Anthony avaient laissé des marques. Décidée à croire qu'il avait mal compris, elle avait plaidé une nouvelle fois sa cause.

— Anthony... Je vais avoir un enfant. Ton enfant... Le docteur dit qu'il devrait naître en juillet.

Après l'avoir dévisagée un instant d'un regard glacial, Anthony avait vidé son verre d'un trait.

— O.K., tu es enceinte..., avait-il enfin marmonné. Mais je ne vois pas en quoi cela devrait me concerner.

— Cela te concerne forcément, puisque tu es le père...

— Comment puis-je en avoir la preuve ?

A ces mots, Natasha avait pâli et chancelé sur ses jambes. Le voir si tranquillement insinuer de telles horreurs lui avait fait le même effet que lorsqu'elle avait failli se faire renverser par un autobus, le jour où elle avait découvert les rues de New York.

— Tu... tu dois le savoir..., avait-elle balbutié. Cela ne peut pas être autrement.

Avec un petit rire méprisant, Anthony avait conclu :

— Ma pauvre chérie... Dans le monde où nous vivons, on ne peut jamais être sûr de rien. A présent, si tu veux bien m'excuser, comme tu peux le constater, j'attends quelqu'un.

En désespoir de cause, Natasha avait eu la faiblesse de se jeter à ses pieds.

— Anthony... Tu ne comprends pas ? Je porte notre enfant !

— *Ton* enfant, avait-il corrigé. *Ton* problème. Si tu veux un bon conseil, ne le garde pas.

Epouvantée, Natasha s'était relevée pour reculer vers la porte, protégeant son ventre des deux mains en un geste instinctif.

— Comment peux-tu dire une chose pareille ?

Imperturbable, Anthony avait poursuivi d'un ton ironique :

— Tu veux faire carrière dans la danse, Nat ? Tu crois vraiment que tu pourras revenir au plus haut niveau après avoir passé neuf mois à porter un moutard que tu devras placer de toute façon ?

Son tempérament slave finissant par reprendre le dessus, Natasha avait relevé le menton et protesté avec véhémence :

— Que tu le veuilles ou non, j'aurai cet enfant.

Ce changement de ton ne l'avait en rien ébranlé.

— C'est ton problème. Mais n'espère pas me le coller sur le dos. J'ai une carrière à poursuivre. Tu ferais mieux de te faire épouser par un brave gars sans envergure, qui te fera quelques mioches supplémentaires et dont tu tiendras la maison. De toute façon, tu n'aurais jamais atteint qu'un niveau très passable en t'obstinant à danser.

Ainsi Natasha avait-elle dû faire face à sa grossesse dans le chagrin et la solitude. Quand sa petite Rose était née, elle avait reporté sur elle tout son amour, pour un temps trop court. Et à présent qu'un autre enfant lui était donné, comment allait-elle pouvoir l'accueillir et l'aimer sans redouter constamment d'avoir à le perdre à son tour ?

De désespoir, elle envoya valser à travers la pièce le test de grossesse et se précipita vers son armoire, dont elle tira en vrac quelques vêtements et un sac. Avant toute chose, il fallait partir. Pour réfléchir. Pour prendre une décision. Puis, songeant qu'elle ne ferait ainsi que fuir ses responsabilités, elle couvrit son visage de ses mains et s'efforça de respirer à fond. Elle devait d'abord annoncer la nouvelle à Spencer. Ne pas le faire aurait été trop lâche.

Natasha prit sa voiture pour se rendre chez lui. Plus la maison des Kimball se rapprochait, plus elle se demandait sans trouver de réponse comment elle allait pouvoir s'y prendre pour le mettre au courant. Dès qu'elle eut garé sa voiture, elle vit Freddie accourir vers elle sur la pelouse, ses deux chats gambadant derrière elle.

— Nat ! Nat ! s'écria la petite fille, visiblement ravie. Tu es venue pour jouer ?

En se penchant pour lui embrasser la joue, Natasha parvint à lui sourire.

— Pas ce matin, répondit-elle. Est-ce que ton papa est là ?

— Il joue du piano. Il en joue beaucoup depuis que nous sommes ici.

Puis, revenant à ses propres centres d'intérêt, elle annonça, les yeux brillants :

— J'ai fait un dessin de New York ! Je vais l'envoyer à Papydou et Mamyna.

Touchée, Natasha lutta pour retenir les larmes qui lui venaient.

— Je suis sûre qu'ils seront très contents de le recevoir.

— Viens, proposa la petite fille en lui saisissant la main pour l'entraîner vers la maison. Je vais te le montrer.

— Dans un petit moment. Je dois d'abord avoir une conversation avec ton papa. Rien que lui et moi…

Le regard rieur de Freddie se fit soudain grave.

— Pourquoi ? demanda-t-elle avec inquiétude. Tu es fâchée contre lui ?

— Pas du tout. J'ai juste quelque chose à lui dire. Retourne jouer tranquillement avec tes chats, maintenant. Je te promets de venir te parler avant mon départ.

— D'accord…

Tranquillisée par cette promesse, Freddie tourna les talons et détala en direction de la pelouse où les chatons s'amusaient à se battre.

En frappant du doigt contre le panneau laqué de la porte, Natasha s'efforça de faire le vide dans son esprit. Elle redoutait toujours autant le face-à-face qui l'attendait, mais la meilleure conduite à tenir était sans doute d'aborder le problème calmement, posément et sans passion, en adultes responsables.

— Mademoiselle Stanislaski…

Vera, qui venait de lui ouvrir la porte, affichait un sourire bien plus bienveillant que celui qu'elle lui réservait habituellement. Par Spencer, Natasha avait appris que le récit qu'avait fait Freddie de son séjour à New York avait favorablement impressionné la gouvernante.

— Je voudrais voir le Pr Kimball, annonça-t-elle en lui rendant son sourire. S'il n'est pas occupé…

Vera s'effaça sur le seuil.

— Entrez, dit-elle. Vous le trouverez dans le salon de musique. Il est resté debout la moitié de la nuit pour travailler.

— Merci.

S'accrochant à son sac à main passé en bandoulière comme un naufragé à sa bouée, Natasha traversa le hall. Bien qu'elle soit fermée, la porte du salon de musique ne parvenait pas à contenir les accords d'une mélodie qui lui parut d'une beauté déchirante et désolée. A moins, songea-t-elle en contenant à grand-peine ses larmes, que cette impression ne résultât de sa propre humeur.

Elle se remémora la première fois qu'elle avait pénétré dans cette pièce. Peut-être était-elle tombée amoureuse de lui à cet instant, lorsqu'elle l'avait découvert assis à son piano, attentif et concentré, sa fille sur ses genoux.

En attendant le moment propice pour s'annoncer, Natasha retira ses gants et les fit nerveusement passer d'une main dans l'autre. Spencer, totalement pris par sa musique, ne l'avait pas entendue entrer. Pourquoi se permettrait-elle de bouleverser ainsi sa vie, se demanda-t-elle soudain, alors qu'il n'avait rien demandé, rien voulu d'autre que son amour. Et ils avaient assez vécu, l'un comme l'autre, pour savoir que l'amour ne pouvait tout excuser.

— Spence…

Profitant de ce que ses mains avaient quitté le clavier pour inscrire quelques accords sur la partition en cours d'élaboration, Natasha avait murmuré son nom. Mais, trop absorbé par son travail, Spencer ne l'avait pas entendue. Fixant intensément la portée, il y écrivait ses annotations d'une main fébrile et sûre. Alors, seulement, elle nota qu'il n'avait pas pris la peine de se raser. Sa chemise était froissée et largement ouverte sur sa poitrine. Ses cheveux, qu'il peignait régulièrement de ses doigts écartés, étaient en désordre. En temps habituel, cela aurait pu la faire sourire, mais de le découvrir aussi touchant et tellement beau redoubla son envie de pleurer.

— Spence…, appela-t-elle d'une voix plus forte.

Cette fois, il leva les yeux, mécontent d'être interrompu. Mais quand il la découvrit, ses yeux s'éclairèrent et un sourire radieux illumina son visage fatigué.

— Hé ! s'exclama-t-il gaiement. Je ne m'attendais pas à te voir aujourd'hui…

— Annie s'occupe de la boutique, expliqua Natasha sans cesser de triturer ses gants. Et j'avais besoin de te parler.

— Tu m'en vois ravi… Quelle heure est-il, au fait ?

D'un air absent, il consulta sa montre.

— Trop tôt pour t'inviter à déjeuner, constata-t-il. Tu prendras un peu de café ?

Ce mot, seul, suffit à soulever le cœur de Natasha, qui se contenta de refuser l'offre en secouant la tête.

— Je voulais te voir pour…, commença-t-elle. J'avais besoin de te dire…, mais j'ai du mal à trouver mes mots.

Les yeux baissés, Natasha contemplait obstinément les fins gants de cuir malmenés entre ses doigts.

— D'abord, reprit-elle avec détermination, il faut que tu saches que je n'ai jamais eu l'intention de t'obliger à…

Alors que les mots lui manquaient de nouveau, Spencer s'approcha de Natasha, le front soucieux.

— Si quelque chose te tracasse, dit-il d'une voix douce, pourquoi ne pas me le dire simplement ?

— C'est ce que j'essaye de faire.

La prenant doucement par le bras, Spencer l'entraîna vers le sofa.

— Le meilleur chemin, reprit-il, est souvent le plus direct…

— Tu as raison…

A peine était-elle assise que Natasha sentit la tête lui tourner. Elle eut le temps de voir l'inquiétude apparaître dans le regard de

Spencer, puis tout devint noir et elle se sentit devenir aussi molle qu'une poupée de chiffon.

Lorsqu'elle reprit conscience, elle était allongée sur le sofa. Spencer, agenouillé auprès d'elle, lui tapotait les joues pour la ranimer.

— Doucement, doucement, murmura-t-il en la voyant revenir à elle. Reste allongée. Je vais appeler un médecin.

— Non, ce n'est pas la peine, protesta-t-elle en se redressant. Je t'assure que je vais bien.

— Tu vas tellement bien, rétorqua Spencer, que tu es pâle comme un fantôme, glacée comme une morte et que tu tournes de l'œil sur mon sofa. Pourquoi ne pas m'avoir dit que tu étais malade ? Je vais t'accompagner à l'hôpital. Tout de suite. Nous allons. :

— Spence…, l'interrompit Natasha, je ne suis pas malade et je n'ai pas besoin de voir un médecin.

Comprenant que sa voix était sur le point de se briser de nouveau, elle prit le temps d'inspirer profondément avant d'ajouter :

— Je ne suis pas malade, Spence. Je suis enceinte.

12

— Comment ?

Ce fut le seul mot que Spencer fut capable de prononcer. Assis sur ses talons, il la dévisageait sans être tout à fait sûr d'avoir bien entendu.

— Qu'as-tu dit ? reprit-il enfin.

Natasha voulait être forte. Elle le devait. A cet instant, Spencer la regardait comme si elle venait de lui assener un coup de massue.

— Je suis enceinte, répéta-t-elle sans parvenir à soutenir son regard.

De la main, elle fit un geste vague et ajouta :

— Je suis désolée…

Sonné, Spencer secoua la tête, comme s'il avait pu ainsi aider l'incroyable nouvelle à se frayer un chemin en lui.

— Tu en es sûre ?

— Certaine.

Pour l'un comme pour l'autre, songea Natasha, il valait mieux rester dans le concret et éviter les sentiments. Spencer était un gentleman. Il n'y aurait de sa part ni accusations ni cruauté. Du moins préférait-elle l'espérer…

— Ce matin, expliqua-t-elle en s'armant de courage, j'ai fait un test de grossesse. J'avais des doutes, depuis quelques semaines, mais…

— Des doutes ?

Incapable de déterminer comment elle prenait la chose, Spencer sentit une sombre appréhension le gagner. Natasha ne paraissait pas furieuse, comme Angela l'avait été. Elle semblait tout simplement anéantie. Et cela ne valait guère mieux…

— Dans ce cas, demanda-t-il prudemment, pourquoi ne pas m'en avoir parlé ?

— Je n'en voyais pas l'utilité. Je ne voulais pas t'ennuyer avec ça.

— Je vois. Parce que toi tu l'es, « ennuyée »…

— Là n'est pas le propos ! répondit-elle sèchement. Je suis enceinte et je voulais t'en informer avant de m'en aller pour quelques jours.

Bien que se sentant encore faible sur ses jambes, Natasha fit l'effort de se relever.

De crainte de la voir s'évanouir et pour l'empêcher de s'enfuir, Spencer se redressa et la retint par le bras.

— Attends une minute ! s'exclama-t-il en la forçant à se rasseoir. Tu débarques ici pour m'annoncer que tu es enceinte, et aussitôt après tu m'informes que tu t'en vas…

Spencer sentit une peur panique l'envahir.

— Où comptais-tu aller ?

— Je ne sais pas. Quelque part où je pourrai réfléchir.

Elle avait parlé sur un ton cassant et le regretta aussitôt.

— Je suis désolée, reprit-elle d'une voix radoucie. Je crois que je ne fais que compliquer les choses… Tu dois comprendre. J'ai besoin de temps pour y penser. Et le mieux est que je quitte cette ville.

— Ce dont tu as besoin, s'entêta Spencer, c'est de rester assise ici pour que nous discutions tranquillement de tout cela.

— Je suis incapable d'en parler pour le moment. Je voulais juste t'apprendre la nouvelle avant de partir.

Pour l'empêcher de se relever comme elle en manifestait de nouveau l'intention, Spencer la retint par les épaules.

— Tu n'iras nulle part, lança-t-il d'une voix forte. Et tu devras bien te résoudre à discuter avec moi ! Je me demande vraiment quelle réaction tu attendais de ma part... Quelque chose du genre : « Eh bien, voilà d'intéressantes nouvelles, Natasha. Bon voyage et à la prochaine fois ! »

— Je ne te demande rien du tout ! cria-t-elle.

Elle se rendit compte qu'elle avait haussé la voix, sans rien pouvoir faire pour s'en empêcher. D'un coup, la passion, les remords, les peurs et les griefs jaillissaient d'elle, aussi irrépressibles que les larmes qui sillonnaient à présent ses joues.

— Je n'ai rien voulu de tout ça ! Tomber amoureuse... Ne plus pouvoir me passer de toi... Avoir ton enfant dans mon ventre... Je ne l'ai pas voulu ! Est-ce que c'est clair ?

Spencer s'était figé devant elle. Sur ses épaules, ses mains avaient resserré leur étreinte.

— Clair comme de l'eau de roche ! s'exclama-t-il, laissant libre cours à la colère froide qui peu à peu avait monté en lui. Limpide comme le cristal ! Mais, que tu l'aies voulu ou non, tu le portes, cet enfant. Alors à présent nous allons nous asseoir tous les deux bien tranquillement pour en discuter, en adultes responsables.

— Je t'ai dit que j'avais besoin de temps...

— J'ai déjà été trop patient ! Apparemment, le destin semble avoir décidé de nous donner un nouveau petit coup de pouce. Il faudra bien que tu t'y fasses...

Livide, les yeux perdus dans le vague, Natasha secoua obstinément la tête.

— Je ne pourrai pas repasser par là, gémit-elle. Pas une deuxième fois...

— Une deuxième fois ? demanda Spencer. De quoi parles-tu ?

— J'ai déjà eu un enfant...

Natasha se dressa d'un bond et voila son visage de ses mains. Tout son corps tremblait comme une feuille.

— J'ai déjà eu un enfant, répéta-t-elle d'une voix entrecoupée de sanglots. Une fille…

Abasourdi mais bouleversé de la voir dans cet état, Spencer la rejoignit et passa un bras autour de ses épaules.

— Tu as une fille ?

— J'avais une fille, corrigea-t-elle aussitôt. Rose… Morte il y a bien longtemps.

Les sanglots qui secouaient Natasha semblaient venir du centre de son être, convulsifs et douloureux. Spencer ne savait plus que faire. Soudain, il repensa au buisson de roses, sous ses fenêtres, dont même au cœur de l'hiver elle n'avait pu se résoudre à couper les fleurs fanées. Plus que jamais, il se sentit fondre d'amour pour elle.

— Natasha, murmura-t-il d'une voix bouleversée par l'émotion. Viens t'asseoir, je t'en prie. Cela te fera du bien de me parler de tout cela.

D'un geste brusque, elle se détourna pour échapper à son emprise.

— C'est impossible ! s'écria-t-elle. Tu ne peux pas comprendre… Je l'ai perdue. J'ai perdu mon bébé. Jamais je ne supporterai d'avoir à repasser par là une fois encore. Tu ne sais pas, tu ne peux pas savoir combien cela fait mal…

— Non. C'est vrai.

Doucement, comme pour approcher un petit animal blessé, Spencer la rejoignit et prit ses mains pour les écarter de son visage.

— Je veux que tu m'expliques tout cela, dit-il en cherchant son regard. Pour que je puisse comprendre…

— Qu'est-ce que cela changerait ?

— Peut-être rien. Peut-être beaucoup. Nous verrons bien. De toute façon, ce n'est certainement pas le moment de te mettre dans des états pareils. Tu ne crois pas ?

A présent la voix de Spencer était douce, pleine de tendresse, terriblement persuasive.

— Tu as raison, reconnut Natasha en essuyant ses larmes d'un revers de main. Je suis désolée de m'être conduite ainsi…

— Ne t'excuse pas.

Lorsqu'il la conduisit au sofa et l'incita à s'y asseoir, Natasha, cette fois, se laissa faire. Après avoir embrassé ses joues baignées de larmes, il se redressa et annonça :

— Je vais demander à Vera de nous préparer du thé. Ensuite, nous parlerons tous les deux. Surtout ne bouge pas… J'en ai à peine pour deux minutes.

Spencer eut l'impression de s'être absenté beaucoup moins longtemps que cela encore. Pourtant, quand il revint dans le salon de musique, Natasha n'y était plus.

Un casque diffusant du rock'n roll collé sur les oreilles, Mikhail était en train de s'attaquer à un bloc de merisier. La musique s'accordait parfaitement aux vibrations qu'il sentait courir dans les veines du bois. Ce qui se dissimulait dans cette masse à peine dégrossie — et il n'avait pour l'instant pas la moindre idée de ce que ce pouvait être — regorgeait de jeunesse et d'énergie.

Lorsqu'il se mettait à sculpter, Mikhail était toujours à l'écoute. Des indications fournies par la matière qu'il travaillait, bien sûr, mais aussi des élans de son cœur, accordés à un vieux blues, à une cantate de Bach ou, plus simplement, au murmure du trafic montant de la rue. Ce soir, pourtant, il lui fallait bien constater qu'il était trop préoccupé pour se laisser emporter par l'inspiration.

Par-dessus sa table de travail, il laissa son regard errer à travers les deux pièces attenantes de son petit appartement encombré de Soho. Lovée dans le vieux fauteuil club qu'il avait trouvé sur un chantier l'été précédent, Natasha semblait plongée dans la lecture d'un livre. Il aurait pourtant juré qu'elle n'avait pas tourné une seule page depuis vingt minutes. Elle aussi devait être trop absorbée par de sombres pensées…

Aussi agacé par sa propre humeur que par la sienne, Mikhail reposa ses outils et coupa la musique pour se rendre au coin cuisine. Sans un mot, il se mit à préparer du thé. Natasha, le voyant déposer le plateau près d'elle sur une table basse surchargée de livres et de revues, leva les yeux de son livre et lui sourit.

— Merci, dit-elle. On dirait que tu lis dans mes pensées…

Après s'être agenouillé à ses pieds sur un coussin brodé au point de croix de motifs floraux — cadeau de sa mère —, Mikhail fit le service.

— J'aimerais bien, grommela-t-il. Cela m'éviterait d'avoir à te tirer les vers du nez. Nat… tu dois me dire ce qui ne va pas.

— Mikhail…

— Je suis sérieux ! l'interrompit-il en lui tendant son thé. Cela fait presque une semaine que tu es là…

Par-dessus la tasse en porcelaine qu'elle portait à ses lèvres, sa sœur lui adressa un sourire sans joie.

— Tu en as assez et tu t'apprêtes à me jeter dehors ?

— Peut-être.

En contradiction avec la dureté de sa réponse, Mikhail tendit le bras pour lui caresser la joue.

— Je ne t'ai pas posé de questions jusqu'à présent, reprit-il. Je n'ai même pas dit à papa et maman que je t'avais vue débarquer chez moi un soir, pâle, effrayée, et refusant d'expliquer quoi que ce soit.

— Et je t'en suis reconnaissante.

En un geste d'impatience qu'elle lui connaissait depuis l'enfance, Natasha vit son frère fendre l'air d'une main tranchante.

— Je me fiche de ta reconnaissance ! lança-t-il d'un air sombre. Je préférerais que tu te décides à me parler.

La voyant baisser les yeux sans rien dire, Mikhail lui saisit le menton entre le pouce et l'index pour l'obliger à le regarder dans les yeux.

— Nat… Nous nous sommes toujours tout dit tous les deux.

Les gros chagrins comme les grandes joies. Dis-moi ce qui ne va pas.

— Je suis enceinte.

Trop longtemps contenu, l'aveu semblait avoir jailli de lui-même. Voyant ses mains tremblantes secouer dangereusement la tasse de thé, Natasha se pencha pour la reposer.

Mikhail ouvrit la bouche, mais en constatant qu'aucune parole ne semblait décidée à en sortir, il s'approcha d'elle et la prit dans ses bras. Laissant un long soupir de soulagement s'échapper de ses lèvres, Natasha ferma les yeux et se blottit contre son cou.

— Tu… tu vas bien ? parvint-il enfin à demander.

— Oui, répondit-elle. Je suis allée voir un médecin il y a deux jours. Il m'a confirmé que tout allait bien… pour le bébé comme pour moi.

Soudain frappé par une évidence, Mikhail se recula pour la dévisager durement.

— C'est Kimball ?

— Oui. Cela ne peut être que Spence. Il n'y a eu que lui… depuis Anthony.

Dans les yeux de Mikhail, Natasha vit passer une lueur dangereuse.

— Si ce type s'avise de mal te traiter…

A son grand étonnement, elle parvint à sourire de sa réaction et prit dans ses mains son poing serré.

— Non, dit-elle. Spence a toujours été très correct avec moi. Il serait incapable de me faire du mal.

— Mais il ne veut pas de l'enfant, c'est ça ?

Quand Natasha se contenta de baisser les yeux sur leurs mains jointes, Mikhail insista :

— Natasha ?

— Je n'en sais rien !

Incapable d'affronter le regard étonné de son frère, Natasha se leva pour aller fureter le long des étagères où il stockait les matériaux de récupération qui lui servaient de matière première.

— Tu ne lui as pas dit que tu es enceinte ?

— Bien sûr que si, je le lui ai dit !

Sans cesser de faire les cent pas dans la pièce, Natasha se tordait les mains nerveusement. Pour se calmer, elle se planta devant le sapin de Noël de son frère, un petit arbre en pot qu'elle s'était amusée à décorer de fils électriques et de bouts de papier colorés.

— Je ne lui ai pas laissé le temps de me dire ce qu'il en pensait, reconnut-elle piteusement. J'étais trop bouleversée…

— Alors c'est toi qui ne veux pas garder le bébé…

Natasha fit volte-face, les yeux flamboyants de colère.

— Comment peux-tu penser une chose pareille ! protesta-t-elle.

— Parce que tu es ici, avec moi, au lieu d'être en train de roucouler en faisant des plans d'avenir avec ton cher professeur.

— J'avais besoin de temps pour réfléchir.

— Tu réfléchis trop !

C'était quelque chose que Mikhail ne s'était jamais risqué à lui dire. Même si Natasha se doutait qu'il avait dû de nombreuses fois le penser.

— Ah oui ! s'emporta-t-elle. Parce que, selon toi, la situation ne mérite pas réflexion ? Bon sang, Mikhail ! Il ne s'agit pas de choisir entre une robe rouge et une robe bleue… Je vais avoir un enfant !

— Eh bien, dans ce cas, répondit-il en la rejoignant, tu vas commencer par t'asseoir et te calmer.

— Je n'ai aucune envie de m'asseoir ! Pourquoi les hommes s'imaginent-ils toujours que les femmes enceintes doivent être traitées comme de grandes malades ?

De rage, elle donna un coup de pied dans une boîte qui traînait sur le sol, ce qui fit sourire Mikhail, soulagé de retrouver la sœur qu'il connaissait.

— Je n'ai jamais voulu m'attacher à lui, lança-t-elle d'un ton accusateur. Même lorsque je l'ai fait, lorsqu'il ne m'a pas laissé d'autre choix, je m'étais imaginé pouvoir garder les distances nécessaires pour ne pas refaire les mêmes erreurs qu'autrefois. Et maintenant…

Renonçant à conclure, Natasha balaya l'air d'un geste de la main.

— Kimball n'a rien à voir avec Marshall, dit-il sur le ton du constat. Et cet enfant à venir n'est pas Rose non plus.

Dans les yeux de sa sœur, Mikhail vit passer un mélange d'émotions tellement bouleversantes qu'il ne put résister au besoin de la prendre dans ses bras pour la consoler.

— Pardonne-moi, lui murmura-t-il à l'oreille. Je l'aimais aussi, tu sais…

— Je sais.

— Tu ne peux pas laisser le passé te priver d'avenir, Nat. Tu ne dois pas sacrifier ce qui est à ce qui a été. Ce n'est pas juste. Ni pour toi, ni pour lui, ni pour le bébé.

— Je ne… je ne sais pas quoi faire.

— Tu l'aimes ?

— Oui.

— Et lui ? T'aime-t-il ?

— Il m'a dit…

Sans lui laisser le temps d'achever sa phrase, Mikhail prit le visage de sa sœur entre ses deux mains et la fixa droit dans les yeux.

— Ne me dis pas ce qu'il t'a dit. Dis-moi ce que tu ressens.

— Oui. Je sais qu'il m'aime aussi.

— Alors arrête de te cacher et rentre chez toi. C'est avec lui que tu devrais avoir cette conversation. Pas avec ton frère…

*
* *

A chaque jour passé, Spencer se sentait devenir un peu plus fou d'inquiétude. Chaque matin, il allait frapper chez Natasha, certain que cette fois elle allait lui ouvrir et toujours déçu de trouver porte close. Quand il n'en pouvait plus, il allait au magasin pour harceler Annie qui, complètement dépassée par les événements, ne pouvait — ou ne voulait — rien lui dire. Il remarquait à peine les décorations de Noël dont s'étaient parées rues et vitrines. Et quand il le faisait, c'était pour les maudire de paraître si vives et joyeuses…

Malgré tout, il s'était arrangé pour ne pas gâcher les vacances de Freddie et entretenir autour d'elle un air de fête. Ensemble, ils étaient allés choisir un grand sapin qu'ils avaient passé des heures à décorer. Avec un enthousiasme convaincant, il l'avait complimentée sur les guirlandes qu'elle avait confectionnées. En père consciencieux, il lisait sa liste de cadeaux qui s'allongeait de jour en jour. A la galerie commerciale, il l'avait même emmenée se faire photographier dans les bras d'un Père Noël plus vrai que nature. Mais, en dépit de tous ses efforts, le cœur n'y était pas…

D'une manière ou d'une autre, songeait-il en regardant par la fenêtre du salon de musique tomber la première neige dans le jardin, il allait falloir que cela cesse. Même si le chaos régnait dans son cœur et dans sa vie, il ne laisserait pas Natasha gâcher le premier Noël de Freddie à Shepherdstown. Chaque jour, la petite fille demandait de ses nouvelles. Il lui était d'autant plus difficile de lui répondre qu'il avait pour principe de ne jamais lui mentir. A la fête de l'école, il l'avait regardée jouer un ange dans un charmant tableau musical, avec le constant regret que Natasha ne fût pas près de lui pour partager sa joie.

Et qu'en était-il, à ce jour, de *leur* enfant ? Spencer avait beau tenter d'éloigner ses pensées de ce douloureux sujet, il ne pouvait s'abstenir d'y revenir sans cesse. A l'heure qu'il était, Natasha était enceinte de cette petite sœur ou de ce petit frère que Freddie désirait avec tant d'ardeur. De cet enfant que lui-même, comme il l'avait très vite compris, espérait de tout son cœur. A moins que… Pour rien au monde il n'aurait formulé le doute qui parfois s'emparait de lui. Il ne voulait surtout pas se demander où elle avait pu disparaître, et encore moins pour quoi faire… Mais comment aurait-il pu s'en dispenser ?

Il ferma les paupières. Il devait pourtant bien y avoir un moyen de la retrouver… Et quand ce serait fait, il supplierait, pleurerait, tempêterait, menacerait au-delà de toute fierté personnelle, jusqu'à ce qu'elle accepte de lui revenir.

— Papa…

Les yeux déjà pleins de la magie de Noël qui n'était plus qu'à six jours de là, Freddie avait jailli dans la pièce pour venir se jeter dans ses jambes.

— Vera et moi on fait des cookies !

Au semis de sucre et de chocolat qui lui maculait les lèvres et les joues, Spencer aurait pu aisément le deviner. Distrait malgré lui de ses sombres pensées, il la prit dans ses bras et lécha d'un air gourmand une de ses joues.

— Je t'aime, petit clown…

Se tortillant de rire entre ses bras, elle l'embrassa à son tour.

— Je t'aime aussi, papa. Tu peux venir faire des cookies avec nous ?

— Dans un petit moment. J'ai une course à faire d'abord.

Sa décision était prise, il allait se rendre à *Funny House* pour faire avouer une fois pour toutes à Annie où trouver sa patronne. Sérieuse avec ses affaires comme elle l'était, il était impossible que Natasha ne lui ait pas laissé ses coordonnées.

Manifestement déçue, Freddie eut une moue boudeuse et joua un instant avec le bouton supérieur de son veston.

— Tu reviens quand ?

— Bientôt.

Avant de la reposer sur le sol, il déposa deux nouveaux baisers sur ses joues.

— A mon retour, reprit-il, je t'aiderai à cuire tes cookies. Je te le promets.

Satisfaite, Freddie détala vers la cuisine. Elle le savait, son père tenait toujours ses promesses…

Debout dans la neige qui tombait autour d'elle, Natasha hésitait à gravir les marches du porche. Des guirlandes lumineuses encadraient les fenêtres. Elle avait hâte de découvrir quel effet elles feraient dans le noir. Contre la porte d'entrée, Spencer avait fixé un Père Noël débonnaire, grandeur nature, ployant sous la charge de sa hotte bourrée de cadeaux. Elle pensa à la sorcière qui l'y avait précédé, quelques semaines auparavant, en cette nuit d'Halloween au cours de laquelle — elle en avait la quasi-certitude à présent — leur enfant avait été conçu.

L'espace d'un instant, elle eut envie de faire demi-tour, persuadée qu'il valait mieux pour elle récupérer ses esprits, déballer ses bagages, faire un tour à la boutique, avant d'avoir à affronter Spencer. Mais elle y renonça, honteuse, se rendant compte que cela ne servirait, une fois de plus, qu'à contourner l'obstacle. Il y avait trop longtemps déjà qu'elle se cachait. Rassemblant tout son courage, elle gagna la porte et sonna.

Dès que Freddie eut découvert qui l'attendait derrière le battant, ses yeux étincelèrent de bonheur. Avec un cri de joie, elle sauta dans les bras de Natasha et nicha son visage dans ses cheveux.

— Tu es revenue ! Tu es revenue ! s'écria-t-elle. Cela fait tellement longtemps que je t'attends…

Natasha la serra fort contre elle, la berça tendrement, réalisant soudain à quel point lui avait manqué la douce chaleur de Freddie, et combien elle avait été folle de s'en priver.

— Cela ne fait pas si longtemps que je suis partie.

— Cela fait des jours et des jours ! On a mis un sapin dans le salon, avec des lumières. Et j'ai déjà emballé ton cadeau. Je l'ai acheté toute seule, dans la galerie commerciale. Ne pars plus, s'il te plaît…

— Non, murmura Natasha. Je te le promets.

Reposant Freddie sur le sol, elle s'empressa de fermer la porte au froid de décembre et à la neige.

— Tu as raté ma pièce ! poursuivit Freddie derrière elle. J'étais un ange…

— Je suis désolée…

— On a fait les ailes à l'école et on a pu les garder. Comme ça, je pourrai quand même te montrer à quoi je ressemblais.

— J'ai hâte de voir ça.

Déjà convaincue que tout rentrait dans l'ordre autour d'elle, Freddie la prit par la main et l'entraîna vers la cuisine sans cesser de babiller.

— J'ai hésité une fois, mais je me suis rappelé tout mon texte. Mikey, lui, avait oublié le sien… J'ai chanté : *Un enfant est né à Bethléem*, *Paix sur la Terre* et puis aussi *Gloria in solstice Deo.*

Pour la première fois depuis des jours, Natasha se mit à rire avec gaieté et insouciance.

— J'aurais voulu être là pour l'entendre… Tu me chanteras ça, plus tard ?

— O.K… On fait des cookies, avec Vera.

— Est-ce que ton papa t'aide aussi ?

— Non, répondit Freddie avec une grimace. Il a dû sortir. Mais il a dit qu'il m'aiderait dès son retour. Il a promis !

Partagée entre la déception et le soulagement, Natasha se laissa entraîner par la petite fille dans la cuisine.

— Vera ! Vera ! s'exclama-t-elle. Nat est revenue…

— C'est ce que je constate, en effet !

Gardant pour elle ses sentiments, Vera adressa à leur visiteuse un sourire poli. Elle ne pouvait que lui en vouloir d'avoir ainsi disparu, juste au moment où elle commençait à croire qu'elle pourrait faire du bien au *señor* et à sa fille. Mais, connaissant son devoir, elle proposa pourtant :

— Vous prendrez bien un peu de thé ou de café ?

— Non, merci, répondit Natasha avec un sourire gêné. Je ne veux pas vous déranger.

Inquiète de la voir refuser, Freddie se récria :

— Mais tu vas rester, n'est-ce pas ? Regarde : j'ai fait des bonshommes de neige en pâte à sel, et aussi un Père Noël sur son chariot tiré par les rennes. Tu peux en avoir un si tu veux…

Se hissant sur la pointe des pieds, la petite fille lui montra sur un buffet les figurines qui faisaient sa fierté. Avec une précision étonnante pour une enfant de son âge, elle les avait peintes de couleurs vives jusque dans les moindres détails. En admirant le Père Noël aux joues rubicondes qui lui souriait, Natasha sentit ses yeux s'embuer et murmura :

— C'est magnifique…

— Est-ce que tu vas pleurer ? s'étonna Freddie.

Ravalant ses larmes, elle s'efforça de lui sourire.

— Non, répondit-elle. C'est juste la joie d'être revenue…

Elle finissait à peine sa phrase que la porte s'ouvrit. Voyant Spencer pénétrer dans la pièce, les traits tirés et le visage soucieux, Natasha retint son souffle. Il la découvrit alors près de sa fille, mais ne dit rien. La main posée sur la poignée, il se contenta de la regarder longuement.

— Papa, Nat est revenue ! cria Freddie en se portant à sa rencontre. Elle va pouvoir préparer les cookies avec nous.

Vera, comprenant ce qui se passait, dénoua en toute hâte son tablier. Tous les doutes qu'elle entretenait encore quant à Natasha Stanislaski s'étaient brusquement évanouis lorsqu'elle avait vu le regard que posait la jeune femme sur le *señor.* Et elle avait beau ne s'être jamais mariée, elle savait reconnaître une femme amoureuse…

— Nous avons besoin de farine ! lança-t-elle en fonçant vers la porte. Tu viens, Freddie ? Nous allons en acheter.

— Mais je voulais…

— Tu voulais faire des cookies. Et pour cela, il faut de la farine. Viens vite, nous allons mettre ton manteau.

Avec habileté, Vera entraîna Freddie hors de la pièce, laissant Spencer et Natasha en tête à tête. Sans bouger ni l'un ni l'autre, ils se dévisagèrent longuement. Enfin, après ce qui lui parut durer une éternité, Natasha, incommodée par la chaleur qui régnait dans la pièce, retira son manteau et le déposa sur un dossier de chaise. Elle voulait lui parler de manière calme et raisonnée, et il n'était pas question qu'elle commence par s'évanouir à ses pieds…

— Spence, dit-elle timidement. Je pense qu'il est temps que nous discutions sérieusement…

Alors que Natasha s'apprêtait à poursuivre, la sonnerie du four se fit entendre derrière elle. Sans même y réfléchir, elle se retourna pour l'éteindre et saisit un gant ignifugé. Ignorant Spencer qui la regardait faire avec des yeux ronds, elle prit tout le temps nécessaire pour mettre à refroidir la dernière fournée de cookies. Alors seulement, lorsque ce fut fait, elle se tourna vers lui et continua :

— Tu as les meilleures raisons du monde d'être en colère. Je me suis très mal conduite envers toi. Mais, maintenant, je te demande de m'écouter, en espérant que tu pourras me pardonner.

En silence, Spencer la dévisagea pendant un long, un interminable moment.

— Tu sais t'y prendre pour désamorcer une dispute, lança-t-il enfin. Mais pas pour entamer une discussion…

— Je ne suis pas venue pour me disputer avec toi. J'ai eu le temps de réfléchir. Et j'ai fini par comprendre que j'avais choisi le pire moyen pour t'annoncer que j'étais enceinte.

Avant de poursuivre, Natasha baissa les yeux sur ses mains dont les doigts se tordaient nerveusement.

— Partir ainsi sans un mot d'explication était inexcusable. Tout ce que je peux dire pour ma défense, c'est que j'étais sous le coup d'une émotion très forte et incapable de réfléchir sereinement.

— Une seule question…, l'interrompit-il sèchement.

Avant de la poser, Spencer attendit qu'elle eût relevé la tête. Il avait besoin qu'elle la lui donne en le regardant dans les yeux.

— Existe-t-il toujours, ce bébé dont nous devions parler ?

Dans les yeux de Natasha, la surprise fit place à la confusion, et la confusion au regret.

— Oh, Spence, gémit-elle. Je suis tellement désolée que tu aies pu imaginer un instant que je…

Vaillamment, Natasha ravala ses larmes. Elle avait les nerfs toujours à fleur de peau et ne pouvait se permettre de laisser libre cours à ses émotions.

— Je suis impardonnable de t'avoir laissé sans nouvelles, reprit-elle avec un regard implorant. J'étais chez Mikhail, à New York, où j'ai passé quelques jours sans que personne le sache.

— Ravi de l'apprendre, murmura Spencer. Mais cela ne répond en rien à ma question…

Natasha poussa un long soupir et se dirigea vers une chaise.

— Je peux m'asseoir ?

Spencer hocha la tête et vint prendre place en face d'elle, de l'autre côté de la table. Posant les mains bien à plat sur le plateau carrelé, il laissa son regard s'égarer par la fenêtre, derrière laquelle virevoltaient des flocons de neige.

— J'étais fou d'inquiétude, dit-il d'une voix monocorde. Je n'ai pas cessé de me demander où tu étais, ce que tu faisais. L'état dans lequel je t'avais laissée me faisait craindre le pire. J'étais terrifié à l'idée que tu puisses commettre l'irrémédiable avant que nous ayons pu en discuter.

— Jamais je n'aurais pu faire une chose pareille, Spence. C'est notre bébé…

Brusquement, il tourna la tête pour la fusiller d'un regard chargé de reproches.

— Tu disais que tu n'avais pas voulu de mon enfant dans ton ventre, que pour rien au monde tu ne repasserais par où tu étais passée.

— J'étais effrayée, reconnut-elle. Et il est vrai que je n'ai pas choisi d'être enceinte, et que je pensais ne l'être jamais plus. Mais pour que tu comprennes, il faut que je finisse de te raconter ce qui s'est passé entre Anthony et moi. Tout ce qui s'est passé...

L'air grave, Spencer hocha la tête. Agrippée au plateau de la table, Natasha prit une longue inspiration et se lança.

— Je t'ai déjà raconté comment j'étais tombée amoureuse d'Anthony Marshall. J'avais dix-sept ans quand c'est arrivé. Il était le premier pour moi. Il n'y a eu personne d'autre depuis. Jusqu'à toi...

— Pourquoi ?

La réponse lui vint plus facilement qu'elle ne l'aurait imaginé.

— Je n'ai jamais plus aimé personne avant toi. L'amour que je ressens pour toi n'a rien à voir avec les fantaisies de midinette que j'éprouvais pour Anthony. Avec toi, tout est réel, solide, rassurant. Tu me comprends ?

Spencer laissa son regard s'égarer dans la pièce autour d'eux. Tout était tranquille. L'averse de neige semblait les isoler du reste du monde. L'air embaumait le chocolat chaud et la cannelle. Ses yeux revinrent se river à ceux de Natasha, et il hocha simplement la tête.

— Je faisais confiance à Anthony, reprit-elle avec un soupir. J'avais en lui une foi presque aveugle. Je croyais tout ce qu'il me disait, prenais pour argent comptant les belles promesses qu'il me faisait. Aussi la chute a-t-elle été rude lorsque j'ai fini par comprendre qu'il faisait les mêmes à d'autres... J'étais anéantie. Nous nous sommes disputés et il m'a renvoyée durement. Quelques jours plus tard, je découvrais que j'étais enceinte. La nouvelle m'a tout de suite transportée de bonheur. Je m'imaginais que, en apprenant la bonne nouvelle, il ne pourrait que réaliser son erreur et me revenir... Alors, je suis allée le trouver chez lui pour le lui dire.

Concentré et attentif, Spencer tendit le bras par-dessus la table pour lui prendre la main. Les yeux perdus dans le vague, secouant la tête d'un air désolé, Natasha reprit son récit.

— Cela ne s'est pas du tout passé comme je me l'étais imaginé. Il s'est tout de suite mis en colère. Il m'a dit des choses terribles. Il ne voulait plus de moi, et encore moins de l'enfant. En quelques minutes, j'ai dû vieillir de quelques années. Cela m'a au moins permis de mûrir et de comprendre qu'Anthony n'était pas le prince charmant dont j'avais rêvé. Mais il me restait l'enfant, cet enfant que j'aimais déjà, et dont j'attendais la venue impatiemment.

Natasha se tut et baissa les yeux. Pour lui donner le courage qui lui manquait, Spencer resserra l'emprise de ses doigts autour de sa main.

— Qu'as-tu fait ? demanda-t-il pour l'encourager à poursuivre.

— La seule chose que je pouvais faire. J'ai renoncé à la danse, quitté la compagnie, et je suis retournée vivre à la maison. Je savais que c'était une lourde charge pour mes parents, mais ils ont été formidables et m'ont aidée. J'ai trouvé du travail dans un grand magasin. Au rayon jouets…

Ce souvenir amena sur les lèvres de Natasha un sourire nostalgique.

— Cela n'a pas dû être facile pour toi…, dit Spencer.

Mentalement, il essaya de se représenter la toute jeune fille qu'elle avait été, enceinte, abandonnée par le père de son enfant, luttant pour survivre malgré tout.

— Non, admit-elle. Ce n'était pas facile. Mais, curieusement, je m'en souviens comme l'une des périodes les plus heureuses de ma vie. Mon corps a commencé à changer. Après deux premiers mois de grossesse difficiles, où je me sentais si fragile, je me suis soudain sentie forte. Très forte. La nuit, je restais des heures assise dans mon lit, à lire des livres sur la naissance et le jeune enfant. Je harcelais ma mère de questions. Je me suis même mise à tricoter — très mal — pour préparer à moindres frais un trousseau de layette à mon bébé. Papa lui avait fabriqué un très beau berceau de bois. Maman avait cousu et brodé un magnifique édredon tout blanc…

Sur ce dernier mot, la voix de Natasha se brisa dans un sanglot. Sentant les larmes s'accumuler derrière ses paupières, elle secoua la tête et demanda :

— Puis-je avoir un verre d'eau ?

Spencer se leva pour aller le lui servir. Lorsqu'il revint, il lui caressa tendrement les cheveux.

— Prends tout ton temps, Natasha… Rien ne t'oblige à tout me raconter en une seule fois.

— J'en ai besoin.

Lentement, elle sirota son verre jusqu'à la dernière goutte et attendit que Spencer eût repris sa place.

— Je l'ai appelée Rose, confia-t-elle enfin dans un murmure. Parce que la première fois que je l'ai vue, c'est à cette fleur qu'elle m'a fait penser. Elle était tellement mignonne, si fine, si douce… Avant elle, je n'aurais jamais imaginé que l'on puisse aimer ainsi un être humain. Rien ne ressemble à l'amour qu'on porte à son enfant. J'aurais pu rester des heures, penchée sur son berceau, à la regarder dormir, émerveillée d'avoir pu mettre au monde un tel trésor…

Les larmes coulaient à présent sur ses joues, silencieuses. Quand elles tombèrent une à une sur le dos de ses mains jointes devant elle, Natasha, trop abîmée dans ses douloureux souvenirs, ne parut pas s'en apercevoir.

— Il faisait très chaud cet été-là. Dès que je le pouvais, je l'emmenais à Central Park dans son landau, pour qu'elle profite de l'air et du soleil. A notre passage, les gens se retournaient souvent pour l'admirer. C'était une enfant facile, vive et joyeuse, qui ne pleurait presque jamais. Quand je la nourrissais, elle posait sa petite main sur mon sein et tétait sans jamais me quitter des yeux… S'il l'avait fallu, j'aurais pu me sacrifier pour elle. Enfin, tu sais ce que c'est… Tu dois ressentir la même chose pour Freddie.

Spencer hocha la tête.

— En effet. Il n'y a pas de plus grande joie que d'avoir un enfant.

— Et pas de plus grande douleur que d'en perdre un…

Parce qu'il lui était impossible de faire autrement, Natasha ferma les yeux. Avec inquiétude, Spencer vit son visage devenir soudain très pâle et tous ses traits se figer en un masque de douleur tragique.

— Tout s'est passé si vite..

Sa voix n'était plus qu'une plainte assourdie.

— A peine cinq semaines. Un matin, je me suis réveillée en sursaut, surprise qu'elle ne m'ait pas réveillée pour la tétée de la nuit. Mes seins trop pleins me faisaient mal… Le berceau était juste à côté de mon lit. Je me suis penchée, je l'ai prise dans mes bras… D'abord, je n'ai pas compris, je n'ai pas voulu…

Fermer les paupières ne suffisait plus à conjurer les terribles images qui affluaient en elle. Natasha pressa ses deux mains contre ses yeux clos.

— Je me rappelle avoir crié, encore et encore. Rachel, qui dormait à côté, s'est précipitée, puis toute la famille est arrivée, affolée. Maman s'est empressée de me prendre Rose des bras.

Les larmes silencieuses devinrent des sanglots de douleur. Natasha se laissa aller à son chagrin comme jamais, sauf lorsqu'elle était seule, elle ne se permettait de le faire. Parce qu'il n'y avait rien à dire, rien qui pût effacer une telle horreur, apaiser tant de peine, Spencer se leva et la prit dans ses bras. D'abord réticente, Natasha accepta enfin le réconfort qu'il pouvait lui offrir.

Les poings serrés dans le dos de Spencer, elle s'autorisa à verser toutes les larmes qui lui venaient, à laisser enfin sortir tous les sanglots trop longtemps réprimés. Puis, progressivement, ses pleurs se tarirent, ses poings se dénouèrent et elle se laissa aller contre ce corps rassurant et ferme qui la soutenait. En lui caressant les cheveux, il lui chuchotait à l'oreille des mots apaisants.

— Ça va aller, parvint-elle enfin à murmurer en s'écartant de lui.

La voyant fouiller dans son sac pour y dénicher un mouchoir, Spencer en prit un dans sa poche et essuya lui-même les dernières larmes sur ses joues. Docilement, Natasha lui présenta son visage pour le laisser faire et ferma les yeux.

— Les médecins appellent cela « mort subite du nourrisson », conclut-elle d'une voix redevenue sereine. Aucune cause connue. Ce qui rend les choses plus difficiles encore. Jamais je ne saurai pourquoi elle est morte. Jamais je n'aurai la certitude que je ne pouvais pas faire quelque chose pour l'empêcher.

— Arrête ! protesta Spencer d'une voix ferme.

Lorsqu'il prit ses mains dans les siennes pour l'attirer à lui, Natasha ouvrit les paupières. En plongeant dans l'océan gris pailleté d'or de ses yeux, elle s'étonna de n'avoir jamais jusqu'alors remarqué à quel point il était rassurant de s'y laisser couler.

— Ecoute-moi, poursuivit-il sur le même ton. Tu n'as pas le droit de t'infliger cela. Je peux seulement imaginer ce que cela représente de passer par où tu es passée. Mais je sais que, face aux drames de l'existence, tout le monde est impuissant.

Natasha hocha pensivement la tête.

— Il m'a fallu longtemps, reprit-elle, pour accepter l'idée de ne jamais comprendre ce qui s'était passé. Et encore plus longtemps pour accepter de continuer à vivre malgré tout, pour retourner au travail, penser à l'avenir, déménager ici, y bâtir une nouvelle vie. Sans l'aide de ma famille, je crois que je serais morte. Mais je m'étais bien juré de ne plus jamais aimer personne aussi fort. Et puis il y a eu toi. Et Freddie.

— Nous avons besoin de toi, Natasha. Et tu as besoin de nous.

— Je le sais.

Solennellement, elle prit dans les siennes une des mains de Spencer pour la porter à ses lèvres.

— Il y a quelque chose que je veux que tu comprennes, dit-elle en le fixant droit dans les yeux. Si cela devait m'arriver encore, je ne pourrais pas y survivre… C'est pourquoi j'ai si peur de me mettre à aimer cet enfant comme j'ai aimé ma petite Rose. Et pourtant je l'aime déjà…

— Viens ici…

Spencer l'attira de nouveau contre lui. Dans son regard, Natasha découvrit une assurance nouvelle, qui lui fit du bien.

— Je sais à quel point tu as aimé Rose, dit-il. Et je sais que tu l'aimeras toujours, que ta douleur de l'avoir perdue ne s'apaisera jamais. Ce qui est arrivé ne peut être changé, mais ne doit pas être vécu comme une fatalité. Nous sommes ici, maintenant, dans une autre ville, à une autre époque, dans d'autres circonstances. Et cet enfant à naître est différent. Je veux que tu comprennes que nous vivrons ensemble cette grossesse, cette naissance, et tout ce qui s'ensuivra. Que tu le veuilles ou non.

— J'ai peur…

— Alors, nous aurons peur tous les deux. Et quand notre enfant aura huit ans et qu'il s'élancera pour la première fois sur un vélo à deux roues, nous tremblerons ensemble pour lui. De même quand il s'en ira pour la première fois seul en vacances. Ou quand il partira à l'université…

Les lèvres de Natasha s'étirèrent en un sourire tremblant.

— Quand tu en parles, je commence presque à y croire.

— Crois-le, mon amour.

Spencer se pencha pour lui donner un baiser.

— Crois-le, parce que c'est une promesse.

— Tu as raison, approuva Natasha. Il est temps à présent de faire des promesses et des serments.

Son sourire s'élargit, et Spencer vit passer dans son regard tout l'amour du monde lorsque enfin elle lui dit :

— Je t'aime, Spence…

Natasha fut surprise de constater à quel point il lui avait été facile de prononcer ces mots, à quel point ils paraissaient évidents et irréfutables à présent.

— A ton avis, reprit-elle avec un sourire malicieux, tu penses pouvoir supporter mon sale caractère pour les cinquante prochaines années ?

— A une condition, répondit Spencer le plus sérieusement du monde. Que je puisse annoncer à Freddie qu'elle va enfin avoir cette maman et ce petit frère ou cette petite sœur dont elle rêve tant…

— D'accord.

Jamais Natasha ne s'était sentie si sûre d'elle-même.

— Nous le lui annoncerons ensemble.

— Très bien ! se réjouit Spencer. Je te laisse cinq jours…

— Cinq jours ? s'étonna-t-elle. Pour quoi faire ?

— Pour tout préparer, inviter ta famille, commander une robe et choisir un traiteur.

— Mais…

— Il n'y a pas de mais ! Tu te rappelles le conseil que tu m'avais donné, il n'y a pas si longtemps ? « La vie peut être très courte. Il y a des choses qu'il faut saisir à pleines mains, sans attendre… » Je ne l'ai pas oublié, ce conseil. Et jamais je ne l'ai trouvé aussi avisé…

La voyant prête à protester de nouveau, Spencer prit son visage en coupe et la fit taire d'un baiser.

— Je t'aime, Natasha… Tu es la femme que je désire, que j'admire, que je respecte et auprès de qui je veux vivre le restant de mes jours. Tu es la meilleure chose qui me soit arrivée depuis la naissance de Freddie, et je n'ai aucune intention de te perdre. Nous avons fait un enfant tous les deux, Natasha… Le fruit de notre amour.

Sans la quitter des yeux, il lui posa une main sur le ventre, en un geste tendrement possessif.

— Un enfant que je voudrais déjà connaître, reprit-il. Un enfant que j'aime déjà.

Les larmes aux yeux, Natasha posa sa propre main sur la sienne, comme pour mieux sceller ce pacte d'amour.

— Tant que tu seras près de moi, murmura-t-elle, je crois que la peur ne m'atteindra pas.

Leurs lèvres se mêlèrent pour un nouveau baiser plus tendre et plus étourdissant que tous ceux qu'ils avaient déjà échangés.

— Cette fois tu ne m'échapperas pas, décréta Spencer lorsque le baiser eut pris fin. Nous avons rendez-vous ici, dans cinq jours, pour une veillée de Noël nuptiale, en présence d'un prêtre. J'ai bien l'intention de me réveiller le lendemain avec ma femme auprès de moi dans mon lit. Nous sommes d'accord ?

Parce qu'elle n'avait rien à redire à cela, Natasha se pendit en riant à son cou et murmura le seul mot qui restait à prononcer :

— Oui !

DEUXIÈME PARTIE

Les rêves d'une femme

Nick déglutit avec difficulté. Il était trop tard pour faire machine arrière. S'il renonçait maintenant, cela n'empêcherait pas les trois autres de continuer. Et tout ce qu'il y gagnerait, ce serait de passer pour un lâcheur et un trouillard.

— Ce n'est pas le problème, marmonna-t-il en commençant à rafler des objets au hasard. Mais je pensais qu'on devrait peut-être se limiter un peu, non ? Parce que la marchandise, on va être obligés de la sortir, pour commencer. Et, ensuite, il faudra l'écouler. Ce serait bête qu'on se retrouve avec du matériel sur les bras.

Avec un ricanement satisfait, Reece lui assena une bourrade amicale.

— Ne t'inquiète pas pour les questions pratiques, Nick. Je t'ai déjà dit que j'avais une combine. C'est dans la poche, tout ça.

— Cool.

Nick humecta ses lèvres sèches et se répéta qu'il était un Cobra et que le gang était sa seule famille.

— Cash, T.J., vous allez porter un premier chargement à la voiture, ordonna Reece en leur lançant les clés. Faites gaffe de bien la refermer. Il ne s'agirait pas de se faire piquer le matos.

T.J. pouffa en rajustant son masque.

— On sera prudents, ne t'inquiète pas. Ça grouille de gens malhonnêtes à New York, de nos jours. Qu'est-ce que t'en dis, Cash ?

Son compagnon se contenta d'émettre un vague grognement avant de se glisser par la fenêtre ouverte. T.J. sortit à son tour et Nick se retrouva seul avec Reece.

— Ce T.J. est un imbécile fini, commenta Reece dédaigneusement en s'emparant d'une chaîne hi-fi. Tiens, Nick, viens m'aider !

Le ventre de Nick se noua d'un cran supplémentaire.

— Je croyais qu'on ne devait prendre que du petit matériel.

— J'ai changé d'avis, déclara Reece en lui fourrant le carton dans les bras. Depuis le temps que ma vieille en rêve, de ce machin-là, on va lui faire un petit plaisir.

Repoussant les épais cheveux noirs qui lui tombaient sur les yeux, Reece se plaça à cheval sur le rebord de fenêtre.

— Tu sais ce qui ne va pas chez toi, Nick ? Tu as trop de scrupules. Mais tu ne dois rien à personne, capte bien ça. Des familles, tu n'en as pas trente-six mille. Il n'y a que nous, les Cobras. Entre nous, c'est à la vie, à la mort, ne l'oublie pas. Les autres — tous les autres — ils te laisseront crever la bouche ouverte, sans lever le petit doigt. Tu n'as pas à t'inquiéter pour eux.

Sautant dans l'allée obscure, Reece tendit les mains et Nick se pencha pour lui passer la chaîne hi-fi. Ainsi chargé, Reece se fondit dans l'obscurité. Nick revint sur ses pas pour récupérer son propre sac qu'il avait laissé par terre. Reece avait raison L'important, c'était de rester fidèle à ses vrais amis. Aux gens sur qui il pouvait compter.

Et, après tout, il fallait bien qu'il se débrouille pour survivre. Si le fabricant de pizzas pour lequel il effectuait des livraisons n'avait pas fait faillite, il n'en serait pas là. Ce n'était pas sa faute s'il en était réduit à voler pour manger et payer son loyer.

Tout le problème, au fond, venait de la situation économique. Si on l'arrêtait, il pourrait toujours accuser le gouvernement de ne pas faire son boulot. Souriant à cette pensée, Nick se hissa sur la fenêtre et glissa une jambe au-dehors.

— Tu veux un coup de main, mon pote ?

Nick se figea au son de la voix inconnue. Dans la semi-obscurité, il vit luire le canon d'un revolver et étinceler un badge.

« Et voilà, pensa-t-il. Il a encore fallu que ça tombe sur moi ! » Pendant une fraction de seconde, il envisagea de jeter son sac à la figure du flic et de prendre la fuite. Mais, déjà, ce dernier faisait un pas en avant. Habillé en civil, il était jeune, très brun, avec une expression à la fois lasse et résolue. Son attitude disait clairement qu'il avait anticipé sa réaction et qu'il se préparait à agir en conséquence.

— Si j'étais toi, je ne tenterais pas de manœuvre désespérée, suggéra le policier calmement. Dis-toi simplement que la chance n'était pas de ton côté, cette fois-ci.

— Parce que vous croyez qu'elle y a jamais été, de mon côté ?

Avec un léger haussement d'épaules, Nick se laissa glisser sur le sol, posa le sac par terre, et se tourna face au mur pour adopter la position réglementaire, bras et jambes écartés.

1

Tenant son attaché-case d'une main et son sandwich entamé de l'autre, Rachel monta les marches du palais de justice quatre à quatre. Ponctuelle par essence, elle détestait être en retard. La jeune avocate pesta tout bas en regardant sa montre. Le juge de service ce matin-là était Snyder, dit « Lame de Couteau » à cause de la forme de son visage, et elle était déterminée à prendre sa place à la table de la défense à 8 h 59 précises. Et il ne lui restait que trois minutes pour atteindre son objectif alors qu'elle aurait facilement disposé du double si elle n'avait pas commis l'erreur de faire d'abord un crochet par son bureau.

Mais comment aurait-elle pu prévoir que son supérieur l'attendrait de pied ferme pour lui confier un nouveau dossier ?

« Comment le prévoir ? songea-t-elle. Facile ! Depuis deux ans que je suis avocate de l'assistance judiciaire, ça n'arrête pas une seconde ! Une fois de plus, cela me pendait au nez ! »

Rachel jaugea d'un rapide coup d'œil la foule en attente devant l'ascenseur et opta pour l'escalier en pestant de plus belle. Maudissant ses talons hauts, elle monta au pas de course et avala ce qui restait de son sandwich en s'interdisant de penser à la tasse de café salutaire qui aurait pu faire passer cette triste ébauche de petit déjeuner.

Emportée par son élan, elle s'immobilisa net devant la porte de la salle de tribunal et s'accorda dix précieuses secondes pour rajuster sa veste de tailleur, passer un coup de brosse dans ses cheveux noirs mi-longs et vérifier que ses boucles d'oreilles étaient toujours en place.

Puis elle regarda sa montre et sourit. « Pile à l'heure, Stanislaski ! » se dit-elle avec satisfaction en poussant les portes pour pénétrer dans la salle d'un pas serein. Sa cliente — une jeune prostituée au cœur endurci — entrait, escortée par deux policiers, juste au moment où Rachel atteignait sa place. Le racolage sur la voie publique aurait simplement valu une amende à Mandy Peterson. Mais la jeune femme n'avait pas résisté à la tentation de délester son client de son portefeuille. Or ce dernier, contre toute attente, n'avait pas hésité à porter plainte.

Comme Rachel l'avait expliqué à sa cliente indignée, même si la plupart des « pigeons » gardaient le silence pour préserver leur réputation, tous n'acceptaient pas sans broncher de se faire dérober plusieurs centaines de dollars ainsi que leurs cartes de crédit.

L'ordre fut donné de se lever et le juge entra à grands pas, sa robe noire flottant autour de sa silhouette massive. « Lame de Couteau » ne mesurait pas loin de deux mètres et portait fièrement ses cent quarante kilos. Sa peau avait la couleur d'un bon cappuccino et il avait la réputation de ne jamais sourire. Le juge Snyder ne supportait aucun écart : ni retard, ni impertinence, ni excuses. Rachel jeta un coup d'œil à l'assistant du procureur de district avec qui elle croiserait le fer toute la matinée. Ils échangèrent un rapide sourire et la séance débuta.

Rachel réussit à limiter la peine de Mandy à trois mois. Un exploit qui ne lui valut aucun remerciement de la part de la prostituée, qui sortit en fulminant. Mais elle s'en tira plutôt bien avec son client suivant, inculpé pour coups et blessures. « … Vous comprenez, Votre Honneur, mon client avait réglé le prix d'un repas chaud, en toute bonne foi. Lorsque la pizza est arrivée froide, il a voulu la faire goûter au livreur pour prouver qu'il ne racontait pas d'histoires. Malheureusement, dans le feu de l'action, il a eu un geste un peu trop vif et l'objet du délit a atterri malencontreusement sur la tête du livreur… »

— Très drôle, Maître. Cinquante dollars… Au suivant.

La matinée s'écoula laborieusement. Rachel se battit pied à pied, d'abord pour défendre un pickpocket, puis pour une affaire d'ébriété et de désordre sur la voie publique. Menus larcins et petits trafics occupèrent une bonne partie de la séance. Ils finirent à midi avec un voleur à l'étalage. Rachel dut mettre tout son talent de persuasion en œuvre pour que le juge accepte de confier son client aux soins d'un expert-psychiatre plutôt que d'appliquer une sanction.

— Vous ne vous en êtes pas trop mal tirée, ce matin, Rachel, commenta l'assistant du procureur en venant lui serrer la main après le départ du juge. On peut dire que nous avons terminé à égalité, non ?

Rachel secoua la tête en riant.

— Ah non, je conteste : j'ai pris une longueur d'avance sur vous avec le voleur à l'étalage.

— Mmm…, commenta Spelding en lui emboîtant le pas. Il faudra attendre les résultats de l'expertise psychiatrique avant de trancher. Si ça se trouve, il n'est pas plus fou que vous et moi, ce gars-là.

— Spelding, par pitié, réfléchissez cinq minutes ! Cet homme a soixante-douze ans et ne vole que des rasoirs jetables et des cartes de vœux avec un décor floral. C'est évident que son cas relève de la psychopathologie.

Spelding l'escorta hors de la salle.

— Vous, les défenseurs publics, vous justifiez tout et n'importe quoi, bougonna-t-il tout en laissant glisser un regard admiratif sur ses jambes. Mais vous avez trop de talent et de métier pour que l'on puisse vous en vouloir vraiment. Et si on déjeunait ensemble, Rachel ? Cela vous laisserait une bonne heure pour tenter de me convaincre que tous ces délinquants récidivistes méritent notre clémence.

Rachel soupira en voyant la foule qui attendait devant l'ascenseur et opta pour l'escalier une fois de plus. Elle décocha un rapide sourire à Spelding. Depuis quelque temps, le jeune assistant du procureur multipliait ses invitations. Et elle le soupçonnait de briguer d'autres plaisirs que ceux de sa conversation.

— Désolée, mais le déjeuner sera pour une autre fois. J'ai un client qui m'attend.

— En prison ?

Elle haussa les épaules.

— Vous croyez que je les trouve où ? Au Ritz ? N'oubliez pas de fourbir vos armes pour notre prochaine rencontre, Spelding. Je vous attendrai de pied ferme.

Dans le commissariat de quartier flottaient les relents habituels d'angoisse, de mauvais café et de sueur âcre. Rachel se frotta énergiquement les bras pour se réchauffer. L'été indien annoncé en grande fanfare par la météo avait oublié de faire son apparition. Et c'était à présent une épaisse couche de nuages gris qui couvrait Manhattan d'une ombre menaçante. Quitter son appartement sans manteau et sans parapluie avait été exagérément optimiste de sa part, de toute évidence.

Mais avec un peu de chance, elle serait de retour à son bureau avant que la pluie ne commence à tomber.

— Nicholas LeBeck, annonça-t-elle au policier à l'accueil. Suspecté de vol avec effraction.

— LeBeck, oui, marmonna le sergent en consultant son registre. C'est votre frère qui l'a surpris en flagrant délit.

Rachel soupira. Avoir un frère dans la police ne lui facilitait pas l'existence.

— C'est ce que j'ai entendu dire, oui. Nicholas LeBeck a-t-il passé le coup de fil auquel il a droit ?

— Non.

— Quelqu'un est venu s'inquiéter de lui ?

— Non plus.

— Super, murmura Rachel. J'aimerais le voir.

— Pas de problème. Je vous fais amener votre héros du jour en salle A. Apparemment, vous n'êtes pas tombée sur un numéro gagnant, ma pauvre.

— Je vous dirai cela une fois que je me serai entretenue avec M. LeBeck, rétorqua-t-elle en se détournant.

Evitant un petit homme trapu et menotté suivi de près par un policier en uniforme, Rachel se dirigea en ligne droite vers la machine à café. Une fois munie du précieux liquide, elle alla attendre LeBeck dans la salle d'interrogatoire. Le décor de la pièce exiguë consistait en une fenêtre à barreaux, une table et quatre chaises. Rachel s'assit et ouvrit le dossier.

Agé de dix-sept ans, son nouveau client était sans emploi et louait une chambre dans un coin sinistre du Lower East Side. En parcourant des yeux l'extrait de son casier judiciaire, Rachel soupira et pianota du bout des doigts sur la table. Rien de vraiment catastrophique, d'accord. Mais le parcours, tristement typique, n'était pas de ceux qui incitent les juges à la clémence. Même s'il n'avait jamais eu d'ennuis sérieux auparavant, Nicholas LeBeck avait des antécédents judiciaires. Et en commettant ce vol avec effraction, il avait franchi un palier supplémentaire sur la voie qui mène à la grande délinquance. Elle n'avait pratiquement aucun espoir d'obtenir qu'il bénéficie des procédures pénales applicables aux délinquants mineurs, même s'il n'avait pas encore vingt et un ans. Dans le sac à dos mis sous scellés par l'officier de police Stanislaski au moment de l'arrestation, on avait trouvé pour plusieurs milliers de dollars de marchandises.

Un « détail » que son frère ne manquerait pas de souligner. Alex prenait toujours un malin plaisir à brosser un portrait noir de ses clients.

Lorsque la porte s'ouvrit, Rachel examina avec attention le jeune homme qui entrait d'un pas traînant, flanqué par un policier à la mine désabusée. Nicholas LeBeck était grand et mince. *Trop* mince, même. Ce garçon-là aurait eu besoin de prendre un peu de poids. Ses cheveux châtains qui lui tombaient sur les épaules n'avaient pas vu le peigne depuis un certain temps. Ses lèvres étaient tordues en une sorte de rictus permanent qui déformait des traits par ailleurs plutôt agréables. Ses yeux aussi auraient été beaux si son regard n'avait pas exprimé tant de rancœur hargneuse.

Sur un signe de tête de Rachel, le policier détacha les menottes du prévenu et se retira pour les laisser en tête à tête.

— Monsieur LeBeck, je suis Rachel Stanislaski, votre avocate.

— Ah ouais ?

LeBeck se laissa tomber sur une chaise qu'il fit basculer en équilibre sur deux pieds et lui jeta un regard appréciateur.

— Le dernier défenseur public que l'on m'a collé était petit et chauve, ajouta-t-il avec un sourire satisfait. Cette fois-ci j'ai du bol…

— Du bol ? Je ne dirais pas ça, non. Vous avez été arrêté alors que vous sortiez de l'arrière-boutique d'un magasin fermé. Je pense que vous êtes en mauvaise posture, au contraire. Six mille dollars de marchandises, ça commence à faire.

— Six mille dollars ? C'est fou comme ces trucs électroniques peuvent être surévalués, de nos jours, commenta Nick, désinvolte.

Il devait cependant se forcer pour maintenir une attitude goguenarde. Après la sale nuit qu'il venait de passer en cellule, il ne se sentait pas vraiment d'humeur à pavoiser.

— Vous n'auriez pas une cigarette, par hasard ? demanda-t-il en se passant la main dans les cheveux.

— Non, monsieur LeBeck. Je n'ai pas de cigarette. J'aimerais que vous soyez présenté au juge le plus vite possible afin que le montant de votre caution soit fixé. A moins, bien sûr, que vous ne préfériez rester en pension ici.

Nick rit jaune.

— Ce n'est pas le genre de crémerie où on a envie de traîner trop longtemps, ma puce. Faites le nécessaire pour me sortir d'ici, puisque c'est votre boulot.

— Pas « votre puce », non : Stanislaski. *Mademoiselle* Stanislaski. Quant à votre dossier, on me l'a remis alors que je partais au tribunal, et j'ai juste eu le temps de voir le procureur de district entre deux portes. Du fait de vos antécédents judiciaires et compte tenu de la gravité des chefs d'inculpation, vous pouvez déjà mettre une croix sur les juridictions réservées aux mineurs. L'arrestation a été effectuée dans les règles, donc vous n'avez rien à attendre de ce côté-là.

— Je n'attends rien de personne de toute façon, marmonna Nick.

— Parfait. Cela me facilitera la tâche.

Rachel croisa les mains sur son dossier.

— Parlons peu, parlons bien, monsieur LeBeck. Vous avez été pris en flagrant délit. A moins que vous ne vous preniez pour un fringant justicier, qui, ayant vu une fenêtre brisée, se serait précipité à l'intérieur pour intervenir au nom d'un idéal élevé de justice…

Nick ne put s'empêcher de sourire.

— Hé ! Mais c'est que vous êtes en train de me donner une idée !

— Elle ne passera pas la barre, croyez-moi. Vous êtes coupable, l'officier de police qui vous a arrêté l'a fait dans le respect strict des règles. Et, avec vos antécédents, on peut difficilement espérer vous faire passer pour un jeune homme modèle, victime d'un moment d'égarement passager. Vous allez donc payer. Combien, cela va dépendre de vous.

Nick continua à se balancer nonchalamment sur sa chaise, mais une sueur d'angoisse lui coulait dans le dos tandis qu'il songeait au procès à venir. Cette fois, il n'allait pas y couper : il était bon pour le trou. Et pas seulement pour quelques heures. Il allait en prendre pour des mois. Peut-être même des années.

— J'ai entendu dire que les prisons étaient surpeuplées et qu'elles coûtaient cher au contribuable, rétorqua-t-il en fixant la jolie avocate droit dans les yeux. J'imagine que le procureur de district acceptera de négocier.

— C'est une possibilité, en effet.

Non sans un pincement au cœur, Rachel nota que son client n'était pas habité seulement par la haine et le ressentiment. C'était de la peur qu'elle lisait à présent dans ses yeux. Nicholas LeBeck était jeune et terrifié. Et elle ne voyait pas trop comment le sortir de ce mauvais pas.

— La valeur totale de la marchandise volée dépasse quinze mille dollars, observa-t-elle doucement. C'est plus que ce que vous aviez en votre possession. Vous n'étiez pas seul sur le coup, LeBeck. Vous le savez, je le sais, les flics le savent. Même chose pour le procureur de district. Donnez-leur deux ou trois noms. Ou au moins une indication sur l'endroit où se trouve le reste de la marchandise. Et vous échapperez peut-être à une condamnation ferme.

La chaise retomba bruyamment sur ses quatre pieds.

— Je ne vois pas de quoi vous voulez parler. Je n'ai jamais dit qu'il y avait quelqu'un d'autre avec moi. J'étais seul, un point, c'est tout.

Rachel se pencha en avant. De quelques centimètres seulement, mais ce subtil changement de position força Nick à soutenir son regard.

— Ecoutez-moi bien, LeBeck : je suis votre avocate et je suis là pour vous défendre. Alors je vous conseille une chose, c'est de me dire la vérité. Si vous avez l'intention de me raconter des salades, je vous laisse tomber, et ciao ! Exactement comme vos soi-disant amis d'hier soir, entre parenthèses. Ceux-là mêmes que vous défendez bec et ongles.

Même si l'avocate n'avait pas élevé la voix, sa colère rentrée atteignit Nick de plein fouet. Un peu plus et il se serait tortillé sur sa chaise comme un enfant grondé par sa mère. Un comble !

— Si vous ne voulez pas négocier, ne négociez pas. C'est votre problème. Au lieu d'avoir deux ans avec sursis, vous ramasserez de trois à cinq ans ferme. De toute façon, je ferai mon boulot. Mais évitez de me prendre pour une imbécile, LeBeck.

Rachel constata avec soulagement que le visage de son client n'exprimait plus, de nouveau, que haine et sarcasme. Elle avait été à deux doigts de se laisser attendrir en le voyant trembler de peur.

— Bon, résumons-nous : c'est bien gentil de ne pas vouloir dénoncer vos petits camarades, mais nous ne sommes plus dans une cour de récréation. Vous allez plonger, et sérieusement. Ce que vous me direz, je le garderai pour moi si vous le souhaitez. Mais jouez franc-jeu avec moi ou je retire mes billes.

— Vous n'avez pas le droit de me laisser tomber. Vous avez été commise d'office pour me défendre.

— Peut-être. Mais je peux passer le dossier à un collègue, déclara Rachel, imperturbable, en glissant les papiers dans son attaché-case. Et ce serait dommage pour vous. Car, voyez-vous, je me débrouille plutôt bien dans une salle de tribunal. Et mes talents pourraient vous être utiles.

— Si vous êtes si douée que ça, pourquoi avez-vous choisi de travailler pour le bureau de l'assistance judiciaire ? Vous pourriez gagner cinq fois plus dans un cabinet privé.

— Disons que j'ai une dette à régler envers la société, trancha Rachel en refermant son attaché-case. Alors ? Qu'est-ce que vous décidez ?

L'espace d'une seconde, Nick hésita. Pâle, les traits tirés, il paraissait jeune, perdu et vulnérable. Mais il finit par serrer les poings.

— Je ne suis pas une balance. Je ne parlerai pas.

Rachel soupira avec impatience.

— Vous portiez un blouson des Cobras lorsque vous avez été arrêté.

— Et alors ?

— Et alors, ils savent déjà de quel côté les chercher, vos chers amis qui vous laissent payer l'addition pour eux sans broncher. Ça vous amuse vraiment de porter le chapeau pour tous les autres ?

Mais Nicholas LeBeck ne voulait rien savoir.

— Quand je dis non, c'est non.

— Votre loyauté est admirable, même si elle est mal placée. Je ferai mon possible pour qu'on limite les chefs d'accusation retenus contre vous. Pour ce qui est de la caution, je crains qu'il y en ait au moins pour cinquante mille dollars. Vous pensez pouvoir réunir dix pour cent de la somme ?

« Même pas le *centième* de la somme », songea Nick, avec réalisme. Mais il acquiesça d'un signe de tête.

— Je me débrouillerai.

— Très bien. Je vous tiens au courant.

Rachel se leva et sortit une carte de visite de sa poche.

— Si vous avez besoin de moi avant l'audition ou si vous décidez de négocier, passez-moi un coup de fil.

Elle frappa à la porte pour se faire ouvrir. Comme elle franchissait le seuil, un bras d'homme vint se glisser autour de sa taille. Levant les yeux, Rachel reconnut le visage souriant de son frère.

— Rachel… Ça faisait une éternité.

— Oui. Au moins un jour et demi. C'est sûr qu'il y a de quoi trouver le temps long.

Alex Stanislaski rit doucement.

— Tiens, tiens. Notre avocate dévouée serait-elle de mauvaise humeur ?

Comme il l'entraînait dans la salle de garde à vue, il jeta un regard par-dessus son épaule et haussa les sourcils en voyant sortir LeBeck.

— Ah tiens, c'est à toi qu'on l'a fourgué, celui-là ? Tu as vu que c'était ton héros de frère qui l'avait arrêté au péril de sa vie ?

— Pff…

Rachel lui assena un coup de coude dans les côtes.

— Arrête de te vanter, toi. Et dégote-moi plutôt une tasse de café.

Pendant que son frère s'éloignait, Rachel s'appuya contre le bureau d'Alex et regarda autour d'elle. Juste à côté, un homme pressait un mouchoir taché de sang contre son front et gémissait doucement tout en faisant sa déclaration à un policier imperturbable. Un peu plus loin, on entendait hurler en espagnol. Une femme au visage tuméfié pleurait à chaudes larmes dans un coin tout en berçant un bébé joufflu dans ses bras.

Rachel soupira. Dans ces commissariats des quartiers pauvres, on retrouvait toujours ce même mélange de désespoir, de résignation, de misère. Comme une tonalité de fond. Une ambiance assez similaire régnait dans le bureau de l'assistance judiciaire, à quelques blocs de là.

Fermant les yeux, Rachel eut une vision de sa sœur, Natasha, prenant son petit déjeuner en famille dans sa grande et belle maison en Virginie-Occidentale. Ou allant et venant dans l'univers coloré de son extraordinaire magasin de jouets. Cette image la fit sourire. Tout comme celle de son frère Mikhail sculptant ses figures de bois dans son nouvel atelier inondé de soleil. Peut-être, en ce moment même, embrassait-il sa femme, Sydney, avant que cette dernière ne parte travailler dans son élégante agence immobilière du centre-ville ?

Rachel poussa un profond soupir. Et elle-même, pendant ce temps, que faisait-elle ? Elle attendait une tasse de mauvais café dans un commissariat crasseux où pauvreté, malheur et tragédie marchaient main dans la main.

Alex lui tendit un gobelet en carton fumant et se percha à côté d'elle sur le bureau.

— Merci, murmura-t-elle d'un ton lugubre en observant deux prostituées ivres qui sortaient en titubant d'une cellule de garde à vue.

Un homme de haute taille, mal rasé, avec des yeux fatigués et un visage maigre et crispé passa à côté d'eux sans les voir et suivit un policier en uniforme pour se diriger vers le fond du bâtiment. Rachel soupira.

— Qu'est-ce qui ne tourne pas rond chez nous, Alexi, à ton avis ?

Son frère lui passa le bras autour de la taille en souriant.

— Quelle question ! Tu demandes ça parce que nous avons choisi de travailler dans un cadre sordide pour un salaire de misère et une reconnaissance sociale minimale ? Mais il faut de tout pour faire un monde, non ? Y compris les masochistes de service !

Rachel rit de bon cœur et continua à ingurgiter stoïquement sa dose quotidienne de caféine, malgré le vague arrière-goût de mazout du café maison.

— Enfin… Toi, au moins, tu as eu une promotion, inspecteur Stanislaski, observa-t-elle en tapant sur l'épaule de son frère.

— Je n'y peux rien si je suis doué. Et, grâce à toi, je suis sûr de ne jamais manquer de boulot. C'est génial d'avoir une sœur qui passe sa vie à se battre pour faire relâcher dans les rues tous les délinquants qu'on s'échine à y ramasser…

Elle lui jeta un regard noir par-dessus le bord de son gobelet en carton.

— La plupart des gens dont je défends les intérêts n'ont pas commis d'autres crimes que de chercher à survivre.

— C'est ça, oui. En volant, en agressant et en escroquant à tout va. Jolie recette de survie.

Il n'y avait rien de tel que le cynisme d'Alex pour réveiller la combativité de Rachel.

— J'aurais voulu que tu voies le vieillard pour qui j'ai plaidé ce matin. Traîné au tribunal pour avoir dérobé quelques cartes postales ! Tu parles d'un danger pour l'humanité. On aurait peut-être dû l'enfermer et jeter la clé, selon toi ?

— Parce que, à tes yeux, voler est sans gravité, à condition que les biens subtilisés n'aient qu'une faible valeur ? Le non-respect de la propriété d'autrui, ça ne te dit rien ?

— Cet homme avait besoin d'une aide thérapeutique. Pas d'une peine de prison.

— C'est ça. Comme le type que tu as réussi à faire libérer le mois dernier. Tu sais, celui qui avait terrifié la propriétaire âgée d'une petite mercerie. Il est passé tel Attila dans le magasin en brisant tout sur son passage. Pour finalement rafler six cents malheureux dollars dans la caisse. Tu trouves normal, toi, que cet individu n'ait pas été sanctionné pour ses actes ?

Rachel fit la moue. Elle n'avait pas été particulièrement réjouie de voir ce client-là repartir en homme libre. Mais la loi était claire et elle existait pour être respectée.

— Si vous faisiez votre boulot correctement dans la police, ça ne serait pas arrivé, Alex. L'agent des forces de l'ordre qui l'a arrêté avait l'obligation de l'aviser de ses droits en s'adressant à lui dans sa langue maternelle. Ou à défaut, de s'adjoindre les services d'un interprète. Mon client comprenait à peine dix mots d'anglais.

Voyant Alex prêt à se lancer dans une de ces discussions passionnées qui les opposaient régulièrement, Rachel secoua la tête.

— *Niet, Alexi.* Le débat est clos pour aujourd'hui. J'ai un planning d'enfer cet après-midi et il me reste à peine le temps de manger. Dis-moi juste ce que tu sais de Nicholas LeBeck.

— Ce que je sais de ton LeBeck ? Pas grand-chose. Tu as vu le rapport, non ?

— Raconte-moi comment l'arrestation s'est passée.

— Je rentrais chez moi lorsque j'ai vu le carreau brisé. Je me suis approché pour jeter un coup d'œil et c'est là que ton client m'est plus ou moins tombé dans les bras. Je me suis contenté de le cueillir et de le ramener ici.

— Et les autres ?

Avec un haussement d'épaules, Alex finit son café.

— Je n'ai vu personne à part LeBeck.

— Allons, Alex. Tu sais qu'il n'était pas seul sur le coup.

— J'imagine qu'il avait des complices, oui. Mais les autres avaient déjà filé. Et LeBeck est resté muet comme une tombe. Il n'en était pas à son coup d'essai, entre parenthèses. Ça fait déjà quelques années qu'il est fiché.

Rachel secoua la tête.

— Tu as vu le contenu de son dossier ? Il n'y a pas de quoi faire dresser les cheveux sur la tête. C'était de la petite, petite délinquance.

— Ces gens-là commencent souvent petit. Et puis c'est l'escalade progressive. Il me paraît quand même sacrément mal barré dans la vie, ton LeBeck.

Rachel secoua la tête.

— On n'a pas le droit de dire des choses comme ça, Alex. A dix-sept ans, on peut encore changer… LeBeck fait partie du gang des Cobras, je crois ?

— Il avait le blouson en tout cas. Et l'insolence avec.

— Ce n'est qu'un môme, Alex. Et il est vert de trouille.

Avec un grognement contrarié, son frère envoya son gobelet vide dans la corbeille à papier.

— Un môme ? Laisse-moi rire, Rachel. Il est plus grand que moi.

— Ce n'est pas une question de taille ! Même s'il est adulte et qu'il joue les durs, je sais qu'il n'en mène pas large, dans sa cellule. Et *ça*, figure-toi, ça me touche. Car ce gamin-là, ça aurait pu aussi bien être toi ou moi. Ou même Natasha ou Mikhail.

— Attends, Rachel, tu ne vas tout de même pas comparer…

— Eh si, justement. S'il n'y avait pas eu la famille, si papa et maman n'avaient pas travaillé aussi dur, si nous ne nous étions pas serré les coudes, n'importe lequel d'entre nous aurait pu être entraîné sur le même parcours qu'un Nicholas LeBeck. Et tu le sais très bien.

Alex lui jeta un regard noir.

— Bon, O.K., oui, je le sais. Pourquoi crois-tu que je sois entré dans la police ? Mais il reste quand même quelque chose comme le libre arbitre, non ? Il arrive un moment dans la vie où il faut choisir son camp.

— Parfois on fait les mauvais choix faute d'avoir été soutenu au bon moment.

Son frère soupira.

— Je crois que nous n'aurons jamais la même conception de la justice, toi et moi, Rachel. Mais fais quand même attention à toi. Les Cobras forment un des gangs les plus redoutables qui sévissent en ce moment à New York. Je sais que tu es une idéaliste, mais, par pitié, ne va pas te mettre en tête que ton client est une âme noble égarée dans un monde cruel.

— Arrête, Alex ! Je sais ce que je fais.

Rachel abandonna le reste de son café refroidi sur le bureau et se redressa pour toiser son frère, les bras croisés sur la poitrine.

— Il était armé ?

— Non, soupira Alex.

— Il t'a opposé une résistance ?

— Aucune. Mais cela ne change rien à ce qu'il était en train de faire. Ni à ce qu'il est.

— Ses actes demeurent, en effet. Mais son attitude au moment de l'arrestation peut constituer une indication précieuse quant à sa personnalité et à ses convictions. L'audience avec le juge est fixée à 16 heures.

— Je sais.

Rachel sourit et se pencha pour l'embrasser.

— A tout à l'heure, alors.

Elle avait atteint la porte lorsque son frère la rappela.

— On se fait un ciné, ce soir ?

— Bonne idée. Je te passerai un coup de fil.

A peine avait-elle fait deux pas dehors qu'on l'appela de nouveau. Plus cérémonieusement, cette fois.

— Mademoiselle Stanislaski ?

Repoussant les cheveux qui lui tombaient sur les yeux, elle tourna la tête. C'était l'homme aux yeux fatigués et aux joues hérissées de barbe qu'elle avait déjà remarqué un peu plus tôt dans le commissariat. Il se hâtait à présent dans sa direction. Ce n'était pas précisément le genre de type à passer inaperçu. Il était grand — très grand même — et son sweat-shirt trop large soulignait des épaules étonnamment puissantes pour un homme aussi mince. Un jean usé et blanchi aux coutures révélait des hanches étroites, des jambes longues et nerveuses.

Mais ce n'était pas tant son physique qui attirait l'attention que les intenses vibrations de colère qui émanaient de sa personne. Ses yeux d'un bleu métallique étincelaient dans un visage aux traits rudes, avec des joues presque hâves, des mâchoires marquées.

— Vous êtes Rachel Stanislaski ?

— C'est moi, oui.

Il lui serra la main pour se présenter… et lui fit descendre trois marches par la même occasion. Rachel réprima une grimace. Cet homme-là n'avait peut-être pas l'air très costaud, mais il avait une poigne d'acier.

— Zachary Muldoon, annonça-t-il, comme si ce nom suffisait à tout expliquer.

Rachel se contenta de hausser les sourcils. Il avait beau être capable de lui broyer la main, elle n'avait pas l'habitude de se laisser intimider facilement. Surtout dans le périmètre immédiat d'un commissariat de police.

— Je peux vous aider, monsieur Muldoon ?

— Vous avez *intérêt* à m'aider, oui.

Charmante entrée en matière.

— Ah, vous croyez ça, vous ? riposta-t-elle, toutes griffes dehors.

Le dénommé Muldoon passa la main dans ses cheveux noirs en bataille. Puis, jurant tout bas, il lui prit le coude et l'entraîna sur le trottoir.

— Combien faudra-t-il verser pour le sortir de là ? Et pourquoi a-t-il fait appel à vous et non à moi ? Mais ce que j'aimerais comprendre surtout, c'est comment vous avez pu le laisser croupir toute une nuit en cellule. A quoi bon avoir un avocat, s'il n'est même pas fichu de faire libérer son client immédiatement ?

Rachel se dégagea non sans mal, prête à utiliser son attaché-case pour se défendre. Elle avait entendu parler du tempérament impétueux des Irlandais. Mais les Ukrainiens n'étaient pas des mauviettes non plus. Et elle ne se laisserait pas rudoyer par cet excité sans réagir.

— Primo, monsieur Muldoon, je ne sais pas qui vous êtes ni de quoi vous me parlez. Secundo, j'ai un emploi du temps très chargé. Alors arrêtez de m'apostropher comme si j'étais la cause directe de tous vos maux et allez passer vos nerfs ailleurs.

Elle réussit à faire deux pas en direction de la bouche de métro. Mais l'Irlandais déchaîné la rattrapa en une seule enjambée et la fit pivoter vers lui.

— Je me fiche éperdument de vos problèmes d'emploi du temps. Ça fait partie de vos fonctions de répondre à mes questions, princesse. Si vous n'avez pas le temps de défendre Nick, nous prendrons un autre avocat. Je ne comprends d'ailleurs pas ce qui lui a pris de faire appel à une petite bourgeoise BCBG dans votre genre.

Les yeux bleus lançaient des éclairs ; la bouche de poète irlandais était tordue en une grimace mauvaise.

Mais Rachel n'était pas moins énervée que lui.

— Une petite bourgeoise BCBG, moi ? Faites attention à ce que vous dites, mon vieux, sinon…

— Sinon vous demanderez à votre petit copain flic de me boucler dans une de ses cellules ? compléta Zack d'un ton méprisant.

Il toisa la jeune femme, la bouche déformée par une moue de dégoût. Sa peau délicate, très légèrement hâlée, l'or liquide de ses yeux qui rappelait la couleur de ses meilleurs whiskys… Ayant terminé son examen, il secoua la tête. Pour aider Nick, il lui fallait un type solide, aguerri. Pas une jolie petite évaporée de la haute qui se distrayait de ses angoisses existentielles en faisant des effets de manches dans les prétoires.

— Je ne vois pas comment Nick pourrait être défendu correctement par une fille qui passe son temps à flirter avec des flics et à fixer des rendez-vous amoureux alors qu'elle est censée travailler.

— Dites, vous n'allez tout de même pas me faire la morale, en plus ! s'écria Rachel. En quoi cela vous concerne-t-il que… Mais vous avez dit *Nick,* au fait ? Nicholas LeBeck ? C'est à son sujet que vous vouliez me parler ?

— Mais évidemment que c'est au sujet de Nick ! Qu'est-ce que vous croyiez ? Que je vous faisais du plat ? Désolé de vous décevoir… En attendant, vous feriez mieux de me fournir des réponses claires, ma belle. Et en vitesse. Sinon, je vous retire cette affaire. Et vous n'aurez plus l'occasion de ramener votre charmant petit derrière dans ce commissariat où vous avez tout l'air d'être appréciée.

Un flic sous couverture, vêtu comme un clochard, s'approcha de sa démarche vacillante.

— Un problème, Rachel ? demanda-t-il à mi-voix en examinant le dénommé Muldoon du coin de l'œil.

— Non, c'est bon, Matt, répondit-elle, refrénant sa colère le temps de sourire au policier… Quant à vous, Muldoon, je vous conseille de vous calmer. Des réponses, j'en donne si je veux. Et ce n'est pas en m'insultant que vous me rendrez coopérative.

— Vous êtes payée pour coopérer. Vous lui taxez combien, au fait, à ce gamin ?

— Je vous demande pardon ?

— Quels sont vos honoraires, mon petit cœur ?

Rachel grinça des dents. De son point de vue, ce « mon petit cœur » était presque aussi offensant que l'appellation de « petite bourgeoise BCBG » injustifiée.

— Je suis un défenseur public, Muldoon. Autrement dit, c'est l'Etat qui me paye. Nicholas LeBeck ne me verse pas un centime. Et je ne vous dois rien, pas même une explication.

— Une avocate de l'assistance judiciaire ? s'écria-t-il en l'entraînant quelques pas plus loin sur le trottoir. Mais pourquoi ?

— Parce que LeBeck est au chômage et qu'il est fauché. Et maintenant, si vous voulez bien m'excuser…

Elle posa une main sur le torse de Muldoon pour le repousser. Mais elle aurait aussi bien pu s'attaquer à un mur. C'était à se demander s'il n'avait pas été construit entièrement en acier et en brique.

— Ainsi Nick a perdu son boulot. Mais, bon sang, pourquoi…

Zachary Muldoon laissa sa phrase en suspens. Cette fois, ce ne fut pas de la colère que Rachel lut dans son regard, mais une lassitude profonde. Mêlée d'une pointe de résignation et de remords.

— Il aurait pu venir me trouver, murmura-t-il comme pour lui-même.

— Vous êtes quoi, par rapport à lui, exactement ? s'enquit Rachel d'un ton radouci.

Muldoon se frotta le visage des deux mains.

— Son frère.

Perplexe, Rachel fronça les sourcils. Elle savait que les membres d'un même gang se considéraient tous comme des « frères ». Mais si Zachary Muldoon avait le physique requis, il paraissait malgré tout un peu vieux pour appartenir à la glorieuse confrérie des Cobras.

— Ils n'ont pas d'âge limite, dans ce gang ? s'étonna-t-elle.

Il jura avec force.

— Parce que j'ai l'air de faire partie d'une bande de loubards, selon vous ?

Rachel inclina la tête sur le côté pour l'examiner tout à son aise. Il avait l'allure d'un dur, c'était certain. D'un homme qui n'hésiterait pas à se battre. Ni à briser quelques os au passage. Et elle ne doutait pas qu'il aurait grand plaisir à broyer les siens.

— Vu de l'extérieur, vous feriez un Cobra tout à fait honorable, conclut-elle à voix haute. Vous avez l'attitude, le langage. Et la rudesse aussi.

Zack se moquait éperdument du jugement qu'une Rachel Stanislaski pouvait porter sur sa personne. Mais dans l'intérêt de Nick, il était temps qu'il mette les points sur les i.

— Désolé de vous décevoir, mais je suis le frère de Nick au sens propre du terme. Enfin presque… La mère de Nick a épousé mon père. Vous pigez ?

Si le regard de l'avocate demeurait méfiant, elle se montra néanmoins plus attentive.

— LeBeck m'a affirmé qu'il n'avait aucune famille.

Zack encaissa le coup. Mais ce n'était pas vraiment étonnant, au fond, que Nick ait prétendu être seul au monde.

— Il m'a moi, que cela l'amuse ou non, déclara-t-il sèchement. Et j'ai les moyens de payer un vrai avocat. Donc exposez-moi son cas et je verrai ensuite pour la relève.

Cette fois, Rachel Stanislaski ne se contenta pas de crisper les mâchoires. Elle montra carrément les dents.

— Il se trouve que je *suis* un vrai avocat, Muldoon. Et si LeBeck n'est pas content de mes services, il est capable de le dire tout seul, comme un grand.

Zack fit un effort pour contenir son impatience.

— Nous verrons cela plus tard, O.K. ? Pour le moment, j'aimerais savoir ce qui s'est passé.

Rachel Stanislaski jeta un rapide coup d'œil à sa montre.

— Je vous accorde un quart d'heure, pas une seconde de plus. Sachant qu'il faudra que j'en profite pour déjeuner dans l'intervalle. Je dois être de retour au palais de justice dans une heure.

2

Compte tenu de sa classe et de son allure, Zack s'attendait à ce que Rachel choisisse un de ces petits restaurants à la mode où l'on servait des plats aux noms sophistiqués avec d'élégants vins blancs italiens. Mais l'avocate se dirigea à grands pas vers le vendeur ambulant le plus proche et commanda un hot dog avec des oignons et une boisson fraîche. Puis elle s'écarta pour le laisser faire son propre choix.

La simple idée d'avoir à avaler une saucisse au lever souleva l'estomac de Zack. Il commanda un Coca pour se réveiller et alluma une cigarette.

Rachel prit une solide bouchée de son sandwich et lécha la moutarde sur ses doigts. Mêlée à l'odeur écrasante de charcuterie et de condiments, une subtile bouffée de son parfum vint frapper les narines de Zack. Le contraste lui arracha un sourire. Des années plus tôt, en marchant dans la jungle, il avait fait une expérience olfactive du même ordre. Alors que les relents épais de matière en décomposition dominaient au cœur de l'enfer vert, il était tombé soudain en arrêt devant une espèce de liane couverte de fleurs écarlates dont les fragrances capiteuses l'avaient plongé un instant dans un état proche de l'ivresse.

— Il va être inculpé de vol avec effraction, expliqua Rachel, la bouche pleine, le ramenant instantanément aux réalités du moment. Et inutile d'espérer plaider l'innocence. Il a été appréhendé alors qu'il sortait d'un magasin par une fenêtre fracturée, avec plusieurs milliers de dollars de marchandises dans son sac.

— C'est stupide, s'emporta Zack. Nick avait d'autres solutions que le vol.

— Peut-être. Mais les faits sont là, Muldoon. Il a été surpris en pleine action et il ne nie pas sa culpabilité. Le procureur de district est prêt à négocier avec lui s'il accepte de collaborer avec la justice. Nick pourrait s'en sortir avec des travaux d'intérêt collectif et un sursis. Mais pour cela, il faudrait qu'il coopère.

— Alors il coopérera, dit Zack en rejetant sa fumée.

Rachel haussa les sourcils. Zachary Muldoon semblait croire qu'il n'avait qu'à assener son poing puissant sur la table et à proférer un ordre de sa profonde voix de basse pour que l'humanité entière courbe l'échine. Mais, d'après le peu qu'elle avait vu de Nicholas LeBeck, elle ne pouvait s'empêcher d'être sceptique.

— Je ne voudrais pas vous décevoir, mais je suis sûre que votre frère ne lâchera aucun nom. C'est un Cobra. Il ne trahira pas les autres membres de son gang.

Zack émit un commentaire peu amène sur le gang en question. Rachel était d'accord avec lui. Même s'il lui en coûtait d'être du même avis que ce diable d'Irlandais au caractère impossible.

— Je partage votre opinion sur les Cobras, mais je soupçonne votre frère d'être aussi tête de mule que vous. Il restera loyal jusqu'au bout. Avec cela, il a déjà un casier judiciaire. Rien de bien terrible, mais le fait qu'il ait des antécédents judiciaires ne jouera pas en sa faveur. Ce vol, par chance, est son premier gros délit. Ce qui devrait inciter le juge à la clémence. Je pense que je pourrai obtenir une sentence de trois ans. Si sa conduite en prison est bonne, il fera une année et ils le relâcheront.

Le ventre noué, Zack écrasa la cannette entre ses doigts.

— Je ne veux pas que Nick aille en prison.

— Muldoon, je fais ce que je peux, mais il y a des limites. Je travaille avec des lois, pas avec une baguette magique.

— Le propriétaire du magasin a récupéré le matériel que Nick a pris, non ?

— Cela n'enlève rien à la gravité de l'acte. Ce que Nick avait en sa possession a été restitué, oui. Mais il manque le reste. Tout ce que ses charmants camarades ont réussi à emporter en laissant votre frère en carafe.

Jurant avec force, Zack jeta sa cannette en visant la poubelle et réussit miraculeusement à atteindre son but.

— Je rembourserai le propriétaire du magasin. Nick n'a que dix-sept ans, après tout. Si vous pouviez obtenir du procureur de district qu'il le poursuive en tant que mineur, nous aurions nos chances.

— Je doute qu'il cède sur ce point. La politique appliquée pour les gangs est assez sévère, et les délinquants de cet âge sont désormais systématiquement jugés comme des adultes lorsqu'ils commettent des infractions graves. Et avec les antécédents judiciaires de Nick, en plus…

— Si vous n'êtes pas fichue de défendre mon frère, je trouverai un autre avocat pour le faire.

Comme Rachel ouvrait la bouche pour l'incendier, il leva la main.

— Désolé. Considérez que je n'ai rien dit. Je sais que j'ai été imbuvable avec vous et je le regrette. Je travaille de nuit et j'ai un peu de mal le matin au démarrage.

Il en coûtait à Zack de faire ainsi acte de contrition. C'était radicalement opposé à sa nature. Mais il avait besoin de l'aide de cette fille. Et un petit effort de politesse ne saurait nuire, en l'occurrence.

— Mettez-vous à ma place. Il y a une heure, je reçois un coup de fil d'un copain de Nick qui m'annonce qu'il a passé la nuit au poste. Et quand je débarque au commissariat pour lui parler, je me fais jeter, comme d'habitude. « Fous-moi la paix, je n'ai pas besoin de toi. Tout va bien, je me débrouille. » C'est toujours pareil avec lui.

Zack jeta sa cigarette par terre et l'écrasa du talon pour en rallumer une autre aussitôt.

— Il n'a que moi au monde, Rachel Stanislaski. Et, même s'il ne le montre pas, je sais qu'il est mort de trouille. Je suis conscient qu'il a fait des conneries, mais sa place n'est pas en prison. Je suis prêt à tout pour le sortir de là.

Rachel fit un louable effort sur elle-même pour ne pas se laisser attendrir.

— Vous disposez de la somme nécessaire pour couvrir les pertes ? Elles s'élèvent à quinze mille dollars.

Zachary Muldoon fit la grimace, mais n'en acquiesça pas moins d'un signe de tête.

— Je peux les trouver.

— Il est certain que cela nous faciliterait la tâche. Quelle influence avez-vous sur Nick ?

— Aucune.

Il sourit, et Rachel fut étonnée de constater que ce visage anguleux pouvait avoir un charme… étourdissant.

— Mais je me charge de le reprendre en main, enchaîna Zack avec détermination. J'ai un commerce et un appartement où il aura sa chambre. Je vous procurerai tous les certificats, attestations et garanties dont vous aurez besoin. Mon casier judiciaire est vierge. J'ai bien passé trente jours au trou lorsque j'étais dans la marine. Mais c'était à cause d'une bagarre qui remonte déjà à douze ans, donc j'imagine que personne — pas même le plus féroce des juges — ne m'en tiendra rigueur.

Le cerveau en ébullition, Rachel réfléchit aux nouvelles possibilités qui s'offraient pour son client.

— Si j'ai bien compris, vous voulez que je persuade le juge de vous confier Nick.

— J'engage ma responsabilité. Je me charge de lui trouver un boulot stable. Et je paye les dégâts.

— Il n'est pas certain que ce soit un service à lui rendre, monsieur Muldoon.

— Nick est mon frère. Je veux lui donner une chance.

C'était le type même d'argument auquel une Stanislaski ne pouvait rester insensible. Rachel leva les yeux vers le ciel alors que les premières gouttes de pluie s'écrasaient sur la chaussée.

— Il faut que je retourne à mon bureau. Si vous avez un peu de temps devant vous, vous pouvez m'accompagner. On va voir s'il y a moyen de faire quelque chose pour votre frère.

Un bar… il ne manquait plus que ça ! songea Rachel avec un profond soupir alors qu'elle tentait de rassembler ses arguments en vue de son entretien. Pourquoi fallait-il que ce Muldoon soit tenancier de bar ? Il avait le physique de l'emploi, cela dit. Ce métier collait bien avec ses épaules carrées, ses grandes mains, son nez busqué — vraisemblablement cassé au cours d'une échauffourée quelconque — et son charme un peu tourmenté d'Irlandais irascible.

Mais il aurait été tellement plus confortable d'annoncer au juge que Zachary Muldoon tenait un magasin de vêtements pour hommes ou même une boulangerie-pâtisserie ! Elle aurait l'air fine en demandant qu'on confie Nicholas LeBeck à un homme qui était propriétaire d'un débit de boissons, situé dans l'East Side et dont le nom — le Brise-lames — était déjà à lui seul tout un programme !

Cela dit, elle ne partait pas tout à fait perdante. Le procureur de district continuait à réclamer des noms, mais le propriétaire de la boutique de hi-fi s'était singulièrement radouci en apprenant qu'il serait dédommagé. Elle était persuadée qu'il en avait profité pour gonfler le prix de sa marchandise. Mais ça, c'était le problème de Muldoon. Pas le sien.

Restait à convaincre le procureur qu'il serait préférable pour tout le monde que Nick ne soit pas jugé comme un adulte.

Dès qu'ils furent installés face à face dans une petite salle de conférence du tribunal, Rachel prit le taureau par les cornes.

— Allez, Haridan, on essaye de régler ça rapidement en économisant à la fois notre temps, celui du tribunal, et l'argent du contribuable. Coller ce jeune en prison n'est pas une solution.

Le procureur cala sa silhouette massive dans un fauteuil.

— Pour vous peut-être pas, Stanislaski. Mais pour moi, c'est la seule réponse possible. C'est typiquement le genre de racaille qu'il vaut mieux déférer aux juridictions pénales de droit commun. Les Cobras sont des déjantés qui fonctionnent selon des codes compliqués et résolument antisociaux. Croyez-moi, c'est une sale engeance. Et ce LeBeck est déjà fiché.

— N'exagérons rien. Il a arnaqué quelques touristes, travaillé dans une casse un peu louche et traficoté par-ci, par-là. Rien qui permette de conclure qu'il a un destin de grand criminel.

— Il y a eu des antécédents de coups et blessures volontaires, non ?

— Juste une bagarre contre des membres d'un gang rival. Et la plainte a d'ailleurs été retirée. Soyons justes, Haridan : il y a encore un espoir pour que Nicholas LeBeck sorte de l'engrenage. Alors pourquoi ne pas lui donner sa chance ? Il ne faut pas qu'il renoue avec sa bande, nous sommes d'accord là-dessus. Mais il se trouve que son demi-frère — ou en tout cas le fils de son beau-père — est prêt à faire un gros, gros effort pour le remettre dans le droit chemin. Non seulement il paiera pour la marchandise volée, mais il engage sa responsabilité. Il fournira à LeBeck un emploi et un foyer. Et il se charge de le cadrer. Tout ce que je vous demande, c'est d'accepter qu'il soit traité comme un mineur.

Haridan frotta son crâne chauve.

— Je ne suis pas contre. Mais il me faut d'abord des noms.

— Il refuse d'en donner.

Rachel le savait d'autant mieux qu'elle venait de passer encore une heure avec Nick à tenter de le convaincre.

— Allez-y, poursuivit-elle, réclamez une peine de dix ans de prison contre lui, je suis sûre qu'il continuera à se taire. Il n'a pas une mentalité de délateur, ce n'est pas un défaut en soi. Alors à quoi bon se focaliser sur cette histoire de complices ? Nous avons affaire à un individu en fin d'adolescence qui peut encore s'amender si on tente une réinsertion dans de bonnes conditions. Mais, si on l'envoie en prison, nous savons l'un et l'autre que c'est la récidive assurée.

Ils continuèrent à débattre ainsi jusqu'au moment où Haridan — par pure lassitude — finit par accepter de lâcher du lest.

— Bon, d'accord, je renonce à demander que LeBeck relève d'une juridiction de droit commun. Mais je maintiens l'inculpation pour vol avec effraction. Et là-dessus, vous ne me ferez pas céder d'un pouce. Je peux vous garantir d'ailleurs que le juge n'acceptera pas de le laisser filer tranquillement avec une simple mesure de réinsertion…

Satisfaite, Rachel referma son dossier et le glissa dans son attaché-case.

— Ne vous inquiétez pas pour le juge, je m'en charge. Qui est de service, au fait ?

Haridan eut un petit rire.

— Je vous le donne en mille !

— Mais encore ?

— Beckett…

Marlene C. Beckett était considérée comme une grande excentrique. Un peu magicienne à ses heures, elle prononçait des sentences qui surprenaient comme autant de lapins blancs qu'elle aurait tirés de son chapeau. Agée d'une cinquantaine d'années, c'était une femme encore superbe à la chevelure mi-longue d'un roux flamboyant.

Rachel avait pour elle la plus grande estime. Le juge Beckett était une féministe convaincue, avec un passé un peu hippie. Elle avait fait une belle carrière dans un métier réputé ingrat sans renoncer pour autant à une seule de ses qualités féminines. Rachel la respectait, l'admirait et espérait même suivre ses traces.

Mais dans les circonstances présentes, elle aurait tout donné pour tomber sur un magistrat plus prévisible !

Tandis que le juge Beckett écoutait son plaidoyer, Rachel sombrait petit à petit dans le plus noir pessimisme. Marlene Beckett serrait les lèvres. Ce qui était très mauvais signe. Et elle ne cessait de pianoter du bout des doigts sur son bureau. A plusieurs reprises, Rachel la vit examiner Nick — puis Zack — d'un air pensif.

— Vous dites, Maître, que la famille de l'inculpé accepte de dédommager le plaignant pour la valeur intégrale des biens ayant fait l'objet du vol avec effraction. D'autre part, bien que le procureur de district ait accepté que l'inculpé relève des juridictions réservées aux mineurs, vous aimeriez obtenir un classement sans suite ?

— Je propose effectivement, Votre Honneur, de prendre à l'encontre du prévenu des mesures non carcérales. Sa mère et son beau-père sont décédés l'un et l'autre. Mme Muldoon, née LeBeck, est morte il y a trois ans, lorsque l'inculpé avait quatorze ans. Il se trouve que M. Zachary Muldoon, ici présent, a les moyens et la volonté de prendre son frère sous sa responsabilité. La défense estime que si la situation familiale du prévenu se stabilise, un procès ne ferait que retarder inutilement le processus de réinsertion, sachant que mon client regrette déjà le moment de faiblesse dont il a été victime.

L'expression du juge Beckett semblait hésiter entre l'amusement et la sévérité.

— Regrettez-vous profondément d'avoir échoué dans votre tentative de vol avec effraction, jeune homme ?

L'air plus renfrogné que jamais, Nick haussa les épaules.

— Ben oui, je regrette. Je…

Il s'interrompit en sentant le léger coup que Zack venait de lui donner sur la tête et en croisant le regard d'avertissement de Rachel.

— Je me suis comporté stupidement, marmonna-t-il.

— Voilà qui ne fait aucun doute, acquiesça le juge Beckett. Monsieur Haridan, quelle est votre position ?

— Le ministère public refuse d'abandonner les poursuites, Votre Honneur, bien que nous ayons accepté que le prévenu soit poursuivi selon les modalités pénales applicables aux mineurs. Une proposition a été faite de revoir les chefs d'inculpation à la baisse si le prévenu acceptait de communiquer les noms de ses complices.

— Vous voudriez que ce garçon trahisse ceux qu'il considère, à tort j'en suis sûre, comme ses amis ?

Beckett interrogea Nick du regard.

— Alors ? Vous acceptez de fournir l'identité de quelques-uns de vos camarades ?

— Il n'en est pas question, rétorqua Nick fermement.

La magistrate hocha la tête sans faire de commentaire et reporta son attention sur Zack.

— Vous êtes monsieur Muldoon, n'est-ce pas ? Levez-vous, s'il vous plaît.

Manifestement mal à l'aise, Zack obtempéra.

— Oui, madame, euh… pardon… Votre Honneur.

— Où étiez-vous pendant que votre jeune frère traînait dans la rue avec ses amis les Cobras ?

— En mer. J'étais dans la marine et j'y suis resté jusqu'à mon retour, il y a deux ans, où j'ai pris la direction du bar tenu par mon père.

— Quel était votre rang dans la marine ?

— Maître.

— Mmm…

Le juge Beckett jaugea Zack longuement.

— J'ai eu l'occasion de prendre un verre dans votre bar, il y a quelques années. Vous serviez un excellent *manhattan* à l'époque.

Une étincelle d'humour dansa dans le regard bleu de Zack.

— La qualité de nos cocktails n'a pas baissé, Votre Honneur. Avant de mourir, mon père m'a transmis ses secrets.

— Parfait. Et vous estimez donc être en mesure, monsieur Muldoon, de faire de votre frère un citoyen respectable et d'éviter qu'il ait de nouveaux « moments de faiblesse » ?

— Honnêtement, je ne sais pas. Mais j'aimerais au moins essayer.

Le juge Beckett pianota de nouveau sur son bureau.

— Bien. Vous pouvez vous rasseoir… Maître Stanislaski, la cour juge que, compte tenu de la gravité de l'infraction commise, la procédure pénale doit suivre son cours. Un procès s'impose, en l'occurrence.

— Votre Honneur, je…

D'un geste, Beckett rejeta l'objection que Rachel n'avait pas encore eu le temps de formuler.

— Je n'ai pas fini. Je fixe le montant de la caution à cinq mille dollars.

La modicité de la somme suscita cette fois une protestation énergique de la part de Haridan. Mais, pas plus qu'à Rachel, la magistrate ne lui laissa la parole.

— Je vais rendre cependant ce que j'appellerai une ordonnance de probation à l'essai. Je fixe la date de la prochaine comparution dans deux mois. Si, durant cette période d'observation, l'inculpé exerce une activité professionnelle régulière et rémunérée, rompt tout contact avec la pègre et ne commet aucune infraction, la cour pourrait envisager de prolonger la probation et même, à terme, de classer l'affaire sans suite.

— Mais, Votre Honneur ! s'écria Haridan d'un air consterné. Qu'est-ce qui nous prouve que, dans deux mois, M. LeBeck ne se présentera pas devant la cour, la bouche en cœur, en jurant ses grands dieux qu'il s'est comporté comme un ange ?

— Rassurez-vous, monsieur Haridan. M. LeBeck sera suivi par un officier du tribunal qui sera coresponsable de sa conduite avec M. Muldoon et qui rédigera un rapport écrit hebdomadaire à mon intention.

Un sourire joua au coin des lèvres de Marlene Beckett.

— Je pense que la formule est intéressante. La rééducation des jeunes se fait rarement en prison, monsieur Haridan.

Rachel dut se faire violence pour ne pas gratifier le procureur d'un sourire de triomphe.

— Je vous remercie, Votre Honneur.

— Mais je vous en prie, Maître. Vous n'oublierez pas de me remettre votre rapport tous les vendredis, disons vers 15 heures.

— Mon rapport ?

Rachel pâlit.

— Mais, Votre Honneur, vous ne voulez tout de même pas dire que... que vous faites de moi l'agent de probation de M. LeBeck !

— Mais si, pourquoi pas ? Voyons, mademoiselle Stanislaski, je suis persuadée que cet arrangement sera profitable à votre client. Je pense même que les deux autorités conjointes — la masculine et la féminine — ont des chances de faire des miracles.

— Je... je suis tout à fait d'accord avec vous, Votre Honneur. Mais je ne suis pas travailleur social et...

— Vous êtes fonctionnaire, n'est-ce pas ? Autrement dit, au service de l'Etat ? Alors servez !

La magistrate trancha d'un coup de marteau énergique.

— Au suivant !

Sidérée par la mesure hallucinante que venait de prendre le juge Beckett, Rachel se dirigea vers le fond de la salle dans un état second.

— Eh bien, tu as gagné le gros lot, dit la voix sarcastique d'Alex à son oreille. Tu es bien avancée, maintenant !

Sonnée, Rachel secoua la tête.

— Je ne comprends vraiment pas, chuchota-t-elle, atterrée. C'est contraire à tous les règlements. Comment a-t-elle *pu* prendre une décision pareille ?

— Tout le monde sait que cette femme est un peu folle, marmonna Alex en l'entraînant d'autorité dans le hall. Mais il est hors de question que j'accepte de te laisser jouer les baby-sitters pour un Cobra. Beckett ne peut pas te forcer à le faire, de toute façon.

Sourcils froncés, Rachel se dégagea de la poigne énergique de son frère.

— Me forcer ? Je ne pense pas, non. Mais arrête de me tirer par le bras comme si j'étais une gamine de cinq ans et laisse-moi cinq minutes de réflexion, tu veux ?

— Il n'y a pas de réflexion qui tienne. Tu vas dire non, un point, c'est tout. Tu as ta vie privée, ta famille. Il ne manquerait plus que tu prennes la responsabilité de ce délinquant ! D'ailleurs, son frère, ce Muldoon, tu ne sais rien de lui non plus. Si ça se trouve, c'est un fou dangereux, ce patron de bar. Déjà que ça ne m'amuse pas que tu te décarcasses du matin au soir pour défendre toutes ces petites frappes plus ou moins psychopathes. Mais s'il faut en plus que tu prennes un de ces guignols sous ta coupe, je dis stop. Trop, c'est trop.

Si Alex avait adopté une attitude différente, Rachel aurait sans doute réfléchi à deux fois avant d'accepter de devenir l'agent de probation de Nicholas LeBeck. Il aurait suffi que son frère fasse preuve d'un minimum de compréhension pour qu'elle entame les démarches afin de casser la décision de Beckett. Mais s'il le prenait sur ce ton…

— Et de quel droit te permettrais-tu de dire « stop », Alex ? Je ne suis pas assez grande pour vivre ma vie toute seule, peut-être ? Je n'ai pas besoin de ton autorisation pour veiller sur ce garçon. Alors je te suggère de prendre ton badge et d'aller t'occuper de ce qui te regarde. Va donc arrêter deux ou trois vagabonds qui n'ont jamais fait de mal à personne puisque tu n'as jamais eu qu'une seule obsession dans la vie : remplir les prisons !

Alex, qui avait un caractère aussi emporté que le sien, la saisit par les épaules.

— Ne recommence pas, Rachel !

— Je recommence si je veux. Fiche-moi la paix.

Son frère la secoua légèrement.

— Rachel, si je m'écoutais, je te mettrais une…

— Cette demoiselle vous a demandé de la laisser en paix, je crois.

La voix de Zack était lisse et froide. On aurait dit un serpent sur le point de passer à l'attaque.

Alex serra les poings.

— Toi, tu t'occupes de tes fesses, tu m'entends ?

— J'ai entendu, oui. Mais je n'ai pas d'ordres à recevoir de toi.

Zack prit position face à Alex, manifestement prêt à lui tomber dessus au premier signal de l'adversaire.

« On croit rêver », se dit Rachel, exaspérée, en s'interposant entre les deux hommes.

— Arrêtez immédiatement, vous deux ! Vous croyez que c'est malin de vous écharper devant une salle de tribunal ? Franchement, Muldoon, si c'est comme ça que vous comptez donner l'exemple à votre frère, bravo ! C'est très réussi.

Zack ne tourna même pas les yeux dans sa direction. Seul Alex semblait retenir son attention.

— Je n'ai pas l'habitude de rester les bras croisés lorsqu'on bouscule une femme devant moi.

— Je suis parfaitement capable de me défendre toute seule ! dit Rachel en reportant son irritation sur Alex. Et toi, qu'est-ce qui te prend ? Tu es censé faire respecter la loi et l'ordre, bon sang ! Quant à ma décision, elle est prise. Puisque la cour a choisi de me confier cette mission, je m'incline.

— Bon sang, Rachel, mais réfléchis cinq minutes ! Tu ne pourras jamais…

Le regard d'Alex redevint menaçant lorsque Zack avança d'un pas.

— Toi, je te préviens : si tu interviens encore une fois dans cette conversation *privée* avec ma sœur, tu vas te retrouver prématurément avec un dentier.

— Votre sœur ?

Les regards de Zack allèrent de l'un à l'autre. En fait, la ressemblance sautait aux yeux dès qu'on prenait le temps de les examiner de plus près. Ils avaient une beauté sauvage, un rien tzigane… Assurément, le même sang coulait dans leurs veines.

Sa colère retomba. S'ils étaient frère et sœur, cela changeait la donne. Il se tourna vers Rachel.

En vérité, cela changeait même pas mal de choses…

— Désolé. Je n'avais pas saisi qu'il s'agissait d'une dispute à caractère familial. Continuez donc à lui hurler dessus tant que vous voudrez et considérez que je n'ai rien dit.

Rachel grinça des dents en voyant une amorce de sourire se dessiner sur les lèvres de son frère.

— Parfait. Alors tu vas m'écouter maintenant, Rachel.

Elle commença par soupirer pour la forme. Mais ce fut plus fort qu'elle. Elle lui prit le visage entre les mains et lui colla un baiser sonore sur chaque joue.

— Allons, Alex : tu sais bien que je suis un cas désespéré et que je n'écoute jamais tes sages conseils. Alors oublie-moi et va-t'en vivre ta vie, grand frère. Pars à la chasse aux méchants dans la jungle des rues. Et pour ce qui est du cinéma, on reporte la séance à la semaine prochaine, O.K. ?

Alex secoua la tête d'un air découragé et, changeant de stratégie, se tourna vers Zack.

— Je vous charge de veiller sur elle, Muldoon. Et attention à vos fesses s'il lui arrive quelque chose. Car j'ai l'œil rivé sur vous.

— Normal. Tout à fait normal. Vous êtes le bienvenu au Brise-lames, inspecteur. Votre première consommation vous sera offerte. Cadeau de la maison.

Alex marmonna quelque chose d'indistinct et s'apprêta à partir. Il ne se retourna que lorsque Rachel lui cria quelque chose en ukrainien.

— Traduction ? demanda Zack.

— Je lui ai simplement rappelé qu'on se voyait dimanche prochain. Vous avez payé la caution ?

— C'est fait, oui. Ils vont le relâcher d'une minute à l'autre.

Zack ne pouvait s'empêcher de regarder Rachel d'un œil neuf maintenant qu'il savait qu'Alex était son frère et non son amant.

— Votre frère n'a pas l'air ravi que vous vous trouviez mêlée d'aussi près à notre histoire. Je me trompe ?

Rachel lui jeta un bref regard.

— Ravi, qui le serait, Muldoon ? Mais, puisque le juge en a décidé ainsi, autant nous y mettre tout de suite.

— Nous mettre à quoi ?

— A votre avis ? Vous allez récupérer Nick, prendre ses affaires chez lui et l'installer dans votre appartement.

Zack, qui avait passé nombre d'années à partager son maigre espace de vie avec des centaines de marins de tous bords, comprit, non sans nostalgie, que c'en était fait de son tranquille confort de célibataire.

Avec un léger soupir, il prit le bras de Rachel et se dirigea vers l'escalier.

— Eh bien, c'est parti. Je suppose que j'aurais dû commencer par me munir d'une corde. Mais on va essayer d'y arriver à mains nues.

Zack n'eut pas à ligoter Nick pour le convaincre de le suivre. Mais il sua sang et eau pour parvenir à ses fins. Son jeune frère râla, protesta, jura et ne perdit pas une occasion de faire de l'opposition systématique. Lorsqu'ils sortirent enfin du palais de justice, Zack était déjà à bout de nerfs. Nick, quant à lui, avait reporté son agressivité sur Rachel.

— Si c'est *ça*, la solution que vous avez trouvée pour moi, c'est que vous êtes vraiment nulle. Vous croyez que vous pouvez décider de tout à ma place, mais il se trouve que j'ai des droits, moi aussi. Celui de vous virer, pour commencer !

Impassible, Rachel consulta sa montre.

— A votre guise, LeBeck. Vous êtes effectivement tout à fait libre de vous choisir un autre défenseur. En tant que contrôleur judiciaire désigné par la cour, en revanche, je suis indéboulonnable. Autant vous faire une raison : nous sommes condamnés à nous supporter pendant les deux mois à venir.

— Je ne suis condamné à rien du tout ! C'est des conneries, tout ça. Si vous et cette folle de juge, vous pensez pouvoir m'imposer de…

Zack allait réagir lorsque Rachel l'écarta d'un coup de coude pour se planter devant Nick.

— Bon, ça commence à bien faire. Alors maintenant tu la fermes et tu m'écoutes, espèce de crétin. Au lieu de te comporter comme un gamin de cinq ans, tu as le choix entre deux possibilités : soit tu fais semblant d'être un humain normalement constitué pendant huit semaines, soit tu passes les trois prochaines années de ta vie derrière les barreaux d'une prison. Tu es libre de choisir la solution que tu préfères. Personnellement, ça ne m'empêchera pas de dormir la nuit. Mais je vais quand même te dire une chose : tu crois que tu es un dur et que tu sauras te faire respecter. Mais la prison, c'est une sacrée machine à broyer, mon bonhomme. Avec ta jolie petite gueule, les gros costauds en manque vont te tomber dessus comme des chiens sur un os. Et là, tu peux me croire, tu regretteras d'avoir fait ta forte tête.

Ces paroles eurent l'effet voulu sur Nick. Non seulement il cessa de protester, mais il devint mortellement pâle. Rachel héla un taxi et fit signe à Zack de monter.

— J'ai encore quelques dossiers à étudier, mais je devrais avoir bouclé ma journée vers 19 heures. Je ferai un saut jusqu'à votre bar à ce moment-là pour voir comment vous vous en sortez, tous les deux.

— Parfait, Votre Altesse. Je garderai votre dîner au chaud.

Rachel allait se détourner sans répondre lorsque Zack la retint par la main.

— Merci, dit-il sans sourire. Et je le pense sincèrement.

Elle voulut se dégager, mais il n'y avait pas moyen d'échapper à la poigne de Zachary Muldoon.

— Vous avec un sacré punch, Maître... Pour une petite bourgeoise BCBG.

Zack grimpa à l'arrière du taxi à la suite de son frère et adressa un salut de la main à Rachel lorsque le véhicule se mit en marche.

— Elle a raison de dire que tu n'es qu'un crétin, Nick, dit-il d'un ton léger. Mais il faut reconnaître une chose en ta faveur : tu as choisi une avocate avec une paire de jambes absolument extraordinaire.

Nick ne répondit rien, mais il tourna la tête pour suivre Rachel des yeux par la vitre arrière.

Une chose était sûre, c'est qu'il n'avait pas eu besoin de Zack pour remarquer à quel point Rachel Stanislaski était belle.

Lorsque le taxi s'immobilisa devant l'immeuble de Nick dix minutes plus tard, Zack dut se faire violence pour ne pas recommencer à le couvrir d'invectives. Lui hurler dessus à tout bout de champ ne servirait qu'à envenimer leurs relations, c'est vrai. Mais *pourquoi* avait-il fallu que cet idiot aille s'installer dans un quartier pareil ?

Les rues fourmillaient de voyous, de drogués, de trafiquants en tout genre. Deux jeunes sur le trottoir étaient en train de négocier l'achat d'une dose de cocaïne au vu et au su de tout le monde, tandis qu'une prostituée au regard vitreux s'avançait à leur rencontre en se déhanchant ostensiblement. Foulant les pavés inégaux du trottoir maculé, Zack tenta d'ignorer les odeurs d'ordures, de vêtements trop longtemps portés et de corps mal lavés qui l'accueillirent dans l'immeuble en brique sombre aux murs délabrés.

A l'intérieur, la puanteur était presque intenable. Zack grimpa en silence jusqu'au troisième étage, sans émettre le moindre commentaire sur les pleurs d'enfants, les cris, les télévisions hurlantes et autres tintamarres du même ordre qui s'élevaient à chaque palier.

Nick sortit sa clé et le précéda dans une chambre obscure et exiguë, meublée d'un lit défoncé, d'une commode à laquelle il manquait deux tiroirs et d'une chaise bancale remise d'aplomb à l'aide d'un paquet de pages arrachées à un vieux Bottin. Quelques posters avaient été placardés à la hâte sur les murs tachés de moisissures, témoignant d'un effort pitoyable pour personnaliser ce décor sinistre.

Renonçant à contenir la rage qui montait en lui tel un geyser, Zack jura énergiquement en allant ouvrir la fenêtre.

— Bon sang, mais l'air est irrespirable dans cette bauge ! Tu peux me dire ce que tu as fait de l'argent que je t'envoyais tous les mois lorsque j'étais dans la marine ? Et du salaire que tu étais censé gagner en tant que livreur ? Tu vis dans un taudis, Nick. Si c'était par obligation, il n'y aurait rien à redire. Mais, dans ton cas, il s'agit d'un choix.

Pour rien au monde, Nick n'aurait admis que l'essentiel de ses revenus passait dans la trésorerie des Cobras. Il était également malade de honte que Zack découvre dans quelles conditions il vivait… Mais certainement pas disposé à le laisser paraître.

— Mêle-toi de ce qui te regarde, merde ! riposta-t-il, furieux. C'est *mon* appart et c'est *ma* vie. C'est facile de débarquer ici et de porter des jugements. Mais tu étais où, durant toutes ces années, alors que je me farcissais la compagnie de ton père, hein ? Ce n'est pas parce que tu en as eu assez de parader sur tes stupides bateaux de guerre que cela te donne le droit de revenir faire ta loi.

Zack se passa la main sur le front et répondit d'un ton plus calme :

— Cela fait deux ans que j'ai quitté la marine, Nick. Et j'ai passé une année entière à soigner papa, à le voir décliner peu à peu, puis mourir. Inutile de te préciser que ça n'a pas été une partie de plaisir. Et toi, pendant ce temps, tu traînais dans la rue avec tes petits camarades. Tu n'es pas venu souvent à la maison pendant la maladie de papa, pour autant que je me souvienne.

Nick ressentit une profonde bouffée de honte et de tristesse. Un désespoir que Zack, il en était persuadé, était incapable de comprendre.

— C'était ton père, rétorqua-t-il méchamment en détournant les yeux. Pas le mien.

Les traits de Zack se crispèrent et Nick serra les poings. La tension dans la pièce devint irrespirable. Il aurait suffi d'un geste, d'un souffle pour qu'ils en viennent aux mains.

Zack fut le premier à recouvrer son calme.

— Je sais qu'il était grincheux, râleur et que c'était tout le contraire d'un père modèle. Mais il faisait ce qu'il pouvait.

— Et qu'est-ce que tu en sais, toi ? cria Nick, hors de lui. Tu n'étais pas là pour le voir. Tu t'es barré dès que tu as pu. Et moi, j'ai fait la même chose de mon côté… Avec quelques années de décalage.

— O.K. Je me suis barré, tu t'es barré, et maintenant, on se retrouve à la case départ et on repart pour un tour. Prépare les affaires que tu veux emporter et on se tire d'ici.

— Pas question. Je reste. C'est mon appart et je fais ce que je…

Nick n'eut pas le temps de terminer sa phrase. Avant qu'il ait pu réagir, il se retrouva collé au mur, immobilisé par deux mains larges et fortes. Le visage de Zack était si près du sien qu'il ne voyait plus que le bleu métallique de ses yeux assombris par la colère.

— Que cela te plaise ou non, tu passes les deux mois qui viennent à la maison, avec moi. Alors arrête ton cirque, d'accord ?

Conscient qu'il aurait eu la force de briser son jeune frère en deux, Zack desserra sa prise.

— Et si tu as peur de t'ennuyer, ne t'inquiète pas, j'ai de quoi t'occuper. Tu as cinq minutes pour rassembler tes frusques, frangin. Tu prends ton service dans un quart d'heure.

*
* *

Ballottée dans la rame de métro qui filait dans le ventre obscur de la ville, Rachel s'imagina dans un bain à remous, un verre d'excellent vin blanc posé sur le bord de la baignoire et un roman palpitant entre les mains… Le rêve !

La réalité, elle, était nettement plus glauque. Sur un banc, en face d'elle, un clochard ivre ronflait, la tête enveloppée dans son manteau. Quelques individus à l'aspect peu engageant se tenaient au fond de la voiture. Et le reste des passagers était plus ou moins à l'avenant.

Parvenue à sa station, Rachel se fraya un chemin vers la sortie et se retrouva dehors, sous la pluie fine de septembre. Avec un léger frisson, elle resserra les pans de son manteau autour d'elle, déplia son parapluie en luttant contre le vent et pataugea jusqu'au Brise-lames.

Poussant la lourde porte en chêne sombre, elle quitta la rue froide et humide pour se retrouver dans le contexte plutôt accueillant de ce qui aurait pu être un pub de village du fin fond de l'Irlande. Rien à voir avec le sinistre boui-boui auquel elle s'attendait. La salle était vaste, chaleureuse et lambrissée de chêne. Le comptoir en cuivre et en acajou étincelait de propreté. Les tables étaient toutes occupées ainsi que la vingtaine de tabourets recouverts de cuir rouge. Une odeur plutôt plaisante de bière, de cigarette et de viande grillée flottait dans l'air. Et une musique de blues dominait par intervalles le brouhaha des conversations.

Rachel repéra deux serveuses qui allaient et venaient entre les consommateurs. Très clairement, les bas résille et les décolletés plongeants n'étaient pas le genre de la maison. Les deux filles portaient des vareuses de coton bleu sur de larges pantalons blancs et n'étaient que très légèrement maquillées.

Zack se tenait derrière le comptoir circulaire et tirait des bières à la pression. Il avait échangé son sweat-shirt innommable contre un pull marin à col roulé en laine écrue torsadée. Rachel réprima un sourire. Finalement, elle l'imaginait assez bien sur le pont d'un navire, bravant la houle, son beau visage anguleux fouetté par les embruns. Le style marin de son bar, avec ses ancres, ses cloches et ses cornes de brume, convenait parfaitement à son genre de beauté.

Rachel se secoua avec un soupçon d'impatience. Elle n'avait jamais été du genre à fantasmer sur un homme. Et il entrait encore moins dans ses habitudes de fréquenter les débits de boissons. Quant à se sentir vertigineusement attirée par un marin échoué par mégarde sur le plancher des vaches, inutile d'y penser ! Même si le marin en question avait de larges épaules, de belles mains calleuses et une chevelure de poète.

Seule la décision de la cour justifiait sa présence au Brise-lames ce soir-là. Et, même si ça ne l'amusait pas d'avoir à supporter Muldoon & Co pendant deux mois, elle ferait son devoir, avec la rigueur qui la caractérisait.

A ce propos, d'ailleurs, elle se demandait où Zack avait bien pu cacher Nick.

— Je vous trouve une table libre, mademoiselle ?

Rachel examina la petite serveuse blonde qui arrivait avec un plateau chargé de bières et de sandwichs.

— Non merci. Je vais plutôt m'asseoir au bar. Il y a toujours autant de monde, ici ?

La serveuse regarda autour d'elle en souriant.

— Vous trouvez qu'il y a du monde, vous ? Revenez un jour où c'est plein et on en reparlera !

La jeune femme blonde poursuivit son chemin en riant, laissant Rachel se diriger vers le comptoir. Elle réussit à se glisser entre deux tabourets occupés, cala un pied sur la barre de cuivre et attendit que Zack daigne s'apercevoir de sa présence.

Un de ses voisins de tabouret tourna la tête pour l'examiner.

— Bonsoir, miss… Je ne me souviens pas de vous avoir déjà vue par ici.

Comme il était en âge d'être son père et qu'il avait une allure plutôt bonhomme, Rachel lui accorda un maigre sourire.

— C'est la première fois que j'échoue au Brise-lames, en effet. Je n'ai jamais eu le pied spécialement marin, à vrai dire.

L'homme rit de bon cœur.

— Une jolie fille comme vous ne devrait pas passer ses soirées seule.

Il se pencha en arrière pour taper dans le dos de son compagnon, assis à la droite de Rachel.

— Hé, Harry, ce serait une bonne idée d'offrir un verre à cette jolie demoiselle, qu'est-ce que tu en dis ?

Le dénommé Harry se contenta d'acquiescer d'un signe de tête et continua à faire ses mots croisés en sirotant sa bière.

— Pas de problème, Pete. Tu n'as qu'à passer la commande. Il me faut un mot de cinq lettres, synonyme de danger.

Rachel leva les yeux et trouva le regard de Zack posé sur elle. Ses yeux étaient calmes, son visage étrangement impassible.

— *Péril*, murmura-t-elle en réprimant un frisson.

— Mais oui, ça tombe pile poil ! s'écria Harry en remplissant ses cases.

Relevant ses lunettes de presbyte sur l'arête du nez, il lui adressa un sourire enthousiaste.

— La tournée est pour moi. Qu'est-ce qui vous ferait plaisir, mademoiselle ?

— Du pouilly-fuissé, dit Zack en posant un verre de vin blanc sur le comptoir. Et celui-ci est offert par la maison… Le choix du vin est-il à votre convenance, Maître ?

Rachel se surprit à sourire.

— Il est tout à fait judicieux.

— Les plus belles filles sont toujours pour Zack, remarqua Pete avec un léger soupir. Tiens, offre-moi donc une bière, gamin. C'est le moins que tu puisses faire, puisque tu viens de me voler ma conquête.

Comme Pete lui décochait un clin d'œil rassurant, Rachel ne put s'empêcher de sourire.

— Alors, comme ça, il vous vole régulièrement vos petites amies ? s'enquit-elle d'un air faussement choqué.

— Au moins deux fois par semaine. C'est humiliant à force… Tu te souviens, Zack, de la fois où tu es allé au cinéma avec Rosemary, la fille dont je rêvais à l'époque. Aujourd'hui, elle est mariée et enceinte de son troisième gosse.

— Elle m'a brisé le cœur, commenta Zack en essuyant le bar.

— Allons donc ! Il n'y a pas une femme en ce bas monde qui ait réussi à le faire battre, ton cœur de pierre, protesta la serveuse blonde en posant bruyamment son plateau vide sur le comptoir. Il me faudrait deux verres de vin blanc maison, un whisky et une pression. Quant à toi, Harry, tu devrais t'acheter une lampe frontale. Tu vas finir par ne plus rien voir du tout à force de gribouiller tes mots croisés sous cette lumière anémique.

— La vérité, c'est que c'est *toi* qui m'as brisé le cœur, Lola, riposta Zack en disposant la commande sur le plateau. Pourquoi crois-tu que j'aie tout quitté pour m'engager dans la marine ?

— Parce que tu savais que l'uniforme blanc t'irait bien au teint et ajouterait encore à ton charme légendaire, rétorqua la serveuse en reprenant le plateau. Méfiez-vous de lui, ajouta-t-elle en décochant un clin d'œil à Rachel. Il est redoutable.

Rachel but une gorgée de son vin et huma les fumets qui s'élevaient de la cuisine. Le hot dog avalé à la sauvette à midi paraissait déjà loin.

— Vous avez une minute à me consacrer ? demanda-t-elle à Zack. Je voudrais visiter votre appartement.

Pete salua cette déclaration d'un rugissement de rire.

— Mais qu'est-ce que tu leur fais, pour qu'elles se jettent à ta tête comme ça ?

— Ça, c'est top secret, rétorqua Zack en faisant signe à un autre barman de prendre la relève. J'attire surtout les femmes sexuellement agressives. Elles me tombent dessus comme des mouches.

Rachel finit calmement son verre et se tourna vers son voisin.

— Rassurez-vous, Pete, je saurai me conduire. Cela m'ennuie de ternir la réputation de Zack, mais je ne suis que l'avocate de son frère.

Pete parut impressionné.

— Non, sérieux ? C'est vous qui avez réussi à tirer le petit de prison ?

— Jusqu'à nouvel ordre, en tout cas… Muldoon ?

— Par ici, pour la visite guidée.

Zack sortit de derrière le comptoir et lui prit le bras.

— Il est inutile de me soutenir, vous savez, Muldoon. Cela fait déjà quelques années que je me déplace seule.

Il poussa une lourde porte battante qui séparait la salle des cuisines.

— Si je vous tiens, c'est uniquement pour mon plaisir personnel.

Trônant au milieu d'immenses marmites en Inox, se tenait un homme vêtu de blanc, grand comme une tour et aussi massif qu'une équipe complète de rugbymen. Il était en train de retourner des morceaux de viande sur un gril, le front ruisselant de sueur. Une cicatrice, allant de sous son œil gauche jusqu'à son menton, barrait son visage plus noir que le charbon.

— Rio, je te présente Rachel Stanislaski, l'avocate de Nick.

— Enchanté, répondit le cuisinier avec un accent chantant des îles. Ce garçon travaille comme un champion. D'ici quinze jours, je vous en fais un roi de la plonge, c'est moi qui vous le dis.

Les bras enfoncés jusqu'aux coudes dans l'eau savonneuse d'un grand évier en porcelaine blanche, Nick leur jeta un regard hostile.

— Je croyais que tu devais me proposer du boulot, Zack. Nettoyer les saletés des autres, ce n'est pas un job, c'est de l'esclavage. Tu peux aller te…

Rio leva un bras pour l'arrêter. Puis, brandissant un hachoir, il coupa un steak en deux d'un mouvement si puissant que les murs en tremblèrent.

— Stop là, petit. Pas de ça devant les dames. Ma maman me disait toujours que la vaisselle était l'activité idéale pour s'occuper les mains tout en gardant l'esprit libre pour réfléchir. Alors continue à laver et à réfléchir, petit. Ça t'aidera à retrouver le droit chemin.

Nick parut sur le point de répondre, mais, avisant le couperet entre les redoutables mains noires, il recommença à frotter ses gamelles en se contentant de marmonner une protestation indistincte.

Rio sourit et porta ses poings massifs à ses hanches.

— Mais dites-moi, ma petite dame, vous avez l'air d'avoir faim. Et si je vous servais un bon repas chaud ?

Rachel en eut aussitôt l'eau à la bouche.

— Eh bien, euh… C'est gentil. Mais il serait peut-être temps que je pense à rentrer chez moi.

— Zack vous reconduira une fois que vous aurez terminé votre visite. Il est trop tard maintenant pour marcher seule dans la rue.

— Je n'ai pas besoin de…

— Sers-lui donc une solide portion de ton *chili con carne*, Rio, dit Zack en tirant Rachel en direction de l'escalier. Nous n'en avons pas pour longtemps.

La cage d'escalier était particulièrement étroite et comme Zack la tenait toujours par le bras, ils grimpèrent de front, leurs hanches s'effleurant chaque fois qu'ils s'élevaient d'une marche.

— C'est très généreux de votre part de me proposer un repas et une escorte, Muldoon, mais je n'ai besoin ni de l'un ni de l'autre.

Rachel aurait été mieux avisée de se taire car Zack s'immobilisa pour se tourner vers elle. Elle se retrouva dans une posture particulièrement inconfortable, coincée entre le mur et lui.

— Qui parle de besoin ? Vous aurez les deux, que vous le vouliez ou non, puisque Rio en a décidé ainsi. Et, quand Rio décide, tout le monde s'incline. Je l'ai rencontré il y a six ans à la Jamaïque, à l'occasion d'une bagarre. Et je l'ai vu de mes yeux soulever un type qui devait bien peser cent kilos et le jeter par la fenêtre comme si c'était un vulgaire ballon. Cela dit, on ne fait pas plus pacifique que Rio. Mais il vaut mieux éviter de le contrarier.

Zack prit une mèche de cheveux de Rachel et l'enroula autour d'un doigt.

— Vous êtes mouillée.

Elle repoussa énergiquement sa main et tenta de se convaincre que son cœur ne battait pas la chamade.

— Logique, Muldoon : il pleut.

— Oui, je sens l'odeur de la pluie sur vous. Vous savez que vous êtes très belle ?

Comme elle ne pouvait ni avancer ni reculer, il ne lui restait qu'une chose à faire. Se hérissant comme une chatte en colère, elle le foudroya du regard.

— Vous me barrez le passage, Muldoon. Je vous conseille de bouger vos fesses de là et de réserver votre numéro de charme à vos admiratrices de l'autre côté du bar.

— Juste une question, encore… C'était en russe que vous vous êtes adressée à votre frère, tout à l'heure ?

— En ukrainien, répondit-elle de mauvaise grâce.

— En ukrainien, répéta Zack pensivement sans quitter son visage des yeux. J'ai beaucoup voyagé, mais jamais par là-bas.

Elle leva un sourcil hautain.

— Moi non plus, si vous voulez tout savoir. Et maintenant, allez-vous, oui ou non, me montrer où mon client sera logé ?

— On y va, acquiesça Zack avec un calme olympien en reprenant son ascension. L'appartement est sans prétention, mais par rapport au taudis où il se vautrait, c'est Versailles. Je ne comprends vraiment pas comment il a pu…

Il s'interrompit et haussa les épaules.

— Enfin, n'en parlons plus. C'est fini maintenant.

Mais Rachel avait la redoutable impression que cela ne faisait que commencer, au contraire…

3

Rachel, qui travaillait déjà à un rythme soutenu en temps ordinaire, n'avait carrément plus une seconde à elle depuis qu'elle avait pour mission de surveiller Nicholas LeBeck. Que ses fonctions auprès de Nick empiètent sur le peu de vie privée qu'il lui restait, passe encore. Elle s'accommodait sans trop de difficulté de l'hostilité de son jeune client. Mais la proximité forcée de Zachary Muldoon, en revanche, représentait pour elle un véritable enfer.

Le pire, c'est qu'elle était *obligée* de passer par son intermédiaire puisqu'ils étaient coresponsables de Nick. Et ses contacts répétés avec l'Irlandais faisaient monter son niveau de stress au-dessus du seuil humainement supportable.

Si encore elle parvenait à le prendre en défaut sur un point quelconque, elle aurait la satisfaction de pouvoir sévir. Mais, jusqu'à présent, elle n'avait encore rien trouvé de *concret* à lui reprocher. Zack était un homme rude, peu patient et sans doute capable de violence. Mais il prenait le sort de son jeune frère suffisamment à cœur pour investir du temps, de l'énergie et de l'argent dans sa mission de rééducation. Lorsqu'il ne travaillait pas, Zack portait des vêtements qui auraient été plus à leur place dans la corbeille à chiffons que sur sa grande carcasse. Mais lorsqu'elle avait visité son appartement au-dessus du bar, elle avait trouvé les lieux dans un état d'ordre et de propreté impeccables. Il passait son temps à jouer avec ses cheveux, à lui effleurer l'épaule ou à la prendre par le bras. Mais jamais il ne s'était permis LE geste véritablement déplacé qu'elle attendait pour lui tomber dessus toutes griffes dehors.

Zack flirtait sans modération avec ses clientes, mais pour autant que Rachel ait pu en juger, ses manœuvres de séduction restaient purement verbales. Il avait quitté sa famille pendant des années, mais il avait renoncé à la mer sans hésiter lorsque son père était devenu trop malade pour se prendre lui-même en charge.

En conclusion, Rachel trouvait Zachary Muldoon insupportable… C'est du moins ce qu'elle se disait, ce dimanche-là, en pressant le pas au retour de sa réunion de famille hebdomadaire. Mais sous la colère et l'irritation pointaient aussi les flammes et les frissons d'une attirance indéniable. Autant le reconnaître : ce diable d'Irlandais lui inspirait des fantasmes carrément torrides !

Elle avait tenté de contenir le phénomène en se répétant qu'elle n'avait jamais été quelqu'un de très physique. Passionnée, oui. Dès qu'il s'agissait de sa famille, de son travail, de ses ambitions. Mais elle avait une vie bien occupée et les hommes, même si elle appréciait leur compagnie, n'avaient jamais figuré en première place dans ses priorités.

Quant à la sexualité, elle la rangeait encore plus bas sur la liste. Alors pourquoi réagir aussi vigoureusement aux charmes pour le moins douteux du dénommé Zachary Muldoon ?

Comme si cette pensée avait suffi à le matérialiser devant elle, la haute silhouette de Zack se détacha soudain de l'ombre de son immeuble pour apparaître dans le halo lumineux d'un lampadaire.

— Où étiez-vous encore passée, Stanislaski ?

Rachel tressaillit et étouffa un cri.

— Bon sang, vous m'avez fait une peur bleue, protesta-t-elle, furieuse, en retirant de son sac la main qu'elle y avait glissée automatiquement pour se saisir de sa bombe lacrymogène.

Elle détestait avoir peur. Détestait se sentir vulnérable.

— On peut savoir ce que vous faites là, tapi dans le noir devant mon immeuble, en train de guetter d'innocentes promeneuses ?

— Je vous attendais. Ça ne vous arrive jamais d'être à la maison, comme tout le monde ?

— Qu'est-ce que vous croyez, Muldoon ? Je passe ma vie dans les réceptions à siroter des cocktails, riposta-t-elle vertement en grimpant la volée de marches du perron. Qu'est-ce que vous me voulez, au fait ?

— Nick est parti.

Elle s'immobilisa si brusquement que Zack, qui lui avait emboîté le pas, la heurta de plein fouet.

— Comment ça, il est parti ?

— Il a filé à l'anglaise, cet après-midi, alors que Rio prenait une courte pause. Et, depuis, plus de nouvelles.

Zack était si furieux — contre Nick, contre lui-même, contre Rachel — qu'il devait se faire violence pour ne pas envoyer son poing contre le mur.

— Ça fait cinq heures que je sillonne son ancien quartier pour essayer de le retrouver. Et pas moyen de lui remettre la main dessus.

— Pas de panique, Muldoon. On va voir ce qu'on peut faire.

Alors que les talons hauts de Rachel claquaient sur le marbre du hall d'entrée, elle réfléchissait déjà à des solutions pratiques.

— Il n'est que 22 heures. Il n'y a donc aucune raison de s'alarmer pour le moment. Nick n'est pas un enfant. Il connaît la ville comme sa poche.

— C'est justement ce qui m'inquiète, dit Zack en pénétrant dans l'ascenseur à sa suite. Je lui avais pourtant fixé des règles claires : il était libre de sortir à condition de me préciser où et quand il partait. S'il a disparu comme ça sans rien dire, c'est qu'il est retourné voir ses petits copains.

— Les membres d'un gang tissent entre eux des liens très fusionnels. Même si Nick est de bonne volonté, il lui faudra du temps avant de se soustraire à l'influence des Cobras, dit Rachel en appuyant sur le bouton du quatrième. Nous avons deux solutions : soit aller nous-mêmes à sa recherche et passer la moitié de la nuit à courir dans tous les sens, soit faire appel à la cavalerie.

Révolté par sa suggestion, Zack serra les poings.

— La cavalerie ? Pas question.

Rachel écarta calmement la grille métallique qui fermait la cabine d'ascenseur.

— Je ne pensais pas ameuter toute la police de New York. Mais on pourrait tout de même en parler discrètement à Alex.

— Pas les flics, non, protesta-t-il en lui agrippant le bras. Je ne peux pas lui faire ça. Il ne me le pardonnerait jamais.

— Alex n'est pas qu'un flic. C'est aussi mon frère, précisa Rachel patiemment en dégageant son poignet endolori. Et je suis son agent de probation nommé par la cour, Zack. Si Nick ne tient pas ses engagements, je ne peux pas faire comme si de rien n'était.

— C'est tout ce que vous avez à me proposer, comme solution ? Je refuse qu'on le remette en cellule alors que je viens tout juste de le sortir de là.

— Que *nous* venons tout juste de le sortir de là, Muldoon. Nuance. Et si vous ne voulez ni de mon aide ni de mes conseils, pourquoi être venu jusqu'ici ?

Zack haussa les épaules et la suivit dans l'appartement.

— Je pensais qu'on pourrait poursuivre les recherches ensemble.

Le studio où vivait Rachel était à peine plus grand que l'ex-chambre de Nick. Mais la ressemblance entre les deux appartements s'arrêtait là. L'espace que découvrit Zack était féminin jusque dans ses plus infimes détails. Sans pour autant être kitsch. D'ailleurs, de toute évidence, le kitsch et Rachel n'iraient jamais ensemble. Pourtant, dès son entrée dans la pièce, Zack se retrouva entouré de velours et de satin, de tissus chamarrés, de fines bougies parfumées, de savants éclairages. Sur une étagère au-dessus du canapé, un bouquet de chrysanthèmes achevait de sécher dans un vase en délicate porcelaine de Chine.

Un grand miroir ancien en bronze ovale décorait l'un des murs et agrandissait la pièce. Partout étaient disposées des sculptures. Zack en repéra d'abord une en marbre dont les formes évoquaient une naïade. Puis d'autres, plus petites, aux formes tourmentées, presque féroces. Un loup en bois, des doigts en bronze tordus, presque décharnés, un cobra en malachite qui semblait se ramasser sur lui-même pour mieux passer à l'attaque.

Des livres en grand nombre s'alignaient sur les étagères. Quelques photos encadrées disposées sur le bureau et la table basse représentaient la famille de Rachel. Et les notes florales de son parfum flottaient dans l'air, comme une signature olfactive singulière qui conférait son unité à l'ensemble.

Ne sachant où trouver sa place au milieu de ce ravissant fouillis, Zack enfonça les mains dans ses poches de crainte de renverser quelque chose. Sa mère aussi aimait les bougies, se remémora-t-il soudain. Les fleurs, les bougies et les petits bols en porcelaine bleue.

— Et si je commençais par nous préparer un peu de café ? proposa Rachel en jetant son sac à main sur une chaise.

— Je ne dis pas non. Ça rechargera mes batteries.

Incapable de rester en place, Zack se mit à arpenter la pièce. Il jeta un coup d'œil dehors après avoir écarté un pan de rideau jaune et or, se pencha pour examiner les photos de famille, puis rejoignit Rachel dans la cuisine.

— Je ne sais pas ce qui m'a pris de penser pouvoir remettre Nick dans le droit chemin, médita-t-il à voix haute en se perchant sur le plan de travail. Il y a trop longtemps qu'on a perdu le contact, lui et moi. Je suis parti alors qu'il était enfant et il s'est senti abandonné. Il me déteste et je ne peux pas vraiment lui donner tort.

— Vous vous en êtes plutôt bien tiré jusqu'à présent, riposta Rachel en préparant des tasses sur un plateau de bois décoré à la main. Vous m'avez même agréablement surprise, Muldoon. Et si vous vous êtes engagé dans la marine, c'est que vous aviez votre vie à mener. D'autre part, Nick ne vous déteste pas. Il est en colère et il vous en veut, mais ça n'a rien à voir avec de la haine. Et maintenant, arrêtez de vous apitoyer sur votre sort et sortez le lait du frigo.

Zack ne put s'empêcher de rire.

— C'est comme ça que vous procédez à vos contre-interrogatoires ? demanda-t-il en allant ouvrir la porte du réfrigérateur.

— Pensez-vous. Je suis beaucoup plus cinglante que cela dans une salle de tribunal.

— J'imagine, oui. Vous devez leur tirer dessus à boulets serrés sans leur laisser le temps de respirer.

Zack secoua la tête en inspectant le contenu du frigo. Un reste de beurre, deux œufs, un minuscule morceau de fromage et trois yaourts.

— Désolé, cher Maître, mais je crois que vous êtes en panne de lait.

Rachel fit la moue.

— Bon. Eh bien, nous boirons du café noir. Vous vous êtes disputés, Nick et vous ?

— Non. Enfin... pas plus que d'habitude. Il râle, il crie et je lui réponds plus ou moins sur le même ton. C'est notre mode de communication habituel. Lorsqu'il jure, je jure plus fort que lui. Mais hier soir, justement, nous avons eu un semblant de conversation. Puis nous avons regardé un vieux film ensemble à la télé après la fermeture du bar.

— Ah, je vois. C'est le coup classique. Votre relation progresse, Nick sent qu'un rapprochement s'opère malgré lui et il décide de se ressaisir en courant rejoindre ses amis pour retrouver ses repères.

Rachel lui tendit son café dans une tasse en porcelaine si fine qu'il crut qu'elle allait se briser au seul contact de ses doigts.

— Le dimanche, nous avons une clientèle essentiellement familiale qui vient déjeuner à midi, poursuivit Zack après avoir bu une gorgée. Nick a pris son service à midi, comme d'habitude. Aux alentours de 16 heures, je suis passé en cuisine pour lui dire qu'il pouvait prendre le reste de l'après-midi. C'est là que Rio m'a prévenu qu'il avait disparu. Dans un premier temps, il n'avait pas voulu m'en parler pour ne pas créer d'ennuis à Nick. Mais cela faisait déjà une heure qu'il avait pris le large. J'ai pensé comme Rio qu'il était peut-être juste sorti prendre l'air. Mais, comme il n'avait toujours pas reparu à 17 heures, je suis parti à sa recherche.

Zack s'interrompit pour se frotter pensivement la mâchoire.

— Je suis sûr que j'ai été trop dur avec lui, ces derniers jours. Mais j'avais l'impression qu'en le traitant énergiquement je réussirais peut-être à lui redonner certains repères. Sur le premier navire où j'ai servi, notre commandant était un vrai tyran qui hurlait du matin au soir. Je l'ai haï jusqu'au moment où je me suis rendu compte qu'il avait réussi à faire de nous un équipage. Le problème, c'est que le Brise-lames n'est pas un bâtiment de guerre et que Nick a toujours eu horreur de recevoir des ordres. En bref, je m'y suis pris complètement de travers avec mon frère.

— Vous avez fini de vous vautrer dans votre culpabilité, Muldoon ?

Rachel ne put s'empêcher de lui poser la main sur le bras.

— Vous ne l'avez pas torturé, ce gamin. Vous avez été ferme avec lui, c'est tout. A vous entendre, on dirait que vous l'avez suspendu régulièrement en haut du mât de misaine, ou quelque chose comme ça ! Allez, asseyez-vous, maintenant, au lieu de tourner en rond comme un lion en cage. Je vais passer un coup de fil à Alex.

Zack s'assit docilement, mais ne trouva pas le calme pour autant. Il se sentait vaguement ridicule avec sa sous-tasse en porcelaine fleurie posée en équilibre instable sur ses genoux. Il la replaça sur la table basse et chercha un cendrier des yeux. Mais il n'y avait rien en vue qui y ressemblât de près ou de loin. Stoïque, il s'abstint de sortir ses cigarettes.

Au début, il n'écoutait que d'une oreille pendant que Rachel parlait au téléphone avec son frère. Mais il ne put s'empêcher de sourire lorsque la jeune femme éleva peu à peu la voix. Décidément, cette fille, c'était de la dynamite ! Elle avait une façon de donner des ordres que n'aurait pas reniée un marin confirmé. Zack soupira. Le problème, c'est qu'il avait pris goût à cette jolie voix rauque et impatiente. Et, au cours de la semaine écoulée, il s'était surpris à multiplier les prétextes pour prendre contact avec Rachel.

Autant le reconnaître, il était mordu. Pris au piège, en quelque sorte. Et il ne savait trop s'il avait envie de se libérer ou de se laisser apprivoiser.

Irrité par le tour vagabond que prenaient ses pensées, Zack secoua la tête. Ce n'était pas le moment de se pencher sur les caprices de sa libido. Sa priorité consistait à retrouver Nick.

A en juger par le ton de Rachel, son frère lui opposait une farouche résistance. Mais elle ne se laissait pas décourager pour autant. Lorsque, dans le feu de la conversation, elle se mit à parler en ukrainien, Zack se pencha pour jouer avec le cobra sculpté posé sur la table basse.

Il n'aurait pas su dire pourquoi, mais elle l'excitait follement quand elle parlait dans sa langue natale.

— *Tak*, conclut Rachel lorsqu'elle parvint enfin à faire céder son frère. Je te revaudrai ça, Alexi... Oui, oui, je sais, enchaîna-t-elle en riant. Je suis déjà doublement endettée envers toi. Mais je n'oublie pas.

Troublé par le son de son rire, Zack la regarda croiser les jambes sous le tissu souple et soyeux de la jupe qui épousait la forme de ses cuisses.

— C'est d'accord, Zack. Alex m'a promis qu'il patrouillerait dans le secteur avec un de ses collègues. Ils connaissent la plupart des lieux de rassemblement des Cobras. Il me passera un coup de fil dès qu'ils l'auront repéré. Mais il m'a promis qu'ils n'interviendraient pas.

Zack poussa un soupir de soulagement.

— Et nous, pendant ce temps-là ? Qu'est-ce qu'on fait ? On attend ?

— Si vous avez une meilleure idée...

Rachel se leva pour prendre un carnet dans un tiroir de son bureau.

— Dans l'intervalle, vous pourriez me fournir quelques renseignements supplémentaires sur Nick. Vous m'avez dit que sa mère était morte lorsqu'il avait quatorze ans. Qu'en est-il de son père ?

— Nick ne l'a pas connu.

Par automatisme, Zack tendit la main vers son paquet de cigarettes puis se ravisa en se rappelant qu'il se trouvait en zone non-fumeurs. Mais Rachel repéra son geste et se leva pour lui apporter un cendrier.

Il lui jeta un regard interrogateur.

— Vous êtes sûre que ça ne vous dérange pas ?

Elle secoua la tête.

— Aucun problème, monsieur le marin au long cours. Vous pouvez fumer.

Avec un sourire reconnaissant, il sortit son briquet, alluma une cigarette et inspira longuement la fumée.

— Nadine, la mère de Nick, avait dix-huit ans lorsqu'elle est tombée enceinte. Son ami de l'époque estimait qu'il était trop jeune pour être père et il est parti du jour au lendemain en la laissant se débrouiller. Alors elle a mis son bébé au monde et elle a fait comme elle a pu. Un jour, elle s'est présentée au Brise-lames pour une place de serveuse. Et mon père l'a embauchée.

— Nick avait quel âge ?

— Quatre ou cinq ans, je crois. Nadine avait un mal fou à joindre les deux bouts. Comme elle n'avait pas les moyens de prendre une baby-sitter lorsqu'elle travaillait en soirée, mon père lui a proposé d'amener le petit avec elle. La plupart du temps, c'est moi qu'on chargeait de garder un œil sur Nick. Il était plutôt tranquille, comme gamin, pour autant que je me souvienne. Assez craintif, même, comme s'il s'attendait toujours à se faire gronder. Mais il était sacrément précoce, sur le plan scolaire. Je me rappelle qu'il savait déjà lire et écrire alors qu'il venait tout juste de commencer l'école… Quoi qu'il en soit, Nadine et mon père se sont mariés quelques mois plus tard. Ils avaient une différence d'âge de presque vingt ans, mais ils étaient très solitaires l'un et l'autre. Cela faisait déjà dix ans que ma mère était morte et mon père était content de refaire sa vie. Et c'est ainsi que Nick et Nadine sont venus s'installer avec nous, dans l'appartement au-dessus du bar.

— Et ça n'a pas été trop difficile pour vous — je veux dire pour Nick — de s'adapter à cette nouvelle situation ?

— Je ne sais pas trop, à vrai dire. A priori, Nick n'avait pas l'air mécontent. Mais ce n'était pas toujours facile de savoir ce qu'il ressentait.

Incapable de tenir en place, Zack se leva et recommença à déambuler de long en large.

— Nadine était douce, soumise et discrète. Toujours prête à se mettre en quatre pour faire plaisir à tout le monde. Mon père, en revanche, n'était pas un homme facile. Il avait son caractère et il passait l'essentiel de son temps derrière le comptoir de son bar. Je suppose que nous étions loin de satisfaire aux critères de la famille idéale, tous les quatre. Mais dans l'ensemble, ça ne fonctionnait pas si mal que ça.

Le regard de Zack se posa sur une des photos de famille de Rachel et il se surprit à éprouver une pointe d'envie inattendue.

— Nick avait tendance à s'accrocher à mes basques, mais ça ne me dérangeait pas. Enfin… pas trop, disons. De toute façon, ça n'a pas duré longtemps, je me suis engagé dans la marine, tout de suite après mon bac. C'était plus ou moins une tradition dans la famille. Et, à partir de là, je n'ai plus vécu la situation qu'en pointillé. Lorsque Nadine est morte, ça a été dur pour Nick comme pour mon père. D'après ce que j'ai pu comprendre, ils avaient un peu tendance à se défouler l'un sur l'autre pour oublier leur chagrin.

— C'est à partir de ce moment-là que le comportement de Nick a changé ?

— Disons qu'il avait déjà fait pas mal de bêtises auparavant, mais que ça s'est mis à empirer sérieusement après le décès de Nadine. Chaque fois que je revenais en permission à New York, j'avais droit aux lamentations de mon père : le « môme », comme il disait, refusait de faire ci, s'obstinait à faire ça… Il avait de mauvaises fréquentations. Il traînait avec n'importe qui et il allait mal finir, de toute façon. De son côté, Nick ne décrochait pas un mot. Ou bien il sortait en claquant la porte si je me risquais à faire une remarque. Il hurlait que je n'étais pas son frère et que je pouvais aller me faire… Enfin, vous voyez le tableau, acheva Zack en haussant les épaules.

Rachel commençait à se faire une idée assez nette de ce qu'avait été l'enfance de Nick : c'était celle d'un petit garçon non désiré, rejeté par son géniteur avant sa naissance, qui avait commencé à nouer un lien fort avec un frère d'adoption plus âgé que lui, jusqu'au jour où ce dernier l'avait abandonné à son tour pour partir en mer… Puis l'enfant avait perdu sa mère et s'était retrouvé à la charge d'un beau-père en âge d'être son grand-père. Un vieil homme bougon qui, manifestement, n'avait jamais réussi à établir un contact véritable avec son beau-fils.

Très clairement, les premières années de Nick avaient été marquées par la perte et l'abandon. La seule constante qu'ait jamais connue Nicholas LeBeck, c'était le rejet.

Rachel se leva et commença à arpenter la pièce à son tour.

— Je ne suis pas psychologue, Zack, mais il me semble que Nick aura besoin de temps avant de se persuader que tu as vraiment l'intention de maintenir une relation durable avec lui, dit-elle, passant au tutoiement sans même s'en rendre compte dans le feu de son discours. Jusqu'à présent, il n'a pas pu former d'attachement solide et il se protège en maintenant tout le monde à distance. Je ne pense pas que ce soit une mauvaise chose que tu le traites avec fermeté. A long terme, il t'en sera sans doute reconnaissant. Mais il serait peut-être bon que cette rigueur soit tempérée par un peu de douceur. C'est quelqu'un qui a aussi besoin d'être épaulé pour pouvoir reprendre confiance en lui.

Rachel soupira et posa ses notes.

— Je suppose que c'est là que j'entre en scène. Jusqu'à maintenant, j'ai été aussi ferme et cinglante que toi avec lui. Alors qu'il aurait plutôt besoin d'une oreille amicale. Ça ne devrait pas être un rôle trop difficile à assumer pour moi. Les têtes brûlées et les mauvais garçons, je connais. J'ai été élevée avec deux frères passablement difficiles. Nous pourrions commencer par…

Rachel s'interrompit car le téléphone venait de se mettre à sonner et elle se précipita pour décrocher.

— Allô ? Près du bar, tu dis… O.K. C'est parfait. Un grand merci, Alex.

Elle raccrocha et sourit à Zack.

— Tout va bien. Alex et ses collègues ont repéré Nick alors qu'il se dirigeait vers le Brise-lames. Apparemment, il se préparait à rentrer en passant par les cuisines.

Le soulagement fit rapidement place chez Zack à une vigoureuse bouffée de colère.

— En tout cas, il ne perd rien pour attendre. Quand je le tiendrai…

— Tu lui demanderas d'un ton mesuré de te dire où il était et ce qu'il a fait, compléta Rachel pour lui. Puis, vous essayerez tous les deux d'entamer un dialogue sur…

Elle lança un coup d'œil vers le visage contracté de Zack, fit la grimace, et jeta un manteau sur ses épaules.

— Bon, à la réflexion, je crois qu'il vaut mieux que je t'accompagne.

Nick ouvrit doucement la porte de l'appartement de Zack et constata qu'il était vide. Il poussa un ouf de soulagement ! Les choses se déroulaient plutôt bien jusqu'à présent… Il avait déjà réussi à se faufiler dans les cuisines sans se faire remarquer par Rio et maintenant Zack n'était pas là. Il n'en pouvait plus de cette surveillance étroite. A se demander s'il n'aurait pas été plus tranquille en prison…

Rien n'allait comme il le voulait, de toute façon. Nick sortit une bière du réfrigérateur et fit sauter la capsule. Il n'avait pas eu l'intention de fausser compagnie à Zack. Il voulait juste reprendre contact avec les Cobras, pour le plaisir de se retrouver dans son univers familier. Avec des amis sûrs. Des gens, comme lui, capables de le comprendre. Il était parti tout joyeux, avec la certitude d'être accueilli, entouré et soutenu par les trois êtres qu'il considérait comme ses frères.

Au lieu de quoi, Reece, T.J. et Cash l'avaient traité comme un étranger.

Dégoûté, Nick avala une longue gorgée de bière. Aucun de ses amis ne lui avait fait confiance, apparemment. La première chose que Reece lui avait balancée à la figure, c'est qu'il les avait certainement donnés puisque le juge avait accepté de le laisser en liberté. Il avait réussi tant bien que mal à les convaincre qu'il n'avait lâché aucun nom. Mais lorsqu'il leur avait raconté son histoire en expliquant qu'il était condamné à se taper la plonge du Brise-lames pendant deux mois, surveillé par un cuisinier noir haut comme une montagne, ils s'étaient tous mis à rire comme des bossus.

Pas d'un bon rire complice, comme avant. Mais d'un rire moqueur, méchant. T.J. avait pouffé, comme un bouffon qu'il était, et Reece avait émis un vilain ricanement tout en jouant avec la lame de son couteau à cran d'arrêt. Seul Cash avait reconnu que c'était plutôt galère pour lui de se retrouver sous la coupe d'un type autoritaire et tyrannique comme Zack.

Et aucun d'entre eux n'avait fourni la moindre explication sur le fait qu'ils l'avaient laissé tomber comme une vieille chaussette lorsque le flic avait surgi à l'arrière du magasin.

En quittant les Cobras, il était passé se faire consoler chez Marla. Cela faisait plusieurs mois déjà qu'ils sortaient ensemble, Marla et lui. Auprès d'elle, au moins, il pensait trouver un peu de réconfort en plus du plaisir qu'elle lui offrait toujours si librement. Mais, lorsque Chloe, sa copine, lui avait ouvert la porte, elle lui avait annoncé froidement que Marla s'était déjà choisi un autre copain.

Charmant !

Elle n'avait pas perdu de temps pour le larguer, elle aussi. Et, même s'il était habitué à ce que tout le monde le laisse en plan tôt ou tard, ce n'était jamais facile à accepter pour autant.

Bon sang, les Cobras étaient censés être sa seule famille, oui ou non ? A la vie, à la mort, comme le lui avait assuré Reece. Résultat : ils le rejetaient au moment où tout allait de travers pour lui. Jamais il ne se serait comporté comme ça avec eux si les rôles avaient été inversés. Furieux, il jeta la bouteille de bière dans la poubelle où elle atterrit avec fracas.

Lorsque la porte de l'appartement s'ouvrit, Nick prit un air désœuvré et sortit à pas traînants de la cuisine. Il s'était préparé à affronter la colère de Zack, mais pas à trouver Rachel à son côté. Maudissant son teint clair, il sentit une rougeur inhabituelle lui monter aux joues.

Zack retira son blouson et le jeta sur une chaise.

— J'espère que tu avais de bonnes raisons pour disparaître sans rien dire plus de sept heures d'affilée…

— J'avais besoin de prendre l'air, rétorqua Nick en tirant une cigarette de son paquet. Il y a une loi qui interdit de respirer ?

— Nous avions conclu un accord, rétorqua Zack, les mâchoires contractées, en affichant sa mine des mauvais jours. Tu étais censé ne jamais sortir sans me prévenir.

— *Toi*, tu appelles ça un accord. Mais mon avis à moi, est-ce que tu me l'as demandé ? Je n'ai jamais eu mon mot à dire, depuis le début. Aux dernières nouvelles, nous vivons toujours dans une démocratie. Un pays où tout citoyen a le droit de parler et de circuler librement.

Du menton, il désigna Rachel.

— C'est pour me coller un procès que tu es venu avec ton avocate ?

— Ecoute, gamin…

— Je ne suis pas un gamin, riposta Nick, furieux. Toi, à mon âge, tu n'avais plus de comptes à rendre à personne et tu faisais ce que tu voulais.

— Exact, mon vieux. Mais entre ta situation et la mienne, il y a une nuance. *Moi*, à ton âge, je n'étais pas un voleur.

Comme Zack serrait les poings, Rachel le retint par le bras.

— Et si tu allais me chercher un verre de vin, Muldoon ? Celui que tu m'as servi la dernière fois fera très bien l'affaire.

Comme il tentait de se dégager, elle resserra la pression de ses doigts.

— J'aimerais m'entretenir quelques instants seule avec mon client. Inutile de te presser.

— Bon, j'y vais, concéda Zack, le regard brillant. Mais je te préviens, Nick, elle pourra dire ce qu'elle voudra, la semaine prochaine, tu ne bouges pas d'ici. Et si tu me refais encore une fois un coup fourré de ce genre, j'ordonnerai à Rio de t'enchaîner à tes bacs à plonge pour le reste de ton séjour ici.

Sur ce, Zack disparut en faisant claquer la porte derrière lui. Nick s'affala sur le canapé et tira sur sa cigarette.

— Il se prend pour un sergent-chef ou quoi ? Zack a toujours cru qu'il pouvait me donner des ordres et me faire marcher au pas. Il n'a pas encore compris que je n'avais plus cinq ans. Ça fait des années que je me débrouille seul, merde !

Rachel prit place à côté de lui. Elle capta aussitôt l'odeur de bière dans son haleine, mais se garda bien de faire la moindre remarque à ce sujet. Comment Zack avait-il pu passer à côté de la réelle détresse qui transparaissait dans le regard de Nick ? Et comment expliquer qu'elle se soit laissé aveugler elle-même par l'hostilité de surface qui émanait de ce grand adolescent triste ?

— Ce n'est pas facile d'avoir à s'installer chez son grand frère lorsqu'on a eu son propre appart, reconnut-elle.

Elle parlait d'une voix douce, sans porter de jugement. Nick, qui n'en croyait pas ses oreilles, l'observa à travers le nuage de fumée de sa cigarette.

— Ouais, c'est vrai que ce n'est pas la joie. Mais deux mois, ce n'est pas la mer à boire. En serrant les dents, je devrais tenir encore sept semaines.

— Lorsque j'ai quitté ma famille, j'avais à peu près ton âge, lui confia Rachel. Et mes deux grands frères passaient leur temps à me surveiller de crainte qu'il ne m'arrive quelque chose. Ils me rendaient à moitié folle à me surprotéger comme ça.

Comme Nick ne réagissait pas, elle enchaîna en souriant :

— Je ne l'ai encore jamais avoué à personne, mais, même s'ils m'agaçaient terriblement, je trouvais malgré tout très rassurant d'avoir ces deux ostrogoths qui s'inquiétaient de moi à tout bout de champ !

Sourcils froncés, Nick fixa la pointe rougeoyante de sa cigarette.

— Pour moi et Zack, c'est différent. Il n'est pas vraiment mon frère.

Comme il souffrait de sa solitude ! Rachel en avait le cœur serré pour lui. Après le récit que Zack lui avait brossé de l'enfance de Nick, elle se sentait beaucoup plus proche de son jeune client.

— Tout dépend de la façon dont on définit un « vrai » frère, commenta-t-elle en lui posant la main sur le genou dans un geste instinctif de réconfort.

Rachel s'attendait à ce qu'il la repousse aussitôt. Mais il se contenta de regarder ses doigts avec une sorte de curiosité détachée.

— Ça simplifierait les choses pour toi de penser qu'il s'en fiche. Mais tu n'es pas stupide, Nick.

Horrifié, Nick sentit une boule se former dans sa gorge. Après tous les déboires qu'il avait eus aujourd'hui, il n'allait pas en plus se mettre à fondre en larmes devant son avocate.

— Je ne vois pas pourquoi il s'intéresserait à moi. Je ne suis rien pour lui.

— S'il ne tenait pas à toi, il ne te hurlerait pas dessus comme ça. Crois-moi, je sais de quoi je parle. Je viens d'une famille où plus on aime, plus on crie. Zack a envie de t'aider à te sortir de ce mauvais pas.

— Je suis assez grand pour m'en sortir tout seul.

— Bien sûr. Mais on peut très bien être autonome et avoir besoin d'un coup de main de temps en temps. Que ce soit à quinze ans, à vingt ans ou à cinquante. Il m'en voudra de te confier ça, mais je pense qu'il est bon que tu le saches : Zack a dû contracter un emprunt pour rembourser le propriétaire de la boutique de hi-fi.

Malade de honte à cette idée, Nick secoua la tête.

— Je n'y crois pas. Je suis sûr qu'il a raconté ça pour faire le malin devant vous.

— Ce n'est pas Zack qui m'en a parlé. Je l'ai découvert par moi-même en effectuant quelques recherches. Les soins que nécessitait la longue maladie de M. Muldoon ont vidé son compte en banque ainsi qu'une bonne partie de celui de Zack. Grâce aux revenus du bar, Zack a commencé à remonter la pente, mais il ne disposait pas de réserves suffisantes pour dédommager le propriétaire du magasin. Je ne pense pas que Zack aurait été jusqu'à s'endetter pour un frère dont il se contrefiche.

Consterné, Nick écrasa sa cigarette dans le cendrier.

— S'il le fait, c'est parce qu'il se sent obligé. C'est un marin. Il a le sens du devoir chevillé au corps.

— C'est possible. Mais, même si c'est le cas, il me semble que tu peux faire quelque chose pour lui en retour, Nick. Ne serait-ce que te montrer raisonnablement coopératif pendant les quelques semaines où il t'héberge ici. Il était très inquiet à ton sujet, ce soir, lorsqu'il est venu m'annoncer que tu avais disparu. Mais j'imagine que, là encore, tu préfères te dire que je te raconte des salades. Et pourtant, crois-moi, il était vert de peur.

— Zack n'a jamais eu peur de quoi que ce soit.

— Je ne dis pas qu'il a avoué son inquiétude. Mais il tournait en rond comme une bête en cage. Je crois qu'il redoutait que tu sois parti pour de bon.

— Et où aurait-il voulu que j'aille ? Il n'y a plus personne qui…

Nick s'interrompit net, honteux d'avoir laissé entendre que ses amis l'avaient lâché.

— On avait passé un accord, marmonna-t-il. Je ne vais pas me tirer comme ça.

— Je suis heureuse de l'entendre, Nick. Je ne te demanderai pas où tu étais, ajouta-t-elle avec un léger sourire. Sinon je serais obligée d'indiquer ta destination dans mon rapport hebdomadaire au juge Beckett et j'aime autant ne pas avoir à le faire. Alors, on dira simplement que tu as eu envie de prendre l'air et que tu t'es baladé un peu plus longtemps que prévu. Si tu veux, la prochaine fois que tu auras l'impression d'étouffer et que tu ressentiras le besoin de t'échapper, tu pourras faire appel à moi.

Nick lui jeta un regard intrigué.

— Ah oui ? Pourquoi ?

— Parce que je suis la plus jeune de ma famille et que le sentiment d'oppression, je connais ça par cœur.

Il avait l'air tellement perdu que Rachel lui passa spontanément la main dans les cheveux.

— Ne sois donc pas si sombre, Nick. Ce n'est pas un crime d'être ami avec son avocate. Alors je te propose un petit marché : tu t'efforces de tenir tes engagements et de trouver un *modus vivendi* avec Zack, et moi, de mon côté, j'essaie de faire en sorte qu'il te laisse un peu respirer. Ça marche ? Je connais toutes sortes de trucs pour calmer l'ardeur des grands frères un peu trop imbus de leur autorité.

Nick prit une profonde inspiration. A présent qu'il avait éteint sa cigarette, il percevait l'odeur de Rachel. Des senteurs de jasmin, avec un soupçon de tubéreuse. Comme un élixir fort qui montait à la tête. Etrangement, il n'avait jamais remarqué jusque-là à quel point ses yeux étaient magnifiques. Immenses et dorés. Rayonnants de douceur.

— On pourrait peut-être sortir un soir ensemble ? s'entendit-il proposer d'un ton faussement détaché.

Rachel sourit, ravie de constater qu'il commençait à lui faire confiance.

— Bonne idée. Rio est un cuisinier de génie, mais une pizza de temps en temps, ça fait du bien aux papilles.

— Exact. Alors je peux t'appeler un de ces quatre ? poursuivit Nick, poussant l'audace jusqu'à tenter le tutoiement.

— Tout à fait.

Satisfaite de sa prestation, Rachel posa un instant sa main sur la sienne. Et elle ne fut que modérément surprise lorsque les doigts de Nick se refermèrent sur les siens. Elle s'apprêtait à enchaîner lorsque Zack poussa la porte. Nick fit un bond sur le canapé comme s'il venait d'être pris en flagrant délit de Dieu sait quoi.

Zack tendit un verre de vin à Rachel puis remit une boisson fraîche à Nick.

— Alors ? Vous avez fini votre consultation, tous les deux ? s'enquit-il en décapsulant sa bière.

— Pour le moment, oui.

Rachel prit une gorgée de vin et tourna un regard interrogateur vers Nick. Ce dernier toussota puis leva les yeux vers son frère.

— Je regrette, Zack. Je n'aurais pas dû me tirer comme ça, sans rien dire.

Zack en avala sa bière de travers. Il tapota maladroitement l'épaule de son frère.

— N'en parlons plus. Je vais essayer de revoir un peu ton emploi du temps pour te dégager quelques demi-journées de congé ici et là…

Totalement déconcerté par le revirement qui s'était opéré chez Nick, Zack nota le regard amusé de Rachel fixé sur lui.

— Euh, dis-moi Nick, ça te dérangerait de donner un coup de main à Rio pour nettoyer la cuisine ? Comme c'est dimanche, nous fermons plus tôt que d'habitude.

— Sans problème. J'y vais, déclara Nick en se levant sans se faire prier. A un de ces jours, Rachel.

Il quitta l'appartement en refermant posément la porte derrière lui. Estomaqué, Zack s'effondra sur le canapé.

— Qu'est-ce que tu lui as fait, au juste ? Une séance d'hypnose ?

— Pas du tout.

— Bon. Alors, quelle est ta formule magique ?

Avec un sourire félin, Rachel abandonna sa tête contre le dossier du canapé.

— J'ai mes méthodes... Je crois que l'estime de soi de Nick en a pris un sacré coup et qu'il a besoin d'être revalorisé un peu. Vous n'êtes peut-être pas des frères biologiques, tous les deux, mais au niveau tempérament, je vois de nettes similitudes.

— Tiens, tiens... Tu peux préciser ta pensée ?

Zack se renversa en arrière à son tour et posa un bras sur le dossier derrière elle pour jouer avec ses cheveux.

— Vous êtes butés et colériques l'un et l'autre. Ce sont des traits de caractère que je connais bien car je suis issue d'une longue lignée d'individus construits plus ou moins sur ce modèle.

Pas peu fière d'avoir opéré une avancée aussi remarquable dans ses relations avec Nick, Rachel ferma les yeux et savoura une gorgée de vin avant de poursuivre son analyse de la famille Muldoon-LeBeck :

— Vous n'admettez pas volontiers vos erreurs et vous préférez résoudre les problèmes à coups de poing plutôt qu'à coups de logique.

— Tu n'irais tout de même pas jusqu'à insinuer que tu considères ces qualités comme des défauts ?

Rachel ne put s'empêcher de rire.

— Jamais de la vie ! Ma famille est riche en caractères passionnés. Or ces natures bien particulières ont besoin d'exutoires. Ma sœur Natasha a eu la danse, puis son commerce de jouets ainsi que sa petite famille. Mon frère Mikhail se retrouve dans ses sculptures. Alexi, lui, lutte contre le crime avec un grand C et il croit en sa vocation dur comme fer. Et moi, j'ai la justice. Il me semble que, pour toi, la mer a longtemps été un idéal. A présent, tu as le Brise-lames où tu trouves ton compte. Alors que Nick, lui, n'a pas encore réussi à trouver sa voie.

Zack laissa glisser un doigt du haut en bas de sa nuque et la sentit frissonner sous la caresse légère.

— Tu penses vraiment que le droit représente un exutoire pleinement satisfaisant pour une nature passionnée ? s'enquit-il d'un ton amusé. Surtout lorsqu'il s'agit d'épancher une énergie aussi débordante que la tienne.

— Vu la façon dont j'exerce mon métier, je ne…

Elle ouvrit les yeux et son sourire se figea sur ses lèvres. Zack avait changé de position et son visage lui apparut proche — beaucoup trop proche — du sien. Ses mains, elles, avaient glissé jusque sur ses épaules. Rachel découvrit avec consternation que la situation avait basculé. Et que ses signaux d'alarme s'étaient mis en marche trop tard.

— Hou là, il faut que je rentre, s'exclama-t-elle en esquissant le geste de se lever. Je tombe de sommeil et j'ai une audience demain matin à 9 heures.

— Reste encore une petite seconde. Je te raccompagne dans un instant.

— Je connais le chemin, Muldoon.

— Oh, je ne doute pas de tes capacités d'orientation, murmura-t-il en lui ôtant son verre des mains pour le poser sur la table basse. Mais nous parlions de natures passionnées… et d'exutoires. Et le sujet me fascine.

Son premier réflexe fut d'arrêter Zack en posant la main sur sa poitrine. Mais sans succès. Il continuait inexorablement à l'attirer contre lui.

— Je suis venue avec toi pour te donner un coup de main par rapport à Nick, protesta-t-elle. Pas pour jouer à de petits jeux.

— Je me contente de mettre votre théorie sur la passion à l'épreuve, Maître. Voyons si la justice suffit à canaliser toute votre énergie libidinale…

Il mordilla sa lèvre inférieure. Une fois. Puis deux. Juste histoire de tester sa réaction. Rachel poussa un léger soupir et n'émit aucune protestation. Fort de ce premier succès, Zack joua le tout pour le tout et accentua la pression de ses lèvres.

Vaguement médusée, Rachel sentit sa bouche céder sous celle de Zack tandis que sa langue, déjà, cherchait la sienne. Elle *pouvait* mettre un terme à ce baiser. C'était d'ailleurs très précisément ce qu'elle allait faire. Mais tout s'était passé si vite… Pour repousser des avances indésirables, elle savait s'y prendre. Mais comment se défendre contre un homme que l'on ne désirait pas désirer ?

Il fallait reconnaître qu'elle n'avait encore jamais été embrassée avec autant de vigoureuse conviction. Ardente, possessive, la bouche dévorante de Zack semblait vouloir l'avaler toute crue. Et le pire, c'est que, loin de s'en effrayer, elle y trouvait au contraire un plaisir aussi violent qu'inavouable. Rachel était prise d'une exaltation sauvage qui lui parut d'emblée indomptable. Une vague brûlante se déversait en elle, emportant la raison dans son sillage. Dans la tornade de baisers qui suivit, elle ne sut même plus si la frénésie qui les soulevait procédait du désir de Zack ou du sien.

De la résultante des deux, sans doute.

Avec un gémissement de défaite, Rachel se cramponna au cou de Zack et se sentit partir…

En prenant l'initiative d'embrasser une fille comme Rachel Stanislaski, Zack savait qu'il s'exposait à un rejet. S'il avait ramassé une claque retentissante ou senti la trace de ses ongles, il aurait accepté ces mesures de rétorsion de bonne grâce. Il avait toujours eu de vastes appétits et faisait ce qu'il fallait pour les satisfaire. Mais en amour, il ne prenait que ce qui s'offrait librement.

Rachel, cependant, faisait plus que s'offrir : elle se consumait littéralement dans ses bras. Pendant la fraction de seconde qui avait précédé la rencontre de leurs lèvres, il avait vu le feu s'allumer dans son regard. Un feu liquide et sombre qui signait la passion. Lorsque le baiser, d'abord joueur, était devenu enfiévré, elle s'était embrasée comme une torche et l'avait entraîné bien plus loin qu'il n'avait eu l'intention d'aller.

Tellement loin, même, qu'il commençait à se demander s'il serait capable d'arrêter.

Rachel noua les bras autour de son cou et se lova contre lui en poussant un long gémissement. Le son félin, superbe, fit courir des vibrations électriques tout le long de sa colonne vertébrale. Elle s'enroulait autour de lui, pressant son corps incroyablement jeune, mince et ferme contre le sien. Zack eut une série de flashs qui balayèrent d'un coup ses derniers restes de prudence. Aveuglé par le désir, il la renversa sous lui sur le canapé.

Rachel entendit Zack jurer tout bas puis sentit la pression des coussins dans son dos tandis qu'il pesait sur elle de tout son poids. Une sorte de « oui » triomphal s'éleva en elle. Oui, c'était là son désir, sa volonté et son destin. Tout en elle acquiesçait à ce déchaînement presque sauvage, ce festin de chair aveugle où la raison n'avait aucune part. Sous la morsure brûlante de cette bouche qui courait le long de son cou pour descendre vers sa gorge, elle se souleva contre lui pour mieux s'offrir à sa possession.

— Rachel…

Ce furent les deux syllabes de son prénom prononcées par une voix rauque, méconnaissable qui la ramenèrent à elle-même. Reprenant brutalement pied dans la réalité, Rachel examina la situation d'un œil incrédule : elle se livrait à des ébats plutôt poussés au beau milieu du salon dans un appartement au-dessus d'un bar avec un homme qu'elle connaissait à peine. « Bravo Stanislaski. Jolie performance ! »

— Non !

Les mains de Zack se mouvaient fiévreusement sur son corps et elle fut à deux doigts de refermer les yeux pour basculer de nouveau dans leurs étreintes fébriles.

Dans un état proche de la panique, Rachel tenta de toutes ses forces de le repousser.

— Non. J'ai dit non !

Zack avait cessé de respirer. Si quelqu'un lui avait intimé l'ordre de la lâcher en pressant un revolver contre sa tempe, il n'aurait sans doute pas arrêté de l'embrasser, de la toucher. Mais le *non* de Rachel l'arracha à sa transe. Il réussit à relever la tête.

— Pourquoi ? demanda-t-il sans comprendre.

— Pourquoi ? Mais parce que je n'en ai pas envie, c'est tout !

Elle avait encore le goût de la bouche de Zack sur ses lèvres et luttait contre une compulsion vertigineuse à replonger avec lui dans les remous brûlants dont ils venaient d'émerger. La force même de la tentation la rendit furieuse.

— Qu'est-ce que tu fais sur moi ? Ôte-toi de là ! ordonna-t-elle, ulcérée.

Choqué, Zack se redressa en lui jetant un regard noir.

— Je croyais que tu n'étais pas venue ici pour jouer à de petits jeux, protesta-t-il, furieux, en repoussant la mèche noire qui lui tombait sur le front.

Humiliée, frustrée et rêvant de disparaître six pieds sous terre, Rachel dissimula sa gêne derrière une explosion de colère.

— Moi ? Jouer à de petits jeux ? C'est toi qui as voulu m'embrasser ! Moi, je n'ai jamais été tentée.

— Ah non ? C'est pour ça que tu m'embrassais si fort que nos dents s'entrechoquaient presque ?

— C'est toi qui as commencé, reprit-elle, exaspérée. Et tu es trop grand et trop fort pour que je puisse te résister.

Les yeux de Zack lancèrent des éclairs.

— Un simple « non » a pourtant suffi à m'arrêter, riposta-t-il en allumant une cigarette.

Comme elle le foudroyait du regard sans répondre, il enchaîna d'un ton plus mesuré :

— Très bien, Rachel, jouons cartes sur table. Ce baiser, ça faisait un moment qu'il me démangeait. J'ai eu envie de toi dès l'instant où je t'ai vue trôner comme une reine dans ce sinistre commissariat de quartier. Que tu n'aies pas ressenti la même chose de ton côté, je suis tout à fait prêt à l'entendre. Mais une chose est certaine : quand je t'ai embrassée, tu n'as pas *subi* mon baiser. Tu étais plus que consentante, tu étais même déchaînée !

Dans les situations trop épineuses, le retrait stratégique constituait parfois la meilleure forme de défense. Les lèvres serrées, Rachel récupéra son manteau et son sac.

— Ce qui est fait est fait. N'en parlons plus. Je considère que le sujet est clos.

— Faux, s'insurgea Zack en se plaçant en travers de son chemin. Nous finirons de traiter la question sur le trajet du retour.

— Le trajet du retour, je l'effectuerai seule. Il est hors de question que tu me raccompagnes.

Avec un geste ample de reine outragée, Rachel jeta son manteau sur ses épaules.

— Et si tu *oses* m'emboîter le pas, je te fais arrêter pour harcèlement sexuel.

Zack lui saisit le bras d'autorité.

— Essaie un peu pour voir.

Elle fit alors ce qu'elle aurait dû faire dès le premier instant où Zack Muldoon l'avait harponnée comme un sauvage sur les marches du commissariat : elle lui envoya son poing dans l'estomac. Le souffle de Zack s'échappa d'entre ses lèvres sous la forme d'un discret sifflement. Il plissa les yeux d'un air peu rassurant.

— C'est tout ? Tu as fini de t'exprimer ? Alors, maintenant, tu as le choix : soit nous allons jusqu'à la station de métro à pied, soit je te porte.

Elle croyait rêver.

— Et merde, Muldoon ! Tu as de la purée de pois à la place du cerveau, ou quoi ? Tu ne comprends pas le sens du mot « non » ?

La réponse de Zack consista à la plaquer contre la porte pour lui prodiguer un baiser qui la laissa tremblante de la tête aux pieds.

— Si je ne comprenais pas le sens du mot non, rétorqua-t-il d'une voix vibrante de rage, tu ne te préparerais pas à sortir tranquillement de cet appartement alors que tu viens de m'exciter à un point tel que je vais être obligé de camper sous une douche froide pendant le restant de la semaine.

Il tira rageusement sur la porte.

— Tu ne m'as toujours pas répondu, entre parenthèses. Tu as l'intention de marcher ou je te perche sur mes épaules ? La décision t'appartient.

Menton levé, Rachel passa devant lui sans même l'honorer d'un regard. Elle marcherait, puisqu'il ne lui laissait pas le choix. Mais elle voulait bien être pendue si Zachary Muldoon parvenait à lui arracher un seul mot.

4

Après une longue journée de plaidoirie, Rachel dévala les marches du tribunal avec une seule envie en tête : rentrer chez elle et oublier le reste du monde. Normalement, elle aurait dû se sentir euphorique après la victoire inespérée qu'elle venait de remporter. Son client avait ouvert des yeux ronds lorsqu'il avait entendu tomber le verdict de non-culpabilité rendu par le juge. Mais le succès, pour une fois, n'avait pas suffi à lui rendre sa joie de vivre. Il ne lui restait donc plus qu'une solution : s'acheter un demi-litre de glace au chocolat sur le chemin du retour et s'abrutir devant la télévision en se bourrant de mauvais sucres.

Généralement, le remède était efficace. Elle aurait préféré faire une descente au Brise-lames munie d'un bazooka pour canarder Zachary Muldoon derrière son comptoir. Mais, en bonne citoyenne respectueuse de la loi, elle se contenterait sagement d'une petite crise de boulimie maison.

Rachel trébucha et manqua de tomber à la renverse lorsqu'elle trouva Zack perché sur la rampe en bas du palais de justice.

— Hé là… Il faudrait penser à marcher droit, Maître, commenta-t-il en la retenant par le bras.

— Mais *qu'est-ce* que tu me veux encore ? se récria-t-elle en se dégageant. Je sais que je suis coresponsable de Nick, mais cela me laisse encore droit à un minimum de vie privée, non ?

Zack constata qu'elle avait l'air fatiguée. Et, ce qui était plus mauvais signe encore, ses grands yeux mordorés exprimaient une franche hostilité.

— J'avais tablé sur un radoucissement de ton humeur suite à ta victoire au tribunal, mais puisque ça n'a pas l'air d'être le cas, voyons si ceci peut t'amadouer.

D'un geste théâtral, il lui présenta le bouquet qu'il tenait caché dans son dos. Les boules d'or, de bronze et de rouille des chrysanthèmes se mariaient en une chaude harmonie automnale.

Fermement décidée à ne pas se laisser attendrir, Rachel contempla les fleurs d'un regard suspicieux.

— C'est en quel honneur, ça, Muldoon ?

— C'est pour remplacer le bouquet qui se meurt tristement dans ton vase de Chine.

Zack rassembla son courage. Si seulement Rachel avait eu la bonne grâce de prendre les chrysanthèmes et d'accepter ses excuses muettes d'un sourire ! Mais il ne s'en tirerait pas à si bon compte, de toute évidence. Elle était résolue à le faire souffrir jusqu'au bout.

Stoïque, Zack planta son regard dans le sien.

— Bon, O.K., je suis désolé d'avoir été un peu trop entreprenant, l'autre soir. Une fois que l'envie de t'étrangler m'a passé, j'ai réalisé que tu m'avais donné un sacré coup de main par rapport à Nick et que tu avais pris sur le peu de temps libre dont tu disposes pour m'aider. Et en guise de remerciement, je t'ai…

Ce fut plus fort que lui. Repris par un nouvel accès d'indignation, il lui fourra le bouquet dans les mains.

— Oui, enfin, je n'ai rien fait de plus que de t'embrasser, merde ! Et tu étais consentante. Y a-t-il vraiment lieu de sombrer dans le psychodrame à cause d'un banal petit baiser ?

Un banal petit baiser ? Tentée de jeter son fichu bouquet par terre et de le piétiner, Rachel lui lança un regard noir. Un « banal petit baiser » ne lui aurait pas mis le système nerveux sens dessus dessous pendant plus de trente-six heures !

— Tu sais quoi, Muldoon ? Je te suggère de reprendre ton bouquet et tes excuses et de dégager de ma vue !

Raté, songea Zack. Question excuses, il avait encore quelques progrès à faire…

— Une seconde… J'ai dit que je regrettais et je suis sincère. Mais j'aurais dû être plus précis dans ma formulation.

Comme Rachel amorçait le geste de tourner les talons pour le planter là, il la retint fermement par les pans de sa veste couleur prune.

— Je ne regrette pas de t'avoir embrassée. Et je n'ai pas dit que je ne recommencerai pas. Je peux même te garantir que je récidiverai à la première occasion. Si je suis ennuyé, c'est seulement à cause de la façon dont je me suis comporté après.

— Dans le genre orang-outang déchaîné, tu veux dire ?

Rachel constata avec une intense satisfaction qu'un muscle tressautait à l'angle de la mâchoire de Zack.

— Si tu tiens vraiment à exprimer les choses ainsi, O.K.

Toute la finesse de l'art d'un homme — d'une femme — de robe consistait à savoir accepter le compromis au bon moment. Les lèvres serrées, Rachel examina les fleurs.

— Dois-je considérer ce bouquet comme un pot-de-vin, Muldoon ?

L'ombre d'un sourire se dessina sur les lèvres de Zack.

— Tout à fait.

— Très bien. J'accepte.

Il sourit franchement.

— Merci. Je préfère les voir entre tes mains que dans les miennes… Tu sais que je me suis glissé dans la salle du tribunal, il y a une heure ? Je t'ai écoutée plaider.

Rachel blêmit rétrospectivement. Encore une chance qu'elle ne l'ait pas vu entrer. Elle aurait sûrement bafouillé sous le choc.

— Et alors ?

— J'ai été impressionné par ton petit tour de passe-passe : le gars comparaissait pour un acte de vandalisme et, au final, c'est la victime qui s'est trouvée accusée de tous les torts ! Vous avez des techniques assez ahurissantes, vous, les avocats.

— Pas la victime, rectifia-t-elle : le plaignant. Mon client avait atteint un état d'exaspération pleinement justifié par ses tentatives répétées d'obtenir de son propriétaire que ce dernier respecte ses obligations légales.

— Et pour soulager ses nerfs malmenés, le locataire a couvert de graffitis incendiaires la façade d'un immeuble de grand standing que le proprio possède dans l'Upper West Side.

— Parce que mon client, acculé, n'avait aucun autre moyen à sa disposition pour se faire entendre. Alors qu'il a toujours payé son loyer rubis sur l'ongle, il s'est vu systématiquement snobé par son propriétaire chaque fois qu'il exigeait que certaines réparations urgentes soient faites. Or le contrat de bail stipule que…

Zack leva la main pour l'interrompre.

— Hé, inutile de me faire l'article ! Lorsque tu as terminé ta plaidoirie, j'étais déjà prêt à lancer une pétition pour soutenir ton client. J'ai entendu des rumeurs courir dans la salle, exigeant qu'on lapide le propriétaire. Et j'ai vu une vieille dame à côté de moi qui en pleurait d'émotion.

Si Zack s'exprimait avec le plus grand sérieux, une lueur d'humour dansait dans ses yeux.

— J'adore la justice, murmura Rachel avec un sourire en coin.

Zack se mit à jouer avec le mince collier en or qu'elle portait autour du cou.

— Pour célébrer ton triomphe de l'opprimé sur l'oppresseur, nous pourrions peut-être faire un tour à pied, toi et moi ?

« Refuse, Rachel ! » s'éleva l'austère voix de la raison en elle. Mais la soirée était tiède et les fleurs odorantes.

— Seulement un bout de chemin jusqu'à mon appartement, alors. Il faut que je mette ces chrysanthèmes dans l'eau.

— Va pour le trajet jusque chez toi… Tiens, donne-moi ça.

Zack lui prit son attaché-case des mains avant même qu'elle ait ouvert la bouche pour répondre. Puis — elle aurait dû s'y attendre — il lui saisit familièrement le bras.

— Qu'est-ce que tu transportes là-dedans, au juste ? Des briques ?

— La justice est une pesante affaire, Muldoon.

Rachel dut ralentir le pas pour s'adapter au rythme nonchalant de Zack.

— Alors, comment ça se passe avec Nick ? demanda-t-elle, savourant le plaisir à jamais inépuisable de déambuler dans les rues de New York.

— Mieux. Du moins, c'est le sentiment que j'ai. Il a protesté vigoureusement lorsque je lui ai proposé d'apprendre à cuisiner avec Rio. Mais desservir les tables en salle n'a pas l'air de lui déplaire. Il ne me parle toujours pas. Enfin... à part quelques monosyllabes ici et là. Mais nous avons encore du temps devant nous.

— Presque sept semaines.

Zack lâcha son bras le temps de puiser une pièce de monnaie dans sa poche. Il la laisser tomber dans la casquette d'un mendiant, d'un geste si naturel qu'il ne pouvait s'agir pour lui que d'un automatisme.

— Un peu plus d'un mois et demi... C'est le temps qu'il a fallu pour faire un marin de la recrue ignorante que j'étais. Donc j'imagine que j'ai encore une chance d'aboutir à quelque chose avec Nick, observa-t-il, sourcils froncés.

— Elle te manque ? demanda Rachel en levant les yeux vers lui. La mer, je veux dire ?

— Un peu moins qu'au début. Mais il m'arrive encore de me réveiller la nuit avec l'impression que ça tangue et que ça roule sous ma couche.

Il y avait les cauchemars aussi. Ces visions de vagues noires, monstrueuses, hautes comme des montagnes... Mais de ces rêves-là, il n'avait encore jamais parlé à personne.

— Dans quelques années, je devrais avoir les moyens de m'acheter un voilier, enchaîna-t-il en chassant ces souvenirs pénibles. Je m'arrangerai pour me libérer un mois ou deux par-ci, par-là et je pousserai jusqu'aux îles. Je crois que je craquerai pour un ketch. Quinze mètres environ, sobre d'aspect et de forme…

Son bateau, il l'imaginait déjà. Souple, rapide, luisant de ses cuivres et de ses acajous lustrés, ses voiles blanches tendues par le vent.

Zack découvrit qu'il n'avait aucun mal non plus à visualiser Rachel à la proue. Et qu'elle y ferait bonne figure.

— Il t'arrive de naviguer, Rachel ?

— Et comment ! J'ai fait le trajet en ferry-boat jusqu'à la statue de la Liberté. Aller et retour. Au moins trois fois.

Il laissa glisser ses doigts le long de son bras.

— Je suis sûr que ça te plairait de faire de la voile… On pourrait considérer ça… comme un exutoire.

Rachel jugea plus prudent de s'abstenir de tout commentaire. Lorsqu'ils arrivèrent au pied de son immeuble, elle tenta de récupérer son attaché-case.

— Merci pour les fleurs et la promenade. Je pense faire un saut au Brise-lames demain soir pour voir Nick.

Mais au lieu de lui rendre sa serviette, Zack lui attrapa la main.

— Je suis libre ce soir. Pas l'ombre d'une obligation avant demain matin. Et j'aimerais passer ce temps-là avec toi.

Rachel tressaillit.

— Pardon ?

— Me serais-je mal exprimé ? Je ne tablais pas sur une nuit complète, même si je ne désespère pas de l'obtenir à la longue.

Il réussit à enrouler une mèche de cheveux autour de son doigt avant qu'elle ne pense à le repousser d'une claque vigoureuse sur la main.

— Je me proposais d'aller écouter de la musique et de manger un morceau avec toi. Mais si l'idée de sortir avec moi t'inquiète…

— Je ne suis pas inquiète.

Pas à proprement parler, en tout cas.

— Quoi qu'il en soit, deux personnes partageant un même objectif ont de meilleures chances de l'atteindre si elles se donnent le temps d'en discuter ensemble. Ce serait une bonne chose que nous apprenions à mieux nous connaître… pour Nick, précisa-t-il, jouant sa carte maîtresse.

Rachel le considéra d'un œil perçant.

— Accusé, levez-vous : affirmez-vous en votre âme et conscience que c'est pour Nick et uniquement pour Nick que vous souhaitez me voir ce soir ?

Renonçant à se cacher derrière d'oiseux prétextes, Zack esquissa un sourire.

— Non, Votre Honneur. Même si on peut espérer quelques bénéfices secondaires pour mon oiseau rare de frère, j'ai envie de passer la soirée avec toi pour des raisons purement égocentriques.

— Bien, Muldoon. Comme tu ne t'es pas parjuré, voici une solution de compromis. C'est oui, mais à condition que la soirée soit brève car je veux être au lit avant 11 heures. D'autre part, je n'ai pas envie de passer une heure à me pomponner avant de ressortir donc il faudra que tu m'emmènes dans un endroit simple. Quant à toi, tu t'engages solennellement à ne pas… comment as-tu formulé cela, déjà ?… à ne pas te montrer trop entreprenant.

— Vous êtes un âpre négociateur, Maître.

— C'est à prendre ou à laisser.

— Je prends, fit-il, avec une lueur amusée dans les yeux en lui rendant son attaché-case.

— Alors reviens dans vingt minutes. Je serai prête.

Zack l'entraîna dans un lieu hybride et sympathique, qui se situait quelque part entre le piano-bar et le restaurant. Le patron du Brise-lames y était manifestement connu comme le loup blanc. Une formation de trois musiciens jouait du jazz sur une estrade et quelques couples tournaient sur une minuscule piste de danse autour de laquelle des tables étaient disposées en cercle.

Ils se retrouvèrent dans un coin relativement obscur, avec un verre d'apéritif à la main.

— Je viens ici essentiellement pour la musique, expliqua Zack. Mais la nourriture qu'ils servent est également excellente. J'évite cependant de mentionner ce genre de détails à Rio.

— On ne peut pas t'en vouloir d'être prudent. Je l'ai vu manier le hachoir à viande.

Elle examina le menu.

— Qu'est-ce que tu me recommandes ?

La cuisse de Zack effleura la sienne lorsqu'il se pencha pour jouer avec ses pendentifs d'oreilles en turquoise.

— Fais-moi confiance. Et essaye leur poulet rôti.

Rachel découvrit qu'on pouvait se fier à Zack. Sur le plan culinaire, du moins. Savourant la nourriture, le vin et la musique, elle s'abandonna petit à petit à une agréable sensation de détente.

— Tu as dit que la marine était plus ou moins une tradition dans la famille. C'est pour ça que tu t'es engagé ?

— J'avais surtout besoin de bouger, d'élargir mes horizons, de voir enfin à quoi ressemblait le vaste monde. Au début, je ne pensais m'engager que pour quatre ans. Mais j'ai rempilé.

— Pourquoi ?

Zack réfléchit un instant.

— La vie itinérante me va bien. Et puis j'aime la mer. Passer des semaines entières face à un horizon vide, puis voir la terre se dessiner au loin. Jeter l'ancre dans des ports blancs ou couleur de terre cuite, humer l'odeur des quais écrasés sous le soleil, découvrir les sons heurtés d'une langue inconnue.

Les images qu'il évoquait firent rêver Rachel.

— J'imagine qu'en dix ans tu as dû faire le tour du monde.

— J'ai connu la Méditerranée, le Pacifique Sud, l'océan Indien, le golfe Persique. Je me suis gelé les… mains dans l'Atlantique Nord et j'ai vu glisser des squales dans la mer de Corail.

A la fois fascinée et perplexe, Rachel cala ses coudes sur la table.

— Tu as remarqué que tu n'as mentionné aucune terre, aucun continent ? Ces mers et ces océans ne finissent-ils pas par se confondre, du haut du pont d'un navire ?

— Jamais.

S'il avait su manier la langue avec le lyrisme nécessaire, il lui aurait parlé des nuances de couleur, de l'infinie variété dans l'aspect, le moutonnement, la transparence des mers et des océans du globe. Il lui aurait décrit le son des baleines, le ballet silencieux des dauphins, la splendeur solitaire de certains levers de soleil.

— Je pense que toute masse d'eau a sa personnalité, expliqua-t-il plus sobrement. Tout comme les masses de terres, d'ailleurs.

— La Grande Salée te manque bel et bien.

Zack haussa les épaules.

— A force de vivre avec, on finit par l'avoir dans la peau. Mais parlons un peu de ta vocation. Le droit est une tradition chez les Stanislaski ?

Sous la table, elle se mit à tapoter du pied au rythme de la basse.

— Pas du tout. Mon père était menuisier. Ainsi que son père avant lui.

— Alors pourquoi avoir choisi ce métier ?

— Parce que j'ai grandi dans une famille qui a connu l'oppression. Mes parents et mes frères et sœur se sont enfuis d'Ukraine avec, pour seuls bagages, le peu de biens qu'ils ont réussi à entasser sur une charrette. Ils sont partis au cœur de l'hiver en franchissant les montagnes ; ils ont connu le froid, la faim et la peur avant d'atteindre l'Autriche au terme d'un périple terrifiant. Moi, je suis née ici, en Amérique. La première de la famille.

Zack lui jeta un regard intrigué.

— Ça n'a pas l'air de te faire plaisir.

La pertinence de sa remarque prit Rachel au dépourvu. Zack était beaucoup plus fin, plus observateur qu'elle ne l'avait cru au premier abord.

— Je crois que j'aurais aimé appartenir à l'un et à l'autre bord, comme mes parents et mes frères et sœur. La découverte de la liberté est une expérience qu'ils n'ont jamais oubliée. Moi, je suis née dedans. Et la liberté et le droit vont main dans la main, comme chacun sait.

— Le droit, il y a mille façons de le pratiquer. Tu aurais pu être avocate d'affaires et gagner des sommes confortables.

— J'aurais pu, oui.

— Tu as eu des propositions, même.

— Qu'est-ce que tu en sais ?

Zack haussa les épaules.

— Tu es le défenseur de mon frère. C'était mon devoir de m'informer à ton sujet, non ? Tu étais la meilleure de ta promotion à l'université de droit de New York, tu as passé l'examen du barreau haut la main, puis tu as décliné plusieurs offres particulièrement alléchantes adressées par quelques-unes des entreprises les plus importantes sur le marché. Tu as préféré travailler pour le bureau de l'assistance judiciaire et gagner un salaire de misère. J'en ai conclu que tu étais soit très motivée, soit très masochiste.

Réprimant un mouvement d'humeur, Rachel hocha la tête.

— Et toi, tu as quitté la marine, la poitrine couverte de médailles, y compris la prestigieuse Silver Star. On trouve dans ton dossier, à côté de quelques avertissements pour insubordination, une lettre de gratitude, rédigée personnellement par je ne sais plus quel amiral, pour te féliciter de ton courage au cours d'un sauvetage en mer effectué en plein ouragan.

Ravie de le voir embarrassé à son tour, Rachel leva son verre.

— Tu vois que tu n'es pas le seul à avoir mené ta petite enquête.

— Nous parlions de toi, protesta-t-il.

— Aucune loi, à ma connaissance, n'interdit de changer de sujet au cours d'une conversation.

Avec un léger sourire, elle posa les coudes sur la table et cala son menton au creux de ses paumes.

— Alors, dis-moi, Muldoon, pourquoi avoir refusé d'entrer à l'école des officiers de marine ?

— *Moi* ? Passer du côté des officiers ? Et puis quoi encore ?

Se levant d'un mouvement abrupt, il lui prit la main et la tira d'autorité en direction de la piste.

— Dansons, décréta-t-il.

Rachel en riait de délice.

— Tu as rougi, Muldoon !

— Pas du tout. Et maintenant, tais-toi.

Elle pouffa.

— Ça doit être un vrai cauchemar, la vie de héros. Tu me signeras un autographe, dis ?

S'immobilisant net au bord de la piste de danse, Zack lui posa une main sur chaque épaule.

— Je propose le marché suivant : plus un mot au sujet de mes « exploits » et de mes médailles et je m'abstiendrai de mentionner que tu étais le major de ta promotion.

Elle se donna quelques instants de réflexion.

— Les termes de l'accord me paraissent honnêtes. Mais je pense que…

— Arrête de penser, ordonna-t-il en l'attirant dans ses bras.

La mesure fut efficace. Dès l'instant où elle se trouva plaquée contre Zack, son esprit cessa de fonctionner. Avec ses facultés de raisonnement en sommeil, elle savoura le chant grave du saxo, le rythme lancinant de la basse, les envolées du piano.

Et la danse avec Zack.

Non, danse n'était pas le mot… Mais existait-il un terme pour décrire ce lent balancement en rythme de deux corps si étroitement enlacés que, vus de l'extérieur, ils devaient se confondre ? La piste était si exiguë que ce n'était même pas la peine d'envisager de prendre un peu de distance. Et, même si elle ne parvenait plus à respirer, quelle importance ? L'essentiel était là, dans les battements de son cœur qui cognait furieusement dans sa poitrine, dans le bercement de cette étreinte vigoureuse.

Rachel n'avait pas eu l'intention de nouer les bras aussi intimement autour du cou de Zack. Mais, à présent qu'ils étaient en place, elle n'avait plus la moindre envie de modifier leur position. Tels qu'ils étaient, elle n'avait qu'à remonter légèrement les mains pour que ses doigts se perdent dans ses cheveux noirs dont le contact soyeux offrait un contraste intéressant avec l'acier des muscles, la puissance du corps d'homme pressé contre le sien.

Zack pencha la tête pour murmurer à son oreille :

— Tu as vu ? Nous sommes parfaitement ajustés l'un à l'autre. J'étais un peu trop excité l'autre fois pour m'en assurer. Mais j'aurais été prêt à parier que ce serait le cas.

Frissonnant sous la caresse de son souffle, Rachel protesta avec le peu de vigueur qui lui restait :

— Ajustés, si l'on veut. Ça ne marche que si je me dresse sur la pointe des pieds.

Comme pour souligner son point de vue, Zack laissa glisser ses grandes mains jusque sur ses hanches en un mouvement lent, sensuel et outrageusement possessif.

— Ma chérie, la taille n'a rien à voir dans l'histoire.

Il frotta sa joue contre ses cheveux, s'émerveillant de leur fragrance, de leur texture.

— Il s'agit d'une adéquation beaucoup plus subtile, Rachel Stanislaski. Elle joue au niveau de la forme, mais aussi des saveurs, des odeurs, du toucher.

Secouée, elle tourna la tête, juste avant que les lèvres de Zack ne parviennent au terme de leur lent cheminement en direction de sa bouche.

— Je pourrais te faire arrêter pour tentative de séduction dans un lieu public, Muldoon.

— Pas de problème. Je connais un excellent avocat, chuchota-t-il en soulevant son léger pull en coton pour explorer la peau nue de sa taille.

Rachel en oublia de respirer.

— Je crois qu'ils vont nous arrêter l'un et l'autre si nous continuons comme ça devant tout le monde, murmura-t-elle dans un souffle.

— Je paierai la caution.

Sentant le corps de Rachel ployer contre le sien, Zack eut la bouche si sèche soudain qu'il resserra encore la pression de ses bras.

— Je te veux quelque part pour moi tout seul, murmura-t-il d'une voix rauque en pressant les lèvres dans son cou. Tu sais ce que je te ferais si nous étions rien que tous les deux ?

Les jambes en coton, Rachel secoua la tête.

— Je préfère ne pas le savoir. Retournons plutôt nous asseoir, murmura-t-elle faiblement.

— Je veux te toucher partout, absolument partout. Connaître le goût de ta peau, t'embrasser les doigts de pied un à un et le sommet de ton crâne et tout — absolument tout — ce qu'il y a entre… Je veux t'entendre crier et gémir… Je veux te rendre folle.

C'était chose faite. Et si elle ne trouvait pas rapidement un moyen de l'arrêter, ce serait l'implosion assurée.

— Arrière ! ordonna-t-elle à mi-voix.

Les mains de Zack restèrent rivées à sa taille, mais elle réussit à rétablir une distance de quelques centimètres qui lui permit de respirer.

Enfin… temporairement, en tout cas. Car elle se retrouva de nouveau en apnée lorsqu'elle leva la tête pour regarder Zack dans les yeux.

— Primo, c'est trop tôt ; deusio, ça va beaucoup trop vite, Muldoon. Je ne suis pas quelqu'un de si spontané.

Pas spontanée, Rachel Stanislaski ? Elle était volcanique, oui ! Et il voulait être là — aux premières loges — lorsque la terre commencerait à trembler.

— S'il faut vraiment te donner un peu de temps, je veux bien t'accorder une heure. Deux, si tu tiens absolument à me faire souffrir.

Mais Rachel secoua la tête.

— Disons que je te ferai signe si un jour je suis prête à aller plus loin.

— C'est bien ce que je pensais : elle veut ma mort, marmonna Zack en aparté, affichant un air de résignation stoïque.

Comme Rachel ne se rasseyait pas, il sortit son portefeuille.

— Dois-je en conclure que tu veux partir ?

— C'était le contrat, souviens-toi : je devais être dans mon lit avant 11 heures

La vérité, c'est qu'elle avait surtout un besoin urgent d'air frais pour retrouver une sensation d'équilibre. A croire qu'il suffisait de danser avec un marin pour que la terre ferme se mette à tanguer sous vos pieds !

— Chose promise, chose due, acquiesça Zack en jetant quelques billets sur la table. Et si nous rentrions à pied ? L'exercice pourrait nous être salutaire.

Pensive, Rachel inclina la tête. Une marche forcée sur quelques kilomètres ? Pourquoi pas ? C'était à peu près la seule chose qui pouvait encore la sauver d'une nuit d'insomnie assurée.

— Tu as froid ? s'inquiéta Zack un peu plus tard alors qu'ils venaient d'avaler un premier kilomètre de trottoir, en rythme avec la ville vibrante qui ne connaissait jamais le sommeil.

— Non. Ça va. Il fait bon, ce soir.

Zack n'en passa pas moins le bras autour de ses épaules.

— C'est rare que je prenne le temps de me balader en ville, observa Rachel en levant les yeux vers la lumineuse splendeur des buildings. D'habitude, je passe mon temps à courir entre le bureau, le tribunal et mon appartement.

— Et qu'est-ce que tu fais pendant tes rares moments de loisir ?

— Je vais au cinéma, je fais un brin de lèche-vitrines. Je rends visite à ma famille. A ce propos, je me disais que ce serait peut-être bien pour Nick que je l'emmène un dimanche à la maison, chez mes parents. Qu'il goûte la cuisine de ma mère, qu'il écoute les histoires de mon père, qu'il voie à quel point je suis persécutée par mes deux grandes brutes de frères.

— Mmm… Et ce charmant programme serait réservé à Nick en exclusivité ?

Elle lui jeta un regard en biais.

— A la rigueur, nous pourrions faire une petite place à son grand frère.

— Il y a une éternité que je… pardon, que *nous* n'avons pas assisté à un vrai repas de famille. Mais le flic, qu'est-ce que tu en fais ? Cela m'étonnerait qu'il nous accueille à bras ouverts.

— Je me charge d'amadouer Alex. Maintenant que j'y pense, ma sœur Natasha doit bientôt venir passer un week-end à Brooklyn, avec mari et enfants. La maison grouillera de monde et il y aura une agitation insensée. Ça pourrait être constructif pour Nick de vivre ce type de situation. Je vais voir s'il y a moyen de vous faire inviter ce dimanche-là.

— Je t'ai déjà remerciée, Rachel. Mais je ne crois pas que je trouverai un jour les mots pour te dire à quel point j'apprécie ce que tu fais pour Nick.

— La cour a ordonné…

— La cour, rien du tout ! l'interrompit Zack en s'immobilisant au pied de son immeuble. Tu ne te contentes pas d'effectuer une visite réglementaire, stylo au poing, en vue d'établir ton rapport. Depuis le début, tu t'es investie à fond pour Nick.

Elle haussa les épaules.

— Bon. Eh bien disons que j'ai un faible pour les mauvais garçons. Je compte sur toi pour ne pas ébruiter l'information.

Zack la contempla un instant en silence. Il aimait sa beauté, mais aussi l'énergie vibrante qui émanait d'elle.

— La vérité, c'est que tu as du cœur, du talent, de la classe et de la générosité, Rachel Stanislaski.

Mal à l'aise sous le compliment, Rachel secoua la tête en riant.

— Si tu continues comme ça, tu vas finir par me faire rougir, Muldoon. Alors arrête de me passer de la pommade. Si tout se déroule comme nous l'espérons, tu m'achèteras un second bouquet de fleurs une fois que les deux mois de probation se seront déroulés sans encombre. Et tu pourras considérer que ta dette est payée.

Lorsqu'elle voulut se détourner sur un petit signe de la main, Zack la retint par les épaules. Mal à l'aise mais pas autrement surprise, elle leva les yeux vers lui.

— Ecoute, Zack, j'ai passé un excellent moment avec toi, mais…

— Je suppose que tu n'as pas l'intention de m'inviter à monter prendre un verre chez toi ?

Songeant à l'épisode de la piste de danse, Rachel secoua la tête.

— J'ai le goût du risque, Muldoon. Mais pas à ce point.

— Donc il ne me reste plus qu'à te souhaiter une bonne nuit ici, sur place.

— Zack…

— Tu ne voulais tout de même pas faire l'économie de ce baiser, non ? Il est important de respecter les traditions… Et puis je sais que tu en as envie autant que moi, murmura-t-il en lui embrassant le bout du nez.

— Ça ne va pas aller du tout, cette affaire, Zachary Muldoon !

Mais elle lui glissait déjà les bras autour du cou. Les yeux bleus de Zack pétillèrent, si proches qu'elle se sentit sombrer dans leurs profondeurs marines.

— Mais si, ça va marcher. C'est très simple : il suffit d'approcher tes lèvres des miennes et ça va aller tout seul.

Rachel n'en doutait pas une seconde.

Cette fois-ci, elle savait à quoi s'attendre et elle se prépara à résister, bien décidée à garder les pieds sur terre et la tête solidement accrochée. Mais rien n'y fit. Dès la première seconde, l'onde de choc se propagea en elle. Il y eut comme un éclair de chaleur, un bouleversement d'ordre cellulaire. Un sentiment d'urgence la submergea, la laissant en proie à une obsession lancinante : elle voulait cet homme, là, maintenant, sur le trottoir s'il le fallait.

Si, au premier baiser, elle avait eu l'impression que c'était « trop », elle découvrait à l'instant que ce ne serait jamais assez, au contraire. Comment avait-elle pu vivre jusqu'à l'âge avancé de vingt-six ans sans même savoir ce que désirer un homme signifiait vraiment ?

— Je ne suis encore jamais tombée dans les bras de quelqu'un sur la base d'une simple attirance sexuelle, protesta-t-elle, tout contre ses lèvres. Et je ne vais pas commencer maintenant. Ni avec toi ni avec personne.

Le regard brûlant de Zack plongea dans le sien.

— Chut… Ferme les yeux… Tu élaboreras tes théories plus tard.

Et il repartit à l'assaut de ses lèvres de plus belle, fouillant sa bouche d'une langue vagabonde, attisant les flammes une à une, faisant de l'îlot de leurs deux corps enlacés une vivante fournaise. Zack avait perdu toute notion de temps et de lieu. Une sorte de râle monta du fond de sa gorge. Il se vit soulever Rachel dans ses bras, l'emporter dans l'ascenseur et la jeter sur son lit. Lui faire l'amour une fois ne suffirait pas. Il voulait l'aimer toute la nuit et au-delà. Faire le siège de son corps et revenir inlassablement à la charge. Une vie entière ne suffirait pas à étancher le désir qu'il ressentait.

— Hep, l'ami.

La voix inconnue lui parvint sous la forme d'un bourdonnement aussi irritant qu'indistinct. Il n'y aurait d'ailleurs prêté aucune attention s'il n'avait senti la pointe d'un couteau pressée dans son dos. Maintenant Rachel derrière lui, Zack fit volte-face et découvrit les grands yeux noirs et le visage d'une pâleur maladive d'un petit braqueur.

— Si tu me filais ton portefeuille, mon gars ? Et ta nana aussi. Allez ouste, faites vite, tous les deux. Je n'ai pas que ça à fiche.

Faisant écran entre Rachel et le voleur, Zack porta la main à la poche arrière de son jean. Derrière lui, il entendait le son irrégulier de la respiration de la jeune femme tandis qu'elle ouvrait son sac à main. Réagissant à l'instinct, Zack bondit au moment précis où le type tourna les yeux pour s'assurer que la rue restait déserte.

Figée net avec sa bombe de gaz lacrymogène à la main, Rachel retint un cri de panique en voyant les deux hommes lutter corps à corps. La lame étincela dans la nuit puis il y eut comme un craquement de cartilage et le couteau vola au loin. Le petit braqueur fila sans demander son reste.

Lorsque Zack se retourna, il respirait aussi calmement que s'il venait de chasser une mouche d'un claquement de doigts.

— Voyons, où en étions-nous, déjà ?

— Espèce d'idiot, chuchota-t-elle, incapable de hurler à cause de la boule d'angoisse qui lui obstruait la gorge. Tu crois que c'est malin de te jeter comme ça sur un type armé d'un couteau ? Il aurait pu te tuer, bon sang !

— Je n'étais pas d'humeur à lui laisser mon portefeuille.

Il avisa la bombe qu'elle tenait toujours à la main.

— C'est quoi, ce truc-là ?

— Du gaz lacrymogène.

Consciente qu'elle n'avait même pas eu la présence d'esprit de retirer la valve de sécurité, elle replaça l'objet dans son sac avec un soupir dégoûté.

— Je lui en aurais mis plein les yeux si tu ne t'étais pas interposé, observa-t-elle d'un ton hautain.

— Désolé. La prochaine fois, je te laisserai prendre les choses en main.

Jetant un coup d'œil à son poignet, Zack jura tout bas.

— Il m'a blessé, cet imbécile.

Rachel blêmit.

— Tu saignes !

— Je pensais que c'était son sang à lui, maugréa Zack, contrarié en découvrant que la manche de son chandail était déchirée. Ce pull, je l'ai ramené de Corfou à l'occasion de mon dernier passage en Grèce. Bon sang, si je l'avais sous la main, cet olibrius, je lui ferais passer l'envie de recommencer.

Il scruta la rue au loin, mais le voleur avait disparu.

— Laisse-moi voir ça, intima Rachel en lui soulevant la manche pour dégager la plaie… Oh, mon Dieu, mais quel imbécile !

D'une main tremblante, elle sortit ses clés de son sac.

— Je vais te soigner là-haut. Franchement, je n'arrive pas à comprendre que tu aies pu commettre une imprudence pareille.

— C'est une question de principe, tenta-t-il d'expliquer. Je n'aime pas qu'on…

Mais elle l'interrompit en ukrainien.

— En anglais, protesta-t-il en portant la main à son cœur. Tu n'imagines pas quel effet ça me fait lorsque tu parles russe.

— Ce n'est pas du russe, Muldoon, riposta-t-elle en l'attrapant par son bras valide pour le traîner en direction de l'ascenseur. Avoue que tu t'es battu uniquement pour la frime ! Vous êtes tous les mêmes, vous, les hommes. Vous feriez n'importe quoi pour ne pas perdre la face.

Tête basse, Zack dissimula un sourire.

— Je suis désolé, dit-il, s'efforçant de prendre un air contrit. Je ne sais pas ce qui m'a pris de m'exposer à des risques aussi… insensés.

Il se garderait bien de lui faire remarquer qu'il s'était déjà coupé plus profondément que cela en se rasant le matin.

— Le problème, c'est que c'est purement hormonal, chez vous, lâcha-t-elle entre ses dents serrées. Tu n'y peux rien, au fond, si les hommes pensent d'abord avec les poings et n'utilisent leur cerveau qu'ensuite. A croire que vous avez été programmés pour vous comporter comme des brutes !

Elle ne lui lâcha le bras qu'une fois qu'ils furent dans l'appartement.

— Assieds-toi et ne bouge plus, surtout, ordonna-t-elle en se précipitant vers la salle de bains.

Zack s'exécuta sans se faire prier. Il prit même ses aises en posant les pieds sur la table basse.

— Je devrais peut-être avaler un doigt de cognac, au cas où je ferais un malaise, suggéra-t-il avec le plus grand sérieux.

Armée de pansements, d'une petite bassine pleine d'eau savonneuse et de désinfectant, Rachel s'agenouilla devant lui.

— Tu te sens barbouillé ? demanda-t-elle avec un regain d'inquiétude en lui tâtant le front. Des vertiges ?

— Voyons cela…

Toujours prêt à saisir une opportunité au vol, il attira le visage de Rachel contre le sien et l'embrassa longuement.

— Mmm… oui. J'ai la tête qui tourne un peu, il me semble. C'est grave, docteur ?

— Zachary Muldoon, arrête ton cinéma ! s'emporta-t-elle en lui donnant un petit coup sec sur la main. Ça aurait *pu* être extrêmement grave.

— Mais tout à fait. Je considère qu'il s'agit d'une affaire on ne peut plus sérieuse. Il se trouve que j'ai toujours eu horreur qu'on vienne me gratouiller le dos avec un couteau lorsque j'embrasse une femme. C'est viscéral. Et arrête de trembler comme ça, ma belle, ou c'est à toi que je vais être obligé de servir un cognac.

— Si je tremble, c'est de colère.

Rassemblant ses cheveux d'une main pour les rejeter dans son dos, elle lui lança un regard noir.

— Ne me refais plus jamais un coup pareil, en tout cas !

— Promis. La prochaine fois, je mettrai un pull sans manches.

Pour se venger de son ton moqueur, elle versa une copieuse rasade de désinfectant sur la coupure. Lorsqu'il jura avec force, ce fut au tour de Rachel de sourire.

— Mauviette !

Mais elle finit par le prendre en pitié et se pencha pour souffler sur la plaie afin d'atténuer la douleur.

— Et maintenant, ne bouge plus, le temps que je mette le pansement.

Zack la regarda faire, appréciant le contact de ses doigts habiles sur sa peau. Incapable de résister à la tentation, il se pencha pour lui mordiller le lobe de l'oreille.

Il la vit frissonner de plaisir. Ce qui ne l'empêcha pas de le repousser énergiquement.

— *Vade retro,* Muldoon. Je ne t'ai pas fait monter ici pour reprendre notre baiser du soir là où nous l'avions laissé. Sûrement pas ici, dans cet appartement.

— Je te désire, Rachel, déclara-t-il, plus gravement qu'il ne l'aurait voulu, en lui prenant la main. J'ai envie de faire l'amour avec toi.

— Ça, je l'avais remarqué, oui. Mais j'ai d'abord besoin de savoir de quoi j'ai envie, moi.

— Tout à l'heure, avant que cet abruti ne vienne nous déranger, tu n'avais pas l'air de te poser tant de questions.

Rachel prit une profonde inspiration et dégagea sa main de la sienne.

— Je t'ai expliqué ma position, Zack. Je ne suis pas le genre de femme à agir sur une impulsion. Surtout lorsqu'il s'agit de choisir un amant. Si je cède à l'attirance qui existe entre nous, je veux que ce soit la tête claire.

— Je ne crois pas avoir eu la tête claire une seule fois depuis le jour où je t'ai rencontrée.

Il se leva à son tour, mais prit à cœur, cette fois, de garder ses distances.

— Je sais ce qu'on dit des marins : une fille dans chaque port, et des trucs comme ça. Mais ça n'a rien à voir avec la réalité. Enfin, pas avec *ma* réalité, en tout cas. Je ne dis pas que je passais toutes mes journées de congé enfermé à lire, mais…

— Tu n'as pas de comptes à me rendre, Muldoon. Ce n'est pas vraiment mon problème.

— Je commence à croire que si. Ou que ça pourrait le devenir.

Elle voulut protester, mais quelque chose dans le regard de Zack l'arrêta.

— Cela fait deux ans maintenant que je suis revenu à New York. Et il n'y a eu personne. Personne qui ait compté, du moins.

Zack était sidéré de s'entendre tenir ce discours presque officiel. Mais les mots lui tombaient des lèvres d'eux-mêmes :

— Je n'ai jamais rencontré quelqu'un comme toi jusqu'ici, Rachel. Et je n'ai pas envie de passer à côté de ce que nous pourrions vivre ensemble.

— Le problème, c'est que j'ai d'autres priorités dans la vie, protesta-t-elle faiblement. Et je ne sais pas si je suis prête à affronter ce type de complications pour le moment. Il faut par ailleurs que nous tenions compte de Nick, vu les circonstances. En bref, je ne tiens pas à précipiter les choses.

— Ne pas précipiter les choses ? répéta-t-il sombrement. Je ne peux pas m'engager sur un tel mot d'ordre, Rachel. Et je préfère te mettre en garde : la prochaine fois que nous serons seuls, toi et moi, je ferai tout ce qui est en mon pouvoir pour faire basculer l'ordre de tes priorités.

Les mains de Rachel tremblaient tellement qu'elle se hâta de les glisser dans ses poches.

— J'apprécie que tu prennes la peine de m'avertir de tes noires intentions, Muldoon. Mais je te préviens : je ne suis pas quelqu'un qui se laisse bousculer facilement dans ses convictions.

— Tant mieux. J'ai horreur de la facilité. Merci pour les soins de première urgence, Maître. Et n'oubliez pas de fermer à clé derrière moi.

Stoïque, il sortit de l'appartement sans la toucher et comprit que, pour calmer sa libido déchaînée, il ne lui restait qu'une chose à faire : repartir à pied une fois de plus.

5

Rachel ne *fuyait* pas Zack à proprement parler. Elle avait un emploi du temps chargé, voilà tout. Avec la masse de dossiers qui lui tombait dessus chaque jour, elle pouvait difficilement se permettre de passer ses soirées vissée sur un tabouret de bar au Brise-lames. Ce qui ne voulait pas dire qu'elle négligeait ses obligations pour autant. Deux fois, déjà, elle s'était glissée dans les cuisines pour parler avec Nick. Et si elle n'était pas tombée sur Zack en traversant la salle, c'était une simple coïncidence, rien de plus.

Ou un solide instinct de survie ?

Si elle filtrait ses appels par le biais du répondeur, c'était simplement parce qu'elle ne voulait pas être dérangée à tout moment. (Et le pire, c'est qu'il n'avait même pas appelé, le chien !)

Seule consolation : ses rapports avec Nick s'amélioraient de jour en jour. L'adolescent l'avait appelée à deux reprises. Une fois au travail et une fois chez elle. Et lorsqu'il lui avait proposé d'aller au cinéma ce soir-là, elle avait accepté sans hésiter… Tant qu'il passait ses heures de congé en sa compagnie, il était à l'abri de la tentation que représentaient les Cobras.

Après quatre-vingt-dix minutes de poursuites automobiles démentielles, de tir au pistolet et autres trépidantes aventures, ils sortirent du cinéma et s'installèrent dans une pizzeria brillamment éclairée.

— Alors, Nick, raconte-moi un peu comment ça se passe, pour toi.

Comme il se contentait de hausser les épaules, elle insista gentiment.

— Tu ne peux vraiment pas me répondre ? Cela fait deux semaines, maintenant. Tu as eu le temps de t'habituer un peu. Tu as l'impression que tu vas tenir le coup ?

Nick sortit une cigarette de son paquet.

— Mouais... A priori, ça devrait aller. Rio a l'air impressionnant, comme ça, mais au fond, c'est une bonne pâte. Et lui, au moins, il ne me harcèle pas à longueur de journée.

— A la différence de Zack, tu veux dire ?

Nick souffla un nuage de fumée. Il aimait voir le visage de Rachel à travers ce voile légèrement opaque qui la rendait encore plus belle, et la faisait ressembler à une tzigane.

— Zack s'est un peu calmé, il faut dire ce qui est. Et il me laisse même une certaine marge de liberté. Mais regarde ce soir, par exemple. Normalement, je suis de congé et je peux faire ce que je veux. Eh bien, il a fallu qu'il vienne me gonfler avec ses questions à la noix : « Où tu vas ? Avec qui ? Qu'est-ce que tu vas faire ? A quelle heure seras-tu rentré ? » Alors que je vais avoir dix-huit ans dans quelques mois. C'est pénible, non ?

— Il est du genre autoritaire, c'est vrai, admit Rachel en s'efforçant de trouver un moyen terme entre la compassion et la sévérité. Mais il est responsable de toi vis-à-vis de la loi. Et il tient à toi, surtout.

Nick émit un son qui pouvait — à la rigueur — passer pour un acquiescement. Rachel sourit.

— Il n'est pas très délicat dans ses méthodes, mais ses intentions sont bonnes, conclut-elle, optimiste.

— Ouais. Enfin... Un jour ou l'autre, il faudra quand même qu'il se décide à me laisser respirer un peu.

— Je suis sûre qu'il te lâchera la bride dès qu'il comprendra qu'il peut te faire confiance... Qu'est-ce que tu lui as dit pour ce soir, au fait ?

— Que je sortais avec une fille et qu'il pouvait aller se faire voir.

Nick sourit et constata avec satisfaction que les yeux de Rachel pétillaient d'amusement. Comme s'ils étaient complices, elle et lui, songea-t-il, ému.

— Tôt ou tard, il faudra que Zack comprenne qu'il a sa vie et moi la mienne, enchaîna-t-il en se passant les deux mains sur le visage.

— Et qu'as-tu l'intention d'en faire, de cette vie, Nick ?

— Je ne sais pas trop, en fait. Je verrai bien ce qui se présentera.

Rachel huma avec délice la pizza qu'on venait de poser devant elle.

— Tu n'as pas de rêves ? Pas d'ambitions ?

Une brève lueur éclaira un instant les yeux du jeune homme. Mais il les détourna presque aussitôt.

— Je n'ai pas envie d'être serveur, en tout cas. C'est peut-être le truc de Zack, mais pas le mien, c'est sûr.

Nick écrasa sa cigarette pour se consacrer au contenu de son assiette.

— Quant à m'engager dans la marine, non merci. Il m'a suggéré ça l'autre fois et, là, je l'ai envoyé promener avec une force… Si c'est pour recevoir des ordres à longueur de journée, j'aime encore mieux zoner par ici.

— Bon. Eh bien, tu sais au moins ce que tu ne veux pas. C'est déjà une première étape.

Nick se risqua à jouer avec la petite bague en argent qu'elle portait à sa main gauche.

— Et toi ? Tu as toujours eu envie d'être avocate ?

— Pas toujours, non. J'ai traversé une période où je pensais devenir danseuse étoile, parce que c'était la vocation de ma sœur, Natasha. Ça, c'était quand j'avais cinq ans. Mais, dès le troisième cours, j'ai compris que la seule chose que j'aimais dans la danse classique, c'était le tutu et les chaussons. Alors, j'ai voulu être menuisier, comme mon père. Je me souviens d'avoir commandé une caisse à outils pour mon huitième anniversaire. J'ai dû réussir à construire une étagère à peu près potable. Puis j'ai pris ma retraite.

Elle eut un sourire si adorable que le cœur de Nick bondit presque douloureusement dans sa poitrine.

— Il m'a fallu un petit moment pour comprendre que chacun avait sa voie à suivre et qu'il ne s'agissait pas de devenir une copie conforme de ma sœur, de mon père ou de qui que ce soit d'autre.

Avec un peu de chance, songea Rachel, Nick s'inspirerait de ce parcours pour tracer son propre chemin à son tour.

— Je vais te confier un secret, enchaîna-t-elle : ça va te paraître puéril, mais c'est en regardant une vieille série télévisée que j'ai trouvé ma vocation. Tu sais, ces rediffusions de Perry Mason, le célèbre avocat ? Il prenait toujours des cas désespérés et, quand on croyait que tout était fichu, il faisait basculer la situation à la dernière seconde et confondait le véritable coupable.

Un vrai sourire éclaira les traits séduisants de Nick.

— Ah oui, je me souviens bien de cette série. Perry Mason et sa fidèle secrétaire Della ! Alors toi, tu as voulu devenir avocate pour défendre les innocents, comme lui ?

— Evidemment. Lorsque j'ai découvert que dans la réalité, le métier d'avocat ne consistait pas toujours à lutter noblement sous la bannière du Bien pour s'opposer au Mal, il était trop tard pour revenir en arrière. Et j'étais déjà accro, de toute façon.

— Ray Charles…, murmura Nick comme pour lui-même.

— Ray Charles ?

— Ton histoire de Perry Mason… ça m'a rappelé que c'est en écoutant Ray Charles que j'ai eu envie de me mettre au piano.

Avec le sentiment qu'elle tenait peut-être là une piste, Rachel posa le menton sur ses doigts croisés.

— Tu joues vraiment ?

— Bof… Un peu. Mais ça me tentait, quoi. Il y avait un magasin d'instruments de musique pas très loin de chez nous. J'y traînais pendant des heures en pianotant un peu, pour m'amuser. Au bout d'un moment, ils me jetaient dehors.

Soudain gêné d'en avoir tant dit, Nick fit un geste désinvolte de la main comme s'il s'agissait d'un enfantillage.

— Enfin... ça m'a passé depuis longtemps.

Mais Rachel s'emballait déjà.

— J'ai toujours regretté de ne pas avoir pris le temps de me mettre à la musique. Imagine-toi que ma sœur Natasha a offert son premier piano à ma mère il y a seulement quelques mois ! Jamais, pendant toutes ces années où elle nous a élevés, elle n'avait dit qu'elle rêvait de se mettre à cet instrument.

Le regard de Rachel se perdit un instant dans le vague. Puis elle revint à son récit.

— Je ne sais pas si je te l'ai déjà dit, mais ma sœur aînée a épousé un musicien, Spencer Kimball.

— Kimball ! LE Kimball, tu veux dire ?

Nick avait beau se surveiller étroitement pour rester « cool », il ne put s'empêcher de laisser transparaître son ébahissement.

— Tu connais son œuvre ?

— Ouais, acquiesça Nick en reprenant un air indifférent. Enfin... vaguement, quoi, rectifia-t-il en se rappelant qu'il n'était censé s'intéresser qu'aux groupes de musique « heavy metal », plébiscités par les Cobras.

Enchantée par la réaction de Nick, Rachel poursuivit d'un air détaché :

— Un beau jour, alors que nous étions tous réunis en Virginie-Occidentale, chez Spencer et Natasha, nous avons surpris maman assise au piano. Elle était gênée que nous l'ayons trouvée en train de tâtonner pour essayer d'enchaîner quelques notes. Mais Spencer s'est aussitôt pris au jeu et l'a aidée à retrouver la mélodie qu'elle cherchait. Et là, nous avons compris soudain qu'elle mourait d'envie d'apprendre. Alors, le jour de la fête des Mères, nous nous sommes arrangés pour qu'elle quitte la maison quelques heures.

Et, lorsqu'elle est revenue, un piano flambant neuf trônait dans le salon. Ma mère a fondu en larmes.

Rachel sentit ses propres yeux s'embuer et sourit.

— Tu sais qu'elle prend des cours deux fois par semaine, maintenant ? Elle va participer à un concert pour Noël.

— C'est cool, murmura Nick.

— Oui. Et cela prouve qu'il n'est jamais trop tard pour essayer lorsqu'on a vraiment envie de quelque chose.

Elle lui tendit la main en signe d'amitié.

— Et si on rentrait à pied pour éliminer cette pizza ?

— Pas de problème.

La main de Rachel serrée dans la sienne, Nicholas LeBeck était aux anges. Il marcha, dans un état de grâce, se laissant bercer par la douceur de sa voix, le son perlé de son rire. Les quelques filles qu'il avait connues lui apparaissaient désormais comme autant d'ombres insignifiantes et lointaines. Rachel, encore jeune et pourtant déjà tellement femme, faisait désormais figure pour lui de reine absolue. Elle était si belle, si racée, si élégante. S'il n'avait pas eu peur de se couvrir de ridicule, il en aurait chanté de joie.

Rachel était toujours tellement attentive lorsqu'il disait quelque chose ! Puisqu'elle s'intéressait à tout ce qu'il lui racontait, c'était signe qu'il avait sa chance avec elle, non ?

Chaque fois qu'elle lui souriait — et elle lui souriait souvent — il en avait des papillons dans l'estomac. Il aurait pu marcher avec elle ainsi toute la nuit, parcourir New York du nord au sud et même traverser l'Hudson à la nage si elle le lui avait demandé.

— Et voilà ! C'est ici que j'habite.

Nick s'immobilisa à l'endroit précis où Zack avait pris Rachel dans ses bras quelques jours auparavant. Il leva les yeux vers l'immeuble où elle vivait et imagina qu'elle l'invitait à monter chez elle. Ils prendraient un café ensemble et elle se mettrait à l'aise, retirant ses escarpins pour replier ses longues jambes sous elle, sur le canapé.

Lui se montrerait toujours tendre et doux avec elle. Du moins, s'il parvenait à se maîtriser. Jamais il n'avait eu envie d'une fille à ce point.

— Je suis très contente de notre petite soirée, déclara Rachel en sortant ses clés. La prochaine fois que tu auras envie de parler, n'hésite pas à me faire signe. Lorsque je remettrai mon rapport au juge Beckett demain, elle sera sûrement très satisfaite d'apprendre que tout se passe aussi bien.

— Et toi, Rachel ? Tu es contente de moi, aussi ?

Soudain alertée par un je-ne-sais-quoi de séducteur dans le ton de Nick, la jeune femme se força à sourire.

— Bien sûr. Je crois que tu as fait un pas dans la bonne direction.

— C'est également mon impression.

Les signaux d'alerte de Rachel se déclenchèrent avec insistance lorsque Nick lui posa une main dans le cou. Elle recula promptement d'un pas.

— Bien… C'était sympa, mais il ne faut plus que je traîne, maintenant. Je me lève aux aurores demain matin.

— O.K. Je te rappellerai bientôt, de toute façon.

Elle cligna des paupières lorsqu'il resserra la pression de ses doigts.

— Euh… Nick, je…

Trop tard. Sa bouche, déjà, avait capturé la sienne. Une bouche ferme, caressante et étonnamment sûre d'elle. Sidérée, les yeux grands ouverts, Rachel porta la main à l'épaule de Nick pour le repousser. Juste avant qu'elle ne parvienne à se dégager, elle perçut contre le sien un corps mince, musclé et… incontestablement viril.

Incapable de trouver ses mots, elle balbutia :

— Nick, je…

— Je penserai à toi, chuchota-t-il.

Avec un sourire un peu gauche, il tendit la main pour lui glisser une mèche de cheveux derrière l'oreille.

— A bientôt au téléphone, Rachel.

Avant qu'elle ait pu prononcer un mot, Nick s'éloigna d'une démarche nonchalante. Ou plutôt… Oh, Seigneur, il chancelait presque ! Rachel, anéantie, le suivit des yeux. Non seulement Nick avait essayé de l'embrasser, mais il était profondément troublé par ce qui venait de se passer !

La tête bourdonnante, elle pénétra dans le hall de son immeuble et se dirigea comme un automate vers l'ascenseur.

— Quelle idiote ! Mais quelle sombre idiote tu fais, Stanislaski ! murmura-t-elle en se renversant contre la paroi de la cabine.

Comment avait-elle pu se montrer aussi aveugle ? Se féliciter de la belle amitié qu'elle croyait nouer avec Nick sans s'apercevoir qu'il interprétait ses gestes affectueux comme autant de signes qu'il ne la laissait pas indifférente ?

Horrifiée, elle poussa la porte de son appartement et s'effondra sur le canapé. Comment réparer les dégâts à présent qu'elle avait laissé s'installer un malentendu aussi énorme ? Stupidement, elle avait pensé que, pour Nick, leur différence d'âge ainsi que l'autorité que lui conférait sa fonction représentaient une barrière infranchissable. Mais, de toute évidence, il n'en était rien.

Rachel laissa la scène du baiser se dérouler de nouveau dans son esprit, revit la façon dont il avait posé la main sur sa nuque, se remémora la pression de ses lèvres, l'habileté consommée avec laquelle il l'avait attirée dans ses bras.

Le désir que Nick lui avait exprimé n'avait rien d'immature. Il ne s'était pas comporté avec elle comme un adolescent maladroit. C'était à l'homme qui se dessinait en lui qu'elle avait eu affaire. Et elle aurait dû le voir venir gros comme une maison au lieu de s'attendrir stupidement sur la façon dont elle avait réussi à l'amadouer !

Comment, mais *comment* se sortir de ce mauvais pas sans détruire pour autant tous les progrès accomplis ? Rachel enfouit son visage entre ses mains en constatant qu'elle n'avait aucune réponse à cette question. Vingt bonnes minutes s'écoulèrent, qu'elle passa à pester et à se traiter de tous les noms. Puis, à bout de nerfs, elle prit son téléphone et composa rageusement le numéro du Brise-lames. Bien sûr, elle était dans les ennuis jusqu'au cou, mais il n'y avait aucune raison pour qu'elle soit seule à en subir les conséquences.

— Allô ? Passez-moi Muldoon, ordonna-t-elle sèchement. C'est de la part de Rachel Stanislaski.

— Je vous l'appelle… Hé, Zack, téléphone pour toi. C'est la petite nana.

La petite nana ? Rachel fulminait.

— Comment ça, « la petite nana » ? répéta-t-elle à voix haute dès qu'elle eut Zack en ligne.

En entendant sa voix, Zack sentit les battements de son cœur s'accélérer.

— Désolé, mon cœur, dit-il d'un ton blasé, mais je ne suis pas responsable de l'opinion de mes barmen.

Il but une gorgée d'eau minérale et poursuivit d'un ton joyeux :

— Alors, ça y est ? Tu as enfin réalisé que tu ne pouvais plus te passer de moi ?

— Redescends sur terre, Muldoon. J'ai deux mots à te dire. Et rapidement, de préférence.

Le sourire de Zack se figea. Tournant le dos à la salle pour échapper à la curiosité de ses habitués, il demanda à mi-voix :

— Il y a un problème ?

— Un *gros* problème, oui.

— Mais je viens de voir passer Nick il y a quelques minutes à peine. Et il n'avait pas l'air particulièrement perturbé. Au contraire. Il m'a paru aller nettement mieux qu'à l'ordinaire lorsqu'il est monté là-haut.

— Il est là-haut ? Dans ton appartement ? Fais en sorte qu'il n'en bouge pas, surtout. J'arrive.

Zack ouvrit la bouche pour demander plus de précisions et la referma en jurant : Rachel avait déjà raccroché.

Ce n'était pas du tout le scénario que Zack avait envisagé pour ses retrouvailles avec Rachel. Sourcils froncés, il sortit son shaker et prépara deux gin-fizz. Sa stratégie avait consisté à faire le mort pendant trois jours afin de laisser à Rachel le temps de réfléchir à ce qu'elle voulait vraiment. Jusqu'à ce qu'elle n'y tienne plus et finisse par le relancer elle-même.

Cela dit, elle s'était bel et bien manifestée. Spontanément, même. Mais, à en juger par le ton de sa voix au téléphone, elle ne semblait pas désespérée et se passait apparemment très bien de lui. Elle avait simplement l'air folle de rage. Et à cause de Nick, en plus. Zack jeta un glaçon dans un verre de limonade en se demandant ce que son frère avait bien pu fabriquer pour mettre Rachel dans cet état.

L'esprit ailleurs, il prit une commande pour un margarita frappé, deux pressions et un express. Rien dans l'attitude de Nick quand il était rentré ne lui avait mis la puce à l'oreille, pourtant. Le gamin avait l'air plutôt détendu, au contraire. Avec les yeux brillants et un sourire en coin, il avait juste mentionné qu'il venait de passer une « soirée géniale ».

Convaincu que son jeune frère était sans doute amoureux, Zack s'était promis de le prendre entre quat'z-yeux pour lui parler d'homme à homme. Pas pour lui expliquer que les enfants ne naissent pas dans les choux. Nick, en adolescent précoce des quartiers difficiles, avait déjà des années de pratique sexuelle derrière lui. Mais Zack avait pensé que ce serait une bonne chose d'aborder avec lui des notions telles que la protection, la responsabilité, le respect.

Levant les yeux, Zack perdit le fil de ses pensées : Rachel venait de faire irruption dans le bar, vêtue d'un de ces fins pulls moulants en laine douce qu'elle semblait affectionner. Il jeta un coup d'œil à ses jambes de déesse et sentit sa tension monter d'un cran.

Elle se dirigea en ligne droite vers le comptoir et ne s'immobilisa que le temps de le gratifier d'un regard étincelant.

— Je veux te voir dans ton bureau, lança-t-elle en poursuivant son chemin au pas de charge.

Charmant.

— Eh bien…, murmura Lola. Tu vas t'en ramasser une belle, on dirait. Elle n'a pas l'air commode, l'avocate, lorsqu'elle est énervée.

— C'est le moins que l'on puisse dire, acquiesça Zack en posant le café sur le plateau de la serveuse. Si Nick descend, dis-lui que j'ai un rendez-vous important et que je ne veux être dérangé sous aucun prétexte.

— C'est toi le patron, Zack.

Le patron, oui. Et il avait la ferme intention de le rester. Passant de l'autre côté du comptoir, il rejoignit Rachel dans *son* bureau, bien décidé à lui tenir tête, s'il le fallait.

La jeune femme avait lancé son manteau et son sac sur une chaise et faisait les cent pas. Rejetant ses cheveux dans son dos, elle passa à l'attaque avant même qu'il ait eu le temps d'ouvrir la bouche pour la saluer.

— Tu ne lui parles donc jamais, à ce garçon ? Tu ne cherches pas à en savoir un peu plus sur ce qu'il pense, sur ce qu'il éprouve, sur ce qui le préoccupe ? Si c'est comme ça que tu assumes tes responsabilités, chapeau !

Le sang de Zack ne fit qu'un tour.

— Hé là, une seconde ! Cela fait trois jours que tu ne donnes pas de nouvelles et tout à coup tu débarques ici comme une tornade et tu me hurles dessus comme si j'avais tué père et mère. Commence par te calmer, O.K. ? Et explique-moi ce qui se passe.

— Me calmer ? C'est facile à dire pour toi ! riposta Rachel, toutes griffes dehors.

Se déchaîner ainsi contre Zack lui faisait un bien fou. Rien de tel pour soulager son sentiment de culpabilité que de se défouler sur un tiers.

— Ce qui est sûr, c'est que le problème avec Nick, c'est *moi* qui vais devoir l'affronter. Si tu avais été le moins du monde attentif à ton frère, tu aurais compris ce qui se passait ! Et tu aurais pu me mettre en garde au lieu de me laisser tomber dans le panneau tête la première.

Zack, qui ne se sentait pas encore très sûr de lui dans son rôle de grand frère promu éducateur, jura abondamment en encaissant cette attaque rangée. Prenant Rachel par les épaules, il l'assit d'autorité sur une chaise.

— Commence par le début, O.K. ? Si j'ai bien compris, il est question de Nick ?

— Evidemment qu'il est question de Nick !

Rachel voulut se lever d'un bond, mais il la ramena aussitôt dans la position qu'il lui avait assignée.

— Je ne vois pas de quoi nous pourrions parler si ce n'est de Nick, maugréa-t-elle. Il est tout ce que nous avons en commun, toi et moi.

Mâchoires crispées, Zack choisit de ne pas relever cette dernière remarque.

— Traitons les problèmes dans l'ordre, Stanislaski. Qu'est-ce que j'aurais dû deviner au sujet de Nick afin de pouvoir te mettre en garde ?

— Le fait que… qu'il commence à me considérer comme une femme.

— Et alors ? Tu voudrais qu'il te considère comme quoi ? Un poisson-chat ?

— Tu ne comprends donc pas ? Ton frère s'intéresse à la *femme* en moi, Zack ! Il faut que je te fasse un dessin ?

Zack secoua la tête et alluma une cigarette.

— Tu te fais des idées. Nick n'est pas aveugle. Il est certain qu'il a dû remarquer qu'il avait une avocate plutôt canon. Mais ce gamin n'a que dix-sept ans, merde ! D'ailleurs, il a une petite amie. Il est même sorti avec elle ce soir.

— Mais justement, triple idiot ! s'écria-t-elle en se levant pour lui marteler le torse de ses poings serrés. Il était avec *moi*, ce soir.

— Avec toi ? Mais pour quoi faire ?

— Le truc habituel : ciné, pizza. Pour moi, c'était une occasion de lui parler de façon plus détendue, hors du contexte du bar. Alors, quand il m'a appelée…

— Si je comprends bien, Nick t'a proposé de sortir avec lui et tu as accepté ?

Ulcérée par sa formulation, Rachel se mit à arpenter la pièce.

— Eh bien, oui ! J'ai accepté ! Il me paraissait important, pour l'aider, de me rapprocher de lui, d'établir des liens d'amitié.

Zack hocha la tête.

— Mais tout à fait, oui. Où est le mal là-dedans ? Vous avez vu un film, mangé un bout ensemble. Honnêtement, si tu veux mon avis, il n'y a pas de quoi fouetter un chat. A moins que Nick ne se soit mal comporté ? Il a parfois un côté voyou qui lui reste de…

Excédée, Rachel l'interrompit d'un geste impérieux de la main.

— Cela t'arrive d'écouter quand on te parle ? Ton frère ne s'est pas comporté comme un voyou, mais comme un homme qui passe une soirée en tête à tête avec une femme qui l'intéresse. Résultat : il m'a embrassée lorsque nous nous sommes dit au revoir.

Le regard de Zack se fit soudain menaçant.

— Embrassée comment ?

— Il te faut un mode d'emploi ? vociféra-t-elle en accélérant encore le pas. Tu me diras que j'aurais dû le voir venir. Eh bien figure-toi que non, pas du tout. Et, quand c'est arrivé, il était trop tard !

Consterné, Zack se mit à déambuler autour du bureau à son tour.

— Tu ne crois pas qu'il a simplement voulu te faire la bise pour te dire au revoir ? Ce n'est encore qu'un gamin.

— Non, décréta Rachel. Nick n'est plus un gamin.

Zack serra les poings.

— Tu veux dire qu'il a essayé de… ?

— Non, bien sûr que non ! Il m'a juste embrassée. Mais pas comme un *môme*… Toute femme est capable de faire la différence entre une petite bise amicale et… et une avance. Et Nick maîtrise parfaitement la technique de l'avance.

— Je suis ravi de l'apprendre, marmonna Zack entre ses dents serrées.

Soudain vidée de ses forces, Rachel prit appui contre le bureau.

— Je ne sais pas quoi faire, Zack.

— Je me charge de régler la situation.

— Mais comment ?

— Je n'en sais rien, mais je trouverai une solution, lança Zack d'un ton féroce en écrasant sa cigarette dans le cendrier. Il ne manquerait plus que je me trouve en situation de rivalité avec mon propre frère !

Rachel lui jeta un regard noir.

— Je ne suis pas un trophée, Muldoon.

— Ce n'est pas ce que je voulais dire.

Il se laissa tomber à côté d'elle.

— Ecoute, je suis désolé, mais mets-toi à ma place. J'étais persuadé que Nick était en train de passer une soirée tranquille, main dans la main, avec une adolescente de son âge et voilà que j'apprends qu'il a des vues sur toi. S'il n'était pas mon frère, j'irais lui casser la figure.

— Bravo ! Génial ! s'écria-t-elle, les bras croisés sur la poitrine. La brute primitive n'est jamais très loin, avec toi.

Zack ne jugea pas utile d'épiloguer sur ce point.

— Ce n'est peut-être pas vraiment étonnant, au fond, qu'il réagisse ainsi avec toi, observa-t-il après réflexion.

— Etonnant ou pas, je n'en sais rien, Muldoon. Mais je n'ai pas envie de faire souffrir Nick. Ni de le froisser dans sa dignité, surtout.

— Tu pourrais prendre tes distances, te déclarer indisponible. Fuir. Comme tu l'as fait ces jours derniers avec moi…

— J'étais submergée de travail, c'est tout, protesta-t-elle avec la plus parfaite mauvaise foi. Quoi qu'il en soit, j'ai déjà réfléchi à cette solution, mais elle est inapplicable dans la mesure où je suis officiellement responsable de lui. Avec cela, il a commencé à s'ouvrir à moi, ce soir, à la pizzeria, à me parler de lui — vraiment de lui. Ce serait extrêmement violent pour Nick si je le laissais en plan du jour au lendemain, sans fournir d'explications.

— Tu ne peux pas lui donner de faux espoirs non plus, Rachel.

— Je sais.

Sa colère retombée, Rachel soupira longuement. Comme il aurait été bon de pouvoir poser un instant la tête sur l'épaule de Zack. Juste quelques secondes, rien de plus. Mais naturellement c'était la dernière chose à faire.

— Il faut que je trouve un moyen de lui faire comprendre que je veux être une amie pour lui et rien de plus. Sans qu'il se mette à douter de lui, pour autant.

Zack lui prit la main et mêla ses doigts aux siens.

— Ne t'inquiète pas, je lui parlerai. Sans crier, c'est promis.

Rachel soupira de plus belle.

— Si j'ai débarqué ici en fanfare, c'était un peu dans l'optique de me débarrasser de cette corvée. Mais Nick risque d'en conclure — et pas forcément à tort — que nous avons débattu de ses sentiments dans son dos. Imagine un peu à quel point il se sentirait humilié. Non… je crois qu'il faut que j'affronte ce problème toute seule, Zack.

Il lui caressa doucement la main.

— Nous sommes coresponsables, tous les deux, ne l'oublie pas.

— Je ne risque pas de l'oublier, non ! Mais tu commences tout juste à rétablir une relation de confiance avec Nick. Ce n'est pas le moment de tout gâcher en créant une rivalité entre vous.

Elle leva vers lui un regard navré.

— Autrement dit, il vaut mieux que tu ne te mêles de rien. Désolée d'avoir déboulé ici comme une harpie.

— Ta colère au moins t'a ramenée jusqu'à moi, observa-t-il en portant ses doigts à ses lèvres. Ecoute, on va procéder comme ça : toi, tu lui parles en douceur et, ensuite, je le laisse passer ses nerfs sur moi. Après tout, je peux difficilement lui reprocher d'essayer de faire ta conquête alors que je suis moi-même sur les rangs.

— Cela n'a rien à voir, Zack.

— Ravi de te l'entendre dire. Tu te sens mieux ?

Elle lui adressa un pâle sourire.

— Une bonne dispute me ravigote toujours.

— Dans ce cas, on pourrait continuer encore un peu, non ? Prends patience encore une heure ou deux, jusqu'à la fermeture, et nous poursuivrons notre empoignade…

Tentée d'acquiescer, elle secoua la tête.

— Non. Je rentre me coucher.

— Mmm… Sage résolution. Je t'aurais bien raccompagnée, mais nous ne sommes que deux à tenir le bar, ce soir.

— Je suis une grande fille, Zack. Je prendrai un taxi.

— Juste une petite seconde avant que tu ne prennes la fuite, Cendrillon, fit-il en la soulevant par les hanches pour l'asseoir sur le bureau… Tu sais que tu m'as manqué, ces trois jours ?

Il se pencha pour poser un baiser dans son cou. Sans réfléchir, Rachel renversa la tête en arrière pour lui faciliter la manœuvre.

— J'ai été très occupée.

— Je n'en doute pas. Mais tu es encore plus butée qu'occupée. Et c'est un trait de caractère que j'aime chez toi. Tel que tu me vois en ce moment, je n'arrive pas à trouver un seul aspect de toi que je n'apprécie pas.

Rachel ferma les yeux. « Tu es en train de faire une terrible erreur, ma fille, songea-t-elle. Et tu vas le regretter… »

— Tout ça, c'est juste du baratin pour m'attirer dans ton lit, Muldoon, dit-elle d'une voix beaucoup trop altérée à son goût.

Les lèvres de Zack s'incurvèrent juste avant de se poser sur les siennes.

— Exact. Ça marche ?

Avec un léger soupir, elle noua les bras autour de son cou.

— Disons que je résiste encore, mais que tu ne me facilites pas la tâche.

— Bien. Très bien…

Zack l'embrassa à corps perdu. Très vite, il la sentit fondre et s'embraser à la fois. Elle était si malléable entre ses bras qu'il aurait pu la coucher sur le bureau et assouvir tous les fantasmes qui le tenaient éveillé la nuit. Mais au moment où il allait céder à la tentation, Rachel émit un léger soupir. Le son ténu, presque touchant, lui alla droit au cœur. Quelque chose bascula en lui. Détachant ses lèvres des siennes, il enfouit son visage dans ses cheveux.

— J'ai vraiment l'art de choisir mes lieux et mes moments. Sur un trottoir avec un petit braqueur. Dans mon bureau au-dessus d'une salle bourrée de clients…

Rachel ressentait un léger tournis. La façon dont Zack la tenait serrée — simplement serrée — dans ses bras suscitait en elle un flot d'émotions d'une douceur inattendue. Elle se surprit à lui caresser les cheveux, à frotter sa joue contre sa chemise, dans un élan à la fois très fort et néanmoins distinct du désir brûlant qui les embrasait encore quelques secondes plus tôt.

Zack prit ses deux mains entre les siennes.

— Je reconnais que ça va vite et je reconnais que c'est compliqué. Mais j'ai envie de toi, Rachel.

— Je savais que ça se terminerait comme ça si je venais ici ce soir, murmura-t-elle pensivement en plongeant son regard dans le sien. Et pourtant je me suis précipitée chez toi quand même. Ce qui n'est pas très malin de ma part. Alors que je suis une fille plutôt maligne, d'ordinaire. Je me demande ce qu'il faut en conclure…

Zack la fit descendre du bureau pour la prendre dans ses bras.

— Et maintenant ? demanda-t-il en plongeant ses yeux dans les siens.

— Je rentre chez moi, répondit-elle dans un souffle.

Elle allait actionner la poignée lorsque la main de Zack se referma sur la sienne. Pendant une fraction de seconde, Rachel crut qu'il allait donner un tour de clé et les enfermer là. Pour lui faire passionnément l'amour. A même le sol. Ou sur son bureau. Son cœur se mit à battre à grands coups précipités dans sa poitrine. La bouche sèche, elle retint son souffle.

— Dimanche, proposa-t-il.

Dimanche ? Rachel fit un réel effort sur elle-même pour rassembler ses pensées.

— Comment ça, dimanche ?

— Je peux m'arranger pour être libre. Passe la journée avec moi.

Soulagement. Confusion. Joie. Elle n'aurait su dire laquelle de ces émotions prédominait en elle.

— Et qu'entends-tu par « passer la journée avec moi » ?

— Je pensais visiter un musée ou deux, traîner dans les galeries d'art, faire un tour au parc, déjeuner quelque part. Tu réalises que jusqu'à présent nous ne nous sommes pratiquement jamais vus que de nuit ?

— Maintenant que tu le dis…

— Une rencontre de jour pourrait ouvrir de nouvelles perspectives, non ?

Rachel eut beau réfléchir, aucun motif de refus ne lui traversa l'esprit.

— Pourquoi pas ? Tu passes me prendre vers 11 heures ?

— Sans problème.

Juste avant de franchir la porte, elle se retourna en riant.

— *Des* musées ? Dis-moi, tu proposes ça pour me séduire, Muldoon ?

— Il se trouve que je suis amateur de peinture, rétorqua-t-il en se penchant sur ses lèvres… Et de beauté aussi.

Rachel se hâta de battre en retraite. Alors qu'elle se dirigeait vers l'angle de la rue pour héler un taxi, elle réalisa qu'elle n'avait pas encore réfléchi à la façon dont elle comptait régler son problème avec Nick.

Quant à trouver des solutions au problème que lui posait son grand frère, elle n'en prenait sûrement pas le chemin non plus !

6

Rachel pesta haut et fort lorsque l'Interphone sonna à 11 heures tapantes, ce dimanche-là.

— C'est toi, Muldoon ?

— Tu as l'air essoufflée, mon petit cœur. C'est l'idée de me revoir qui te trouble à ce point ?

— Monte, répondit-elle sèchement. Et arrête de m'appeler « mon petit cœur ».

Reposant rageusement le combiné de l'Interphone, elle déverrouilla la porte, puis s'accorda un dernier regard dans le miroir. Zut, il lui manquait une boucle d'oreille. Râlant tant et plus, elle se mit en quête de l'objet disparu et finit par retrouver l'anneau dans la cuisine, à côté de sa tasse à café vide.

— J'en ai marre, marre, marre !

Des jours de congé, elle n'en avait pas tant que ça, à la fin ! Rien d'étonnant si elle était d'humeur massacrante. Bon, elle ne tenait pas à tout prix à passer la journée avec Zack. Mais quand même…

— Entre, c'est ouvert ! cria-t-elle lorsqu'on frappa à la porte.

— Alors ? Nerveuse ? lança Zack d'une voix profonde de séducteur en pénétrant dans le living, les deux pouces glissés dans sa ceinture.

Mais il oublia ses clowneries en découvrant Rachel. Vêtue d'un ensemble en daim couleur bronze, avec une jupe courte qui révélait ses jambes magnifiques, elle était tout simplement sublime. Et quel geste plus érotique que celui d'une femme habillée pour sortir qui, la tête légèrement inclinée, est en train d'enfiler une boucle d'oreille devant un miroir ?

Il s'entendit murmurer platement :

— Tu es très jolie comme ça, Rachel.

— Tu n'es pas mal non plus.

Séduisant aurait été un mot plus juste, rectifia Rachel *in petto*. De fait, il frisait l'irrésistible. Son jean et son bomber noirs lui allaient si bien que c'en était presque criminel.

— Je suis désolée, Zack. J'ai essayé de te joindre pour te prévenir, mais tu étais déjà parti.

— Pourquoi ? Il y a un contretemps ? demanda-t-il en l'observant, fasciné, tandis qu'elle glissait les pieds dans ses escarpins.

— J'ai eu un coup de fil du bureau de l'assistance judiciaire il y a une demi-heure. J'ai une tentative d'homicide volontaire sur les bras.

Dégrisé, Zack fronça les sourcils.

— Une tentative d'homicide sur les bras ? Charmant.

— Oui, enfin, une nouvelle affaire, quoi. Mon client est en garde à vue dans le commissariat où est affecté Alex. Je pourrai probablement ramener le chef d'accusation à la simple agression avec arme. Mais il faut que je voie ce type aujourd'hui… Vraiment, je regrette que tu aies fait le trajet jusqu'ici pour rien.

— Je n'ai pas fait le trajet pour rien puisque je vais t'accompagner.

Le cœur de Rachel battit plus vite. Elle lui jeta un regard incrédule.

— Tu veux passer ta journée de congé enfermé dans un commissariat ?

— Si je me suis libéré, c'est pour être avec toi, fit remarquer Zack en récupérant son manteau qu'elle avait jeté sur une chaise. Et ça ne prendra pas une journée complète, si ?

— Non. Probablement pas plus d'une heure. Mais…

— Alors on y va.

Il l'aida à enfiler son manteau, puis se pencha pour lui humer le cou.

— Tu t'es parfumée pour ton criminel sanguinaire ou pour moi ?

Troublée, elle s'écarta.

— Je me parfume pour *moi*, Muldoon. Compris ?

Alex repéra sa « petite sœur » de loin tandis qu'elle épinglait son badge visiteur sur le revers de sa veste en daim. Ainsi, elle aussi avait été réquisitionnée par ce dimanche matin ensoleillé d'octobre ? Ravi de ne pas être le seul à souffrir, il s'avança à la rencontre de Rachel. Mais son sourire se figea à la vue de Zack. Il commença par l'ignorer ostensiblement.

— Alors, Rachel ? De corvée dominicale ?

Une lueur d'humour dansa dans les yeux de la jeune femme.

— Je pourrais te retourner la question, inspecteur Stanislaski !

A contrecœur, Alex se résigna à tourner son attention vers Zack.

— Et vous, Muldoon, qu'est-ce qui vous amène par ici ? A ma connaissance, LeBeck n'a pas été coffré cette nuit.

Rachel soupira devant l'attitude ouvertement agressive de son frère. C'était du Alex tout craché, cela dit. Dès qu'un homme s'intéressait à elle de près ou de loin, son frère déployait aussitôt tout un arsenal de mesures dissuasives.

— La présence de Zack ici est sans aucun rapport avec Nick. J'ai été commise pour défendre Victor Lomez, au fait.

— Lomez ? Je te souhaite bien du courage. Je n'aimerais pas avoir à me battre pour ce type-là.

Alex la provoquait pour la forme. Mais en vérité, il était beaucoup plus préoccupé par la présence de l'Irlandais au côté de sa sœur que par le sort de cette vermine de Lomez.

— Ainsi tu es tombée sur Muldoon en arrivant ici, c'est ça ? Vous vous êtes croisés par hasard ?

Rachel saisit au passage le café que son frère s'apprêtait à porter à ses lèvres.

— Non, Alex. Nous ne nous sommes pas *croisés par hasard*. Zack et moi avons l'intention de passer la journée ensemble.

— Ah, vraiment ? Et vous avez des projets particuliers ?

— Je t'en pose des questions ? rétorqua-t-elle en riant.

Sous prétexte de faire une bise à son frère, Rachel lui glissa à l'oreille :

— Arrête de jouer les pit-bulls, O.K. ?

Elle sourit à Zack.

— Tu peux t'asseoir ici en m'attendant, Muldoon. Le café est imbuvable, mais n'hésite pas à te servir quand même. Je ne devrais pas en avoir pour très longtemps.

— J'ai tout mon temps.

Zack attendit qu'elle ait disparu de leur vue pour affronter le regard suspicieux d'Alex.

— Alors ? Vous avez l'intention de me traîner en salle d'interrogatoire, c'est ça ? Menotté de préférence ?

Quoique tenté de sourire, Alex demeura de marbre.

— Mon bureau fera l'affaire, rétorqua-t-il, glacial, en prenant place à sa table de travail. Je suis tout ouïe, Muldoon.

Zack alluma posément une cigarette.

— Vous voulez savoir ce que je fais en compagnie de votre sœur, je suppose ?

Rejetant lentement sa fumée, il médita la question.

— Pour un fin limier comme vous, la réponse doit être évidente, non ? Rachel est belle et elle est intelligente. Elle a du cœur et de l'esprit. Et du tempérament à revendre.

Zack réprima un sourire lorsque Alex plissa les yeux d'un air menaçant.

— Vous vouliez une explication franche, oui ou non ? Je pourrais prétendre ne m'intéresser qu'à ses compétences juridiques.

— Je vous conseille de ne pas faire n'importe quoi avec Rachel, Muldoon.

Solidaire des instincts protecteurs d'Alex, Zack soutint son regard sans ciller.

— Stanislaski, vous connaissez suffisamment Rachel pour savoir que c'est une fille carrée, solide, qui ne se laisse pas marcher sur les pieds. Vous croyez qu'on peut la manœuvrer ou la manipuler comme ça ?

— Vous pensez avoir cerné sa personnalité, c'est ça ?

— Vous plaisantez ?

Le sourire de Zack fut si spontané qu'Alex commença à se détendre.

— Je doute qu'un homme puisse jamais prétendre comprendre une femme. Surtout lorsqu'il s'agit de quelqu'un d'aussi complexe que Rachel.

Suivant le regard d'Alex, Zack tourna la tête juste à temps pour voir passer un homme de petite taille, à la peau grasse, au regard fuyant, qu'un policier en uniforme traînait en direction de la salle d'interrogatoire.

— C'est lui ?

— Lomez, oui.

Zack rejeta sa fumée et jura copieusement.

— Il n'a pas l'air clair du tout, ce type.

Là encore, Alex ne pouvait pas lui donner tort…

Rachel leva la tête et salua son client sans chaleur excessive.

— Comme on se retrouve, Lomez ! Je n'espérais pas vous revoir aussi vite.

— Oh, ça va, gardez votre humour pour vous. Vous avez mis le temps pour venir me tirer de ce trou à rats !

Tendu comme un ressort, l'homme se laissa tomber sur une chaise. Comme il avait eu le malheur de se faire pincer, il avait loupé son rendez-vous avec son dealer. Et il y avait plus de quatre heures maintenant que les symptômes de manque se faisaient sentir avec insistance.

Rachel attendit que le policier ait quitté la pièce pour entrer dans le vif du sujet.

— Cette fois-ci, vous avez fait fort, Lomez. Agresser une personne âgée en la frappant à coups de couteau : chapeau ! Vous serez sans doute soulagé d'apprendre que votre victime, une femme de soixante-treize ans, semble désormais hors de danger après avoir passé la nuit dans un état critique.

Lomez haussa les épaules. Il suait abondamment et ne tenait pas en place. Ses nerfs étaient tendus comme des cordes de violon.

— Si elle m'avait filé son sac au lieu de hurler, elle serait encore en pleine forme, la vieille.

Rachel dut se faire violence pour rester raisonnablement neutre et bienveillante.

— On ne peut pas dire que vous ayez redoré votre blason en attaquant cette femme à coups de couteau. Bon sang, Lomez, elle avait douze malheureux dollars sur elle ! Vous croyez que ça valait la peine de vous acharner comme ça ?

Lomez frissonna. Il avait la peau froide et moite, la bouche pâteuse.

— Justement. Qu'est-ce que ça lui aurait coûté, à cette grand-mère, de me les filer, ses douze putains de dollars ? Quant à vous, arrangez-vous pour me sortir d'ici, au lieu de me faire la morale. J'ai passé toute la nuit dans une cellule puante et j'ai besoin de respirer.

— Vous allez être inculpé pour tentative d'homicide volontaire, rétorqua froidement Rachel.

Lomez frotta ses mains humides sur son jean.

— Faut pas exagérer, merde. Je ne l'ai pas tuée, la vieille.

— Si elle vit encore, c'est un miracle. Vous lui avez enfoncé une lame dans le corps. Par *trois* fois, Lomez. L'officier de police qui vous a arrêté vous a poursuivi alors que vous fuyiez avec le sac de la victime dans une main et le couteau sanglant dans l'autre.

Je vois mal, dans ces conditions, comment plaider l'innocence. Et vos prouesses passées n'inciteront pas le juge à la clémence. Vous avez déjà des antécédents d'agression avec violence, d'effraction, d'usage de stupéfiants et…

— Je ne vous demande pas de me faire une liste ! Je vous demande de me faire sortir d'ici sous caution ! vociféra Lomez.

Il suffoquait ; d'atroces fourmillements transformaient l'étendue entière de sa peau en un champ de bataille et de torture.

— Cela m'étonnerait que le procureur de district accepte. Et, s'il le fait, le montant sera exorbitant. Je vais tenter de négocier pour que le chef d'accusation soit revu à la baisse. Vous, de votre côté, vous plaidez coupable et…

— Plaider coupable ? Que dalle, oui !

— Désolée, rétorqua Rachel calmement, mais je ne peux pas faire de miracles. Si vous vous en tirez avec sept années de prison ferme, vous pourrez vous estimer heureux.

La transpiration coulait abondamment sur le visage livide de Lomez.

— Je ne ferai pas sept ans de tôle. Plutôt crever.

— Ça, c'est votre problème, pas le mien, Lomez, riposta Rachel, à bout de patience, en refermant son dossier d'un geste sec. Je vous laisse à vos réflexions.

Lomez poussa une sorte de cri guttural. Avant qu'elle ne puisse réagir, il bondit comme un ressort. Le coup partit avec une telle force que Rachel fut éjectée de sa chaise et se retrouva à terre. Lomez se laissa tomber sur elle.

— Tu vas me sortir d'ici, espèce de garce ! hurla-t-il en lui saisissant le cou à deux mains. Tu me sors de ce trou ou je te bute.

Au début, elle ne voyait que son visage en gros plan, les yeux fous, les traits contractés par la rage. Puis l'image se brouilla, estompée par une ombre claire où zigzaguaient une multitude de points rouges. Suffoquant, elle frappa de toutes ses forces, visant l'arête du nez avec le talon de la main. Le sang jaillit, giclant sur elle. Mais la pression des doigts sur sa gorge s'intensifia.

Le bourdonnement dans ses oreilles se mua en rugissement et les taches rouges devant ses yeux s'affadirent tandis qu'elle se débattait avec ses dernières forces.

Soudain sa trachée fut libre et elle aspira une grande bouffée d'air. Une voix lointaine chuchota son nom avec insistance. Elle sentit qu'on la soulevait, que des bras forts se refermaient sur elle. Il lui sembla capter comme une exhalaison iodée, un relent d'embruns, puis les eaux immobiles et noires se refermèrent sur elle et elle sombra dans une mer sans fin.

Des doigts caressants sur son front. Des mains puissantes qui tenaient les siennes. Réconfortantes. Un soupir. Le réveil. L'effroyable douleur.

Rachel cligna des paupières et ouvrit les yeux. Deux visages étaient penchés sur elle, avec la même expression tendue, la même fureur inquiète dans le regard. Lentement, avec effort, elle souleva un bras pour caresser la joue de Zack, puis celle d'Alex.

— Ça va. Je suis vivante, chuchota-t-elle.

Sa voix rendait un son cassé, presque croassant. Et chaque syllabe prononcée était une torture.

— Ne bouge pas, surtout, murmura Alex en ukrainien, en lui caressant les cheveux. Tu penses que tu pourras boire un peu d'eau ?

Elle hocha la tête.

— Je voudrais me redresser.

Comme sa vision s'accommodait peu à peu, elle nota que les deux hommes l'avaient allongée sur le canapé d'un rouge fané dans le bureau du commissaire. Alex approcha un gobelet de ses lèvres et elle but avec précaution, petite gorgée après petite gorgée.

— Et Lomez ?

— Il a été maîtrisé.

Alex appuya un instant son front contre le sien, puis s'assit sur les talons devant elle en gardant sa main dans la sienne.

— Repose-toi maintenant. L'ambulance ne devrait pas tarder.

— Je n'ai pas besoin d'ambulance.

Sous le regard éloquent d'Alex, elle baissa les yeux. Son ensemble en daim et sa chemise de soie étaient éclaboussés de taches d'un rouge profond.

— C'est le sang de Lomez, observa-t-elle en frissonnant. Pas le mien.

— Tu lui as cassé le nez, à ce fou furieux, lança Alex, les yeux étincelants.

— Voilà qui est rassurant. Une année de cours de *self-defence* a tout de même porté ses fruits.

Comme Alex jurait avec force, elle le gronda gentiment.

— Toi, c'est tous les jours que tu risques ta vie. Tu réalises à quel point c'est dur pour moi de te savoir perpétuellement en danger ? Si j'accepte que tu mènes cette existence, c'est seulement parce que je t'aime et que je respecte tes choix.

— Ah non, Rachel, garde tes procédés rhétoriques pour les jurés et n'essaye pas de renverser la situation à ton avantage. Ce type était à deux doigts de te tuer. Il était pris d'une telle rage meurtrière que nous avons dû nous mettre à trois pour le maîtriser.

Avec un violent frisson, Rachel secoua la tête. Elle ne voulait pas penser à ça. Pas encore, en tout cas.

— Je m'y suis très mal prise avec Lomez. J'étais exaspérée et je l'ai provoqué.

— C'est ça. Tu vas me dire que c'est ta faute, maintenant !

Elle soupira.

— Je n'irai pas jusque-là. Mais je me connais, Alex. Et personne ne me changera. Maintenant, s'il te plaît, décommande cette ambulance.

L'insulte qu'Alex prononça en ukrainien la fit sourire.

— Hé là, inutile de me traiter d'arrière-train de cheval, Alexi Stanislaski ! Il faut que j'appelle au bureau pour les informer de la situation. Je ne pourrai pas défendre Lomez, vu les circonstances.

— Il ne manquerait plus que ça ! s'insurgea Alex. Cet oiseau-là, je vais faire en sorte qu'il ne ressorte pas de prison de sitôt.

— Laisse donc aux tribunaux le soin de décider de son sort. Et pas un mot aux parents, surtout. Ou je leur raconte en détail ta dernière mission sous couverture. Celle où tu as failli te rompre le cou en tombant du deuxième étage.

Alex écarta les bras en signe de défaite.

— Bon, ça va, je renonce. Rentre chez toi. Vis ta vie.

A défaut d'avoir fait fléchir son obstinée de sœur, Alex jaugea Zack d'un regard attentif. Son opinion de l'Irlandais s'était considérablement améliorée depuis qu'il l'avait vu à l'œuvre avec Lomez. Si Muldoon n'avait pas été aussi occupé à tenir Rachel dans ses bras pour tenter de la ranimer, Victor Lomez aurait sans doute passé un très mauvais quart d'heure. Ce qui n'aurait pas déplu à Alex.

— Je compte sur vous pour la ramener à bon port, Muldoon ?

— C'est comme si c'était fait.

Rachel sourit stoïquement lorsque son frère eut quitté la pièce.

— Eh bien… C'était réussi, cette petite sortie du dimanche.

Un muscle tressauta à l'angle de la mâchoire de Zack tandis qu'il contemplait ses vêtements maculés de sang.

— Tu peux marcher ? demanda-t-il sèchement.

— Bien sûr.

Contrariée qu'il puisse en douter, elle trouva tant bien que mal la force de traverser la pièce.

— Ecoute, je suis désolée d'avoir gâché ta matinée. Tu n'es pas obligé de me…

— La ferme, Stanislaski, rétorqua-t-il, le visage figé en un masque de froide colère.

S'il le prenait sur ce ton…

Il lui saisit le bras d'autorité et Rachel se laissa guider sans rien dire, renonçant même à protester lorsqu'il héla un taxi pour parcourir les quelques malheureux pâtés de maisons qui séparaient le commissariat de son appartement. De fait, ça l'arrangeait plutôt de garder le silence. Sa gorge lui faisait un mal de chien. Et si elle s'était risquée à ouvrir la bouche, elle aurait eu neuf chances sur dix d'éclater en sanglots.

Dans quelques minutes, elle serait seule à la maison. Et elle pourrait trembler, pleurer et sangloter tout son soûl. Mais pas devant Zack.

Sûrement pas devant Zack.

Elle descendit du taxi avec précaution, comme une grande invalide s'essayant à ses premiers pas. C'était le choc, tout simplement. Rien de bien grave. Une bonne crise de larmes et il n'y paraîtrait plus.

— Bon, eh bien… à la prochaine, Zack, murmura-t-elle en grimaçant stoïquement un sourire. Et encore merci.

— Je monte avec toi.

— Ecoute, je t'ai déjà fait perdre suffisamment de…

Mais il la portait déjà à moitié jusqu'à la porte d'entrée de l'immeuble.

— Economise ta voix, d'accord ? Je ne veux plus t'entendre.

Zack fourragea dans l'attaché-case de Rachel pour en sortir les clés de son appartement. Une telle rage le consumait qu'il avait de la peine à maîtriser ses gestes. Elle ne se rendait donc pas compte à quel point elle était pâle ? Elle ne comprenait pas qu'il souffrait de la voir dans cet état ?

Les mâchoires serrées, il la tira dans l'ascenseur.

— Je ne sais pas pourquoi tu t'énerves comme ça, Zack, protesta Rachel d'une voix tremblante. Tu as perdu deux heures de ton temps, d'accord. Mais, moi, cette mésaventure m'a coûté mon nouvel ensemble. As-tu idée, au moins, de ce que j'ai dû débourser pour cette petite folie ?

Horrifiée, Rachel sentit que les larmes lui montaient aux yeux, inexorablement. Elle battit furieusement des paupières pour les contenir.

— Un salaire d'avocat de l'assistance judiciaire n'a rien de princier, enchaîna-t-elle en frottant ses mains glacées l'une contre l'autre. Pour me l'offrir, j'ai passé un mois entier à ne manger que des yaourts. Et ce n'est pas un aliment que j'apprécie spécialement, en plus.

Une première larme roula sur sa joue. Elle se hâta de l'essuyer en franchissant la porte de l'appartement.

— Même si un teinturier parvenait à me le récupérer, je ne pourrais plus le porter…

Rachel s'interrompit. Pourquoi délirait-elle ainsi au sujet de ce fichu ensemble ? Elle fit un effort considérable pour canaliser ses pensées qui s'éparpillaient de façon alarmante. Si Zack ne se décidait pas à partir très vite, elle ne répondait plus de rien.

— O.K. Tu m'as raccompagnée, c'est bien, Muldoon. Mission accomplie. Et maintenant, rompez, demi-tour, fixe. Et regagnez vos quartiers !

Mais elle aurait aussi bien pu s'adresser aux murs. Zack posa son attaché-case par terre et lui retira son manteau.

— Assieds-toi.

Une seconde larme se fraya un chemin entre ses cils.

— Je ne veux pas m'asseoir. J'ai besoin d'être seule… je t'en supplie, Zack…

Comme sa voix se brisait, elle pressa ses mains contre ses paupières.

— Sois charitable et laisse-moi maintenant, murmura-t-elle, à bout de forces. Tu… tu ne vois pas que je n'en peux plus ?

Zack ne dit rien. Il se contenta de la soulever dans ses bras et alla s'asseoir sur le canapé en l'installant sur ses genoux. Lorsque Rachel se mit à trembler et à sangloter, il lui caressa doucement le dos et les cheveux. Avec la rage noire qui bouillonnait en lui, son réflexe premier aurait plutôt été de casser quelque chose — ou quelqu'un. Mais, étrangement, il se découvrait capable de tendresse. Il se surprit même à murmurer des mots de consolation, à la bercer doucement contre lui.

Si la crise fut violente, elle ne dura que quelques minutes. A aucun moment, Rachel ne tenta de se dégager. Si elle l'avait fait, il l'aurait maintenue dans son étreinte de force Pour elle, sans aucun doute. Mais tout autant pour lui. Il avait *besoin* de la serrer fort. De lui offrir la sécurité de ses bras.

Lorsque le pire fut passé, Rachel jura tout bas et abandonna sa tête contre son épaule.

— Il me semblait pourtant t'avoir dit de dégager, Muldoon ?

— N'oublie pas que tu avais promis de passer ce dimanche avec moi. Tu sais que j'ai eu une peur bleue ?

— Ah oui ? Pas tant que moi.

— Et si tu me vires d'ici, je repars directement vers le commissariat, j'attrape ce type par la peau du cou et je le brise en menus morceaux.

— Mmm… Dans ce cas, il vaut peut-être mieux que je te garde ici le temps que ça passe. Physiquement, je n'ai rien, tu sais. C'est juste le contrecoup.

Son contrecoup à lui se présentait sous la forme d'une boule de rage meurtrière toujours logée au creux de sa poitrine. Mais il se pencherait sur ce problème-là plus tard.

— Le sang, c'est peut-être celui de Lomez, mais les bleus, eux, t'appartiennent, observa-t-il, sourcils froncés, en examinant son profil.

Visiblement alarmée, Rachel porta la main à sa joue.

— Ils se voient beaucoup ?

Zack ne put s'empêcher de rire.

— Je ne te savais pas si coquette.

— Qui parle de coquetterie ? J'ai une réunion demain matin et je n'ai pas envie qu'on me pose des questions

Il lui prit le menton pour lui tourner doucement la tête.

— Désolé d'avoir à te dire ça, mon cœur, mais les questions, tu n'y échapperas pas. Tu vas te réveiller demain matin avec de belles marques violacées sur le visage.

Avec une délicatesse qui fit battre le cœur de Rachel plus vite, il effleura les ecchymoses de ses lèvres.

— Tu as des sachets de thé et du miel ?

— Probablement, oui. Pourquoi ?

— Puisque tu refuses l'hôpital, il faudra te contenter des remèdes de bonne femme à la Muldoon.

Il la souleva de ses genoux pour l'installer en appui contre une montagne de coussins.

— Ne bouge pas d'ici.

— Mmm…

Lorsque Zack ressortit de la cuisine cinq minutes plus tard, une tasse de thé à la main, elle dormait à poings fermés.

Rachel se réveilla épuisée, désorientée et la gorge en feu. Se redressant sur ses coudes, elle nota que les rideaux avaient été tirés et qu'elle reposait sous un plaid. Avec un léger grognement, elle repoussa le tout et se leva avec précaution. Bien. Ce n'était pas la gloire, mais elle était sur pied. Il fallait plus qu'un drogué en manque pour abattre un Stanislaski.

Restait que cette Stanislaski-là avait besoin d'un bon litre d'eau pour apaiser sa gorge malmenée. Bâillant et se frottant les yeux, elle se traîna jusqu'à la cuisine. La vue de Zack penché au-dessus d'une casserole fumante lui arracha un cri.

— Mais qu'est-ce que tu fais ici ? Je croyais que tu étais parti, croassa-t-elle péniblement.

— Parti, moi ? Sans même un au revoir ? Ce n'est pas comme ça que j'ai été élevé. Je suis un garçon très conventionnel, au fond, tu sais.

Délaissant ses fourneaux, Zack se tourna pour examiner Rachel. Elle avait repris des couleurs à peu près normales et son regard avait perdu son expression égarée.

— J'ai dit à Rio de me faire livrer une casserole de soupe. Tu penses pouvoir avaler quelque chose, maintenant ?

— Je ne sais pas. Mais j'ai la ferme intention d'essayer.

La vérité, c'est qu'elle avait l'estomac dans les talons. Mais sa gorge tuméfiée laisserait-elle passer quoi que ce soit ?

— Quelle heure est-il, au fait ?

— Pas loin de 15 heures.

Ainsi, Zack avait veillé sur son sommeil pendant près de deux heures. Rachel était à la fois troublée, touchée et gênée de lui avoir volé tant de temps.

— Tu n'étais vraiment pas obligé de rester, tu sais.

— Et toi, tu sais que tu aurais nettement moins mal à la gorge si tu ne parlais pas tout le temps ? Va t'asseoir.

Comme les fumets de la soupe lui faisaient monter l'eau à la bouche, Rachel passa docilement dans la pièce voisine, écarta les rideaux et s'installa à la petite table pliante aménagée près de la fenêtre. Avec un léger frisson de dégoût, elle se débarrassa de la veste de son ensemble et se promit de se changer et de prendre une douche sitôt le repas avalé.

Quelques minutes plus tard, Zack la rejoignit avec deux tasses, et deux assiettes sur un plateau. Il disposa le tout sur la table puis s'accroupit devant la chaîne stéréo pour mettre un CD.

Elle sourit en reconnaissant un vieux morceau de BB King.

— Contre toute attente, nous avons quelques goûts communs, toi et moi, observa Zack avec un léger sourire.

Soulagée qu'il parle d'autre chose que de l'incident au commissariat, Rachel prit une petite cuillerée de soupe et avala avec précaution. Elle en soupira de délice. L'effet sur sa gorge était apaisant comme la caresse d'une mère à son nouveau-né.

— C'est vraiment excellent. Qu'a-t-il mis là-dedans ?

— Secret du chef. Rio ne divulgue jamais ses recettes.

Rachel reprit une cuillerée et ferma les yeux pour mieux capter les arômes.

— Il faudra que je trouve un moyen pour faire parler Rio. Je suis sûre que ma mère donnerait cher pour obtenir la liste de ses ingrédients.

Elle prit sa tasse de thé, but une gorgée et ouvrit de grands yeux.

— Je n'ai pas trouvé de miel dans tes placards, précisa Zack en réponse à son regard interrogateur. Alors, à défaut, j'ai mis une rasade de rhum à visée thérapeutique.

Rachel prit une seconde gorgée et haussa les sourcils d'un air appréciateur.

— Je vais être euphorique.

— C'était le but… Comment te sens-tu ? demanda-t-il en lui prenant la main.

— Bien mieux. Tu vois que ce n'était pas la peine de fiche ton dimanche en l'air pour moi.

— Rachel… Ne m'oblige pas à t'ordonner de te taire.

Elle se contenta de sourire.

— Je commence à me dire que tu n'es pas un mauvais bougre, Muldoon.

— Si j'avais su, je t'aurais apporté de la soupe plus tôt.

— La soupe a joué en ta faveur, c'est vrai. Mais j'ai surtout apprécié d'avoir pu me répandre en larmes sur ta personne sans me sentir ridicule pour autant.

— Tu avais de bonnes raisons de craquer. Serrer les dents n'est pas toujours une solution.

Elle porta son thé à ses lèvres.

— Ça dépend des circonstances. Je ne voulais pas m'effondrer devant Alex. Il se fait déjà assez de soucis pour sa « petite sœur » comme ça… J'imagine que tu peux te mettre à sa place ?

Les lèvres de Zack se plissèrent en une moue amère.

— Et comment ! Je connais le sentiment d'impuissance, l'envie de prendre l'autre et de lui faire entendre raison en lui cognant la tête contre les murs. Je crois que je suis bien placé pour comprendre Alex, en effet.

— Il n'empêche que je suis assez grande pour me débrouiller toute seule. Et Nick ne va pas tarder à prendre le même chemin.

— Nick n'a rien à voir avec ce type, ce Lomez, observa Zack sombrement en pianotant du bout des doigts sur la table.

— Lomez et Nick ?

Notant sa mine soucieuse, Rachel lui posa la main sur le bras.

— Je suis capable de faire la différence, Zack. Il y a plus de deux ans maintenant que je vois défiler des délinquants, petits et grands. Certains, comme Lomez, sont pris dans une spirale irréversible et n'ont pratiquement aucune chance de s'en sortir. D'autres traversent simplement une grosse crise d'adolescence ou sont entraînés par des copains. En essayant de les aider, si on reste vigilant, on apprend à distinguer les nuances. Nick a essuyé des revers affectifs importants et il manque totalement de confiance en lui-même. S'il s'est intégré dans un gang, c'est que les Cobras lui apportaient ce qui lui manquait le plus : un sentiment d'appartenance. Mais, maintenant, tu as resurgi dans sa vie, Zack. Tu es venu, très concrètement, devant la loi, réaffirmer vos liens. Même si Nick rue dans les brancards et te donne l'impression qu'il rompra les ponts à la première occasion, tu es important pour lui.

— Si seulement tu pouvais dire vrai, murmura-t-il d'un ton préoccupé en se passant la main dans les cheveux. Je ne perds pas espoir qu'il s'en sorte, Rachel. Mais ça reste quand même assez laborieux entre nous. Nick refuse de me parler de la période où il s'est retrouvé seul avec mon père, par exemple.

— Ça viendra. Laisse-lui le temps.

Il secoua la tête.

— Mon vieux bonhomme de père n'avait rien d'un monstre, contrairement à ce que Nick s'imagine. C'est sûr qu'il n'aurait jamais obtenu la médaille du Superpapa de l'année. Il avait une rude caboche d'Irlandais et sa consommation journalière de whisky aurait fait frémir pas mal de piliers de bistrot. En fait, il n'aurait jamais dû quitter la marine. Il menait sa petite famille comme s'il dirigeait un équipage incompétent à bord d'un navire en pleine tempête. Je ne me souviens pas qu'il se soit jamais exprimé autrement qu'en hurlant. Et pour ce qui est des gifles, il avait la main leste. Nous n'étions jamais d'accord sur rien, lui et moi.

— C'est généralement ce qui se passe quand les fils grandissent et que les pères manquent de souplesse.

Zack haussa les épaules.

— Je crois qu'il ne s'est jamais remis de la mort de ma mère. Il était dans le Pacifique Sud lorsque c'est arrivé.

Autrement dit, Zack était seul avec sa mère au moment du décès. Songeant à l'enfance qui avait été la sienne, Rachel serra ses doigts plus forts entre les siens.

— Mon père est revenu fou furieux. Et bien décidé à faire de son fils « un homme, un vrai » ! Dès que j'ai eu l'âge de claquer la porte, j'ai déserté le navire, si j'ose dire. Alors mon père a reporté ses ambitions sur Nick, et s'est mis en tête de le dresser à son tour.

— Et Nick, bien évidemment, a rué des quatre fers. C'est malheureux, mais tu n'y peux rien, Zack. Alors à quoi bon te culpabiliser ? Quitter le milieu familial était vital pour toi, à l'époque. Si tu étais resté, c'est peut-être toi qui aurais basculé dans la délinquance

— C'est possible…

Le regard de Zack se perdit dans le vague.

— Je me souviendrai toujours de l'année de mon retour à New York. Mon père n'était plus qu'un vieillard fragile et égaré. Il perdait la mémoire, oubliait qui il était et où il se trouvait. Je me rendais bien compte que ça n'allait pas fort pour Nick, mais tout me tombait dessus en même temps. Il fallait faire les démarches pour mon père, veiller sur lui tant qu'il était encore à la maison, puis lui trouver une place en maison de soins tout en remettant le Brise-lames à flot. Quand je me suis aperçu que j'avais perdu Nick en route, il était déjà trop tard pour recoller les pots cassés.

— Pas tout à fait trop tard, puisque vous êtes en train de vous retrouver.

Zack secoua la tête.

— Peut-être… Je me demande bien pourquoi je te raconte ça maintenant, d'ailleurs. Tu veux encore un peu de soupe ?

« Parenthèse refermée », conclut Rachel. Elle aurait aimé le faire parler un peu plus de lui-même. Mais elle respectait ses réticences.

— Non merci. Plus de soupe.

Zack hésita. Il serait volontiers resté à bavarder avec Rachel. Des heures entières, s'il le fallait. Il aurait même eu plaisir à la regarder dormir sur le canapé. Mais s'il s'attardait ne serait-ce que dix minutes de plus, il prendrait Rachel dans ses bras pour l'embrasser. Et s'il la sentait fondre contre lui…

— Le temps de ramener les assiettes dans la cuisine et je te débarrasse le plancher. Je suppose que tu aspires à quelques moments de tranquillité.

Rachel fronça les sourcils. La solitude, c'était ce qu'elle n'avait cessé de lui réclamer. Alors pourquoi cette soudaine répugnance à le laisser partir ?

Rassemblant les bols sur la table, elle lui emboîta le pas.

— Il n'est pas encore très tard, observa-t-elle d'un ton dégagé. On pourrait peut-être quand même aller faire un tour quelque part.

— Ça ne me paraît pas très prudent, Rachel. Ne sous-estime pas ce qui t'est arrivé, ce matin. Il faut que tu te reposes pour récupérer.

— Arrête ! Je viens de dormir deux heures. En faisant vite, on trouverait peut-être encore des places pour un spectacle. Ça m'ennuie que tu aies passé ta journée de congé à faire la nounou près de moi.

Zack mit le restant de soupe au réfrigérateur.

— Tu as fini de t'inquiéter de ma journée de congé ! Je suis mon propre patron, jeune fille. Du temps libre, je peux en prendre quand je veux.

Avec un haussement d'épaules qui se voulait résolument indifférent, Rachel se tourna vers l'évier et ouvrit les robinets en grand.

— Bon. Alors à un de ces quatre, Muldoon.

— Eh bien… quel caractère, commenta Zack en se plaçant derrière elle pour lui poser les mains sur les épaules. Arrête de t'angoisser, O.K. ? J'ai eu une journée riche en émotions fortes et en péripéties variées, après tout.

— Je suis ravie d'avoir eu l'occasion de t'offrir un peu de suspense, Muldoon.

Elle ferma les yeux, savourant la chaleur de ses paumes à travers la soie de sa chemise.

— Tu es sûre que ça va aller, si tu restes ici toute seule ? Tu ne veux pas que je demande au flic de venir te tenir compagnie ?

Refermant le robinet, Rachel fixa le mur devant elle.

— Non, ça ira. Merci d'avoir joué les vaillants secouristes, Zack.

— Tout le plaisir fut pour moi, répondit-il, conscient qu'il prolongeait dangereusement les adieux. On pourrait peut-être dîner un soir ensemble, cette semaine ?

Rachel hocha la tête sans oser desserrer les lèvres. La simple pression des mains de Zack sur ses épaules lui faisait courir des frissons un peu partout.

Elle ne sut jamais si c'était Zack qui l'avait fait pivoter vers lui ou si elle s'était retournée d'elle-même pour se couler dans ses bras. Toujours est-il qu'elle se retrouva le visage levé vers lui, les lèvres déjà entrouvertes.

— Je t'appellerai, chuchota-t-il.

— Entendu.

Elle ferma les yeux et savoura l'instant béni où la bouche de Zack vint se poser lentement sur la sienne.

— A bientôt, alors ?

— Oui… très bientôt, acquiesça-t-elle en pressant son corps contre le sien.

Lorsque la langue de Zack se mit à danser avec la sienne, elle soupira de bonheur. Gémit d'excitation. Il s'arracha un instant à ses lèvres pour murmurer d'une voix rauque :

— Encore un détail, Rachel…

— Mmm… ?

— Finalement, je ne pars plus.

— Je sais, chuchota-t-elle en s'agrippant à son cou lorsqu'il la souleva dans ses bras. C'était inéluctable, non ?

— Tout ce qu'il y a de plus inéluctable.

Zack fit pleuvoir une myriade de petits baisers sur son visage.

— Mais on ne part pas dans un truc sérieux, hein ? murmura-t-elle en lui mordillant le cou. J'ai une carrière à mener en priorité. Je veux bien que nous ayons une histoire ensemble. Mais il faut que ça reste léger, sans conséquence.

— Léger, sans conséquence, répéta Zack solennellement, assourdi par le fracas furieux du sang dans ses veines, les reins traversés par de violents élancements.

Poussant l'unique porte, il faillit les précipiter l'un et l'autre dans un placard. Il jura avec force.

— Bon sang, mais où est ta chambre ?

— Ma quoi ? s'enquit Rachel, haletante, avant de réaliser qu'ils étaient sortis de la cuisine. Ah, ma chambre… C'est ici. Le canapé…

Elle prit le lobe de son oreille entre ses lèvres.

— … il se déplie, acheva-t-elle dans un souffle. Je peux…

Il secoua la tête.

— Trop tard.

Et ils tombèrent enlacés sur le tapis.

7

La chemise de soie de Rachel finit en lambeaux. Et ce n'était pas seulement l'impatience de la dévêtir qui commandait la brutalité de Zack. La vision de ce vêtement taché de sang suscitait en lui une violence meurtrière.

Le craquement du tissu lacéré et arraché contribua encore à attiser les flammes de leur désir mutuel. Rejetant la chemise sur le côté, il pesa sur Rachel de tout son poids.

— Dès le premier instant où je t'ai vue, j'ai eu envie de faire ça. J'ai eu envie de toi.

— Je sais.

Elle l'entoura de ses bras, sidérée que le désir puisse atteindre une telle profondeur, une intensité aussi grave.

— Pour moi, ça a été pareil. C'est de la folie, Zack, chuchota-t-elle contre ses lèvres.

Elle frissonna lorsqu'il écarta les brides de son caraco pour les remplacer par sa bouche impatiente.

— De la folie, oui…

Rachel gémit lorsqu'il prit ses seins dans ses paumes. Puis il y eut sa bouche — ô cette bouche, chaude et vivante — qui se rapprochait, traçait des cercles toujours plus resserrés avant de capturer, de téter, de tirer doucement.

Vite. Vite, oh, vite… Elle n'était plus, déjà, que frémissante impatience et ses ongles s'enfonçaient dans sa chair, s'accrochaient à ses flancs. Soulevant le pull de Zack, elle le fit passer par-dessus sa tête, avide de sentir sa chair nue sur la sienne. Puis ses doigts allèrent se perdre dans ses cheveux et elle le ramena à ses seins, la tête renversée, la respiration de plus en plus haletante.

Zack se laissa glisser plus bas, couvrit sa taille de baisers avant de retourner s'abreuver à ses lèvres. Mille fois, il avait rêvé de lui faire l'amour lentement, paresseusement, dans un lit immense, parmi une débauche de coussins et d'édredons blancs comme neige. Mais ces fantasmes faisaient figure de fade abstraction à côté de la réalité haletante, cataclysmique, qu'était l'amour avec Rachel.

Il était possédé. Obsédé. Obnubilé par Rachel. Un bouton de sa jupe craqua lorsqu'il entreprit de la faire glisser sur ses hanches. Mais le moment de la tenir dévêtue sous lui ne pouvait plus être différé. Il était prêt à arracher tout ce qui se trouvait encore en travers du chemin qui menait à sa nudité.

Luttant contre la frénésie presque animale qui s'emparait de lui, il se plaça à genoux entre ses cuisses pour prendre le temps de la regarder, nue, dorée, somptueuse sur fond de tapis écarlate. Elle était belle, tellement belle, avec le fougueux désordre de sa chevelure, le regard alourdi par la volupté, ses bras tendus vers lui.

Avec un gémissement d'impatience, elle se souleva pour s'accrocher à son cou tandis que ses doigts légers se débattaient avec les boutons de son jean.

— Laisse-moi faire, chuchota-t-elle d'une voix brisée par la passion.

Il glissa une main sous ses fesses et plaça l'autre à la source même du désir et de la vie.

— Non, laisse-*moi* faire.

Le volcan qu'il avait pressenti fit éruption au premier toucher. Les yeux de Rachel s'écarquillèrent, elle poussa un cri, son corps vibra, fut parcouru de spasmes. Elle retomba, pantelante, la nuque ployant en arrière.

Pas dans une attitude de capitulation, mais dans l'abandon d'une quête éperdue de plaisir. Il continua à caresser cette chair de velours et de feu, cherchant de nouveau ses lèvres, l'embrassant avec une passion éperdue.

Ivre de plaisir, Rachel remonta à la surface, surnageant dans un océan de lave en fusion. Comment aurait-elle deviné que le désir pouvait conduire à des profondeurs aussi sombres, aussi dangereuses ? Et elle, toujours si prudente et mesurée, était prête à se laisser couler jusqu'au fond. Elle en voulait plus, beaucoup plus : plus de plaisir, plus de jouissance, plus de Zack.

Elle le voulait pour elle, en elle. Lui et rien que lui.

Nouant ses jambes autour de ses hanches, elle le saisit entre ses doigts caressants et l'amena en elle, l'emprisonna au cœur de sa chair encore palpitante. Elle entendit le son précipité du souffle de Zack, vit le bleu de ses yeux muer au cobalt. Il bougea doucement les reins, de façon à la remplir tout entière.

— Je te l'avais dit, non ? murmura-t-il contre ses lèvres. Nous sommes parfaitement ajustés l'un à l'autre…

A cela, elle ne put qu'acquiescer sans mots, avec sa bouche, sa langue, les mouvements de ses hanches. Puis elle n'entendit plus rien dans ce corps à corps échevelé, hormis leurs souffles précipités et son cœur qui hurlait en silence.

Rachel roula sur le côté et prit appui des deux coudes sur le torse nu de Zack afin de l'examiner à son aise. A le voir reposer ainsi, un observateur peu averti aurait pu le croire endormi ou inconscient. Ses yeux étaient clos, sa respiration de nouveau régulière, son immobilité absolue.

— On dirait que tu viens de livrer un combat de boxe particulièrement harassant, Muldoon.

Il esquissa un sourire. C'était le maximum d'effort musculaire dont il était capable pour le moment.

— Je reconnais que tu as un sacré punch, mon petit cœur.

Pour le principe, elle lui mordit l'épaule.

— Ne m'appelle pas « mon petit cœur ». Cela dit, en passant, tu ne te débrouilles pas trop mal, toi non plus.

Pour le coup, Zack ouvrit un œil.

— Comment ça, je ne me débrouille pas trop mal ? Je t'ai fait fondre de délice. Dès le début, tu t'es littéralement liquéfiée entre mes mains expertes.

« Exact », reconnut Rachel. Mais elle n'était pas d'humeur à en convenir à voix haute.

— Disons que tu as un style bien à toi qui, pour manquer de raffinement, n'est pas pour autant dépourvu de charme. Mais le fait est qu'il a fallu que je te porte, susurra-t-elle en laissant glisser une main caressante dans la toison de son torse. Métaphoriquement parlant, bien entendu.

Cette affirmation eut pour effet immédiat de sortir Zack de sa torpeur.

— *Pardon ?*

Rachel lui décocha le plus gracieux des sourires.

— Oh, ça ne m'a pas dérangée, cela dit. Je n'avais rien de très urgent à faire cet après-midi.

— Tu veux peut-être reprendre une nouvelle série de rounds, champion ? Je te montrerai si j'ai besoin d'être « porté » !

Elle battit des cils.

— Où tu veux, quand tu veux.

— Alors ici et maintenant.

Il fit rouler Rachel sous lui et le rire de celle-ci se mua en cri de douleur lorsqu'il heurta sa joue tuméfiée.

— Aïe !

Zack se rejeta en arrière, le regard assombri par un mélange d'inquiétude, de rage et de remords.

— Et merde. Quel imbécile ! Désolé.

— Ce n'est rien, Zack, murmura-t-elle.

Mais il lui prit le menton en pestant.

— J'aurais dû mettre de la glace. Cette brute t'a…

Elle le pinça énergiquement pour le faire taire.

— Stop. Arrête ton numéro. Je ne suis pas une petite chose délicate, O.K. ? Je me suis pris des coups bien pires que ça en luttant avec mes frères.

— Si jamais il sort un jour de prison…

— Chut ! lui dit-elle en plaçant les mains en coupe autour de son visage. Ne prononce aucune parole que tu pourrais regretter par la suite. N'oublie pas que je suis un officier de la cour.

— S'il m'arrive un jour de casser la figure de Lomez, ce sera sans remords, fit-il en la soulevant pour la placer en position assise à côté de lui.

Il contempla les vêtements épars qui les encerclaient et sourit.

— Et ce qui vient de se passer ne m'inspire aucun remords non plus. Sauf en ce qui concerne le manque de raffinement.

— Hé ! Je plaisantais, Muldoon.

— Attends, laisse-moi finir. Tu réalises que tu es d'une sensualité volcanique, Rachel Stanislaski ? Il a suffi que je te caresse les épaules et pff… tu es partie au quart de tour. Je tiens quand même à préciser que j'avais la ferme intention de te laisser tranquille ce soir. Je pensais que tu aurais besoin de calme et de douceur après avoir été étranglée.

— Je n'ai pas été…

— Presque, l'interrompit Zack. Tu savais que j'avais envie de toi, Rachel. Je n'ai jamais cherché à te le cacher. Mais, ce soir, tu étais secouée, sans doute plus vulnérable qu'à l'ordinaire. Et j'ai peur d'avoir tiré avantage d'une faiblesse momentanée.

Elle leva les yeux au ciel.

— Faible, moi ? Ne m'insulte pas, Muldoon. Et ne va surtout pas insinuer que je ne suis qu'une fragile créature lâchement manipulée par un vilain marin séducteur.

Zack leva les mains en signe de reddition.

— Hou là, non, loin de moi cette idée. Tout ce que j'essayais de te dire, c'est que… c'est que j'aurais peut-être pu prendre la peine de déplier le canapé.

Le regard menaçant, elle se pencha sur son visage. Ses yeux mordorés paraissaient immenses et plus que jamais magnifiques.

— Et s'il me plaît à moi de faire l'amour sur le tapis ?

Zack commençait à se sentir nettement plus à l'aise. Les femmes fragiles n'avaient jamais été sa tasse de thé. Alors que cette Rachel en acier trempé était à la fois à son goût et à sa mesure.

Du bout du doigt, il souleva son chemisier déchiré.

— Regarde. J'ai arraché tes vêtements.

— C'est ce que j'ai constaté, oui. Tu es fier de toi, j'espère ?

— Très. Si tu veux, je peux attendre que tu te rhabilles pour recommencer.

Elle lui mordit la lèvre en guise de représailles.

— Cette tenue-là était fichue de toute façon. Mais la prochaine fois, je t'enverrai la facture.

Il rit doucement en jouant avec un anneau d'or à ses oreilles.

— Je suis fou de toi, Rachel.

Le cœur de la jeune femme fit un drôle de soubresaut dans sa poitrine.

— Hé là, stop ! On avait dit : pas de sentimentalisme.

— Fou je suis, pourtant. Et ai-je pensé à te préciser que ton corps éveillait en moi des élans sauvages, pour ne pas dire indomptables ?

A tout prendre, elle se sentait beaucoup plus à l'aise avec les élans indomptables.

— Je te désire de la poupe à la proue, Rachel. De bâbord à tribord. Partout.

— Mmm…, chuchota-t-elle en traçant le contour de sa bouche de la pointe de la langue. Tu m'expliqueras de quel côté se trouve la poupe, vieux loup de mer. J'ai toujours eu du mal avec le jargon nautique.

— Je vais te montrer ça tout de suite…

Il embrassa sa joue bleuie avec une infinie délicatesse.

— Mais je suggère que nous ouvrions d'abord ce canapé. Sinon, je ne réponds de rien.

— Comme tu voudras, chuchota-t-elle d'une voix rauque.

C'était incroyable l'effet que pouvait procurer une main calleuse glissant sur le dessous d'un sein.

— Tout compte fait, il est quand même un peu loin, ce canapé, soupira Zack. Parle-moi en ukrainien et j'oublierai que nous sommes sur le tapis. Et je m'engage à te le faire oublier aussi par la même occasion.

— Pourquoi veux-tu que je te parle en ukrainien ? s'enquit-elle d'une voix déjà haletante.

— Parce que tu ne peux pas t'imaginer comme ça m'excite.

Avec un léger soupir, Rachel noua les bras autour de son cou et lui murmura quelques mots à l'oreille. Elle rit doucement lorsqu'il émit un grognement.

— Qu'est-ce que ça veut dire ? demanda-t-il en lui léchant les épaules, le cou, le visage.

— En gros, je t'ai traité d'idiot et de tête de mule.

— Tu es sûre que tu ne m'as pas susurré tendrement que tu étais folle de mon corps et que tu avais terriblement envie de refaire l'amour avec moi ?

— Sûre et certaine. Mais ça peut encore se faire.

De nouveau, elle lui saisit la tête entre les mains et pressa les lèvres contre son oreille. Mais avant même qu'elle ait fini de formuler son invite, il avait déjà accédé à sa demande.

Zack l'attira contre lui dans le noir. Quelque part en cours d'après-midi, ils avaient fini par déplier le canapé pour se glisser entre les draps. Le crépuscule était tombé peu à peu. Puis la nuit était venue à son tour.

— Je n'ai pas envie de te quitter, murmura-t-il en lui embrassant la tempe.

— Tu vas me manquer, admit Rachel.

Ce qui n'était pas un mince aveu pour une fille qui avait toujours proclamé haut et fort qu'elle préférait dormir seule.

— Mais il vaut mieux que tu rentres, en effet. Il est encore trop tôt pour laisser Nick seul toute une nuit.

— Tu sais ce que j'aimerais ? C'est t'emmener avec moi, m'endormir à ton côté et te trouver dans mon lit demain matin au réveil.

Rachel secoua la tête.

— On ne peut pas faire ça. En attendant que je trouve une occasion de parler à Nick, il vaut mieux qu'il ne sache pas que toi et moi, nous sommes…

Oui, qu'étaient-ils l'un pour l'autre, en fait ? La question resta en suspens entre eux sans qu'aucun la formule à voix haute.

Zack se dressa sur son séant.

— J'ai envie de te revoir, Rachel. Et pas forcément dans un lit. Ou sur un tapis.

— J'apprécie ta compagnie, Muldoon… Mais tu ferais mieux de filer maintenant, murmura-t-elle presque tristement.

— C'est comme si j'étais déjà parti.

— Vous pourriez peut-être venir dimanche chez mes parents, Nick et toi. Nous en avons déjà parlé, tu te souviens ?

— Avec grand plaisir.

Il se pencha pour l'embrasser et le baiser s'éternisa.

— Encore une fois ? demanda-t-il d'une voix rauque.

Pour toute réponse, elle l'enveloppa de ses bras, de ses jambes et l'accueillit en elle.

Rachel passa le combiné du téléphone dans son autre main et contempla d'un œil morne la pile de dossiers accumulés sur son bureau.

— Oui, madame Macetti, je comprends. Nous allons tâcher de trouver des témoins de moralité pour votre fils. Le curé de votre paroisse, peut-être. Ou l'un de ses professeurs.

Pendant que la *signora* Macetti recommençait à discourir interminablement dans un anglais approximatif mâtiné d'italien, Rachel griffonna quelques mots sur une feuille de papier à en-tête. Si l'un de ses collègues pouvait la prendre en pitié et lui apporter une tasse de café, elle survivrait peut-être à ce coup de fil qui n'en finissait plus ?

— En effet, oui, madame Macetti. Normalement nous devrions pouvoir obtenir une libération sous caution puisque votre fils n'était pas au volant du véhicule volé…

Rachel plia soigneusement la feuille de papier sur laquelle elle avait rédigé son S.O.S.

— Oui, naturellement, je suis convaincue que votre Carlo est un bon garçon, madame Macetti… Des mauvaises fréquentations, oui… On sait ce que c'est.

Satisfaite de son pliage, Rachel prit le message et visa la porte ouverte.

— Oui, tâchez de le surveiller de près pour qu'il ne retourne pas traîner avec les Hombres. Et soyez optimiste, madame Macetti. Je vous promets que je fais tout ce que je peux.

Dix minutes plus tard, Rachel réussit enfin à raccrocher. Epuisée par cette conversation téléphonique avec la *mama* affolée, elle posa la tête sur ses bras repliés.

— Fatiguée ?

Rachel se redressa et repéra Nick dans l'encadrement de la porte. Il tenait son avion en papier dans une main et un gobelet dans l'autre.

— Dis-moi que je ne rêve pas, Nicholas LeBeck, et que c'est bien du café que tu m'apportes là !

— Long. Sans sucre… Ton message avait l'air passablement désespéré, commenta le frère de Zack en s'approchant pour lui remettre le gobelet. Je traversais le couloir et je me suis pris l'avion en pleine poitrine. C'est pas mal, comme bouteille à la mer.

— Les méthodes les plus archaïques sont parfois les plus efficaces en temps de crise.

Rachel prit une gorgée et se sentit renaître.

— Tu viens de me sauver la vie, Nick. Que puis-je faire pour toi ?

— Accepter une invitation à déjeuner.

D'un geste découragé, elle désigna les piles de dossiers sur son bureau.

— Désolée, mais je suis débordée.

— Ils ne te laissent même pas le temps de manger ? s'étonna Nick en se perchant sur un coin de son bureau.

— Oh, ils nous jettent quelques morceaux de viande crue de temps en temps.

Notant le sourire séducteur de Nick, Rachel se rappela qu'une explication entre eux s'imposait d'urgence. Calculant rapidement le temps qu'il lui restait avant de retrouver Haridan au tribunal, elle prit une décision.

— Si tu as quelques minutes à me consacrer, j'aimerais te parler, Nick.

— Oh, des minutes, j'en ai à revendre. Je ne reprends le travail qu'à 6 heures.

Elle se leva pour aller fermer la porte et comprit en se retournant que Nick avait mal interprété son geste. Il l'attrapa aussitôt par la taille avec assurance. Dans quelques années, ce garçon ferait des ravages, songea Rachel en s'esquivant.

— Assieds-toi, Nick, dit-elle en se réfugiant derrière son bureau. J'aimerais profiter de ta présence ici pour faire le point avec toi. Dans un peu plus de un mois, nous allons être convoqués de nouveau devant le juge Beckett. Et, a priori, la période de probation devrait être prolongée. Sauf si tu fais un gros écart de conduite d'ici là.

Il secoua la tête.

— J'ai l'intention de me tenir à carreau. J'ai de moins en moins envie de tâter de la prison, à vrai dire.

— Tant mieux. Mais telle que je connais la juge, elle risque de t'interroger sur tes projets. Il serait peut-être temps que tu réfléchisses à ton avenir. As-tu l'intention de rester chez Zack pour de bon ?

— Pour de bon ?

Nick eut un petit rire.

— Entre Zack et moi, ça se passe plutôt mieux dans l'ensemble, mais de là à squatter chez lui définitivement… ça complique un peu ma vie sentimentale de partager un appart avec mon frère. Si tu vois ce que je veux dire.

Comme il lui jetait un regard entendu, Rachel saisit la balle au bond.

— Il y a une jeune fille dans ta vie, Nick ?

Il lui adressa un sourire ravageur.

— Qui te parle de jeunes filles ? Je m'intéresse plutôt aux femmes. Et plus particulièrement aux belles brunes avec des grands yeux mordorés.

— Nick…

— Tu vois, en venant ici, je me disais que finalement ça avait été une chance pour moi de me faire pincer, poursuivit-il en lui prenant la main pour la caresser doucement avec le pouce. Sinon, je n'aurais pas eu besoin des services d'une avocate aussi belle.

— J'ai vingt-six ans, Nick.

Il haussa les épaules.

— Et alors ?

— Je suis responsable de toi aux yeux de la loi.

Nick eut un large sourire.

— Ça ne manque pas de piment, comme situation, non ? Et ça s'arrête dans cinq semaines.

— La différence d'âge sera toujours la même.

— On s'en fout, de la différence d'âge.

Tentée de se lever d'un bond pour arpenter la pièce, Rachel se força à rester en position d'autorité derrière son bureau.

— Ecoute, Nick, j'ai beaucoup d'affection pour toi. Et l'amitié que je te porte est sincère, mais…

Elle s'interrompit et déglutit lorsqu'il se leva pour venir s'asseoir sur sa table de travail. Coincée entre le mur et lui, elle ne se trouvait pas en très bonne posture pour mener le débat.

— J'étais déjà à l'université alors que tu n'étais même pas encore pubère, objecta-t-elle.

— Peut-être. Mais maintenant, nous sommes adultes l'un et l'autre. Tu considères qu'une femme ne devrait pas avoir de partenaire âgé de neuf ans de plus qu'elle ?

— C'est un cas différent, Nick.

Il fit claquer sa langue d'un air désapprobateur.

— Sexiste, va. Je croyais que tu étais pour une totale égalité entre les hommes et les femmes ?

— C'est vrai, mais…

En panne d'arguments, elle s'interrompit avec un soupir d'impatience. Les yeux verts de Nick pétillèrent.

— Là, je te tiens.

— Même si on laisse de côté la question de l'âge, il reste que je suis ton officier de probation, déclara-t-elle avec fermeté. Si je t'ai donné l'impression qu'il pouvait y avoir autre chose que de l'amitié entre nous, je le regrette.

Nick hocha la tête.

— Je vois que tu prends ton boulot très au sérieux. Mais ne t'inquiète pas. Je n'ai pas l'intention de te mettre la pression.

Rachel laissa échapper un discret soupir de soulagement. Elle se leva et lui serra brièvement la main.

— Je suis heureuse que tu comprennes.

Le téléphone sonna alors sur le bureau. Rachel fit le geste de répondre, mais, à sa grande consternation, Nick la retint en portant ses doigts à ses lèvres.

— Je vais te laisser servir la justice… pour le moment. Cinq semaines d'attente, ce n'est pas interminable. Je serai patient.

— Mais, Nick…

— A plus tard, Rachel.

Il sortit du bureau d'un pas nonchalant, laissant Rachel déchirée entre l'amère nécessité de décrocher son téléphone et la tentation de se taper vigoureusement la tête contre le mur.

*
* *

Nick s'était rarement senti aussi bien dans sa peau. Il avait un après-midi de liberté devant lui, de l'argent dans les poches et une femme superbe logée au chaud dans son cœur. Rachel, toujours si sûre d'elle d'ordinaire, avait paru plutôt confuse et troublée, lorsqu'il lui avait fait comprendre qu'il s'intéressait à elle de très près.

Quant à ses scrupules par rapport à son âge... C'était incroyable qu'une femme aussi belle puisse s'inquiéter d'un détail aussi insignifiant ! Nick se mit à courir en entendant le métro arriver de loin et réussit de justesse à sauter dans la rame. Avec un sourire de triomphe, il se laissa tomber sur le siège le plus proche. Il avait hâte de voir la réaction de Zack lorsqu'il débarquerait au bar, un de ces soirs, un bras négligemment passé autour des épaules de Rachel. Ça remettrait les pendules à l'heure, en tout cas. Zack cesserait de le traiter en gamin lorsqu'il découvrirait qu'il s'envoyait en l'air avec Rachel.

Non, pas qu'il *s'envoyait en l'air* avec Rachel.

Les sourcils froncés, Nick reformula sa pensée : Zack serait impressionné lorsqu'il découvrirait que Rachel et lui étaient *amants*. Nuance. Elle et lui allaient faire des trucs super ensemble. Ils se promèneraient à Central Park, dîneraient aux chandelles et discuteraient ensemble pendant des heures. De temps en temps, ils passeraient une soirée tranquille, tous les deux, devant la télévision.

« Avec une femme comme Rachel, le sexe ne doit pas toujours passer au premier plan », se dit Nick en descendant sur le quai.

Il sortit de la station de métro et se retrouva à la lumière du jour au milieu de la foule, sur Times Square. Obéissant à un vieux réflexe, il entra dans une galerie de jeux et se paya une partie de flipper. La musique de rock en arrière-fond accompagnait agréablement les bruits caractéristiques des machines. Nick laissait ses pensées vagabonder tout en essayant d'améliorer ses meilleurs scores.

Finalement, il se sentait beaucoup moins seul qu'il ne l'aurait cru sans les copains du gang. Aussi étonnant que cela puisse paraître, il aimait bien la compagnie du grand Rio. Le cuisinier avait une âme de conteur et un stock inépuisable d'histoires en réserve. Lorsqu'il l'écoutait parler, Nick avait presque l'impression de faire partie de leur bande, à Zack, Rio, Lola et les autres.

Si Zack était resté avec lui et sa mère, il aurait peut-être été moins pressé de couper les ponts. Mais il n'avait jamais digéré le départ de son « grand frère ». Ça avait été un choc — un sale choc — de se retrouver livré à lui-même, comme avant. A l'époque, il lui restait toujours sa mère, bien sûr. Sa mère, qui avait toujours fait ce qu'elle pouvait pour lui assurer le vivre et le couvert. Mais la lutte quotidienne pour la survie avait usé toute la faible énergie de Nadine. Si bien qu'il ne se souvenait d'elle que comme d'une ombre lointaine, une figure douce mais presque inexistante.

D'où l'importance que Zack avait prise dans sa vie. Nick n'avait jamais oublié sa première rencontre avec celui qui devait devenir son frère adoptif. Lorsqu'il était entré dans le Brise-lames en tenant la main de sa mère, il avait aperçu Zack assis au comptoir, ingurgitant tranquillement les cacahuètes pour apéritif réservées aux clients. D'emblée, Nick avait été attiré par ce grand ado suprêmement *cool* qui l'avait plus ou moins pris sous son aile. C'est Zack qui l'avait conduit pour la première fois dans une salle de jeux, Zack qui lui avait montré comment faire danser les balles en argent du flipper.

Son grand frère d'adoption l'avait conduit à la parade du carnaval, lui avait appris à nouer ses lacets et l'avait récupéré *in extremis* le jour où il avait failli se faire écraser par une voiture en voulant récupérer un ballon qui avait roulé sur la chaussée.

Mais c'était aussi ce même Zack qui, à peine un an plus tard, l'avait laissé en plan avec une mère malade et un beau-père invivable. Et ni les cartes postales ni les permissions occasionnelles n'avaient pu combler le gouffre qu'avait creusé ce départ.

Aujourd'hui, Zack avait l'air de penser qu'ils pourraient redevenir frères. Et, même si Nick restait sceptique, il lui arrivait parfois de se dire — tout au fond de lui-même — que ce serait agréable de renouer avec Zack.

— Hé, LeBeck ! Tu n'es pas mort, on dirait ?

Surpris, Nick manqua une balle.

— Pourquoi ? Tu t'inquiétais de mon sort, peut-être ? riposta-t-il ironiquement en jetant un rapide coup d'œil à Cash.

L'autre le regarda jouer un moment en silence, saluant ses performances au flipper de quelques sifflements admiratifs. Au grand étonnement de Nick, Cash ne fit même pas de commentaire sur le fait qu'il ne portait pas son blouson des Cobras.

— Pas mal, la fourchette, LeBeck. Tu n'as pas perdu la main, je vois.

— J'ai toujours eu de l'or dans les doigts, mon pote, rétorqua Nick, concentré sur les voyants lumineux qui s'éclairaient un à un au passage de la balle. T'as qu'à demander aux filles.

Avec un léger ricanement, Cash alluma une cigarette.

— Tu parles. Une fois que les meufs ont vu ta sale tronche, elles n'ont plus envie de tâter de tes paluches.

— Tu confonds ma tronche avec ton derrière de singe, rétorqua Nick du tac au tac.

Il fit claquer le flipper et se recula, satisfait de son score.

— Tu veux que je te laisse la partie gratuite ? proposa-t-il à Cash.

Ce dernier prit sa place sans se faire prier et se mit à jouer sans grand raffinement.

— Tu crèches toujours chez ton demi-frère, Nick ?

— Bien obligé. Jusqu'à ce que je retourne voir la juge.

Cash hocha la tête.

— C'est dur ce qui t'arrive. Je trouve ça moche que t'aies écopé pour tout le monde. Désolé.

— Ouais, c'est ça.

— Non, sérieux. On a mal organisé notre coup et c'est toi qui as trinqué. Remarque que t'aurais pu tomber plus mal. Ça ne doit pas être trop galère de bosser dans un bar. Au moins, t'as de la bière au robinet !

Nick eut un sourire entendu, même s'il avait rarement l'occasion de faucher une cannette dans le réfrigérateur. Zack prenait très au sérieux l'interdiction de servir de l'alcool aux mineurs.

— Il doit bien marcher, ce bar, poursuivit Cash en lui jetant un regard en biais. Je parie que tu vois passer un maximum de nanas canon ?

En fait, le Brise-lames accueillait plus d'habitués paisibles que de belles filles assoiffées de sexe. Mais Nick continua à jouer le jeu.

— Ouais, de ce côté-là, j'ai l'embarras du choix.

Cash rit doucement en laissant filer sa dernière balle.

— On se fait une partie à deux ?

— Pourquoi pas ? acquiesça Nick en sortant une pièce de sa poche. Comment vont les autres, au fait ?

— Comme dab. T.J. s'est fait virer de chez lui, alors il squatte chez moi pour le moment. Il ronfle comme un sonneur, cet idiot. Du coup, je ne ferme pas l'œil de la nuit.

— Je connais ça. Je l'ai hébergé chez moi l'été dernier.

Cash lui posa la main sur l'épaule.

— Tu n'aurais pas une cigarette, des fois ?

— Sers-toi dans la poche de mon blouson, marmonna Nick en marquant dix mille points.

Cash sortit son briquet et aspira la fumée.

— Tu sais que j'ai mes entrées dans une boîte de strip-tease ? Je t'emmènerai un soir tard, si tu veux. Enfin… à condition que tu puisses sortir, bien sûr.

— Evidemment que je peux sortir. Je passe par les cuisines, et ni vu ni connu.

— Par l'arrière, c'est ça ?

— Ben ouais. Avec Rio, je fais ce que je veux et Zack est retenu au bar. Au pire, je passe par l'escalier d'incendie.

— Tu dors au premier étage ?

— Ouais…

Pendant qu'ils jouaient, Cash continua de se renseigner d'un ton détaché. La recette du Brise-lames allait dans un coffre-fort dans le bureau de Zack. Il y avait trois accès possibles au bar : par la porte d'entrée, par l'arrière ou par l'appartement du haut.

Trois parties plus tard, Nick l'avait battu à plate couture, mais Cash avait obtenu toutes les informations dont il avait besoin. Il trouva une excuse pour s'en aller et sortit rejoindre Reece.

Il s'en voulait un peu de faire ce coup tordu à Nick. Mais lorsqu'on était un Cobra — un vrai —, le gang passait avant tout le reste.

8

Zack sortit de la douche, satisfait d'être venu à bout des fastidieuses corvées de l'après-midi. Il détestait le travail administratif, mais l'acceptait cependant comme un mal nécessaire. Il avait payé ses factures, envoyé ses commandes et vérifié ses comptes. Et les résultats avaient été suffisamment stimulants pour le réconcilier avec la paperasse.

Il ne lui restait plus qu'une petite année à se serrer la ceinture à cause de la dette contractée pour Nick. Ensuite le voilier de ses rêves deviendrait un objectif réalisable. Zack se demanda comment réagirait Rachel s'il lui proposait de prendre un mois de congé pour mettre les voiles vers les Caraïbes.

Mais avant de s'embarquer pour des destinations lointaines, il aurait besoin de tester le bateau, d'apprendre à le connaître. Et pour cela, il envisageait de courtes sorties en mer avec Nick. Il avait envie de passer du temps avec son frère loin du bar, de la ville et des souvenirs qui y étaient liés.

Zack noua un drap de bain autour de ses reins et passa dans sa chambre pour s'habiller. Chaque fois que Rachel lui parlait de sa famille, il ne pouvait s'empêcher de penser à la grande solitude qui avait marqué son enfance et celle de Nick. Et il comptait beaucoup sur leur visite aux Stanislaski, le dimanche suivant, pour faire tomber les dernières défenses de son frère.

Qui sait si ces quelques heures passées avec la famille de Rachel ne suffiraient pas à créer un déclic ? Il ne manquait plus grand-chose, en fait, pour que Nick s'accroche et décide de faire quelque chose de sa vie. Ils en étaient presque à la moitié de la période de probation et, pour l'instant, tout se passait au mieux.

C'était essentiellement grâce à Rachel, d'ailleurs, et Zack lui en était reconnaissant à plus d'un titre. Non seulement elle lui avait donné une seconde chance avec Nick mais elle avait enrichi sa vie d'une dimension nouvelle. Avec elle, il découvrait…

Le souffle coupé, Zack fixa son reflet dans le miroir d'un œil sévère. « Ne fais pas l'idiot, Muldoon. Ce n'est pas le moment de perdre le cap. La demoiselle a dit qu'elle ne voulait pas s'engager. Et toi, tu n'as pas envie de te retrouver pieds et poings liés non plus. »

— On dirait que tu as une soirée drague en vue ?

Zack tressaillit au son de la voix de Nick et aperçut le reflet de son frère dans la glace. Adossé au chambranle, ce dernier observait ses préparatifs d'un œil amusé.

— J'ai rendez-vous avec une très belle fille, oui… Mais tu es déjà rentré ? Je ne t'attendais pas si tôt.

Nick passa la main dans ses cheveux trempés de pluie et se revit enfant, dans la salle de bains, lorsqu'il se glissait en catimini derrière Zack pour le regarder se raser.

— Il n'est pas si tôt que ça. Je prends mon service dans une heure… Tu sais que Rio a prévu son super ragoût de bœuf au menu de ce soir ? Il ne va jamais te pardonner de manquer ça.

Zack finit de boutonner sa chemise.

— Hou là ! Promets-moi de manger ma part sinon Rio me forcera à l'avaler demain matin au petit déjeuner.

Nick fit la grimace.

— Tu lui passes tout, en fait.

— Normal. Il est plus grand que moi.

Comme Nick ne répondait rien, Zack jugea utile de préciser :

— Rio s'est mis en tête qu'il devait veiller sur moi. Et ça ne me coûte rien de le laisser faire. Il t'a déjà raconté d'où il tient la cicatrice qui lui barre la figure ?

— Il m'a parlé d'un marin bourré et d'un tesson de bouteille.

— Le marin en question venait de se jeter sur moi pour me trancher la gorge. Et c'est Rio qui l'en a empêché. En prenant le coup à ma place, par la même occasion. Avec la dette que j'ai envers lui, je peux bien accepter qu'il me malmène un peu… Quant à toi, mon vieux, tu es payé pour le supporter.

Nick esquissa un sourire.

— Je n'ai pas à me plaindre de Rio. Au contraire.

Il aurait bien aimé en savoir plus sur l'histoire du marin qui avait voulu couper le cou de Zack, mais il craignait de se faire rembarrer s'il posait trop de questions.

— Ecoute, Zack, si ça roule comme tu veux ce soir, avec cette fille, tu n'es pas obligé de rentrer.

Zack hésita un instant. Il réprima un sourire en songeant à ce que penserait Rachel du « si ça roule ce soir ».

— Merci. Mais je compte revenir quand même.

Nick se rembrunit.

— Tu montes la garde, quoi.

— Appelle ça comme tu voudras, mais…

Conscient d'avoir élevé la voix, Zack laissa le reste de sa phrase en suspens. Ils devaient être capables de se parler au moins une fois entre frères sans se bouffer le nez, non ?

— Je ne pense pas que tu aies l'intention de te sauver par la fenêtre. Et si c'était le cas, tu pourrais aussi bien le faire en ma présence. Mais qui te dit que la jeune femme voudra de ma compagnie cette nuit ?

L'expression rebelle disparut des traits de Nick. Il glissa les pouces dans les passants de son jean.

— C'est sûr qu'on ne t'a pas appris grand-chose, dans la marine, mon pauvre.

Retrouvant un geste familier qu'ils avaient oublié depuis longtemps l'un et l'autre, Zack posa lourdement sa main sur la nuque de Nick.

— Ne sous-estime pas ton vieux marin de frère, O.K. ? Et je ne te conseille pas de m'attendre, ce soir. Car je sens que ça va être mon jour de chance.

Zack tomba sur Rachel alors qu'elle s'apprêtait à pousser la porte d'entrée de son immeuble.

— Synchronisation parfaite, dit-il en lui déposant un baiser dans le cou.

— Pas vraiment en ce qui me concerne. J'avais programmé d'arriver une heure plus tôt et de tremper longuement dans un bain avant que tu passes me prendre. Je suis vidée !

Zack eut à peine la patience d'attendre qu'ils soient dans l'ascenseur pour plaquer Rachel contre la paroi.

— Rien ne t'empêche de prendre ton bain en ma présence. Je pousserai peut-être même le sens du sacrifice jusqu'à te frotter le dos.

— Quel homme ! murmura-t-elle en s'efforçant de modérer la joie suspecte qu'elle éprouvait à le retrouver. C'est toi qui sens si bon, Muldoon ?

— Je crois que c'est plutôt ça, dit-il en lui tendant le bouquet de roses qu'il avait tenu caché jusque-là dans son dos.

Elle ne put résister à la tentation d'enfouir son visage dans le velours odorant des pétales.

— C'est en quel honneur, cette fois ?

— Il y avait un type qui les vendait au coin de la rue. Et les affaires n'avaient pas l'air très bonnes...

— Tu as le cœur trop tendre, Muldoon.

— Je compte sur toi pour garder le secret sur cette petite faiblesse, fit-il en lui prenant les clés des mains pour s'attaquer aux verrous.

— Soit, je me tairai. Mais ça va te coûter cher.

Refermant la porte du pied, Rachel posa la brassée de roses sur la table et noua les bras autour de son cou.

— Et maintenant, paye-moi la rançon de mon silence, ordonna-t-elle en lui tendant les lèvres.

Elle ressentit toute une gamme de sensations lorsque la bouche de Zack vint cueillir la sienne : du plaisir, une pointe d'excitation, mais aussi et surtout un bonheur si radieux et inattendu qu'elle ne put s'empêcher de rire lorsqu'il la souleva de terre.

— Tu m'as manqué, Rachel Stanislaski.

— Ah oui ? J'ai eu aussi quelques petites pensées pour toi. Enfin… quelques-unes seulement. Tu comptes me tenir comme ça en l'air pendant combien de temps ?

— C'est plus pratique, pour te regarder. Tu es belle, Rachel.

Plus que les mots eux-mêmes, ce fut la façon dont il les prononça qui lui noua la gorge.

— Tu n'es pas obligé de me faire des compliments, tu sais.

— Ta beauté, je ne suis pas fichu de la décrire. Tout ce que je peux dire, c'est que, quand je te regarde, parfois, ça me rappelle la mer, juste au moment où le soleil se lève, quand la couleur éclate dans le ciel et que l'horizon s'enflamme. Ça ne dure que quelques minutes, mais à ce moment-là il y a une qualité de lumière très particulière et tout paraît neuf et vibrant de vie. Et toi, tu as exactement ce rayonnement-là.

Submergée par une émotion qu'elle préféra ne pas nommer, Rachel se contenta de presser sa joue contre la sienne.

— Zack…

Aucun doute. S'il continuait sur ce mode une seconde de plus, elle allait fondre en larmes. Rachel jugea qu'il était urgent d'alléger l'atmosphère.

— Des roses, de la poésie… Et tout cela, le même jour. Tu me laisses sans voix, espèce de marin à la manque.

Il enfouit ses lèvres dans ses cheveux.

— Non, sérieux ? Sans voix, toi ? Ce serait une première.

— Nous n'allons surtout pas…

— … faire du sentiment, compléta-t-il pour elle. Tu as raison. Passons plutôt aux choses sérieuses.

Il s'effondra sur le canapé en l'installant sur ses genoux.

— Voyons ces bleus, pour commencer.

— Ce n'est rien, maugréa-t-elle lorsqu'il lui souleva le menton pour procéder à une inspection scrupuleuse. Le plus terrible, c'est que, lundi matin, la rumeur avait déjà circulé dans les bureaux. Si bien que mes collègues me sont tous tombés dans les bras en pleurant. A les voir, on aurait pu croire que j'étais déjà morte et enterrée.

— Ote ta veste et ton pull.

— C'est comme ça que tu t'y prends avec les femmes, Muldoon ? Tu es un grand romantique, dis-moi.

— Je m'intéresse uniquement aux marques que tu as dans le cou.

— Il n'y a rien à voir.

— C'est pour ça que tu portes un col roulé ?

— Je suis à la mode, tout simplement, protesta-t-elle d'un ton hautain.

— Obéis ou je te déshabille de mes mains.

Les yeux de Rachel pétillèrent.

— Essaye un peu, pour voir, lui lança-t-elle en retirant ses chaussures.

Le combat ne fut ni très long ni très acharné. Et pourtant, lorsque Zack l'immobilisa à plat dos sur le canapé en lui tenant les deux poignets au-dessus de la tête, ils étaient déjà passablement excités l'un et l'autre.

— J'ai été charitable avec toi, dit-elle. Je t'ai laissé gagner.

— Mmm… C'est ce que j'ai constaté, oui.

Zack lui prit la taille et commença à remonter son pull, millimètre après millimètre.

— Ce n'est pas mon cou, *ça*, protesta-t-elle, le souffle court lorsqu'il moula un de ses seins dans la chaleur d'une paume.

— Simple vérification d'usage.

Son regard rivé au sien, il se mit à jouer avec la pointe déjà dressée, presque douloureuse.

— Excellents réflexes, Rachel, chuchota-t-il. Tu réagis bien au toucher.

« A *ton* toucher seulement, lui hurla-t-elle en silence, le cœur battant la chamade. Il n'y a que toi, Zack. Rien que toi. »

Il lui retira le pull et lui reprit aussitôt les poignets, savourant le plaisir de la tenir à sa merci.

— Zack…

— C'est à mon tour d'être à la barre, dit-il doucement. Tu te souviens que je m'étais promis de t'exciter follement ?

Zack effleura les ecchymoses.

— Je ne veux plus qu'on te fasse de mal. Plus jamais.

Avec une grande douceur, il traça un collier de baisers sur les marques bleues et noires.

— Libère mes mains, Muldoon, murmura-t-elle dans un souffle.

— Ça t'inquiète d'être livrée à moi ainsi ? Tu as tort, Rachel. Laisse-toi faire. Je veux t'emmener faire un long et fascinant voyage, chuchota-t-il en baissant la fermeture Eclair de sa jupe.

Il se pencha pour effleurer, mordiller, caresser ses lèvres, avant de glisser la langue dans sa bouche offerte.

Le voyage en mer promettait d'être agité, mais Rachel n'avait d'autre choix que de se laisser porter là où Zack voulait bien la mener. Cette mer déchaînée qu'elle bravait avec lui, jamais encore elle ne l'avait explorée auparavant. Tout était neuf, éblouissant, aveuglant et solaire.

— La dernière fois, je n'ai pas pris le temps d'apprécier ces dentelles, murmura Zack en détachant le porte-jarretelles d'un blanc de neige.

Avec une lenteur calculée, il fit rouler ses bas jusqu'à ses chevilles. Il dut se placer à genoux pour embrasser ses mollets, le creux derrière ses genoux, le satin de ses cuisses. Toujours prisonnière, elle cria lorsqu'il glissa la langue sous son string de dentelle. Contenant son impatience, il l'ôta pour pouvoir savourer librement l'intimité brûlante de Rachel.

Lorsqu'une première vague la souleva, elle se tendit comme un arc et se mit à murmurer des mots incohérents en ukrainien. Libérant ses mains, elle joignit ses efforts à ceux de Zack pour lui retirer ses vêtements à son tour. Le désirant jusqu'au tréfonds de sa chair, elle le renversa pour se placer sur lui et unir sa bouche à la sienne.

— Maintenant, fut tout ce qu'il parvint à murmurer en s'agrippant aveuglément à ses hanches.

— Eh bien, c'est incroyable comme nous nous sommes laissé distraire… J'avais la ferme intention de t'emmener dîner, pourtant.

Bras et jambes entrelacés, ils reposaient sur le canapé dans un état de torpeur bienheureuse.

— On dit ça, Muldoon.

La voix de Rachel était encore si chargée de volupté qu'il ne put s'empêcher de sourire.

— Il n'est pas trop tard pour s'habiller et refaire une tentative.

Avec un léger rire, elle pressa ses lèvres contre son torse et écouta les battements désordonnés de son cœur.

— Il est hors de question que tu sortes d'ici avant que j'en aie fini avec ta personne, Muldoon. Ce n'est pas pour rien qu'ils ont inventé les livraisons à domicile. Un repas chinois, ça t'irait ?

— Tout à fait. Qui de nous deux se lève pour passer la commande par téléphone ?

Ils tirèrent au sort. Zack perdit et Rachel en profita pour prendre une douche rapide. Lorsqu'elle revint dans le séjour, les cheveux mouillés et drapée dans un simple peignoir en tissu éponge blanc, Zack leur avait versé à chacun un verre de chianti.

— Tu es belle quand tu sors de la douche, murmura-t-il en lui tendant son verre.

— Tu aurais pu m'y rejoindre.

Il secoua la tête.

— Trop risqué. Les choses auraient forcément dégénéré et nous aurions manqué le livreur.

— Tu as raison, lança-t-elle par-dessus l'épaule en allant chercher des assiettes dans la cuisine. Et j'aurais fini par faire une crise d'hypoglycémie. Je n'ai rien avalé depuis ce matin, à part une vague barre de céréales.

Rachel alluma quelques bougies.

— Nick est passé me voir, dit-elle en soupirant. Si seulement j'avais eu plus de temps à lui consacrer ! Mais je l'ai reçu entre une série de coups de fil et un round de négociations avec le procureur.

— Tu n'es pas obligée de te justifier, Rachel.

— J'ai besoin de le faire pour moi-même. Nick voulait qu'on aille déjeuner, mais je ne pouvais pas me libérer. J'ai quand même tenté de profiter de l'occasion pour mettre les choses au clair avec lui, mais…

Interrompue par l'Interphone, Rachel soupira et appuya sur le bouton.

— Je te laisse te débrouiller avec le livreur, dit-elle en se repliant pudiquement vers la fenêtre.

Zack sortit son portefeuille et prit réception de trois cartons pleins. Dès qu'ils les ouvrirent, de séduisants arômes de cuisine asiatique emplirent la pièce. Rachel en avait l'eau à la bouche.

Zack prit place en face d'elle et sortit ses baguettes.

— Et cette explication avec Nick, alors ? Tu as réussi à mettre les choses au point avec lui ?

Elle fit la moue en se servant une part de canard laqué.

— J'ai commencé par parler de la différence d'âge, mais il a réussi à retourner cette objection à son avantage. Alors j'ai changé de tactique et j'ai parlé des obligations de ma fonction d'avocat.

— Et ça a marché ?

Du bout de sa baguette, elle souleva pensivement quelques nouilles chinoises.

— Il a admis qu'une liaison entre nous était impossible tant que j'étais responsable de lui devant la loi.

— Mais c'est parfait ! Alors tout est bien qui finit bien ?

Elle soupira.

— Tu ne comprends pas… Il semblait très raisonnable d'abord, mais, au moment de prendre congé, il m'a glissé à l'oreille qu'il était prêt à m'attendre le temps qu'il faudrait et que cinq semaines, au fond, ce n'était pas la mer à boire.

Zack secoua la tête en portant son vin à ses lèvres.

— Apparemment il se débrouille plutôt bien avec les femmes, pour un garçon de son âge.

— Zack ! La situation n'a rien de drôle !

— Exact. Et ne crois pas qu'elle m'amuse d'ailleurs. Mes relations avec Nick sont assez compliquées comme cela et je me passerais bien de ce problème supplémentaire. Mais tu avoueras qu'il a du répondant, le gamin.

— Je lui prédis un bel avenir avec les femmes, en effet. Mais, en attendant, tu ne connaîtrais pas une jolie adolescente que tu pourrais lui jeter plus ou moins dans les bras ?

Zack réfléchit un moment.

— La fille de Lola, peut-être ? Elle a seize ans. Je pourrais tâter le terrain, pour voir si la maman est d'accord.

— Si la fille est aussi jolie que la mère, cela marchera peut-être. Avec un peu de chance, Nick m'aura oubliée dans moins d'une semaine.

— N'y compte pas trop, quand même, répondit Zack d'un air sceptique. Une fois que tu es incrustée dans le cerveau d'un homme, c'est quasiment impossible de t'en déloger. Crois-en mon expérience.

— Dois-je en conclure que tu penses à moi en mixant tes cocktails et en flirtant avec la clientèle ?

— Je ne flirte jamais avec Pete.

Rachel éclata de rire.

— Je pensais plutôt à ces deux filles qui viennent régulièrement. La blonde et la rousse. Celles qui commandent toujours des gin-fizz.

— Tu es observatrice.

— Le regard vert de la rousse est rivé sur toi en permanence.

— Le regard bleu, tu veux dire.

— Je le savais bien ! lança Rachel, triomphante.

Zack sourit, amusé d'être tombé tête la première dans le piège.

— Un bon patron de bar est censé s'intéresser à sa clientèle. Par ailleurs, j'ai un faible pour les yeux bruns qui tirent sur le doré.

Rachel se pencha pour lui effleurer les lèvres.

— Arrête de me flatter bassement, Muldoon. Et dis-toi bien que je n'hésiterai pas une seconde à emprunter le couteau de boucher de Rio si tu commences à t'intéresser à autre chose qu'à la couleur des yeux de cette fille.

— Bon, ça va, alors je ne cours aucun risque. Je n'ai jamais prêté la moindre attention à ses charmantes fossettes, ni aux adorables taches de rousseur qui ornent son petit nez délicat, ni…

Plissant les yeux d'un air menaçant, Rachel lui mordit la lèvre.

— Attention, Muldoon… Parle-moi de ses jolis seins ronds et ça va chauffer.

— Aucune importance. J'aime lutter avec toi, Rachel.

Lorsque Zack regagna son lit solitaire tard cette nuit-là, il laissa son esprit vagabonder, imaginant ce que serait sa vie avec Rachel à ses côtés.

Un jour, ils prendraient la mer ensemble. Il lui apprendrait à barrer. Et ils glisseraient toutes voiles dehors vers les horizons bleus…

Les vagues, hautes comme des montagnes, se soulevaient pour frapper les flancs du navire. Le vent hurlait comme un chœur de sirènes hystériques. Enfouissant au plus profond de lui la peur qu'il savait fatale, il s'avança sur le pont incliné, hurlant des ordres en se raccrochant au bastingage.

La pluie lui cinglait le visage comme une série de coups de fouet et il ne voyait pas à un mètre devant lui tant elle formait dans les ténèbres un rideau opaque. Il savait que le voilier était tout près puisque le radar l'indiquait. Mais tout ce qu'il parvenait à distinguer, c'était les murs d'eau qui s'effondraient sur eux, lame après lame, avec un acharnement meurtrier et sauvage.

Le vent et l'eau. Rien que le vent et l'eau.

Ce fut à la faveur d'un éclair qu'il repéra enfin le bateau en détresse : une dérisoire embarcation de plaisance plongeant au creux d'une vague, ballottée comme une coquille de noix. *Vite.* Envoyer un câble de remorque. De nouveau, une lumière blanche, fulgurante, vint déchirer l'encre du ciel et il distingua trois silhouettes à bord. Ils s'étaient attachés, l'homme et la femme à la barre et une petite fille au mât.

Le trio n'avait pas encore renoncé à lutter pour survivre. Mais face à un ouragan déchaîné, ils n'auraient eu aucune chance de s'en sortir sans aide. Inutile d'espérer affaler une chaloupe pour récupérer les plaisanciers. Mais, si l'homme parvenait à stabiliser le bateau quelques secondes, la femme pourrait arrimer le filin qui leur permettrait d'être pris en remorque.

Des instructions furent transmises par signaux lumineux et le sauvetage démarra. Mais juste au moment où ils envoyaient le câble, la foudre tomba avec une violence terrifiante, fendant le mât du voilier qui tomba comme un arbre abattu par une hache implacable. Toujours attachée, la petite fille disparut dans l'eau noire sous le regard horrifié de Zack.

Tout se passa alors très vite. Les réflexes parlèrent avant que la raison ne puisse intervenir et, s'emparant d'un gilet de sauvetage, il plongea par-dessus le bastingage. Longue chute dans les ténèbres. Interminable. Un nouvel éclair. Le mur de l'eau qui volait à sa rencontre. Le choc violent, comme s'il heurtait une surface de pierre. Très vite, la masse noire et mouvante s'était refermée sur lui.

Comme les portes obscures de la mort…

Zack se réveilla, à court d'air, suffoquant, comme si le cauchemar l'avait replongé dans les profondeurs létales d'un océan en furie. Grelottant entre ses draps trempés de sueur, il se redressa lentement et attendit d'avoir recouvré son calme avant de se lever avec précaution.

La chambre parut basculer sous ses pieds. Fort de ses expériences passées, il ferma les yeux et patienta jusqu'à ce que le sol se stabilise peu à peu. Puis il passa dans la salle de bains et s'aspergea le visage d'eau froide.

— Zack ? Ça va ?

Contrarié d'être surpris dans cet état peu glorieux, il se retourna et vit la silhouette de Nick se découper dans l'encadrement de la porte.

— Tu es malade ou quoi ?

— Non, je ne suis pas malade, maugréa-t-il en se penchant pour boire au robinet. Retourne te coucher.

Nick hésita un instant.

— Mais tu es blanc comme un cadavre. Tu ne veux pas…

— Je t'ai dit que j'allais bien, merde ! Fiche-moi la paix, O.K. ?

Pendant une fraction de seconde, Zack lut la blessure dans le regard de son frère. Puis Nick se détourna en haussant les épaules.

— Ça va. Inutile de hurler, j'ai compris.

— Attends, ne pars pas ! Je suis désolé.

Zack poussa un soupir de soulagement lorsque Nick revint sur ses pas.

— Je viens de faire un sale cauchemar. Et ça a tendance à me porter sur le caractère.

Nick parut surpris.

— Toi, tu fais des cauchemars ?

— Eh bien, oui, ça m'arrive, marmonna-t-il en attrapant une serviette.

— Tu veux que j'aille te chercher quelque chose à boire ?

Revigoré par l'eau froide, Zack acheva de se sécher le visage.

— Pourquoi pas ? Il doit rester un fond du whisky de papa dans la cuisine.

Zack se percha sur l'accoudoir d'un fauteuil pendant que Nick lui versait une bonne rasade de la boisson préférée de M. Muldoon père.

Il en but une gorgée et siffla entre ses dents.

— Bon sang, quel tord-boyaux ! Je ne comprends pas comment son foie a pu résister si longtemps à un poison pareil.

Nick se laissa tomber dans un fauteuil.

— Je crois que, quand il a commencé à oublier des trucs, il préférait penser que c'était à cause du whisky plutôt que de… enfin, tu vois ce que je veux dire.

— De la maladie d'Alzheimer, oui, murmura Zack en reprenant une gorgée.

— Je t'ai entendu crier et t'agiter dans ton lit, poursuivit Nick sans oser le regarder. Il avait l'air violent, ton cauchemar.

— Plutôt, oui. Il est lié à une saleté d'ouragan. Un truc qui m'est arrivé il y a trois ans et que je n'ai jamais réussi à oublier. Comme s'il était resté collé à ma peau…

— Si tu as envie de… enfin… ça t'aiderait peut-être à dormir si tu m'en parlais.

Zack hocha la tête. Il était tenté d'envoyer bouler Nick. Mais ce serait sans doute une bonne chose d'exorciser cette vieille histoire en la partageant avec son frère.

— Ça s'est passé aux Bermudes. Nous étions sur le point de manœuvrer pour entrer dans le port, lorsque l'appel de détresse nous est parvenu. Malgré les conditions météo désastreuses, notre commandant a décidé de tenter le sauvetage : nous avons fait machine arrière et nous sommes repartis au cœur de l'ouragan. Il s'agissait de repêcher trois civils sur un bateau de plaisance.

Ils avaient dérivé de leur cap et n'avaient pas pu regagner la côte à temps.

Nick l'écoutait en silence.

— C'était un ouragan fou furieux avec des vents de plus de deux cent cinquante kilomètres à l'heure, des vagues monstrueuses qui atteignaient par moments près de vingt mètres. J'ai déjà eu affaire à un cyclone lorsqu'il passe sur la terre ferme. Ça peut être impressionnant, terrifiant même. Mais ce n'est rien à côté de la force d'un ouragan en mer. Je crois que c'est ce jour-là que j'ai découvert le sens réel du mot peur. Plusieurs membres de l'équipage ont failli passer par-dessus bord. Il faisait si noir que, par moments, c'était à peine si je voyais mes propres mains. Mais les vagues, étrangement, restaient toujours visibles. Quant aux éclairs, ils zigzaguaient partout autour de nous, si proches qu'on avait l'impression qu'ils nous passaient à travers le corps. Le vacarme était tellement assourdissant qu'on ne s'entendait même pas hurler.

— Mais comment étiez-vous censés retrouver ces touristes, au milieu de tout ça ?

— Grâce au radar. Il faut dire que notre premier maître de manœuvre pilotait au millimètre près. Je n'ai jamais vu quelqu'un maîtriser un navire comme ça. Nous avons fini par les repérer à tribord. Le couple à la barre faisait ce qu'il pouvait pour maintenir le voilier à flot, mais il perdait rapidement du terrain contre les éléments. Ils avaient attaché leur gamine au mât pour qu'elle ne passe pas par-dessus bord. Je me souviens d'avoir eu le temps de penser qu'on allait peut-être pouvoir les tirer de là. Puis le mât a craqué comme une allumette. J'ai cru entendre le hurlement de la fillette, mais ça devait être les gémissements du vent car ça s'est passé si vite qu'elle n'a sûrement pas eu le temps de réagir. Quoi qu'il en soit, j'ai plongé.

— Tu as plongé ? s'écria Nick.

— Avant d'avoir eu le temps de comprendre ce que je faisais, j'ai sauté par-dessus bord. Ce n'était même pas de l'héroïsme.

C'était de l'inconscience, tout simplement. Crois-moi, si j'avais pris le temps de penser, je…

Zack laissa sa phrase en suspens et but une gorgée de whisky.

— C'était un peu comme sauter du haut d'un gratte-ciel. Tu tombes, tu tombes, les rafales de vent te soulèvent et te retournent comme une feuille et tu as l'impression que ça ne s'arrêtera jamais. Ce qui te laisse tout le temps nécessaire pour réaliser que tu vas mourir. C'était stupide, complètement stupide. Si le vent avait été orienté différemment, j'aurais été fracassé contre le flanc du navire. Mais j'ai eu une chance inouïe car j'ai été porté en direction du voilier. Finalement, j'ai heurté la surface de l'eau. Et là, ça a été quelque chose, crois-moi. La violence du choc était telle que j'ai cru que j'atterrissais sur du béton.

Ce qu'il omettait de dire, c'est que, plus tard, il avait découvert qu'il s'était démis l'épaule gauche et fracturé la clavicule.

— J'étais sonné, à moitié noyé et je n'avais plus aucun repère. Pas moyen de s'y retrouver dans cette masse d'eau en mouvement. C'est pur hasard si je suis tombé sur le mât. J'ai aperçu la gamine. La corde était entortillée autour d'elle et nous avons coulé je ne sais combien de fois avant que je ne parvienne à la détacher. J'avais les doigts gourds, j'étais tétanisé et groggy, et je travaillais dans une obscurité totale. Finalement, j'ai réussi à lui enfiler le gilet de sauvetage. D'après ce qu'on m'a raconté, j'ai pu la raccrocher au filin, mais je ne me souviens absolument de rien. Je me revois juste tenant cette fillette et essayant de lui garder la tête hors de l'eau en attendant que la vague suivante nous achève. Puis plus rien, le noir complet, jusqu'à mon réveil à l'infirmerie. La gamine était là, enroulée dans une couverture, et elle me tenait la main.

Zack sourit. Cette image-là le réconciliait presque avec l'horreur du cauchemar.

— C'était une sacrée môme qui n'avait pas froid aux yeux. La digne petite-fille d'un amiral.

— Tu lui as sauvé la vie.

— C'est possible. Mais, en attendant, pendant les mois qui ont suivi, je me suis retrouvé en train de sauter du haut de ce pont chaque fois que je fermais les yeux. Maintenant, ça ne m'arrive plus qu'une ou deux fois par an. Mais chaque fois, je suis malade de peur.

— Et moi qui ai toujours cru que rien ne t'effrayait…

Zack chercha le regard de son frère.

— J'ai peur d'un tas de choses, pourtant. Pendant un temps, j'ai bien cru que je ne pourrais plus jamais me tenir sur le pont d'un navire pour regarder la mer. J'ai eu peur de mon retour à New York et des responsabilités que je serais amené à y prendre. J'ai peur de finir comme mon père, usé, faible et dément. Et je pense que j'ai très peur aussi que tu partes d'ici dans quelques semaines avec les mêmes sentiments à mon égard que ceux que tu avais quand tu es arrivé.

Nick fut le premier à rompre le contact visuel.

— Je ne sais pas ce que je ressens par rapport à toi. Tu es revenu ici parce que tu y étais obligé. Je suis resté parce qu'il n'y avait pas d'autre endroit où aller.

Ce constat, pour être froidement clinique, avait au moins le mérite d'être formulé avec clarté.

— On ne peut pas dire que nous ayons eu l'occasion d'instaurer une vraie relation fraternelle ensemble, observa Zack lentement.

— Ce n'est pas moi qui suis parti m'engager dans la marine.

— Je ne supportais plus de vivre sous le toit de mon père, Nick. Il me faisait la guerre en permanence. Je…

— La guerre ? A toi ? Tu parles ! Tu étais le seul qui comptait pour lui ! protesta Nick avec une soudaine virulence. Tous les jours, il me parlait de toi, comme si tu étais le Messie. Toi, au moins, tu faisais quelque chose de ta vie. Tu étais un héros et, moi, je n'étais rien.

Nick se reprit et ajouta avec un haussement d'épaules :

— Remarque, ça se comprend qu'il ait eu cette attitude. Tu étais son fils et, moi, une simple bouche à nourrir. Une charge qui lui était tombée dessus sans prévenir.

— Non, Nick, ce n'est pas comme ça qu'il te considérait. Sérieusement, il m'a peut-être idéalisé après mon départ, mais tant qu'il m'a eu sous la main, à la maison, il n'était jamais content de moi non plus. Mon existence même était une insulte à ses yeux. Me voir vivant alors que ma mère était morte le rendait malade. Alors il déchaînait sa colère et sa frustration contre moi. Mais il ne pensait pas la moitié de ce qu'il disait quand il partait dans ses imprécations.

Zack ferma les yeux au souvenir des scènes perpétuelles, des cris, des accusations.

— C'était sa façon d'être, c'est tout. J'ai mis des années à comprendre qu'il ne savait pas être père autrement qu'en hurlant, en houspillant et en distribuant des gifles. Ça a été la même chose avec toi.

— Moi, ce n'était pas mon…

Nick rougit légèrement et ne termina pas sa phrase.

— Sur la fin, il t'a réclamé à plusieurs reprises, Nick. Il avait déjà perdu toute notion du temps et il te voyait encore comme un petit garçon. Mais, la plupart du temps, il nous confondait, toi et moi. Alors, il me hurlait après pour deux.

Zack sourit, mais le visage de Nick demeura tendu.

— Je ne te reproche pas d'avoir pris tes distances, Nick. Et je comprends parfaitement que tu lui en veuilles pour toutes ces années où tu as dû endurer ses plaintes, ses critiques et ses coups de gueule. En revenant à New York, j'ai compris qu'il était trop tard pour rétablir le lien avec ce vieil homme diminué qui était notre père. Mais il n'est pas encore trop tard pour que toi et moi, nous parvenions à quelque chose ensemble.

— Rien ne t'oblige à t'occuper de moi, tu sais.

Zack se leva pour lui poser la main sur l'épaule.

— Je n'ai pas d'autre famille que toi, Nick. Il se peut même que, au fond, tu sois la seule personne qui ait compté vraiment dans ma vie, jusqu'ici. Et ce lien, je n'ai pas envie de le laisser se perdre.

— La famille, c'est pas vraiment ma spécialité, marmonna Nick.

— Tu crois que j'ai plus de pratique que toi ? Mais rien ne nous empêche d'essayer de définir un mode d'emploi ensemble.

Nick détourna les yeux.

— Faut voir… De toute façon on est condamnés à se tenir compagnie encore quelques semaines.

Ce n'était pas tout à fait un engagement et encore moins une promesse. Mais ils venaient de faire un grand pas l'un et l'autre. Zack estima qu'il pouvait s'en tenir là pour le moment.

— Merci pour le verre, Nick. Et ne raconte pas à Pete et à Harry que je fais des cauchemars comme un gamin de cinq ans, O.K. ?

— O.K. Pour cette fois.

Zack se leva, bâilla à s'en décrocher la mâchoire et fit signe à Nick qu'il allait se coucher.

— Zack ?

— Oui ?

Nick hésita. Il ne savait même pas ce qu'il voulait dire, en fait. Juste qu'il se sentait bien. Qu'il était presque heureux.

— Rien. Bonne nuit.

— Bonne nuit, Nick… et merci.

Zack se glissa entre les draps et ferma les yeux avec un soupir de satisfaction. Cette fois plus rien ne pourrait l'empêcher de dormir comme un bienheureux jusqu'au matin.

9

Quelque chose avait changé dans la relation entre Zack et Nick. Mais quoi ?

Assise entre les deux hommes dans le métro qui filait vers Brooklyn, Rachel n'en menait pas large. Etait-ce vraiment un bon calcul de débarquer en pleine réunion de famille en compagnie de ces deux frères ennemis aux rapports ombrageux ?

Le problème, c'est qu'ils faisaient désormais partie intégrante de sa vie l'un et l'autre. Des affinités ainsi qu'une complicité indéniable la liaient à Nick. Sans compter qu'elle avait bel et bien un faible pour les mauvais garçons.

Quant à Zack… Le simple fait de sentir sa cuisse reposer contre la sienne lui donnait des idées classées X. Mais il n'y avait pas que cela. Il éveillait chez elle des élans incontrôlés de tendresse, de joie, d'affection mêlées.

L'attirance entre eux n'échapperait pas à l'attention vigilante de sa mère. Nadia Stanislaski était redoutablement intuitive. Et elle passait rarement à côté des problèmes qui préoccupaient ses enfants. Que penserait sa mère en découvrant que sa petite benjamine avait désormais un homme dans sa vie ?

Alors qu'ils s'étaient promis de ne pas investir dans leur relation, Zack et elle étaient en train de dévier sérieusement de leur ligne de conduite de base. Elle avait cru en toute sincérité qu'elle parviendrait à jouer le jeu, pourtant. Qu'elle maintiendrait son indépendance affective, tout en profitant pleinement de l'aspect physique de leur liaison.

Mais Zack prenait d'ores et déjà une place démesurée dans sa vie. Non seulement il occupait ses pensées de façon alarmante, mais elle ne parvenait plus à se projeter dans l'avenir sans l'imaginer à son côté. Elle qui s'était toujours si joyeusement accommodée de son célibat ne se visualisait plus que comme élément d'un couple. Un comble !

Bon. C'était son problème, cela dit. Elle avait conclu un pacte avec Zack et ne reviendrait pas sur la parole donnée.

Si seulement elle n'avait pas eu cette sensation oppressante qu'il se passait quelque chose de bizarre entre Zack et Nick ! Afin de parer à une dispute éventuelle, Rachel bavarda de façon ininterrompue pendant la durée du trajet.

En sortant de la bouche de métro, elle repoussa ses cheveux qu'un aigre vent d'automne s'obstinait à ramener sur son visage.

— C'est juste à quelques centaines de mètres, expliqua-t-elle. J'espère que ça ne vous dérange pas de marcher un peu ?

Un sourire se dessina sur les lèvres de Zack.

— Je pense qu'on devrait y arriver. Tu as l'air bien nerveuse, Rachel. Tu ne trouves pas, Nick ?

— Oh si ! Elle me paraît soucieuse, même.

— Cessez donc de dire des bêtises tous les deux, maugréa-t-elle en allongeant le pas.

— Je pense que c'est la perspective d'avoir un repris de justice à sa table familiale, observa Zack, impassible. Elle sait qu'elle va être obligée de recompter toutes les cuillères en argent avant notre départ et ça l'angoisse d'avance.

Rachel frémit, certaine que cette attaque en règle contre Nick allait le mettre hors de lui. Elle voulut calmer le jeu, mais le jeune homme se contenta de renifler dédaigneusement :

— Tu parles. C'est au sujet du marin irlandais qu'elle s'inquiète. Tout le monde sait que ces types-là boivent comme des éponges, cassent tout sur leur passage et se battent comme des chiffonniers.

— Ah oui ? Je te signale que je sais me tenir en bonne compagnie. Le seul avec qui ça risque de tourner à la bagarre, c'est le flic.

— Le flic, c'est moi qui m'en charge, lui assura Nick avec un parfait sérieux en chassant d'un coup de pied un paquet de feuilles mortes. J'ai un petit compte à régler avec lui.

Ils *étaient en train de chahuter*, comprit Rachel, ébahie. Comme des frères. Tout à fait comme des frères. Ravie, elle leur prit à chacun le bras.

— Si l'un de vous s'attaque à Alex, il risque d'être surpris. Quant à mes inquiétudes, elles ne concernent qu'une chose : le repas. Avec l'appétit que vous avez tous les deux, je me demande s'il va rester quoi que ce soit dans mon assiette.

Zack leva les yeux au ciel et s'apprêtait à répondre lorsqu'une voiture s'immobilisa à leur hauteur. Le conducteur passa un bras par la fenêtre et leur fit signe.

Rachel alla se pencher à la vitre pour embrasser Mikhail et sa femme.

— Alors, Sydney, tu continues à supporter cet individu ? s'enquit-elle en décochant un clin d'œil à son frère.

Sydney sourit.

— Absolument, Rachel, absolument. J'excelle dans les missions désespérées.

L'élégance raffinée de Sydney contrastait de façon frappante avec l'allure indisciplinée de Mikhail, toujours habillé à la diable.

Ce dernier pinça la cuisse de sa femme et tourna les yeux vers le trottoir que Rachel venait de quitter.

— Et ces deux oiseaux-là ?

— Ce sont mes *amis*, Mikhail, répondit-elle en jetant un regard d'avertissement à son frère.

Elle fit signe à Nick et à Zack de venir la rejoindre.

— Nick, Zack, je vous présente mon frère Mikhail et Sydney, qui a eu l'héroïsme de l'épouser… Voici Nicholas LeBeck et Zachary Muldoon.

Mikhail leur jeta un regard sceptique à travers ses lunettes noires.

— Et lequel des deux est le client ?

— Aujourd'hui, rétorqua Rachel, il n'y a que des *invités.*

Sydney envoya un coup de coude dans les côtes de son mari et se pencha vers la vitre en souriant.

— Je suis enchantée de faire votre connaissance. Je pense que vous allez apprécier la cuisine de Nadia. C'est une merveille.

— C'est ce que j'ai entendu dire, oui, répondit Zack en posant une main possessive sur l'épaule de Rachel.

Mikhail pianota du bout des doigts sur le volant.

— Et vous êtes propriétaire de quoi, déjà ? D'un *bar* ?

— Oh, le bar n'est qu'une couverture, rétorqua Zack avec un sourire étincelant. Je fais principalement dans la traite des blanches.

Rachel ne put s'empêcher de rire.

— Va donc te garer, toi, ça vaut mieux, conseilla-t-elle à son frère en regagnant le trottoir avec ses deux compagnons.

Nick était hilare.

— Je commence à comprendre ce que tu veux dire quand tu affirmes être persécutée par tes frères. C'est un trait commun à tous les aînés d'être insupportables ?

Zack secoua la tête.

— Nous avons le sens des responsabilités. Nuance.

— Vous vous mêlez en permanence de ce qui ne vous regarde pas, oui ! rétorqua Rachel.

Ils arrivaient en vue de la maison. Mikhail et Sydney étaient déjà sur le pas de la porte en grande conversation avec Natasha. Lorsque Rachel vit sa sœur, elle poussa un cri de joie et courut à sa rencontre.

A distance, Zack assista aux retrouvailles entre les deux sœurs. A voir Natasha, fine comme un roseau, avec une silhouette caractéristique de ballerine et une longue chevelure de jais qui cascadait sur ses épaules, on avait de la peine à imaginer qu'elle était déjà mère de famille.

— Hé ! Vous laissez entrer le froid ! hurla une voix de stentor de l'intérieur de la maison. Vous vous croyez où ? Dans un moulin ?

— On arrive, papa, promit Rachel, faussement docile en décochant un clin d'œil à l'aîné de ses neveux. Zack et Nick, voici ma sœur Natasha ainsi que son fils, mon grand copain Brandon... Et Katie, bien sûr, ajouta-t-elle lorsqu'une petite fille de trois ans vint les rejoindre en trottinant.

La première chose que fit Katie en repérant Nick fut de lui tendre les bras.

— Tu me portes ? demanda-t-elle avec un sourire résolument charmeur.

Nick hésita, s'éclaircit la voix, lança un muet S.O.S. à Rachel. Mais elle se contenta de lui adresser un sourire encourageant. Ne voyant aucun moyen de se soustraire à l'épreuve, il se pencha et souleva la puce contre lui.

— Katie adore les hommes, expliqua Natasha.

Comme Yuri recommençait à les invectiver, la sœur de Rachel leva les yeux au ciel et leur fit signe d'entrer. Zack fut frappé par les sons, les odeurs, l'ambiance qui régnaient dans la maison. Il réalisa presque simultanément qu'il pénétrait là dans un foyer — un vrai — et que lui-même n'avait jamais rien connu d'équivalent.

De riches odeurs d'épices, de plats mitonnés et d'encaustique flottaient dans l'air ; les cris des enfants résonnaient un peu partout et on se tançait joyeusement d'une pièce à l'autre. La salle de séjour était petite et les tissus d'ameublement fanés. Seul le piano flambant neuf tranchait dans ce décor aussi rassurant que vieillot. Sur l'instrument de musique était placée une sculpture en marbre. Zack reconnut les visages de Rachel et de ses frères et sœur, joue contre joue, comme amalgamés, dominés par deux faces plus âgées, au regard fier. Les parents Stanislaski, sans l'ombre d'un doute.

En s'approchant pour examiner l'œuvre en marbre, Zack eut le sentiment très fort d'une unité inaltérable.

— Alors, comme ça, Rachel, tu nous amènes tes amis et tu les laisses dehors dans le froid !

Yuri était installé dans son fauteuil attitré et tenait une fille d'environ treize ans sur ses genoux. Mince comme une liane, l'enfant était rousse, avec un teint blanc, délicat comme de la porcelaine, et de beaux yeux gris emplis de curiosité.

— Un peu de froid n'a jamais fait de mal à personne, rétorqua Rachel en embrassant son père, puis la presque jeune fille. Ça va, Freddie ? Tu sais que tu deviens de plus en plus belle ?

Freddie sourit et regarda timidement du côté de Nick. A treize ans, elle était en pleine mutation et la vue de ce garçon de dix-sept ans provoqua en elle des frémissements étranges, comme les premières secousses encore atténuées d'un léger choc sismique. Lorsque Rachel fit les présentations, elle répéta plusieurs fois dans sa tête le nom de « Nicholas LeBeck » qu'elle trouvait aussi fascinant que sa boucle d'oreille et son physique de mauvais garçon.

— Alexi, apporte du cidre chaud, cria Yuri. Rachel, monte les manteaux au premier. Mikhail, tu embrasseras ta femme une autre fois. Va dire à ta *mama* que nous avons de la compagnie.

Zack se retrouva installé sur le canapé, à gratouiller les oreilles d'un grand chien nommé Ivan, pris dans un débat passionné avec Yuri sur les avantages et les inconvénients du travail indépendant. Nick, lui, ne savait pas trop quelle contenance prendre. Il se sentait emprunté et vaguement ridicule avec la petite fille brune sur ses genoux. Katie, loin de montrer la moindre velléité de vouloir redescendre, se blottit contre lui et se mit à jouer avec la boucle qu'il portait à l'oreille.

— Moi aussi, j'ai des anneaux, minauda la petite fille. Tu as vu ?

Nick se surprit à lui caresser les cheveux.

— Tu sais que tu ressembles un peu à ta tante Rachel, toi ?

— Je peux la prendre, si vous voulez ?

Ayant rassemblé son courage, Freddie s'était levée pour sourire à Nick.

— Du moins, si elle vous dérange.

Nick haussa les épaules.

— Elle n'est pas vraiment gênante.

Il regarda la fille et chercha désespérément quelque chose à lui dire. Freddie était très jeune encore, à peine pubère, avec une beauté délicate de poupée. Elle lui paraissait aussi lointaine et mystérieuse que l'Ukraine où les frères et sœur de Rachel étaient nés.

— Vous ne vous ressemblez pas tellement, pour deux sœurs, finit-il par commenter platement.

Freddie se sentit rougir. Son cœur de femme en devenir battit un peu plus vite. Ainsi, il avait bel et bien fait attention à elle ? C'était la première fois qu'elle voyait quelqu'un comme Nick LeBeck d'aussi près : le portrait craché d'un chanteur dont elle avait affiché le poster dans sa chambre.

— Maman est ma belle-mère, en fait. J'avais six ans, lorsque papa et elle se sont mariés.

Nick hocha la tête. Ainsi, comme lui, Freddie avait connu les affres de la famille reconstituée.

— Tu as dû en baver.

Freddie parut surprise.

— Euh… Non. Pourquoi ?

Déconcerté par la calme fixité du regard gris de la fille, Nick fronça les sourcils.

— Eh bien, je ne sais pas. Ce n'est pas évident de se retrouver avec une belle-mère. Une belle-famille.

— Belle-mère, belle-famille, ce sont des mots, rien de plus, rétorqua Freddie en se perchant sur l'accoudoir à côté de lui. Natasha, je la considère comme ma mère. Elle a toujours été géniale avec moi.

Ce sont des mots, rien de plus. La réponse de Freddie continua à résonner longtemps dans la tête de Nick pendant qu'il parlait de choses et d'autres avec la fille aux yeux gris pénétrants.

A quelques pas de là, Rachel et Natasha riaient ensemble dans la cuisine.

— Tu as vu ta Katie ? Quelle séductrice ! Elle va être redoutable à quinze ans

— Et ce grand dur de dix-sept ans a rougi de façon plutôt désarmante, commenta Natasha.

Nadia plaça un saladier entre les mains de sa fille aînée.

— Tiens, Natasha, occupe-toi donc de faire la pâte des cookies… Ce garçon, Nicholas, il n'a pas les yeux d'un voleur, enchaîna-t-elle en se tournant vers Rachel. Pourquoi a-t-il des ennuis avec la loi ?

Rachel souleva le couvercle d'une marmite et se pencha pour renifler.

— Il est parti à la dérive parce qu'il n'a pas eu une *mama* et un papa pour lui hurler dessus toute la sainte journée !

— Mmm…, commenta Nadia en ouvrant le four pour vérifier la cuisson du rôti. Et l'aîné, Zachary ? Il a le regard franc, lui aussi. Et ce regard-là, il est sans cesse posé sur toi, ma fille.

— C'est possible, admit Rachel en goûtant une cuillère de chou avec un sourire gourmand.

Sa mère lui donna une petite tape sur la main et replaça le couvercle sur la marmite.

— Alexi, il râle tout le temps au sujet de ces « deux ostrogoths », comme il dit, observa Nadia, les poings sur les hanches en observant sa fille avec attention.

— Alex ? Tu sais bien qu'il désapprouve systématiquement tout ce que je fais !

Natasha rit doucement tout en versant la farine dans le saladier.

— Il me paraît plus important de souligner que les yeux de Rachel sont fixés sur Zack autant que ceux de Zack sur Rachel.

— Génial. Merci pour ce coup bas, chuchota Rachel, furieuse.

Mais Nadia eut un sourire très maternel.

— Une femme qui ne regarderait pas un homme pareil aurait besoin de lunettes.

Et elles éclatèrent de rire toutes les trois.

Fuyant la curiosité de sa mère et de sa sœur, Rachel entrouvrit la porte pour jeter un coup d'œil dans le séjour. Sydney, assise à même le sol, jouait aux voitures de course avec Brandon. Les hommes, agglutinés autour de la table basse, parlaient football avec animation. Freddie s'était perchée sur l'accoudoir du canapé et n'avait d'yeux que pour Nick. Ce dernier, toute gêne oubliée, faisait sauter Katie sur ses genoux. Quant à Zack, nota-t-elle, charmée, il était là à gesticuler et à hausser le ton comme s'il avait fréquenté les Stanislaski toute sa vie.

Fasciné par cette famille pas comme les autres, Zack observait ses hôtes avec un inlassable intérêt. Ils n'étaient jamais d'accord sur rien et passaient leur temps à se contredire, à crier et à se jeter des trucs à la figure. Mais tout cela dans la bonne humeur, sans trace de haine, rancœur ou amertume.

Il apprit que Mikhail était le sculpteur dont il avait examiné les œuvres chez Rachel ainsi que le marbre, sur le piano. Mais le frère aîné de Rachel parlait tranquillement de gros œuvre avec son père au lieu de tenir des discours hermétiques sur l'art avec un A majuscule.

Quant à Alex, il n'avait plus rien du flic dur et cassant dans ce contexte familial et bon enfant. Surtout lorsqu'il se faisait chambrer par son frère et ses sœurs comme c'était le cas en ce moment. Tous le taquinaient sur le choix de sa nouvelle petite amie. Une jeune femme qui, d'après Mikhail, avait un QI équivalent à celui du chou qu'il était en train d'entasser dans son assiette.

— Oui, bon, d'accord. Et alors ? se défendit Alex. C'est tout bénef puisque ça me permet de penser pour deux.

Rachel donna une bourrade à son frère.

— Avoue que les femmes intelligentes te font peur !

— Un jour, il y en aura une qui te mettra la main dessus, prédit Nadia. Comme Sydney a mis la main sur Mikhail.

Ce dernier passa un plat de pommes de terre à sa femme.

— Ce n'est pas elle qui m'a mis la main dessus, mais le contraire. Elle avait besoin d'un gars comme moi pour ajouter un peu de piment dans sa vie.

— C'est toi qui avais besoin d'une fille comme moi pour t'apprendre la modestie, riposta Sydney du tac au tac.

Yuri hocha pensivement la tête en brandissant sa fourchette.

— Notre Mikhail a toujours été un bon garçon. Mais il a un petit côté… comment dit-on déjà ?

— Arrogant ? suggéra aimablement Sydney.

— C'est cela, acquiesça Yuri en recommençant à faire un sort au contenu de son assiette. Mais ce n'est pas une mauvaise chose pour un homme d'avoir un peu de superbe.

Nadia, qui aidait Katie à découper sa viande, releva vivement la tête.

— C'est vrai. Ce n'est pas gênant pour un homme. A condition qu'il ait une épouse qui soit plus intelligente que lui. Mais ça, c'est presque toujours le cas.

Des rires féminins et des coups de sifflet masculins saluèrent cette remarque.

— Alors, Nicholas ? s'enquit Nadia en prenant son assiette pour le resservir copieusement. Vous allez retourner en cours, c'est ça ?

— Euh… non, madame.

— Alors vous savez déjà ce que vous voulez faire dans la vie ?

— Il est jeune, Nadia, objecta Yuri, assis face à sa femme à la grande table. Il a la vie devant lui… Tu n'es pas bien épais, mon gars, mais tu as des bras solides. Si tu as besoin de travail, je t'en donne. Je t'apprendrai le métier.

Nick demeura un instant sans voix. Le père de Rachel le connaissait depuis une heure à peine. Et il lui offrait, comme ça, de l'embaucher !

— Merci, balbutia-t-il. Mais je suis plus ou moins employé chez Zack.

— Ça doit être intéressant de travailler dans un bar et de voir défiler tant de gens différents, observa Natasha en rattrapant de justesse le verre que Katie venait de renverser tout en menaçant de priver Brandon de dessert s'il ne mangeait pas ses légumes.

L'expression de Nick s'assombrit.

— En cuisine, on ne voit pas défiler grand-chose à part des piles de vaisselle à laver.

— Tu sais bien qu'il faut être majeur pour servir en salle, Nick, intervint Zack, sourcils froncés.

Pressentant que Nick allait riposter avec amertume, Rachel se hâta de commenter :

— Zack a un cuisinier totalement hors du commun. Rio doit mesurer au moins deux mètres et il a des mains comme des battoirs, mais il cuisine divinement. Malheureusement, il garde ses recettes pour lui.

— Je peux lui proposer un échange, suggéra Nadia.

— Si vous lui donnez la recette de ce rôti, il devrait vous livrer tous ses secrets sans problème, intervint Zack. C'est une merveille.

— Vous en ramènerez à la maison pour faire des sandwichs, décréta Nadia.

Méconnaissable, Nick hocha docilement la tête.

— Si vous le dites, madame.

Rachel avait mis sa stratégie au point. Lorsque les deux tartes aux pommes de Nadia furent avalées jusqu'à la dernière miette et que les convives, plus que rassasiés, se laissèrent aller contre leurs dossiers, elle réclama de la musique. Nadia se mit au piano, puis joua un morceau à quatre mains avec Spencer.

Elle observa les réactions de Nick du coin de l'œil et nota qu'il se montrait attentif de façon inhabituelle. Lorsque Nadia et Spencer s'accordèrent une pause-café, elle se laissa tomber innocemment sur le tabouret devant le piano et fit signe à Nick de venir la rejoindre.

— Je n'aurais jamais dû manger cette seconde part de tarte aux pommes, gémit-elle.

— Moi non plus… Ils sont plutôt sympas dans ta famille.

Avec une parfaite désinvolture, Rachel commença à enfoncer quelques touches.

— Mes parents adorent ces grandes réunions du dimanche.

— Ça n'a pas eu l'air de trop les déranger qu'on vienne aussi, Zack et moi.

— Ils adorent voir du monde.

Elle tenta de pianoter *Au clair de la lune* et fit la grimace.

— Ah, zut… Ça a l'air tellement facile quand je vois maman et Spence jouer, murmura-t-elle, sourcils froncés.

— Tiens, laisse-moi t'aider.

Nick posa les mains sur les siennes et guida ses doigts.

— Ah, c'est déjà mieux, se réjouit Rachel. Mais ce qui me dépasse, c'est qu'on puisse jouer des deux mains en même temps. Des trucs différents, je veux dire.

— Il ne faut pas trop réfléchir mais laisser faire.

— Montre voir ?

Incapable de résister à la tentation, Nick se mit à improviser un blues. Une fois pris dans la musique, il oublia qu'il se trouvait dans une salle de séjour bourrée de monde, au sein d'une famille inconnue. Même lorsque le silence tomba dans la pièce, il continua de jouer. Quand il avait les deux mains sur un clavier, il cessait d'être Nick LeBeck, le marginal, le raté. Il devenait un autre lui-même, un Nick secret, différent, dont il ne savait pas grand-chose lui-même sinon qu'il existait à l'état d'ébauche au fond de lui.

Jouant de mémoire, il passait d'une mélodie à l'autre, se livrait à quelques interprétations personnelles, laissant la musique prendre les commandes.

Lorsqu'il s'arrêta, il souriait tout seul, oublieux de l'endroit où il se trouvait, tout à la satisfaction d'avoir senti l'instrument chanter, vibrer et soupirer sous ses doigts.

Ce fut la main de Zack sur son épaule qui le ramena à la réalité.

— Où as-tu appris à jouer comme ça ? demanda ce dernier d'un air stupéfait.

Soudain conscient que tous les regards étaient rivés sur lui, Nick essuya ses mains moites sur son jean.

— Jouer est un grand mot.

Mais Zack souriait, visiblement ravi.

— C'était génial, Nick. Vraiment. Je n'en reviens pas que tu te débrouilles comme ça avec un piano.

Peu habitué aux compliments, Nick se sentit rougir stupidement. A cet instant, il aurait volontiers disparu sous terre.

— Je tapotais un peu sur les touches, c'est tout.

— C'était plutôt talentueux, comme « tapotage », intervint Spencer en s'approchant. Tu as déjà songé à étudier la musique sérieusement ?

Nick se passa la main dans la nuque puis contempla fixement ses genoux. Même à table, il avait à peine osé adresser la parole à Spencer Kimball. Et, maintenant, c'était le compositeur qui venait le questionner personnellement !

— Je n'ai jamais appris, en fait. Je m'amuse un peu, c'est tout.

— Tu as un très beau toucher.

Comme Rachel lui prenait obligeamment Katie des bras, Spencer s'assit au piano.

— Tu connais Muddy Waters, Nick ?

Nick hocha la tête.

— Bien sûr.

Pendant que Spencer et Nick enchaînaient les morceaux, Rachel se rapprocha de Zack pour lui murmurer à l'oreille :

— Pas trop mal, non ?

Zack couvait son frère d'un regard étincelant de fierté.

— Jamais il ne m'a dit qu'il jouait du piano. Pas même une allusion, rien… Et toi, je parie que tu étais au courant ?

— Un petit peu. Mais j'étais loin de me douter qu'il avait autant de talent.

— Il est excellent, non ?

Dans un élan de joie, Zack déposa un baiser rapide dans les cheveux de Rachel. Nick, absorbé par son jeu, ne se rendit compte de rien. Mais plusieurs paires d'yeux attentifs notèrent avec intérêt cette marque indiscutable d'intimité.

— Bon, murmura Zack. On dirait qu'il ne me reste plus qu'à essayer de lui dégoter un piano, à ce garçon.

Rachel laissa aller sa tête contre son épaule.

— Tu es un type bien, Muldoon.

Il lui fallut une bonne semaine pour prendre les dispositions nécessaires, mais Zack puisa une seconde fois dans ses économies et fit l'acquisition d'un piano droit. Le jour prévu pour la livraison, Rachel vint l'aider à modifier l'arrangement des meubles afin de ménager une place pour l'instrument.

Hors d'haleine et les poings sur les hanches, elle examina la pièce d'un air sceptique.

— Tu sais ce que je pense, Zack ? Finalement on ferait mieux de dégager le mur là-bas.

Hors d'haleine, Zack décapsula une bière.

— Ah non, je ne déplace plus rien ! Tu as déjà changé d'avis trois fois. Ce piano ira sous la fenêtre et il y restera. Pour le meilleur et pour le pire.

— On ne te demande pas de l'épouser, cette cochonnerie de piano ! Juste de trouver son emplacement idéal. Et je pense sérieusement que..

— Continue à penser et je te verse ça sur la tête, menaça Zack en brandissant sa bière.

Il s'interrompit pour l'embrasser, puis reprit, sourcils froncés :

— D'autre part, ce piano n'est pas tout à fait une cochonnerie. Le gars m'a assuré que dans cette catégorie de prix, c'était de loin ce qui se faisait de mieux.

— Ne recommence pas, O.K. ? murmura-t-elle en lui passant un bras autour du cou. Ce piano est superbe. Et Nick n'a pas encore besoin d'un Steinway.

— Je regrette simplement de ne pas avoir les moyens de lui offrir…

Elle lui saisit le visage à deux mains pour lui imposer silence d'un baiser.

— Stop ! Ce piano est parfait et tu es un bon frère, Muldoon, O.K. ? Quand est-il supposé arriver, cet instrument ?

Zack jeta un coup d'œil à sa montre.

— Bon sang ! Il devrait être là depuis vingt minutes ! pesta-t-il en arpentant la pièce. S'ils me font le coup de débarquer ici en retard après le cirque que j'ai fait pour éloigner Nick, je les étrangle. Il a passé dix bonnes minutes à tempêter qu'il était payé pour faire la plonge et pas pour aller à l'autre bout de la ville s'inquiéter d'une livraison de cacahuètes égarée. Il était absolument furieux de ce nouvel abus d'autorité de ma part.

— Je pense qu'il te pardonnera volontiers lorsqu'il sera de retour.

— Ho hé, là-haut ! s'éleva la voix chantante de Rio du pied de l'escalier. Voici un beau piano qui nous arrive. Vous feriez mieux de descendre jeter un coup d'œil.

Rachel se fit discrète pendant que les hommes hissaient l'instrument à l'étage. Une fois qu'il fut installé, Zack tourna autour comme une mère poule, essuyant sa surface noire laquée. Rio, lui, croisa ses bras énormes sur sa poitrine massive et contempla la nouvelle acquisition avec satisfaction.

— Ah, ça va me changer la vie de cuisiner en musique ! Tu sais quoi, Zack ? On va en faire quelqu'un de bien, de ton frérot, c'est

arrive parfois un moment où il faut laisser le passé derrière soi, Nick. Aujourd'hui, Zack est là et bien là.

Rachel l'embrassa sur les deux joues, un peu comme l'aurait fait sa mère pour consoler un de ses enfants.

— Et maintenant, Nick, si tu allais faire ce que tu réussis le mieux ?

— C'est-à-dire ?

— Un brin d'impro, musicien ! Allez, monte le rejoindre. Il meurt d'impatience de t'entendre essayer ce piano.

Nick secoua la tête.

— D'accord. Tu viens aussi ?

— Non, j'ai à faire.

Ou à réfléchir, plus exactement.

Mais Rachel n'en attendit pas moins quelques minutes sur le trottoir, les yeux rivés sur la fenêtre du salon. Au bout d'un moment, très faiblement, une envolée de notes se fit entendre à l'étage.

10

— Hé, Rachel ! Lumière de ma vie ! s'écria Pete, du haut de son tabouret, en voyant la jeune femme entrer dans le bar. Je t'offre un verre ?

— Ma foi… C'est si joliment proposé que je ne dis pas non.

Rachel sourit à Pete tout en suspendant son manteau au perroquet près de l'entrée. Mais son regard ne quittait pas celui de Zack. En traversant la pièce, elle fronça les sourcils en découvrant une pulpeuse créature blonde à demi affalée sur le comptoir.

— Elle en est déjà à son troisième gin-fizz, commenta Lola au passage. Et voilà deux heures, maintenant, qu'elle fait du gringue au patron.

— Si elle ne veut pas se retrouver avec un coquard, il faudra qu'elle évite d'aller trop loin, maugréa Rachel.

Lola rit de bon cœur.

— C'est bien. Il faut faire respecter son territoire. Tu as vu la fille, là-bas, près du juke-box ?

Rachel distingua une silhouette mince aux proportions parfaites, de longs cheveux couleur de miel.

— Mmm… Elle a des vues sur Zack, elle aussi ? J'ai du souci à me faire ?

— Non, le souci, c'est moi qui m'en fais, en l'occurrence. C'est Terri, ma fille aînée.

— Ta fille ? Elle a l'air superbe !

— Oui, c'est bien ce qui m'inquiète ! Zack pense que ce serait bien pour Nick de connaître des jeunes de son âge. Alors j'ai demandé à Terri de m'accompagner, ce soir.

— Et qu'est-ce que ça donne ?

— Nick a jeté quelques regards appuyés dans sa direction. Il m'a semblé qu'il mettait plus d'enthousiasme que d'habitude à desservir les tables. Mais ça n'a pas été plus loin.

— Et s'il lui demande de la revoir ?

Lola haussa les épaules.

— J'ai confiance en Nick. Et Terri est capable de se prendre en charge. Elle tient de sa mère ! précisa-t-elle avec un clin d'œil.

Des mains se levèrent dans la salle pour appeler la serveuse.

— Pas de panique, j'arrive ! cria Lola en brandissant son plateau.

Rachel se laissa tomber sur son tabouret favori, entre Pete et Harry. Un verre de vin blanc l'attendait déjà sur le comptoir.

— Alors ? Quelles sont les dernières nouvelles ?

— « Hors de soi » en neuf lettres, marmonna Harry, penché sur ses sempiternelles définitions de mots croisés.

Rachel chercha le regard de Zack.

— « Extatique » ? suggéra-t-elle doucement.

— Parfait. Génial… Et tu n'aurais pas une idée pour « manque de substance » en quatre lettres ?

Elle jeta un regard en coin à la blonde qui faisait un sort à son troisième gin-fizz.

— Que dirais-tu de « vide » ? proposa-t-elle avec un sourire suave.

— Bon sang ! Tu es bonne.

— Je dirais même plus, Harry : je suis géniale. Je compte sur vous deux pour garder le contrôle de la situation, O.K. ? Il faut que j'aille parler un moment à Nick.

Pete soupira en la suivant des yeux.

— Si j'avais vingt ans et quinze kilos de moins, si je n'avais pas une fidèle épouse qui m'arracherait les yeux, si j'avais encore tous mes cheveux…

— O.K., ça va, reviens sur terre, dit Harry en levant la main pour redemander une tournée.

En poussant les portes battantes qui donnaient sur les cuisines, Rachel huma l'air avec délice.

— Mmm… Qu'y a-t-il de bon au menu, aujourd'hui ?

Rio essuya ses grandes mains sur son tablier.

— Tout est toujours bon ici. Mais ce soir, mon poulet grillé remporte la palme.

— Mmm… Il y a bien une petite cuisse pour moi qui traîne au fond du plat ?

Se sentant en terrain aussi familier que lorsqu'elle allait débusquer sa propre mère devant ses fourneaux, Rachel s'adossa contre le plan de travail et regarda Nick empiler ses assiettes.

— Alors ? Ça avance ?

— Aux derniers calculs, j'en étais à mon six mille quatre-vingt-deuxième couvert du soir, bougonna-t-il.

Mais Rachel nota qu'il avait un sourire en coin.

— Viens te restaurer, Rachel, ordonna Rio en lui tendant une assiette garnie. Je parie que tu n'as encore rien avalé depuis ce matin.

— Tout ça pour moi ! Heureusement que je ne viens pas ici tous les soirs, car il faudra bientôt une grue pour me faire passer la porte.

— Pff… mange. Tu as encore de la marge, décréta Rio.

Epicé juste comme il le fallait, le poulet était irrésistible.

— Alors, il paraît que tu voulais me voir, Nick ? demanda-t-elle lorsqu'elle eut fini de savourer son repas.

— Oui. Je t'attendais. Avec impatience même.

Rachel frémit en voyant son regard entendu. Nick n'avait clairement pas renoncé à vivre une histoire torride avec son avocate attitrée. Consciente qu'il était grand temps de le décourager une fois pour toutes, elle reposa son assiette.

— Rio, ça t'ennuie si je t'enlève Nick cinq minutes ? J'ai besoin de lui parler un moment en tête à tête.

— Pas de problème. Il n'aura qu'à travailler deux fois plus vite à son retour.

Tout en gravissant l'escalier devant Nick, Rachel se promit d'être calme. Se promit d'être logique. Se promit d'être ferme.

— O.K. Nick, je…

Mais ce fut tout ce qu'elle parvint à dire. Déjà ses bras étaient autour d'elle, sa bouche se refermait sur la sienne et il l'embrassait à corps perdu.

— Stop.

Il la laissa aller sans insister lorsqu'elle le repoussa doucement.

— Je sais que je ne devrais pas, mais tu me manquais trop, murmura-t-il en appuyant son front contre le sien. Il y a tellement longtemps que nous n'avons pas eu l'occasion d'être seuls ensemble.

Rachel soupira en portant les mains à ses tempes.

— Nick, je suis désolée, vraiment… J'aurais dû lever le malentendu plus tôt, mais j'espérais lâchement que le problème se résorberait de lui-même… Oh, mon Dieu, je suis désolée. Je n'ai pas envie de te faire du mal.

— Pourquoi me ferais-tu du mal ? s'enquit Nick, les traits crispés.

— Je te parle de toi et moi — du fait que tu penses qu'il existe un « toi et moi ». J'ai essayé de t'expliquer ma position l'autre fois, mais je n'ai pas su trouver les mots. Et j'ai l'impression que ça reste toujours aussi difficile aujourd'hui.

— Pourquoi ne pas dire simplement ce que tu penses ?

— Je tiens à toi, Nick. Et pas seulement en tant que client, mais en tant que personne.

Le regard de Nick s'éclaira et il fit un pas en avant.

— Moi aussi, je tiens à toi.

Elle secoua la tête.

— Mais pas de cette façon, chuchota-t-elle. Pas… en tant qu'amant.

Nick s'immobilisa net et elle vit la douleur provoquée par le rejet s'inscrire sur ses traits juvéniles.

— Je ne t'intéresse pas, en somme ?

— Bien sûr que si, tu m'intéresses ! Mais en tant que personne, en tant qu'ami.

Glissant les pouces dans les passants de sa ceinture, Nick prit un air dégagé.

— Alors je ne suis pas ton type ?

Rachel secoua la tête.

— Je ne dirais pas ça. Mais ce que je ressens pour toi est très proche de ce que j'éprouve pour mes frères, en fait. Je regrette de ne pas avoir été plus claire, l'autre fois.

— J'ai l'impression d'être un parfait idiot.

— Non, Nick.

Alors qu'elle s'était juré de ne pas le toucher, Rachel ne put s'empêcher de prendre ses deux mains dans les siennes.

— Tu n'as aucune raison de te sentir stupide. Tu as éprouvé une attirance et tu l'as exprimée. Et même si je me sens confuse je n'en suis pas moins flattée… et émue. J'aimerais conserver ton amitié, Nick.

— Eh bien… Tu as toujours été plutôt cool avec moi. Et je ne peux pas t'en vouloir de ne pas partager ce que je ressens.

— Sans rancune, alors ? Tant mieux. J'ai toujours rêvé d'avoir un frère plus jeune que moi.

Nick ne se sentait pas encore tout à fait prêt à assumer ce rôle-là !

— Ah oui ? Pourquoi ?

— Pour des raisons purement égocentriques : avoir quelqu'un sur qui exercer ma terrible autorité.

Lorsqu'un pâle sourire se dessina sur les lèvres de Nick, Rachel comprit que la partie était gagnée.

— Allez, retourne travailler. Sinon Rio va finir par s'énerver.

Elle redescendit dans les cuisines avec lui et s'attarda un moment pour bavarder afin de s'assurer qu'aucune tension ne subsistait. Puis elle s'esquiva pour retrouver Zack.

— Il est dans son bureau, lui annonça Pete avec un sourire jusqu'aux oreilles. Je te conseille d'aller le rejoindre. Et sans tarder.

Intriguée par les rires étouffés qui s'élevaient dans les rangs des habitués, elle poussa la porte. Zack était bien là, en effet, debout devant sa table de travail. Accrochée à son cou, la blonde aux courbes voluptueuses se cramponnait à lui comme du papier adhésif.

Haussant un sourcil perplexe, Rachel évalua la situation. Malgré un état d'ébriété visiblement avancé, la blonde luttait ferme pour parvenir à ses fins. Quant à Zack, il paraissait en fort mauvaise posture. Acculé contre sa table de travail, il s'efforçait — en vain — de détacher les bras qui lui encerclaient le cou tels des tentacules de méduse. L'expression qu'il arborait était un poème en soi.

— Ecoutez, Barbara, j'apprécie votre proposition. Vraiment. Mais je ne peux pas…

— Hum hum, fit Rachel.

Zack s'interrompit et tourna un regard consterné vers la porte. « De mieux en mieux », songea Rachel. Là, vraiment, la scène devenait impayable.

— Rachel, je…

Il réussit à repousser un des deux bras qui lui maintenaient le cou en étau. Mais, au lieu de lâcher prise, la blonde lui agrippa aussitôt la taille.

— Je devrais vous laisser, je crois, susurra Rachel. Je ne voudrais surtout pas déranger…

— Ah, non ! tonna Zack en roulant les yeux dans les orbites. Ne repars pas en refermant cette porte. Ne me fais pas ce coup-là !

Rachel se retourna et sourit aux habitués qui tendaient le cou pour tenter de suivre le spectacle.

— Vous entendez ? Il ne veut pas que je lui fasse ce coup-là ? Incroyable, non, venant d'un homme qui se trouve dans une position aussi ouvertement compromettante ?...

— Sois charitable, bougonna Zack. Et aide-moi à me sortir de ce traquenard. Elle est ivre morte.

La blonde s'attaqua à son pull-over. Rachel réprima un fou rire lorsqu'elle vit la tête horrifiée de Zack.

— Un grand garçon costaud comme toi devrait pouvoir affronter ce genre de situation sans problème, protesta-t-elle, les bras croisés sur la poitrine.

— Je t'assure que cette fille est une véritable anguille, marmonna-t-il. Allez, Barbara, lâchez-moi, maintenant, soyez gentille. Je vais vous appeler un taxi.

Avec un léger soupir, Rachel se décida à intervenir. Elle prit les cheveux de la demoiselle et tira un petit coup sec.

— Hé là ! Désolée, mais c'est chasse gardée, ici.

— Ah, vraiment ! pouffa Barbara. Je n'avais pourtant pas vu de panneaux.

— Estimez-vous heureuse que je ne vous fasse pas voir trente-six chandelles, rétorqua Rachel en l'entraînant jusqu'à la porte.

— C'est bon, je m'en charge, annonça Lola en glissant un bras autour de la taille de la jeune femme. Venez donc avec moi, Barbara. Vous avez l'air un peu verdâtre, tout à coup.

— C'est qu'il est *tellement* mignon, gémit la blonde en s'éloignant vers les toilettes pour femmes, dûment soutenue par Lola.

— Appelle-lui un taxi ! cria Zack.

Gratifiant ses clients hilares d'un regard foudroyant, il fit claquer la porte.

— O.K., Rachel, pour prévenir tout malentendu : ce n'est pas *du tout* ce que tu peux penser.

Incapable de résister à la tentation de le torturer un peu, elle se percha sur sa table de travail et le toisa froidement.

— Et que pouvais-je penser, à ton avis, Zachary Muldoon, en te voyant dans les bras de cette sinueuse créature ?

Il se fourra nerveusement les mains dans les poches.

— Elle avait trop bu et je suis passé dans mon bureau, comme un imbécile, pour téléphoner à la compagnie de taxis. Lorsque je me suis rendu compte qu'elle m'avait suivi, il était trop tard pour lui échapper. J'ai été victime d'une attaque en règle, ni plus ni moins.

Les lèvres plissées en une moue sceptique, Rachel croisa les jambes et fit mine de s'examiner les ongles.

— Tu souhaites peut-être porter plainte, Muldoon ?

— Rachel… J'ai *tout* fait pour la décoller de ma personne ! Tu as bien vu que je n'arrivais pas à m'en dépêtrer.

— Mais c'est que tu es *tellement* mignon, susurra-t-elle en battant des cils.

— Très drôle. Tu as l'intention d'exploiter la situation au maximum, n'est-ce pas ? Sans rien m'épargner ?

— Exact. Je serai impitoyable, répondit-elle posément en sortant un coupe-papier effilé du tiroir du bureau. Et maintenant, monsieur Muldoon, en tant qu'avocate de la défense, je suis tenue de vous demander si le fait de vous pavaner derrière votre comptoir, vêtu de ce jean noir particulièrement seyant, ne constitue pas, selon vous, une incitation à…

— Je ne me pavane pas !

— Bien. Je reformule ma question : pouvez-vous me certifier — et je vous rappelle, monsieur Muldoon, que vous déposez sous serment — que vous n'avez tenu aucun propos, eu aucun geste, aucun regard que ma cliente aurait pu interpréter comme une invite de votre part ?

— Mais, Rachel ! Jamais, à aucun moment, je n'ai… Enfin… Avant de te connaître, peut-être, mais…

Conscient qu'il n'avait aucune chance, Zack secoua la tête et croisa les bras sur la poitrine.

— Je fais valoir mon droit au silence, trancha-t-il.

— Lâche !

— Et comment. Tu n'as pas l'intention d'utiliser ce coupe-papier pour t'attaquer à certaines parties nobles de mon anatomie, j'espère ?

Rachel prit le temps de laisser glisser un regard brûlant sur les parties anatomiques en question.

— Probablement pas, non.

Le visage de Zack s'éclaira d'un sourire.

— Si je comprends bien, tu n'es pas folle de rage, mon cœur ?

— Parce que je t'ai trouvé aux prises avec une bombe sexuelle ? murmura-t-elle d'une voix suave en brandissant son coupe-papier. Et pourquoi cela me mettrait-il hors de moi, *mon cœur* ?

Zack se raccrocha à elle, en feignant une soudaine faiblesse.

— Tu sais que tu m'as peut-être sauvé la vie ? Barbara m'a fait des propositions très précises, figure-toi. Il se trouve que cette fille enseigne le yoga depuis dix ans.

— Oh, mon pauvre ami, murmura Rachel en lui tapotant le dos. Et qu'a-t-elle menacé de te faire subir ?

Zack se pencha pour lui murmurer quelques suggestions à l'oreille.

— Oh, mon Dieu ! s'exclama-t-elle. Tu crois que c'est anatomiquement réalisable ?

— Peut-être qu'avec un peu de pratique… En attendant, j'ai quand même été victime d'un harcèlement sexuel caractérisé. Je me sens sali, souillé, chuchota-t-il en pressant les lèvres dans son cou.

— Là, là, tout va bien, mon petit sucre. Je t'ai sauvé juste à temps.

— Tu as été merveilleuse. Un vrai Viking.

— Mais tu sais ce qu'on dit des Vikings, n'est-ce pas ? murmura Rachel, les yeux brillants, en approchant ses lèvres des siennes.

— Oui, je sais… Vas-y… Abuse de moi.

— C'est bien ce que je comptais faire.

Ils échangèrent un long baiser, si tendre, brûlant et passionné que Rachel en eut des frissons. Avec un soupir tremblant, Zack enfouit son visage dans ses cheveux.

— Tu ne peux pas savoir comme c'est bon de te tenir dans mes bras, Rachel.

Les yeux clos, elle se serra contre lui.

— Oui, je sais… Tu avais raison, l'autre fois : il arrive qu'un homme et une femme soient tout simplement… ajustés.

Zack prit son visage entre ses paumes et plongea dans le sien un regard si intense que le cœur de Rachel fit un bond dans sa poitrine.

— Oui, toi et moi, ça colle. Ça colle même sacrément bien, Rachel. Je sais que tu ne veux pas de complications du fait de tes priorités professionnelles…

— Il y a complications et complications.

— Mais j'aimerais que tu viennes t'installer chez moi. Il n'y a aucune raison pour que ça te freine dans ta carrière. Tu as le temps d'y réfléchir, bien sûr. Il faut d'abord que l'histoire avec Nick soit réglée. Mais je veux que tu saches que j'ai envie de passer du temps avec toi, pas seulement de te voir quelques heures, ici et là.

Rachel en avait le souffle coupé.

— C'est un grand pas, Zack.

— Et tu n'es pas du genre à agir sur une impulsion, chuchota-t-il en cherchant ses lèvres. Comme tu es une fille réfléchie, qui fait des choix rationnels, je te soumets cet argument…

Alors, il l'embrassa, encore et encore, jusqu'à effacer toute trace de pensée dans sa tête et dans la sienne.

— Zack, tu as une seconde ? J'aurais besoin de te voir pour…

Entré en coup de vent dans le bureau de son frère, Nick s'immobilisa net en découvrant le couple enlacé. Zack et Rachel se séparèrent en sursaut, le visage marqué par un mélange de gêne, de sollicitude et de remords. Mais Nick, lui, ne vit qu'une chose : la Trahison.

Rachel poussa un cri. Quant à Zack, il anticipa le coup, mais ne fit rien pour l'éviter. Projeté en arrière par l'impact, il sentit le sang jaillir de sa lèvre éclatée. Par réflexe, il immobilisa le poignet de Nick pour parer une nouvelle attaque, mais son frère se dégagea, souple et agile comme un serpent.

— Arrêtez ! hurla Rachel, horrifiée, en s'interposant entre les deux.

Zack se contenta de l'écarter d'un geste de la main.

— O.K. Nick, tu veux régler ça où ? Ici ou dehors ?

— Où tu veux, murmura Nick entre ses dents en plaquant Zack contre le mur. Il a toujours fallu que tu aies la première place partout, hein ? Dire que tu me tenais de beaux discours sur la famille, la fraternité ! Tu sais où tu peux te la mettre, ta famille, *frangin* ?

— Nick, s'il te plaît..., intervint Rachel.

— Toi, tais-toi ! riposta-t-il avec hargne. Quand je pense au baratin que tu m'as fait tout à l'heure. Et moi qui ai tout gobé, comme un imbécile. Alors que tu couchais avec lui dans mon dos depuis le début ! C'est trop nul.

Au bord des larmes, Rachel secoua la tête.

— Laisse-moi au moins t'expliquer, Nick.

— Je ne veux plus t'entendre. Plus jamais. Tu n'es qu'une chienne et une menteuse.

La tête de Nick partit violemment en arrière sous le coup assené par Zack.

— Si tu veux me frapper, c'est d'accord. Mais tu ne lui parles pas sur ce ton, tu m'entends ?

Nick essuya sa lèvre en sang.

— Je vous hais tous les deux, murmura-t-il.

Il tourna les talons et sortit en courant.

— Oh, mon Dieu, chuchota Rachel, anéantie. C'est ma faute. Il faut que j'aille lui parler.

— Laisse-le tranquille.

— Je suis entièrement responsable de ce qui vient d'arriver.

— Je t'ai dit de le laisser tranquille !

Elle allait répondre encore plus vertement lorsqu'un coup discret fut frappé derrière eux. La porte du bureau s'ouvrit, livrant passage à la dernière personne au monde qu'ils pouvaient souhaiter trouver là en la circonstance : le juge Beckett.

— Monsieur Muldoon ? Je suis venue déguster un de vos fameux *manhattan*. Pendant que vous me le préparerez, je pourrais peut-être échanger deux mots avec l'avocate de votre frère ?

Rachel prit une profonde inspiration.

— Votre Honneur, mon client…

— Je l'ai croisé en entrant. Il avait l'air pressé. Votre lèvre saigne, monsieur Muldoon, fit remarquer la juge avant de se retirer dans la salle.

— Décidément, elle ne pouvait pas mieux tomber, commenta Rachel dans un murmure. Mais ne t'inquiète pas, Zack. Je vais essayer d'arranger les choses.

Zack se passa la main sur le front. Il paraissait triste, défait. Et coupable.

— Tu n'es pas responsable de ce qui vient de se passer, Rachel. Nick est mon frère. Et je n'ai pas su le protéger comme je l'aurais dû… Je vais préparer le *manhattan* pour Beckett.

Il sortit d'une démarche de somnambule et repassa derrière le bar. Rachel hésita un instant à aller le réconforter. Mais il n'aurait pas été très stratégique de faire attendre la juge. Surtout après la scène à laquelle elle venait d'assister.

Assise à une table du fond, Marlene Beckett paraissait calme et détendue. Mais ni le port de vêtements de ville ni sa pose décontractée ne diminuaient l'impression de pouvoir et d'autorité qui se dégageait de sa personne.

— Asseyez-vous, Maître.

Elle sourit en observant Rachel.

— J'aime vous voir dans une salle de tribunal, mademoiselle Stanislaski. Vous avez de la classe et du talent.

— Merci, murmura Rachel, la bouche sèche… Mais je crains que vous n'ayez mal interprété la scène que vous avez surprise en arrivant.

La juge sourit et prit une gorgée du manhattan que Zack venait de lui faire servir.

— Ah vraiment ? Et vous pensez que je l'ai interprétée comment, cette scène ?

— Vous avez remarqué que Nick et son frère s'étaient querellés.

— S'étaient « battus » me paraît être un terme plus juste, vu que les deux adversaires étaient en sang.

— Vous n'avez pas de frères, Votre Honneur ?

— Non.

— Moi, si. Et les frères, croyez-moi, ont souvent le coup de poing facile.

Marlene Beckett haussa les sourcils.

— Bon. Admettons. Et quel était leur point de désaccord ?

Consciente qu'elle s'avançait en terrain miné, Rachel se contenta d'une réponse vague :

— Il y a eu un petit malentendu entre eux. Je vous concède qu'ils ont l'un et l'autre un caractère un peu vif, mais…

Rachel prit une profonde inspiration et se pencha vers son interlocutrice.

— Ce que vous avez vu ce soir n'est pas représentatif de leurs relations. Je vous assure que Nick a fait des progrès incroyables. Lorsque je l'ai vu pour la première fois, j'ai d'abord cru que j'avais affaire à un de ces délinquants comme la rue nous en recrache tous les jours. Mais il y avait un petit quelque chose chez lui… de différent.

— Comme un désarroi dans le regard, c'est cela ?

Etonnée, Rachel cligna des paupières.

— C'est tout à fait cela, oui.

— Continuez.

— Il était encore si jeune et, pourtant, c'était comme s'il avait déjà renoncé à espérer. Il n'attendait plus rien. Ni de lui-même ni de personne. Lorsque j'ai fait la connaissance de Zack et qu'il m'a parlé de l'enfance de Nick, j'ai compris à quel point il avait toujours été solitaire. Mais Zack représente un point d'ancrage pour lui. Et depuis qu'ils se sont retrouvés, il se passe quelque chose de fort entre eux.

— Et quel type de rapports entretenez-vous avec M. Muldoon, au juste ?

S'appliquant non sans mal à garder une expression neutre, Rachel se renversa contre le dossier de la banquette.

— Il me semble que c'est sans lien avec ce qui nous occupe, Votre Honneur.

La juge eut un geste vague de la main.

— Vous croyez ? Ma foi… Alors, poursuivez.

— Pendant deux mois, Nick a assumé toutes les responsabilités qui lui ont été confiées. Il s'est bien intégré dans l'équipe du Brise-lames. Et nous avons découvert qu'il joue étonnamment bien du piano.

— Tiens…

— Zack lui en a acheté un pour qu'il puisse pratiquer.

Un léger sourire joua sur les lèvres de la magistrate.

— Je doute que ce soit pour cette raison que les deux frères se sont tapés dessus ce soir. Vous éludez ma question, Maître.

— Disons qu'il me paraît important de souligner que la période de probation s'est parfaitement bien passée. Et que la scène à laquelle vous avez assisté ce soir était l'exception et non la règle.

— Je vous rappelle que vous ne vous exprimez pas devant un tribunal.

— Non, Votre Honneur.

Marlene Beckett fit tourner les glaçons dans son verre.

— Et j'aimerais vraiment que vous me parliez de ce qui s'est passé ce soir, insista-t-elle doucement.

Rachel soupira. Il était dit qu'elle ne couperait pas aux explications. Mais, au fond, ce n'était peut-être pas une mauvaise chose. Même si la juge décidait de lui retirer le dossier, cela lui permettrait au moins de se charger de tous les torts et de disculper Nick.

— Je suis responsable de ce qui est arrivé, admit-elle en toute franchise. En croyant instaurer une relation protectrice et amicale avec Nick, j'ai suscité sans le vouloir une… une attirance.

Marlene Beckett hocha la tête.

— Je vois. Il a mal interprété l'intérêt que vous lui portiez.

— J'étais persuadée qu'il me considérait comme une sorte de figure tutélaire. Mais Nick est quelqu'un de très mûr pour son âge et… et je me suis laissé déborder lamentablement, reconnut Rachel avec amertume.

— Et quel rôle joue M. Muldoon, dans ce drame ?

Au point où elle en était, il ne resta plus à Rachel qu'à retracer l'évolution de sa relation avec Zack.

— … naturellement, lorsqu'il m'a vue dans les bras de son frère en entrant dans le bureau, Nick s'est senti trahi. Je sais que je n'aurais jamais dû avoir une liaison avec Zack, vu les circonstances. Je n'ai aucune excuse.

— Rachel, vous êtes une excellente avocate. Cela ne signifie pas pour autant que vous devez vous interdire toute vie privée.

— Dans la mesure où la relation avec mon client en a été affectée…

— Ne m'interrompez pas. Je reconnais que vous avez manqué de psychologie avec Nick. Mais on ne choisit pas toujours son moment pour tomber amoureuse.

— Je n'ai pas dit que j'étais amoureuse.

La juge sourit.

— J'ai remarqué, oui. C'est plus facile d'être consumée par les remords si vous vous dites que l'amour n'a rien à voir dans l'histoire. Votre client doit trouver sa voie. Il n'est pas dit que vous puissiez l'aider.

— Je ne veux pas le laisser tomber.

— Le tout, c'est de faire en sorte qu'il ne se laisse pas tomber lui-même. Parfois on y arrive ; mais très souvent, malheureusement, ça ne marche pas. Vous découvrirez que le combat n'est pas gagné d'avance, une fois que vous siégerez comme magistrate à votre tour.

Sidérée qu'elle ait deviné son ambition secrète, Rachel porta nerveusement son verre à ses lèvres.

— Je suis donc transparente à ce point ?

— Pour quelqu'un qui est passé par le même parcours, oui.

Amusée, Marlene Beckett fit tinter son verre contre le sien.

— Encore quelques années, et vous ferez un excellent juge, Maître… Et comme ce cocktail m'a mise de bonne humeur, je vais vous confier quelque chose. Il y a presque trente ans, alors que j'étais dans la même situation que vous, j'ai été plus ou moins obligée de choisir entre amour et carrière. Et je ne regrette pas le choix que j'ai fait. Quoique…

Elle jeta un regard à Zack derrière son bar et soupira.

— Disons, du moins, que je ne le regrette que rarement. Mais les temps ont changé et je considère que, aujourd'hui, une femme intelligente et ambitieuse peut concilier carrière et vie privée sans *rien* avoir à sacrifier. Même si c'est un tour de force, dans un métier aussi exigeant que le nôtre.

Rachel soupira.

— Ça paraît assez terrifiant.

— C'est précisément ce genre de terreur qui fait que la vie vaut la peine d'être vécue.

Lorsque la juge se leva, Rachel s'éclaircit la voix.

— A propos de ce qui s'est passé ce soir…

— Je suis venue prendre un verre. Le bar est agréable. L'ambiance amicale. Point final. Quant à ma décision, elle dépendra de ce que je verrai lorsque vous vous présenterez au tribunal avec votre client… Et n'oubliez pas de dire à M. Muldoon que son *manhattan* vaut le déplacement.

Rachel raccompagna la magistrate jusqu'à la porte.

— Alors ? s'éleva la voix sombre de Zack derrière elle. C'est le désastre ?

Elle se tourna pour l'entourer de ses bras.

— Elle aime la façon dont tu mixes tes cocktails… Je crois que nous avons affaire à une femme intelligente et sensible avec un faible marqué pour les mauvais garçons. Tout va s'arranger, Zack.

— Si Nick revient.

— Il reviendra. Fais-moi confiance.

Elle serra les doigts de Zack entre les siens et lui adressa un sourire d'encouragement. Mais il secoua la tête.

— Je n'aurais jamais dû le frapper.

— On ne peut pas toujours tout maîtriser, Zack… J'ai vu mes frères se taper dessus toute leur vie sans que ça fasse l'ombre d'un drame. Ce n'est pas la fin du monde parce que vous avez échangé deux coups de poing. Ecoute, je pense que le mieux, c'est que je m'en aille, maintenant. Ce sera plus facile pour Nick s'il ne me trouve pas ici en revenant. Mais appelle-moi dès qu'il sera de retour, promis ? Quelle que soit l'heure.

— Entendu.

Le fait qu'il la laisse partir seule sans protester disait assez à quel point il était perturbé. Le cœur étreint par l'angoisse, Rachel héla un taxi à l'angle de la rue. Elle avait dit à Zack de lui faire confiance. Mais tant que Nick ne serait pas de retour sain et sauf, la nuit promettait d'être longue…

ses deux sbires pourraient bien paniquer et se mettre à tirer dans le tas.

Fou de rage, Nick voulut se jeter sur Reece. Mais ce dernier immobilisa Rachel en lui enserrant le cou. Il eut un ricanement cynique.

— Allez, vas-y, le roi de la plonge, attaque ! Essaye un peu pour voir.

Cash, visiblement inquiet, secoua la tête.

— Vas-y mollo, O.K. ? On est venus pour l'argent. Rien d'autre.

— Je prends ce que je veux ici. Le pognon, la fille, et même des vies, si ça me chante… Où est le reste ? demanda Reece à Zack lorsque T.J. eut versé le contenu de la caisse dans son sac.

— Tout est là. On n'a pas eu une grosse recette. La soirée a été calme.

— N'essaye pas de jouer au plus malin avec moi. Il y a un coffre-fort dans le bureau. Ouvre-le.

Zack sortit lentement de derrière le comptoir.

— Très bien. Lâche la demoiselle et je t'ouvrirai le coffre.

— Je suis armé, et pas toi, rétorqua Reece en ricanant. Alors, les ordres, c'est moi qui les donne.

— Tu as l'arme et moi j'ai la combinaison du coffre. Si tu veux l'argent, tu la laisses tranquille.

Cash commençait à donner des signes de nervosité.

— Allez. On n'a pas besoin de la nana. Fais ce qu'il te demande.

Mais Reece ne voulait rien savoir. La calme assurance de Zack semblait le rendre fou furieux.

— Ouvre-moi ce coffre immédiatement ou je te colle une balle dans la tête.

— Je suis le propriétaire, ici, et je ne veux pas qu'il y ait de blessés dans ce bar, répondit Zack patiemment. Laissez cette jeune femme tranquille et vous pourrez prendre tout ce que vous voulez.

Brusquement, T.J. éclata d'un fou rire hystérique et se mit à crier.

— Et si on cassait tout, dans ce bar de merde ?

Il tira sur les verres suspendus au-dessus du comptoir et les éclats volèrent. Visiblement enchanté par le résultat, il fit feu une seconde fois.

— Allez, on s'éclate et on fait tout péter.

Il prit une vodka sur le comptoir, vida le verre d'un trait et le jeta avec force sur le sol. Le fracas et les cris étouffés des otages galvanisèrent Reece. Indifférent aux faibles protestations de Cash, il visa l'écran de télévision et le fit exploser.

— Voilà comment je vais l'ouvrir, ton coffre. Je peux me passer de la fille, s'exclama-t-il en envoyant valser Rachel.

Il se tourna vers Zack avec un rire presque dément.

— Et je n'ai pas besoin de toi non plus.

Reece braqua l'arme sur Zack. Cette vie qu'il tenait entre ses mains, il allait la prendre. Faire jaillir le sang. Dominer. La sensation était neuve. Excitante.

— Tiens, toi, ça t'apprendra à obéir aux ordres.

Zack allait plonger lorsque Nick bondit sur ses pieds et se jeta sur lui, comme un joueur de rugby plaquant l'adversaire. Le coup de feu partit au moment précis où les deux frères entraient en collision.

Le reste de la scène se perdit dans les cris et la confusion. Rachel brandit une chaise et l'assena de toutes ses forces sur l'un des hommes. Du coin de l'œil, elle vit Rio se ruer en avant, puissant et rapide comme une montagne en mouvement. Mais déjà, elle rampait en direction de l'endroit où Zack et Nick étaient tombés.

Elle sentit l'odeur du sang, vit que ses mains en étaient couvertes. Indifférente à la furieuse agitation qui régnait dans la salle, elle pressa la main sur la poitrine de Nick.

— Oh, mon Dieu… Mon Dieu, s'il vous plaît…

Zack se redressa lentement, en secouant la tête.

— Rachel, tu es saine et sauve. Je…

Mais lorsqu'il vit son frère gisant par terre sans connaissance dans une mare de sang, il devint comme fou.

— *Nick !* Non !

Il se jeta sur Nick et Rachel dut lutter pour le repousser.

— Zack, non. Arrête ! Ecoute-moi… Garde tes mains là, en appuyant fort. Je vais aller chercher un torchon.

Elle courut derrière le comptoir en criant :

— Lola, appelle une ambulance ! Dis-leur qu'ils viennent de toute urgence.

S'agenouillant près de Zack, elle repoussa ses mains et plaça le torchon roulé de manière à contenir l'hémorragie. Les larmes commencèrent à couler alors qu'elle lui cherchait le pouls d'une main fébrile.

— Nous n'allons pas le laisser partir, Zack. Je te promets que nous ne le laisserons pas partir.

Rio vint s'accroupir à côté d'eux.

— Ils ont réussi à filer. Tu veux que j'essaye de les prendre en chasse ?

Les mâchoires crispées, Zack secoua la tête.

— Non. Je me chargerai d'eux plus tard. Va me chercher une couverture pour Nick. Et trouve-moi des serviettes, des torchons, n'importe quoi.

Lola vint poser la main sur sa tête.

— Il a été héroïque, Zack.

— Il s'est fichu en travers de mon chemin, murmura-t-il, la gorge nouée par une violente montée de chagrin… Ce sacré gamin, il a toujours fallu qu'il se mette dans mes pattes… Bon sang, mais bon sang…

Il chercha le regard de Rachel et couvrit sa main sur la poitrine de son frère.

— Je ne veux pas le perdre.

Avec un frisson de soulagement, elle entendit hurler les sirènes au loin.

— Tu ne le perdras pas, Zack. *Nous* ne le perdrons pas.

*
* *

Les longs couloirs de l'hôpital. La lumière blafarde de la salle d'attente. Les heures comme suspendues dans une éternité grise et la peur qui cisaille le ventre.

Attendre. Attendre. Et attendre encore.

Faire les cent pas, allumer une énième cigarette, tirer un café amer du distributeur. C'était toujours la même vision qui hantait Zack : le visage mortellement pâle de son frère, allongé sur le chariot, lorsque les portes de l'ascenseur s'étaient refermées sur lui.

Implacable, l'hôpital le renvoyait à sa propre impuissance. Moins d'un an auparavant, il avait vu mourir son père. Lentement. Inévitablement. Pitoyablement.

Mais pas Nick. Nick était jeune. Nick avait la vie devant lui.

Si seulement il n'avait pas été aussi affaibli par l'hémorragie ! Zack regarda ses mains et les revit couvertes du sang de Nick. Comme s'il avait tenu la vie de son frère entre ses doigts.

— Zack, murmura Rachel en venant lui masser les épaules, tu ne veux pas aller marcher dehors cinq minutes ? Prendre un peu l'air ?

Il se contenta de faire non de la tête. Rachel n'insista pas. Lui proposer de se reposer serait tout aussi inutile. Elle-même avait essayé de somnoler quelques instants. Mais, dès qu'elle baissait les paupières, la scène de cauchemar revenait danser devant ses yeux. Elle revoyait l'arme se pointer sur Zack. Le formidable bond de Nick. Le sang sur sa poitrine.

— Je vais aller chercher de quoi vous nourrir, annonça Rio d'un air sombre. Et vous avez intérêt à manger, tous les deux. Ce garçon aura bientôt besoin de soins. Et pour s'occuper de lui, il faudra être en forme.

Les lèvres serrées, son pansement immaculé barrant son front brun, Rio sortit d'un pas pesant, comme si le poids du monde reposait sur ses épaules.

— Il adore Nick, en fait, murmura Zack comme pour lui-même. Et il est furieux de ne pas avoir réussi à maîtriser trois hommes armés à lui seul.

— Nous les retrouverons, Zack.

D'un geste accablé, il repoussa la mèche noire qui lui tombait sur le front.

— Je pensais que ce type allait s'en prendre à toi, déclara-t-il d'une voix blanche. C'était là, dans son regard, une sorte de jubilation haineuse. Il était parti pour un acte de destruction de grande violence. Et j'étais terrifié pour toi. L'idée ne m'a même pas traversé l'esprit que Nick pouvait être en danger.

Rachel lui posa les mains sur les épaules.

— Tu n'as rien à te reprocher, Zack — strictement rien. Tu as fait ce qu'il fallait pour assurer la sécurité de toutes les personnes dans le bar. Si Nick a été blessé, c'est parce qu'il a voulu te protéger. C'est un extraordinaire acte d'amour de sa part.

Cette fois, lorsqu'elle lui ouvrit les bras, Zack accepta le réconfort de son étreinte.

— J'ai besoin de le voir. De lui parler. Je crois que je ne pourrai pas le supporter si…

— Tu vas avoir tout le temps qu'il faudra pour lui parler.

— Excusez-moi…

Ils tournèrent la tête et virent Alex, hésitant à l'entrée de la pièce.

— Rachel ? Ça va ? Tu n'as rien ?

— Non, je n'ai rien, dit-elle en gardant le bras fermement passé autour de la taille de Zack. Nick, en revanche…

— Je sais. J'ai demandé qu'on me confie l'enquête. Je pensais que ce serait plus facile pour tout le monde. Cela ne te pose pas de problème ? demanda-t-il à Zack.

— Non, au contraire J'apprécie.

Alex leur fit signe de s'asseoir.

— Vous avez eu des nouvelles de Nick ?

— Pas un mot. Il est toujours en salle d'opération. Et ça dure depuis des heures.

— Je verrai s'il n'y a pas moyen d'obtenir plus d'informations. Mais si vous me parliez un peu de ces trois braqueurs ?

— Ils portaient des cagoules en Nylon, déclara Zack d'une voix lasse. Noires. L'un d'eux avait un blouson en jean élimé.

Rachel prit la main de Zack dans la sienne.

— Celui qui a tiré sur Nick est le plus petit des trois. Il doit mesurer entre 1,68 m et 1,70 m. Yeux bruns. Cheveux noirs. Une cicatrice d'environ trois centimètres sur le poignet gauche.

— Tu aurais fait un excellent flic, Rachel. Et les deux autres ?

— Celui qui a commencé à tout casser avait une voix assez haut perchée et ricanait tout le temps, se souvint Zack. Un type maigre. Nerveux.

— Des cheveux clairs. Vraisemblablement châtains, compléta Rachel. Le troisième était un peu plus costaud. Il transpirait beaucoup et paraissait mal à l'aise.

— Vous avez une idée de leur âge ?

— Ils étaient jeunes… La vingtaine, à peu près ? suggéra-t-elle en jetant un regard interrogateur à Zack.

— Dans ces eaux-là, oui, confirma ce dernier. Y a-t-il une chance quelconque pour que la police les identifie ?

Alex referma son carnet de notes.

— Je ne dis pas que ce sera facile. Mais je vais tout mettre en œuvre pour les retrouver. Je me sens personnellement concerné, en l'occurrence.

— J'imagine, oui, répondit Zack d'une voix lasse en regardant Rachel.

— Non. Pas seulement à cause d'elle, Zack. Pour ton frère aussi. Il a fait du chemin, ce gamin. Et j'étais sacrément heureux de voir qu'il était en train de s'en sortir.

— Monsieur Muldoon ?

Une femme d'une cinquantaine d'années en tenue verte de chirurgien entra dans la pièce.

— Je suis le docteur Markowitz… La chirurgienne de votre frère, précisa-t-elle lorsque Zack se leva d'un bond.

— Alors ? Est-ce qu'il… ?

Le Dr Markowitz se laissa tomber sur un accoudoir.

— C'est un garçon solide. Vous voulez le jargon technique pour que je puisse étaler ma science ou l'essentiel en quelques phrases ?

— L'essentiel en quelques phrases, trancha Zack, les paumes moites et le cœur battant.

— Il est dans un état critique. Mais ce garçon a eu de la chance. D'être tombé sur moi, pour commencer. Et que la balle tirée à bout portant ait manqué le cœur. Je dirais qu'il a soixante-quinze pour cent de chances de s'en tirer. Et comme il est jeune, avec une constitution solide, ce pourcentage devrait être en nette augmentation dans vingt-quatre heures.

L'estomac de Zack se contracta violemment.

— Vous… vous êtes en train de me dire qu'il va vivre ?

— Je suis en train de vous dire que j'ai passé plus de dix heures penchée sur lui, en salle d'opération, et que je déteste fournir un effort aussi intense pour rien.

Le Dr Markowitz se leva et fit la grimace en se massant le dos.

— Vous voulez entendre les conseils habituels, du genre : « Votre frère ne reprendra pas connaissance avant plusieurs heures et vous devriez rentrer tranquillement chez vous pour vous reposer » ?

— Tout à fait inutile, rétorqua Zack.

Elle se frotta les yeux et sourit.

— C'est bien ce que je pensais. Votre frère est un beau garçon, monsieur Muldoon. Je serai ravie de bavarder un moment avec lui lorsqu'il reprendra conscience.

Le médecin s'étira. Elle fronça les sourcils lorsque son regard tomba sur Alex.

— Vous ne seriez pas de la police, vous, par hasard ?

— En effet, madame.

— Ceux-là, je les repère à des kilomètres, marmonna la chirurgienne en quittant la pièce.

12

La douleur formait comme une mince strate sous-jacente, affleurant par moments à travers une masse épaisse, indifférenciée d'inconscience cotonneuse. Chaque fois qu'il refaisait surface, Nick décrochait et se sentait glisser de nouveau vers le fond, dans le brouillard gris d'un néant confortable. Il percevait des sons lointains, une sorte de bip-bip, monotone et insistant, et le bourdonnement régulier d'une machine. De temps en temps, il lui semblait sentir une main se poser sur la sienne. Il y avait une voix familière aussi qui lui parlait avec insistance. Mais il n'avait pas la force nécessaire pour se concentrer sur le sens des mots prononcés.

Des bribes de rêve se succédaient. Il se vit au cœur d'un ouragan, plongeant du haut d'un navire. Mais il tombait sans fin dans le lit des ténèbres, sans jamais descendre jusqu'au niveau de l'eau. Brusquement, il se retrouva en train de jouer au flipper avec Zack derrière lui, qui lui guidait les mains. L'image changea, de nouveau, et, cette fois, c'était Cash qui se tenait près du billard électrique, le visage à demi voilé par la fumée de sa cigarette.

Vint Rachel qui souriait dans une pizzeria brillamment éclairée. Elle l'écoutait avec attention et ses yeux étaient si beaux qu'il en aurait pleuré.

Puis il entendit la voix du père Muldoon, qui hurlait : « Tu n'arriveras jamais à rien. Je l'ai su dès que je t'ai vu ! » Mais, très vite, le regard du vieil homme se fit vague, absent, et il gémissait interminablement : « Où étais-tu passé ? Pourquoi me laisses-tu toujours seul ? Où est Zack ? »

Mais Zack était loin, à des milliers de kilomètres de là. Il n'y avait personne sur qui s'appuyer.

Rio, faisant frire des pommes de terre et riant de l'une de ses propres plaisanteries. Puis Zack de nouveau. Encore et toujours Zack, traversant les cuisines : « Alors, gamin ? Toujours autant d'appétit ? Tu vas finir par nous ruiner, à manger comme tu le fais ! »

Le piano noir brillant — comme une porte ouverte sur un univers auquel il n'osait même pas rêver d'accéder — et Zack, debout, avec un sourire jusqu'aux oreilles, qui l'écoutait jouer. Puis le scintillement d'une arme. Le canon pointé sur Zack et…

Avec un grognement de panique, Nick tenta de se redresser.

— Hé là, doucement. Inutile de s'énerver. Y a pas d'urgence, gamin.

Il reconnut la voix de Zack, la pression de sa main sur son épaule. Mais ses yeux avaient de la peine à accommoder.

— Je suis malade ? demanda-t-il, étonné d'avoir la bouche aussi sèche, la voix aussi rauque.

— Disons que tu n'es pas au sommet de ta forme physique, dit Zack en le faisant boire.

Nick avala deux gorgées et sa vision s'éclaircit. Il regarda Zack avec attention. Il avait des cernes noirs sous les yeux et les joues hérissées d'un début de barbe.

— Tu as une sale tête, frangin. On dirait que tu n'as pas dormi depuis deux jours.

Zack rit doucement de sa réflexion.

— Tu n'as pas non plus très bonne mine. Je vais appeler l'infirmière.

— L'infirmière ? Nous sommes dans un hôpital ?

— Tu te croyais au Ritz, gamin ? Tu as mal ?

— Je ne crois pas. J'ai l'impression d'être à moitié drogué.

— Il y a un peu de ça, oui.

Zack posa la main sur la joue de Nick et ne put s'empêcher de la laisser reposer là un moment.

— Tu sais que je désespère de toi, Nick ? chuchota-t-il d'une voix altérée.

— Pourquoi ? Il y a eu un accident ? Je…

Brusquement, le souvenir de la scène dans le bar lui revint, le submergeant comme une lame de fond.

— Bon sang, Rachel ! Ils ne l'ont pas… ?

— Non, non… Tout va bien. Elle vient de partir, il y a une demi-heure. Mais elle ne devrait pas tarder à revenir.

Nick contempla longuement son frère.

— Et toi, il ne t'a pas eu, alors ?

— Non, idiot. C'est toi qui as pris la balle qui m'était destinée, rétorqua Zack d'une voix brisée en enfouissant son visage dans ses paumes.

Sidéré, Nick vit que les mains de son frère tremblaient.

— Tu m'as flanqué la trouille la plus monumentale de ma vie. Si tu n'étais pas déjà sur le carreau, je t'y mettrais sans hésiter.

Ces menaces prononcées d'une voix étranglée n'étaient pas, à proprement parler, terrifiantes. De plus en plus intrigué, Nick regardait son frère.

— Zack ?… Ça va ?

— Non, ça ne va pas, marmonna Zack en se levant d'un bond pour aller se poster devant la fenêtre.

Il prit quelques inspirations profondes et se tourna de nouveau vers le lit.

— Désolé. J'ai été un peu secoué, là, mais ça commence à aller mieux. Normalement, ils devraient bientôt te sortir d'ici pour te transférer dans un service ordinaire.

— Parce que je suis où, là ?

Nick tourna la tête et vit des parois de verre, des machines qui clignotaient, et lui-même attaché à tout ce dispositif.

— Ça craint, toute cette tuyauterie… Ça fait longtemps que je suis dans le cirage ?

— Tu t'es déjà réveillé à deux ou trois reprises, mais ils ont dit que tu ne t'en souviendrais pas. Tu as beaucoup parlé de flippers, d'une fille nommée Marla et tu as réclamé avec insistance un plat de frites.

Nick ne put s'empêcher de sourire.

— C'est une de mes faiblesses. Ils sont venus m'en apporter ?

— Non. Mais on pourra peut-être en introduire bientôt en douce Tu as faim ?

— Je ne sais pas. Ça fait combien de temps, alors ?

— Douze heures depuis qu'ils t'ont charcuté puis recousu. Tu sais quoi, Nick ? Je crois que si l'autre ordure t'avait tiré dans la tête au lieu de la poitrine, tu n'aurais même pas senti l'impact.

Zack lui tapota affectueusement le crâne.

— On ne fait pas plus dur, comme caboche. J'ai une sacrée dette envers toi, mon grand. Tu m'as sauvé la vie.

Les paupières de Nick se faisaient si lourdes qu'il dut se résoudre à les laisser retomber.

— C'est un peu comme sauter du pont d'un navire en plein ouragan, murmura-t-il d'une voix à peine audible. Ça arrive avant qu'on ait le temps d'y penser. Tu vois ce que je veux dire ?

— Mmm…

— Zack ?

— Je t'écoute.

— Je voudrais parler à la police.

— Il faut que tu te reposes.

— C'est important, chuchota Nick alors qu'il glissait déjà dans le sommeil. Les trois braqueurs… je les ai reconnus…

Zack resta longtemps dans son fauteuil à regarder son frère dormir. Et, comme il n'y avait personne pour les observer, il se risqua même à lui caresser le front.

— Puisque je vous *dis* qu'il est hors de danger ! répéta le Dr Markowitz. Rentrez chez vous, monsieur Muldoon.

— Pas tout de suite.

Zack se sentait déjà beaucoup plus tranquille depuis que son frère était sorti de l'unité de soins intensifs. Mais il n'était pas encore prêt à déserter le navire.

La chirurgienne leva les yeux au ciel.

— Il faut vraiment avoir du sang irlandais dans les veines pour être tête de mule à ce point. Madame Muldoon, si vous avez une quelconque influence sur votre mari…

— Je ne suis pas Mme Muldoon et je n'ai aucune influence, répondit Rachel. Mais je pense qu'on devrait pouvoir l'arracher d'ici, une fois qu'il aura revu Nick. Je suppose que mon frère devrait bientôt avoir fini de recueillir son témoignage.

— Ainsi le policier est votre frère ? Allons bon… Je vous accorde cinq minutes avec mon patient et, ensuite, je vous fais jeter dehors. Et cela vaut aussi pour le géant qui hante les corridors, avec son bandage blanc sur le front.

Rachel s'engagea solennellement à rapatrier tout ce petit monde à la maison. Le Dr Markowitz avait à peine tourné les talons que la porte de la chambre s'ouvrit. Alex sortit, rayonnant de satisfaction.

— Et voilà. Mission accomplie. Il ne me reste plus qu'à aller procéder à quelques arrestations.

— Tu as des noms ? demanda Zack, les poings serrés.

Alex secoua la tête.

— Ah non, pas question. On ne fait pas sa justice soi-même, dans ce pays. Ton frère a choisi la bonne manière. Là, il te donne une belle leçon.

Laissant Alex regagner son commissariat, Rachel prit la main de Zack dans la sienne.

— Si tu entres voir Nick maintenant, commence par te ressaisir, d'accord ?

— Cette ordure a failli tuer mon frère.

— C'est un fait. Et pour cet acte, il sera arrêté, jugé et condamné.

Zack hocha brièvement la tête et poussa la porte de la chambre. Il se plaça au pied du lit et laissa passer un moment de silence.

— Comment te sens-tu, Nick ? demanda-t-il doucement.

Son frère ouvrit des yeux embrumés.

— Encore passablement sonné. Mais il faut que je te parle.

— Tu ne crois pas que ça peut attendre ?

— Non. C'est ma faute, s'il y a eu ce braquage. Les trois types faisaient partie de mon ex-bande. Ils connaissaient la disposition des lieux parce que je leur avais fourni une description détaillée. Mais sans me douter que… Je ne les imaginais même pas capables de faire un coup pareil, Zack. Je sais que tu ne me crois pas, mais…

Zack fut submergé par une vague d'émotion si puissante qu'il dut attendre un moment avant de protester.

— Et pourquoi est-ce que je ne te croirais pas ?

Nick ferma les yeux.

— Parce que j'ai tout fichu en l'air, comme d'habitude.

Il raconta d'une traite sa rencontre avec Cash dans la galerie de jeux.

— Je croyais qu'on avait une discussion normale. En fait, il était en train de me tirer les vers du nez.

— Tu le considérais comme un ami, rétorqua Zack doucement en allant poser la main sur le poignet de Nick. Tu n'as pas tout « fichu en l'air », Nick. Tu as simplement fait confiance à des gens qui ne le méritaient pas. Tu n'es pas comme eux et tu ne l'as jamais été.

Lorsque Nick ouvrit les yeux, Zack lui prit la main et la tint fermement dans la sienne.

— S'il y a quelque chose que tu as fichu en l'air, c'est toi-même en essayant de leur ressembler. Mais c'est fini maintenant.

— Ils ne s'en sortiront pas comme ça, cette fois.

— Non. On ne les laissera pas faire.

Nick poussa un soupir et ferma les yeux. Il paraissait serein, presque heureux. Zack sourit, apaisé.

— Markowitz me jette dehors pour que tu puisses te reposer. Mais je reviendrai demain.

Nick souleva brièvement les paupières.

— N'oublie pas mes frites.

— Compte sur moi.

En sortant de la chambre, Zack trouva Rachel qui l'attendait devant la porte. Ils échangèrent un regard puis il la prit dans ses bras et la serra de toutes ses forces. Elle était si fine et si fragile dans son étreinte ! Et pourtant il la sentait ferme et solide comme une ancre jetée dans une mer houleuse.

— Ne me laisse pas seul ce soir, murmura-t-il, les lèvres enfouies dans ses cheveux. Viens dormir chez moi.

Rachel lui déposa un baiser sur la joue.

— Allons-y tout de suite. J'achèterai une brosse à dents en route.

Immobile, les yeux grands ouverts dans le noir, Rachel veillait sur l'homme étendu à son côté. Au cours des dernières quarante-huit heures, Zack s'était à peine accordé le temps de somnoler une heure ici et là et, recru de fatigue, il avait sombré dans un sommeil de plomb sitôt la tête posée sur l'oreiller. Etrangement émue, elle observa son profil dans la faible lumière qui filtrait à travers les rideaux fermés. Elle ne s'était jamais considérée comme une femme particulièrement maternante. Mais elle avait ressenti un contentement qui frisait la plénitude, simplement à tenir Zack dans ses bras.

Mais pas moyen, hélas, de trouver le sommeil de son côté ! Mille questions irrésolues lui trottaient dans la tête. Jusque-là, elle avait toujours affronté les problèmes à coups de raisonnements logiques. Mais cette arme-là ne lui était pas d'un grand secours pour décider de ce que voulait son cœur.

L'amour ne connaissait pas de méthode, pas de règles, pas de lois clairement définies. On ne pouvait pas l'aborder en établissant des listes ou en fixant des objectifs. Or, dans quelques jours, ils passeraient au tribunal et elle n'aurait plus de rôle officiel à jouer dans la vie de Zack et de Nick.

Le moment était donc venu d'effectuer un choix clair. Zack lui avait fait une proposition très concrète en lui demandant de venir s'installer chez lui. Etait-elle prête à franchir le pas ? A sacrifier sa sacro-sainte liberté ainsi que la priorité qu'elle avait toujours mise sur sa carrière ? Le problème était maintenant de faire la part entre l'essentiel et le contingent, entre ce qui lui était indispensable — vraiment indispensable — et ce dont elle pouvait se passer dans la vie.

Or l'individu mâle qui dormait du sommeil du juste à son côté avait pris une telle place dans son cœur qu'elle avait bien de la peine, désormais, à concevoir l'existence sans lui.

Un son étranglé monta de la gorge de Zack et il se redressa en sursaut.

— Dors, murmura-t-elle en lui caressant la joue. Tout va bien. Tu n'as plus à t'inquiéter de rien.

— Je sais… C'est un vieux cauchemar, marmonna-t-il d'une voix ensommeillée. Une histoire d'ouragan. Je te raconterai.

Elle posa la main sur son cœur comme pour en calmer les battements précipités.

— Rendors-toi, Muldoon. Tu as besoin de récupérer.

— Mmm… Tu sais que c'est bon de t'avoir ici, dans mon lit ?

Elle haussa les sourcils lorsque la main de Zack glissa lentement à rebours de sa cuisse.

— Attention, Muldoon, avant de te lancer dans ce genre d'entreprise, assure-toi de pouvoir la conduire à terme.

— J'essaye juste de récupérer mon T-shirt, chuchota-t-il dans un demi-sommeil. Et je contrôle un peu ce qu'il y a dessous.

Soulevant la chemise de nuit de fortune, il remonta jusqu'à ses seins et poussa un soupir de pur bien-être.

— Mm… C'est bien ce que je pensais. Ce corps-là n'est absolument pas réglementaire. Il va falloir faire quelque chose.

Rachel sentit les premiers frémissements du désir naître dans les profondeurs pour remonter jusqu'à la périphérie en longues vagues brûlantes.

— Méfie-toi, Zack…

— Je rêvais que j'étais encore dans la marine, murmura-t-il en lui retirant le T-shirt avec des gestes merveilleusement érotiques. Ça m'a rappelé le temps de l'abstinence forcée, l'époque où je passais des mois entiers d'affilée sans voir de femmes…

Il lui lécha les lèvres.

— … sans goûter de femmes.

— Continue, murmura-t-elle, le souffle court, en ondulant doucement sous ses caresses.

— Quand j'ai ouvert les yeux, là, j'ai senti l'odeur de tes cheveux, de ta peau. Ça fait des semaines que je me réveille dans le désir de toi. Et là, il a suffi que je tende la main et tu étais là.

— C'est simple, non ?

— Elémentaire, fillette.

— Alors vogue le navire, Muldoon, chuchota-t-elle en le renversant sur le dos pour se couler sur lui.

Et ce fut simple. Incroyablement simple…

— Tu n'es pas raisonnable, honnêtement, bougonna Rachel en soutenant Nick pour gravir les marches du palais de justice. Tu aurais facilement pu faire reporter la date, vu les circonstances.

— Je veux en terminer avec cette histoire, assura Nick pour la énième fois en jetant un regard à Zack.

— Je suis d'accord avec toi. Qu'on en finisse !

Elle leva les yeux au ciel.

— C'est ça. Allez-y ! Faites front contre moi ! Ça fait deux jours à peine que tu es sorti de l'hôpital, Nicholas LeBeck.

— Mais le Dr Markowitz lui a donné le feu vert, intervint Zack.

— Je me moque de ce que dit, fait et pense le Dr Markowitz !

Nick parvint en haut des marches et dégagea sa main.

— Arrête de me materner, Rachel.

— Bon, bon, d'accord.

Mais elle ne put s'empêcher de rectifier son nœud de cravate, de lisser son veston sur ses épaules. Puis elle recula d'un pas pour examiner son client.

— Bon, tu es encore un peu pâle, mais ça peut jouer en ta faveur. Et maintenant, tu es bien certain que tu te souviens de tout ce que je t'ai dit ?

— Rachel, par pitié. Nous avons déjà répété la scène au moins dix fois… Hé, Zack, tu peux nous laisser cinq minutes ? Je voudrais dire un truc à Rachel.

— O.K., acquiesça Zack. Mais bas les pattes, hein ?

Nick haussa les épaules, avec un léger sourire amusé.

— Ecoute, Rachel, je veux que tu saches que… Eh bien, c'était vraiment sympa de la part de ta famille de venir me voir à l'hosto. Ta mère m'a apporté des gâteaux. Et ton père est resté au moins deux heures pour jouer aux dames avec moi.

— S'ils sont venus, c'est que ça leur faisait plaisir.

— Peut-être. Mais il n'empêche qu'ils ont été super. Et puis il y a Freddie, qui m'a envoyé une carte postale de Virginie. Même le flic a été cool, dans l'ensemble.

Rachel sourit.

— Il arrive à Alex de se montrer raisonnablement humain de temps en temps.

— Enfin bref, je ne sais pas encore ce que ça va donner tout à l'heure, mais en tout cas, tu as fait bouger beaucoup de choses, dans ma vie. Je ne sais peut-être pas encore où je vais, mais je sais en tout cas où je ne vais plus. Et ça, c'est grâce à toi.

Rachel s'éclaircit la voix. Un mot de plus comme ça et elle fondait en larmes.

— J'ai peut-être contribué pour une petite partie, mais l'essentiel était là, rétorqua-t-elle d'un ton délibérément léger en pointant l'index sur la poitrine de Nick. Tu es un type bien, LeBeck.

— Merci. Juste encore une chose : j'ai cru comprendre que Zack t'avait proposé de vivre avec lui. Je voulais te dire de ne surtout pas vous inquiéter pour moi. Je ne me mettrai pas dans vos pattes.

— Je n'ai pas encore pris de décision à ce sujet. Mais quoi qu'il arrive, tu ne seras jamais « dans nos pattes ». Tu fais partie de la famille, compris ?

— Compris. Et, si tu décides de le virer, n'oublie pas que je suis toujours disponible, ajouta-t-il en réaffichant le petit sourire narquois qui lui servait de carte de visite.

— C'est bon à savoir, fit-elle en tirant un petit coup sec sur son veston. Et maintenant, allons-y.

Les jambes en coton, Rachel guida Nick jusqu'à la table de la défense. A priori, sa cause était gagnée d'avance. Et pourtant elle était littéralement liquéfiée par l'angoisse.

Lorsque la juge entra, elle se leva en même temps que le reste de la salle et adressa un sourire encourageant à Nick.

— Eh bien, monsieur LeBeck, comme le temps passe ! s'exclama Marlene Beckett. J'ai entendu dire que vous aviez eu un petit problème, récemment. Vous avez récupéré ?

Déconcertée par cette façon inhabituelle de procéder, Rachel se leva.

— Votre Honneur, je…

— Asseyez-vous, asseyez-vous, intima la juge avec un geste large du bras. Je prenais des nouvelles de votre santé, monsieur LeBeck. Comment vous portez-vous ?

— Eh bien… ça va.

— Parfait. J'ai également appris que vous aviez identifié les trois desperados qui se sont introduits dans le bar de M. Muldoon.

Rachel fit une nouvelle tentative.

— Dans mon dernier rapport, Votre Honneur…

— Je l'ai lu, Maître, merci. Vous avez fait un excellent travail, mais j'aimerais entendre M. LeBeck s'exprimer lui-même. Ma question est la suivante : pourquoi avoir choisi de dénoncer ces trois individus que vous étiez si fermement décidé à protéger, il y a deux mois ?

— Lève-toi, intima Rachel entre ses dents.

Sourcils froncés, Nick s'exécuta.

— Oui, madame ?

— Dois-je reformuler ma question ?

— Non, j'ai compris.

— Parfait. Et quelle est votre réponse ?

— Ils s'en sont pris à mon frère.

Marlene Beckett eut un sourire satisfait.

— Ha ! Et ça change la nature du problème, on dirait ?

Oubliant toutes les recommandations de Rachel, Nick laissa de côté les « Votre Honneur » et les « madame » et dit ce qu'il avait sur le cœur :

— Ecoutez, ils sont entrés dans le Brise-lames, ils ont frappé Rio à la tête, menacé Rachel et ils étaient partis pour casser toute la baraque. Eh bien, désolé, mais je ne suis pas d'accord. Alors, vous allez peut-être penser que je suis un traître et une balance, mais je m'en contrefiche. Reece a essayé de descendre mon frère. Et là, je dis non.

— Ce que je pense, LeBeck, c'est que je vois désormais en vous un futur adulte aux idées structurées et au comportement responsable. Non seulement vous avez acquis les bases d'une morale élémentaire, mais vous êtes loyal, ce qui, à mes yeux, représente une qualité primordiale. Vous allez sûrement commettre d'autres erreurs dans votre vie, mais je doute qu'elles soient de nature à vous conduire de nouveau devant une cour de justice. Et maintenant, je crois que le procureur de district a quelque chose à dire.

— Oui, Votre Honneur. Le ministère public renonce à poursuivre M. LeBeck.

— Oui !

Sur ce cri de triomphe, Rachel bondit sur ses pieds.

— Ça y est ? C'est fini ? s'enquit Nick, interloqué.

— Il manque encore un petit quelque chose, déclara la juge avec l'ombre d'un sourire en levant son marteau. Et voilà. Cette fois, ça y est, vous êtes libre, jeune homme.

Avec un grand rire de joie, Rachel noua les bras autour du cou de Nick.

— Donc je ne serai pas incarcéré ? C'est sûr de chez sûr ? Je rentre à la maison ? balbutia Nick. Je n'osais pas vraiment y croire.

Le visage rayonnant, Zack lui prit la main, puis, n'y tenant plus, serra résolument son frère dans ses bras devant tout le monde.

— Si tu t'y prends bien, gamin, tu pourrais réussir à négocier une augmentation.

— Une augmentation ? Tu rigoles ! Prépare-toi à me prendre comme associé, oui !

— Si ces messieurs veulent bien m'excuser, j'ai d'autres clients qui attendent, déclara Rachel en leur déposant à chacun un baiser sur la joue.

Zack lui prit les deux mains. Il aurait eu des milliers de choses à lui dire. Et, en même temps, il était incapable de prononcer un mot.

— Il faut fêter ça, Rachel. Ce soir, à 19 heures, au Brise-lames.

— J'y serai.

— Tu es la meilleure, Rachel, s'écria Nick.

— Non, lança-t-elle par-dessus son épaule. Mais je compte bien le devenir.

Rachel arriva au bar avec un léger retard. Mais comment aurait-elle pu prévoir qu'on lui refilerait une agression criminelle à 18 heures, alors qu'elle sortait déjà d'une rude journée de plaidoirie ?

« Comment j'aurais pu le prévoir ? Facile… Depuis deux ans que je travaille comme défenseur public, je sais que je peux m'attendre au pire à tout moment », songea-t-elle avec un petit sourire en poussant la porte.

Lorsqu'une clameur s'éleva à son entrée, elle s'immobilisa, interdite. Le Brise-lames était plein à craquer de gens coiffés de chapeaux de fête. Il y avait des serpentins, des ballons de baudruche et une immense banderole avait été accrochée sur le mur du fond.

« A côté de Rachel, Perry Mason n'est qu'un débutant ! »

Rachel rit aux éclats lorsque Rio la percha sur ses épaules massives pour la porter jusqu'au comptoir où on lui fourra aussitôt un verre de champagne dans la main.

Elle tourna la tête pour embrasser Zack.

— Bonsoir, fillette. Je voulais qu'ils t'attendent, mais pas moyen de les faire patienter.

— Je vais vite me mettre au diapason. Le champagne aidant…

Soudain elle se tut et écarquilla les yeux.

— *Mama ?*

— Nous avons déjà dégusté les travers de porc grillés de Rio, annonça Nadia. Et maintenant, ton *papa* va danser avec moi.

— Peut-être que je te ferai valser plus tard, ma fille, promit Yuri en entraînant sa femme sur la piste improvisée.

— Oh, Zack, tu as prévenu mes parents. Et j'ai bien l'impression que c'est Alex que j'aperçois, là-bas, en train de s'empiffrer de boulettes de viande…

Zack fit tinter son verre contre le sien.

— Il s'agit d'une soirée privée. C'est Nick qui a dressé la liste des invités. Tiens, regarde-le, d'ailleurs.

Rachel tendit le cou et finit par le repérer à une table. Elle serra la main de Zack avec enthousiasme.

— Hé, mais dis donc ! Il est en grande conversation avec Terri, la fille de Lola, on dirait ! Et elle a l'air d'être suspendue à ses lèvres.

— Tu parles. Elle est très impressionnée qu'il ait pris une balle en pleine poitrine. Et volontairement, en plus.

— Impressionnée, on le serait à moins. Cela fait partie des dix meilleures techniques pour mettre une femme à ses pieds.

— Je prends note… Et en attendant, m'accorderas-tu cette danse, gente dame ?

Rachel prit une gorgée de champagne.

— Je parie un mois de salaire que tu ne sais pas danser la polka.

— Eh bien, tu as perdu.

La fête se poursuivit jusque tard dans la nuit. Rio avait prévu un buffet magnifique et le champagne était servi à volonté. Rachel dansa jusqu'à ce que ses pieds la trahissent et finit par s'effondrer dans un coin pour chanter un duo en ukrainien avec un Yuri passablement éméché.

— Ce fut une très belle réception, décréta son père pendant que sa femme l'aidait à enfiler son manteau.

Il se pencha pour embrasser Rachel.

— Et ce n'est pas fini. En rentrant, je vais faire la cour à ta *mama*, comme si nous avions encore vingt ans.

Nadia secoua la tête.

— C'est ça. Tu vas ronfler dans le camion avant qu'on arrive à la moitié du trajet.

— Tu me réveilleras.

— Peut-être, dit Nadia avec l'ombre d'un sourire avant de se tourner vers sa fille. Je suis très fière de toi, ma Rachel.

— Merci, *mama.*

— Comme tu es une fille intelligente, je ne devrais même pas avoir à te le dire, mais je le répète quand même : lorsqu'on trouve un homme qui mérite le détour, on ne perd rien à le retenir et tout à le laisser filer. Tu comprends ?

Rachel jeta un coup d'œil à Zack.

— Je crois que le message commence à passer, *mama.*

Avec un sourire attendri, elle regarda ses parents s'éloigner bras dessus bras dessous.

— Ils sont vraiment géniaux, commenta la voix de Nick derrière elle. Et même ton frère Alex est plutôt fréquentable… pour un flic.

— Ne le dis jamais à personne, mais je l'adore, admit Rachel en ôtant un serpentin de ses cheveux. On dirait que la fête est finie, non ?

— Cette fête-ci, oui, acquiesça Nick avec un petit sourire en allant aider Rio à débarrasser les tables.

Zack toléra l'équipe de nettoyage pendant vingt minutes avant d'ordonner à Rio de rentrer et à Nick d'aller se coucher. Il avait passé une excellente soirée, mais, à présent, il lui fallait Rachel pour lui seul.

Il réussit à mettre la main sur un fond de champagne et posa la bouteille sur le comptoir.

— Je t'en offre une goutte ?

— Pourquoi pas ? rétorqua Rachel en le gratifiant de son sourire le plus provocant. Tu me payes un verre, beau marin ?

— Si tu promets de succomber à mon charme, répondit Zack en finissant de les servir. Rachel… Il n'y a rien que je puisse dire ou faire qui suffirait à régler la dette que j'ai envers toi.

— Ne commence pas.

— Je veux que tu saches à quel point j'apprécie tout ce que tu as fait pour Nick et moi.

— Ce que j'ai fait ? Mon travail tout simplement. En accord avec ma conscience. Il n'y a aucune raison de me remercier pour cela.

— Et merde, Rachel, laisse-moi au moins t'expliquer ce que je ressens !

A la profonde consternation de Zack, Nick sortit alors de la cuisine, le sourire plus narquois que jamais.

— Eh bien, c'est plutôt laborieux, comme conversation. Si c'est comme ça que tu t'y prends avec les femmes, frangin, tu ferais mieux de te réengager dans la marine tout de suite.

Zack jeta un regard noir à son frère.

— Toi, monte te coucher.

— J'y vais de ce pas.

Nick continua cependant à déambuler jusqu'au juke-box et procéda à quelques sélections.

— Dans un sens, vous êtes assez comiques, tous les deux. Considérant que vous avez l'un et l'autre vos points faibles, je n'ai qu'un conseil à vous donner : entrez directement dans le vif du sujet.

Sur ces paroles énigmatiques, Nick régla les lumières au plus bas et les laissa en tête à tête.

— Qu'est-ce qu'il raconte ? s'offusqua Zack, sourcils froncés.

Rachel haussa les épaules.

— Aucune idée. Et je ne vois vraiment pas de quels points faibles il veut parler.

Zack se leva en souriant.

— Moi non plus. Mais la musique est pas mal, non ?

Ils se levèrent d'un commun accord pour danser.

— Avec toute cette bousculade, nous n'avons pas eu le temps de revenir sur la proposition que je t'ai faite, observa Zack après quelques secondes de silence.

Rachel ferma les yeux, savourant le bonheur d'être dans ses bras. Elle avait déjà décidé qu'elle refuserait la cohabitation. Même s'il était tentant d'accepter un engagement partiel, elle était déterminée à revendiquer un investissement total — ou rien du tout.

— On pourrait peut-être en parler une autre fois, non ? murmura-t-elle, différant lâchement l'inéluctable.

Mais Zack secoua la tête.

— Non, c'est important. Ecoute, je ne veux plus que tu viennes t'installer chez moi…

— *Quoi* ?

Outrée, Rachel le repoussa avec une telle force qu'il faillit basculer en arrière.

— Alors là, tu exagères !

— Ce que j'aimerais plutôt, c'est…

— Je me moque de ce que tu aimerais ou de ce que tu n'aimerais pas ! riposta-t-elle, furieuse. C'est typiquement masculin, ça, comme attitude. A présent que j'ai tout réglé pour toi, hop, tu me laisses tomber comme une vieille chaussette. Bravo, Muldoon. Chapeau !

— Je ne te…

— Tais-toi, tu m'entends ? Tu pourrais *au moins* avoir la décence de me laisser m'exprimer jusqu'au bout !

Les talons de Rachel claquèrent furieusement sur le sol tandis qu'elle arpentait le bar au pas de charge.

— Je vais te dire une chose : tu ne tournes pas rond, mon pote. Tu as tout fait pour que ça aille plus loin, toujours plus loin entre nous. Tu en redemandais ; tu ne me lâchais plus !

— On ne peut pas dire que tu m'opposais une farouche résistance, dit Zack.

— Là n'est pas la question ! protesta-t-elle, les poings sur les hanches. Donc, tu ne veux plus de moi chez toi. Parfait. De toute façon, je me préparais à t'opposer un non ferme et catégorique.

Zack fit un pas en avant et, lui maintenant fermement les épaules, lui cria au visage pour se faire entendre enfin :

— Ça tombe bien. Car je n'ai pas envie que tu jettes quelques affaires dans une valise pour venir camper dans mes meubles. Ce que je veux, c'est le mariage.

— Et si tu crois que… ! Oh, mon Dieu. Tu as bien dit mariage ?

— J'ai bien dit mariage.

Rachel porta les mains à ses tempes.

— Hou là ! Il faut que je m'asseye.

— Alors assieds-toi.

Il la souleva par la taille et la posa résolument sur le comptoir.

— Et maintenant, tu vas m'écouter jusqu'au bout, Stanislaski ! Je sais que nous nous sommes promis de ne pas nous engager, toi et moi. Soit ! Mais, ce soir, nous tournons la page et nous introduisons toute une série de nouvelles règles.

— Zack, je…

— Ah non, pas de discussions, pas de débats, pas de rhétorique. Cette fois, je parle et, toi, tu ouvres grand tes oreilles.

Zack était déterminé à lutter par tous les moyens pour se faire entendre. S'ils partaient dans un débat, Rachel l'emporterait haut la main. Or, la partie qu'il s'apprêtait à jouer, il comptait la gagner coûte que coûte.

— J'ai bien réfléchi, Rachel. Tu as tes priorités, d'accord…

Il lui saisit la main avec une telle force que Rachel se demanda s'il ne lui avait pas cassé une phalange ou deux. Mais elle ferait le compte de ses fractures plus tard. Pour le moment, elle était trop abasourdie pour penser à la souffrance physique.

— Tout ce que je te demande, Rachel, c'est d'ajouter une priorité à ta liste : moi. Je peux te garantir que ce n'était pas dans mes intentions de tomber amoureux de toi. Mais ce qui est fait est fait. Alors il faudra que tu t'en accommodes, un point, c'est tout.

— Moi non plus, murmura-t-elle.

Parti sur sa lancée, Zack ne réagit pas tout de suite.

— Tu penses peut-être que tu n'auras pas suffisamment de…

Brusquement, il resserra la pression de ses doigts.

— Rachel ? Qu'est-ce que tu viens de dire ?

— J'ai dit « moi non plus ».

— Toi non plus, quoi ?

Elle secoua la tête.

— Je n'avais pas prévu de tomber amoureuse de toi *non plus*. Mais ce qui est fait est fait. Alors il faudra que tu t'en accommodes. Un point, c'est tout.

— Ah oui ?

— Eh oui, Muldoon. C'est la vie.

Nouant les bras autour de son cou, elle posa son front contre celui de Zack. Aussi étonnant que cela puisse paraître, il était aussi terrifié qu'elle.

— Tu m'as devancée d'une longueur, Muldoon. Je m'apprêtais à refuser ton offre de vie commune car je voulais exiger un engagement réel de ta part. Ça fait des jours que cette question me travaille.

— Et moi, des semaines. Je pensais t'amener au mariage en douceur, étape par étape, en t'apprivoisant petit à petit, chuchota-t-il en se penchant sur ses lèvres. Mais je t'aime trop pour avoir la patience d'attendre. J'ai même déclaré mes intentions à ton père ce soir. Tu imagines un peu ?

Ne sachant si elle devait en rire ou en gémir d'horreur, Rachel secoua la tête.

— Non ! Tu as vraiment fait cela ?

— J'ai commencé par lui servir quelques verres de vodka, au cas où. A la moitié de la bouteille, il m'a confié qu'il souhaitait avoir encore plein d'autres petits-enfants.

Le cœur de Rachel s'ouvrit en grand.

— Ce n'est peut-être pas une mauvaise idée, après tout.

Zack sentit quelque chose de tendre et de joyeux se dilater dans sa poitrine.

— Non, sérieux ? Tu serais d'accord ?

Elle plongea son regard dans le sien et vit l'avenir miroiter dans ses yeux bleus. Une page qui se tourne… « Toute une série de nouvelles règles », avait-il dit.

— Sérieux. Je veux t'épouser et fonder une famille avec toi, Zack. Tel est mon choix.

D'un geste presque recueilli, il lui prit le visage entre ses mains en coupe.

— Tu es tout ce dont j'ai toujours rêvé et que je croyais ne jamais trouver.

— Tu es tout ce dont j'ai toujours rêvé et que je prétendais ne pas désirer, admit-elle doucement.

Lorsque leurs lèvres se rencontrèrent, elle sentit des larmes d'émotion lui picoter les yeux.

— Hé ! Nous n'allons pas commencer à faire du sentiment, hein, Muldoon ?

— Qui ? Nous ? dit-il en la prenant dans ses bras. Quelle idée ! Ce n'est pas du tout notre genre !

DANS LA MÊME COLLECTION

Par ordre de parution

NORA ROBERTS	*Retour au Maryland*
ROSEMARY ROGERS	*Le sabre et la soie*
ANN MAJOR	*La brûlure du mensonge*
JUNE FLAUM SINGER	*Une mystérieuse passagère*
MEGAN BROWNLEY	*La maison des brumes*
SALLY FAIRCHILD	*L'héritière sans passé*
KAREN YOUNG	*L'innocence bafouée*
PENNY JORDAN	*Silver*
NORA ROBERTS	*La saga des Stanislaski*
ELAINE COFFMAN	*Le seigneur des Highlands*
PATRICIA COUGHLIN	*Le secret d'une vie*

6 NOUVEAUTÉS À PARAÎTRE EN OCTOBRE 2005

Cet ouvrage a été composé et mis en pages
par les Éditions Harlequin

Imprimé sur CAMERON par

BUSSIÈRE
GROUPE CPI
à Saint-Amand-Montrond (Cher)
en juillet 2005

Imprimé en France
Dépôt légal : août 2005
N° d'édition : 11460 — N° d'impression : 052422/1